KB196857

성

일러두기

- 인명, 작품명, 지명은 국립국어원 외래어표기법을 따르되 일부 명칭은 일반적으로 널리 쓰이는 표기를 따랐습니다.
- 단행본 및 정기간행물은 『 』, 그림, 영화, 희곡의 제목은 〈 〉로 구분했습니다.
- 주석은 모두 옮긴이 주입니다.
- 故 강두식 교수의 번역 원고는 456쪽 18행까지 남아 있습니다. 이후부터 결말까지의 약 단어 323자는 제18회 한독문학번역상 수상자이자 현재 홍익대학교 독어독문학과 교수로 재직하고 있는 윤순식 교수가 번역을 맡았습니다.

성

Das Schloss

프란츠 카프카 지음

강두식 옮김

B:

목차

성

1장   도착

K가 도착한 때는 늦은 저녁이었다. 마을은 많은 눈으로 깊이 파묻혀 있었다. 성이 있는 산은 조금도 보이지 않았고, 성은 안개와 어둠에 휩싸여 있었다. 큰 성이 있는 것을 암시하는 희미한 등불조차 눈에 보이지 않았다. K는 한길에서 마을로 이어지는 나무다리 위에 오랫동안 서서 멀거니 허공을 바라보고 있었다.

그러다가 그는 잠자리를 구하러 갔다. 여관에는 아직도 사람들이 깨어 있었다. 빈 방은 없었으나 주인은 한밤중에 찾아온 손님을 맞아 매우 당황스러워하다가 K를 홀 안의 짚을 넣은 요 위에 재우려고 했다. K는 그것도 좋다고 했다. 농부 몇이 맥주를 마시고 있었으나 아무와도 말하고 싶지 않아 지붕 밑에서 짚을 넣은 요를 직접 가져다 난로 가까이 깔고 드러누웠다. 요는 따뜻했다. 농부들은 농담을 나누고 있었다. 그는 피곤한 눈으로 주위를 좀 살펴보다가 어느새 잠들어 버렸다.

그러나 잠든 지 얼마 안 되어 그는 깨었다. 도시 사람과 같은 옷차림, 배우처럼 보이는 몸매, 가느다란 눈, 짙고 검은 눈썹의 젊은이가 주인과 함께 그의 곁에 서 있었다. 농부들도 여전히 그 자리에 남아 있었는데, 몇 사람은 벌어진 상황을 더 자세히 보고 들으려고 이쪽으로 의자를 돌려놓고 앉았다. 그 젊은이는 K에게 잠을 깨운 것에 대해 미안하다고 사과하면서 자신을 성 집사의 아들이라고 소개하고 난 뒤 말을 꺼냈다.

"이 마을은 성의 소유입니다. 여기서 살거나 머무는 사람은 성 안에서 거주하거나 숙박하는 거나 마찬가지지요. 이런 일은 성 주이신 백작님의 허가 없이는 누구에게도 허락되지 않아요. 그런데 당신은 그런 허가증을 가지고 있지 않을 뿐만 아니라 보여준 적조차 없습니다."

K는 반쯤 몸을 일으키고 머리카락을 제대로 쓰다듬은 다음 고개를 들어 쳐다보며 말했다.

"내가 길을 잘못 든 모양인데, 여기는 어느 마을인가요? 여기가 성인가요?"

K의 말을 의아하게 여기는 듯 여기저기서 머리를 살살 내흔드는 사람도 있었으나, 그 젊은이는 "틀림없이 백작 베스트베스트 어른의 성입니다"라고 천천히 말했다. "그럼, 숙박 허가를 받지 않으면 안 된다는 건가요?" K가 물었다. 먼저 들은 말이 혹시 꿈이나 아닌지 그것을 확인하려는 듯한 말투였다.

"허가를 받아야지요"라고 대답했으나 젊은이가 양팔을 벌리며 주인과 손님들에게 "아니 그래, 허가를 받을 필요가 없단 말인가요?" 하고 물을 때에는 K를 아주 조롱하는 듯이 보였다.

"그러면 허가를 받아 와야겠군요." K는 하품과 함께 말하면서 자리에서 일어나려는 듯 덮은 이불을 몸에서 밀어젖혔다.

"대체 누구에게서 받으려는 겁니까?" 그 젊은이가 물었다. "백작 어른에게죠. 그 밖에 다른 도리가 없지 않습니까?" K가 대답했다.

"지금 이 한밤중에 백작 어른에게 허가를 받아오시겠다고요?" 젊은이는 외치면서 한 걸음 뒤로 물러섰다

"불가능한 일인가요? 그러면 왜 나를 깨웠지요?" K는 태연하게 물었다.

이 말을 듣고 젊은이는 잔뜩 화가 치밀어 올랐다.

"부랑자의 수작이군그래! 백작 어른의 관청에 대한 존경을 잃지 말란 말입니다! 당신을 깨운 것은 즉시 백작 어른의 영토를 떠나달라고 말하려고 한 겁니다."

"농담은 그만두시오." K는 유달리 나지막하게 목소리를 낮추어 말하더니 드러누워서 이불을 덮었다.

"젊은 친구, 당신은 약간 정도에 지나친 것 같은데. 당신의 행동에 대해서는 내일 다시 말하기로 하지요. 주인과 여기 있는 분들이 증인이에요, 증인이 필요하다면 말입니다. 그리고 나는 백작님이 불러서 온 토지 측량사라는 점을 말해두겠어요. 조수들은 내일 도구를 가지고 차를 타고 뒤쫓아 오도록 되어 있지요. 나는 여정을 늦추고 싶지 않았지만 눈보라 때문에 유감스럽게도 몇 번 길을 헤매다가 이렇게 늦게 도착했어요. 성으로 인사 가기에는 너무나 늦은 시간이라는 것쯤은 당신이 말을 안 해도 벌써 잘 알고 있어요. 그래서 나는 여기 이런 잠자리라도 만족한 겁니다. 그런데 당신은 그것마저 방해하는―좋게 말해서 실례를 범했지요. 이것으로 내 말은 끝났습니다. 잘들 주무시지요, 다들."

이렇게 말하고 K는 난로 쪽으로 몸을 돌렸다. "토지 측량사라고?" 뒤에서 우물쭈물 묻는 소리가 들리더니 다시 모두들 조용해졌다. 그러나 젊은이는 곧 마음을 가다듬고 여관 주인을 향해 말했다. "전화로 물어보도록 하겠습니다." K가 자고 있는 것을 고려하고 있다는 듯이 목소리를 죽였지만, 그러나 K에게도 충분히 들릴 만한 목소리였다.

이런 시골 여관에 전화가 있다니? 참 설비를 잘 해놓았는데. 하나하나 따져 본다면 K를 놀라게 했지만 전체적으로 본다면 물론 어느 정도 기대하고 있었던 일이었다. 전화기는 바로 그의 머리 위에 설치되어 있었으나 졸려서 보지 못하고 넘긴 모양이었다. 그 젊은이가 지금 전화를 걸려면 아무래도 K의 잠을 방해하지 않을 수 없었다. 그래서 전화 거는 것을 그대로 내버려두느냐 마느냐가 문제가 될 뿐이었다. K는 내버려두기로 결심했다. 막상 그렇게 하기로 하니 자고 있는 척하는 것도 물론 의미 없는 일이어서 벌렁 드러누웠다. 농부들이 모여 앉아서 속닥거리는 것이 눈에 띄었다. 측량사 한 사람이 도착한 것도 사소한 일은 아닌 듯했다. 부엌문이 열리더니 문이 좁아 보일 만큼 건장하고 뚱뚱한 여주인의 모습이 나타났는데, 여관 주인은 그녀에게 사정을 알리기 위해 발끝으로 살금살금 가까이 갔다. 이제 전화로 이야기가 시작되었다. 집사들은 자고 있었는데, 몇 사람의 하급 집사 중 한 사람인 프리츠 씨가 전화를 받았다. 자기를 슈바르처라고 소개한 젊은이는 K를 발견한 경과를 보고했다. 30대의 남자로서 형편없이 초라한 옷을 입고 있으며, 마디 있는 단장短杖을 가까이 놓은 채 작은 배낭을 베개로 삼아 짚을 넣은 요 위에서 자고 있었다고 했다. 물론 그 남자는 자기 눈에는 수상하게 보였으며, 여관 주인이 명백히 이행할 의무를 소홀히 했기 때문에 사태를 밝히는 것이 자기의 의무가 되었노라고 말했다. 그런데 이 남자는 자고 있는 것을 내가 깨웠을 때나 신문했을 때나 의당 백작님의 영토 밖으로 추방되어야 한다고 위협했더니만, 퍽 무자비하다고 생각한 모양이라고도 했다. 나중에 알게 된 일이지만, 그가 그렇게 불쾌하게 느낀 것도 아마 당연한 일이었을 거라고 하면서, 그도 그럴 것이 그는 자기가 백작님이 임명한 측량사라고 주장하고 있기 때문이라고 했다. 이 사람의 주장을 재검토해 보는 것은 물론 형식상의 의무일 것이며, 그래서 슈바르처 자신으로서는 프리츠 씨에게 부탁 말씀이 있는데, 이런 측량사가 정말 오기로 되어 있는지 중앙 사무국에 알아보고 곧 그에 대한 답을 전화로 달라는 것이었다.

전화가 끝나자 사방이 조용해졌다. 저쪽 성에서는 프리츠가 상황을 알아보고, 이쪽에서 그 대답을 기다리고 있다. K는 그대로 있었으며, 한 번도 돌아다보지 않고 그런 것에 대해서는 전혀 관심이 없는 듯이 멍하니 앞을 바라보고 있었다. 악의와 신중함이 뒤섞인 슈바르처의 이야기는, 말하자면 그가 외교적 교양을 몸에 지니고 있음을 엿볼 수 있는 것이었다. 성에서는 슈바르처와 같은 하급에 속하는 사람도 그러한 교양을 몸에 지니고 있었다. 그리고 성 사람들은 부지런한 점에 있어서도 부족하다고 할 수 없었다. 중앙 사무국에서는 야근을 하고 있었다. 그래서 즉각 대답을 보내온 것이다. 벌써 프리츠에게서 전화가 걸려 왔다. 성에서의 대답은 퍽 짧은 것이었다. 슈바르처는 화를 바짝 내면서 수화기를 내동댕이쳤다.

"그것 봐, 측량사란 새빨간 거짓말쟁이야. 비열한 협잡꾼이야. 아마 좀 더 지독한 악당인지도 모르지."

그 순간 K는 슈바르처나 농부들, 주인, 그리고 여주인 할 것 없이 모두들 자기에게로 덤벼들 것이라는 생각이 들었다. 우선 덤벼드는 것이라도 피하려고 이불 밑으로 기어들어 갔다. 그때 또 한 번 전화가 걸려왔는데, K에게는 이번에 벨이 더 세게 울린 것만 같았다. K는 또다시 천천히 머리를 쳐들었다. 이번에도 K에 관한 전화라고만은 생각할 수 없었으나 모두들 머뭇거리고 있어 슈바르처가 전화기 옆으로 돌아왔다. 그는 거기서 상당히 긴 설명을 듣고 있다가, 드디어 나지막한 소리로 말했다.

"그렇다면 무슨 착오라도 있었던 건가요? 이거 불쾌하기 짝이 없는데요. 국장이 직접 전화를 걸었다고요? 그러면 측량사에게 뭐라고 설명하면 좋을까요?"

K는 조용히 귀를 기울이고 있었다. 그러니까 성에서는 그를 측량사로 임명했던 것이다. 이것은 한편 그에게는 불리했다. 그를 측량사로 임명한 이상 성에서는 그에 관하여 필요한 상황을 샅샅이 다 알고 있을 것이다. 그뿐 아니라 상대방은 세력 관계를 계산에 넣고 자신만만한 미소를 띠며 싸움을 받아들일 태세를 갖추고 있기 때문이다. 또 한편으로는 대단히 유리한 점도 있었다. 그것은 K의 생각으로는 자기가 확실히 성에서 과소평가를 받고 있으니 그 때문에 미리 기대했던 것보다도 훨씬 자유로워질 수 있다는 것이 밝혀졌기 때문이다. 그리고 그의 측량사 신분을 승인했다는 사실은 확실히 상대방이 정신적으로 우월한 위치에 있다는 것을 보여주지만, 언제까지나 그를 공포에 사로잡히게 할 수 있다고 생각한다면 오산이었다. K는 약간 소름이 끼치기는 했지만 그뿐이었다.

주춤거리면서 가까이 다가오는 슈바르처를 K는 손짓으로 오지 못하게 막았다. 주인 방으로 옮기라고 모두들 권유했는데, K는 보기 좋게 거절해 버리고 주인에게서는 잠에 들게 해줄 만한 술을, 여주인에게서는 비누, 수건과 함께 세숫대야를 받았다. 따라서 이 홀을 비워 달라고 요구할 필요조차 이제는 없어졌다. 만일에 그다음 날이라도 어젯밤 그 자식이라고 얼굴을 알아볼까 두려워서 모두들 그를 외면하고 부랴부랴 뛰어나가 버렸기 때문이다. 등불이 꺼진 다음 비로소 그는 잠을 잘 수 있었다. 훌쩍 뛰어 지나가는 쥐 때문에 한 번 잠이 깰 뻔했을 뿐 다음 날 아침까지 포근하게 깊이 잠들어 푹 쉬었다.

아침 식사 대금은 역시 K의 모든 다른 요금과 마찬가지로 주인의 신고에 의하여 성에서 지불하기로 되어 있었다. 아침 식사

후 그는 곧 마을로 가려고 했다. 그는 주인의 어제 행동이 생각나서 지금까지 꼭 필요한 요건 이외에는 이야기도 하지 않았다. 그런데 주인이 잠자코 그의 주위를 돌면서 애원하는 모습이 보기에 딱해서 잠시 동안 자기 옆에 걸터앉게 했다.

"나는 아직 백작님을 잘 알지도 못하지만 이런 기술자는 보수도 좋다는데 사실인가요? 나처럼 처자식과 멀리 떨어져서 일하러 나와 있으면, 번 돈을 집에 갖다주고 싶은 생각이 나는 법이죠." K는 말했다.

"그 점에 대해서는 걱정하실 것 없어요. 보수가 나쁘다는 불평을 들어본 적이 없으니까요."

"그래요, 나는 겁쟁이는 아니니 백작님께 의견을 말씀드릴 수도 있을 겁니다. 그러나 다른 분들과도 원만하게 타협해 나갈 수 있다면 물론 훨씬 낫다고 생각하지요." K가 말했다.

주인은 K와 마주 보고 창가에 놓인 벤치의 가장자리에 앉아서 감히 좀 더 편안한 자리로 옮기려고는 하지도 않고, 갈색을 띤 큰 눈은 불안한 눈초리로 줄곧 뚫어지게 K의 얼굴을 쳐다보고 있었다. 처음에는 그가 K를 쫓아왔지만 지금은 될 수 있으면 내빼고 싶은 눈치였다. 백작에 대해서 여러 가지로 물어볼까 봐 두려워하는 것일까? 그렇지 않으면 K를 점잖은 '신사'라고 생각하고 있는 모양이긴 하지만 '신사'란 말을 믿을 수 없어서 두려워하고 있는 것일까?

K는 주인의 기분이나 주의를 다른 곳으로 돌리지 않으면 안되겠다고 생각하고 시계를 보면서 말했다.

"이제 조수들이 올 시간이 되었는데 그들을 여기에 재울 수 있을까요?"

"물론이지요. 그러나 그분들도 선생님과 함께 성에서 숙박하시지 않나요?"

이 사람은 어째서 이렇게도 선선히 손님들, 그중에도 K 같은 손님을 단념하고 무조건 성으로 가라고 권고하는 것일까? 이윽고 K는 말을 꺼냈다.

"그 점은 아직도 명백지 않아요. 먼저 내가 어떤 일을 하게 될지 물어봐야 하거든요. 이를테면 성 아래의 이곳 마을에서 일하게 된다면 여기서 묵는 것이 현명하겠지요. 거기다가 위에 있는 성 안의 생활이 내 성미에 안 맞을까 염려되고요. 나는 언제나 자유의 몸으로 있고 싶거든요."

"선생님은 성을 모르세요."

주인은 나지막한 소리로 말했다.

"물론입니다. 너무나 성급하게 미리 판단을 내려서는 안 되겠지요. 지금 당장 내가 성에 대해서 알고 있는 것이라곤 성 사람들이 옳은 측량사를 선발할 줄 안다는 것뿐이지요. 아마도 성에는 이 밖에도 좋은 점이 있지만요." 그리고 그는 불안스럽게 입술을 깨물고 있는 주인을 자유롭게 해주기 위해 일어섰다. 그의 신용을 얻는 것은 결코 쉬운 일이 아니었다.

K가 떠날 때 벽에 걸려 있는 까만 사진틀 속의 어두운 초상화가 주의를 끌었다. 자리에 드러누워 있을 때도 눈에 띄기는 했지만 거리가 멀었기 때문에 세밀한 부분까지는 똑똑히 알 수가 없었다. 그래서 K는 원래의 그림은 빼버리고, 다만 뒤에 댄 나무 바탕만 보인다고 생각하고 있었다. 그런데 지금 자세히 보니까 역시 그림임에는 틀림없고, 나이가 쉰쯤 되어 보이는 남자 노인의 반신상半身像이었다. 이 노인은 머리를 깊숙이 가슴 위로 수그리고 있기 때문에 그의 눈은 거의 이쪽에서 보이지 않지만, 그렇게 수그리고 있느라 육중하고도 높은 이마와 굳세게 아래로 처

진 매부리코가 뚜렷하게 드러나 보였다. 뺨에서 턱에 걸쳐 덥수룩하게 난 수염은 역시 머리를 수그리고 있기 때문에 턱에 짓눌렸으며, 아래에서 어수선하게 부풀어 오른 것처럼 보였다. 왼손은 손가락을 펼친 채 더벅머리 속에 집어넣고 있으나 이미 머리를 쳐들 수는 없는 모양이었다. "저 분은 누구지? 백작님이신가?" K는 초상화 앞에 서서 주인 쪽을 돌아다보지도 않고 말했다. "아니에요. 집사지요." 주인의 대답이었다. "성 안에는 근사한 집사님도 계시는군. 버릇없고 형편없는 자식을 둔 것이 유감스럽기는 하지만."

"별말씀을 다하십니다." 주인이 이렇게 말하더니, K를 약간 자기에게로 끌어당기는 듯하면서 귀엣말로 속삭였다. "슈바르처는 어제 지나쳤어요. 그 사람 부친은 겨우 하급 집사지요. 그것도 제일 말단이랍니다." 그 순간 K에게는 이 주인이 마치 어린애처럼 느껴졌다. "망할 자식!" 하고 K는 웃으면서 말했으나 주인은 웃지도 않고 "그의 부친도 힘은 있어요." 하고 말했다. "어리석은 소리는 하지 마세요! 당신은 누구나 다 권력이 있다고 생각하는 모양인데, 나도 그렇다고 생각하고 있나요?" K는 쏘아붙였다. "선생님은 권력이 있다고 생각하지 않아요." 그는 우물쭈물 수줍어하면서도 시치미를 떼고 점잖게 말했다. "그렇다면 당신은 통찰력이 좋다고 할 수 있군요. 솔직히 말하면 나는 사실 권력이 없어요. 그래서 권력 있는 사람을 향해선 당신에게 지지 않을 만큼 존경심을 품고 있지만, 다만 당신처럼 솔직한 성격은 아니어서 그것을 절대로 고백하려고 하지 않을 따름이지." K는 말했다. 그러고는 K는 주인을 위로해 주고, 자기에게 한층 더 호의를 갖도록 뺨을 가볍게 두드려주었다. 그러자 이번에는 주인도 약간 미소를 띠었다. 사실 그는 거의 수염도 나지 않은 부드러운 얼굴을 가진 젊은이였다. 어떻게 해서 이 젊은이가 중년의 뚱뚱보 여자와 같이 살게 된 것일까? 들여다보는 창문으로 옆방 부엌에서 양쪽 팔을 팔꿈치까지 한껏 걷어붙이고 부지런히 일하고 있는 여주인의 모습이 보였다. 그러나 K는 더 이상 그를 괴롭히고 싶지 않았다. 방긋이 띤 미소를 사라지게 하고 싶지 않았다. 그는 주인에게 문을 좀 열라고 눈짓을 하고 맑은 겨울 아침 햇빛 속으로 나갔다.

이제 K의 눈에는 멀리 왼쪽으로 맑은 공기 속에서 성의 윤곽이 또렷하게 보였다. 눈이 엷은 층을 이루고 고르게 두루두루 쌓여 있어서 성의 형상을 그대로 부각시키고 있었다. 그래서 성의 윤곽은 한층 더 또렷하게 나타났다. 좌우간 산 위는 이곳 마을보다도 눈이 훨씬 적게 쌓여 있는 것 같았다. 마을에서는 어제 걸었던 국도에서보다 더 고생을 했다. 이곳에서는 눈이 작은 집 창문에까지 닿고 낮은 지붕 위에 무겁게 덮여 있으나, 산 위에는 모든 건물이 자유로이 경쾌하게 솟아 있다. 적어도 여기서는 그렇게 보였다.

대체로 성은 이 먼 곳에서 보아도 K의 기대와 틀림없었다. 그것은 오래 묵은 기사의 성도 아니고 화려하게 꾸민 저택도 아니었다. 옆으로 퍼진 폭이 넓은 건축으로 몇 개 안 되는 2층 건물과 오밀조밀 총총히 서 있는 많은 건물로 구성되어 있었다. 성이라는 사실을 알지 못했으면 작은 도시라고 생각했을지도 모르겠다. 단지 탑 하나가 K의 눈에 띄었으나 주택 건물의 일부분인지 그렇지 않으면 교회의 그것인지 구별할 수 없었다. 까마귀 떼들이 이 탑을 빙빙 돌고 있었다.

K는 계속해서 걸어갔으나 눈은 역시 성을 응시하고 있었다. 그밖에는 아무것도 그의 마음에 걸리는 것이 없었다. 그러나 가

까이 가보고 그는 성에 실망했다. 아무튼 형편없는 작은 부락이고 시골집이 모여 있는 데 불과할뿐더러, 겨우 사람들의 주목을 끄는 것이라곤 아마도 이 시골집들이 모두 돌로 만들어져 있다는 점뿐인 것 같았다. 그것도 겉칠은 모두 벗겨지고 돌이 허물어질 지경이었다. K는 얼른 고향의 작은 도시를 생각해 보았다. 고향의 도시도 이런 성에 비교해서 거의 손색이 없었다. 단지 성을 시찰하기 위해서였다면 일부러 긴 여행을 할 필요도 없었을지 모르겠다. 그렇다면 차라리 벌써 오랫동안 가보지 않은 고향을 다시 한번 방문해 보는 편이 더 현명했을지도 모를 일이었다.

K는 고향의 교회 탑과 저쪽 위에 있는 탑을 머릿속에서 서로 비교해 보았다. 서슴지 않고 자신 있게 곧장 하늘을 향해 뾰족하게 솟아서 넓은 지붕의 끄트머리가 붉은 기와로 끝나는 저 고향의 탑, 그것은 지상地上의 건물이지만—우리가 지상의 건물 이외에 다른 것이야 세울 수 있으랴?—땅을 기는 듯한 가옥들보다는 드높은 이상을 간직하고 있었으며, 우울하게 일하는 평일이 지닌 표정보다도 훨씬 밝은 표정을 보이고 있었다. 여기에 솟아 보이는 탑은—그것이 단 하나 눈에 띄는 탑이었다—지금 알았지만 사람이 사는 용도의 탑으로 단조로운 둥근 건물이었는데, 아마도 성의 본채에 딸린 듯했으며 그 일부를 담쟁이덩굴이 보기 좋게 덮고 있었다. 작은 창문들은 햇빛을 받아 번쩍거리고 있었는데 그것은 어딘지 미치광이 같은 인상을 주었고, 발코니 모양으로 생긴 벽의 끝에는 톱니처럼 뾰족뾰족한 담벼락이 있어서 겁을 먹거나 또는 방종한 어린애 손으로 그려진 것처럼 불확실하고 불규칙적으로, 마치 부서지듯이 푸른 하늘에 울툭불툭 윤곽을 드러내고 있었다. 마치 법의 제재에 의하여 집에서 가장 구석 동떨어진 방에 감금당해 우수에 잠긴 주인이, 자기 자신을 세

상에 내세우려고 지붕을 뚫고 가만히 몸을 일으킨 모습이라고도 말할 수 있을 것이다.

K는 다시금 걸음을 멈추었다. 마치 걸음을 멈추어야만 판단력이 더 또렷해진다는 듯. 그러나 그는 바로 방해를 받았다. 그가 서 있던 곳 바로 옆에는 마을의 교회가—단지 예배소에 불과했고 신도들을 받아들이기 위해 확장한 창고처럼 보였는데—있고, 그 뒤에는 학교가 있었다. 임시로 지었다는 인상과 아주 오래된 건물이라는 인상이 이상스럽게 뒤섞인 나지막하고 기다란 교사校舍였는데, 울타리로 둘러싸인 교정 저쪽에 서 있었다. 교정은 지금 그 전체가 눈벌판으로 변해버렸다. 그때 마침 아이들이 선생과 함께 나왔다. 아이들은 웅성거리며 선생을 둘러싸고 눈초리는 여전히 선생을 응시한 채 사방에서 지껄여댔다. K는 그들이 빠른 어조로 말하는 소리를 도무지 알아들을 수 없었다. 몸집이 작고 어깨가 좁은 젊은 선생은 몸을 아주 꼿꼿이 펴고 있었는데, 그래도 그다지 이상하게 보이지는 않았다. 그는 이미 멀리서 K를 똑바로 쳐다보고 있었다. 다만 선생과 아이들 무리를 제외하고는 눈으로 덮인 이 넓은 벌판에 K만이 유일한 인간이었다. K는 이방인이었기 때문에, 몸집은 아주 작지만 거만한 그 자에게 먼저 인사했다. "안녕하십니까, 선생님." 그는 말했다. 그 말을 듣고 아이들은 당장에 입을 다물어버렸다. 그렇게 갑자기 조용해지자 자신이 말을 꺼낼 기회가 와서 선생은 적이 마음에 든 모양이었다. "성을 구경하십니까?" 선생은 K가 예상했던 것보다도 부드러운 어조로 물었다. 그러나 K가 성에 정신을 팔고 있는 것을 나무라는 말투였다. "네, 저는 이곳이 처음입니다. 어제 저녁에 여기에 도착했습니다." K가 이렇게 대답하자, "성이 마음에 안 드십니까?" 하고 선생은 빠른 어조로 물어보았다. "무슨 말

씀이십니까?" K는 약간 당황해서 이렇게 물어보고는 더 부드러운 어조로 질문을 되풀이했다. "성이 마음에 드는지 물으신 겁니까? 왜 마음에 안 든다고 생각하십니까?" "외지인은 성을 좋아하지 않지요." 선생은 대답했다. 상대방이 싫어할 만한 말은 일체 입 밖에 내지 않으려고 K는 화제를 돌려서 물었다. "선생님은 아마 백작을 아시겠지요?" "모릅니다." 선생은 말을 던지고 가버리려고 했다. 그러나 K는 악착같이 또 한 번 물었다. "그래, 백작을 모르십니까?" "어째서 내가 백작을 안다고 생각하십니까?" 선생은 나지막한 소리로 묻고, 그다음에 음성을 높여서 프랑스 말로 덧붙였다. "여기 순진한 아이들이 있다는 사실을 생각 좀 해보십시오." 그 말을 듣고 K는 기회를 놓치지 않고 의젓하게 물었다. "선생님, 언제 선생님을 방문하면 좋겠습니까? 저는 당분간 이곳에 머무르기로 되어 있지만 벌써 좀 고독하고 쓸쓸한 느낌입니다. 즉 저는 농민의 벗도 아니고, 그렇다고 성 사람도 아닙니다." "농민과 성 사람 사이에 그다지 큰 차이가 있는 것은 아닙니다." 선생은 말했다. "그럴지도 모르겠습니다. 그렇다고 해서 제 상태에는 조금도 변함이 없습니다. 언제 한번 방문해도 좋습니까?" "저는 슈바넨 가에 있는 정육점에 살고 있습니다." 그것은 초대라기보다도 주소를 알려준 데에 불과했다. 그러나 K는 "알겠습니다. 찾아가 뵙겠습니다." 하고 말했다. 선생은 고개를 끄덕거리더니 곧 다시 고함을 지르기 시작한 어린애들을 데리고 멀리 가버렸다. 그들은 어느덧 험한 비탈길 아래로 사라져 버렸다.

한편 K는 방심한 사람처럼 멍하니 서 있었다. 이 대화에 약간 기분도 상했다. 그는 도착한 이래 처음으로 피로를 절실하게 느꼈다. 여기까지 먼 길을 걸어왔기 때문에 지쳤다고는 전혀 생각되지 않았다. 그는 하루하루를 얼마나 침착하게 한 걸음씩 옮겨놓았던가! 그런데 하필이면 마침 형편이 나쁜 이때에 지나치게 긴장한 결과가 나타났다. 그는 새로운 지기知己를 찾는다는 거역할 수 없는 요구를 느꼈지만, 그 새로운 지기가 생길 때마다 그의 피로는 더 심해졌다. 오늘과 같은 상태로서는 성의 입구까지 억지로 더 오래 산책하는 것만으로도 상당한 고역이었다.

이렇게 그는 또 앞으로 걸어갔다. 그 길은 기다랗게 뻗어 있었다. 한길, 즉 마을의 큰길은 성이 있는 산으로 통하지 않았다. 단지 성이 있는 산에 가까이 접근하는 듯하면서, 사실인즉 짓궂게 구부러지곤 했다. 하여튼 성에서 멀어지는 것은 아닌데 그렇다고 도무지 가까워지는 것도 아니었다. 나중에는 이 길이 틀림없이 성으로 구부러져 들어갈 것이라고 K는 끊임없이 기대했다. 이런 희망을 품고 있었기 때문에 그래도 앞으로 걸어갈 수 있었다. 오히려 너무나 지쳤기 때문에 이 길을 단념해 버릴 수 없었다. 한없이 기다랗게 뻗친 이 마을을 보고 K는 놀라움을 금치 못했다. 아무리 가도 작은 집들과 얼어붙은 유리 창문과 눈뿐이고 사람의 그림자라곤 하나도 보이지 않았다. 드디어 그는 자꾸 그에게 따라붙는 한길에서 눈을 뿌리치고 간신히 좁은 골목으로 접어들었다. 눈이 더욱 깊어서 쑥쑥 빠져 들어가는 발을 빼기가 대단히 곤란했다. 땀이 철철 흘러서 갑자기 걸음을 멈추었으나, 그 이상 한 발짝도 더 내디딜 수 없었다.

그러나 그가 인가에서 먼 벌판에 오똑 혼자 서 있었던 것은 아니었다. 왼편에도 오른편에도 농가는 있었다. 그는 눈을 공처럼 빚어서 한 농가의 창문으로 던졌다. 곧 문이 열렸다—그가 마을 길을 걷기 시작한 이래 처음으로 열린 문이었다—갈색 가죽점퍼를 입은 늙은 농부가 고개를 갸우뚱 옆으로 기울이고 친절하나 쇠약한 모습으로 문앞에 서 있었다. "잠깐만 댁에서 쉬게 해

주시겠습니까? 너무 피곤해서 그럽니다." 노인의 말이 그의 귀에는 도무지 들리지 않았으나 노인이 눈 위로 판자를 내밀어 준 것을 고맙게 받아들였다. 그는 이 판자 덕분에 눈 속에서 구출되었다. 두서너 걸음 옮기니까 벌써 방 안에 들어와 있었다.

커다란 방이 하나 있는데 어둠침침했다. 바깥에서 들어온 그는 처음에 아무것도 보이지 않았다. K는 세탁통에 걸려서 비틀거렸으나 어떤 여자의 손이 그의 몸을 붙들었다. 어느 구석에선가 어린애들의 시끄러운 소리가 들려왔다. 또 다른 구석에서는 연기가 뭉게뭉게 서리며 어스름 속에 검은 그림자를 이루고 있었다. K는 마치 구름 속에 서 있는 것 같았다. 누군가 "술 취한 사람이야!" 하고 말했다. "누구시오?" 이번에는 거만한 소리로 말한 사람이 있었는데, 다음에는 그 노인을 향해서 말하는 것 같았다. "왜 이 사람을 끌어들였어요? 거리를 방황하는 사람을 죄다 끌어들여도 좋단 말인가요?" "나는 백작님의 측량사입니다." K는 그렇게 말하고 여전히 보이지 않는 상대방에게 변명하려고 했다. "아아, 측량사군요"라는 여자 목소리가 들리더니 아주 조용해졌다. "나를 아십니까?" K는 물었다. "물론이지요." 같은 목소리가 짤막하게 대답했다. K를 알고 있다는 것이 곧 K에 대한 인상이 좋다는 뜻은 아닐 것 같았다.

드디어 자욱이 끼었던 연기가 좀 흩어져서 K는 차츰차츰 사정을 알게 되었다. 빨래하는 날인 모양이었다. 문 옆에서 내의를 세탁하는 사람이 있었다. 그러나 연기는 다른 쪽 구석에서 흘러나오고 있었다. 거기서는 K가 지금까지 본 적이 없을 만큼 큰 나무통—침대 두 개만 한 크기인데—속 수증기가 자욱한 데서 남자 두 사람이 목욕을 하고 있었다. 그러나 그보다 더 주목을 끈 것은 오른편 구석이었다. 다만 무엇이 놀라운지는 확실치 않았다. 거기에는 뒷벽의 단 하나밖에 없는 큰 채광창으로부터—아마도 뜰에서인 것 같은데—흰 눈에 반사된 희미한 빛이 들어오고 있었다. 방구석 깊숙이 놓인 키 높은 안락의자에 피곤한 모습으로 앉아 거의 드러눕다시피 한 여자의 옷에 이 눈빛이 반사하여 마치 명주와 같은 광채를 내고 있었다. 여자는 젖먹이를 품에 안고 있었다. 주위에는 아이들이 두셋, 얼른 보기에도 알 수 있듯이 시골 아이들이 놀고 있었는데, 그녀가 이 아이들의 어머니인 것 같지는 않았다. 물론 질병과 피로로 시골 사람들은 핼쑥해보이기는 하지만.

"앉으시오!" 남자들 중의 한 사람이 말했다. 얼굴 전체가 털로 뒤덮였고 마냥 벌린 채 거칠게 숨을 쉬고 있는 입 위에도 콧수염을 기르고 있었다. 그는 조금 우스운 자세로 통의 테두리 너머 나무 궤짝을 가리키다가 K의 얼굴에 온통 더운 물을 튀겼다. 벌써 이 궤짝에는 처음에 K를 끌어들인 노인이 멍하니 깊은 생각에 잠겨서 걸터앉아 있었다. 좌우간 걸터앉도록 허락해 주어서 K는 고마웠다. 이제 누구 하나 그에게 관심을 갖는 이는 없었다. 세탁통 곁에 있는 기운찬 금발 여인은 일하면서 나직한 소리로 노래를 부르고 있고, 목욕하는 두 사내는 발을 구르기도 하고 또 몸을 뒤척이기도 했다. 어린애들이 이 두 사람에게 가까이 가려고 하다가도 번번이 튀는 세찬 물방울에 쫓겨나고 말았다. 그 튀는 물이 K에게도 튄 것은 물론이었다. 안락의자에 앉아 있는 여인은 죽은 듯이 기대앉아서 품에 안은 어린애는 쳐다보지도 않고 우두커니 허공만 바라보고 있었다.

K는 조금도 변치 않는 그 아름답고 구슬픈 여인의 모습을 오랫동안 응시하고 있었는데, 어느덧 잠이 든 모양이었다. 큰 소리로 부르는 바람에 깜짝 놀라서 눈을 떴을 때는 곁에 앉아 있는

노인의 어깨 위에 머리를 기대고 있었다. 남자 두 사람은 목욕을 끝마치고 옷을 입은 채 K 앞에 서 있었다. 그 대신에 어린애들이 금발 여인의 감독을 받으며 더운 물속에서 서로 쫓고 쫓기면서 장난치고 있었다. 크게 소리치며 말하는 털보는 이 두 사람 가운데서는 대수롭지 않은 사람 같았다. 이 털보와 비슷한, 키가 크고 수염이 훨씬 적게 난 또 한 사람은 조용히 생각하는 성격을 가진 말수가 적은 남자였는데, 체격도 당당하고 얼굴도 넓적한데 고개만은 푹 수그리고 있었다. "측량사 양반, 미안하지만 당신은 여기 있을 수 없습니다." 그는 말했다. "전들 폐를 끼칠 생각이 있는 건 아닙니다. 다만 조금 쉬었을 따름입니다. 이제 다 됐으니 가보기로 하겠습니다." K는 말했다. "틀림없이 이런 대우에 실망했을 것입니다. 그러나 우리에게는 손님을 대접하는 풍습이 없을 뿐 아니라 손님도 필요 없습니다." 그는 말했다. 잠을 자고 나서 기운도 좀 회복되고 전보다는 귀도 더 잘 들리게 되어서 K는 이 솔직한 말을 듣고 반가워했다. 몸을 움직이는 것도 전보다는 편해져서 지팡이를 여기 대고 한 번, 저기에다 한 번 짚으면서 안락의자에 앉은 여인에게로 가까이 갔다. 그러고 보니 키도 그 방 안에서 K가 제일 컸다.

"물론이죠. 무엇 때문에 당신네들에게 손님이 필요하겠습니까? 그러나 어쩌다가 손님을 필요로 할 때도 생길 것입니다. 예를 들면 나와 같은 측량사를 손님으로 상대할 필요가 있을 때 말이지요." K는 말했다. "그런 걸 내가 알 게 뭡니까. 그러나 정말로 당신을 초대했다면 틀림없이 당신이 필요한 것입니다. 그것은 예외라고 할 수 있습니다. 그러나 우리처럼 신분이 천한 사람은 아무래도 규칙대로 해나가는 수밖에 없습니다. 언짢게 생각하지 마십시오." 그 사람은 천천히 말했다. "원 별말씀을. 나는 당신뿐만이 아니라 여기 계신 여러분 전부에게 그저 감사의 말씀을 올릴 뿐입니다." K는 이렇게 말을 끝마치자 새처럼 몸을 확돌려서 순식간에 여자 앞에 가 섰다. 그 여인은 피곤한 푸른 눈초리로 K를 쳐다보았다. 명주로 만든 투명한 머릿수건이 이마 한가운데까지 덮였으며 젖먹이는 그 품 안에서 자고 있었다. "당신은 누구지요?" K는 물어보았다. 멸시하는 듯이, 다만 이 모욕이 K를 향한 건지, 그렇지 않으면 그녀 자신의 대답을 향한 것인지 확실치 않았으나 그 여인은, "성에서 온 여자요"라고 말했다.

모든 것은 순간적인 사건이었다. 당장에 K는 좌우 양쪽으로부터 두 남자에게 붙들려서 끽소리도 못하고 억지로 문까지 끌려갔다. 그를 이해시키는 방법으로써 완력이라도 쓰지 않으면 다른 도리가 없다는 눈치였다. 이 꼴을 보고 무엇이 재미있는지 노인은 손뼉을 치며 기뻐했다. 세탁하고 있던 여자도 갑자기 미친 듯이, 시끄럽게 떠들기 시작한 어린애들 옆에서 큰 소리로 웃어댔다.

그러나 K는 곧 거리로 나왔으며 남자들은 현관문에서 K를 살피고 있었다. 여전히 눈이 펑펑 쏟아지고 있었으나 오히려 좀 밝아진 것 같았다. 털보 남자가 조바심이 나는 듯 외쳤다. "어디로 갈 거요? 이쪽은 성으로 가고, 저쪽은 마을로 가는 길인데." K는 이 남자에게는 대답도 하지 않았다. 약간 뻐기고는 있었지만 그보다 더 상냥해 보이는 다른 남자를 향하여 "당신은 누구시지요? 여러 가지로 폐를 끼친 데 대한 감사의 말씀은 어느 분에게 드리면 좋겠습니까?" 하고 물었다. "무두장이 라제만입니다. 그러니 당신은 누구에게도 고마워할 필요가 없어요." 그가 대답했다. "그래요. 언젠가 다시 만나 뵐 기회가 있을지 모르겠군요." K가 말했지만 "아닐 거요"라고 그 남자가 말했다. 이때 털보가 손을 쳐들고 외쳤다. "안녕하시오, 아르투어! 안녕하세요, 예레미아스!" K는 돌아다보았다. 이 마을의 이런 길에도 역시 사람이 나타났다. 성이 있는 쪽에서부터 젊은이 두 사람이 오고 있었다. 두 사람 다 키는 중간 정도인 데다가 날씬한 편이고, 옷차림도 말쑥했으며 얼굴까지도 서로 꼭 닮았다. 얼굴빛은 암갈색인데 뾰족한 수염이 유난히도 까매서 그 얼굴빛과 아주 뚜렷한 대조를 이루고 있었다. 한길이 이처럼 눈에 파묻혀서 형편없는데 그들은 놀랄 만큼 빠른 속도로 걸었으며, 그것도 보조를 맞추어서 늘씬한 다리를 내디디고 있었다. "웬일이야?" 털보가 외쳤다. 그들이 무섭도록 빨리 걸으며 멈추지 않았기 때문에 크게 소리 지르지 않으면 알아듣지도 못할 지경이었다. "볼일이 있어요." 그들은 웃으면서 대꾸했다. "어디서요?" "여관에서요." "나도 여관에 가는데!" K는 갑자기 누구에게도 지지 않을 만큼 크게 고함을 질렀다. 이 두 사람에게 거기까지 데려다 달라고 간곡히 부탁했다. 그들과 함께 가봤자 그다지 소득이 있을 것같이 보이지도 않았으나 다만 원기를 북돋아 주는 좋은 길동무임에 틀림없었다. 그들은 K의 말을 듣고 잠시 고개를 끄덕거렸을 뿐 그대로 지나가고 말았다.

K는 여전히 눈 속에 서 있었다. 자기 발을 눈 속에서 빼고 또다시 조금 앞의 깊은 눈 속으로 옮겨놓을 만큼 흥이 나지 않았다. 무두장이와 그의 동료는 속시원하게 K를 쫓아낸 데 대하여 자못 만족의 빛을 띠면서 계속 K 쪽을 돌아다보았다. 그들은 약간 열려 있는 문틈으로 천천히 몸을 밀어넣는 듯하면서 집 안으로 자취를 감추어버렸다. K는 자기 몸까지 파묻어 버릴 듯한 눈 속에 홀로 남게 되었다. '내가 아무 목적도 없이 그저 우연히 우뚝 여기 서 있는 거라면, 약간 절망할 법도 하겠군.' 이런 생각이

문득 K의 머리에 떠올랐다.

　　그때 왼편 오막살이집의 작은 창문이 열렸다. 닫혀 있을 때는 짙고 푸른빛으로 보였는데 아마도 눈에 반사된 빛 때문인 듯했다. 그 창이 막상 지금 열리고 보니 너무나 작은 탓인지 안에서 내다보고 있는 사람의 얼굴조차 보이지 않았다. 단지 눈만이, 갈색의 늙은 눈만이 보였다. "저기 서 있어요." K는 떨리는 여자 목소리를 들었다. "저 사람이 측량사야." 남자 목소리였다. 그 남자는 곧 창 옆으로 와서 적이 친절한 목소리로 K에게 물어보았다. 다만 그의 말투는 마치 자기 집 앞에서는 어떤 불상사도 일어나서는 안 된다는 듯했다. "누구를 기다리는 거요?" "누가 썰매를 태워줄까 하고 기다리고 있어요." K는 말했다. "여기는 썰매같은 건 오지 않아요. 탈것이라곤 아무것도 없어요." "그래도 여기는 성으로 통하는 길이지요?" K는 이의를 제기했다. "아니, 그래도 여긴 탈 건 아무것도 없어요." 그 남자는 무뚝뚝한 투로 말했다. 그러고 나서 두 사람은 아무 말도 하지 않았다. 그러나 그가 무슨 궁리를 하고 있음에 틀림없었다. 연기가 흘러 나가고 있는 창문을 아직 열어두고 있기 때문이었다. "길이 안 좋은데요." K는 남자의 궁리를 도와주려고 말을 꺼냈다. 그런데 그는 "암요, 물론이죠." 하고 대답할 뿐이었다. "원하신다면 제 썰매로 모셔다 드리지요." "부탁해요, 꼭 부탁해요. 요금은 얼마 받겠습니까?" K는 기뻐하며 물었다. "아무것도 필요 없어요." K는 매우 놀랐다. "당신은 하여튼 측량사이시고, 따라서 성에 소속된 셈이죠. 그런데 당신은 대체 어디로 가시려는 겁니까?" 그가 해명하려는 듯 이렇게 덧붙였다. "성으로 가지요." K는 재빨리 대답했다. "그러시다면 안 갈 테요!" 그가 즉시 대답했다. "그렇지만 나는 성에 소속된 사람인데……." K는 그의 말을 되풀이하면서 말했다. "그럴지도 모르겠죠." 그는 거부하는 어조로 대답했다. "그러면 여관으로나 데려다줘요." 하고 K가 부탁하니까 "좋아요. 그러면 곧 썰매를 끌고 오지요." 하고 대답하는 것이었다. 이 모든 대화를 미루어 볼 때 그 사람이 각별히 친절하다는 인상을 받지는 않았다. 오히려 K는 그가 일종의 아주 이기적이고 신경질적인, 아니 거의 완고하다시피 한 노력을 하고 있다는 인상을 받았다. 그 노력이란 K를 이 집 앞에 있는 빈터에서 내쫓아 버리려는 의도에서 나오는 것이었다.

대문이 열리더니 좌석도 없는, 소화물을 운반하는 납작하고 작은 썰매가 빈약한 말에 끌려서 나왔다. 그 뒤에서는 한 사나이가 나타났는데 보기에도 허약했으며 허리는 구부러진 데다 절름거리며 걸었다. 얼굴은 여위고 붉은빛을 띠고 있었으며 감기 기운까지 겹친 모양이었다. 그의 머리에 꼭 감은 털목도리 때문에 얼굴마저 굉장히 작아 보였다. 확실히 이 남자는 병자인 듯한데 단지 K를 쫓아버릴 목적으로 병을 무릅쓰고 나타난 모양이었다. K는 이 점에 대하여 넌지시 말을 건넸으나, 그는 손짓을 하며 K의 말을 제지했다. K가 들은 바에 의하면 그가 마부 게어슈테커라는 것과, 마침 준비가 되었기 때문에 불편하지만 이 썰매를 끌기로 작정했으며, 다른 썰매를 끌고 나오다가는 시간이 너무 오래 걸려서 지장이 많으리라는 것이었다.

"타세요." 그는 말하고, 말채찍으로 썰매 뒤쪽을 가리켰다. "나는 당신과 함께 나란히 앉을 테요." K는 말했다. "나는 걸을 거요." 게어슈테커가 말했다.

"그건 또 왜요?" K는 물었다. "나는 걸어가요." 게어슈테커는 말을 되풀이했는데 갑자기 기침 발작으로 몹시 몸이 흔들려서 양쪽 다리를 눈 속에 꼿꼿이 꽂아 넣은 채 양손으로 썰매의 모서리를 꽉 붙들고 있어야만 했다. K는 그 이상 아무 소리도 하지 않고 썰매 뒤에 걸터앉았다. 기침은 천천히 가라앉았으며 두 사람은 출발했다.

K가 오늘 중으로 도착할 수 있다고 희망을 품었던 저 건너편 위에 보이는 성은 이제 벌써 기이하게도 어두워진 채 다시 멀어져 가고 있었다. 이제 당분간 만나지 못하겠다고 작별 인사를 고하듯이, 성에서 즐겁게 가슴을 울렁이게 하는 종소리가 울려왔다. 막연한 동경의 대상을 실현시켜 주겠다고 위협하듯이—종소리는 또 고통스럽기도 했기 때문에—일순간 마음을 떨리게 하는 종소리였다. 그러나 곧 이 큰 종소리도 잠잠해져 버리고, 위쪽에서 혹은 마을 안인지도 모르겠는데, 약하고 단조로운 종소리가 대신 울려왔다. 그러나 지금 울리는 종소리가 느릿느릿 달리는 썰매나 초라한 고집불통의 마부에게는 한층 더 어울렸다.

"이보시오!" K는 갑자기 소리쳤다. 그들은 벌써 교회 가까이 와 있었고 여관까지의 거리도 멀지 않았기 때문에 K는 대담하게 나올 수 있었다. "제멋대로 나를 이렇게 멀리 끌고 나오다니 말도 안 됩니다. 대체 무슨 권리로 이러는 거지요?" 게어슈테커는 그 소리를 들은 체 만 체, 아주 무관심한 태도로 말과 나란히 걸어갈 뿐이었다. K는 "이봐!" 하고 외치더니 썰매 위에서 눈을 조금 뭉쳐 게어슈테커를 향해 던졌고 눈덩이는 그의 귀에 보기 좋게 명중했다. 이제는 걸음을 멈추고 돌아다보았다. K가 아주 가까운 곳에서 그를 바라보니—마부는 멈춰 섰지만 썰매는 그래도 약간 앞으로 미끄러져 나갔다—허리가 구부러지고 좀 학대를 받았다고 말할 수 있는 데다 그 모습이 지칠 대로 지치고 마를 대로 마른 붉은 얼굴, 한쪽은 편편하고 또 한쪽은 쑥 들어가서 양쪽이 고르지 않은 뺨, 드문드문 이가 두서너 개씩 보이는, 멍하니 벌리고 있는 입, 이런 것들이 눈에 띄는지라 K는 먼저 악의를 품고 한 말을 이번에는 동정심에서 되풀이했다. K를 실어다 주었기 때문에 게어슈테커가 처벌당하는 일이 있지나 않을까 물어본 것이었다. "뭐라고요?" 게어슈테커는 무슨 영문인지도 모르고 물었으나, 그 이상 더 설명을 들으려고도 하지 않고 말을 향해 소리를 질렀다. 두 사람은 다시 썰매를 몰았다.

그들이 길이 구부러지는 곳에서 K의 눈에 띈 여관 가까이 왔을 때 날이 아주 컴컴해진 것을 보고 K는 깜짝 놀랐다. 그렇게 오랫동안 돌아다녔던가? 기껏 한두 시간밖에 걸리지 않은 것 같은데 이상했다. 좌우간 아침 일찍 출발했고 배도 고프지 않을 뿐 아니라 조금 전만 하더라도 아주 환한 대낮이었는데, 이렇게 빨리 어두워진단 말인가. "해가 짧아, 해가 짧아!" K는 혼잣말을 하며 썰매에서 내려 여관으로 걸어갔다.

마침 정면 입구의 작은 계단에 여관 주인이 서서 등불을 높이 쳐들고 K 쪽을 비추며 반갑게 맞아주었다. 문득 마부 생각이 나서 K는 걸음을 멈추었다. 어딘지 컴컴한 곳에서 기침하는 소리가 들렸다. 그 마부의 기침 소리였다. 가까운 장래에 곧 다시 만날 기회가 있을 것이다. 공손히 인사하는 주인 옆으로 올라섰을 때, 비로소 K는 문 양쪽에 남자가 한 사람씩 서 있는 것을 깨달았다. 그는 주인의 손에서 등불을 받아들어 두 사람을 비춰보았다. 먼저 그가 만난 적이 있는, 아르투어와 예레미아스라는 사람들이었다. 두 사람은 군대식으로 경례했다. 행복하던 군대 시절을 생각하고 K는 웃었다. "자네들은 누군가?" 하고 묻고 나서, 한 사람 한 사람 얼굴을 번갈아 쳐다보았다. "선생님의 조수입니다." 두 사람은 대답했다. "이분들은 조수입니다." 주인이 나지막한 소리로 확인해 주었다. "뭐라고? 나의 그전부터의 조수, 내가 뒤따라오라고 한, 내가 기다리던 바로 그 조수들인가?" 하고 K가 묻자 두 사람은 그렇다고 대답했다. "참 잘됐어. 자네들이 와 주어 참으로 고맙네." 잠시 후 K는 말했다. 또 얼마 안 있어 K는 "좌우간 퍽 늦었네, 자네들은 지독한 게으름뱅이군." 하고 말했다. "길이 워낙 멀어서요." 하고 한 사람이 말했다. "길이 멀다고?" K는 되받아 말하더니 이어서 "나는 자네들을 성에서 돌아오는 길에 만났단 말이야." 하고 말했다. "네." 두 사람은 이렇게만 말할 뿐 그 이상 아무 변명도 하지 않았다. "자네들 장비는 어디 두었지?" K가 물었다. "아무것도 가지고 있지 않습니다." 두 사람은 대답했다. "내가 자네들에게 맡겨두었던 장비 말이야." K가 말하자 "아무것도 가지고 있지 않습니다." 하고 그들은 되풀이했다. "자네들 참 답답도 하네. 그래, 측량술을 좀 아는가?" "모릅니다." 두 사람은 대답했다. "그러나 자네들이 전부터 내 조수라면 잘 알고 있을 텐데." K는 말했다. 그들은 말이 없었다. "어쨌든 들어 가자고." K는 그들을 여관 안으로 밀어넣었다.

2장　　바르나바스

　　그리고 세 사람은 K가 한가운데 앉고 조수들은 좌우로 갈라 앉아 객실의 작은 식탁에서 맥주를 마셨는데, 누구도 말이 없었다. 그 밖에는 어젯밤과 마찬가지로 농부들이 식탁 하나를 둘러싸고 앉아 있을 뿐이었다. "자네 둘은 참 골칫거리야." K는 이렇게 말하고는 지금까지 가끔 하던 버릇대로 두 사람의 얼굴을 번갈아 보았다. "도대체 어떻게 자네들 두 사람을 구별하면 좋을까? 다른 것은 이름뿐이고 두 사람이 아주 기막히게 닮았으니, 마치……." 거기서 그는 말문이 막혔으나 자기도 모르는 사이에 이렇게 말해버렸다. "마치 두 마리 뱀처럼 서로 닮았어." 그들은 빙긋이 웃었다. "그래도 모두들 우리를 잘 분간하던데요." 그들은 변명했다. "그럴 거야. 나도 직접 목격했으니까. 그러나 나는 내 눈으로 볼 뿐이지. 이 눈으로는 자네들을 구별할 수 없단 말이야. 그러니까 나는 자네들 둘을 한 사람으로 취급해서 두 사람 다 아르투어라고 부르겠어. 자네들 두 사람 중 하나는 그런 이름일 거야. 아마 자네지?" 한쪽 남자에게 K가 물었다. "아니요, 전 예레미아스예요." 그 남자가 말했다. "그건 아무래도 상관없어. 나는 자네들 둘을 아르투어라고 부를 테니까. 아르투어, 어디를 갔다 오라고 하면 자네들 둘이서 갈 것이며, 아르투어, 이 일을 하라고 하면 함께해야 돼. 자네들에게 따로따로 일을 시킬 수 없으니……. 그건 대단한 손해야. 그 대신 내가 명령한 모든 일은 자네들 두 사람이 공동으로 연대책임을 진다는 점에서는 유리하지. 자네들 둘이서 어떻게 일을 분담하든 내게는 아무 상관이 없단 말이야. 다만 둘이서 서로 책임을 전가하는 일이 있으면 안 돼. 내 눈으로 보면 자네들은 한 사람이나 마찬가지이니까." K는 이렇게 말했다. 그들은 한참 생각해 보더니 "그건 기분 나쁜 일인데요." 하고 말했다. "그럴 테지. 자네들도 기분 나쁘겠지만, 그냥 그렇게 해두지." K가 말했다. 좀 전부터 농부 하나가 식탁 주위를 가만가만 발소리를 죽이고 걸어다니고 있는 것이 눈에 띄었다. 이 농부는 나중에는 무슨 결심이나 한 것처럼 한쪽 조수에게 가까이 가서 귀엣말로 무엇인가 속삭이려고 했다. "미안하지만," K는 손으로 식탁을 치고 일어나면서 말했다. "이 사람들은 내 조수고 지금 의논 중이란 말입니다. 아무도 우리를 방해할 권리는 없어요." "아아, 네, 실례했습니다." 농부는 겁을 먹고 말하더니, 뒷걸음질로 자기 동료가 있는 곳으로 물러갔다. "이 점을 무엇보다도 주의해야 해." K는 다시 앉으면서 말을 꺼냈다. "자네들 두 사람은 내 허가 없인 아무하고도 이야기해선 안 돼. 나는 이 땅이 타향이고, 자네들도 과거의 내 조수라면 피차 타향 사람이긴 마찬가지지. 그러니까 우리들 외지인 셋은 단결하지 않으면 안 돼. 그런 의미에서 내게 맹세한다는 악수를 해줘." 기뻐 날뛸 듯이 그들은 곧 K에게 손을 내밀었다. "이제 손을 치워! 그러나 내 명령은 어디까지나 지켜야 돼. 나는 이젠 잘 텐데, 자네들도 자는 게 좋을 것 같아 일러두는 거야. 오늘은 하루 종일 일을 못 했으니까 내일은 아침 일찍부터 일을 시작해야 해. 성으로 타고 갈 썰매를 마련해 아침 여섯 시에 이 집 앞에서 떠날 준비를 하도록 해." K가 그렇게 말하자 "네, 알겠습니다." 하고 조수 한 사람이 대답했지만, 다른 조수가 끼어들며 "너는 알았다고 말하지만 불가능하다는 사실을 알고 있지 않나"라고 말했다. 그 말을 들은 K가 "조용히 해. 자네들은 벌써부터 개인 행동을 취하고 싶은 모양이군." 하고 말했다. 그 말이 떨어지기가 무섭게 첫 번째 조수가 입을 열었다. "이 친구의 말이 옳습니다. 불가능한 일입니다. 허가 없이는 타향 사람이 성 안에 들어갈 수 없습니다." "어디에서 그 허가를 신청하면 좋은가?" "자세히 알 순 없어도 아마 집사에게 해야 할 것입니다." "그러면 전화로 신청해 보기로 하지. 어서 자네들 둘이서 집사에게 전화를 걸어봐." 두 사람은 전화기 있는 데로 가서 집사에게 전화하여—그 두 사람이 거기서 서로 옥신각신하는 광경은 꼴불견이었는데 겉모습은 모두 우스울 만큼 양순했다—내일 K가 자기들과 함께 성에 가도 좋으냐고 물었다. "안 돼!" 하는 대답 소리가 K가 있는 테이블까지 들려왔다. 그 대답 소리는 또렷했다. 곧이어 다음과 같이 말하는 것이었다. "내일도 안 되고 다른 날도 안 돼!" "내가 직접 이야기해 보지." K는 그렇게 말하며 일어났다. 조금 전에 농부 하나가 일으킨 그 사건을 제외하고는 이때까지 K와 조수 두 사람에 대하여 아무도 주의를 기울이지 않았다. 그런데 K가 마지막으로 던진 이 말이 모든 사람의 이목을 끌었다. 거기 있는 사람들이 모두 K와 함께 일어나서 주인이 말리는 것을 듣지도 않고 전화기 옆에 모여 K를 빙 둘러쌌다. 그들 사이에서는 K가 아무런 대답도 얻지 못하리라는 의견이 지배적이었다. K는 그들의 의견을 듣고 싶은 것은 아니니 조용히 해달라고 부탁했다.

수화기에서 왱왱거리는 소리가 울려왔는데, K는 지금까지 그런 전화 소리를 들어본 적이 없었다. 그것은 수많은 어린애들의 떠들썩한 소리 같았는데—그런데 사실 소음은 아니고 머나먼 곳에서 들려오는 노랫소리였다—그 소음은 알 수 없는 방법으로 높고도 센 한 가닥 소리를 이루는 것 같았다. 또 귓전에 울리는 이 소리가 단순히 빈약한 청각에 도달하는 것보다도 더 깊은 곳으로 침입할 것을 요구하는 것 같았다. K는 통화는 하지 않고 수화기에 귀만 갖다댔다. 왼 팔꿈치를 전화 받침대 위에 댄 채 귀를 기울이고 있었다.

얼마나 시간이 지났는지 K는 알 수 없었다. 드디어 주인이 그의 상의를 잡아당기며 하인이 왔다고 알려주었다. "귀찮아!" K는 참지 못해 큰 소리를 질러버렸다. 전화통에다 대고 외친 모양인지 누군가 대답하는 사람이 있었다. 다음과 같은 대화가 계속되었다. "나는 오스발트인데 댁은 누구십니까?" 상대방은 엄숙하고 거만한 목소리인데 약간 발음을 잘 못한다고 K에게는 느껴졌다. 정도에 지나치게 한층 더 그 엄숙성을 과장함으로써 발음의 과오를 덮어버리려고 하는 것 같았다. K는 자기 이름을 대는 것을 주저했다. 전화에 대해서 이쪽은 무방비 상태인데 상대방은 자기에게 공갈을 부릴 수도 있고 제멋대로 수화기를 놓아버릴 수도 있는 것이다. 그렇게 되면 K로서는 그래도 소중하다고 생각되는 길을 차단해 버리는 셈이 된다. K가 머뭇거리고 있으니까 상대방은 초조해졌다. "댁은 누구십니까?" 하고 상대방은 되풀이하여 물었다. "댁에서 그렇게 자주 전화를 걸지 않도록 해주시면 대단히 감사하겠습니다. 조금 전에도 전화가 걸려왔습니다." K는 이런 불평에는 조금도 개의치 않고 갑자기 결심을 하고는 이렇게 말했다. "나는 측량사의 조수입니다." "어떤 조수지요? 어느 분의? 어떤 측량사시죠?" K는 문득 어제 전화 이야기가 머리에 떠올랐다 "프리츠에게 물어보시지요." 그는 짤막하고 무뚝뚝하게 대답했다. 설마 했는데 놀랍게도 이 말은 효과가 있었다. 효과가 있었다기보다는 성 안의 일이 통일성과 조직성을 가지고 움직이는 데에 한층 더 놀라지 않을 수 없었다. 대답이 들려왔다. "알겠습니다. 그 영원한 측량사이시구먼요. 네, 네. 그리고 또 무슨 말씀이시죠? 어느 조수이신지?" "요제프." 하고 K는 말했다. 뒤에 있는 농부들이 중얼거리는 소리가 약간 방해가 되었다. 농부들은 K가 진짜 자기 이름을 대지 않는 것에 대해 틀림없이 불만을 품고 있는 것 같았다. 그러나 이런 자들을 상대할 시간 여유는 없었다. 전화가 그에게는 중요해서 모든 신경을 집중하지 않으면 안 되었다. "요제프?" 하고 되물어왔다. "조수들의 이름은"—잠시 동안 다른 사람에게 그 이름을 묻고 있는 모양이었다—"아르투어와 예레미아스인데." "그 사람들은 새 조수입니다." 하고 K가 말하니, "아니, 옛날부터 일한, 오래된 조수지요." 하고 상대가 다시 되받아쳤다. "그들은 새로운 조수들입니다. 나는 오래된 조수고, 측량사의 뒤를 쫓아서 오늘 도착했어요." "아니죠!" 드디어 상대방은 외쳤다. "그러면 내가 누구란 말입니까?" K는 지금까지처럼 태연하게 물었다. 그리고 잠시 시간이 경과한 후에 같은 목소리가 같은 발음 실수를 범하면서 말했다. 그러나 마치 다른 사람처럼 깊이와 무게를 지닌 음성이었다. "당신은 오래된 과거의 조수야."

K는 그 음성에 귀를 기울이고 있다가 하마터면 질문을 미처 못 알아들을 뻔했다. "용건은?" 하고 묻는 질문이었다. K의 기분으로는 될 수 있으면 수화기를 놓고 싶었다. 이런 대화에는 아무런 기대도 할 수 없었다. 그렇다고 그만둘 수도 없어서 할 수 없이 빨리 물어보았다. "우리 주인은 언제 성으로 들어가게 되겠습니까?" "절대로 불가능하지." 이것이 대답이었다. "좋아요." K는 이렇게 대답하고 나서 수화기를 놓았다.

뒤에 있던 농부들이 벌써 바싹 다가와 있었다. 조수들은 힐끔

힐끔 K를 곁눈질로 쳐다보면서 이 농부들을 멀리하려고 애쓰고 있었다. 그러나 그 꼴은 웃음거리에 지나지 않았다. 사실 농부들도 이 전화 문답의 결과에 만족하여 천천히 점잖게 물러갔다. 그때 뒤에서 농부들 무리를 헤치고 남자 한 사람이 빠른 걸음으로 가까이 와서, K 앞에서 허리를 구부리고 인사하더니 편지를 한 장 내주었다. K는 편지를 손에 든 채 그 사람의 얼굴을 쳐다보았다. 바로 이 순간 그가 K의 눈에는 더욱 중요해 보였다. 이 사람과 조수들 사이에는 꽤 닮은 점이 많았다. 몸이 늘씬한 것도 조수들과 같고, 착 붙은 팽팽한 옷을 입고 있는 것도 꼭 같았으며, 동작에 절도가 있고 민첩한 점도 신통하게 같았다. 그러나 완전히 차이가 나는 점도 있었다. '저 조수 두 놈 대신에 이 친구를 조수로 썼으면 좋겠군.' 하고 K는 생각했다. 그 사나이에게는 먼젓번 무두장이의 집에서 본 적이 있는 젖먹이를 안고 있던 여자를 상기시키는 구석이 있었다. 그는 거의 흰옷에 가까운 옷을 입고 있었다. 물론 명주옷은 아니고 모든 다른 사람들과 마찬가지로 겨울옷이었지만, 명주옷처럼 부드럽고 정중해 보였다. 그의 얼굴은 환하고 명랑해 보이고 눈은 대단히 컸다. 그의 미소는 사람들의 마음을 아주 밝게 만들어주었다. 이 미소를 쫓아버리려는 듯이 그는 얼굴 위로 손을 가져갔으나 뜻대로 되지 않았다. "자네는 누구지?" 하고 K가 물으니 그가 "바르나바스라고 합니다. 심부름꾼이에요." 하고 대답했다. 말을 하느라고 입술을 열고 닫을 때엔 씩씩하면서도 부드러워 보였다. "여기가 맘에 드나?" 이렇게 물으면서 K는 자신도 아직 흥미를 잃어버리지는 않고 있는 농부들을 손가락으로 가리켰다. 그 농부들은 마치 많은 괴로움을 겪은 듯한 얼굴로 —정수리를 얻어맞아서 납작하게 찌부라진 것처럼 보이며, 또 그 맞고 찌부라지는 고통 속에서 얼굴의 표정이 형성된 듯―부푼 듯한 입을 벌린 채 그를 쳐다보고 있었다. 하지만 때로는 그의 얼굴을 쳐다보지 않았다. 왜냐하면 그들의 눈초리는 가끔 엉뚱한 데를 둘러보다가 제자리로 돌아오기 전에 쓸데없는 물건들에 쏠리곤 했기 때문이다. K는 조수들 쪽을 가리켰다. 조수들은 서로 껴안고 뺨과 뺨을 맞댄 채 빙그레 웃고 있었는데, 공손한 것인지 조롱하는 것인지 분간할 수 없었다. K는 무슨 특수한 사정이 있어서 자기에게 억지로 떠맡겨진 심부름꾼 한 사람을 소개하듯이 모든 사람들 앞에서 바르나바스를 손가락으로 가리켜 보였다. 그와 동시에 바르나바스가 K 자신과 이들을 똑똑히 구별하여 그 차이를 알아봐 주길 바라고 있었다. 그런 바람에는 친밀함이 녹아 있었는데, K에게는 중대한 일이었다. 그런데 바르나바스는―무척 순진하기 때문이라는 것은 얼른 보기에도 알 수 있었으나―이 질문에 전혀 대답하지 않고, 교육을 잘 받은 하인이 건성으로 내뱉은 주인의 말에 복종하는 것처럼 예의상 주위를 돌아보았다. 낯을 아는 농부에게는 손짓으로 인사하는가 하면 조수들과는 두서너 마디 말을 주고받았다. 그 모든 언행은 자유롭고 자주적이었으며 이들과 함부로 뒤섞이지 않았다. K가―퇴짜를 맞은 셈인데 부끄럽게 생각하지는 않았다―손에 든 편지를 뜯어 펴보니까 다음과 같은 사연이 적혀 있었다.

삼가 아룁니다. 귀하가 잘 아시는 바와 같이 귀하는 영주이신 백작의 성에 근무하도록 채용되었습니다. 귀하의 직속상관은 이 마을의 촌장이고, 그 촌장이 귀하에게 업무와 보수 조건에 관한 사항을 상세하게 통지하도록 되어 있는 동시에, 귀하도 촌장에게 보고할 의무를 갖게 될 것입니다. 그러나 한

편 본관도 귀하의 언동을 감시하게 될 것입니다. 이 서한의 전달인, 바르나바스는 귀하의 요청을 듣고 본관에게 보고할 수 있도록 때때로 귀하를 방문할 예정입니다. 본관은 언제나 가급적 귀하의 신청에 응할 수 있도록 준비하고 있으니 양지하시기 바랍니다. 좌우간 노동자에게 만족을 주는 것을 본관의 본분으로 생각합니다.

서명한 글자는 읽을 수 없었으나 옆에 'X처 장관'이라는 문자가 인쇄되어 있었다. "좀 기다려요!" K는 벌써 인사를 끝내고 나가려는 바르나바스에게 말했다. 그러고는 주인을 불러서 자기 방을 보여달라고 부탁했다. 그는 잠시 혼자 이 편지 내용을 연구하고 싶었다. 바르나바스에 대해서는 퍽 애착을 느꼈으나, 좌우간 단순한 심부름꾼에 불과하다고 생각하고 주인을 시켜 맥주를 대접하도록 했다. 바르나바스가 그 맥주를 어떤 태도로 받아들일지 K는 주목했는데, 그는 확실히 만족한 듯이 맥주를 당장에 들이켰다. K는 주인과 함께 식당을 나왔다. 원래 이 작은 가옥 속에서 K에게 배당할 수 있는 방이라곤 지붕 밑 좁은 방 하나뿐이었다. 그것조차도 아주 곤란했다. 지금까지 그 방에서 자던 하녀 두 사람을 다른 방으로 옮겨야만 했기 때문이다. 아닌 게 아니라 하녀들을 쫓아낸 것 외에 방 안에 달라진 점이라곤 하나도 찾아볼 수 없었다. 침대가 하나 놓여 있고 욧잇이나 이불잇도 덮여 있지 않으며 쿠션 두서너 개와 말안장 덮개가 있을 뿐인데, 이 모든 것들이 어젯밤부터 흩어져 있던 상태 그대로 남아 있었다. 벽에는 몇 장의 성인 그림과 군인들 사진이 걸려 있었다. 제대로 환기도 하지 않은 것 같았다. 확실히 여관 사람들은 새 손님이 오래 묵지 않기를 바랐으며, 따라서 붙드는 눈치라곤 하나도 보이지 않았다. 그러나 K는 그 눈치를 다 알아차리고 이불을 몸에 두른 뒤 책상을 향해 앉아 촛불 빛에 편지를 읽기 시작했다.

편지 내용은 일관되지 못했다. 개인의 의사를 인정하고 자유인을 대하듯 K에게 말을 걸고 있는 구절도 있었다. 편지 겉봉이 그랬고 또 그의 소망에 관한 구절도 그랬다. 그러나 한편으로는 아주 터놓고 또는 은연중에 K가 그 장관의 견지에서는 거의 눈에 띄지 않은 하찮은 노동자로 취급되고 있는 구절도 있었다. 그런가 하면 명분상 장관이 언제나 K의 "언동을 감시하게 될 것"이라고 밝히고 있었다. 그런데 그의 상관은 기껏 이 마을의 촌장에 지나지 않고, 그는 그 촌장에게 보고할 의무까지 지고 있다. 또 그의 유일한 동료래야 마을의 경찰 정도였다. 이것은 의심할 여지 없는 모순이었다. 틀림없이 계획적이라고 생각될 만큼 너무나 명백한 모순이었던 것이다. 관청의 결단성 없는 태도가 이런 모순을 빚어냈다는, 관청에 대한 허무맹랑하고도 어리석은 생각은 K의 머리에 떠오르지도 않았다. 오히려 그는 그 속에 공공연하게 드러나 있는 선택의 자유를 보았다. 다시 말하면 그가 이 편지의 지령을 받고 어떻게 할 것인가, 즉 어쨌든 티가 나게 마련이지만 순전히 겉으로만 성과 관련이 있는 마을 노동자가 될 것인지, 그렇지 않으면 사실 어떤 일이든지 바르나바스가 전해주는 통지에 따라 결정되는 이름뿐인 마을 노동자가 될 것인지, 이 선택이 K에게 맡겨져 있었다. K는 선택하는 데 주저하지 않았다. 지금까지의 경험이 없었다고 하더라도 주저하지 않았을 것이다. 될 수 있는 한 성 안의 사람들에게서 멀리 떨어져 마을의 노동자로 머무르는 경우에 있어서만, 그는 성 안의 그 무엇에 도달할 수 있었다. 아직도 그를 조금도 믿지 않는 마을 사람도, 가령 벗이 아닐지라도 마을의 백성으로서 그들의 반려가 되었을 때 비로소 말을 걸어올 것이다. 또 언젠가 그가 게어슈테커나 라제만과도 구별할 수 없는 인간이 되면—따지고 보면 빨리 그렇게 될 필요가 있다. 말하자면 일 전체가 그것에 의하여 결정된다고 해도 과언은 아니다—틀림없이 모든 길이 한꺼번에 K 앞에 열릴 것이다. 성 사람이나 그 은총에만 매달린다면 그 길은 영영 차단될 뿐만 아니라 눈에도 보이지 않게 될지도 모른다. 물론 위험은 있다. 그 점은 편지 속에도 충분히 강조되어 있고, 빠져나갈 수 없으리라는 일종의 기쁜 어투로 표현되어 있었다. 위험이란, 즉 노동자로서의 신분을 말했다. 근무, 윗사람, 노동, 임금 규정, 보고, 노동자 같은 말들로 편지는 가득 차 있었다. 다른 일, 개인적인 일이 언급되는 경우에도 항상 그 관점에서 논의되고 있었다. 만일 K가 노동자가 되려고 한다면 그건 가능한 일이지만, 다만 그때는 다른 것이 된다는 희망은 다 희생해야 하는, 그야말로 소름이 끼칠 만큼 심각하고도 진지한 이야기였다. K는 자기가 현실적인 위험에 처해 있는 것은 아니라는 사실을 잘 알고 있었다. 아닌 게 아니라 그는 원래 현실적인 강압 같은 것을 무서워하지도 않으며, 이 경우 거의 아무런 공포도 느끼지 않았다. 그러나 의기소침하게 만드는 환경이라든지 절망에 빠져버리는 것, 순간순간 눈에 띄지 않는 영향, 이런 것들이 지니고 있는 무서운 폭력을 그는 두려워했다. 그러나 그는 이런 위험성과 감히 대결하지 않으면 안 되었다. 편지에는 또한 만일 싸움이 벌어진다면 뻔뻔스럽게도 싸움을 건 책임이 K에게 있다는 사실까지도 언급되어 있었다. 다만 이것은 교묘하게 표현되어 있었으므로 불안한 양심만이—불안한 양심이지, 불량한 양심을 말하는 것은 아니다—깨달을 수 있는 것이었다. 그를 채용해서 근무시키는 것에 관해서, "귀하가 잘 아시는 바와 같이"라는 말로 표현한 부분이 바로 그것이다. K는 이미 자기 이름과 도착했다는 사실을 신고해 놓았는데, 이때부터 편지 속에 나타나 있는 것처럼 자기 자신이 채용된 사실을 이미 알고 있었다.

K는 벽에 걸려 있는 그림을 하나 떼어내고, 그 못에 편지를 꽂았다. 이 방에서 숙박하게 된 이상 편지는 이곳에 걸어두기로 작정했다.

그러고 나서 K는 식당으로 내려갔다. 바르나바스는 조수들과 함께 작은 식탁 옆에 앉아 있었다. "아, 자네 거기 있었군." K는 특별한 이유도 없이 단지 바르나바스의 모습을 보는 것이 기뻐서 말했다. 그는 당장에 일어났다. K가 들어오자마자 농부들은 일어서서 그에게로 가까이 오려고 했다. 늘 K의 뒤를 쫓아다니는 것이 그들의 습관이 되었다. "대체 왜 자네들은 나를 어떻게 하려고 항상 쫓아다니는 거지?" K는 외쳤다. 그들은 이 말을 기분 나쁘게 받아들이지 않고 천천히 꽁무니를 빼며 제자리로 돌아갔다. 한 사람은 걸어가면서 경솔한 말투로 해명하려는 듯이 "늘 무엇이든 간에 새로운 걸 듣게 되는군." 하고 말했다. 그리고 의미심장한 미소를 던졌는데 다른 두서너 사람들도 그에 호응해서 같은 미소를 띠었다. 뿐만 아니라 그는 이 새로운 것이 맛있는 음식이라는 듯 자기 입술을 핥았다. K는 타협적인 이야기는 한마디도 하지 않았다. 그들이 자신에게 존경심을 가지고 어려워하도록 하는 것이 좋다고 생각해서였다. 그런데 그가 바르나바스 옆에 앉자마자 목 뒤에서 농부의 입김을 느꼈다. 이 농부는 소금 단지를 가지러 왔다고 말했다. K가 화를 바짝 내며 발을 굴렀더니 소금 단지도 찾지 않고 그대로 내빼 버렸다. K로 하여금 화를 내게 하는 것은 정말 쉬웠다. 그저 농부들이 그에게 덤

비게만 하면 됐다. K에게는 이들의 완고하고 깐깐한 관심이 다른 사람들의 비타협적인 태도보다도 한층 지독한 것처럼 느껴졌다. 뿐만 아니라 이들의 관심이란 비타협적인 태도이기도 했다. 왜냐하면 만일에 K가 스스로 그들 식탁 옆에 앉았다고 해도 그들이 자리를 떠나버릴 것이기 때문이었다. K는 소동을 일으키려고 하다가 바르나바스가 여기 있어서 그만두었다. 그래도 그는 위협하는 태도로 농부들이 있는 쪽을 돌아다보았다. 그들도 이쪽으로 얼굴을 돌리고 있었지만, 이들이 이처럼 각자 제자리에 앉아서 서로 이야기도 하지 않고 서로 뚜렷한 인연도 없이, 단지 그들이 자기 뒤를 함께 응시한다는 인연만으로 맺어져 있는 것을 보면 그들이 자기 뒤를 쫓아다니는 것도 전혀 악의에서 그러는 것이 아닌 듯 느껴졌다. 아마 그들은 사실 그에게 바라는 것이 있지만 단지 그것을 입 밖에 내서 표현할 수 없는 모양이었다. 그렇지 않으면 아마 한낱 순진함에서 나온 짓일 게다. 좌우간 여기서는 순진함이 특색처럼 보였다. 이 여관 주인은 손님에게 가지고 가는 맥주컵을 양손에 든 채 걸음을 멈추고 K 쪽을 쳐다보면서 부엌의 작은 창문에서 상반신을 내밀고 소리를 지르고 있는 아내의 말을 건성으로 듣곤 했는데, 그런 주인 남자도 순진하다고 할 수 있지 않을까?

전보다도 더 침착하게 K는 바르나바스 쪽을 쳐다보았다. 두 조수들을 떼어놓고 싶었으나 마땅한 구실이 없었다. 그들은 조용히 맥주를 내려다보고 있었다. "편지를 읽었네. 자네는 편지 내용을 아는가?" K는 말을 꺼냈다. "모릅니다." 하고 바르나바스는 대답했다. 말보다도 눈의 표정이 더 풍부했다. 농부들이 악의를 품고 있다고 생각한 것도, 그리고 이 남자가 선의를 품고 있다고 생각한 것도 다 K의 잘못된 생각이었는지도 몰랐다. 그러나 이 남자가 있어서 기분이 좋다는 점에는 변함이 없었다. "편지에는 자네 이야기도 있어. 자네는 나와 상관 사이를 가끔 왕래하여 통신 연락을 하도록 되어 있더군. 그래, 자네도 편지 내용을 알고 있을 것이라고 생각했는데." "저는 단지 편지를 전해드리고, 다 읽으실 때까지 기다린 다음 필요하시다면 구두나 서면으로 회답을 가지고 돌아오도록 지시를 받고 왔습니다." 바르나바스의 말이었다. "좋아, 쓸 필요도 없어. 상관에게 말씀드려서 —그분의 성함이 뭐더라, 서명을 보았으나 알아볼 수가 없어." K가 말했다. "클람입니다." 하고 바르나바스가 대답했다. "그러면 클람 씨에게 채용해 주신 것과 각별한 친절과 호의를 베풀어 주신 데에 대하여 무척 감사하다고 말씀 전해줘. 하여간 나는 이 땅에서 아직은 입지가 전혀 없는 인물이기 때문에 그런 친절을 대단히 고맙게 생각하고 있다고 말이야. 나는 그분이 뜻하는 대로 행동할 거야. 오늘은 다른 바람은 없어." 한 마디 한 마디 빠뜨리지 않으려고 귀를 기울이고 있던 바르나바스는 부탁받은 말을 K 앞에서 복창해도 좋으냐고 물었다. K가 허락하자, 바르나바스는 K의 말을 전부 그대로 복창했다. 그리고 작별을 고하려 일어섰다.

먼저부터 쭉 K는 바르나바스의 얼굴을 살펴보고 있었는데, 지금 또 한 번 마지막으로 그 얼굴을 살펴보았다. 바르나바스는 K와 키가 거의 비슷했지만 K를 내려다보는 듯했다. 그러나 그의 태도는 어디까지나 공손하고, 그가 다른 누구를 창피 주는 일은 없을 성싶었다. 물론 그는 단지 심부름꾼에 불과하고 자기가 배달하는 편지 내용도 알지 못했을뿐더러, 자기 자신도 의식하지 못하는 듯했지만 그의 눈초리, 미소, 걸음걸이에까지도 심부름꾼이라는 신분이 잘 나타나 있었다. K는 작별하기 위하여 손을 내밀었는데, 이 정다운 행동에 그는 깜짝 놀란 모양이었다. 그도 그럴 것이 바르나바스는 인사만 하고 그대로 나가 버리려고 했던 것이다.

바르나바스가 나가자마자—문을 열기 전에 K는 잠시 동안 어깨를 문에 기대고 어느 한 사람만을 상대하지 않고 방 안 전체를 둘러보았다—곧 K는 조수들에게 말했다. "방에서 서류를 가져올 테니, 우선 일에 대해서 상의하기로 하자." 그들은 함께 따라가려고 했다. "자네들은 여기 있어!" 하고 K가 말했다. 그래도 그들은 여전히 따라가려고 했다. K는 더욱 엄숙한 어조로 명령을 되풀이했다. 현관에서 이미 바르나바스의 모습은 보이지 않았다. 지금 막 나갔는데 여관 앞에서도—눈이 다시 퍼붓기 시작했다—그의 모습은 보이지 않았다. "바르나바스!" 하고 불러 보았으나 아무 대답이 없었다. 아직도 여관 안에 남아 있는 것일까? 아무리 생각해 보아도 다른 가능성이 있을 것 같지 않았다. 그러나 K는 또 한 번 있는 힘을 다해서 이름을 불러보았다. 바르나바스라는 이름이 마치 산울림처럼 어둠 속에서 울렸다. 저 먼 곳에서 희미한 대답 소리가 들려왔다. 바르나바스는 벌써 먼 곳까지 가버린 모양이었다. K는 그에게 돌아오라고 소리 치고, 동시에 자기 자신도 그 쪽으로 걸어갔다. 두 사람이 만난 장소는 하도 멀어서 그들의 그림자가 여관에서는 전혀 보이지도 않았다.

"바르나바스." 하고 K는 말했는데 목소리가 떨리는 것을 어쩔 수 없었다. "아직도 자네에게 하고 싶은 말이 남았어. 이쪽에서 성에다 무엇이든 청탁할 용건이 있을 때, 자네가 우연히 찾아오기를 하늘처럼 믿고 있다가는 큰 낭패가 되리라는 점을 깨달았지. 만일에 내가 우연히 자네의 뒤를 쫓아오지 않았다면—

자네는 나는 새처럼 빠른데, 나는 자네가 아직도 여관에 있다고만 생각했어—자네가 다음에 다시 와줄 때까지 얼마나 오랫동안 기다려야 하는지 알 수 없는 노릇이 아니겠나." "제가 선생님이 청해주신 시간에 어김없이 오도록 상관에게 부탁하면 어떻습니까?" 바르나바스가 대답했다. "그래도 마음이 안 놓여. 어쩌면 나는 1년 동안 아무 말도 하지 않을지도 모르지. 하지만 자네가 떠난 지 15분도 되기 전에 급하게 할 말이 생길지도 모르는 일이 아닌가." K가 말했다. "그렇다면 제가 상관과 선생님 사이를 연락할 뿐만이 아니라 다른 연락 방법도 강구해 달라고 상관에게 말씀 올릴까요?" 바르나바스가 말했다. "아니, 아니, 절대로 그러지 마. 단지 겸사겸사 말했을 뿐이야. 오늘 이번만은 다행히도 운이 좋아서 자네를 뒤쫓아 오긴 했지만." K가 말했다. "여관으로 되돌아가기로 할까요? 새로운 부탁 말씀을 하실 수 있게 말입니다." 하고 바르나바스는 말하면서 벌써 여관 쪽으로 한 발짝 걸음을 옮겨놓고 있었다. "바르나바스, 그럴 필요는 없어. 잠시 자네와 함께 걷기로 하지." K가 말했다. "왜 여관으로 가려고 하지 않으십니까?" 바르나바스가 물었다. "농부들이 뻔뻔스러운 것을 자네도 눈으로 보지 않았는가. 그자들이 귀찮아 죽겠어." K가 말했다. "둘이서 선생님 방으로 갈 수도 있을 것입니다." 바르나바스가 대답했다. "그런데 그게 하녀들 방이야. 더럽고 곰팡이 냄새가 나서 숨이 막힐 지경이야. 그것을 면하기 위해서라도 자네와 잠시라도 함께 걷고 싶어. 자네는 그저……." K는 그가 주저하는 기색을 단연코 물리치기 위해 이렇게 덧붙였다. "자네와 팔짱을 끼게 해줘. 자네의 걸음걸이가 더 안전하니까 말이야." 그렇게 말하고 K는 바르나바스의 팔에 자기 팔을 끼려고 했다. 주위가 아주 깜깜하고 바르나바스의 얼굴은 보이지 않으며 몸의 윤곽도 희미했다. K는 조금 전에도 그의 팔을 손으로 더듬어 만져보려고 했었다.

바르나바스가 K의 말을 들어주어 두 사람은 여관을 등지고 걸어갔다. K는 자기가 아무리 기를 써보았자 그와 보조를 맞춰 걸을 수 없으며 기껏해야 그가 자유롭게 걸어가는 데 방해가 될 것이라고 느꼈다. 보통 때 같으면 이런 상관도 없는 일을 가지고 옴짝 못 할 정도로 녹초가 되어 틀림없이 뒷골목에 쓰러졌을 것이다. 오늘 아침도 호젓한 골목길에서 눈 속에 파묻혀 오도 가도 못 했는데, 지금도 바르나바스가 자기를 도와주지 않으면 이 길에서 빠져나갈 수 없다고 K는 느꼈다. 그러나 K는 이런 걱정을 보기 좋게 물리쳐 버렸다. 게다가 바르나바스가 입을 열지 않고 잠자코 있었기 때문에 한결 기분이 가벼웠다. 두 사람은 입을 다물고 걸어갔는데, 그러고 보니 바르나바스에게도 그저 앞으로 걸어가는 것, 단지 그것만이 두 사람이 함께 있는 목적이 될 수 있었다.

두 사람은 자꾸 걷기만 했는데 K는 어디로 가는지 알 수가 없었다. 더군다나 이정표가 될 만한 것이 하나도 없었다. 이미 교회 앞을 통과했는지조차 알 도리가 없었다. 단지 걸어가는 것 하나로 몸이 지쳤기 때문에 생각을 마음대로 가다듬을 수 없었다. 머릿속에서 목표를 확실히 뒤쫓지 못하고 생각이 산산이 흩어져 버렸다. 끊임없이 고향 생각이 떠오르고 그로 인해 가슴이 벅찼다. 고향 광장에 있는 교회 묘지는 일부가 오래된 담으로 둘러싸여 있었는데, 이곳의 묘지도 높은 담으로 둘러싸여 있었다. 담 위로 기어 올라갈 수 있는 것은 극소수의 애들뿐이었고 K는 올라가지 못하는 축에 속했다. 어린이들이 호기심에 못 이겨서 그런 짓을 하는 건 아니었다. 묘지는 어린이들의 눈에는 조금도 신비롭지 않았다. 작은 살창문을 통하여 그들은 벌써 몇 번이고 묘지 안으로 들어갔다. 단지 높고 미끄러운 담을 정복하고 싶었을 뿐이었다. 어느 날 오전에 조용하고 인기척 없는 광장은 밝은 빛으로 넘쳐흐르고 있었다. K는 이전에도 후일에도 광장의 이런 광경을 본 적이 없었다. 그날 K는 놀랄 만큼 쉽게 담을 넘어갈 수 있었다. 몇 번 시도했으나 실패했던 그 장소에서, 작은 깃대를 입에 문 채 단숨에 그 담 위로 기어올라 갔다. 조약돌들이 떨어져 내리는 가운데 그는 이미 담 꼭대기에 올라 있었다. 깃대를 꽂으니까 마침 바람을 안고 팽팽하게 나부꼈다. 그는 아래를 내려다보고 사방을 돌아다보더니 어깨 너머로 땅에 꽂힌 수많은 십자가들을 바라보았다. 그 자리에서는 아무도 따를 수 없을 정도로 그는 위대했다. 그때 우연히 선생님이 지나가다가 노기를 띤 눈초리로 K에게 아래로 내려오라고 야단을 쳤다. 뛰어내릴 때 무릎을 다쳐서 K는 간신히 집에 돌아왔다. 그러나 담을 정복했다는 사실에는 변함이 없었다. 이 승리의 감정이 이때부터 긴 생애 동안 하나의 발판이 된 것처럼 느껴졌는데, 그리 어리석다고만 할 수는 없는 생각이었다. 왜냐하면 벌써 그때부터 오랜 세월이 흐른 지금에 와서도 그가 바르나바스의 팔에 기대 걸어가는 이 눈 내리는 밤에 그 생각이 도움이 되었기 때문이다.

그는 전보다 더 바싹 바르나바스의 팔에 매달렸다. 바르나바스가 그를 끌고 가다시피 했다. 침묵은 전혀 훼손되지 않았다. K가 길에 관해서 아는 것이라고는 거리 상태로 미루어 보아 아직도 옆길로 구부러지지 않았다는 것뿐이었다. 아무리 길이 걷기 어렵다고 하더라도, 또 돌아오는 길이 어떻게 될지 모른다고 하더라도 걸음을 멈추지 않으리라고 마음속으로 굳게 맹세했다. 결국 질질 끌려가게 될 테니까, 그 정도는 K의 체력으로도 넉넉하다고 할 수 있을 것이다. 그런데 길이 무한히 계속된다는 게 가능할까? 낮에 보니까 성은 문제없이 도착할 수 있는 목표인 것처럼 눈앞에 가로놓여 있고, 심부름꾼 바르나바스는 틀림없이 지름길을 알고 있을 테니까 말이다.

바르나바스가 걸음을 멈추고 섰다. 여기는 어디쯤 될까? 벌써 길이 막혔단 말인가? 바르나바스는 K에게 작별하려고 하는 것일까? 그렇게는 잘 안 될 것이다. K는 자기 몸이 아파질 정도로 바르나바스의 팔을 꽉 붙들고 있었다. 혹시 믿을 수 없는 기적이라도 일어나서 두 사람은 벌써 성 안이나 성문 앞에 와 있는 것일까? K가 기억하는 바에 의하면 두 사람은 언덕길을 올라온 적이 없었다. 그렇지 않으면 바르나바스가, 눈치채지 못하게 몰래 자기를 끌고 언덕길을 올라왔단 말인가? "대체 여기가 어딜까?" K는 나지막한 소리로 바르나바스에게 혼잣말하듯 물었다. "집입니다." 바르나바스도 나지막한 소리로 대답했다. "집이라고?" "그런데 미끄러지지 않도록 주의하세요. 길이 가파르게 아래로 내려가니까." "내려가는 길이라고?" "두서너 걸음이면 됩니다." 하고 그가 덧붙이기 무섭게 벌써 문을 두드리고 있었다.

한 아가씨가 문을 열었다. 그들 두 사람은 큰 방 입구에 서 있었다. 방 안은 거의 깜깜하고, 왼편 깊숙한 곳 식탁 위에 희미한 석유램프가 하나 매달려 있을 뿐이었다. "함께 오신 분은 누구야, 바르나바스?" 아가씨가 물었다. "측량사님이셔." 그가 말했다. "측량사시라고?" 아가씨가 식탁 쪽을 향하여 더 큰 소리로 되풀이했다. 그 소리를 듣자 안쪽 깊숙한 곳에 있던 늙은 부부와 또다른 아가씨가 일어났다. 모두들 K에게 인사했다. 바르나바스는 가족 전부를 그에게 소개했다. 부모와 자매 올가와 아말리아였다. K는 그들 쪽을 거의 바라보지도 않았다. 가족 중에는 K의 함

빡 젖은 상의를 벗겨서 난로 옆에 말려주는 사람도 있었다. K는
하는 대로 내버려두었다.

그러고 보면 여기는 두 사람의 집이 아니라 바르나바스만의
집이었다. "그런데 대관절 우리가 어째서 여기에 와 있는 건가?"
K는 바르나바스를 옆으로 불러다가 물어보았다. "왜 자네 집으
로 와버렸지? 아니면 이미 자네들은 성의 영내에 살고 있는 것
인가?" "영내라고요?" 하고 바르나바스는 K가 한 말의 뜻을 모르
겠다는 듯 되풀이했다. "바르나바스, 그러나 자네는 여관에서 성
으로 가려고 하는 것 같았는데." K가 말했다. "아닙니다. 저는 집
으로 돌아오려고 생각했었습니다. 성에는 아침 일찍이 갈 뿐이
고 거기서 숙박하는 일은 없습니다." 바르나바스가 말했다. "그
래, 자네는 성으로 가려고 한 것이 아니라 여기로 오려고 했을
뿐이군." K는 말했다. 그는 자신의 얼굴에 떠오른 미소가 전보다
더 넋 빠진 것처럼, 그리고 자신이 더 초라해진 것처럼 느꼈다.
"왜 자네는 내게 그렇게 말하지 않았지?" "선생님이 제게 물어보
시지 않았으니까 그랬습니다. 선생님이 제게 무슨 부탁을 하려
고 하시면서, 식당에서나 방에서나 말씀하시기를 꺼리시기에 저
는 이렇게 생각했습니다. 제 부모가 있는 곳이라면 아무런 방해
도 받지 않고 그 부탁을 말씀하실 수 있을 거라고요. 만일에 선
생님이 명령만 하신다면 모두들 여기서 자리를 비킬 수도 있습
니다. 이곳이 마음에 드시면 묵으셔도 좋습니다. 제가 무슨 옳
지 못한 일이라도 했습니까?" K는 대답할 수가 없었다. 그러니
까 오해가, 천하고 야비한 오해라도 있었던 모양이다. K는 이 오
해에 완전히 몸을 맡겼던 것이다. 몸에 착 붙고 명주처럼 번지르
르하게 윤택이 나는 바르나바스의 윗도리에 매력을 느끼고 정신
이 팔린 것 같았다. 지금 바르나바스가 윗도리의 단추를 풀고 있

어서, 그 아래의 초라하고 시꺼멓게 더러워지고 누덕누덕 기운 허름한 셔츠가 젊은이의 굳세고 모진 가슴 위로 내다보였다. 그 주위에 있는 모든 것이 이 셔츠와 잘 어우러지며 오히려 그것을 능가하고 있었다. 풍을 앓는 늙은 아버지는 천천히 내디디듯 움직이는 뻣뻣한 다리보다도 손으로 더듬으면서 겨우 걸어다니고 있었다. 또 어머니는 어머니대로 가슴에 손을 얹고는, 굉장히 뚱뚱하기 때문에 아주 느리게 조금씩밖에는 앞으로 나아갈 수 없었다. 이 두 부모는 K가 방 안에 들어왔을 때부터 아까 앉아 있었던 방구석에서 K 쪽으로 발을 옮겨놓고 있는데, 아직도 그에게 이르지 못하고 있었다. 금발의 누이들은 체격도 좋고 몸도 튼튼한데 서로 닮았을 뿐 아니라 바르나바스도 그렇지만 그보다 더 쌀쌀한 표정을 짓고 있었다. 이 누이들은 새로 온 K를 둘러싸고 무슨 인사의 말이라도 들을 수 있을까 하고 바라고 있었다. 그런데 그는 한마디도 할 수가 없었다. 이 마을에서는 누구나 다 그에게 중요한 사람들이라고 그는 믿고 있었으며 또 그게 사실이었다. 하지만 이 집 사람들만은 예외적인 존재여서 K는 그들에게 전혀 관심이 없었다. 만일에 여관으로 가는 길을 알고 있어서 혼자라도 돌아갈 수 있다면 망설이지 않고 떠나버렸을 것이다. 아침 일찍이 바르나바스와 함께 성으로 갔으면 하는 생각에도 아무런 흥미를 느끼지 못했다. 지금 밤에 사람들의 눈에 띄지 않고 바르나바스의 안내로 성으로 스며 들어가고 싶었다. 다만 그 안내를 하는 바르나바스에게는 여태까지 K의 눈에 비친 대로 이 마을에서 만난 누구에게보다 친밀감이 느껴졌다. 표면상의 신분보다도 훨씬 긴밀하게 성과 결합되어 있다고 K가 믿는 그 장본인이었다. 그런데 이 집의 아들과—바르나바스는 완전히 이 집안에 속했고, 사실 벌써 가족들과 식사하려고 함께 앉아 있었다—즉 아직 한 번도 성에서 숙박할 수 있는 허가를 얻지 못한 그와 대낮에 팔을 끼고 성으로 가는 것은 아무래도 불가능한 일이며 우스울 만큼 희망이 없는 시도일 수밖에 없었다.

여기서 묵기로 하되 그 밖에 아무것도 이 가족의 신세를 지는 일은 없도록 하자고 결심하고, K는 창 옆 벤치에 앉았다. 그를 쫓기도 하고 무서워하기도 하는 마을 사람들이, 오히려 위험하지 않다는 생각이 들었다. 그들은 결국 자기 자신만을 의지하도록 그에게 암시를 주고, 그가 힘을 집중하도록 도와준 셈이다. 이처럼 얼른 보기에는 그를 도와주는 척하는 사람들, 즉 가면을 쓰고서 성으로 그를 데리고 가는 체하다가 자기 가족에게로 안내하는 사람들은 그들이 원했든 원하지 않았든 간에 그를 목표에서 빗나가게 하고 그의 힘을 파괴하는 역할을 한 것이다. 가족들이 앉아 있는 식탁에서 어서 오라는 권유를 받았으나 그런 소리는 들은 둥 만 둥 K는 고개를 수그리고 자리에서 움직이려 하지 않았다.

바로 그때 올가가—두 자매들 중에서 비교적 얌전한 성격이었으며, 사실 아가씨답게 어쩔 줄 몰라 하는 당황의 빛까지 띠고 있었는데—일어서더니 K에게로 걸어와서 빵과 베이컨이 준비되었고, 맥주도 가져올 테니 식탁으로 오라고 권했다. "어디서 가져오는 거지?"라고 묻자, "여관에서 가져오죠." 하고 그녀는 대답했다. K에게는 반가운 소리였다. 그래서 그는 맥주를 가져오는 것은 그만두고 그저 자기를 여관까지 보내달라고 그녀에게 부탁했다. 그런데 이야기를 들어보니 그녀는 그렇게 멀리, 자기가 묵고 있는 여관으로 가려는 것이 아니라 바로 옆에 있는 다른 여관인 헤렌호프로 가려고 한다는 것이 밝혀졌다. 그래도 그는 따라가게 해달라고 부탁했다. 틀림없이 그 여관에서 숙박할 수 있을 것이라고 생각했다. 그곳의 잠자리가 어떠하든 이 집의 제일 좋다는 침대보다는 나을 것 같았다. 올가는 바로 대답하지 않고 식탁 쪽을 돌아다보았다. 그 식탁에서는 바르나바스가 일어서서 고개를 끄덕이며 말했다. "선생님이 원하시면 함께 가드려." 좋다는 말이 떨어지자 K는 자기가 한 부탁을 철회하고 싶은 생각이 간절했다. 저 사람은 하찮은 일밖에는 동의할 줄 모르는 자다. K를 여관에서 받아줄지 말지 가족이 모두 걱정했지만, K는 곧 데려가 달라고 졸라댔다. 그러나 자기 부탁에 대해 납득이 갈 만한 이유를 찾지는 못했다. 이 가족은 그의 파렴치한 말을 그대로 받아들일 수밖에 없었으며, 말하자면 그는 이 가족에 대해서 조금도 수치스러운 감정을 품고 있지 않았다. 가족 중에서 단지 아말리아의 진지하고 솔직하고, 태연하지만 약간 둔한 눈초리가 그의 마음을 산란하게 했다.

여관까지는 아주 가까운 거리였다. 가는 도중에―K는 별도리 없이 올가에게 팔을 끼고 몸을 의지한 채 거의 끌려가다시피 했는데, 아까 그녀의 남동생에게 거의 매달려 온 것과 마찬가지였다―들은 바에 의하면 그 여관은 원래 성에서 나온 사람만 사용할 수 있어서, 그 사람들이 마을에 무슨 용무가 있을 때면 식사나 혹 때로는 숙박도 하게 되어 있었다. 올가는 다정한 어조로 나지막하게 K와 이야기했다. 따라서 그녀와 함께 걸으면, 그녀의 남동생과 걸을 때와 마찬가지로 한없이 즐거웠다. K는 이런 쾌감을 억제하려고 애썼으나 도저히 억제할 수 없었다.

여관은 얼른 보기에 K가 숙박하고 있는 여관과 퍽 비슷했다. 대체로 이 마을의 집들은 걸으로 보면 큰 차이점이 없었다. 그래도 먼젓번 여관과 자세히 비교해 보면 이 여관은 다르다는 것을 바로 알 수 있었다. 입구 계단에 난간이 달려 있고, 문 위에는 아름다운 등이 설치되어 있었기 때문이다. 그들이 여관 안에 들어 갔을 때 두 사람의 머리 위에는 피륙이 펄럭거렸는데, 그것은 백작 영지를 표시하는 물들인 깃발이었다. 현관에서 두 사람은 주인과 마주쳤는데, 주인은 감독 순시를 하고 있었던 모양이었다. 그는 지나가면서 살펴보는 눈치였고 졸린 듯 보이는 작은 눈으로 K 쪽을 바라보며 말했다. "측량사는 주점까지밖에는 가지 못합니다." "알고 있어요." 하고 올가는 K의 편을 들며 말을 던졌다. 이어서 "이분은 나를 따라온 것뿐이에요." 하고 말했다. 그러나 주인은 야속하게도 K를 올가 곁에서 떼내어 옆으로 데리고 갔다. 올가는 그동안 현관 구석에서 초조하게 기다리고 있었다. "나는 여기서 묵고 싶어요." K가 말했다. "미안하지만 안 됩니다. 당신이 잘 모르시는 모양인데 이 집은 성에서 오신 분들 전용입니다"라고 주인은 대답했다. "그런 규정이 있는지 몰라도 어느 구석에서 재우는 것쯤은 가능할 것 같은데." K는 반문했다. "손님의 뜻을 받들어드리면 좋겠지만, 지금 손님이 외지에서 오신 듯한 말투로 말씀하신 그 규정이 엄격하지 않다손 치더라도 그것은 안 될 말입니다. 성의 양반들은 대단히 신경질적이기 때문입니다. 나는 이렇게 믿고 있습니다. 그 양반들은 타지 사람을 보면 견딜 수가 없는 모양이라고요. 적어도 예기치도 않은 때 느닷없이 보게 되면 말입니다. 그러니까 내가 당신을 여기서 재운다 하더라도 만일에 당신이 우연히—더욱이 우연이라는 것은 언제나 성 양반들 편에 달려 있지만—발각되는 일이라도 있으면 모가지가 날아가는 것은 나뿐 아니라 당신도 같은 운명이라는 것을 알아야 합니다. 어리석은 소리 한다고 생각하시겠지만 사실이니 어떻게 합니까?" 키가 크고 단추를 꼭꼭 잠근 이 주인은 한 손은 벽에 또 한 손은 허리에다 버티고 두 발을 꼰 채 K에게 약간 상반신을 구부리면서 정답게 말을 걸었다. 이 주인은 시골 사람들이 경사 때나 제사 때에 입는 것처럼 짙은 색깔의 옷을 입고 있었으나 아무리 보아도 촌사람 같지 않았다. "나는 당신 말씀이 전부 옳다고 생각해요. 내 표현 방법이 서툴렀는지 몰라도 규정의 중요성을 경시한 적은 절대로 없어요. 단지 한 가지 내가 당신의 주의를 환기하고자 하는 것은 내가 성 안에서 지체가 높은 연고자를 알고 있을 뿐만이 아니라, 장래는 더욱 중요한 인물과 관계를 맺게 되리라는 것이지요. 그런 연고자들은 내가 여기 묵었기 때문에 일어날지도 모르는 위험에서 당신을 보호해 줄 것입니다. 그뿐 아니라 내가 사소한 호의에 대해서 충분히 사례할 수 있는 신분이라는 것도 보증해 줄 수 있겠지요." K가 말했다. 주인은 "알고 있습니다." 하고 말하더니, "저도 그걸 알고 있습니다"라고 되풀이했다. 본래 같으면 K는 여기서 자기 요구를 더 강경하게 주장할 수도 있었을 것이다. 그러나 주인의 이런 대답을 들으니 그는 맥이 풀려서 그저 이렇게밖에 물어보지 못했다. "오늘은 성 양반들이 많이 숙박하고 있나요?" "그 점에 있어선 오늘은 사정이 괜찮습니다. 단지 한 분만이 숙박하고 있을 뿐입니다." 주인은 거의 유혹하는 것 같은 말투로 이야기했다. 그 말을 듣고도 K는 억지를 쓰지 못하고 있었으나 그럭저럭 받아줄 것도 같아서 그 양반의 이름만을 물어보았다. "클람." 하고 주인은 대수롭지 않게 말하면서 자기 아내를 돌아다보았다. 그때 마침 그의 아내는 유행에 뒤떨어지는 데다 허름하고 레이스와 주름투성이긴 하지만, 그래도 도회지 냄새를 풍기는 화려한 옷을 입고 옷자락을 팔랑거리며 이쪽으로 걸어왔다. 장관이 무슨 일로 부른다고 전하며 주인을 데리러 온 것이었다. 주인은 떠나기 전에 또 한 번 이쪽으로 몸을 돌렸다. 숙박하고 못 하고는 자기가 결정할 일이 아니라, K 자신이 결정하지 않으면 안 된다는 눈치였다. 그러나 K는 한마디도 입 밖에 낼 수 없었다. 공교롭게도 바로 자신의 상관인 그 사람이 여기에 묵고 있다는 현실 앞에 K는 적이 당황하고 어이가 없을 지경이었다. 자기 스스로도 똑똑히 설명할 수 없는 일이었지만, 클람에 대해서는 성의 다른 사람들에게 느끼는 것처럼 자유로운 기분을 가질 수 없었다. 여기 있다가 갑자기 발각된다고 하더라도 주인이 말한 것처럼 깜짝 놀랄 일은 아니겠지만, 말할 수 없이 괴롭고 난처한 일에는 틀림없었다. 마치 신세를 진 사람에게 경솔하게도 어떤 쓰라린 고통을 주는 것 같은 기분이었다. 그와 동시에 심상치 않은 사태 속에 전부터 두려워하고 있었던 하급자의 신분, 즉 노동자의 신분이라는 좋지 못한 결론이 뚜렷하게 엿보였다. 그뿐 아니라 두려워하고 있었던 그 결론이 이렇게 뚜렷하게 나타나 있는 바로 이 마당에 그것을 극복할 수 없다는 사실을 자각하고서 그는 무겁게 억눌리는 듯한 심란한 기분에 사로잡혔다. 그는 그렇게 서 있었으며 입술을 깨물고 한마디 말도 못했다. 주인은 문 안으로 자취를 감추기 전에 또 한 번 K를 돌아다보았다. K는 주인의 뒷모습을 쳐다보며 그 자리에서 움직이려고도 하지 않았다. 드디어 올가가 와서 그를 잡아끌었다. "여관 주인에게 무슨 용무라도 있으셨나요?" 올가가 물었다. "이 집에서 묵으려고 했어." K가 대답했다. "저희 집에 숙박하시면 좋은데." 올가는 의아하다는 듯한 어조로 말했다. "확실히 그래." K가 말했다. 이 말뜻의 해석은 그녀에게 맡겼다.

3장   프리다

　여관 주점은 한가운데 아무것도 놓여 있지 않은 큰 방이었는
데, 농부 몇 사람이 벽에 기대어 나란히 놓인 통 옆에 자리 잡기
도 하고, 또 직접 통 위에 앉기도 했다. 그들은 K가 숙박하고 있
는 여관의 농부들과는 달라 보였다. 그들은 회색빛을 띤 노랗고
거친 천으로 된 옷을 입고 있는데, 훨씬 산뜻하고 서로 비슷비슷
했다. 윗도리는 헐렁헐렁했으나 바지는 몸에 착 붙어 있었다. 그
들은 얼른 보기에 서로 아주 닮았고 몸집이 자그마했으며 얼굴
은 넓적하고 뼈가 드러났으나 광대뼈는 둥글둥글했다. 그들은
말이 적고 거의 움직이지도 않았다. 다만 그들은 거기에 들어온
K와 올가를 눈으로 쫓았지만, 그것조차도 느리고 아주 무관심
한 태도였다. 그럼에도 그들의 수가 많고 아주 조용했던 탓으로
그들은 K의 마음속에 어떤 뚜렷한 인상을 남겼다. K는 또 한 번
올가의 팔을 잡았는데, 여기 있는 사람들에게 자기가 이곳 사람
이라는 것을 설명해 보이기 위해서였다. 구석에 있던 남자 한 사
람이 일어섰다. 올가와는 아는 사이이므로 그녀에게 가까이 오
려고 했다. 그런데 K는 끼고 있던 팔로 올가의 몸을 돌려버렸다.
그녀 이외에는 아무도 눈치채는 사람이 없었으나 그녀는 곁눈질
을 하고 미소를 띠면서 하는 대로 잠자코 있었다.
　맥주를 가져다주는 사람은 프리다라는 이름의 젊은 여자였다.
몸집이 작고 사람 눈에 잘 띄지 않는 금발 아가씨인데, 눈에는

애수를 띠고 뺨은 야위었으나 각별히 우월감을 나타내는 그녀의 시선은 사람의 마음을 뒤흔들 만했다. 이 시선이 K에게 쏠렸을 때, 바로 그 시선이 K의 일신상에 관련된 문제를 해결해 준 듯 느껴졌다. 그 자신은 아직 그런 일이 있는지 없는지 전혀 몰랐으나, 그 시선이 그런 일이 있다는 것을 그에게 확신시켰다. 프리다가 올가와 이야기를 시작했을 때에도 K는 곁에서 물끄러미 그녀의 얼굴만 쳐다보고 있었다. 올가와 프리다는 다만 냉정하게 말을 두서너 마디 주고받았을 뿐 친구처럼 보이지는 않았다. 도와주려는 마음에 K가 프리다에게 다짜고짜 이렇게 물었다. "당신은 클람 씨를 아시나요?" 그러자 올가가 웃음을 터뜨렸다. "무엇이 우스워요?" K는 성을 내면서 물었다." 웃는 게 아녜요." 올가는 이렇게 대답했으나 그래도 웃음을 멈추지 않았다. "올가는 아직도 어린애 같군." K는 그렇게 말하고 목로木爐 위로 쑥 상반신을 구부렸다. 또 한 번 프리다의 시선을 자기에게로 끌어당기려 했다. 그러자 그녀는 눈을 아래로 뜬 채 낮은 소리로 말했다. "클람 씨를 만나시려고요?" K는 그를 만나게 해달라고 부탁했다. 그녀는 자기 바로 왼쪽에 있는 문을 가리켰다.

"여기 작은 구멍이 있는데 이 구멍으로 들여다보면 보여요." "그러면 여기 있는 사람들은?" K가 물었다. 그녀는 아랫입술을 삐죽 내밀고 한없이 부드러운 손목으로 K를 문 있는 곳으로 데리고 갔다. 틀림없이 동정을 살피기 위한 목적으로 뚫어 놓은 구멍인데, 이 작은 구멍을 통해서 보면 옆방을 거의 남김없이 들여다볼 수 있었다. 클람은 방 안 한복판 책상 옆에 놓인 둥근 안락의자에 기분 좋게 앉아서, 눈앞에 얕게 매달린 백열등의 조명을 눈부시게 받고 있었다. 중간 정도의 키에 몸이 육중해 보이는 뚱뚱보였다. 얼굴은 아직도 미끈했으나 양쪽 뺨은 나이를 먹은 탓에 약간 처져 있었다. 코밑의 검은 수염이 무척 길게 뻗쳐 있었다. 코 위에 비스듬히 걸친 코걸이 안경이 양쪽 눈을 덮고 번쩍거리며 광선을 반사했다. 클람이 책상 앞에 똑바로 앉아 있었더라면 K는 옆모습밖에 볼 수 없었을 테지만, 클람이 정통으로 K 쪽을 향하고 있었으므로 그 얼굴을 온전히 볼 수 있었다. 클람은 왼 팔꿈치를 책상 위에 올려놓고 버지니아 여송연을 들고 있는 오른손을 무릎 위에 얹고 있었다. 책상 위에 맥주 컵이 놓여 있었다. 책상 가장자리의 턱이 높아서 그 위에 서류가 놓여 있는지 어떤지 확실히 볼 수가 없었지만 아무것도 없는 것처럼 K에게는 느껴졌다. 확인하기 위하여 그는 프리다에게 구멍으로 들여다보고 서류가 있는지 알려달라고 부탁했다. 그런데 그녀는 조금 전에 이 방을 다녀갔기 때문에 책상 위에 서류가 놓여 있지 않다는 사실을 당장 확인해 줄 수 있었다. K가 프리다에게 이제는 가야 되지 않느냐고 물어보니, 마음껏 들여다보아도 상관없다고 대답했다. K는 프리다와 단둘이만 남아 있었다. 재빨리 주위를 살펴보니까 올가는 아는 남자 옆으로 가버리고 통 위에 걸터앉은 채 발을 버둥거리며 통을 두드리고 있는 것이었다. "프리다, 클람 씨와는 잘 아는 사이인가요?" K가 속삭이듯이 말했다. "아아, 네, 잘 알고말고요." 그녀가 대답했다. 그녀는 K 곁에 기대섰는데, 지금에야 K의 눈에 띈 일이지만 앞가슴을 넓게 판 경쾌한 크림색의 블라우스를 만지작거리며 다듬고 있었다. 이 블라우스는 그녀의 빈약한 몸에 비하면 아주 어색해 보였다. 그러자 그녀는 질문을 시작했다. "올가가 웃은 것을 기억하고 계시지요?" "암, 예외를 모르는 여자야." K는 말했다. "그래도," 하고 그녀는 부드러운 투로 말했다. "웃을 이유가 있었어요. 클람을 아느냐고 제게 물으셨지만, 저는……" 여기서 그녀는 무의식중에 약간 몸을 일으켰다. 그러자 지금 나누는 이야기와는 아무런 관계도 없는 그녀의 뻐기는 눈빛이 슬쩍 K의 얼굴 위를 스치고 지나갔다. "저는 그분의 애인이에요." "클람 씨의 애인이시라고요?" K는 말했다. 그녀가 고개를 끄덕거렸다. "그렇다면 당신은 내가 경의를 표할 만한 사람이군요." K는 두 사람 사이에 너무나 거북한 공기가 떠돌지 않게 하기 위해 미소를 띠면서 그렇게 말했다. "당신에게만이 아니에요." 그녀는 정답게 말했으나, 그의 미소는 상대하지 않았다. K는 그녀의 거만한 태도를 꺾는 방법을 터득하고 있었으므로 그 방법을 한번 써보려고 다음과 같이 물어보았다. "당신은 성에 가본 적이 있나요?" 그러나 그 질문은 아무 효과가 없었다. 그녀는 이렇게 대답했다. "아뇨, 제가 이 술집에 있는 것이면 충분하지 않나요?" 그녀의 허영심은 확실히 광적이었고, 지금 바로 K를 붙잡고 그 허영심을 만족시키려고 하는 모양이었다. "물론 당신은 이 술집에서 주인이 해야 할 일까지도 하고 있는 셈이지요." K는 말했다. "그래요. 그러나 나는 브뤼켄호프라는 여관의 마구간 하녀부터 시작했어요." 그녀는 말했다. "이 곱살스런 손으로 말이에요?" 하고 반은 물어보는 태도로 K가 말했으나, 자기가 단지 그녀의 비위를 맞추려고 한 소린지, 그렇지 않으면 그녀에게 홀딱 반해버려서 하는 수작인지 스스로도 도무지 알 수가 없었다. 그녀의 손은 확실히 작고 곱살스러웠다. 그러나 가느다랗고 길어서 형편없다고 말할 수도 있었다. "그 당시는 아무도 그런 것을 유심히 보지 않았어요. 그리고 지금도……." 하고 그녀는 말했다. K는 미심쩍은 눈초리로 쳐다보았지만 그녀는 머리를 흔들며 더 이상 말을 계속하려고 하지 않았다. "물론 당신에게는 당신 자신의 비밀이 있을 테고, 그 사람과는 어떤 관계인지 겨우 반 시간 전에 사귄 남자에게, 즉 아직 자기 신변에 관하여 이야기할 기회가 없었던 남자에게 털어놓진 않겠지요." K가 말했다. 그런데 곧 알게 될 사실이지만 이것은 적당치 못한 발언이었다. K로서는 안성맞춤이었던, 졸면서 꿈꾸는 듯한 프리다의 상태를 각성시키고 말았기 때문이다. 그녀는 허리띠에 차고 있던 가죽 주머니에서 작은 나뭇조각을 끄집어내어 구멍을 막아버렸으나, 자기 마음이 변한 것을 상대방이 눈치챌까 봐 두려워서 눈에 띌 정도로 억지로 기분을 억누르려고 애쓰며 K를 향하여 다음과 같이 말했다. "선생님에 관해서는 다 알고 있어요. 선생님은 측량사시죠?" 그리고 다시 말을 이어서 "그렇지만 저는 또 일을 시작해야 돼요." 하며 목로 뒤에 있는 자기 자리로 되돌아갔는데, 그사이에도 그녀의 손으로 술을 부어달라고 청하기 위해 빈 컵을 여기저기서 추켜드는 자들이 있었다. K는 사람들의 눈에 띄지 않게 한 번 더 그녀와 이야기하고 싶어졌다. 그래서 선반에서 빈 컵을 가지고 그녀에게 가서 말을 걸었다. "프리다 양, 한마디만 더 허락해 주세요. 마구간 하녀에서 시작해 주점 아가씨가 된다는 것은 정말 대단한 일일뿐더러 뛰어난 재간이 필요해요. 그러나 그것만으로 우수한 인재가 최종 목적을 달성했다고 할 수야 있겠어요? 어리석은 질문이지요. 프리다 양, 웃지 마세요. 당신의 눈은 지나간 과거의 싸움보다도 앞으로 닥쳐올 미래의 싸움을 한층 더 여실히 말하고 있어요. 그러나 세상의 반대란 큰 것이며, 목표가 커지면 커질수록 더 거세지는 것이지요. 그러니까 아무 세력도 없고 또 빈약한 인간임에 틀림없지만, 그래도 당신과 마찬가지로 싸우고 있는 남자의 조력을 확보해 두는 것이 조금도 수치가 되진 않을 거예요. 이렇게 많은 사람이 의아스럽게 힐끔힐끔 쳐다보는 분위기 말고, 언젠가 마음을 터놓고 자유롭게 이야기할 기회가 있을 거라고 생각해요." 그 말을 듣고 그녀는 "무슨 말씀을 하시려는지 잘 모르겠네요." 하고 말했다. 그녀의 목소리에는 본의는 아니지만, 지금까지처럼 삶의 승리가 아니라 한없는 실망이 함께 울리고 있는 듯했다. "당신은 아마도 나를 클람에게서 떼어버리려고 하시는 거지요. 아, 하느님 맙소사!" 그녀는 그렇게 말하고 손뼉을 쳤다. "당신은 내 마음속을 들여다보셨군요." 그렇게도 심한 불신의 태도에 자못 지쳐버린 듯 K는 말했다. "이것이야말로 바로 내가 가슴속 깊이 간직했던 계획이었어요. 당신이 클람을 버리고 내 애인이 되라는 것이지요. 자, 그 말을 했으니 이제는 갈 수 있어. 올가! 집으로 가지." K는 외쳤다. 올가는 고분고분하게 통 위에서 아래로 미끄러져 내렸는데, 남자들이 그녀의 주위를 둘러싸고 있어서 금방 빠져나올 수가 없었다. 바로 그 순간 프리다가 위협하는 눈빛으로 K를 노려보면서 나지막한 소리로 말했다. "언제 선생님과 이야기를 할 수 있을까요?" "여기서 내가 묵어도 좋을까요?" K가 물었다. "네." 프리다가 대답했다. "이대로 쭉 여기 있어도 좋아요?" "올가와 함께 나가주세요. 그러면 나는 여기 있는 사람들을 내쫓을 수 있으니까요. 잠시 후에 다시 돌아오세요." "알았어요." K는 대답하고 초조한 기색으로 올가가 돌아오기를 기다렸다. 그런데 농부들이 그녀를 놓아주지 않았다. 그들은 일종의 춤을 생각해 냈는데, 그 중심인물이 올가였다. 둥그런 원을 그리면서 춤추고 돌았으며 모두들 한꺼번에 소리를 지르면, 그때마다 한 사람이 여자에게로 가까이 가서 한 손으로 여자의 허리를 꽉 껴안고 팽이처럼 뱅뱅 돌렸다. 원무의 템포는 더욱 빨라지고, 무언가에 굶주린 듯했으며, 목구멍에서 가래가 끓듯이 골골 소리를 내면서 그들이 외치는 소리는 점점 단 한 가지의 부르짖음으로 변해갔다. 아까까지는 웃으면서 그 동그라미를 뚫고 나가려던 올가도, 이제는 머리를 풀어헤친 채 한 남자의 손에서 다른 남자의 손으로 비틀거리며 돌아다닐 뿐이었다. "저런 사람들을 제게 보내온다니까요." 하고 말하며 프리다는 홧김에 얇은 입술을 깨물었다. "저 사람들은 누군가요?" K가 물었다. "클람의 하인들이지요. 자꾸만 그이는 저런 사람들을 데리고 오는데, 그들이 있으면 아주 마음이 뒤숭숭해져요. 측량사님, 오늘 제가 선생님과 무슨 이야기를 했는지 거의 모르겠어요. 기분 나쁜 일이라도 있었다면 용서해 주세요. 이 사람들이 있었던 탓이에요. 제가 아는 사람들 중에서 제일 경멸스럽고 보기 싫은 사람들이에요. 그런데 이 사람들 컵에 맥주를 따라 주지 않으면 안 돼요. 이런 사람들을 놔두고 오라고 몇 번이나 클람에게 부탁했는지 모르겠어요. 다른 분들의 하인들도 제가 견뎌야 하니까, 그이도 그런 저를 배려해 줄 수 있잖아요. 그러나 아무리 부탁해 봐도 소용이 없었어요. 그이가 도착하기 한 시간 전이면 언제나 마치 가축들이 외양간 속에 들어가는 것처럼 떼를 지어서 몰려와요. 그렇지만 이제는 정말 저들을 마땅히 있어야 할 축사로 들여보내지 않으면 안 되겠어요. 선생님이 여기 안 계신다면 저는 여기 이 문을 열어젖혀 버렸을 거예요. 그러면 클람이 직접 저들을 쫓아내야 할 테죠." 프리다는 말했다. "저자들의 시끄러운 소리가 그의 귀에는 들리지도 않나요?" K가 물었다. "안 들려요. 자고 있으니까요." 프리다가 대답했다. "뭐요? 자고 있어요? 내가 방 안을 들여다보았을 때는 여전히 일어나 앉아서 책상을 마주하고 있었는데." K는 그렇게 외쳤다. "언제나 그런 모습으로 앉아 있는걸요. 선생님이 들여다보았을 때도 벌써 잠을 자고 있었어요. 그렇지 않으면 제가 그 방 안을 당신에게 보여드릴 줄 아세요? 그것이 그의 취침 자세예요. 성 양반들은 지나치게 잠만 자요. 상상도 하지 못할 정도예요. 거기다가 만일 그렇게 많이 잠자지 않는다고 하면 대체 어떻게 그가 이 사람들을 배겨낼 수 있겠어요? 이제 제가 직접 저자들을 몰아내지 않으면 안 될 것 같아요." 프리다는 말했다. 그녀는 방구석에 있는 채찍을 손에 들고는 마치 염소 새끼가 뛰는 것처럼, 약간 서투르긴 했지만 한 번 펄쩍 높이 뛰더니 사람들이 춤추고 있는 곳으로 내려갔다. 처음에 그들은 새 무희가 왔다고 생각했는지 그녀 쪽으로 몸을 돌렸다. 그런데 바로 그 순간, 프리다는 하마터면 채찍을 떨어뜨릴 뻔했다. 그러나 곧 채찍을 다시 쳐들었다. "클람의 명령이니 마구간으로 가! 다들 마구간으로 가란 말이야!" 그녀는 외쳤다. 프리다의 말이 진실이라고 생각한 그들은 K로서는 이해할 수 없는 어떤 공포심에 사로잡혀 뜰로 물러가기 시작했다. 선두에서 도망치는 자에게 부딪혀 문이 열렸기 때문에 밤바람이 흘러들어 왔다. 그 순간 모두들 프리다와 함께 자취를 감추고 말았다. 그녀는 틀림없이 뜰을 지나서 마구간까지 이 사람들을 몰고 갔을 것이다.

그때 갑자기 고요 속에서 현관 복도로부터 누군가 걸어오는 발자국 소리가 K의 귀에 들려왔다. 어떻게든지 안전한 곳을 찾을 생각으로 K는 목로 뒤로 뛰어들어 갔다. 목로 아래 이외에는 아무 데도 숨을 만한 곳이 없었다. 물론 주점에 남아 있는 것이 금지되어 있지는 않지만 그래도 여기에 숙박하려고 생각한 이상, 사람들의 눈에 띄지 않도록 주의해야 했다. 그래서 문이 예상한 대로 정말 열렸을 때 그는 술상 밑으로 미끄러져 들어갔다. 이런 곳에서 들키는 것도 물론 위험천만이었지만, 좌우간 그때는 그때대로 농부들이 난폭한 행동을 하니까 그것을 피하기 위해 숨었노라고 변명하고 이유를 갖다 대면 그럴듯하게 들릴 법도 했다. 들어온 사람은 주인이었다. "프리다!" 하고 그는 외치더니 두서너 번 방 안을 왔다 갔다 했다.

다행히도 프리다는 곧 돌아왔으나 K의 이야기는 입에 올리지도 않고 단지 농부들에 관하여 불평불만을 늘어놓았을 뿐, K를 찾아내려고 목로 뒤로 걸어갔다. 그래서 K는 그녀의 발을 만질 수 있었으며, 이제는 안전하다는 안도감을 느끼게 되었다. 프리다가 K에 관해서 언급하지 않았기 때문에 결국 주인 쪽에서 말을 꺼낼 수밖에 없었다. "그런데 측량사 양반은 어디로 갔지요?" 이 주인이란 사람은 말하자면 고위층 사람들과 오랫동안 비교적 자유롭게 교제해 와서 정중하고 예의단정한 남자였다. 프리다와 이야기할 때는 각별히 공손한 말씨였다. 이런 공손한 태도가 유난히 주목을 끄는 첫째 원인은 이 남자가 말할 때 고용주로서 한 사람의 피고용인 여자와의 관계를 지키고 있다는 점을 들 수 있는데, 그도 그럴 것이 그 피고용인은 정말 뻔뻔스럽기 짝이 없는 여자였기 때문이다. "측량사를 깜박 잊고 있었군요. 분명 한참 전에 나가버렸을 거예요." 하고 프리다는 말하고, K의 가슴 위에다 귀여운 다리를 올려 놓았다. "나는 줄곧 복도에 있다시피 했는데, 그 사람을 못 봤소." 주인이 말했다. "그래도 이곳에는 없는걸요." 프리다는 시치미를 뚝 떼고 말했다. "아마 그가 숨어 있을 것 같군요. 그에게서 받은 인상으로는 무슨 짓을 하고도 남게 생겼던데." 주인의 말이었다. "그러나 그런 대담한 짓을 할 사람은 아니에요." 이렇게 말한 프리다가 K의 가슴 위에 올려놓은 발을 전보다 더 세게 꾹 눌렀다. 지금까지 깨닫지 못한 일이었지만 그녀의 성격에는 어딘지 쾌활한 점, 자유분방한 점이 있었다. 그런데 그런 성격이 터무니없이 발칵 드러났다. 그녀가 느닷없이 "틀림없이 그 사람은 이 밑에 숨어 있을 거예요." 하고 웃어대면서 K 위에 허리를 구부리고 재빠르게 살짝 키스하는가 하면, 다시 뛰어오르듯 몸을 일으키고 이번에는 자못 슬픈 표정으로 "아니에요. 여기는 없어요." 하고 말하는 것이었다. 한편 주인도 이렇게 말하며 적이 사람을 놀라게 했다. "그가 나갔는지 어떤지 확실히 알 수 없는 것은 대단히 불쾌스러운 일입니다. 클람 씨의 문제일 뿐 아니라 규칙이 문제지요. 프리다 양, 나와 마찬가지로 당신도 이 규칙을 지키지 않으면 안 돼요. 주점만은 당신이 책임지세요. 그 밖의 집 안의 다른 곳은 내가 더 찾아보겠으니까. 그러면 편히 쉬세요!" 주인이 방 안에서 나가기가 무섭게 벌써 프리다는 스위치를 비틀어 전등을 꺼버리고 목로 밑의 K 옆으로 와서 드러누웠다. "내 사랑! 그리운 내 애인!" 그녀는 속삭였으나 K의 몸에는 손가락 하나 대지 않았다. 사랑이 도지고 그리움에 겨워서 정신을 잃은 모양으로 벌렁 누운 채 양쪽 팔을 쭉 뻗었다. 그녀의 복스러운 사랑 앞에 시간은 한정이 없었으며, 노래하기보다는 탄식하는 투로 어떤 노래를 불렀다. 그때 그녀는 K가 조용히 깊은 생각에 잠겨 있는 것을 보고 깜짝 놀라 일어났다. 이번에는 마치 어린애처럼 그를 끌어당기면서 "자, 오세요. 이 밑에서는 숨이 막히겠어요!" 하고 외쳤다. 두 사람은 서로 껴안았다. 여자의 작은 몸은 K의 품 안에서 불타고 있었다. 두 남녀는 마치 넋 잃은 사람처럼 두서너 걸음이나 되는 거리를 뒹굴었다. K는 끊임없이 이런 실신 상태에서 빠져나가려고 애를 써봤으나 아무 소용도 없었다. 두 사람은 꼭 껴안은 채 클람의 방문에 쿵 하고 부딪친 다음, 맥주와 바닥을 덮고 있는 그 밖의 오물 속에 눕게 되었다. 거기서 두 사람의 호흡은 하나가 되고 심장의 고동조차 하나가 된 채, 몇 시간인가 지나갔다. 그동안에 K는 자기가 길에서 헤매고 있다고 느꼈으며, 또는 자기보다 앞서는 아직 한 사람도 온 적이 없는 타향에 발을 디뎌놓았고, 이 타향에서는 공기의 성분조차 고향과는 아주 다를 뿐 아니라 만사가 너무나 이국적이어서 숨 막힐 지경이며, 또 타향의 그러한 어리석고 뜻 없는 유혹에 사로잡혀서 더 멀리 앞으로 걸어가고 더욱 길에서 방황하는 것 이외에는 아무 도리도 없다는 감정을 줄곧 품었다. 클람의 방에서 점잖고 명령하는 듯한 냉엄한 목소리로 프리다를 부르는 소리가 들렸을 때, 그는 적어도 처음에는 공포를 느끼지 않았으며 오히려 마음을 즐겁게 해주는 여명처럼 의식을 깨우치는 일말의 희망마저 느꼈다. "프리다!" 하고 K는 프리다의 귓속에 속삭이고 나서 그 부름을 전했다. 프리다는 마치 타고난 온순한 마음씨를 가진 듯 고분고분하게 뛰어 일어나려고 했다. 그러나 그다음 순간에는 자기가 있는 위치를 생각하고, 기지개를 켜더니 빙그레 웃으면서 말했다. "나는 안 가겠어요. 이제부터는 절대로 그에게 가지 않겠어요." K는 반대하려고 했다. 클람에게 가도록 권고하려고 그녀의 흐트러진 블라우스를 다듬어주기 시작했으나 한마디도 꺼낼 수 없었다. 프리다를 꼭 껴안고 있으니 지극히 행복했다. 너무나 행복해서 말할 수 없는 불안까지 느끼게 되었다. 만일 프리다에게 버림받으면, 그것은 자기가 가지고 있는 모든 것을 잃은 거나 마찬가지라고 생각했기 때문이다. 한편 프리다는 K의 동의를 얻어 큰 힘이라도 생긴 듯이 주먹을 불끈 쥐고 그 주먹으로 문을 두드리면서 외쳤다. "나는 측량사와 함께 있어요! 나는 측량사 곁에 있어요!" 그랬더니 물론 클람은 조용해졌다. 그러나 K는 몸을 일으키고 프리다 옆에 무릎 꿇고 앉아서 희미하게 밝아오는 여명 속을 돌아다보았다. 무슨 일이 일어났는가? 나의 희망은 어디로 사라져 버렸을까? 만사가 다 폭로되어 버렸는데 새삼 무엇을 프리다에게 기대할 수 있을까? 목표의 크기가 적과 어울리도록 거기에 대비하여 신중한 태도로 전진해야 하는데, 그 대신 밤새도록 이렇게 맥주가 괸 마룻바닥에 이리저리 뒹굴었구나. 그래, 그 냄새 때문에 지금 머리가 어지러울 정도였다. "너라는 놈은 대체 무슨 짓을 했는가? 우리 두 사람은 이제 망했다." K는 혼잣말로 중얼거렸다. "아니에요. 망한 것은 나 혼자만이에요. 그래도 당신은 내 것이 되었어요. 안심하세요. 저거 보세요. 두 사람이 웃고 있어요." 프리다는 말했다. "누구 말이에요?" K는 물으면서 돌아봤다. 목로 위에 두 조수들이 약간 잠이 부족해 보이는 감은 있으나 즐거운 얼굴로 앉아 있었다. 충실하게 의무를 이행한 데서 즐거운 기분을 얻은 것이었다. "여기에는 뭐 하러 왔어?" K가 외쳤는데, 마치 모든 것이 두 사람 잘못이라는 듯한 말투였다. 그는 어제저녁에 프리다가 가지고 있었던 채찍을 찾으려고 돌아다녔다. "아무튼 우리는 선생님을 찾을 수밖에 없었습니다. 선생님이 우리가 있는 식당으로 내려와 주시지 않았으니까요. 그래서 우리는 바르나바스의 집으로 선생님을 찾으러 가서 드디어 여기서 선생님을 만나 뵙게 되었습니다. 둘이서 밤을 새우면서 여기 앉아 있었지요. 근무하는 것도 대단히 힘이 드는군요." 조수들이 말했다. "내가 너희를 필요로 하는 것은 낮이지 밤은 아니란 말이야. 둘 다 꺼져 버려!" K가 말했다. "지금은 낮입니다." 하고 두 조수들은 말하며 움직이려고 하지 않았다. 아닌 게 아니라 벌써 낮이었다. 뜰로 통하는 문이 열리더니 농부들이 올가와 함께 떼를 지어서 몰려들어 왔다. K는 올가를 완전히 잊고 있었던 것이다. 옷은 단정치 않았고 머리도 잘 손질하지 못했지만, 그녀는 어제저녁과 마찬가지로 생기가 있을뿐더러 문으로 들어오자마자 K를 찾는 눈빛이었다. "왜 나와 함께 집으로 가시지 않았어요?" 눈물을 글썽거리는 그녀가 이렇게 말하더니 "그런 여자 때문에!" 하고 덧붙이고 이 말을 두서너 번 되풀이했다. 잠시 동안 자취를 감추고 있었던 프리다는 얼마 안 되는 옷 보따리를 가지고 되돌아왔다. 올가는 슬픈 기색으로 옆으로 물러섰다. "자, 가시지요!" 프리다가 말했다. 그녀가 브뤼켄호프 여관으로 가려 한다는 것은 말하지 않아도 짐작할 수 있었다. K와 프리다, 그 뒤에 조수 두 사람이 따랐는데, 이것이 그 일행이었다. 농부들은 프리다를 퍽 멸시하는 기색을 보였는데, 지금까지 그녀가 그들을 심하게 탄압했던 만큼 당연한 일이었다. 그중 한 사람은 지팡이를 손에 들고, 그 지팡이를 넘지 않고서는 보내지 않겠다는 위협적인 태도로 나오기까지 했다. 그러나 그녀의 눈초리만으로도 이런 남자를 쫓아버리는 데 충분했다. 눈 속으로 나가자 K는 살짝 안도의 한숨을 내쉬었다. 좌우간 바깥에 있다는 것 자체가 대단히 기쁜 일이어서 이번에는 힘든 길을 가더라도 참아낼 수 있었다. 만일에 혼자라면 더 수월하게 걸을 수도 있었을 것이다. 여관에 도착하자마자 바로 자기 방으로 가서 침대 위에 드러누웠다. 프리다는 침대 옆 마룻바닥에 잠자리를 마련해 놓았다. 조수들도 함께 들어왔는데 쫓겨나자 이번에는 창문으로 들어왔다. K는 너무나 피곤해서 그들을 쫓아낼 기운도 없었다. 여주인이 프리다를 만나보러 일부러 올라왔다. 프리다는 그녀를 아주머니라고 불렀다. 그들은 키스하기도 하고, 오랫동안 포옹하기도 하며 이해하기 어려울 정도로 정다운 인사가 계속되었다. 대체로 이 작은 방은 조용해질 틈이 없었다. 남자 장화를 신은 하녀까지도 늘 퉁퉁거리며 들어와서 무얼 가지고 오기도 하고 가져가기도 했다. K가 자고 있는 침대 밑에도 여러 가지 물건이 가득 차 있었는데, 그 밑에 있는 물건이 필요하면 사정없이 꺼내가곤 했다. 그녀들은 프

리다를 동료라고 생각하고 인사를 했다. 이처럼 무척 시끄러웠
는데도 불구하고, K는 밤낮을 가리지 않고 24시간 동안 침대 속
에 누워 있었다. 약간의 잔심부름은 프리다가 맡아주었다. 드디
어 그다음 날 아침 그는 대단히 상쾌한 기분으로 일어났는데, 그
가 마을에 묵게 된 지 벌써 나흘째 되는 날이었다.

4장 여주인과의 첫 번째 대화

그는 프리다와 단둘이서만 다정하게 이야기하고 싶었다. 그런데 조수들은—프리다도 가끔 그들과 함께 농을 하거나 웃기도 했다—단지 언제나 눈앞에서 뻔뻔스러운 태도를 취하는 것만으로도 그에게는 적지 않게 방해가 되었다. 물론 그렇다고 해서 그들이 각별히 건방진 태도를 취했다는 것은 결코 아니다. 그들은 마룻바닥 한구석에 헌 치마 두 벌을 깔아 잠자리를 마련해 둔 터였다. 측량사를 방해하지 말 것과 될 수 있으면 자리를 적게 차지할 것, 이것이야말로 조수들이 종종 프리다와 이야기한 바와 같이 그들의 큰 소원이었다. 그때마다 속삭이기도 하고 또 깔깔대며 웃기도 했는데, 이 점에 관해서 그들은 여러 가지로 시도해 보다가 팔다리를 끼기도 하고 두 사람이 한데 쭈그리고 앉기도 해서, 어슴푸레 속에서 보면 두 사람이 있는 구석에는 다만 공같이 감은 실뭉치가 하나 뒹굴고 있는 것 같았다. 그러나 낮에 본 바에 의하면 이 실뭉치는 사실인즉 주의 깊은 관찰자이며 언제나 가만히 K 쪽을 엿보고 있다는 사실이 유감스럽게도 밝혀졌다. 겉으로 보기에는 유치한 장난을 치고, 양손으로 망원경 보는 흉내를 내는 등 그와 비슷한 쓸데없는 수작을 떨 때도, 이 두 사람이 K를 엿보고 있기는 마찬가지였다. 또는 이쪽을 향해서 단지 눈을 깜박거리거나 자기네들의 수염을 손질하기 바쁜 것처럼 보일 때에도 역시 그랬다. 이 수염에 대해서는 그들 모두 지

대한 관심을 보이고, 몇 번이나 그 길이와 분량을 서로 비교하고는 어느 쪽이 근사한가 프리다에게 판결을 내리게 했다. K는 가끔 침대 속에서 물끄러미 세 사람이 하는 짓을 건너다보고만 있었다.

이제는 충분히 원기를 회복하여 침대에서 일어날 수도 있다고 느꼈을 때, 그들 세 사람은 K의 신변을 돌봐주기 위해 다가왔다. 그러나 그들이 시중들어 주는 것을 거절할 만큼 원기를 회복하지는 못했다. 이로써 나쁜 결과를 불러올지도 모르는 어떤 의존 상태에 빠져버렸음을 깨달았지만, 되는 대로 내버려두는 수밖에 다른 도리가 없었다. 게다가 식탁 옆에 앉아서 프리다가 갖다준 좋은 커피를 마시고, 프리다가 피워준 난로 불을 쬐고, 졸렬하기는 했으나 그래도 열의 있는 조수들에게 몇 번이고 계단을 오르락내리락하게 해서 세숫물, 비누, 빗, 거울을 가져오게 하고, 나중에는 K가 나지막한 소리로 넌지시 암시를 주었기 때문이긴 했지만 술 한 컵까지도 가져왔을 때에는 그다지 기분이 나쁘지도 않았다.

이처럼 자기가 명령하기도 하고, 주위 사람들이 시중을 들어주기도 하는 동안에 어떤 성과를 기대했다기보다는 유쾌한 기분이 되어 "자, 자네들 두 사람은 나가줘. 당분간 자네들은 필요 없네. 나는 프리다 양과 단둘이서 이야기하고 싶어." 하고 K는 말했다. 그들의 얼굴에 별로 반항의 빛은 보이지 않아, 좀 안 됐다고 달래기 위해 이렇게 덧붙였다. "나중에 우리 셋이서 촌장한테 가기로 하자고. 아랫방에서 기다려줘." 이상하게도 그들은 온순하게 말을 들었다. 다만 방을 나오기 전에 "우리도 여기서 기다리고 싶습니다." 하고 말했다. "다 알고 있어. 하지만 내가 그러고 싶지 않아." K는 대답했다.

프리다는 조수들이 나가자 그의 무릎 위에 올라앉아서 "내 사랑, 조수들의 어디가 마음에 안 드셔요? 우리는 그들에게 속이거나 또는 숨기는 일이 있으면 안 돼요. 그들은 충실하니까요." 하고 말했는데, K는 이 말 때문에 화가 났지만 또 어느 면에서는 은근히 솔깃하게 들렸다. "충실하다고? 그들은 늘 내 동정만 살피고 있어. 어리석고도 지긋지긋한 일이야." K가 말했다. "당신의 말을 이해할 수 있어요." 그녀는 그 말과 동시에 그의 목에 매달려서 말을 더 계속하려고 했으나 말문이 막혀버렸다. 앉아 있었던 의자가 마침 침대 바로 옆에 있었기 때문에, 그들은 침대로 비틀거리며 간신히 가서는 그 위에 쓰러져 버렸다. 그들은 그대로 드러누워 있었다. 그런데 그날 밤 그때처럼 완전히 헌신하는 태도는 아니었다. 그녀는 무엇인가를 찾으려 더듬었으며, 그도 무엇인가를 찾아 더듬었다. 미친 사람처럼 날뛰고 상을 찌푸리는가 하면 고개를 상대방의 가슴에 처박으면서 그들은 서로 더듬고 있었다. 서로의 포옹이나 서로 내던지고 있는 그들의 육체도 그들이 요구당하고 있는 의무를 잊게 하기는커녕 오히려 머리에 떠오르게 했다. 마치 절망한 개가 땅을 긁고 파듯이 그들은 서로서로의 몸을 긁고 문질렀다. 그리고 최후의 행복을 얻는 것조차 단념해 버리고 절망한 나머지 서로 혓바닥을 내밀고 상대방의 얼굴을 핥는 일도 한두 번이 아니었다. 드디어 피로감만이 겨우 그들의 마음을 가라앉히고 상대방에 대한 감사의 마음을 불러일으켰다. 그때 하녀들도 올라왔다. "아이고, 망측해라! 이 꼴 좀 봐요!" 하고 그중 한 명이 말하더니 민망해서 천을 그들 몸에 덮어주었다.

잠시 후 K가 이 천을 벗고 주위를 돌아다보니—놀라지는 않았으나—조수들이 늘 있던 구석에 자리 잡고 앉은 채 K 쪽을 손가락질하며 서로 점잖게 하라고 경고하면서 시치미를 떼고 인사했다. 그 밖에도 침대 바로 옆에는 여주인이 앉아서 양말을 뜨고 있었는데, 이런 꼼꼼한 일은 거인처럼 거의 방 안을 어둡게 드리우는 그녀의 큰 몸집에는 조금도 어울리지 않았다. "참 오랫동안 기다렸어요." 그녀는 이렇게 말하고 얼굴을 쳐들었다. 늙은 탓에 넓적한 얼굴에 주름살이 많이 잡혔는데, 그래도 전체적으로 보면 아직 윤이 돌고 있어서 옛날에는 아름다웠으리라 생각되었다. 그녀의 말은 비난하는 투였고, 그것도 아주 부당하게 비난을 퍼붓는 듯 들렸다. K가 한 번도 그녀에게 와달라고 부탁한 적은 없었기 때문이다. 그래서 그는 그녀의 말을 시인한다는 뜻으로 고개를 끄덕거리고 몸을 일으켜 꼿꼿이 앉았다. 프리다도 일어나 앉았으나 이번에는 K 곁을 떠나서 여주인이 앉아 있는 의자에 기대었다. K는 넋이 나간 사람처럼 말했다. "아주머니, 아주머니가 말씀하시려는 것을 제가 촌장에게 다녀올 때까지 미뤄주실 수 없을까요? 나는 촌장과 중요한 일을 상의해야 해요." "이쪽 이야기가 더 중요해요. 정말이에요, 측량사님. 촌장과의 이야기는 틀림없이 일에 관한 것뿐일 거예요. 그러나 여기서의 문제는 한 사람의 인간이랍니다. 프리다, 즉 내가 사랑하는 하녀 말이지요." 여주인이 말했다. "아아, 그래요. 그렇다면 왜 이 문제를 우리 두 사람에게만 맡겨두지 않는지, 그것을 도통 알 수 없군요." K가 말했다. "애정 문제니까 걱정이 돼서 그렇지요." 여주인이 이렇게 말하며 프리다의 머리를 자기 쪽으로 당겼다. 프리다는 서 있었는데, 앉아 있는 여주인의 어깨에 겨우 닿을 정도였다. "프리다가 아주머니를 이처럼 믿고 있으니까 나도 믿는 수밖에 없지요. 게다가 프리다가 조금 전에 내 조수들을 두고 충실하다고 평한 일도 있거니와, 여기서 우리는 모두 친구가 된 셈이지요. 따라서 나는 주인아주머니게 이렇게 말씀드릴 수 있어요. 나는 프리다와 결혼하겠어요. 그것도 아주 가까운 장래에 하겠어요, 그것이 제일 낫다고 생각되는군요. 물론 그렇다고 하더라도 프리다가 나 때문에 잃은 것을 보상할 수 없는 것은 참으로 유감스러운 일이 아닐 수 없어요. 이를테면 헤렌호프의 직장이라든지, 클람과의 우정 관계 같은 거지요." 프리다는 얼굴을 쳐들었다. 눈에 눈물이 잔뜩 괴고, 승리감 같은 건 조금도 찾아볼 수 없었다. "왜 나예요? 왜 하필이면 내가 선택된 건가요?" "뭐라고?" K와 여주인이 동시에 반문했다. "불쌍하게도 이 애는 머리가 돈 모양이에요. 너무나 한꺼번에 행복과 불행이 몰려왔기 때문에 머리가 약간 이상해진 거죠." 그때 프리다가 이 말을 증명하려는 것처럼, 막 허물어지듯 K 위로 몸을 내던지고 마치 두 사람 이외에는 아무도 그 방 안에 없다는 듯이 폭풍과 같은 입맞춤을 퍼부었다. 그러더니 그녀는 울면서 K의 몸을 껴안은 채 그 앞에 쓰러져 버렸다. K는 양손으로 프리다의 머리를 쓰다듬으면서 여주인에게 물었다. "내가 옳다고 생각하시겠지요?" "선생님은 훌륭한 분이세요." 여주인은 말했는데, 그녀도 눈물 섞인 목소리였다. 충격이 다소 심했던 모양으로 숨 가쁘게 호흡하고 있었으나 그래도 기운을 내서 다음과 같이 말했다. "일이 이쯤 되면 선생님이 프리다에게 해야 하는 몇 가지 보증에 대해서 생각하셔야 해요. 왜냐하면 아무리 제가 선생님을 존경하고 있다고 하더라도 역시 선생님은 타향 분이세요. 누구든 다른 사람을 증인으로 데리고 올 수도 없는 노릇이고, 가정 사정도 이 땅에서는 도무지 알 수가 없으니까요. 그러니까 보증이 필요하단 말이에요. 알아들으시겠지요? 측량사님, 선생님이 직접 열거하신 바와 같이 프리다는 선생님과 만났기 때문에 앞으로도 얼마나 잃어버릴는지 알 수 없어요." "네, 물론 확실히 보증은 해야 하지요. 제일 좋기는 공증인 앞에서 증명하는 것이겠지만, 아마도 백작님의 다른 관청에서 간섭하려고 들 것 같아요. 거기다가 나도 결혼식 전에 꼭 해놓아야 할 일이 있어요. 좌우간 클람과 만나야 될 겁니다." K가 말했다. "그것은 안 될 말이에요. 그런 생각을 하시다니!" 이렇게 말한 프리다가 약간 몸을 일으켜 K에게 기대었다. "꼭 필요한 일이야. 만일에 내가 성공 못 하면 당신이 해야 돼!" K가 말했다. "나는 안 돼요, K. 나는 안 된다니까요. 클람이 당신과 이야기할 줄 아세요? 대체 클람이 당신과 이야기할 거라고 어떻게 믿느냔 말이에요?" 프리다가 말했다. "당신과는 이야기를 하지 않겠어?" K가 물었다. "나와도 안 돼요. 당신과도 안 되고, 좌우간 전혀 안 된단 말이에요." 프리다가 양쪽 팔을 뻗치고 몸을 여주인 쪽으로 돌리더니 "아주머니, 저 사람 이야기 좀 들어보세요." 하고 말했다. "선생님은 이상한 분이군요. 안 되는 일을 바라고 계세요." 여주인이 꼿꼿이 일어나 앉아 양쪽 다리를 벌리고 얄따란 스커트 천 밑에 굵고 억센 무릎을 내밀고 있는 모습은 참으로 놀라운 광경이었다. "왜 불가능해요?" K가 물었다. "설명해 드리지요." 하고 여주인이 말했는데, 그 말투를 들어볼 때 이 설명은, 말하자면 마지막 호의라기보다는 그녀가 내리는 최초의 처벌인 듯했다. "그러면 기꺼이 설명해 드리겠어요. 물론 나는 성 사람이 아니며 한낱 여자에 불과하고 그것도 겨우 여편네, 이 최하 등급 여관의—최하는 아니라고 하더라도, 말하자면 그와 비슷한—여편네에 지나지 않아요. 그래서 당신이 내 설명을 대수롭지 않게 생각하실지도 몰라요. 그러나 나는 평생동안 양쪽 눈을 뜨고 살아왔을뿐더러 또 많은 사람들과 만났으며, 일의 부담도 혼자서 짊어지고 왔어요. 내 남편은 물론 좋은 사람이지만, 여관 주인의 자격은 없어요. 거기다가 책임이란 건 조금도 모르는 사람이니까요. 그러나 이를테면 선생님이 이 마을에 있을 수 있는 것이라든지, 또 선생님이 이 침대 위에서 편안하고 기분 좋게 앉아 있을 수 있는 것도 모두—나는 그날 밤 벌써 지쳐서 쓰러져 버릴 지경이었지만—우리 집 양반이 무관심한 덕분이에요." "왜 그렇지요?" K는 격분했다기보다 오히려 호기심에 자극을 받아 일종의 방심 상태에서 깨어나면서 물었다. "다만 그분이 무관심한 덕분이지요!" 여주인은 K를 검지로 가리키면서 되풀이해서 외쳤다. 프리다는 그녀를 달래느라고 애썼다. "뭐라고?" 여주인은 홱 돌아서서 말했다. "측량사님이 내게 물으니까 나로서는 대답하지 않을 수 없잖아! 클람 씨가 이분과 이야기하지 않으리라고 우리는 뻔히 알고 있지만 그것을 어떻게 하면 이분에게 이해시킬 수 있겠어? 나는 지금 '않으리라고' 말했지만 사실을 그게 아니라 '결코' 이야기하지 못하겠다. 그러면, 제 말씀 좀 들어보세요, 측량사님! 클람은 성 양반이에요. 그는 그 사실만으로도, 그 밖에 그분의 지위 같은 건 차치하고서라도 대단히 귀하신 분이라고 할 수 있어요. 그런데 대체 당신은 무엇이죠? 여기서 이처럼 겸손한 태도로 굽실거리면서 결혼 승낙을 얻고자 하는 장본인인 당신은 대체 누구시죠? 당신은 성 사람도 아니요, 그렇다고 마을에서 태어나지도 않았고, 요컨대 아무것도 아니에요. 그러나 유감스럽게도 당신도 역시 그 무엇이기는 해요. 즉 당신은 타향 사람이고 가외 사람이어서 어디에서든 방해가 되는 사람이에요. 그 사람 때문에 늘 다른 사람들이 괴로워하고, 또 그 사람 때문에 하녀들을 다른 곳으로 옮기지 않으면 안 되는 사람이에요. 무슨 생각을 하고 있는지 알 수도 없으며, 우리의 귀엽디귀여운 프리다를 유혹했으니 할 수 없이 그 애를 아내로 주지 않을 수 없는 그런 사람이지요. 그러나 이렇게 말한다고 해도 사실은 당신을 비난하고 있는 것은 아니에요. 당신은 당신대로 한 사람의 인간이지요. 나는 나대로 지금까지 이런 꼴을 너무 많이 당했으니까, 이와 같은 광경을 보고도 견딜 수가 있어요. 그런데 당신이 대체 어떤 요구를 하는지 잘 생각해 보세요. 당신이 클람 같은 분과 면회를 하고 싶다고요! 프리다가 당신에게 구멍 속으로 들여다보게 했다는 이야기를 괴로운 마음으로 들었어요. 이 애가 그런 짓을 한 것도 당신에게 유혹을 당한 까닭이지요. 그것은 그렇다 치더라도, 당신은 클람의 모습을 어떻게 보셨나요. 그걸 한번 말씀해 보세요. 아니, 당신은 대답할 필요도 없어요. 다 알고 있어요. 당신은 정면으로 보고도 견딜 수 있었으니까요. 그러나 사실 당신이 클람을 만나는 일은 불가능해요. 내가 거만하게 하는 소리가 아니에요. 나 자신도 만날 수 없으니까요. 당신은 클람과 면회하고 싶어 하지만, 클람은 마을 사람과 면회하지 않아요. 그분이 지금까지 마을 사람과 면회한 적은 한 번도 없었어요. 그런데 그가 적어도 프리다의 이름만은 언제나 불렀고, 프리다는 마음 내키는 대로 언제나 그에게 말할 수 있었고, 구멍으로 들여다볼 수 있는 허가까지 받았어요. 이런 특권은 프리다의 굉장한 명예이고, 따라서 나는 죽을 때까지 이 명예를 내 자랑으로 삼을 거예요. 그러나 그분은 이 애와 아직 한 번도 이야기해 본 적이 없어요. 그리고 그분이 가끔 프리다를 불렀다고 하지만, 사람들이 흔히 과장해서 생각하는 것처럼 그런 큰 뜻이 있는 것은 결코 아니에요. 그분은 단지 '프리다'라는 이름을 불렀을 뿐이지요—그분의 마음속을 누가 압니까?—당연히 프리다는 당장 뛰어갔는데, 그건 이 애의 의무였지요. 다만 이 애가 아무런 반대도 없이 클람의 방 안에 들어가도록 허가를 받은 것은 확실히 그분의 호의였는데, 그렇다고 해서 역시 클람이 프리다를 불러들였다고 단언할 수는 없는 노릇이에요. 물론 지금은 영원히 지나간 과거지사가 되고 말았지만. 혹시 지금에 와서도 클람이 '프리다'라는 이름을 부를지도 몰라요. 얼마든지 있을 수 있는 일이에요. 그러나 이 애는 앞으로 결코 그 사람 방에 들어가도록 허락받지는 못할 거예요. 당신과 관계를 가진 여자니까요. 그리고 다만 한 가지, 다만 한 가지만은 이 빈약한 내 머리를 가지고는 이해할 수 없어요. 즉 다른 사람들로부터 클람의—너무나 과장된 표현이라고 생각하곤 있지만—아가씨가 어째서 당신에게 마음을 돌렸는지 말이에요." 여주인이 말했다.

"정말 이상한 일이군요." K는 이렇게 말하고 고개를 수그리고 있었지만, 곧 자기 곁으로 온 프리다를 무릎 위로 끌어당겼다. "그러나 그것은, 다른 점에 있어서도 전부가 당신이 믿는 대로 되지는 않는다는 점을 증명하고 있다고 생각해요. 예를 들면 클람에 비하면 나는 아무것도 아니라는 당신의 말씀도 당연해요. 내가 지금 클람과 면회하기를 원한다고 하더라도, 또 당신의 설명을 듣고도 조금도 용기를 잃지 않는다고 하더라도, 그게 곧 나와 클람의 사이를 막는 문이 없어도 내가 클람의 모습을 보고 태연하리라고 장담할 수는 없으며, 그가 방 안에서 나오자마자 내가 방에서 도망치지 않는다고 장담할 수도 없는 노릇이지요. 그러나 가령 아무리 정당하다고 하더라도 나로서는 이 두려움이 일을 감행하지 않을 이유는 되지 못할 겁니다. 만일 내가 그를 감당해 낼 수가 있다면, 그가 나와 면회하는 것은 이미 아무런 필요도 없는 일이지요. 내 말이 그에게 어떤 인상을 주는지 보기만 하면 그것으로써 나는 만족해요. 내 말이 아무런 인상도 주지 못했다 하더라도, 또 그가 전혀 내 말을 듣지 않는다고 하더라도 나는 한 사람의 권력자 앞에서 자유롭게 말했다는 소득이 있지요. 그러나 주인아주머니, 당신은 인생이나 인간 문제에 능통하며, 프리다는 프리다대로 어제까지도 클람의 애인이었으니까— 내가 구태여 이 말을 피할 필요는 없어요—당신네들 두 분이 나를 위해서 내가 클람과 만나 이야기할 기회를 만들어주는 것도 쉬운 일이 아니겠어요? 만일에 다른 방법이 불가능하다면 헤렌호프라도 좋아요. 그는 틀림없이 오늘도 그 여관에 숙박할 테니까."

"그것은 안 될 말이에요. 아무래도 당신은 상황을 도저히 이해하지 못하고 있군요. 그러나 대관절 당신은 클람과 무슨 이야기를 할 작정이죠?" 여주인이 물었다. "물론 프리다 이야기지요." K는 대답했다.

"프리다에 대한 이야기라구요?" 여주인은 도무지 알 수 없다는 표정으로 반문하더니, 프리다 쪽으로 몸을 돌렸다. "들었어, 프리다? 네 일 때문에 이분이, 바로 이분께서 클람과 만나서 이야기하시겠단다. 클람과 이야기하신다는 거야."

"아아 참, 아주머니는 똑똑하실뿐더러 사람들에게 존경심을 불러일으키는 분인데, 쓸데없는 일에 늘 놀라시기만 하는군요. 다시 말해 나는 프리다에 관해서 그와 이야기를 할 텐데, 이것은 터무니없는 일이라기보다는 지극히 당연한 일이에요. 내가 나타난 그 순간부터 프리다가 벌써 클람에게는 아무 의미 없는 존재가 되어버렸다고 생각하신다면, 그것은 분명히 당신의 착각이에요. 정말 그렇게 생각하신다면 당신은 그를 과소평가한 게 돼요. 당신에게 이런 말씀을 드리다니 주제넘은 짓이라는 것도 잘 알고 있지만, 그래도 그렇게 하지 않을 수 없어요. 클람과 프리다와의 관계는 절대 나 때문에 변한 게 아니에요. 그들 두 사람 사이에는 관계가 있었든 없었든 두 가지 경우밖에 없어요. 만일에 이렇다 할 관계가 없는 경우에는—이것은 원래 프리다에게 애인이라는 영광스러운 이름을 앗아가려는 사람들이 하는 소리지만—그럼 어차피 지금도 없는 관계이겠죠. 혹 또 어떤 관계가 있었다고 하면, 그것이 어찌 해서 나로 말미암아, 당신이 잘 맞힌 것처럼 클람의 눈으로 보면 아무것도 아닌 나로 말미암아 파괴될 수 있을까요? 그런 어리석은 생각은 사람들이 깜짝 놀란 처음 순간에야 믿는 것이지요. 그러나 조금만 숙고해도 그런 생각은 곧 고쳐지고 말아요. 좌우간 이 일에 대한 프리다의 의견을 들어보기로 하시지요."

시선을 먼 곳으로 옮기면서 뺨은 K의 가슴에 댄 채 프리다가 말했다. "아주머니가 말씀하신 대로예요. 클람은 이미 나에 대해서 아무것도 알려고 하지 않아요. 그렇다고 당신이 와서 그런 것도 아니에요. 그는 조금도 그런 것 때문에 움직이지 않아요. 게다가 우리가 저 목로 밑에서 만난 것도 사실은 그가 꾸민 장난이라고 생각해요. 그 시간이 결코 저주가 아니라 축복을 받아 마땅한 시간이길 바라요." "만일 그렇다면……." 하고 K는 천천히 말했다. 프리다의 말이 너무나 달콤했기 때문이다. 그는 프리다의 이 말을 음미하기 위하여 2, 3초 동안 눈을 감고 있다가 "만일 그렇다면 클람과 이야기하는 것을 두려워할 이유는 더욱 없지요." 하고 말했다.

"정말이지," 여주인은 높은 곳에서 K를 뚫어지게 내려다보며 말했다. "당신은 한 번씩 우리 남편을 생각나게 해요. 당신이나 그분이나 외고집쟁이고 어린애처럼 유치해요. 여기 온 지 아직 며칠밖에 안 됐는데, 당신은 무엇이든지 마을 사람들보다도 더 잘 알고자 하는군요. 이 할멈인 나보다도, 그리고 헤렌호프에서 많이 보고 들어서 경험을 쌓은 프리다보다도 더 잘 알고 싶어 해요. 번번이 규칙에 어긋나고 오랜 관습에서 벗어나는 일이 있다손 치더라도 언젠가는 운수 좋게 성공할 수도 있다는 것을 부인하지는 않겠어요. 나는 아직 그런 경험은 없지만, 적어도 그와 비슷한 예가 있었다고들 하지요. 그러나 그것은 확실히 지금 당신이 취하고 있는 수단이나 방법, 태도와는 달라요. 당신은 계속 '아니다, 아니다.' 하고 말할 뿐이며, 자기 머리만 믿고 호의에 넘치는 충고를 귀담아 듣지 않은 채 마이동풍 격으로 넘겨버리기가 일쑤이지요. 당신은 내가 당신을 걱정하고 있다고 생각하시나요? 당신이 혼자 계실 때 내가 당신에 대해서 여러 가지로 관심을 가졌던가요? 그렇게 했으면 많은 일을 피할 수도 있었을 거예요. 그 당시 내가 당신에 관해서 남편에게 딱 한 마디 했는데, 그것은 '그 사람을 피하도록 하세요'라는 말이었어요. 만일 프리다가 지금 당신의 운명에 휩쓸려 들어가지 않았더라면 나는 여전히 똑같은 소리를 되풀이했을 거예요. 이것이 당신 마음에 들건 안 들건, 내가 당신을 염려하는 것이라든지 더군다나 각별히 고려하는 것도 모두 이 애 덕택이에요. 당신이 함부로 나를 구박할 수는 없어요. 왜냐하면 당신은 나에 대해서는, 즉 이 귀여운 프리다를 어머니처럼 걱정하면서 보살피고 있는 여자에 대해서는 무거운 책임을 지고 있기 때문이에요. 정말 프리다의 말이 옳고, 일어난 일 모두 클람의 지령일지도 몰라요. 그러나 나는 지금 클람에 관해서는 아무것도 몰라요. 앞으로도 결코 그분과 만날 기회가 없을 테고, 내게는 전혀 손이 미치지 않는 곳에 있는 분이에요. 그런데 당신은 여기 앉아서 내 프리다를 껴안고 있고, 동시에 내게—그런 일을 감추어둘 필요도 없지만—바로 내 품 안에 안겨 있는 거나 마찬가지지요. 그래요, 내 품 안에 안겨 있는 셈이에요. 한번 찾아보세요, 내가 당신을 이 집에서 쫓아낸다면 개집이건 어디건 이 마을에서 묵을 데가 있나." 여주인이 말했다.

"고마워요. 솔직한 말씀이군요. 당신의 말씀을 그대로 믿겠어요. 당신 말에 따르면 내 입장이나, 또 내 입장과 관련된 프리다의 입장도 상당히 불안하군요." K가 말했다.

"아니에요!" 하고 여주인은 그의 말이 다 끝나기도 전에 미친 사람처럼 날뛰면서 외쳤다. "프리다의 입장은 그 점에 있어서는 당신의 입장과 손톱만큼도 상관이 없어요. 프리다는 내 집 사람이에요. 내 집에 속하는 그 애의 입장을 불안하다고 말할 권리를 가진 사람은 세상에 한 사람도 없을 거예요."

"좋아요, 좋아요. 나는 그 점에 있어서도 당신이 옳다고 인정하지요. 더군다나, 나도 그 이유를 알 수 없지만, 프리다는 당신을 대단히 무서워하는지 이 의논에는 한몫 끼려고도 하지 않으니까 더 말할 것도 없어요. 그러면 우선 이야기를 다만 내 일신상에 관한 것에만 국한시키기로 하지요. 내 입장이란 극도로 불안한 것 같군요. 이것은 당신도 부정하지 않을뿐더러 증명하려고 애쓰고 있지요. 이것도 당신 말씀대로 대개는 옳지만, 그렇다고 하나에서 열까지 전부 다 옳다고는 할 수 없어요. 예를 들어 말하자면 나는 언제고 마음이 내키는 대로 묵을 수 있는 정말로 근사한 숙소를 하나 알고 있어요." K가 말했다.

"어디에요? 대체 어디란 말이에요?" 프리다와 여주인은 이구동성으로 무척 호기심을 가지고 외쳤다. 두 사람이 같은 이유로 질문하는 것 같은 말투였다.

"바르나바스네 집에서요." K가 대답했다.

"그 건달들! 능구렁이처럼 교활한 자식들 말인가요! 그 바르나바스의 집에서라구요? 좀 들어봐요……." 여주인은 이렇게 외치더니 방 한구석을 돌아다보았다. 그런데 조수들은 벌써 들어와 있어서는 서로 팔을 끼고 여주인 뒤에 버티고 서 있었다. 그때 여주인은 무엇이든 기대는 것이 없어서 곤란한 듯이 조수 한 사람의 손을 붙들고 "들어봐요, 이분이 어디를 헤매고 돌아다녔는지! 하필이면 바르나바스의 집이래! 물론 거기라면 언제나 숙박할 수 있을 거야. 아이! 헤렌호프에 들지 말고 차라리 거기에 숙박하는 쪽이 차라리 나았을지 몰라. 그런데 좌우간 당신네들은 어디서 기다렸지요?" 하고 물었다.

"주인아주머니!" K는 조수들이 아직 대답하지 못하고 있는 사이에 말했다. "이 두 사람은 내 조수들이에요. 그런데 당신은 이 두 사람이 당신의 조수인 동시에 내 감시인이라도 되는 듯 취급하고 있어요. 적어도 다른 일이라면 무엇이든 될 수 있는 대로 공손하게 당신의 의견을 두고 토론할 마음의 준비를 갖추고 있지만, 다만 조수에 관해서는 여지가 없어요. 왜냐하면 사리가 너무 명백한 문제이기 때문이지요. 제발 내 조수들과는 이야기하지 마세요. 만일 이렇게 부탁드렸는데도 따르지 않으신다면 나는 두 사람이 당신에게 대답하지 못하게 하겠어요."

"그렇다면, 나는 당신네들과 이야기할 수 없겠군." 여주인이 이렇게 말하자 세 사람 다 웃었다. 여주인의 웃음은 조소에 가까웠으나 K가 생각했던 것보다는 훨씬 부드러운 웃음이었다. 조수들의 웃음은 늘 웃던 대로였으며, 뜻이 깊은 것도 같고 뜻이 없는 것도 같고, 모든 책임을 거부하는 것 같은 그런 웃음이었다.

"화는 내지 마세요." 프리다는 이어서 말했다. "우리의 흥분을 이해해 주서야 해요. 말하자면 우리가 서로 떨어질 수 없는 인연

을 맺게 된 것도 전적으로 바르나바스 덕분이라고도 말할 수 있
지요. 내가 처음으로 주점에서 당신의 모습을 보았을 때—당신
은 올가와 팔짱을 끼고 들어오셨는데—벌써 나는 당신 이야기
를 몇 가지 들은 후였어요. 그러나 당신에게 나는 아무래도 좋은
존재였어요. 아니 당신만이 아니라 거의 전부에게 나는 아무래
도 좋은 존재였지요. 나는 그 당시에 불만이 많았으며, 여러 가
지 일에 화를 냈어요. 그러나 그것은 어떤 불만이며, 또 어떤 분
노였을까요! 예를 들면 술집에서 손님 한 사람이 나를 모욕한
적이 있었어요. 그들은 늘 내 뒤를 쫓아다니기만 했어요—당신
은 거기 있던 젊은이들을 보셨을 거예요. 그런데 더 지독한 자들
이 왔어요. 클람의 하인들이 제일 지독한 것은 아니었지요—그
래서 그들 손님 가운데 한 사람이 나를 모욕했어요. 그러나 그게
나한테 어떤 의미가 있었을까요? 내게는 그것이 마치 몇 해 전
에 일어난 일처럼, 또는 그런 일이 전혀 일어나지도 않은 것처
럼 느껴져요. 그런 이야기를 전해들은 것 같기도, 또는 나 자신
도 벌써 다 잊어버린 것 같기도 하고요. 나는 이제 그것을 형언
할 수도 없고, 또 상상할 수도 없어요. 클람이 나를 버리고 만 다
음부터는 모든 것이 달라졌어요."

거기서 프리다는 말을 끊었다. 슬픈 듯이 고개를 푹 수그리고
무릎 위에 손을 모았다.

"좀 보세요." 하고 여주인이 외쳤는데 그 말투는 그녀 자신이
말하고 있는 것이 아니라 단지 프리다의 부르짖음에 자기 목소
리를 빌려주고 있는 것 같았다. 그녀는 프리다 옆으로 바짝 다가
앉아 말을 계속했다. "측량사 양반, 당신이 한 일의 결과를 살펴
보세요. 그리고 나는 그들과 말할 자격도 없지만, 당신의 조수들
도 그들의 장래의 교훈을 위해서 잘 살피는 것이 좋을 것 같군

요. 지금까지 이 애에게 주어진 가장 행복한 상태에서 당신이 이 애를 빼앗아 버렸어요. 당신이 이처럼 성공한 것은 무엇보다도 프리다가 지나치게 순진한 동정심에 사로잡힌 바람에, 당신이 올가의 팔에 매달려 바르나바스 집으로 갈 것 같았는데 그 꼴을 차마 보고만 있을 수 없었기 때문이지요. 그 애는 당신을 구제해 드린 반면 자기 자신은 희생하고 말았어요. 이제 일은 그렇게 되어버렸고, 프리다가 가지고 있었던 모든 것을 지금처럼 단지 당신의 무릎 위에 앉는 행복과 바뀌버린 마당에 당신이 찾아와서 쓴다는 최후의 수단이, 언젠가는 바르나바스 집에 묵을는지 모른다는 말이었어요. 아마도 그렇게 말함으로써 당신이 내게서 엄연히 독립해 있다는 것을 증명하고 싶었던 모양이지요. 아닌 게 아니라, 만일 당신이 바르나바스 집에 묵었었더라면, 틀림없이 당신은 내게서 완전히 독립해서 지금이라도 당장에 내 집을 떠나버려야만 할 거예요."

"나는 바르나바스 집의 죄과를 몰라요." K는 마치 생기가 없어진 것처럼 보이는 프리다의 몸을 조심스럽게 껴안아 천천히 침대 위에 올려놓고는 자기 자신도 일어서면서 말을 계속했다. "아마도 아주머니 말씀은 그 점에서는 옳을지도 몰라요. 그러나 내가 우리 두 사람, 즉 프리다와 나, 두 사람 사이의 일을 우리 두 사람에게만 맡겨달라고 부탁한 것은 확실히 내가 옳았어요. 그때 아주머니는 사랑과 걱정에 관해서 무슨 말씀을 하셨는데, 이후로는 그에 대해 별말씀이 없으셨지요. 반면 증오, 조소, 추방에 대해서는 더 많이 말하셨어요. 아주머니가 프리다를 내게서, 또는 나를 프리다에게서 떼어놓으려고 생각하셨다면 아주 교묘한 수단이었어요. 그러나 아주머닌 확실히 이 일에 성공하지 못할 거예요. 만일 아주머니가 성공한다면 그걸―약간 위협조로 말하는 것을 용서하세요―굉장히 후회하실 거예요. 또 빌려주신 거처에 대해서는―거처라고는 하나 아주머니가 빌려준 곳은 이 지긋지긋한 굴에 지나지 않지만―이 방을 아주머니가 자진해서 빌려주신 건지 아닌지 대단히 의심스럽군요. 아마 백작의 관청에서 지령 같은 것을 내린 건 아닌지요. 그렇다면 내가 여기서 쫓겨난 사실을 그곳에 신고하겠어요. 내가 다른 거처로 배당이 되면 아마도 아주머닌 숨을 내쉬고 안도감을 느낄 테지요. 그러나 나는 아주머니보다 더욱 깊이 안도할 겁니다. 그건 그렇고, 나는 이제 이 일 저 일로 촌장한테 다녀오겠어요. 미안하지만 프리다만이라도 돌봐주세요. 아주머닌 프리다를, 말하자면 어머니처럼 설교나 꾸지람으로써 지독하게 혼내셨지요."

그러고 나서 그는 조수들이 있는 쪽으로 몸을 돌렸다.

"이리 와!" 이렇게 외친 그는 못에 걸린 클람의 편지를 빼더니 나가려고 했다. 여주인은 잠자코 그를 쳐다보고 있다가 그 가문의 손잡이에 손을 대었을 때에 비로소 말을 꺼냈다. "측량사 양반! 가시는 길에 당신한테 좀 드릴 것이 있어요. 당신이 어떤 연설을 할지라도, 나와 같은 이런 할멈을 아무리 모욕하려고 할지라도 당신은 역시 프리다의 장래의 남편이니까요. 그래서 참고 참아 말씀드리겠는데, 당신은 이 마을의 여러 가지 사정에는 아주 깜깜하세요. 말씀을 듣고 있으려면, 그리고 들은 말씀과 생각을 머릿속에서 현실과 비교해 보면 아주 어지러울 지경이에요. 이런 무식이란 결코 한번에 고쳐지지도 않지요. 아마 절대로 고쳐지지 않을는지 모르겠어요. 그러나 당신이 조금이라도 내 말을 믿어주신다면, 또 이 무식이란 것을 언제나 잊지 않으신다면 많은 것이 더 나아질 거예요. 그러면 당신은, 말하자면 당장에 내게 좀 더 공정한 분이 되실 거예요. 또 내가 가장 귀여워하는 이 애가, 예를 들면 음흉한 도마뱀과 인연을 맺기 위해서 독수리를 버렸다는 사실을 알려줬을 때 내가 얼마나 깜짝 놀랐던가—그 당시의 놀라움이 아직도 가시지 않고 남아 있지만—하는 것도 깨닫게 될 거예요. 도마뱀과 인연을 맺기 위해서 독수리를 버렸다고 하지만, 사실은 이보다도 훨씬 나쁜 상황이지요. 나는 줄곧 이것을 잊어버리려고 노력해야만 해요. 그렇지 않으면 나는 도저히 당신과 조용하게 말을 주고받을 수 없을 거예요. 아아, 당신은 또다시 화를 내시는 모양이군요. 아아, 아직 가시면 안 돼요. 이 소원만은 들어주세요. 어디로 가시든 이 마을에서는 당신이 가장 무식한 인간이란 사실을 잊지 마시고 항상 조심하셔야 해요. 당신은 프리다가 옆에 있는 덕분에 무안과 수치를 당하지 않고 넘어갈 수 있었던 여기 우리 여관에서 속 시원하게 잡담을 하셔도 좋아요. 또 예를 들면 왜 당신이 클람과 만나려고 하는지를 우리에게 털어놓고 이야기하실 수도 있어요. 그러나 밖에 나가서는 절대로 그런 행동을 해서는 안 돼요."

흥분에 못 이긴 그녀가 좀 비틀거리면서 일어섰는데, K에게로 걸어가서 그 손을 잡더니 애원하는 듯이 쳐다보았다. "주인아주머니, 아주머닌 그런 대수롭지 않은 일 때문에 왜 그다지도 굽실거리면서 내게 부탁하는지 도무지 알 수가 없군요. 만일 당신 말씀대로 클람과 면회할 수 없다면, 사람들이 내게 원하든지 원하지 않든지 간에 원래 내게는 성공하기 어려운 일이 아니겠어요? 그러나 만일에 그것이 가능한 일이라면 내가 해서는 안 된다는 법이 있나요? 더군다나 가능하다면 아주머니의 중대한 반대 이유가 없어지는 것과 동시에 당신의 다른 여러 가지 염려도 대단히 의심스러워지겠지요. 물론 나는 무식해요. 이것은 대단히 슬픈 일이지만 사실은 사실이니까 어쩔 수 없어요. 그러나 한편 무식한 자는 오히려 대담하게 단행한다는 장점도 있으니까, 나는 무식이라든지 또 그 형편없는 결과까지도 당분간 힘이 남아 있는 한 참아내려고 마음먹고 있어요. 그러나 이 여러 가지 결과란 뭐니 뭐니 해도 본질적으로는 내게만 해당하는 것이지요. 그래서 나는 왜 당신이 내게 탄원하시는지, 특히 그 점을 이해할 수 없어요. 여하튼 프리다만은 앞으로도 당신이 여러 가지로 돌봐 주실 것이라고 믿고 있어요. 그리고 만일 내가 프리다의 시야에서 완전히 사라져 버린다면 아마 당신 입장에서 행복을 뜻할 뿐이겠지요. 그렇다면 당신은 대체 무엇을 두려워하시는 거지요? 아니면 당신은 혹시—무식한 자에게는 무엇이든 가능성이 있는 것처럼 보이기 때문에—클람을 위해 염려하시는 것은 아니겠지요?" 여기까지 말하고 K는 문을 열었다. 여주인은 계단을 빨리 내려가는 그와 그 뒤를 따라가는 조수들의 모습을 물끄러미 바라보고 있었다.

5장   촌장의 집에서

촌장과의 면담은 그다지 걱정도 되지 않았는데, K는 그것을 스스로 이상하게 생각하고 있었다. 지금까지 백작의 관청과 있었던 직무상 교섭이 참으로 간단했기에, 이번에 의외로 태연한 것도 그 경험이 머릿속에 남아 있는 까닭이라고 억지로 이유를 붙여보기도 했다. 아무튼 K의 사건을 처리하는 데 있어서 겉보기에는 그에게 아주 유리한 어떤 근본 원칙이 세워졌으며 또 한편으로는 관청의 사무 계통이 감탄할 만큼 통일성을 유지하고 있었다. 얼른 보기에 통일성이 없는 곳에서 완전한 통일성을 갖춘 느낌이었다. K는 문득 이 유리한 근본 원칙과 통일된 사무 계통을 생각할 때마다 자신의 입장이 썩 만족스럽게도 느껴졌다. 자못 만족을 느끼고 기분 좋아진 다음으로는, 늘 바로 여기에 위험이 내포되어 있다고 재빠르게 중얼거리곤 했다.

백작의 관청과 직접 교섭하는 일은 그다지 곤란하지는 않았다. 왜냐하면 관청이 아무리 잘 조직되어 있다고 하더라도 멀리 떨어져 있으며 눈에 보이지도 않는 성 사람들의 이름을 빌려 언제나 눈에 띄지도 않는 머나먼 일들을 지켜야 하기 때문이었다. 한편 K는 아주 절실하고 가까운 신변의 일로, 즉 자기 자신을 위해 투쟁해야만 했다. 더욱이 K는 적어도 애초에는 스스로 자원하여 투쟁한 사람, 즉 공격자였다. 그가 혼자서 자기 자신을 위해 투쟁했을 뿐만 아니라 분명 다른 힘들도 그를 도와주었다. 그 힘이 무엇인지는 알지 못했지만, 관청의 처분으로 미루어 보아 그 힘의 존재를 믿을 수 있었다. 그런데 관청은 하찮은 일을 가지고—지금까지는 그 이상 갈 수도 없었지만—K에게 멀찌감치 거리를 두고 대하는 전략을 사용함으로써 K가 간단히 승리할 수 있는 기회마저 빼앗았다. 동시에 승리에 따르는 만족감과 앞으로 일어나는 더 큰 투쟁에 대해서 자신만만하게 맞설 수 있는 힘까지 그에게서 앗아갔다. 그 대신 관청은 K를, 물론 마을 안에서뿐이지만 마음대로 여기저기 쏘다니게 하고, 나쁜 버릇이 들고 나약하게 만들어서 투쟁이란 것이 이 마을 안에서는 일어나지 못하게 하고, 그 대신에 직무와 상관없는, 아주 걷잡을 수 없을 정도로 우울하고도 기이한 생활 속으로 그를 몰아넣었다. 그리하여 한순간이라도 방심하면 언젠가 관청에서 아무리 친절을 베풀더라도, 또 그가 사소한 공적 직무까지 완벽히 이행하더라도, 그는 자신에게 보여준 가식적인 호의에 눈이 멀어 직무 외의 생활을 아주 소홀히 하게 될 수도 있었다. 그러면 그는 거기서 좌절해 버릴 테고 관청은 여전히 온화하고도 우호적인 태도를 보이며 마치 자기들의 의사와는 다르지만 어쩔 수 없다는 듯 K가 모르는 어떤 공적 질서라는 명목하에 그를 없애버릴지도 몰랐다. 그런데 여기서 '직무 외의 생활'이란 대체 무엇일까? K는 공무와 사생활이 이처럼 얽혀 있는 곳을 아직 본 적이 없었다. 공무와 사생활이 서로 뒤바뀐 게 아닌가 의심이 될 정도로 공사公私가 엉망으로 얽혀 있었다. 예를 들면 클람이 K의 직무에 영향을 미쳤던 권력은 지금까지는 단지 형식적이었을 뿐이지만, 클람이 K의 침실에서 여실히 발휘하고 있는 권력과 비교하면 과연 어떤 의미를 지니고 있는 것일까? 이 마을에서는 관청과 직접 맞서는 경우에 약간 경솔한 면을 보이거나 긴장을 조금

늦추는 편이 나았지만, 그런데 그 밖의 다른 경우에 있어서는 커다란 주의가, 즉 한 발짝 한 발짝 내디딜 때마다 언제나 사방을 돌아다보는 조심성이 필요했다.

K는 이곳 관청에 대한 자기 견해가 옳다는 사실에 대해 우선 촌장한테서 확신을 얻었다. 촌장은 친절해 보였으며, 뚱뚱하고, 미끈하게 수염을 깎은 남자였는데, 병이 들어 통풍 발작을 일으켰기에 침대에 누운 채 K를 맞았다. "우리의 측량사가 오셨구먼!" 그는 그렇게 말하면서 인사치레로 일어나려 했으나 뜻대로 되지 않아 두 다리를 가리키고 변명하면서 이불 속에 다시 누워버렸다. 창이 작은 데다 커튼이 처져 있어서 방 안은 더욱 어두웠으나, 그 어슴푸레한 분위기 속에서 희미한 그림자처럼 보이는 부인이 K를 위해 잠자코 의자를 가져다 침대 옆에 놓았다. "앉으세요, 어서 앉으세요, 측량사! 앉아서 무슨 소원이나 희망 같은 게 있으면 말씀하세요." 촌장이 말했다. K는 클람의 편지를 낭독하고 거기다 몇 마디 덧붙였다. 다시 한번 그는 관청과 교섭하는 것이 거저먹기라는 느낌을 받았다. 관청은 정말 어떤 짐이든 지고 있으므로 이쪽에서는 관청에 무엇이든 짐을 지울 수 있고, 자기 자신은 모르는 체하고 자유롭게 지낼 수 있었다. 촌장도 이런 생각을 눈치챘는지 기분 나쁘다는 듯이 돌아눕더니, 드디어 말을 꺼냈다. "측량사, 당신도 벌써 짐작하셨겠지만 나는 이 사건에 대해 샅샅이 잘 알고 있어요. 내가 직접 이 일에 착수하지 않은 이유로는 두 가지를 들 수 있어요. 첫째는 내가 병을 앓고 있다는 것과, 둘째는 당신이 상당히 오랫동안 오지 않았기 때문에 당신이 벌써 단념해 버렸다고 추측했기 때문이지요. 그런데 당신이 친절하게도 몸소 나를 방문해 주셨으니 사실을 말씀드리자면, 모조리 불쾌한 일이기는 하지만 말씀드리지 않을

수 없군요. 당신은 당신 말씀대로 측량사로 채용되었어요. 그러나 유감스럽게도 우리는 측량사를 찾고 있던 게 아니랍니다. 측량사가 할 일이 하나도 없다고 해도 과언은 아니지요. 우리가 관리하고 있는 작은 영토는 말뚝으로 경계선을 표시하고 있으며 모든 것이 제대로 기록되어 있어요. 소유지의 변동은 거의 없고, 경계에 대한 사소한 소송 사건은 우리 스스로가 조정하여 해결하고 있어요. 여기까지 들으면 우리가 무엇 때문에 측량사가 필요한지 알 수 없지 않겠어요?" 지금까지 그런 문제를 깊이 생각해 보진 않았지만, K의 마음속에는 이와 비슷한 말이 나올 줄 예상하고 있었다는 확신이 깃들었다. 그래서 곧바로 대답할 수 있었다. "말씀 듣고 참으로 깜짝 놀랐습니다. 그 말로써 마음속에 품고 있던 계획이 송두리째 뒤집히고 말았어요. 무슨 오해라도 있는 것이 아닐까요? 그것만이 저의 일말의 희망입니다." "미안하지만, 오해 같은 건 없어요. 내가 말씀드린 그대로지요." 촌장은 대답했다. "그러나 아무리 생각해도 있을 수 없는 일입니다! 이렇게 긴 여행을 하고 왔는데, 무자비하게 송환당하다니!" K는 이렇게 말했다. "그것은 다른 문제예요. 내 결재 권한 밖의 문제이지요. 그런데 전에 어떻게 오해가 생겼는지쯤은 물론 설명해 드릴 수 있을 것 같아요. 백작님의 관청처럼 큰 관료 기관을 보면 어느 과에서는 갑의 사항을, 다른 과에서는 을의 사항을 각각 전담 관할하고 있으니 어느 과도 다른 과에서 맡은 일을 모르지요. 물론 감독관청의 통제는 철저하고 면밀하지만, 그 성질상 보통 느리게 하달되어서 늘 분규가 일어나곤 했어요. 물론 문제는 언제나 당신의 경우와 마찬가지로 미미한 일에 불과했지요. 중대한 사건에 있어서는 아직도 과오가 있었다는 소리를 들어본 적이 없는데, 하찮은 일일수록 두통거리가 되기 일쑤이지요. 당

94   성

신의 일에 관해서는, 직무상의 비밀로 붙이지 않고—이런 점에서 나는 관리를 맡기엔 부족한 농부일뿐더러 평생 농부임에는 변함이 없을 테지만—사건의 전말을 솔직히 이야기하기로 하지요. 훨씬 전의 일인데, 내가 촌장이 된 지 아직 두서너 달밖에 안 되었던 때에 명령이 내려왔지요. 어느 과에서 그 명령을 발송했는지 알 수 없었지만, 그것은 그들 특유의 단정적인 표현으로 측량사를 초빙하라고 쓰여 있었으며, 마을은 측량 사업에 필요한 계획서와 도면 등을 준비하도록 명령을 받았어요. 이 명령은 몇 해 전 이야기이니까 물론 당신과 관련된 것은 아니겠지요. 나도 지금 이렇게 병으로 침대에 누워서 쓸데없는 일을 곰곰이 생각할 시간 여유가 없었더라면, 그런 우습기 짝이 없는 일이 떠오르지도 않았을 거예요……. 미치?" 그는 갑자기 이야기를 중단하고 아주 바쁜 듯 방을 지나가는 아내를 불렀다. "미안하지만, 거기 장 속을 좀 찾아봐줘요. 아마도 명령서가 있을 테니까. 그 명령서는 내가 처음에 관리로 취임했을 때의 것입니다. 그 당시는 나도 무엇이나 보관해 두는 버릇이 있었어요." 그는 K를 향하여 설명하듯 말했다. 촌장 부인은 곧 장을 열고, K와 촌장은 그쪽을 바라보았다. 장에는 서류가 가득 차 있었다. 장을 열자마자 마치 장작묶음처럼 둥그렇게 동여맨 큰 서류 다발이 굴러 나왔고, 부인은 깜짝 놀라 옆으로 물러섰다. "아래에 있을는지 몰라요, 아래에." 촌장은 침대 위에서 이렇게 지시했다. 부인은 고분고분하게 남편 말에 복종하여 양말로 서류를 안아 내던지고 장을 비운 뒤 아래에 깔린 서류를 끄집어내려 했다. 당장에 방의 절반은 서류에 파묻혀 버렸다. "거창한 일이 되었군." 촌장은 혼자서 고개를 끄덕이며 말했다. "그런데 이것은 일부분에 불과해요. 대부분은 광 속에 보관하고 있으나 물론 거의 분실되고 말았지요. 누군들 죄다 보존해 둘 수 있겠어요? 그러나 광 속에는 아직도 많이 남아 있어요. 명령서를 찾을 수 있을 것 같아? 표지에 '측량사'라는 글자가 쓰여 있고, 그 아래에 푸른 잉크로 밑줄을 그은 서류를 찾아야 해!" 그는 또 아내 쪽을 향하여 말했다. "방이 너무 어두워서 촛불을 가져와야겠어요." 부인이 이렇게 말하면서 종이가 높이 쌓인 더미를 넘어 밖으로 나갔다. "집사람은 이런 어려운 공무를 집행할 때면 정말 큰 도움이 돼요. 더욱이 이 일은 부차적인 일거리로 처리하지 않으면 안 되니까요. 나는 서류 작성하는 일을 시키기 위해서 학교 선생 한 사람도 조수로 고용하고 있는데, 그래도 일을 다 해내지 못해서 하다 남은 일거리를 저쪽 상자 속에 모아두었어요." 촌장은 말하면서 다른 장을 가리켰다. "설상가상으로 내가 지금 병으로 앓고 있으니까, 놀기만 하지요." 그는 자못 피곤한 기색이었으나 그래도 자랑스럽게 몸을 뒤로 기대었다. "아니면 제가 좀……." 하고 K가 말했는데, 그때 부인은 촛불을 가지고 돌아와서 상자 앞에 무릎을 꿇고 앉아 명령서를 찾기 시작했다. "제가 사모님을 도와서 함께 찾기로 할까요?" 촌장은 빙그레 웃으면서 머리를 흔들었다. "이미 말씀드린 바와 같이, 당신에 대해서 직무상의 비밀 같은 것은 없어요. 그렇다고 해도 당신에게 직접 서류를 찾게 할 수는 없는 노릇이지요." 방 안은 아주 고요했으며, 단지 종이가 바스락거리는 소리만 들릴 뿐이었다. 촌장은 약간 졸고 있는 모양이었다. 문을 가볍게 노크하는 소리가 들려서 K는 돌아다보았다. 틀림없이 조수들이었다. 여하튼 그들은 그래도 조금 교육을 받아서 당장에 방 안으로 뛰어들어 오지는 않고 문을 조금 열어 그 문틈으로 속삭였다. "바깥은 추워서 죽겠어요." "누구인가요?" 촌장이 깜짝 놀라며 물었다.

"제 조수들인데, 어디서 기다리게 해야 좋을지 모르겠습니다. 바깥은 몹시 춥고, 여기는 또 여기대로 폐가 되니까 말입니다." K가 대답했다. "여기 있어도 상관없어요. 들어오라고 하세요. 좌우간 두 사람은 낯이 익은 사람들이지요. 전부터 아는 사이랍니다." 촌장은 친절하게 말했다.

"그러나 저는 마뜩잖습니다." K는 솔직하게 말하고 나서, 눈초리를 조수들에게서 촌장에게로 돌리고, 다시 촌장에게서 조수들에게로 옮겼다. 세 사람이 입언저리에 띠고 있는 미소는 너무나 닮아서 분간할 수 없을 지경이었다. 그래서 그는 시험 삼아 "자네들은 벌써 방 안에 들어와 버렸군. 그렇다면 자네들은 여기 있기로 하고, 저기 계신 사모님을 도와서 서류를 찾아줘. 표지에 '측량사'라고 쓰여 있고, 푸른 잉크로 밑줄을 친 서류야." 하고 말했다. 촌장은 아무 반대도 하지 않았다. 서류에 손을 대는 것은 K에게는 허락되지 않았지만, 같은 일을 조수들은 해도 좋았다. 두 사람은 바로 산더미 같은 서류로 덤벼들었으나, 찾기보다는 종이 뭉치를 파헤치고 뒤적거리기만 했다. 한 사람이 서류의 표지 제목을 한 자씩 토막으로 잘라서 읽으면, 또 한 사람은 그것을 상대방의 손에서 채가곤 했다. 부인은 빈 상자 앞에 무릎을 꿇고 있었지만 전혀 찾고 있는 것 같지 않았다. 좌우간 촛불은 그녀가 있던 곳에서 상당히 떨어져 있었다.

"그러면 조수들이 당신에게는 거추장스럽고 귀찮다는 거지요. 그러나 당신의 조수인데요." 촌장은 그렇게 말하면서 만족스러운 듯 미소를 띠었다. 마치 모든 것이 자기 지령에서 나왔는데 아무도 눈치채지 못하고 있음을 비웃는 듯한 미소였다. "아닙니다. 전 여기 와서 저들을 처음 봤는데, 저들이 나를 뒤쫓아 왔습니다." K는 냉랭하게 대답했다.

"뒤쫓아 왔다니 이상한 표현인데요. 아마 배치됐다고 말씀하시려는 거지요." 촌장이 말했다. "그렇다면 배치되었다고 해두겠습니다. 저들은 마치 하늘에서 떨어진 거나 마찬가집니다. 그러니 배치라는 게 아닌 밤중의 홍두깨 격으로 엉터리가 아니고 무엇이겠습니까?" "여기서는 엉터리 같은 일이라곤 하나도 일어나지 않아요." 하고 촌장은 말하면서 발이 쑤시고 아픈 것조차 잊어버리고 몸을 똑바로 일으켰다. "엉터리는 하나도 없다고 말씀하시는데 그럼 저를 부르신 문제는 어떻습니까?" K는 물었다. "당신의 초빙 문제도 충분히 검토했어요. 단지 부수적인 세세한 문제가 복잡해져서 사건을 혼란하게 만들고 있을 뿐이지요. 서류로써 그 증거를 보여드리죠." 촌장이 답했다. "서류는 찾을 것 같지 않습니다." "찾을 것 같지 않다고요?" 촌장이 말을 이었다. "미치, 빨리 좀 찾아줘요. 하여튼 나는 서류가 없더라도 말씀드린 그 명령에 대해서, 우리는 유감스럽지만 측량사는 필요 없다고 대답했어요. 그런데 이 대답은, 명령을 내린 본래의 과─가령 이곳을 A과라고 부른다면─A과로 되돌아가지 않고 무슨 착오로 B과로 전달된 것 같아요. 그러니까 A과는 대답을 접수하지 못하고, 또 유감스럽게도 B과 역시 우리의 대답을 온전히 받았다고 할 수도 없지요. 서류의 알맹이가 우리들 손에 남아 있는 것인지 그렇지 않으면 도중에서 분실되었는지 그 내막은 알 수 없지만─과 안에서 분실한 것은 절대로 아니라고 내가 장담할 수 있어요─좌우간 B과는 단지 서류의 봉투밖에 접수하지 않았어요. 그 봉투 겉에는 안에 든 서류 내용이 측량사의 초빙 문제를 다루고 있다는 사실만이 기록되어 있을 뿐이었어요, 그러는 동안에 A과에서는 우리의 대답을 기다리고 있었어요. 물론 A과에는 그 문제에 대한 기록이 남아 있었지만, 모든 절차에 대한 결재에 정확성을 기한다 하더라도 흔히 발생하는 일이기도 해요. 그래서 보고자는 우리의 대답을 우선 기다리다가, 대답이 오면 측량사를 초빙하든가 또는 필요에 따라서는 우리와 계속해서 연락을 할 생각이었던 거지요. 그러다 보고자는 사건에 관해 메모해 두는 것을 소홀히 해서, 전부 다 잊어버리게 되었죠. 그러나 B과에서는 양심적인 것으로 유명한 보고자가 서류의 봉투를 받았어요. 소르디니라는 이름의 이탈리아 사람인데, 내정을 잘 알고 있는 나로서는 그 사람처럼 유능한 사람이 어째서 언제까지나 아래 지위에 머물러 있는지 이해가 안 가요. 소르디니는 물론 빈 봉투를 우리에게 돌려보내고 빈 알맹이를 넣어 다시 보내라고 요청했어요. 그러나 문서는 맨 먼저 A과에서 써보낸 것이었으므로 당시에는 이미 몇 년까지는 아니더라도 몇 달이나 지난 후였어요. 설명할 필요도 없을 만큼 명백한 일이지만, 보통 문서가 제대로 전달되는 경우에는 늦어도 하루면 해당 과에 전달되어, 그날로 문제가 처리되기 마련이지요. 그러나 반대로 문서가 길을 잃고 헤매는 경우에 있어서는—관청 조직이 훌륭한 만큼 일단 문서가 길을 잘못 들면 계속해서 그 잘못 든 길을 철저히 따라갈 수밖에 없지요—그때야말로 시간이 굉장히 오래 걸리지요. 따라서 소르디니가 보낸 문서를 받았을 때에는, 이미 우리는 그 사건을 단지 희미하게밖에 기억할 수 없었어요. 그 당시 우리 직원은 둘뿐, 즉 미치와 나 둘만이 일을 보고 있었고, 학교 선생은 아직 배치되지 않았으니 아주 중대한 요건 이외에는 사본을 보관해 두지도 않았어요. 요컨대 우리는 아주 애매하게나마 그런 초빙 문제에 관해서는 아무것도 모를뿐더러 측량사는 필요 없다고 대답하는 수밖에는 다른 도리가 없었지요. 그런데……." 촌장은 여기서 자기가 너무나 이야기에 열중했다는 듯

이, 또는 적어도 지나치게 이야기에 열을 올리지나 않았나 하고
두려워하는 듯이 이야기를 중단해 버리고는 "이 이야기가 지루
하지 않아요?" 하고 물었다.

"천만의 말씀입니다. 퍽 재미있는 이야기입니다."

K의 대답을 들은 촌장은 "심심풀이로 하고 있는 이야기는 아
닌데요." 하고 말했다.

"제가 재미있게 듣고 있다고 말씀드린 것은 오로지 말씀을 듣
고서, 하찮은 착오가 경우에 따라서는 인간의 생활을 결정적으
로 좌우한다는 사실을 통찰하게 되었기 때문입니다." K가 말했
다.

"아직도 통찰하시진 못했지요." 촌장은 정색을 하고 말했다.
"그러면 이야기를 계속하기로 하지요. 물론 소르디니 같은 사
람은 우리의 대답으로는 만족하지 않았어요. 사실 그가 내게는
참 두통거리이긴 해도 존경하고 있어요. 그는 아무도 믿지 않거
든요. 예를 들면 지금까지 몇 번이고 믿을 수 있을 만큼 사귀어
서 잘 아는 사람이라도, 다음에 만났을 때는 전혀 모르는 사람인
듯, 더 정확하게 말하면 건달을 대하듯 전혀 신용하지 않아요.
난 그런 태도가 틀림없이 옳다고 생각해요. 관리는 마땅히 그렇
게 행동해야 돼요. 유감스럽게도 나는 이상한 성미 탓에 이 원칙
을 지킬 수 없어요. 보시는 바와 같이 나는 생전 처음 만나는 당
신에게 무엇이든 털어놓고 이야기하고 있지요. 나는 그렇게밖에
할 수 없어요. 나와 달리 소르디니는 우리의 대답에 곧 의구심
을 품게 되었어요. 그래서 빈번하게 연락해야 했지요. 소르디니
는 나에게, 왜 측량사를 초빙할 필요가 없다는 생각이 떠오르게
되었는지 물었어요. 나는 미치의 우수한 기억력의 힘을 빌려서,
최초의 제안은 직무상 그쪽에서 나온 것이며, 이쪽에서 측량사

를 부르자고 제안한 적은 없다고 대답했어요─다른 과에서 제
안했다는 사실을 물론 아주 옛날에 까맣게 잊어버렸어요─여기
에 대해서 소르디니는 왜 내가 이 일에 관해 처음 관청에서 온
서한의 이야기를 이제야 비로소 끄집어내느냐고 물었어요. 나는
답장에다 비로소 지금 그 일이 생각났기 때문이라고 대답했지
요. 이어서 소르디니와 나는 옥신각신 다음과 같은 말을 주고받
았어요. 소르디니, 그것은 참 괴상한 일이다. 나, 이렇게 오래 끌
던 문제임을 감안하면 조금도 괴상하지 않다. 소르디니, 그러나
역시 이상하다. 당신이 기억하고 있다는 서한이 없다. 나, 그 서
한이 없는 것은 당연하다. 서류 전부가 분실되었으니까. 소르디
니, 그렇다고 해도 그 첫 번째 서한이 장부에 메모로 기입되어
있어야 할 텐데 보이지 않는다. 그래서 나는 막혀버렸어요. 왜냐
하면 소르디니가 속한 과의 과오가 있다고는 감히 주장할 수 없
었으며, 또 믿기지도 않았기 때문이지요. 측량사 양반, 당신은 아
마도 마음속으로 소르디니를 비난하고 계실 테지요. 내 주장과
의견을 고려해서 다른 과에 그 일을 조회하는 성의를 보여주었
어야만 한다고 나무라실지도 모르겠어요. 그러나 바로 그런 생
각이 옳지 않은 겁니다. 나로서는, 비록 당신의 머릿속에서나마
그에 대한 나쁜 인상이나 오점을 남기고 싶지 않아요. 대체로 과
오가 있을지도 모른다는 가능성 같은 것은 전혀 계산에 넣지 않
는 것이 관청 사무의 원칙이지요. 전체 조직이 탁월하다면 이 원
칙은 정당합니다. 또 일을 아주 빨리 처리해야 될 때는 이 원칙
이 필요해요. 그래서 소르디니가 다른 과에 조회하는 것은 전혀
허락되지 않았지요. 게다가 조회했더라도 상대편 과에서는 절대
로 대답을 보내주지 않았을 거예요. 혹시나 그 과에 과오가 있
는지 조사하기 위해 조회를 요청한 게 아닐까 하고 바로 눈치를

채게 되기 때문이지요."

"촌장님, 말씀 도중에 실례지만 잠깐 여쭈어보겠습니다. 먼저 아까 감독관청 이야기를 하신 적이 있지 않습니까? 지금 말씀을 듣자니 감독 통제가 없는 경우란 상상만 해도 기분 나쁠 정도로 끔찍하군요." K가 말했다.

"대단히 엄격한 말씀이군요." 촌장은 말을 이었다. "그러나 당신이 그 엄격성을 천 배 만 배로 곱하더라도 관청이 스스로에 과하고 있는 엄격성에 비하면 아무것도 아니에요. 감독관청이 있느냐고 묻는 사람은 당신처럼 아무런 사정도 모르는 타향 사람뿐이지요. 성에는 감독관청밖에는 없어요. 물론 일반적으로 말하듯 과오를 찾아내는 게 감독관청의 역할은 아니지요. 왜냐하면 과오가 일어나지 않으니까요. 가령 당신의 경우처럼 과오가 일어났다고 하더라도 대체 누가 그것이 과오라고 단정을 내릴 수 있겠습니까?"

"그것은 퍽 색다른 의견이십니다." K가 말했다.

"내게는 말하자면 케케묵은 이야기지요." 이어서 촌장이 말했다. "과오가 일어났다고 믿고 있는 점에서는 나도 당신과 그다지 다르지 않아요. 소르디니는 그 일에 절망한 끝에 중한 병에 걸렸어요. 과오의 근원을 적발해 주는 제1감독관청이 과오가 있었음을 인정했어요. 그러나 제2감독관청이 똑같이 판단하고, 제3, 제4, 그 밖의 다른 감독관청들도 똑같은 판정을 내릴 것이라고 누가 장담할 수 있을까요?"

"그럴지도 모르겠습니다." K가 입을 열었다. "그러나 나는 차라리 그런 일을 깊이 생각하고 싶지 않습니다. 감독관청 이야기도 금시초문이고, 물론 아직도 잘 이해하지 못하고 있는 형편입니다. 단지 제가 생각하는 것은, 여기서 두 가지를 구별해야 한다는 겁니다. 첫째로는, 관청 내부에서 일어난 일이라든지, 아니면 관청의 입장에서 여러 가지로 해석될 수 있는 일입니다. 다음 둘째로는, 나라는 현존하는 인간, 즉 관청으로부터 어떤 손해를 입을 위험이 있으나 관청 밖에 동떨어져 있기도 하거니와 그것이 얼른 보기에는 대수롭지 않아서 위험이 정말 다가왔는지 아직 짐작조차 못 하고 있는 나라는 인간입니다. 촌장님, 촌장님은 관청 사정에는 기가 막히게 정통하시지만, 촌장님이 그런 풍부한 지식을 다 쏟아서 이야기해 주신 것은 아마도 제가 말씀드린 첫째 경우라고 생각됩니다. 그러나 저는 저라는 이 인간에 관해서도 한마디 말씀을 듣고 싶습니다." K가 말했다.

"당신에 관해서도 이야기하기로 하지요. 그러나 미리 몇 마디 말해두지 않으면 이해하기 어려우실 겁니다. 지금 내가 감독관청 이야기를 했지만 그것조차 시기상조였던 것 같아요. 따라서 화제를 돌려서 소르디니와 말이 어긋났던 이야기로 되돌아 가기로 해요. 앞서 말했던 것처럼 나의 방어력은 점점 약해져 갔어요. 그런데 소르디니가 다른 사람보다 아주 조금이라도 유리한 점을 손에 쥐고 있으면 그는 벌써 승리해 버린 거나 마찬가지지요. 왜냐하면 그때는 그의 주의력, 정력, 침착한 태도가 훨씬 날카로워지니까요. 따라서 그는 그의 공격을 받는 상대방에게는 무서운 존재인 반면, 공격받는 상대방의 적에게는 참 훌륭한 구경거리이지요. 이 후자의 경우도 나는 다른 기회에 직접 경험해 보았어요. 지금 이처럼 그의 이야기를 할 수 있는 것도 그 때문이지요. 여하튼 나는 그를 아직도 직접 본 적이 없어요. 그는 너무나 바빠서 이 아랫마을로 내려올 수가 없어요. 사람들의 이야기를 들으니 그의 사무실은 큰 서류 묶음이 몇 층 높이로 쌓인 기둥으로 사방 벽을 덮고 있다더군요. 소르디니가 일할 때 필요한 것은 다만 서류뿐이라니까요. 그리고 그 산더미처럼 쌓인 서류 무더기 속에서 늘 서류를 잡아 빼내기도 하고, 또 속으로 집어 처넣기도 하는데, 그런 동작이 굉장히 빠르게 이루어지기 때문에 기둥처럼 높이 쌓인 이 서류 더미가 늘 무너지기 마련이라 언제나 그 무너지는 소리가 꼬리를 물고 끊임없이 들려오는데, 그 소리가 소르디니 사무실의 특색이라고 하더군요. 확실히 소르디니는 일꾼이며, 아주 사소한 일에도 중대한 일과 마찬가지로 세심한 주의를 아끼지 않아요." 촌장이 말했다.

"촌장님, 촌장님께선 줄곧 제 문제를 아주 하찮은 일의 하나로 취급하고 계십니다. 그러나 이 문제 때문에 많은 관리들이 굉장히 바쁘게 일할 수밖에 없게 되었습니다. 이 문제는 처음에는 혹 지극히 사소한 일이었는지도 모르겠으나 소르디니 씨와 같은 관리가 열심히 활동한 결과 중대한 문제가 되어버렸지요. 이것은 유감스러운 일일뿐더러 제 뜻에도 어긋납니다. 왜냐하면 저는 저에 관한 서류가 산더미처럼 쌓였다가 한꺼번에 무너지기를 바라는 자존심을 부리는 게 아니라 한 사람의 측량사로서, 자그마한 제도 책상 옆에 조용히 앉아서 일하기를 원하고 있기 때문입니다." K가 말했다.

"아니, 그것이 중대한 문제는 아니지요. 이 점에 대해서 당신이 불평할 이유라곤 없을 거예요. 이것은 사소한 일 중에서도 가장 사소한 일의 하나지요. 일의 규모에 따라 문제의 중요도를 결정지을 수는 없어요. 당신이 그런 생각을 품고 있다면, 백작님의 관청을 이해하려면 아직 멀었어요. 그러나 설사 일의 규모가 문제 된다고 하더라도 당신의 문제는 가장 사소한 일의 하나지요. 평범한 일, 즉 일종의 과오가 일어나지 않는 일이 보람은 있겠지만 훨씬 힘이 들지요. 좌우간 당신은 당신 문제 때문에 관청이 한 일을 실상 아무것도 모르고 있어요. 그것을 지금부터 이야기해 드리지요. 우선 소르디니는 나를 내버려두었지만, 그의 부하 관리들은 매일같이 헤렌호프로 찾아와서 마을의 유력한 사람들을 신문하여 조서를 작성했어요. 대개는 내 편을 들었지만, 그중 완고한 자가 몇 사람 있었어요. 측량의 문제는 농부들에게는 절실한 모양이고, 그들은 그 배후에 무슨 비밀 협정이나 부정행위라도 있는 것이 아닌가 하고 냄새를 맡고 돌아다니며, 더욱이 그 일에 지도자 격인 인물을 발견해 냈어요. 그래서 소르디니는 자연히 그들의 진술을 듣고 다음과 같은 확신을 갖게 되었어요. 즉 내가 마을의회에 안건을 제출했다면 측량사 초빙 문제에 대해서 모두들 반대는 하지 않았을 거라는 점이지요. 그래서 명백한 일—즉 측량사는 필요 없다는 일—을 적어도 문제 삼을 여지가 생겨버렸어요. 여기서 특히 브룬스비크라는 자가 유난을 부렸어요. 당신은 이 사람을 모르시겠지만, 나쁜 인간은 아닌 것 같으나 우둔하고 공상을 즐기며 라제만과는 매부 사이지요." 촌장은 말했다.

"무두장이 라제만 말입니까?" 이렇게 물은 K는 라제만의 집에서 만난 털보 이야기를 했다.

"네, 바로 그 사람 말입니다." 촌장이 답했다.

"저는 그분의 부인도 알고 있습니다." K는 무턱대고 말했다.

"그러시겠지요." 촌장은 말하고 입을 다물었다.

"미인이던데요. 약간 안색이 좋지 못하고 환자처럼 보이던데, 아마 성 출신이지요?" K는 반은 질문하는 어조로 물었다.

촌장은 시계를 쳐다보더니 스푼에 가득히 약을 따라서 성급히 마셔버렸다.

"성 안의 일은 단지 그 사무 조직에 관한 것밖에는 모르십니까?" K는 약간 실례가 될 정도로 쌀쌀맞게 물어보았다. "네." 촌장은 약간 비꼬는 듯한, 그러나 고마워하는 미소를 지으면서 말했다. "사실은 그 사무 조직이 가장 중요한 것이지요. 그런데 브룬스비크 말인데, 그자를 이 마을에서 내쫓을 수만 있다면 대개들 기뻐할 거예요. 라제만이라도 기뻐하지 않을 리가 없지요. 그러나 그 당시 브룬스비크는 웅변가는 아니지만 큰 소리로 부르짖는 사람이었고, 많은 사람이 그걸 마음에 들어했어요. 그래서 나는 문제를 마을의회에 제출하지 않을 수 없었으니, 당장은 브룬스비크가 기세등등해진 셈이지요. 마을의회에서는 물론 대다수가 측량사 한 사람의 일쯤 아무래도 좋다는 태도였지만요. 지금으로부터 벌써 몇 년 전 일이지만, 그때부터 지금에 이르기까지 쭉 이 문제는 결론을 보지 못한 채 질질 끌려왔지요. 이렇게 된 이유는 한편으로는 소르디니의 야심에서 비롯된 것이니, 소르디니는 다수파 주장의 근거뿐만이 아니라 반대파의 의견까지도 지극히 면밀히 조사해서 사건을 규명하려고 노력했기 때문이지요. 또 한편으로는 브룬스비크의 우둔함과 명예욕에 그 원인이 있어요. 그는 백작님의 관청과는 여러 가지로 개인적인 연고 관계가 있었는데, 독특한 망상 때문에 이것저것 꾸며내서 선전을 하며 관청과의 관련성이 끊어지지 않도록 노력하고 있기 때문이죠. 소르디니는 물론 브룬스비크에게 속아 넘어가지는 않았어요. 어떻게 브룬스비크가 소르디니를 속일 수가 있겠어요? 그러나 마침 속아 넘어가지 않기 위해서 소르디니는 새로운 조사를 할 필요가 있었어요. 그런데 그 조사가 아직 끝나기도 전에, 브룬스비크는 또 새로운 것을 생각해 냈어요. 그에겐 아주 약삭빠른 면도 있는데, 그것도 그의 우둔함의 일부라고 생각해요. 사아, 이젠 우리 관청의 특수한 성격에 대해서 이야기할 때가 온 것 같군요. 관청 조직은 정밀한 만큼 또한 굉장히 민감하기도 해요. 한 문제가 쭉 오랫동안 검토되고 그 검토가 아직 끝나기도 전에 예기할 수도 없는 장소, 또 나중에 가서는 이미 어디였던가 알 수도 없는 장소에서 갑자기 번갯불처럼 해결의 서광이 비쳐오는 수가 있어요. 그래서 대개 결과적으로 보면 참 옳았다고는 하지만, 말하자면 제멋대로 그 문제의 끝을 맺게 되기도 하지요. 마치 관청이 그 자체로서는 사소한 한 가지 문제 때문에 몇 해 동안이나 자극을 받고 긴장을 계속하는 사이에 이미 견딜 수 없게 되어, 나중에는 관리의 힘을 빌리지 않고 자기 스스로 결말을 지어버리는 것과 같아요. 물론 기적이 일어났다고는 할 수 없어요. 확실히 관리 중의 어떤 사람이 그 종결을 문서에 기록했던가 또는 문서에는 쓰지도 않고 그대로 결론을 내버렸던가 둘 중의 하나일 거예요. 그러나 좌우간, 이 경우에 어떤 관리가 결정을 지었는지, 또 어떤 근거에서 그런 결론을 내렸는지, 그 점에 대해서는 우리 쪽에서는 물론 해당 관청에서도 확인할 수가 없고 다만 감독관청만이 훨씬 나중에 가서 확인하게 되어 있어요. 그러나 그렇게 되면, 우리는 알 도리가 없지요. 아무튼 그때쯤 되면 거의 어떤 사람의 흥미도 끌지 않게 되니까요. 먼저 말씀드린 것처럼 이 결정은 대개 아주 훌륭하지요. 단지 이 방식이 곤란한 이유는 보통 그러듯이 이 결정을 오랜 시간이 경과한 후에야 알게 된다는 점과, 따라서 결정의 가부를 알게 될 때까지는 아주 오래전에 종결된 문제를 줄곧 그리고 지극히 열심히 상의하고 있다는 것이지요. 당신의 경우에도 이런 결정이 내려졌는지 어떤지 나는 알 수 없지만, 거기에는 긍정과 부정의 양론이 성립하고 있지요. 결정이 내려졌다고 하더라도 초빙 통지가 당신에게 발송되고, 그다음에 당신은 먼 여행을 해서 여기까지 오셨으니까 퍽 오랜 시간이 경과되었어요. 그동안 소르디니는 여기서 여전히 같은 문제와 씨름하느라 기운이 다 빠질 정도로 일에 몰두하고, 브룬스비크는 음모를 꾸미고, 나는 이 두 사람에게 고통을 받았지요. 지금은 오로지 이런 일이 있었을지도 모르겠다는 가능성을 암시할 뿐이지만, 다음과 같은 것은 나도 아주 뚜렷하게 알고 있어요. 우리가 옥신각신하는 사이에, 감독관청 쪽에서는 몇 해 전에 측량사에 관해 A과가 촌사무소에 문의하는 공문을 발송했는데 아직껏 회답을 받지 못하고 있다는 사실을 발견했어요. 최근에 내게도 문의가 왔는데, 그때 모든 사정이 밝혀졌어요. 그래서 A과는 측량사는 필요치 않다고 써보낸 내 회답에 만족했으며, 소르디니는 자기가 이 문제에 관해서는 권한이 없었다는 사실과, 물론 자기 잘못은 아니지만 지금까지 쓸데없이 귀찮은 일만 해왔다는 사실을 솔직히 인정하지 않을 수 없었어요. 만일에 새로운 일이 보통 때처럼 사방에서 마구 밀려들지 않았더라면, 또한 당신의 문제가 단지 쓸데없는 문제에 불과한 것이 아니었더라면—사실 이 일은 사소한 문제 중에서도 가장 사소한 것이라고 말할 수 있을 텐데요—우리는 틀림없이 모두들 숨을 크게 내쉬었을 겁니다. 소르디니도 역시 그랬으리라고 생각해요. 단지 브룬스비크만이 원한을 품었을 테지만, 그것은 참 우스운 일에 지나지 않지요. 그런데 측량사 양반, 내가 얼마나 실망했는지 살펴주세요. 다행히도 사건 전부가 처리된 후에—그때로부터 벌써 오랜 세월이 흘렀는데—지금, 마른하늘에 날벼락 치듯 당신이 나타나서 모든 일을 처음부터 새로 시작하는 형편이니까요. 그런 일은 나로서는 절대로 용납하지 않을 작정이지요. 그 점은 당신도 잘 아시겠지요?" 촌장은 굉장히 긴 이야기를 이렇게 끝냈다.

"네, 알겠습니다. 그런데 제가 더욱 잘 알고 있는 것은, 이곳이 저에 대해 굉장한 불법 행위를 저지르고 있다는 사실입니다. 법률의 힘을 빌려서까지 권리를 침해하고 있었던 것 같군요. 그래서 나로서는 그것을 막아낼 생각입니다." K의 대답이었다.

"어떻게 그것을 막아내려고 하지요?" 촌장이 물었다. "말할 수 없습니다." K가 말했다.

"나는 당신에게 억지를 쓸 생각은 없어요. 단지 나는 당신의─친구라고까지 말하진 않겠어요. 우린 초면이니까─말하자면 사무상의 친구라는 것, 이 점만은 한번 생각해 주십사 부탁드리고 싶어요. 당신을 측량사로서 채용하는 일만은 인정하지 않지만, 그 밖의 일로는 당신은 언제든지 나를 신뢰해도 좋아요. 물론 가능한 범위 내에서 내 힘이 닿는 데까지 최선을 다해보지요. 그렇다고 해서 무슨 큰 권력을 가지고 있다는 것은 아니지만." 촌장은 말했다.

"자꾸 저를 측량사로서 채용할지 말지를 말씀하시는데, 저는 벌써 채용되었습니다. 이것이 클람의 편지입니다." K가 말했다.

"클람의 편지라고요? 참 귀하고 얻기 어려운 물건이지요. 클람의 서명이 있군요. 틀림없이 그의 필적처럼 보이는데요. 그러나─나 혼자만의 생각으로 확인할 수 없으니까─미치!" 그가 외치더니, 그다음에 "대체 자네들은 무얼 하고 있나?" 하고 물었다.

촌장이나 K는 상당히 오랫동안 조수들과 미치를 잊고 있었는데, 분명 그들은 찾고 있는 서류를 발견해 내지 못한 모양이었다. 그래서 함부로 끄집어낸 서류를 모조리 억지로 장 속에 넣어두려고 했으나, 산더미 같은 서류 무더기를 간추리지 않았기 때문에 뜻대로 되지 않았다. 그래서 결국 조수들이 거기에 생각이 미쳐 지금 실천에 옮기고 있는 듯했다. 장을 바닥에 눕혀놓고 서류를 전부 꾹꾹 처넣은 다음, 미치와 함께 장 문짝 위에 앉아서 지금 막 지근지근 짓누르고 있었다.

"그러면 서류는 찾지 못했구먼." 촌장이 말을 이었다. "그것참 안됐는데, 하여튼 지금 이야기했으니까 대충 상황은 아시겠지요. 하기야 서류 같은 건 필요 없게 되어버렸어요. 언젠간 서류를 찾게 될 것이라고 생각해요. 아마도 학교 선생에게 있을 거요. 그에게는 아직도 굉장히 많은 서류가 남아 있으니까요. 그런데 미치, 촛불을 가지고 이리 와서 내게 이 편지를 읽어줘요."

미치가 와서 침대 가에 걸터앉아 튼튼하고 건장한 남편에게 몸을 기대었다. 남편은 아내를 포옹하고 있었는데, 이 순간 그녀는 전보다도 파리하고 초라해 보였다. 그녀의 작은 얼굴에 촛불이 비쳐 이채를 띠고 그 얼굴의 윤곽을 뚜렷하고 엄숙하게 드러냈는데, 늙고 쇠약한 나이가 그 윤곽을 부드럽게 만들어주고 있었다. 그녀는 편지에 시선을 떨어뜨리자마자 가볍게 양손을 합치고 "클람에게서 온 편지예요." 하고 말했다. 그다음에 둘은 함께 편지를 읽으며 두서너 마디 서로 속삭였다. 한편 조수들은 누르고 있던 장의 문을 잠그는 데 성공하여 "만세!" 하고 고함을 질러댔으며, 미치는 잠자코 고맙다는 눈초리로 그들을 쳐다보았다. 그러자 촌장이 말을 꺼냈다.

"미치가 완전히 나와 같은 의견이니까 솔직히 말씀드릴 수 있을 것 같은데, 이것은 결코 공문이 아니라 개인 편지예요. 그것은 '삼가 아룁니다'라는 편지 첫머리 문구를 보아도 똑똑히 알 수 있어요. 그건 그렇다 치고, 이 편지 속에는 당신을 측량사로 채용했다는 소리는 일언반구도 없어요. 다만 일반적으로 영주에 대한 봉사라는 것만 언급되어 있을 뿐이고, 그것조차 의무적 또는 강제적으로 언급되고 있는 것이 아니라 '주지하는 바와 같이'

라는 단서 아래에서 당신은 채용되었어요. 다시 말해 당신이 채용됐다는 사실에 대한 책임은 당신 자신이 부담해야 된다는 것이지요. 마지막으로 내가 당신의 직속상관이라고 밝히고 있으며, 직무상의 사항에 관해서는 전적으로 상관인 나의 지시, 감독을 받으라고 명령하고 있어요. 그러니 내가 당신에게 세세한 모든 일을 전달해야 하는데, 그 대부분은 벌써 다 말씀드렸지요. 관청의 공문을 잘 읽을 줄 아는 사람, 따라서 공문 이외의 사적 서신을 더 잘 해독할 수 있는 사람에게 이 모든 일은 너무나 명백해요. 외지인인 당신이 잘 이해하지 못하신다고 해서 그다지 이상하게 생각하진 않아요. 결국 이 편지의 취지는 요약해서 다음과 같은 내용 이외에는 아무것도 아니에요. 즉 당신이 백작님의 관청에 근무하도록 채용된 경우에 한해서 클람이 사적으로 당신을 돌봐주겠다는 거지요." 이것이 촌장의 이야기였다.

"촌장님, 촌장님은 이 편지를 아주 멋지게 해석하셨는데, 너무나 근사하게 해석하신 나머지 결국 한 장의 백지에 쓴 서명만 남아버리고 말았군요. 이로써 당신이 귀하신 분이라며 입에 올린 클람의 이름을 오히려 멸시하고 있다는 것을 모르시겠습니까?" K가 말했다.

"그것은 오해입니다. 나는 결코 편지의 뜻을 잘못 해석하지는 않았어요. 내가 제멋대로 해석해서 이 편지를 무시하는 태도도 취하지 않았고요. 오히려 그 반대지요. 클람의 서신은 물론 공문보다도 훨씬 중요한 뜻을 가지고 있어요. 단지 당신이 그 편지에서 찾아보려고 하는 것 같은 그런 뜻은 없어요." 촌장이 말했다.

"슈바르처를 아십니까?" K가 물었다.

"아니, 몰라요. 미치! 당신은 혹시 알는지 몰라! 당신도 모른다고? 우리는 다 모르는 사람인데요."

"그것참 이상하군요. 하급 집사의 아들입니다." K가 말했다.

"측량사 양반, 대체 내가 어떻게 그 많은 하급 집사의, 그것도 그자들의 아들을 알 수가 있겠어요?" 촌장이 말했다.

"좋습니다. 그렇다면 슈바르처는 하급 집사의 아들이라고 해 두십시오. 제가 이곳에 도착한 날 벌써 이 슈바르처와 올화가 터지는 연극을 했습니다. 그때 그자가 프리츠라는 하급 집사에게 전화를 걸어 조회한 결과 제가 측량사로 채용되었다는 사실을 알게 되었습니다. 촌장님, 이 사실을 어떻게 설명하시렵니까?"

"아무것도 아니지요. 당신은 사실 아직 한 번도 우리 관청과 교섭해 본 적이 없어요. 당신이 내게 말씀하신 것 같은 교섭은 모두 그럴듯하지만, 사정을 모르시니 그것을 정말로 교섭이라고 생각하시는 거겠죠. 전화 이야기가 나왔으니 말이지, 보시는 바와 같이 내게는 전화도 없는데, 그래도 나는 얼마든지 관청과 교섭하고 있어요. 식당 같은 데서는 전화가 가령 자동 전축처럼 도움이 될는지 몰라도, 그 이상의 역할은 하지 못해요. 당신은 여기 오셔서 전화를 걸어보신 적이 있지요? 그러면 아마 내 말을 알아들으시겠지요. 성 안에서 전화의 용도는 참으로 많지요. 사람들의 이야기를 들어보면 성 안에서는 끊임없이 전화로 연락하고들 있다는데, 물론 그리하여 사무 능률을 굉장히 올리고 있어요. 우리가 마을 전화로 그쪽에 전화를 걸면 성 안에서 그칠 새 없는 전화 소리가 떠들썩하게 또는 노랫소리처럼 들리는데, 그 소리를 당신도 확실히 들으셨겠지요. 그런데 이 떠들썩한 소음과 노랫소리만이 마을 전화가 우리에게 전달해 주는 것 중에서 가장 올바른 것이자 신용할 만한 것이고, 다른 모든 것은 가짜고 협잡이지요. 성과 마을 사이에는 제대로 된 전화선이 없을 뿐더러 우리의 요청을 저쪽으로 연결해 주는 중앙전화국 같은 것도 없어요. 여기에서 전화를 걸어 성의 누구인가를 불러내려고 하면, 저쪽에서는 가장 하급 부서의 전화기 전부가 울리지요. 게다가 내가 잘 알고 있는 사실이지만, 대개의 전화기가 알람 장치를 끊어놓았으니 그쯤에서 그치는 것이지, 만일 그렇지 않으면 성 전체의 전화가 한꺼번에 울리게 되거든요. 그러다 가끔 피곤한 관리가 좀 심심풀이로, 특히 저녁 때나 밤에 그러는 경우가 많은데, 그 알람 장치를 연결하곤 해요. 그럴 때 우리는 마치 농담으로밖에는 들리지 않는 대답을 받기도 한답니다. 그것도 이해가 가는 일이지요. 늘 굉장히 중요한 일이 거듭 맹렬하게 진행되고 있는데, 그 와중에 개인적인 사소한 용무 때문에 전화를 걸고 폐를 끼치는 일이 대체 누구에게 허락될 수 있겠습니까? 그리고 내게도 납득이 되지 않는 일은, 이곳에 처음으로 도착한 타향 사람이라고 할지라도, 예를 들면 소르디니에게 전화를 걸어서 그를 불러냈을 때, 자기에게 대답하고 있는 상대방이 정말로 소르디니라고 어떻게 믿을 수 있느냐 말이에요. 얼토당토않게 상대방이 혹 전혀 다른 과의 미미한 기록계원일지도 모르지요. 그와 반대로 시간만 잘 골라잡아서 미미한 기록계원을 불러내려고 했을 때, 도리어 소르디니 자신이 대답하는 일도 물론 있을 수 있지요. 그럴 때는 첫마디를 듣기 전에 수화기를 버리고 도망치는 편이 확실히 나을 거예요." 촌장이 말했다.

"설마 그러리라고는 생각지 못했습니다. 그런 자세한 점까지 알 순 없었습니다. 그러나 전화로 이야기하는 데에 대해서는 그다지 믿지 않았으며, 성 안에서 듣고 보거나 해내는 일만이 정말 중요한 일이라고 늘 생각하고는 있었지요." K는 말했다.

"그건 아니에요." 촌장은 한마디도 빠뜨리지 않겠다는 듯이 계속 말했다. "이런 전화의 대답일수록 중요한 뜻이 있는 거지요.

그렇지 않겠어요? 성의 관리가 알려주는 일이 어찌 무의미할 수가 있겠습니까? 클람의 편지 이야기가 나왔을 때 벌써 말씀을 드렸지만 이런 말들은 모두 공적인 의미를 지니고 있지 않아요. 만일 당신이 이런 말이 공적으로 의미 있다고 생각하시면 대단히 잘못이지요. 한편 그런 말은 호의적인 뜻이건 적대시하는 뜻이건 간에 사적 뜻을 다분히 가지고 있고, 그것이 대개는 직무상의 뜻보다 더 크니까요."

" 좋습니다." K가 말했다. "모든 사정이 그렇다면 저는 성 안에 좋은 친구들을 많이 가지고 있는 셈입니다. 잘 생각해 보면 벌써 훨씬 오래전에, 언젠가 측량사를 부르게 되리라고 그 과에서 계획을 세운 것은 나에 대한 호의에서 비롯된 것 같습니다. 그리고 그 후 쭉 이어서 이 호의적인 행동을 계속하며 결국은 나를 유인해 놓고, 이번에는 쫓아내려는 그런 무자비한 행동을 감행하려는군요."

"당신의 견해에도 일리는 있어요. 성에서 하는 말을 액면대로 곧이 들어서는 안 되지만, 그 점에서는 당신의 말이 옳아요. 그러나 조심성이라는 것은 비단 여기서만이 아니라 어디에서든 필요한 것이지요. 그리고 문제의 발언이 중대해지면 중대해질수록 더 조심해야 해요. 그래서 당신이 유인당했다고 말씀하신 것은 나로서는 이해할 수가 없는 일이지요. 두서없이 여러 가지로 이야기했지만 내가 설명한 내용을 더 잘 살펴보면, 당신을 여기로 초빙하는 일이 대단히 어려운 문제였으므로 이렇게 이야기를 주고받았다고 해서 문제를 해결할 수는 없다는 사실을 이제는 틀림없이 아시게 되겠지요." 촌장이 말했다

"그러면 이 문제의 결말은 이렇게 흐리멍덩하고 해결도 안 된채, 결국에 저는 추방당할 운명일 뿐이네요." K는 말했다. "측량

사 양반, 누가 당신을 감히 추방하려고 하나요? 지금까지 여러 선결 문제가 아직 확실해지지 않았기에 당신에게 가장 예의 바른 대우를 보장해 드릴 수 있는 거랍니다. 보아하니 당신도 무척 신경질적인 것 같군요. 아무도 당신을 이곳에 붙잡아두려고는 하지 않지만 그렇다고 해서 당신을 추방하려는 것도 아니지요." 촌장이 말했다.

"아아, 촌장님, 촌장님은 무엇이든 너무나 날카로운 통찰력을 가지고 속까지 들여다보시며 말씀하시군요. 이제 저를 이곳에 붙들어대고 있는 것을 몇 가지 말씀드려야겠습니다. 고향을 떠나올 때에 제가 바친 희생, 오래 걸린 고생스러운 여행, 여기서 채용될 것을 전제로 해서 가슴에 품었던 가지가지의 희망과 기대, 재산을 모조리 잃었다는 사실, 이제부터 다시 집으로 돌아가도 다른 적당한 일을 구할 수 없다는 것, 마지막으로 중요한 것은 이 마을 사람인 내 약혼자."

"아아, 프리다 말인가요?" 촌장은 조금도 놀라지 않고 말했다. "알고 있어요. 프리다는 당신이 가시는 곳이면 어디든지 따라가겠지요. 그 밖의 일은 깊이 생각해 볼 필요가 있어요. 그 일을 성에 보고하겠어요. 성의 결정이 오면, 또 그보다 먼저 당신을 또한 번 심문할 필요가 생기면 당신을 부르도록 사람을 보내지요. 아시겠지요?" 촌장이 말했다.

"아니, 동의할 수 없습니다. 나는 성에서 무슨 은총이나 자선 같은 것을 바라고 있는 것이 아니라 내 권리를 주장할 따름입니다." K는 말했다.

"미치." 촌장이 아내에게 말했다. 그녀는 여전히 자기 남편에게 몸을 기대고 착 붙어 앉아서 몽상에 잠긴 듯이 클람의 편지를 만지작거리다가 작은 배처럼 접었다. 그걸 보고 K는 깜짝 놀라 그녀의 손에서 편지를 빼앗았다. "미치, 다리가 또다시 쑤시고 아프기 시작했어. 습포를 갈아 붙여야 되겠어."

K는 일어서서 "그러면 이만 실례하겠습니다." 하고 말했다. "네." 미치는 재빨리 연고를 준비하면서 대답하더니 말을 이었다. "문바람이 대단하군요." K는 뒤를 돌아다보았다. 조수들은 평소와 다름없이 지나친 열성을 보이며 K의 말이 떨어지자마자 문짝을 좌우로 열어젖혔다. K는 세게 불어오는 찬 바람이 환자 방으로 스며들지 못하게 촌장에게 가볍게 인사했다. 그리고 그는 조수들과 함께 방에서 뛰어나와 재빨리 문을 닫았다.

6장   여주인과의 두 번째 대화

여관 앞에서 주인이 그를 기다리고 있었다. 이쪽에서 묻지 않으면 말할 것 같지도 않아서 K는 무슨 용무냐고 주인에게 물었다. "새 여관을 정하셨나요?" 주인은 시선을 땅 위에 떨어뜨리면서 물었다. "당신은 주인아주머니한테 부탁을 받고 묻는 거지요? 아마 주인아주머니에게 얽매여 사시는 모양이군요." K가 말했다. "원 천만에, 집사람에게 부탁받고 묻는 것은 아니에요. 집사람은 선생님 때문에 신경이 날카로워지고 슬퍼하고 있어요. 일도 못 하고 드러누운 채 끊임없이 한숨만 쉬고 한탄하고 있다고요." 주인이 말했다. "주인아주머니에게로 같이 갈까요?" K가 물었다. "꼭 부탁해요. 사실은 선생님을 모셔가고 싶어서 촌장댁 문 앞에서 귀를 기울이고 엿듣고 있었어요. 두 분이 한참 이야기하고 계셔서 방해가 될까 봐 염려했지만, 집사람 일도 걱정이 돼서 빨리 되돌아왔어요. 그런데 집사람은 제가 곁에 있는 것을 좋아하지 않았기 때문에 선생님이 돌아오시기를 기다리는 수밖에 다른 도리가 없었지요." "그러면 어서 따라오세요. 곧 주인아주머니의 마음을 가라앉혀 드릴 테니까." K가 말했다. "그게 잘 되기만 하면 좋으련만." 주인이 말했다.

두 사람은 밝은 부엌을 지나갔다. 하녀들 서너 명이 서로 떨어진 채 이런저런 일들을 하고 있다가 K의 모습을 보자 적이 놀라서 멈칫했다. 여주인의 탄식 소리는 부엌까지 들려왔다. 그녀는 얇은 판자벽으로 부엌과 분리되어 있고 창문도 없는 칸막이 방에 누워 있었다. 큰 더블베드와 장이 놓여 있을 뿐인데 방 안이 가득 차 있었다. 침대는 부엌을 내다볼 수 있고 일을 감시할 수 있는 위치에 놓여 있었다. 이와 반대로 부엌에서는 그 칸막이 방 안의 거의 아무것도 보이지 않았다. 방 안은 상당히 어두웠고 불그스름한 이부자리만이 희미하게 보일 뿐이었다. 방 안에 들어가서 어둠에 익숙해지지 않으면 아무것도 자세히 분간하지 못할 지경이었다.

"이제야 오시는군요." 여주인이 힘없이 말했다. 그녀는 사지를 편 채로 천장을 쳐다보고 드러누워 있었는데, 숨을 쉬는 것이 힘에 겨운 듯했고 새털 이불을 발치로 걷어찬 상태였다. 침대에 누워 있으면 일어나서 옷을 입었을 때보다도 훨씬 젊어 보이는 법인데, 그녀가 머리에 두른 레이스로 된 나이트캡이―너무나 작아서 벗겨질 것만 같이 머리 위에서 간들간들 흔들리고 있었는데―파리한 얼굴을 더욱 애처롭게 보이게 했다.

"부르지도 않으셨는데 찾아와서 폐가 되지 않을까요?" K는 부드러운 음성으로 말했다. "퍽 오랫동안 당신을 기다리고 있었어요." 대답하는 그녀의 말투에는 환자다운 고집이 드러나 있었다. "걸터앉으세요." 침대를 가리킨 그녀는 "그리고 다른 분들은 나가주세요!" 하고 외쳤다. 어느 사이에 조수들뿐만이 아니라 하녀들까지도 방 안에 들어와 있었다. "나도 나가지, 가르데나!" 주인이 말했다. K는 이때 비로소 여주인의 이름을 들었다. "물론이에요." 하고 그녀는 천천히 말하면서, 다른 생각에 잠긴 듯이 건성으로 덧붙였다. "당신이 남아 있을 이유가 무엇이겠어요?" 그러나 그들이 모두 부엌으로 물러가 버리자―조수들도 이번에는 당장에 말을 들었는데, 한 하녀의 꽁무니를 쫓기 위해서였다―

그래도 가르데나는 눈치가 빨라서, 칸막이 방에는 문이 없으므로 여기서 말하는 소리가 부엌에서 다 들린다는 것을 알아차리고 부엌에서도 나가라고 명령했다. 다들 즉시 명령에 따라 움직였다.

"측량사 나리, 저 장을 열면 바로 앞턱에 숄이 걸려 있어요. 미안하지만 그것 좀 갖다주세요. 몸에 두르고 싶어요. 답답해서 새털 이불은 견딜 수가 없어요." 가르데나가 말했다. K가 숄을 갖다주자, "보세요, 참 아름다운 숄이지요?" 하고 말했다. K에게는 흔히 볼 수 있는 털로 짠 숄로 보였다. 호의로 한번 슬쩍 만져보았을 뿐 아무 소리도 하지 않았다. "그래요, 이것은 참 훌륭한 숄이에요." 하고 그녀는 말하더니, 그 숄로 몸을 감았다. 이번에는 마음이 놓이는 듯이 드러누웠다. 모든 걱정 근심이 사라진 듯 보였다. 드러누운 탓에 머리칼이 흐트러진 것을 깨닫고 잠깐 몸을 일으키더니, 나이트캡 둘레의 머리칼을 손질했다. 참 탐스러운 머리칼이었다.

K는 참을 수가 없어서 이렇게 말을 꺼냈다. "주인아주머니, 벌써 다른 거처를 정했느냐고 내게 물어보도록 시켰지요?" "제가 사람을 시켜서 물어보도록 했다구요? 아니에요, 그건 오해예요." 여주인이 말했다. "바깥양반이 방금 내게 그 말을 묻던데요." "그러리라고 생각했어요. 난 그이가 영 질색이에요. 제가 여기에 선생님이 숙박하는 게 탐탁지 않았을 때는 그이가 선생님을 이곳에 붙들어 놓고, 지금 제가 선생님이 이곳에 묵고 계신 것을 기뻐하고 있으니 이제는 쫓아내려고 하죠. 그이가 하는 짓은 언제나 그래요." 여주인이 말했다. "그러면 당신은 나에 대한 생각이 아주 달라진 건가요? 한두 시간 사이에!" K가 물었다. "생각이 변한 것은 아니에요." 여주인이 대답했는데 음성은 더욱 약해졌

다. "손을 내밀어 주세요, 그렇게 악수를 하고 약속해 주세요. 모든 것을 다 고백하겠다고. 저도 그렇게 하겠어요." "그럽시다. 그런데 두 사람 중에서 누가 먼저 시작하지요?" K가 묻자 여주인이 답했다. "제가 먼저 시작하겠어요." K의 비위를 맞추려고 말한 것 같지는 않고, 오히려 먼저 지껄이고 싶어서 참을 수 없는 모양이었다.

그녀는 요 밑에서 사진 한 장을 끄집어내어 K에게 내주었다. "이 사진 좀 보세요." 그녀는 애원하는 듯이 말했다. 사진을 더 잘 보기 위하여 K는 부엌 쪽으로 한 걸음 디뎌 놓았으나, 그래도 사진에 무엇이 찍혀 있는지 분간하기 어려웠다. 왜냐하면 사진이 오래되고 색이 변해서 희미한 데다가, 여기저기 찢어지고, 쪼글쪼글 구겨지고 얼룩까지 져 있었기 때문이다. "아주 못쓰게 되었는데요." K가 말했다. "섭섭한 일이지만, 여러 해를 늘 몸에 지니고 다녔더니 자연히 그렇게 됐어요. 그러나 자세히 들여다보시면 죄다 알게 되실 거예요. 틀림없어요. 그러시면 제가 도와 드리지요. 무엇이 보이나 말씀해 보세요. 이 사진 이야기를 듣는 것은 참 재미있어요. 그래, 무엇이 보이시죠?" "젊은 남잔데요." K가 말했다. "맞았어요. 그런데 뭘 하고 있죠?" "판자 위에 드러누워서 기지개를 켜며 하품하고 있군요. 그렇게 보이는데요." 여주인이 웃었다. "아니, 틀렸어요." 그녀는 말했다. "그러나 여기에 판자가 있고, 여기에 그 남자가 드러누워 있는데요." K는 그렇게 말하고 자기 의견을 고집했다. "더 자세히 들여다보세요. 정말 드러누워 있나요?" 그녀는 안타까운 듯이 말했다. "아니군요. 누워 있는 것이 아니라 허공에 떠 있군요. 그래, 이것은 판자가 아니고 틀림없이 끄나풀인 것 같군. 그러니까 이 젊은이는 높이뛰기를 하고 있는 거야." K가 말했다. "그래요. 그것은……." 여주인이 자못 기쁜 듯이 말했다. "점프하고 있는 거지요. 관청의 사환들은 이렇게 연습해요. 저는 선생님은 아실 거라고 생각했어요. 그러면 얼굴도 분간하시겠어요?" "얼굴은 잘 알 수 없군요. 그는 분명 몹시 힘을 쓰고 있어요. 입을 벌리고, 눈은 감고, 머리칼은 바람에 나부끼고 있군요." K가 대답했다. "참 잘 맞히셨어요. 직접 만나신 적이 없으면 그 이상은 분간하기 어려울 거예요. 그런데 그분은 아주 잘생긴 청년이었어요. 나는 한 번 슬쩍 봤을 뿐인데 결코 잊지를 못 하겠어요." 여주인이 말했다. "대체 누군데요?" K가 물었다. "이 사람은 사환인데, 클람이 맨 처음으로 나를 불렀을 때 그를 시켜서 보냈어요." 그녀가 대답했다.

K는 여주인의 말을 똑똑히 알아들을 수가 없었다. 유리 창문이 덜커덩거리는 소리에 정신이 팔렸기 때문이다. 방해의 원인은 곧 밝혀졌다. 조수들이 바깥뜰에 선 채 눈 속에서 발을 하나씩 번갈아 가며 뛰고 있었던 것이다. K의 모습을 다시 보는 것이 자못 반가운 듯이 기쁨에 넘쳐 서로 펄쩍펄쩍 뛰면서 K를 손가락질하는 바람에, 그들의 손가락 끝이 끊임없이 부엌 창문에 닿아서 똑똑 두드리는 소리를 내고 있었다. K가 위협하는 태도로 나오면 곧 멈추고, 서로 상대방을 떠밀고 뒤로 물러가는 시늉을 하지만 어느 쪽이라 할 것 없이 날쌔게 몸을 빼서 어느새 창문옆에 달려와 있었다. K는 살짝 칸막이 방으로 들어가 버렸는데, 이곳이면 바깥에서 조수들에게 보일 염려도 없었을뿐더러 이쪽에서도 조수들의 모습을 보지 않을 수 있었다. 그러나 유리 창문을 똑똑 두드리는 소리는 그가 방 안으로 숨어 들어온 후에도 여전히 나지막하게 애원하는 듯이, 오랫동안 그곳까지 따라 들어왔다.

"또 조수들이네요." K는 변명이라도 하려는 듯이 여주인에게 말하고 바깥을 가리켰다. 그러나 그녀는 K의 생각은 안중에도 없었다. 사진을 벌써 그의 손에서 빼앗았으며, 그것을 뚫어지게 쳐다보더니 손으로 어루만진 다음 다시 요 밑에 밀어넣었다. 동작이 전보다 느렸지만 피곤해서가 아니라 한없는 추억과 회상에 가슴이 벅찼기 때문이었다. 그녀는 K에게 이야기를 하려고 했으나, 그 이야기 도중에 K의 존재를 완전히 잊어버린 채 숄의 레이스를 만지작거리고 있었다. 잠시 후에 비로소 눈을 위로 뜨고 손으로 눈꺼풀을 비비고 나서 말을 꺼냈다. "이 숄도 클람에게서 받은 것이고, 이 작은 나이트캡도 그래요. 사진, 숄, 나이트캡, 이 세 가지는 클람의 기념품이에요. 나는 프리다처럼 젊지도 않고, 그 애처럼 허영심도 강하지 않고, 또 그렇게 섬세한 감정을 가지고 있지도 않아요. 그 애는 참 부드러운 마음씨를 가지고 있어요. 하여튼 나는 살림살이에 순응할 줄도 알게 되었건만 그래도 솔직히 말하자면, 이 세 가지가 없었더라면 이런 생활을 지금처럼 오래 지탱해 나가진 못했을 거예요. 그래요, 아마 하루도 배겨낼 수 없었을지도 모르겠어요. 이 세 가지 기념품은 당신 눈에는 하찮은 것처럼 보일지도 몰라요. 그런데 좀 보세요. 프리다는 그렇게 오랫동안 클람과 교제했는데도 기념이 될 만한 것이라곤 하나도 없어요. 그 애에게 물어봤는데, 그 애는 공상을 좋아하고 욕심이 많아요. 그와 반대로 나는 클람에게 세 번밖에는 가지 못했지만―그 후로는 더 이상 나를 부르지도 않았어요. 왜 그런지 도무지 알 수 없는 일이지만―이 기념품을 갖다주었어요. 마치 짧은 인연이라는 것을 예감으로써 알고 있었던 것 같아요. 그러나 늘 그 점을 염두에 두지 않으면 안 돼요. 클람은 아무것도 직접 주지 않아요. 클람에게서 마음에 드는 물건이 눈에 띄면 그것을 달라고 조르면 돼요."

K는 아무리 자기와 관계 있는 이야기라 하더라도 듣고 있자니 기분이 나빴다. "그 이야기는 대체 몇 해 전 일이지요?" K가 한숨을 쉬면서 말했다.

"20년 전이지요. 아니 20년도 훨씬 전이에요." 여주인이 대답했다.

"상당히 오랫동안 클람을 생각하며 수절해 왔군요. 주인아주머니, 당신이 고백하시는 말씀을 듣고 앞으로의 내 결혼 문제를 생각하면 내가 크게 걱정할 수밖에 없다는 사실을 아시나요?"

이야기 도중에 K가 자기 일을 끄집어내는 것이 못마땅한 듯 여주인은 화를 내면서 곁눈으로 흘겨보았다.

"그렇게 화를 내지 마세요, 주인아주머니! 나는 클람에 대해 반대할 생각은 없어요. 그러나 나는 여러 가지 사건 때문에 클람과 어떤 관계를 맺게 됐어요. 클람을 가장 숭배하는 사람도 이 사실만은 부정할 수 없어요. 그래요, 그래서 나는 클람의 이야기가 나오면 언제나 내 일을 생각하게 돼요. 이것만은 어찌 할 수 없어요. 그런데 주인아주머니,"—여기서 K는 그녀가 머뭇거렸는데도 그녀의 손을 꽉 잡았다—"먼젓번에는 우리 이야기가 아주 어색하게 끝났는데, 이번에는 사이 좋게 헤어지도록 합시다."

"옳은 말씀이에요." 여주인이 말하며 고개를 수그렸다. "그러나 내 사정도 좀 봐주세요. 내가 다른 사람들보다 유독 예민한 건 아니에요. 모두들 여러 가지 일에 예민할 수 있지만 나는 단지 이 일에 대해서만 예민해요."

"공교롭게도 그 일에 대해서는 나도 역시 예민해요." K가 말했다. "그러나 나는 충분히 자제할 수 있다고 생각해요. 주인아주머니, 설명해 주세요. 결혼한 후에도 프리다가 클람에게 터무니없이 정조를 지키려고 하면, 나는 어떻게 견딜 수 있겠어요? 프리다도 그 점에 있어서 당신과 같다고 하면 말이에요."

"터무니없는 정조라구요?" 여주인이 으르렁거리며 이 말을 되풀이했다. "그게 정조인가요? 나는 남편에게 정조를 지키고 있어요. 그러나 클람에 대해서라니요? 클람은 과거에 나를 애인으로 삼았는데, 내가 그 지위를 잃는 일이 있을까요? 그리고 당신은 프리다가 그런 태도로 나오면 어떻게 견딜 수 있느냐 물은 건가요? 아아, 측량사 양반, 당신이 그런 질문을 하다니 대체 어찌 된 거죠?"

"주인아주머니!" K는 상대의 말투를 지적하듯 경고하는 투로 말했다.

"미안해요." 여주인이 온순하게 말했다. "그러나 우리 남편은 저에게 그런 말을 물어보지는 않았어요. 당시의 내 입장과 지금 프리다의 처지 중 어느 쪽이 더 불행한 건지 모르겠어요. 프리다는 제멋대로 클람을 버렸지만 나의 경우는 더 이상 클람의 부름을 받지 못했죠. 어느 쪽이 더 비참할는지 모르겠지만, 아마 프리다가 더 불행할 거예요. 물론 그 애가 상황을 전체적으로 이해하고 있는 것 같지 않지만. 그러나 그때의 나는 지금보다도 훨씬 더 불행하다는 생각에 사로잡혔어요. 그 증거로 '왜 이렇게 되어 버렸지? 클람은 나를 부르러 세 번씩이나 사람을 보냈는데, 네 번째는 보내지도 않았어. 또 그 네 번째는 절대로 다시 오지 않을 거야!' 하고 늘 스스로에게 물어보게 되고, 지금도 사실은 계속해서 의문을 품고 있지요. 당시에 그것보다 더 내 마음에 가득 찼던 일은 하나도 없었지요. 그 일이 있고 얼마 안 가 결혼한 지금의 남편과 내가 이 일 말고 달리 무슨 이야기를 할 수 있었겠어요? 낮에 우리는 여유 부릴 틈이 없었어요. 형편없는 상태에서 이 여관을 인계받았기 때문에 다시 번창하도록 애써서 일해야 했지요. 그러나 밤은 다르지요. 몇 해 동안이나 우리는 클람의 일, 그리고 왜 그가 마음이 변했나 하는 것만 이야기했어요. 남편이 이 이야기를 하고 있는 사이에 잠들어 버리면, 내가 남편을 깨워 이야기를 계속했지요."

"그런데 당신이 용서하신다면 좀 대담한 질문을 하나 해도 될까요?" K가 말했다.

여주인은 대답이 없었다.

"아니, 질문하면 안 되겠군요. 그렇다면 좋아요." K가 말하자 여주인이 대답했다. "그야 뭐, 물론 괜찮겠죠. 더군다나 당신이야, 당신은 무엇이든 오해하시는 버릇이 있고 내가 대답하지 않은 것까지도 오해하시잖아요. 당신은 오해하시는 것 말고 다른 능력은 없으시군요. 물어보셔도 좋고말고요." "만일에 내가 무엇이든 오해하는 버릇이 있다면 다음과 같은 질문 자체도 오해겠지요. 따라서 그렇게 실례가 되는 질문이 아닐지도 모르겠어요. 단지 이걸 알고 싶을 따름이에요. 당신이 어떻게 남편을 알게 되었으며, 어떻게 이 여관이 당신의 소유가 됐는가 하는 것이지요." K가 말했다.

여주인은 이마의 주름살을 펴더니 무관심한 태도로 말했다. "간단한 이야기예요. 아버지는 대장간을 경영했었고, 지금 남편 한스는 큰 지주의 말을 시중드는 머슴이었어요. 그래서 한스는 자주 아버지에게로 놀러오곤 했어요. 그 당시 나는 클람과 마지막으로 만난 후였어요. 나는 퍽 불행했지만 사실은 불행해서는 안 되었는지도 모르겠어요. 왜냐하면 모든 것이 올바르게 되었기 때문이지요. 내가 클람을 만나러 가서는 안 된다는 것은 바로 클람이 결정한 일이고, 따라서 옳다고 할 수 있어요. 다만 클람의 마음이 변한 이유만은 애매해서, 그것을 알아볼 권리는 내

게 있었지요. 그러나 불행해서는 안 되었는지도 모르겠어요. 어
쨌든 불행했던 나는 일이 손에 잡히지 않아 집의 작은 앞뜰에
온종일 앉아 있기만 했어요. 거기서 한스는 나를 쳐다보고 자주
내 옆으로 와서 앉곤 했어요. 그에게 고민을 고백하지는 않았지
만 그는 내가 무엇 때문에 고민하는지 알고 있었어요. 그는 마음
씨가 고운 젊은이였기 때문에 나와 함께 울어주곤 했지요. 당시
여관 주인은 상처喪妻했었어요. 그러니 여관 경영도 그만둘 수밖
에 없었지만—거기다가 벌써 할아버지였어요—이분이 언젠가
내 집 뜰 앞을 지나다가 우리가 거기 앉아 있는 것을 보고 걸음
을 멈추었어요. 그리고 다짜고짜 이 여관을 세놓겠다고 말했지
요. 그는 우리를 믿고 선금도 받지 않고 참 싼 값에 세를 주었어
요. 나는 아버지를 괴롭게 하고 싶지 않다는 생각뿐이었으니 그
밖에는 아무래도 상관없었어요. 그래서 나는 여관 일이라든지
새로운 일거리가 다소라도 과거의 일을 잊게 해줄 거라고 생각
하고 한스의 결혼 신청을 승낙했어요. 단지 그뿐이지요."

두 사람은 잠시 잠자코 있다가 드디어 K가 입을 열었다. "그
여관 주인의 행동은 훌륭했지만 경솔했던 것 같기도 하군요. 그
렇지 않으면 그 사람에게는 당신들 두 분을 믿을 만한 특별한
이유라도 있었던가요?"

"그분은 한스를 잘 알고 있었어요. 한스의 삼촌이었으니까요."
여주인이 말했다.

"그렇다면 물론 잘 알고 있었겠군요. 그리고 보면 한스네 집
분들에게는 당신과의 결혼 문제가 확실히 중요했던 모양이군
요?"

"그럴지도 몰라요. 나는 잘 알지 못하지만 염두에도 두지 않았
어요."

"하지만 그랬을지도 모르지요. 가족들이 돈벌이를 희생해 가면서 까다로운 조건도 내걸지 않고, 더군다나 아무런 담보도 없이 여관을 당신 부부에게 양도해 주었으니까요." K가 말했다.

"나중에 알게 됐지만 경솔한 일은 아니었어요. 나는 일에 몰두했지요. 대장장이의 딸이었으니까 몸은 튼튼했어요. 하녀나 하인도 필요치 않았지요. 식당, 부엌, 외양간, 뜰, 어느 곳이든 내가 나서서 일을 했어요. 음식 솜씨도 좋아서 헤렌호프의 손님까지도 빼앗아 올 지경이었지요. 당신은 아직 점심 때 식당에 오신 적이 없으니까 여기로 점심 먹으러 오는 손님들을 모르실 거예요. 처음에는 지금보다 훨씬 많았어요. 그때와 비교하면 지금은 많이 준 셈이에요. 그 결과 우리는 집세를 꼬박꼬박 낼 수 있었을 뿐만 아니라 2, 3년 후에는 건물을 고스란히 사고, 지금은 빚도 거의 없어졌지요. 거기까지는 좋았지만, 나는 너무 지나치게 일했기 때문에 건강을 해치고 심장병을 앓아서 결국 이런 할머니가 되어버렸어요. 아마 내가 한스보다도 훨씬 위라고 생각하실지 몰라도, 사실은 그가 겨우 두서너 살 아래지요. 게다가 그는 앞으로 결코 나이를 먹지 않을 거예요. 좌우간 그렇게 소일만 한다면—파이프 담배나 피우고 손님들 이야기나 곁에서 듣고, 그리고 파이프를 두드려서 담뱃재를 떨어내거나 하고, 가끔 맥주를 함께 나르거나 하면—절대 늙지 않겠죠." 여주인이 말했다.

"당신의 공적은 대단하신데요. 그 점은 의심할 여지도 없어요. 그러나 지금 여기서는 당신이 결혼하시기 전 이야기를 하지 않았나요? 말하자면 한스의 가족들이 돈벌이를 희생해 가며, 적어도 이런 큰 여관을 양도한다는 큰 위험을 무릅쓰고 두 사람을 기어이 결혼시키려고 애썼다는 사실, 그리고 동시에 당신의 수

완이 어느 정돈지 아직은 도무지 알 수도 없었으며, 벌써 무능하기 짝이 없는 한스의 수완을 알고 있었다면 참 이상한 일이 아닐까요?" K가 말했다.

"그러고 보면 참," 여주인이 지친 듯 말했다. "당신의 목표가 무엇인지, 또 그 목표에서 어떻게 벗어나고 있는지 알겠군요. 이 이야기는 클람과는 아무 상관이 없어요. 무엇 때문에 클람이 나를 돌봐주겠어요? 더 정확히 말하자면, 대체 클람이 나를 어떻게 돌봐줄 수 있었겠어요? 그분은 나에 관해서 아무것도 알지 못했어요. 그가 나를 부르러 하인을 보내지 않았다는 것은, 그가 나를 잊어버렸다는 증거라고 할 수 있지요. 하인을 보내서 부르지도 않는다면 다 잊어버린 거나 마찬가지예요. 이런 소리는 프리다 앞에서는 하고 싶지도 않아요. 그러나 잊어버리는 것뿐만이 아니에요. 그보다도 훨씬 더하지요. 잊어버린 사람이면 다시 사귈 수도 있어요. 그러나 클람에게는 그런 일도 있을 수 없어요. 그가 상대방을 부르러 보내지 않는다면, 상대방의 과거를 모조리 잊어버렸을 뿐만 아니라 미래까지도 완전히 잊어버린 것이지요. 내가 기를 쓰고 노력하면 당신과 같은 생각을 할 수도 있겠죠. 그 생각이 당신의 고향에서는 통했을는지 몰라도 이 땅에서는 어리석기 짝이 없지요. 아마 당신은 클람이 일부러 한스 같은 자를 내게 보내서 앞으로 언젠가 나를 부를 때에도 지장이 없도록 했다고 생각하실지도 몰라요. 그보다 더한 꼴불견은 없을 거예요. 클람이 신호를 주었을 때 내가 클람에게 달려가는 것을 방해할 수 있는 남편은 어디에도 없을 테니까요. 이토록 어리석은 일을 이것저것 공상하고 있다가 미치고 말 거예요."

"아니지요." K는 말을 이었다. "피차 미치고 싶지 않아요. 나는 당신이 상상하시는 정도까지는 도저히 생각지 못했어요. 사실은 그쪽으로 생각이 기울고는 있었지만, 그러나 내가 약간 이상하게 여긴 것은 친척들이 이 결혼에 대해서 큰 기대를 품고 더구나 그 기대가 실현되었다는 점이지요. 물론 당신의 심장과 건강을 희생해서 이루어진 일이기는 하지만. 이 사실과 클람과의 사이에 무슨 연관성이 있으리라는 추측은, 이야기를 들었을 때는 물론 머리에 떠올랐지만 지금 당신이 말씀하신 것처럼 강하지는 않았어요. 도저히 거기까지 생각이 미치지 못했어요. 당신은 또 나를 여지없이 혼낼 수 있다고 생각하고, 분명히 그게 재미있어서 그런 말씀을 하셨겠지요. 그러면 재미있으셨길! 그러나 내 생각은 좀 다른걸요. 즉 두 사람이 결혼한 동기는 뭐니 뭐니 해도 클람이라고 나는 생각했어요. 클람이 없었더라면 당신이 불행에 빠지는 일도 없었으며, 일이 손에 잡히지 않아서 우두커니 앞뜰에 앉아 있는 일도 없었겠지요. 클람이 없었더라면 한스가 앞뜰에 있는 당신을 보았을 리도 만무하고 당신이 슬픔에 잠기지 않았으면 수줍은 한스가 당신에게 말을 걸어볼 용기도 내지 못했겠지요. 클람이 없었더라면 당신은 한스와 함께 눈물에 젖지도 않았을 것이며, 클람이 없었으면 늙은 여관 주인아저씨께서 당신과 한스가 거기서 어깨를 나란히 하고 정답게 앉아 있는 꼴을 보지도 못했을 거예요. 또 클람이 없었더라면 당신이 인생에 대해서 무관심한 태도를 취하지 않았을 것이며, 따라서 한스와 결혼도 하지 않았을지도 모르지요. 이 모든 일에 충분히 클람의 그림자가 깃들어 있는 것처럼 느껴져요. 그러나 여기서 그치지 않지요. 클람과의 관계가 없었더라면 당신은 과거를 잊어버리려고 노력도 하지 않았을 것이며, 몸도 돌보지 않고 무리해서까지 일하려고 하지도 않았을뿐더러 사업을 그토록 번창시키는 일도 없었을 거예요. 따라서 여기에도 클람의 그림자가 깃들어 있는 셈이지요. 거기다가 그 점을 도외시하고도 클람은 당신이 병든 원인이라고 할 수 있어요. 왜냐하면 당신의 심장은 벌써 결혼하기 전에 불행스러운 사랑 때문에 좀먹었기 때문이지요. 그래도 뒤에 남은 문제가 있다면, 한스의 친척들은 왜 그렇게까지 두 사람을 결혼시키려고 마음을 썼는지 하는 문제뿐이지요. 아까도 클람의 애인이 되는 것은 언제까지나 틀림없는 신분 상승의 길이라고 말씀하셨지요. 아마도 그들은 이런 것에 마음이 끌렸을지도 모르겠어요. 그 밖에도 이런 희망이 있었겠지요. 당신은 운이 좋아서 클람에게 불려가는 신세였지만—운이 좋다고 가정해서 하는 소리며, 당신은 그렇게 주장하시지만—그 운명의 별이 당신의 것이고 따라서 언제까지나 틀림없이 당신 몸에 머물러 있을 거예요. 또 그 운명의 별은 클람과는 달라서 그렇게 느닷없이 당신을 저버리는 일도 없을 거라는 희망이지요."

"모두 진심으로 하는 말씀인가요?" 여주인이 물었다.

"진심이지요." K가 빠른 어조로 말했다. "단지 내가 생각하기에는 한스의 친척들이 기대하고 있었던 건 꼭 이치에 맞는 일도 아니었으며 그렇다고 전혀 틀린 생각이라고 할 수도 없었어요. 그뿐 아니라 그 희망 때문에 당신이 저지른 실수도 있다고 생각해요. 겉으로 보면 모든 일이 잘된 것처럼 보이지요. 한스는 생활의 걱정이 없어졌고 훌륭한 아내를 얻었으며, 세상 사람들에게 존경을 받게 되었을뿐더러 살림해 나가는 데에 빚도 없는 형편 아닌가요. 그러나 사실은 만사가 전부 잘된 것은 아니었어요. 한스는 자기를 기막힌 첫사랑의 애인으로서 사랑해 주는 소박한 소녀와 함께하는 편이 훨씬 더 행복했을 거예요. 당신이 비난하시는 것처럼 한스는 가끔 식당에 우두커니 앉아 있는데, 그것은 아닌 게 아니라 정말 넋을 잃었기 때문이에요—그렇다고 해서 그가 불행해진 것은 아니지요. 그 정도는 나도 알고 있어요—그러나 그와 동시에 확실한 것은 똑똑하고 미남인 이 젊은이가 다른 여자와 결혼했더라면 더 행복했으리라는 사실이지요. 사실이 '행복'이라는 말 가운데는 다른 사람에게 의존하지 않고, 근면하고, 사내다워진다는 뜻이 포함되어 있어요. 그런데 당신 자신도 행복하기만 한 건 분명 아니잖아요. 당신 말씀처럼 세 가지 기념품이 없으면 당신은 살아 나갈 용기가 나지 않을뿐더러, 심장까지 병드셨으니까요. 그렇다면 한스의 친척들이 희망을 품은 것은 잘못이었던가요? 나는 그렇게는 생각 안 해요. 축복이 당신의 머리 위에서 빛나고 있었는데, 아무도 그것을 자기네들 있는 곳으로 끌어내릴 줄 몰랐을 따름이지요."

"대체 무엇을 소홀히 했단 말이에요?" 여주인이 물었다. 그녀는 이제 누워서 사지를 죽 뻗고 천장을 쳐다보고 있었다.

"클람에게 물어보는 일 말이지요." K가 말했다.

"그렇다면 결국 우리는 당신 문제로 되돌아왔군요." 여주인이 말했다.

"아니, 당신 문제라고 말할 수 있겠지요. 우리의 문제는 맞닿아 있어요."

"그러면 당신은 클람에게 무얼 바라는 건가요?" 여주인이 물었다. 몸을 일으키고 꼿꼿이 앉았지만 앉은 채로 등을 기댈 수 있도록 정면으로 K를 쳐다보았다. "나는 당신에게 나에 관한 일을 모조리 터놓고 이야기했어요. 약간 참고가 되셨을지도 모르겠어요. 이번에는 당신 차례지요. 클람에게 무엇을 물으려고 하는지 나처럼 솔직하게 말씀해 주세요. 프리다에게 방에 올라가서 당신을 기다리고 있으라고 간신히 설득했어요. 그 애가 있으면 당신이 마음 놓고 솔직하게 이야기하지 않으실까 봐 두려웠거든요."

"감춰야 할 일은 아무것도 없어요. 그보다 먼저 당신에게 약간 주의를 환기시켜야 할 일이 있어요." K는 말했다. "클람은 곧 잊어버리는 버릇이 있다고 당신은 말했지요. 첫째로 이것은 전혀 있을 수 없는 일이라고 나는 생각해요. 둘째로 그것은 증명하기 어려운 일이지요. 클람에게 총애를 받던 아가씨들이 머릿속에서 꾸며낸 전설일 뿐이에요. 당신이 이런 허무맹랑한 이야기를 믿으시다니 참 이상하군요."

"전설이 아니에요. 모든 사람들의 경험에서 그런 결론이 나왔다고 할 수 있지요."

"그렇다면 새로운 경험으로써 반박할 수도 있겠군요. 그리고 당신의 경우와 프리다의 경우와는 상당한 차이가 있어요. 클람이 프리다를 부르지 않게 되어버렸다는 것은 말하자면 일어나지 않은 일이에요. 반대로 클람이 그녀를 불렀는데 그녀가 따라가지 않았지요. 클람은 한결같이 프리다를 기다리고 있을지도 몰라요."

여주인은 입을 다물고 말이 없었다. 살피는 눈초리로 K를 힐끔힐끔 쳐다볼 뿐이었다. 그러자 입을 열고, "나는 당신 말씀을 끝까지 조용히 들어보려고 해요. 제 감정을 해칠까 두려워하지 말고 솔직히 이야기해 주세요. 단 하나 소원이 있어요. 클람을 부를 때 클람이라는 이름으로 부르지 마세요. '그분'이라든지 다른 방식으로 불러주세요. 제발 이름을 부르진 말아주세요." 하고 말했다.

"알았어요. 그러나 내가 그에게서 무엇을 바라고 있는지를 말로 표현하긴 어려워요. 무엇보다도 나는 그를 가까이에서 보고 싶고, 그의 목소리를 듣고 싶고, 그다음에 그가 우리의 결혼에 대해서 어떤 태도를 취하는지 알고 싶어요. 그리고 내가 그에게 무슨 부탁을 하게 될지는 그와 이야기해 봐야 알겠어요. 좌우간 여러 가지 이야기가 나오겠지만, 내게 가장 중요한 것은 그와 대면한다는 그 자체지요. 즉 나는 아직 한 번도 진짜 관리와 직접 이야기해 본 적이 없어요. 이것은 생각했던 것보다도 성취하기 어려운 일 같군요. 그런데 나는 한 개인으로서 그와 이야기할 의무가 있어요. 나로서는 이것이 훨씬 성취하기 쉬운 일 같아요. 관리로서의 그를 만나려고 하면 그의 사무소로 찾아가야 되는데 사무소에서는 만나줄 것 같지 않아요. 도대체 그 사무소가 성 안에 있는지, 그렇지 않으면 헤렌호프 안에 있는지 문제지요. 그러나 개인으로서 그를 만난다면 집 안이든지, 노상이든지, 어느 곳이건 만날 수 있는 데서 이야기할 수 있어요. 그와 동시에 관리로서의 그를 상대하게 된다 하더라도 아무 상관 없어요. 그렇다고 그것이 나의 첫째 목적은 아니지요." K는 말했다.

"좋아요." 여주인은 무슨 창피한 말이라도 한 듯이 베개에다 얼굴을 파묻어 버렸다. "만일 당신의 소원대로 내가 당신과 클람의 면담을 주선하게 된다 하더라도 회답이 올 때까지 제멋대로 독단적인 행동을 하지 않겠다고 내게 약속해 주세요."

"그것은 약속하기 어려워요. 당신의 요청대로, 또는 당신의 기분에 맞추고 싶은 생각은 간절하지만 사태가 급해요. 촌장과 담판한 결과가 신통치 못해서 더군다나 그렇지요." K가 말했다.

"그런 반대는 이치에 맞지 않아요. 촌장은 정말 하찮은 인물이지요. 이 점을 깨닫지 못하셨나요? 부인이 매사를 처리해 주지 않는다면 촌장은 하루라도 지위를 유지하지 못할 거예요." 여주인이 말했다. "미치 말인가요?" 하고 K가 물으니까 여주인이 고개를 끄덕거렸다. "내가 갔을 때도 거기에 있더군요."

"그녀가 자기 의견을 말하시던가요?" 여주인이 물었다.

"아니요. 그러나 부인의 수완이 뛰어나다는 인상은 받지 못했어요." K가 대답했다. "그러니까 당신은 여기서 하나부터 열까지 모조리 잘못 보시고 있는 거지요. 좌우간 촌장이 당신에게 지시한 일은 결코 대단한 일은 아니에요. 내가 기회를 봐서 부인과 상의해 보겠어요. 그리고 클람의 회답이 늦어도 일주일 이내에 올 거라고 제가 지금 당신에게 약속한다면, 제 뜻을 따르지 않으실 이유는 없겠지요." 여주인이 말했다.

"그 모든 것이 아직 결정된 것은 아닙니다. 내 결심만은 확고하고, 거절의 회답이 오더라도 결심한 일은 끝까지 해볼 겁니다. 처음부터 이런 의도를 가지고 있으니 먼저 면담을 신청할 수가 없던 거예요. 신청하지 않고 다짜고짜 부닥쳤을 때는 대담하고 악의가 없는 시도로 여겨질지 몰라도, 거절의 회답을 받게 되면 노골적인 반항으로 비쳐질 겁니다. 물론 이것이 훨씬 더 나쁘지요." K는 말했다.

"나쁘다고요? 좌우간 반항인 점에는 다름이 없어요. 그러면 마음대로 하세요. 스커트를 집어주세요." 그녀는 K가 있다고 해서 조금도 신경쓰는 기색 없이 스커트를 입더니 부엌으로 달려갔다. 상당히 오래전부터 시끄러운 소리가 식당 쪽에서 들려왔다. 부엌과 식당 사이에 있는 조그마한 창문을 두드리는 자가 있었다. 조수 두 사람이 그 창문을 열어젖히고 안을 향해 배가 고프다고 소리쳤다. 드디어 다른 사람들의 얼굴도 차례차례로 그곳에 나타났다. 작은 소리로 합창하는 노랫소리까지도 들려왔다. K와 여주인이 이야기하고 있었기 때문에 점심 식사 준비가 대단히 늦은 것이 사실이고, 아직 다 되지도 않았는데 손님들이 모여들어서 웅성거리고 있었다. 아무튼 여주인의 금지 명령을 거역

하고 부엌에 발을 들여놓을 용기가 있는 자는 아무도 없었다. 그러나 창문으로 들여다보고 있었던 자들이 여주인이 온다고 전하니, 하녀들이 곧 부엌으로 뛰어들어 갔다. 막상 식당으로 들어가 보니 놀랄 만큼 많은 사람들이, 남녀 합쳐 20명도 넘는 사람들이, 시골풍의 옷은 입었지만 농사꾼 냄새라곤 배어 있지 않은 사람들이, 지금까지 우물거리고 있었던 창문에서부터 식탁으로 세차게 몰려가서 자리를 잡으려고 다투었다. 한구석의 작은 식탁에는 벌써 한 쌍의 부부가 어린애 두서넛을 곁에 데리고 앉아 있었다. 푸른 눈을 가진 남편은 친절해 보였고 회색 머리칼과 수염이 잡아 뜯긴 것처럼 거칠고 덥수룩했는데, 아이들 쪽을 향해서 약간 허리를 구부리고 서 있었다. 나이프를 가지고 아이들의 노랫소리에 장단을 맞추고 있었는데, 줄곧 노랫소리가 커지지 않도록 마음을 쓰고 있었다. 아마도 어린애들에게 노래를 부르게 해서 배고픔을 잊어버리게 할 작정이었던 모양이다. 여주인이 여러 사람들 앞에 나와서 아무렇게나 변명을 했는데, 아무도 나무라는 자는 없었다. 그녀는 남편이 어디 있나 하고 주위를 살펴보았으나, 남편은 사태가 심상치 않은 것을 깨닫고 재빠르게 도망쳐 버렸다. 그러고 나서 그녀는 천천히 부엌 안으로 들어갔다. K는 프리다를 만나려고 자기 방으로 들어갔는데, 여주인은 이미 K를 본 체도 하지 않았다.

7장   학교 교사

위층에서 K는 교사를 만났다. 방 안은 다행스럽게도 알아보기 어려울 만큼 달라져 있었다. 프리다가 부지런히 일한 덕택이었다. 환기도 충분히 했고 난롯불은 후끈후끈하게 달아 있었으며, 마룻바닥은 깨끗이 씻기고 침대는 정돈되어 하녀들이 남겨놓고 간 지긋지긋한 폐물들은 그네들의 그림과 더불어 완전히 자취를 감추어버렸다. 예전에는 식탁 위가 빵 껍질과 부스러기 천지였으며 어느 쪽을 돌아다보아도 더러운 물건으로 가득 차 있어서 형편없었는데, 이제는 수를 놓은 흰 책상보가 덮여 있었다. 이만하면 손님을 받아도 될 정도였다. 프리다가 아침에 빨아 널었음에 틀림없는 K의 자질구레한 세탁물이 난로 옆에 널린 채 말라가고 있었는데 그다지 방해는 되지 않았다. 교사와 프리다는 식탁 옆에 앉아 있었는데, K가 방 안으로 들어가자 두 사람은 일어났다. 프리다는 K에게 키스로 인사하고, 교사는 약간 몸을 앞으로 구부렸다. K는 여주인과 이야기하느라고 긴장되었던 마음이 가시지 않은 채 산란했으나, 지금까지 교사를 방문하지 못한 변명을 하기 시작했다. 마치 K가 방문하지 않아서 참다 못해 교사 쪽에서 찾아왔다고 생각하는 것 같은 말투였다. 그러나 교사는 점잔을 빼고 있었으며, 그제야 차츰차츰 언젠가 자기와 K가 일종의 방문 약속 같은 것을 한 적이 있었다는 사실을 상기하는 모양이었다. "측량사 양반, 당신은 타향에서 오셨지요? 며칠 전에 교회 마당에서 서로 이야기한 적이 있었지요." 그는 천천히 말했다. "그래요." 하고 K는 짤막하고 무뚝뚝하게 대답했다. 그 당시는 혼자 고독했으니까 할 수 없이 억지로 참았다고 하더라도, 지금 방 안에서까지 타향 사람으로 천대받을 이유는 없었다. 그는 프리다 쪽을 향하여, 이제부터 곧 중요한 방문을 해야 하는데 그러자면 될 수 있는 대로 좋은 옷을 입어야 할 것 같으니 어떻게 생각하느냐고 물어보았다. 프리다는 자세한 말을 물어보지도 않고, 새 식탁보를 열심히 감상하고 있는 조수 두 사람을 불러 아래에 있는 뜰에서 K의 옷을 잘 솔질하고 구두를 닦도록 명령했다. K는 곧 구두와 옷을 벗었다. 그녀는 줄에 널었던 셔츠를 하나 걷어 다림질하려고 부엌으로 내려갔다.

K는 다시 잠자코 식탁 옆에 앉아 있는 교사와 단둘이 남았는데, 조금 더 기다려달라고 교사에게 말한 뒤 셔츠를 벗고 세수를 했다. 그때 비로소 그는 등을 교사에게 보인 채 방문한 이유를 물었다. "촌장님의 부탁을 받고 왔어요." 교사는 말했다. K는 그 용건을 들어볼 의향이 있었으나 물이 찰랑거리는 바람에 K의 말을 잘 알아들을 수 없던 교사는 할 수 없이 가까이 와서 K 옆에 있는 벽에 기대었다. K는 이처럼 얼굴을 씻으며 수선을 떠는 것은 앞으로 시급히 방문할 곳이 있기 때문이라고 변명했다. 교사는 그런 변명은 들은 둥 만 둥 하면서 다음과 같은 말을 꺼냈다. "당신은 촌장님에게 대단히 실례가 되는 행동을 하신 모양이더군요. 그분은 많은 공적을 쌓고 경험도 풍부할뿐더러 존경할 만한 노인인데." "내가 공손치 못했는지 어떤지는 모르겠어요." 하고 K는 얼굴의 물기를 닦으면서 말했다. "얌전한 태도와는 아주 다른 것에 신경 쓰고 있었던 것만은 확실해요. 왜냐하면 내게는 죽느냐 사느냐의 문제였기 때문이지요. 뻔뻔스러운 관청의

횡포 때문에 내 생존이 송두리째 위협을 받았으니까요. 당신 자신도 이 관청의 직원 중 한 분이니까, 세세한 일을 하나하나 다 말씀드릴 필요는 없겠지요. 그래, 촌장님이 저에 관해서 무슨 불평이라도 있으시던가요?" "대체 누구에 대해서 그분이 불평한단 말인가요? 가령 그런 사람이 있다손 치더라도 대체 그분이 불평을 하시겠습니까? 나는 촌장님이 부르시는 대로 당신과 촌장님과의 대화에 대한 간단한 조서를 작성했을 뿐인데, 그것으로 말미암아 촌장님의 친절한 태도와, 당신이 답변할 때의 태도를 충분히 알 수 있었어요."

프리다가 어딘가에 넣어두었을 것이 틀림없는 빗을 찾으면서 K는 말했다. "네? 조서라고요? 담판할 때는 전혀 그림자도 비치지않던 사람이, 나중에 내가 자리에 없을 때 기록을 만들었다고요? 기록을 하는 게 나쁜 일은 아니지요. 그런데 그 기록을 조서라고 부르는 건 뭣 때문이지요? 우리의 담판은 그렇다면 공적인 것이었던가요?" "그렇죠. 반은 공적인 것이지요. 조서도 반만 공적인 것에 불과해요. 조서를 작성하게 된 것은, 우리 마을에서는 모든 일이 엄연히 질서를 유지해야 한다는 이유 하나 때문이지요. 좌우간 당신의 조서는 다 작성되어 있어요. 그리고 당신에게는 명예롭지도 못한 조서지요." 교사가 말했다. 침대 속으로 미끄러져 들어간 빗을 찾았기 때문에 K는 전보다도 더 침착하게 말했다. "조서가 작성되었다고 해도 아무 상관이 없지만, 그것을 알리러 오셨나요?" "아니지요. 내가 기계는 아니니 나 개인의 의견을 말씀드리지 않을 수 없었어요. 내가 부탁받고 온 말씀을 전해드리고 나면 촌장님이 친절한 분이라는 걸 더욱 확실히 알게 되시겠지요. 특히 강조해서 말씀드릴 것은, 촌장님이 왜 이다지도 친절하신지 나로서는 알 수 없다는 것과 내가 이 명령을 실행하는 것은 단지 내 입장으로 보아 부득이한 일이며, 또 한 편으로는 촌장님을 존경하고 있기 때문이라는 점이지요." 교사 는 말했다. 얼굴을 씻고 머리를 빗질한 K는 이번에는 의복과 셔 츠가 돌아오는 것을 기다리기 위해 탁자 옆에 앉았다. 그는 교사 가 자기에게 전하는 이야기에 거의 아무런 흥미조차 느끼지 못 했다. 게다가 그는 여주인이 촌장을 멸시하는 태도에서도 은연 중에 영향을 받고 있었다. "벌써 점심 때가 지난 모양이군요?" K 는 어느 길로 어떻게 가야할지 생각하면서 물어보았는데 곧 자 기 말을 다시 정정하듯이, "촌장님이 내게 전할 말씀이라도 가져 오셨나요?" 하고 물었다. "있고말고요." 교사는 어깨를 으쓱했는 데, 자기의 모든 책임을 몸에서 털어버리려는 것 같았다. "촌장 님이 두려워하는 것은 당신의 용건이 너무 늦게 해결될 경우 당 신이 독단적으로 경솔한 짓을 저지르지나 않을까 하는 점이지 요. 나로서는 왜 촌장님이 그런 일을 염려하시나 도무지 알 수가 없어요. 당신이 하고 싶은 일을 제멋대로 하는 것이 가장 좋다고 생각해요. 우리가 당신의 수호천사도 아닐뿐더러 당신이 가는 곳마다 쫓아다닐 의무를 지고 있는 것도 아니니까요. 그건 그렇 다 쳐도 촌장님의 의견은 다르시더군요. 백작님의 관청만이 결 재할 권한을 가진 사항을 빨리 처리하라고 재촉할 수도 없는 노 릇이니까요. 그러나 그분은 자기 권한이 미치는 범위 내에서 정 말 관대한 처분을 내리려 하고 계세요. 그것을 받아들이느냐 안 받아들이느냐는 전적으로 당신에게 달렸어요. 그분은 당신에게 우선 학교 관리인 자리를 제안하셨어요." 교사가 말했다. K 자 신에게 제공된 자리라고 해서 당장 마음이 동한 것도 아니었지 만 좌우간 뭔가가 제공되어 있다는 그 사실에는 적이 중요한 뜻 이 내포되어 있는 것 같았다. 그 사실로 미루어 본다면 K라는 사람은 스스로를 보호하기 위하여 어떤 짓을 할지도 모르며 그것을 막기 위해서는 마을에서 약간 자금을 내야 한다고 촌장은 생각하고 있는 것 같았다. 그러고 보면 일을 대단히 중대하게 여기는 모양이었다. 벌써 상당히 오랫동안 K를 기다렸으며 또 조금 전에는 조서까지 작성했다는 이 교사는 마침내 촌장에게 쫓기다시피 하면서 여기로 달려왔음에 틀림없을 것이었다. 교사는 자기 때문에 K가 깊은 생각에 잠기게 된 것을 보자 말을 계속했다. "나는 반대 의견을 냈어요. 지금까지 학교 관리인은 필요 없었다고 지적했어요. 교회 하인의 아내가 가끔 청소를 하고, 여교사인 기자 양이 감독하지요. 나는 아이들 일만 하더라도 지긋지긋하게 골치를 앓고 있는데, 거기다가 학교 관리인 일 때문에 골치를 썩이고 싶지는 않다고 촌장님에게 말씀드렸더니 촌장님은 학교 안이 굉장히 더럽지 않느냐고 말씀하시더군요. 그런데 나는 그다지 심하지는 않다고 사실대로 대답했지요. 그리고 '그 사람을 소사로 쓰면 더러운 것이 해결될까요?' 하고 덧붙였지요. 도저히 가망이 없을 거라고요. 그 사람이 관리인 일을 모른다는 것은 도외시하고라도, 학교 건물은 곁방이 붙어 있지 않는 큰 교실 두 개가 있을 뿐이거든요. 관리인이 온다면 가족들과 함께 그 교실 하나에 자리를 잡아 거기서 자고, 아마 밥도 해먹어야 할 거예요. 그렇게 되면 학교 건물이 깨끗해질 수 없을 것이며, 그 점에는 의심할 여지조차 없다고 말씀드렸어요. 그러나 촌장님은 곤란을 겪고 있는 당신에게 이 직업이 커다란 구원과 다름없으며, 따라서 당신이 있는 힘을 다해서 직책을 완수할 것이라고 말씀했어요. 한 걸음 더 나아가서, 촌장님은 우리가 당신을 관리인으로 채용하면 당신의 부인과 동시에 조수 두 사람의 힘까지 빌릴 수 있게 되니까, 그 결과 학교 건물뿐만이 아니라 학교 정원까지도 더할 나위 없이 정리 정돈될 것이라고 말씀하시더군요. 나는 서슴치 않고 이 의견을 반박했지요. 결국 나중에 가서 촌장님이 더 이상 당신에게 유리한 점을 내놓지 못하게 되자 웃으시며, 당신은 측량사니까 교정에 있는 화단을 각별히 아름답게 가꿀 수 있을 거라고 말씀하시더군요. 여하튼 그런 농담에 기를 쓰고 반박해 봤자 아무런 소용도 없으므로 나는 촌장님의 부탁을 당신에게 전달하기 위해 찾아왔어요." "쓸데없는 걱정을 하고 계시는군요, 선생님! 그 일을 맡을 생각은 전혀 없어요." K가 말했다. "대단하시군요. 무조건 거절하는 걸 보니 아주 대단하셔요." 그는 그렇게 말하더니 모자를 손에 들고 인사한 뒤 밖으로 나갔다.

곧 이어서 프리다가 당황한 표정을 띤 채 위로 올라왔다. 다림질하지 않은 셔츠를 그대로 가지고 와서는 무엇을 물어보아도 대답하지 않았다. 그녀의 마음을 풀어주고 위로하기 위해 K는 교사의 이야기라든지, 가지고 온 취직 자리 이야기를 했다. 그녀는 이야기를 듣자마자 셔츠를 침대 위에 내던지고 다시 성급히 밖으로 뛰어나가 버렸다. 곧 그녀는 교사와 함께 되돌아왔다. 교사는 기분이 언짢은 모양인지 전혀 인사조차 하지 않았다. 프리다는 그에게 좀 참아달라고 부탁했다—확실히 여기로 데리고 오는 도중에도 여러 차례나 같은 부탁을 했을 것이다—그다음에 그녀는 K를 끌고, 지금까지 그런 문이 있으리라고는 전혀 생각도 못 했던 옆에 달린 문을 통해 인접한 지붕 밑 방으로 그를 데리고 가더니 거기서 비로소 자기 신변에 일어난 사건의 전말을 이야기했는데, 흥분해서 숨이 넘어갈 듯이 할딱거렸다. "주인 아주머니가 몹시 화났어요. 그분은 당신한테 모든 것을 고백했고, 게다가 더욱 좋지 않았던 것은, 당신이 클람과 만나서 이야기하는 일에 대해서도 그분은 양보하는 태도로 나왔는데 당신이 냉정하고 옳지 못한 언사로 거절해 버렸다고 무척 골을 냈어요. 그래서 당신을 절대로 더 이상 이 여관에 둘 수 없겠대요. '만일에 K 씨가 성에 연줄이 있다면 하루 바삐 그것을 이용하는 게 좋을 거야. 오늘이라도, 지금 당장이라도 이 여관에서 나가달라고 하겠어. 성에서 이곳으로 특명이나 압력을 가하지 않는 한 K 씨를 절대 다시 받아들이지 않겠어. 성에서 그런 태도로 나오지 않기를 바라고 있어. 나도 성과 연락할 길이 있으니까 그 방법을 한번 취해보겠어. 애초에 K 씨는 우리 남편이 제대로 신경쓰지 않았기 때문에 묵을 수 있던 거야. 오늘 아침만 하더라도 언제든지 머물 곳이 있다며 자랑을 했으니, 우리 여관이 아니더라도 곤란하진 않겠지.' 하고 말하잖아요. 그러면서 나는 남아 있으라는 거예요. 만일 내가 당신과 나가버린다면 주인아주머니는 정말 상심할 거예요. 지금도 주인아주머니는 내가 나갈 거라고 지레짐작하고 부뚜막 옆에서 울면서 쓰러져버렸어요. 불쌍하게도 심장병을 앓는 주인아주머니! 그러나 주인아주머니는 어쩔 수 없어요. 이제는 클람과의 추억을 소중하게 마음속에 간직한 채 오로지 거기서만 삶의 보람을 찾고 있는 형편이니까요. 그런데 주인아주머니는 그렇다고 하더라도 나만은 물론 당신이 가시는 곳을 어디까지나 따라가겠어요. 눈 속이건 얼음 속이건 가리지 않겠어요. 이제 이 이야기는 더 할 필요도 없어요. 하여간 우리 두 사람이 당장 곤란한 입장에 놓여 있는 것은 사실이니까, 나는 촌장님의 말씀을 듣고 무척 기뻤어요. 당신에게 그다지 적당한 일자리가 아닐지라도 그야말로 임시직이니까 괜찮을 거예요. 그러면 자연히 시간 여유가 생기니까 곧 다른 일자리를 물색할 수 있을지도 몰라요. 설사 마지막에 가서 불리한 결과가 내려진다고 하더라도 말예요." 여기까지 말한 프리다는 마침내 K의 목에 매달리려고 하면서 덧붙였다. "아슬아슬한 고비에 부닥치게 되면 우리 타향으로 떠나기로 해요. 무엇 때문에 이 마을에 남아 있겠어요? 우선 촌장님의 제의를 받기로 해요. 내가 교사를 데리고 왔으니 '승낙한다'고만 말씀하세요. 그러면 돼요. 그리고 학교로 이사하기로 해요."

"그건 곤란한데." K는 이렇게 말했지만 진심으로 한 소리는 아니었다. 어디서 머무를지 같은 문제는 거의 걱정도 되지 않을뿐더러 벽이나 창도 없는 이 지붕 밑 방에는 살을 에는 것 같은 찬바람이 스며드는 탓에 셔츠 바람으로 있기엔 너무 추워 견딜 수 없었기 때문이다. "당신이 방 안을 이렇게 깨끗이 치워주었는데 또 나가다니! 아무래도 이번 취직 자리는 탐탁지가 않아! 잠시 동안이라도 그 너절한 교사 나부랭이 앞에서 고개를 수그리는 것은 견딜 수 없는 일이야. 그자가 상관이라니 딱한 노릇이지. 어떻게 해서든지 여기서 잠깐만 버티면 오늘 오후라도 내 사정은 확실히 달라질 거야. 당신 혼자라도 여기에 남아주면, 교사에게는 그저 애매한 대답을 해둔 다음 상황이 변하는 것을 보고 시기를 기다리면 되잖아. 나만이라면 언제든지 잠자리 하나쯤은 물색할 수 있거든. 형편이 어쩔 수 없으면 바르……." 프리다는 손으로 그의 입을 틀어막았다. "그건 안 돼요." 그녀는 불안한 목소리로 말했다. "제발 그런 말씀은 두 번 다시 하지 마세요. 그 밖에 다른 말씀이라면 무엇이든 따르겠어요. 만일 당신이 원하신다면 아무리 슬퍼도 혼자 여기에 남겠어요. 당신이 희망하시면 나는 촌장의 제의도 거절해 버리겠어요. 거절하는 게 어쩐지 내키지 않지만. 내 말씀 좀 들어보세요. 만일 당신이 다른 취직 자리를 구하리라는 희망이 오늘 오후에라도 보인다면 우리가 학교 관리인 자리를 당장에 포기해 버리는 것도 당연한 일이지요. 교사 앞에서 고개를 수그리는 것이 아니꼽고 싫다고 말씀하셨지만, 그 일 같으면 내게 맡겨주세요. 당신이 조금도 비굴하게 느끼지 않도록 할 거예요. 내가 직접 상의해 볼 테니까 당신은 잠자코 옆에 서 계시면 돼요. 그건 나중에도 마찬가지예요. 당신이 희망하시지 않는다면 직접 그분과 이야기하지 않아도 좋을 거예요. 사실 나만이 그의 아랫사람이 되는 셈이지요. 그러나 나도 결코 아랫사람이 되지는 않을 거예요. 왜냐하면 나는 그의 약점을 꼭 잡고 있으니까요. 그러니까 우리가 그 일자리를 받아들이면 아무런 손해도 없지만 거절하면 굉장히 손해를 보는 셈이지요. 무엇보다도 당신이 오늘 내로 성에서 무슨 성과를 거두시지 못하면 정말 당신 혼자만의 잠자리도 이 마을에서 구하지 못할 거예요. 잠자리란 장차 당신의 아내가 될 사람이 부끄럽지 않을 만큼 훌륭한 잠자리를 말하는 거예요. 잠자리를 구하지 못한 당신이 추운 겨울밤에 헤매고 돌아다닐 것을 내가 빤히 아는데도 당신은 나 혼자만이라도 여기 따스한 방에서 자라고 말씀하겠지요." K는 그동안 쭉 조금이라도 몸이 훈훈해지라고 양쪽 팔을 가슴 위에 포갠 뒤 손으로 등을 두드리고 있다가 입을 열었다. "그러면 받아들이는 것밖에는 다른 도리가 없군. 들어가요!"

방으로 들어가자마자 그는 난로 옆으로 달려갔다. 교사는 전혀 신경 쓰지 않았다. 교사는 탁자 옆에 앉아 있다가 시계를 보며 말했다. "퍽 늦었어요." "그 대신 저희는 의견의 일치를 보았어요. 그 일을 맡기로 했어요." "좋아요. 그러나 일자리는 측량사에게 제공된 것이니까 측량사가 직접 뜻을 밝히지 않으면 안 돼요." 교사가 말했다. 프리다가 K의 편을 들었다. "물론 이분은 직무를 맡아요. 그렇지요, K?" K는 "으음." 하고 대답하기만 하면 되었지만, 결코 교사한테 한 소리가 아니라 프리다에게 한 소리였다. "그러면 당신의 직무상 의무를 마저 설명해야겠군요. 그 점에서 의견이 서로 어긋나지 않도록 완전히 합의해야 하니까요. 측량사, 당신은 날마다 교실 두 개를 청소하고 난로에 불을 지피고, 학교 건물과 비품 또는 체조 기구를 수선하고, 학교 정원으로 통하는 길 위에 쌓인 눈을 치워서 지나다닐 수 있도록 하고, 나와 여선생의 잔심부름을 하고, 따뜻한 계절에는 모든 정원 일을 보살펴야 해요. 그 대신 당신은 두 개의 교실 중에서 마음에 드는 곳에 몸담아도 돼요. 그러나 교실 양쪽에서 동시에 수업이 이루어지지 않더라도 당신이 맡은 교실에서 수업을 하게 되는 경우에는 다른 교실로 옮겨야 해요. 학교에서 취사는 금합니다. 그 대신에 당신과 당신 가족의 식사는 마을의 비용으로 이 여관에서 제공할 거예요. 다만 학교의 체면이 상하지 않도록 품위 있는 행동을 취할 것과, 특히 아이들이 수업을 받는 동안은 물론 어느 때를 막론하고 당신 가정 생활의 추한 모습을 보이지 않도록 주의해 주시기 바랍니다. 당신은 교양이 있으시니까 그것쯤은 알고 계시리라고 생각합니다. 그것과 관련해서 잠깐 말씀드릴 것은, 우리로서는 당신이 프리다에 대한 관계를 가능한 한 빨리 합법적으로 처리하도록 촉구할 수밖에 없다는 것입니다. 이런 모든 요건이라든지 그 밖의 세세한 점에 대해서는 고용 계약을 체결해 서면으로 작성하게 되는데, 당신이 학교 건물로 이사 오는 대로 곧 서명하셔야 합니다." 교사는 말했다. K에게는 이 모든 일이 중요치 않은 것으로 느껴졌다. 마치 자기와 전혀 관계도 없거나, 그렇지 않더라도 좌우간 자기를 속박하거나 부담을 주지 않을 거라고 생각했다. 다만 교사의 거만한 태도가 성미에 거슬렸기 때문에 가볍고 시원시원한 어조로 "그래요. 아주 평범한 조건이군요." 하고 말했다. 이 말의 인상을 부드럽게 하고자 프리다가 보수에 대해서 물었다. "보수를 지불하느냐 안 하느냐에 대해서는 우선 한 달만 일을 시켜보고 그 일의 업적을 검토한 다음 결정하게 될 것입니다." 교사는 말했다. "그러나 저희에게 가혹한데요. 저희는 거의 돈도 없이 결혼했기 때문에 빈손으로 살림을 꾸려가야 해요, 선생님. 소액이라도 좋으니 곧 봉급이 나오도록 촌사무소에 청원서를 내어 부탁해 볼 수는 없을까요? 그렇게 하는 것이 좋다고 생각하지 않으세요?" "안 되지요." 프리다의 말에 교사가 대답했는데, 그는 여전히 K를 향해 말을 걸고 있었다. "그런 청원이라면 내가 직접 부탁하면 들어줄 테지만 나는 그런 중간 역할은 하지 않을 거요. 관리인 일자리를 주는 것 자체가 당신에 대한 호의에서 나온 것인데, 어디까지나 공적인 책임을 잊지 않기 위해서는 호의라는 것도 정도에 지나치지 않도록 적당히 해두는 것이 옳은 일 아니겠어요?" K는 여기서 본의도 아닌 말을 입 밖에 내버렸다. "호의라는 점에 관해서는 선생님, 당신이 잘못 생각하고 있군요. 그런 호의라면 아마 오히려 내 쪽이 베풀고 있지요." "아니지요." 교사는 미소를 띠면서 말했는데, 드디어 K가 입을 열었기 때문이었다. "당신이 말씀하시려는 사정은 내가 잘 알고 있어요. 그런데 아닌 게 아니라 우리에게 있어서는 학교 관리인이나 측량사나 필요한 정도에 있어서는 조금도 다름이 없어요. 관리인이든지 측량사든지 똑같이 큰 짐이지요. 이런 인건비 지출의 이유를 어떻게 마을 사람들에게 설명할지 오랫동안 골머리를 앓아야 할 겁니다. 이런 요청은 책상 위에 내동댕이치고 그 이상 아무런 이유도 붙이지 않는 것이 가장 좋고 또 가장 사실에 부합하는 방법이겠지요." "나도 동감인데요. 당신이 원치 않더라도, 그 때문에 괴로워 골머리를 않더라도 당신은 나를 채용해야 해요. 만일 갑이 을을 채용해야 만 하는 상황에서 을이 자기가 채용되는 것을 승낙한다면, 친절한 쪽은 을이라고 할 수 있지 않을까요." K가 말했다. "이상한 말씀을 하시는군요. 대체 무엇이 당신을 채용하도록 우리를 강제한단 말이지요? 촌장님의 착하신, 특별히 착하신 마음씨 때문이지요. 측량사, 나는 잘 알고 있지만 당신은 여러 가지 쓸데없는 공상을 버리지 않으면 유능한 관리인이 되지 못할 겁니다. 당신이 말씀한 것 같은 그런 의견은 봉급을 지불할지 말지 고민하는 사람들의 기분을 잡치게 하는 결과만 낳을 거예요. 게다가 유감스럽게도 인정하지 않을 수 없는 것은 당신의 태도나 행동이 앞으로도 상당히 내게는 두통거리가 되리라는 점이지요. 나와 이야기하고 있는 동안에도 당신은 쭉─나는 한결같이 내 눈으로 보고 있으면서도 의심할 지경인데─셔츠와 속바지 바람으로 서 있단 말입니다." 교사는 말했다. "정말 그렇군요." K가 손뼉을 치면서 웃었다. "지독한 조수들, 대체 그놈들은 어디 갔어!" 프리다는 빠른 걸음으로 문 쪽으로 갔는데, K가 더 이상 자기와는 이야기하지 않으리라고 눈치 챈 교사는 나가려고 하는 프리다에게 언제 학교로 이사 오겠느냐고 물었다. "오늘 이사해요." 프리다는 말했다. "그러면 내가 내일 아침에 보러 가겠어요." 교사는 이렇게 말한 뒤 손짓으로 인사하고, 프리다가 자기를 위해 열어놓은 문을 통해 밖으로 나가려고 했다. 그런데 그때 마침 이 방에 다시 묵기 위해 여러 가지 소지품을 가지고 들어온 하녀들과 부딪쳐 버렸다. 이 하녀들은 누구를 만나도 절대로 뒤로 물러나거나 양보할 기색이 없기 때문에 교사는 간신히 그녀들 사이를 빠져나가다시피 해야 했다. 프리다가 그의 뒤를 따랐다. "무척 바삐 서두르는군." K는 그렇게 말하면서도, 전과는 달리 아주 만족한 기색으로 그들을 맞이했다. "우리가 아직 이 방 안에 있는데, 당신네들은 벌써 몰려들어 오나?" 그녀들은 대답도 하지 않고 그저 당황해하면서 손에 들고 있는 보따리를 빙 돌렸는데, 그 보따리 속에서 눈에 익은 더러운 헝겊이 비쭉 나와 늘어져 있는 것이 K의 눈에 띄었다. "당신들은 아마 한 번도 세탁한 적이 없는 모양이군." K는 이렇게 말했지만 심술 궂게 말한 것이 아니라 일종의 애정을 가지고 말한 것이었다. 그녀들도 그걸 눈치채자 동시에 무뚝뚝한 입을 벌리고 아름답고 튼튼한 동물다운 치아를 드러내 보이면서 소리도 내지 않고 웃었다. "자, 들어와요. 당신네들의 방이니까, 마음대로 사용해요." K는 말했다. 그들은 여전히 머뭇거리고 있었다. 분명히 자기들 방이 너무나 변해버렸다고 생각하는 모양이었다. K는 둘 중에서 한 사람의 팔을 붙들고 좀 더 가까이 오도록 끌어당기려고 했다. 그러나 그는 곧 팔을 놓았다. 왜냐하면 하녀들 두 사람은 서로 마음을 모은 듯한 눈초리로 힐끔 눈짓을 하더니 계속해서 K를 뚫어지게 쳐다보았고, 그 눈동자 속에는 대단히 놀란 빛이 깃들어 있었기 때문이다. "이제 당신네들은 내 얼굴을 싫증이 나도록 구경했지요." K는 스스로 어떤 불쾌한 감정에 사로잡히는 것을 막으려고 애썼다. 그때 마침 프리다가 옷과 구두를 가져와서 그것을 받아 입고 신었다. 프리다는 조수 두 사람을 거느리고 수줍은 듯 나타났는데, K는 왜 프리다가 언제나 그리고 지금도 조수들을 잠자코 보고 있는지 도무지 알 수 없었다. 그녀는 이 두 조수들에게 뜰에서 양복을 손질하라고 명령했는데, 오랫동안 찾은 결과 그들이 아래층 식당에서 점심 식사를 하려고 아주 태연하게 앉아 있는 것을 발견했다. 그리고 그들은 아직 솔질도 하지 않은 양복을 무릎 위에 올려놓고 쭈글쭈글 구겨지게 짓누르고 있었다. 그래서 그녀 자신이 양복에 솔질을 하고 구두를 닦는 등 모든 일을 해야 했다. 그러나 천한 사람들을 잘 부릴 줄 아는 그녀는 듣기 싫게 잔소리를 하지 않았다. 게다가 조수들의 면전에서 그들의 대단한 게으름을 마치 사소한 농담처럼 이야기했다. 그뿐이랴. 다음에는 조수 한 사람의 뺨을 애교를 부리면서 가볍게 두드리기까지 했다. K는 조만간 이 일로 그녀를 꾸짖어야겠다고 생각했다. 그런데 지금은 바로 떠나야만 하는 절박한 순간이었다. "조수들은 이곳에 남아 있도록 하지. 이사할 때 당신을 도와주도록 말이야." K는 말했다. 조수들은 물론 그런 일을 승낙할 리가 만무했다. 배는 부르고 기분은 좋았으니 약간 운동도 하고 싶었던 것이다. 프리다가 "그래요, 당신네들은 이곳에 남으세요." 하고 말했을 때, 겨우 그들은 그 말에 따랐다. "내가 어디로 가려는지 알고 있어요?" K가 물었다. "네." 프리다는 말했다. "그러면서도 당신은 나를 만류하려고도 하지 않아요?" "당신은 여러 가지로 곤란을 겪으실 거예요. 그러나 내가 이야기를 해봤자 무슨 소용이 있겠어요!" 그녀가 대답했다. 그녀는 K에게 작별 키스를 하고, K가 점심 식사를 하지 않았으므로 아래에서 가져온 빵과 소시지가 든 작은 보따리를 내주었다. 그리고 일을 마친 뒤에는 이곳으로 오지 말고 직접 학교 쪽으로 오라고 주의를 준 다음, 그의 어깨에 손을 얹고 문 앞까지 함께 따라 나와서 배웅했다.

8장   클람을 기다리다

우선 K는 하녀들과 조수들이 우글거리던 더운 방을 빠져나와서 "후유!" 하고 숨을 돌렸다. 거기다가 바깥은 약간 온도가 내려가 추워진 관계로 눈도 굳어져서 전보다 걷기 쉬웠다. 다만 해가 저물기 시작했기 때문에 걸음을 재촉했다.

성은 그 윤곽이 벌써 어둠 속에 사라지기 시작했는데, 언제나 그렇듯 조용하기만 했다. K는 아직 한 번도 이 성 안에 사람이 살고 있다는 어떤 징조도 본 적이 없었다. 이렇게 먼 데서 무엇을 알아본다는 것은 아마 불가능한 일인지도 모르겠다. 그래도 K의 눈은 기어이 무언가를 알아보려고 했으며, 이 조용한 성의 모습을 그대로 참고 견디려고 하질 않았다. 성을 쳐다보고 있으면, K에게는 가끔 어떤 사람을 보고 있는 것처럼 느껴지는 것이었다. 태연하게 버티고 앉아서 멍하니 앞을 바라보는데, 그렇다고 생각에 잠겨 있는 것이 아니라 일체의 사물에서 동떨어져 완전히 자기 혼자 서 있고 아무도 쳐다보는 사람은 없다는 듯 자유롭고도 무심한 태도를 간직한 인간 같았다. K가 그를 쳐다보고 있으니 자연히 상대방도 K가 자기를 쳐다보고 있다는 사실을 깨닫고 있는 것 같았다. 그러나 그 사실은 조금도 그의 평온한 기분을 해치지 못하는 듯했다. 그리고 사실─그것이 원인인지 결과인지 알 수 없었지만─관찰자 K의 시선은 아무 데도 멈출 곳 없이 미끄러져 떨어져버렸다. 이런 인상은 오늘 일찍이 깃든 어둠으로 말미암아 더 심해졌다. 오래 쳐다보고 있으면 있을 수록 더욱 모든 것을 분간하기가 어려워지며 점점 황혼 속 깊이 가라앉아 버리는 것이었다.

K가 아직 불도 안 켠 헤렌호프에 도착했을 때 마침 2층 창문이 하나 열리고, 수염을 곱게 깎고 털가죽 윗도리를 입은 뚱뚱한 젊은이가 창문 밖으로 상반신을 내밀었다. 그는 잠시 동안 그 자세 그대로 창문에 기대어 있었다. K가 인사해도 답례로 고개 하나 까닥하려는 기색조차 보이지 않았다. 현관에서나 주점에서 K는 아무도 만나지 않았다. 김 빠진 맥주의 냄새는 전보다도 더 심했는데, 이런 일은 브뤼켄호프에서는 있을 수 없는 일이다. K는 곧장 클람을 들여다본 구멍이 나 있던 문 옆으로 가서 조심스럽게 손잡이를 돌려 보았는데 잠겨 있었다. 그래서 구멍을 손으로 더듬어보았다. 그런데 가리개가 꼭 막고 있는 모양인지 이렇게 손으로 더듬어서는 그 자리를 제대로 찾을 수 없었다. 그래서 성냥불을 켜보았다. 그때 그는 사람이 외치는 소리를 듣고 깜짝 놀랐다. 난로 옆, 문과 주방 탁자 사이 한구석에 젊은 아가씨가 쭈그리고 앉아 있었는데, 성냥불에 비치자 그녀는 잠에 취한 눈으로 그를 쳐다보았다. 프리다의 뒤를 이어 취직한 아가씨임에 틀림없었다. 그녀는 곧 정신을 차리고 전등을 켰는데, K라는 것을 알아본 그녀의 표정은 아직도 언짢은 기색이 남아 있었다. "아아, 측량사 나리." 그녀가 웃으며 말하더니 손을 내밀고 자기소개를 했다. "내 이름은 페피라고 해요." 그녀는 몸집이 작고 혈색이 좋아 건강해 보였으며, 불그스름하고 숱이 많은 금발 머리를 억세게 땋아내렸는데 곱슬곱슬한 머리칼은 둥그렇게 얼굴 주변에서 물결치고 있었다. 그다지 어울리지 않는 옷을 입고 있었는데, 회색빛을 띤 어른거리는 옷감으로 만든 매끄러운 드레스

였다. 아랫단은 어린애 옷처럼 명주 리본으로 어색하게 졸라맨 모습이 아주 답답해 보였다. 그녀는 프리다에 대해, 그리고 그녀가 곧 돌아오는지에 대해 물었는데 거의 심술궂은 투였다. "나는 프리다가 나가자 바로 이곳으로 불려왔어요. 아무나 쓸 순 없으니까요. 나는 지금까지 객실을 맡은 하녀였어요. 이번에 여기로 옮겨왔지만 별로 나을 것도 없더군요. 여기서는 저녁부터 밤까지 굉장히 일이 많아서 견딜 수 있을 것 같지도 않아요. 프리다가 이 일을 집어치운 것도 무리는 아니라고 생각해요." 그녀가 말했다. "프리다는 여기서 대단히 만족하고 있었어요." 이어 K는 그녀가 미처 보지 못하고 있는 그녀와 프리다의 차이점을 환기시키려고 했다. "그녀의 말을 곧이들어서는 안 돼요." 페피는 말을 이었다. "프리다는 아무도 쉽게 흉내 내지 못할 정도로 스스로를 잘 억제하죠. 자기가 고백하지 않겠다고 생각하는 일은 절대로 고백하지 않아요. 그러니 그녀에게 고백할 거리가 있다는 사실조차 주변 그 누구도 몰라요. 나는 그녀와 함께 여기에서 근무한 지 벌써 몇 년이 되었고, 더군다나 늘 한 침대에서 자고 있었지만 다정한 사이라곤 할 수 없어요. 확실히 지금쯤은 나를 잊어버렸을 거예요. 그녀의 유일한 친구는 브뤼켄호프 여관의 늙은 주인아주머니일 거예요. 역시 프리다다운 일이지요." "프리다는 내 약혼잔데요." K가 말하면서 문의 구멍을 손으로 더듬었다. "알고 있어요. 그러니까 이런 말씀을 드리는 거지요. 그렇지 않으면 이런 말씀을 드려봤자 아무 소용이 없으니까요." "알았어요. 내가 그런 폐쇄적인 여자의 마음을 얻은 건 자랑 삼을 만한 일이라는 뜻이지요?" K가 대답했다. "그래요." 그녀는 프리다의 일에 대하여 K에게 암묵적인 양해를 얻는 데 성공했다는 듯이 만족스러운 웃음을 띠었다.

구멍을 찾는 일에서 조금이라도 K의 관심을 끌고 주의를 돌리게 한 것은 그녀의 말이 아니라 대체로 그녀의 외모였으며, 또 그녀가 이 자리에 있다는 사실 자체였다. 물론 그녀는 프리다보다 훨씬 젊고 아직도 어린애였으며 복장도 우스웠다. 확실히 주점 아가씨에 대해 품고 있는 과장된 상상에 알맞은 그런 옷차림을 하고 있었다. 그러나 그 상상이 그녀의 잘못은 아니었다. 왜냐하면 아무리 생각해도 그녀에게 적당치 않은 이 자리가 다만 임시라는 조건으로 자격도 없는 상황에서 갑자기 주어졌으며, 프리다가 늘 허리띠에 지니고 있었던 가죽 지갑을 그녀에게선 전혀 찾아볼 수 없기 때문이었다. 따라서 이 자리를 불만스러워하는 그녀의 주장은 정도에 지나칠 만큼 스스로를 높이 평가하고 있는 것이었다. 그러나 어린애처럼 지각은 없더라도 분명히 이 여자도 성과 관련되어 있을 터였다. 그 말이 거짓말이 아니라면, 객실을 맡은 하녀였다고 하니까. 그녀는 자기가 가지고 있는 성과의 관계라는 것의 가치도 모르고 이곳에서 낮잠만 자고 있었다. 그러나 오동통하고 약간 등허리가 둥그런 그녀의 육체를 품 안에 껴안으면, 그녀가 지니고 있는 소중한 것을 빼앗을 수는 없을는지 몰라도 그 포옹이 K를 몸부림치게 하고 원기를 북돋아서 가시덩굴의 길도 극복해 나갈 수 있도록 해줄지도 모를 일이었다. 그렇다면 프리다의 경우와 조금도 다를 바 없지 않은가? 아니, 그래도 다르다. 그것을 이해하기 위해서는 프리다의 눈빛을 생각해 보기만 하면 된다. K는 어떤 일이 있어도 페피의 몸에 손을 대지는 않을 것이다. 그러나 지금 그는 잠깐 눈을 가리지 않으면 안 되었다. 정욕에 불타는 시선으로 그녀를 쳐다보고 있었기 때문이다.

"불을 켜둘 필요는 없어요." 하고 말한 페피는 다시금 스위치를 돌려서 전기를 꺼버렸다. "선생님 때문에 너무나 놀라서 전기를 켰을 따름이에요. 대체 이곳에 무슨 용무가 있으신가요? 프리다가 무슨 물건이라도 잊고 갔나요?" "네." K는 문 쪽을 가리켰다. "여기 옆방에 흰 편물 책상보를 잊었어요." "아아, 그 책상보, 지금 생각나는데 아주 훌륭한 물건이죠. 그걸 만들 때 내가 도와 줬답니다. 그런데 아마 이 방 안에는 없을 거예요." 페피가 말했다. "프리다는 있다고 말하던데요. 대체 여기에는 누가 묵고 있나요?" K가 물었다. "아무도 없어요. 성 양반들의 방이고 여기서 마시거나 식사를 하시지요. 다시 말해 그런 목적으로 사용하는 방이에요. 그러나 대부분의 양반들은 위층 자기 방에 계시고 여기에 내려오시지 않아요." "만일 지금 옆방에 아무도 없다는 사실이 확실하다면 들어가서 책상보를 찾았으면 좋겠는데. 그러나 어떨지 모르겠군. 이를테면 클람이 보통 앉아 있다고 하던데요." K가 말했다. "클람이 옆방에 없는 것만은 확실해요. 그분은 지금 곧 출발해요. 썰매가 벌써 마당에서 기다리고 있어요." 페피가 말했다.

K는 곧 일언반구도 없이 술집에서 뛰어나와 버렸다. 현관에서 출구 쪽으로 나가지 않고, 건물 내부로 몇 걸음 안 가서 안뜰에 이르렀다. 여기는 참 조용하고 아름다웠다. 네모진 안뜰은 삼면이 건물에 면하고, 거리에 면한 쪽은—이 거리는 K도 모르는 뒷골목이었는데—희고 높은 담으로 경계를 짓고 있는데, 이 담에는 크고 육중한 문이 달려 있었으며 마침 그때 그 문이 열려 있었다. 건물은 이 안뜰로 면한 부분에서 보면 바깥에서 볼 때보다 높아보였다. 적어도 2층은 완전히 증축해서 곁에서 보는 것보다도 더 훌륭했다. 2층의 주위를 빙 둘러싼 나무 복도는 안뜰에서 보면 작은 틈을 제외하고는 전부 총총하게 판자를 대고 있

었기에 눈높이에서 보면 훌륭해 보였다. K 앞에 비스듬히 건물로 들어가는 입구가 있었는데 문은 달려 있지 않았다. 중앙 동棟에 속하는 건물이었으나 K의 맞은편 측면 동에 연결되는 모퉁이에 그 입구가 있었다. 옆에 거무스름한 썰매가 서 있었는데, 말 두 필이 끄는 썰매였고 문은 닫혀 있었다. 마부 외에는 사람의 그림자라곤 하나도 보이지 않았다. 그 마부도 멀리 떨어진 곳에 있었을뿐더러 주위에는 황혼이 짙었기에, 마부를 보았다기보다는 그렇게 추측한 것에 가까웠다.

K는 손을 주머니에 처넣고 조심스럽게 주위를 돌아다보면서, 담장을 따라서 안뜰을 돌아 결국 썰매 가까이에 이르렀다. 마부는 며칠 전에 술집에 있었던 그 농부 중의 한 사람으로 짐승 털가죽으로 몸을 감고 냉담한 시선으로 가까이 다가오는 K를 쳐다보고 있었는데, 마치 고양이의 발걸음을 쫓는 것 같은 눈초리였다. K가 벌써 그 사람 가까이 가서 인사를 해도, 더욱이 어둠 속에서 사람의 그림자가 나타나 놀란 말이 좀 불안해진 듯 소란해졌을 때에도 그자는 아주 태연한 태도였다. K에게는 다행한 일이었다. 담에 기대어 도시락을 풀고 이렇게 자기를 잘 돌봐주어서 고맙다고 프리다에게 감사하면서, 건물 내부를 살펴보았다. 직각으로 구부러진 계단이 아래로 통하는데 그 아래에서 천장이 낮은 복도와 교차했다. 모든 것이 깨끗하고 흰색으로 칠해져 윤곽이 뚜렷하게 드러나 있었다.

K는 생각했던 것보다 더 오랫동안 거기서 기다리고 있었다. 도시락은 이미 아주 오래전에 다 먹어버렸다. 추위가 몸에 스며들고 해는 져서 어느덧 어둠의 장막으로 변해버렸는데 클람은 여전히 나타나지 않았다. "시간이 한참 더 걸릴지 몰라." 갑자기 귓전에서 들리는 쉰 목소리에 K는 깜짝 놀라서 몸을 움츠렸다.

마부의 목소리였는데, 그는 지금 잠이 깼다는 듯이 기지개를 켜더니 큰 소리로 하품을 했다. "무엇이 오래 걸린단 말이지요?" K가 물었는데, 방해가 못마땅하지는 않았다. 조용함과 긴장감이 오래 계속되어서 벌써 싫증이 나 있기 때문이었다. "당신이 물러갈 때까지 말입니다." 마부가 말했다. K는 그의 말을 이해할 수가 없었으나, 그 이상 더 묻지도 않았다. 묻지 않고 그대로 내버려두는 것이 이 거만한 사람에게 말을 시키는 가장 좋은 방법이라고 생각했기 때문이다. 이런 어둠 속에서 대답을 하지 않는 것은 거의 상대방에게 말하라고 자극하는 거나 마찬가지였다. 아닌 게 아니라 마부는 잠시 후에 물었다. "코냑을 마시겠습니까?" "좋지요." K는 잘 생각해 보지도 않고 말했다. 추워서 몸이 떨렸기 때문에 마부의 제안에 무척 마음이 끌렸다. "썰매의 문을 열어보시지요. 문에 달린 주머니에 술이 두서너 병 들어 있으니까, 한 병 꺼내서 마셔봐요. 마신 다음 내게 돌려주고요. 털가죽 옷을 입고 있느라 운전대에서 내리는 것이 거북해서 그렇습니다." 이런 잔심부름을 해주는 것은 불쾌한 일이었지만, 이 마부와 이미 말을 튼 이상 할 수 없다 생각하고 K는 그 말에 따랐다. 썰매 옆에서 갑자기 클람에게 습격당할지도 모른다는 위험을 무릅쓰면서도 폭이 넓은 문을 열고 문 안쪽에 달려 있는 주머니에서 당장이라도 병을 끄집어낼 수 있었는데, 막상 문을 여니까 썰매 속으로 들어가고 싶은 충동이 무럭무럭 일어났다. 결국 그 충동에 사로잡혀서 잠시 동안이라도 안에 걸터앉아 볼까 고민했다. 그는 살짝 안으로 들어갔다. 썰매 안은 이상하게 따뜻했다. 문을 닫아버릴 용기가 없어서 열린 채로 두었음에도 따뜻한 온도는 그대로 남아 있었다. 자기가 벤치에 앉아 있다고는 느껴지지 않을 만큼 푹신푹신한 담요 쿠션과 털가죽 속에 파묻혀 버렸다.

어느 방향으로든지 몸을 돌리고 펼 수도 있었으며, 이 포근함과 따뜻함 속으로 사지가 점점 파묻혀 들어가고 말았다. 양쪽 팔을 쭉 뻗치고, 자기를 고대하고 있었던 것처럼 푹 감싸주는 쿠션에 머리를 기대며, K는 드디어 썰매 속에서 어두운 건물 속을 쳐다보았다. 클람이 아래로 내려오는데 왜 이렇게 시간이 오래 걸릴까? 눈 속에 오랫동안 서 있었던 뒤인지라 이 썰매 안의 훈훈한 온도가 온몸에 배어서 정신까지 흐려진 상태로 K는 클람이 빨리 와주었으면 하고 고대했다. 그 고대를 방해하듯 차라리 이런 상태에서는 클람의 눈에 띄지 않는 게 낫지 않을까 하는 생각이 떠올랐지만, 아주 희미한 염려일 뿐이었다. 이런 망각의 세계에서 헤매게 된 이유에는 마부의 태도도 있었다. 마부는 그가 마차 안에 있는 걸 알 텐데도 술을 달라고 하지 않고 그를 그대로 내버려두었다. 대단히 사정을 봐주는 태도였으나, K로서는 이자의 요청을 들어주고 싶었다. 그는 자세를 바꾸지 않고 손을 주머니 쪽으로 힘들게 뻗었는데, 열려져 있는 문 쪽이 아니라 자기 뒤에 닫혀 있는 문 쪽으로였다. 열린 문은 너무나 멀리 떨어져 있었기 때문이다. 그러나 결과적으로 보면 아무래도 좋았다. 닫혀 있는 문에 마침 술병이 있었다. 병을 하나 끄집어내어 병마개를 비틀어서 뺀 다음 냄새를 맡아보았다. 그는 자기도 모르게 미소를 띠지 않을 수 없었다. 그 냄새란 대단히 감미롭고 매혹적이어서, 마치 아주 좋아하는 사람이 친절한 말을 걸어주거나 칭찬해주었을 때, 대체 무슨 영문인지는 도무지 모르고 또 그것을 조금도 알려고 하지 않고, 단지 말을 걸어주는 사람이 자기가 사랑하는 사람이라는 사실을 의식하는 것만으로써 한없이 행복에 겨워하는 경우와 비슷했다. '이건 코냑인가?' 의심스럽게 자문한 K는 호기심에 못 이겨 시험 삼아 조금 맛을 보았다. 놀랍게도 그것은 진짜 코냑이어서 가슴속이 타오르고 몸이 후끈하게 달았다. 이 액체는 대체 어떻게 이런 변화를 일으키는 걸까! 처음에는 그윽한 향기를 지닌 액체에 지나지 않았는데, 마부가 마시기에 적합한 술로 변했다. '이럴 수도 있나?' 하고 K는 자기 자신을 나무라는 말투로 물어보며 또 한 모금 마셔보았다.

K가 단숨에 들이켜는 와중에 마침 주위가 환하게 밝아졌다. 집안의 계단, 복도, 현관은 물론이요, 집 바깥 입구의 추녀 밑에도 전등이 켜졌다. 계단을 내려오는 발자국 소리가 들리자 K의 손에서 병이 미끄러져 땅에 떨어지고 코냑이 털가죽 위에 엎질러져서 흘렀다. K는 썰매에서 뛰어나와서 간신히 문을 닫을 수 있었다. 문은 탕하고 요란스러운 소리를 내면서 닫혔다. 곧 이어 건물 속에서 신사 한 사람이 천천히 나타났다. 그 사람이 클람이 아니었던 것만은 불행 중 다행으로, 그래도 마음이 놓였다. 오히려 반대로 유감스러운 일이었던가? 나타난 사람은 조금 전 K가 2층 창문가에서 본 사람이었다. 이 젊은이는 얼른 보기에 대단히 건강하고 살결이 희며 혈색이 좋아 보였는데, 퍽 고지식해 보이기도 했다. K도 역시 우울한 기색으로 그를 쳐다보았는데, 사실은 그 눈초리로 쳐다보는 대상은 K 자신이었다. K는 자기 대신에 차라리 조수 두 사람을 이곳으로 파견하는 것이 나을 뻔했다고 생각했다. 자기가 한 것 같은 행동이라면 조수들이라도 넉넉히 할 수 있었을 것이다. K와 마주하고서도 젊은이는 입을 다물고만 있었다. 그렇게 폭이 넓은 가슴을 가졌어도 하고자 하는 이야기를 끄집어내기에는 여전히 숨이 찬 모양이었다. "이건 참 놀랍구만." 드디어 젊은이가 그렇게 말하면서 모자를 약간 추켜올렸다. 뭐라고? 이자는 K가 썰매 안에 있었다는 사실은 전혀 모를 텐데 벌써 무슨 무서운 일이라도 있었던 듯이 말하고 있지

않은가? K가 안뜰에 들어온 일을 말하는 건가? "대체 여길 어떻게 오셨지요?" 젊은이는 나지막한 목소리로 숨 가쁘게 허덕거리면서 말했는데, 마치 이미 엎질러진 물이니 몸을 내맡기겠다는 태도였다. 대체 이게 무슨 질문이지? 무슨 대답을 바라는 거야! 내가 많은 기대를 가지고 출발한 여정이 결국 수포로 돌아갔다는 사실을 이자에게 그대로 말해야 하는가? K는 대답도 하지 않고 썰매 쪽으로 가서 문을 연 뒤 그 속에다 놓아두었던 모자를 끄집어냈다. 코냑이 썰매의 발판 위에 엎질러진 것을 보고 K는 기분이 나빴다.

그리고 K는 다시 젊은이 쪽으로 몸을 돌렸다. 자기가 썰매 속에 앉아 있었던 사실을 이 사람에게 알려주어도 상관없다고 생각했다. 그 사실 자체는 그다지 나쁜 일도 아니었다. 만일에 질문을 받는다면─묻지 않으면 그럴 필요도 없지만─마부 쪽에서 유혹했으며 적어도 썰매의 문을 여는 것만은 마부가 자기를 부추겨서 시킨 일이라고 까놓고 말해버리려고 했다. 그런데 진정 나쁜 일은 갑자기 나타난 젊은이 때문에 숨길 만한 시간 여유가 없었고, 따라서 마음 놓고 클람을 기다릴 수 없었다는 사실이다. 그렇지 않으면 썰매 속에 앉아서 문을 닫아버리고 거기서 털가죽 위에 앉은 채로 클람을 기다릴 만한 마음의 여유, 아니면 적어도 그 젊은이가 가까이 올 때까지 썰매 속에 그대로 앉아 있을 만한 침착한 태도가 없었다는 바로 그 점이었다. 클람이 당장 나타날지도 모를 일인데, 그럴 경우에는 썰매 밖으로 뛰어나가서 그를 공손히 맞이하는 편이 훨씬 낫다는 것은 더 말할 나위도 없었다. 이럴 때는 여러 가지 일들을 생각해 봐야 했지만 이제는 벌써 아무 소용도 없었다. 일이 다 끝장났기 때문이었다.

"나와 함께 갑시다!" 젊은이가 말했다. 명령조는 아니었으나,

명령은 말 속에 포함되어 있는 것이 아니라 그 말을 입 밖에 내면서 일부러 냉담하게 손을 흔든 그 태도에 나타나 있었다. "나는 여기서 어떤 사람을 기다리고 있어요." K는 더 이상 무슨 효과를 바라지 않고 사실 그대로를 말했다. "오세요!" 그 젊은이는 조금도 서슴지 않고 다시 말했는데, K가 어떤 사람을 기다린다는 것을 조금도 의심치 않는다는 사실을 보여주려는 것 같았다.

"그러나 당신과 함께 가면 기다리는 사람을 못 만나요." K는 몸을 떨면서 말했다. 여러 가지 일이 일어났음에도 자기가 지금까지 얻은 것은 일종의 소유물이며, 물론 아직도 단지 겉으로만 확보하고 있는 데에 지나지 않지만 하찮은 명령으로 포기할 수는 없다고 K는 느끼고 있었다. "여기서 기다리건 또는 나와 함께 가건, 좌우간 당신은 그분을 만나지 못해요." 젊은이가 이렇게 말하며 자기 의견을 굳세게 주장했으나, 그래도 K의 생각에 대해서는 이상하게도 양보하는 태도로 나왔다. "그러면 여기서 기다리다가 만나지 않는 쪽이 차라리 낫지요." K는 반항적인 어조로 말했다. K는 젊은이의 몇 마디 말만으로는 물러나지 않을 생각이었다. 그러자 젊은이는 젠체하는 표정으로 고개를 뒤로 젖히고 잠시 동안 눈을 감고 있었다. 마치 K의 몰이해성으로부터 다시 자신의 이성으로 돌아오려는 듯한 태도였다. 그리고 혀끝으로 조금 열린 입술 언저리를 핥더니 마부를 향해서 말했다. "말을 썰매에서 풀어주게!"

마부는 K 쪽을 곁눈질하며 심술궂게 쳐다보았는데, 젊은이가 하는 소리에 고분고분 복종하여 이번에는 털가죽 옷을 입은 채 운전대에서 내려올 수밖에 없었다. 그리고 젊은이가 명령을 취소하는 건 기대하지 않지만 K 쪽에서 생각을 달리하는 것을 바란다는 듯이, 대단히 머뭇거리면서 썰매를 맨 채 말을 뒷걸음질

시켜서 측면 건물로 몰고 가기 시작했다. 거기에 있는 큰 문을 열면 내부에 틀림없이 마구간과 차고가 마련되어 있을 것이었다. K는 자기가 혼자 뒤에 남아 있다는 것을 깨달았다. 한쪽에는 썰매가, 다른 쪽, 즉 K가 걸어온 길에는 젊은이가, 양쪽이 서로 대단히 느린 속도로 멀어져 갔다. 마치 언제든 K가 두 사람을 끌어올 수 있다는 사실을 보여주려는 것 같았다.

K에게 그들을 다시 끌어올 만한 힘이 있었을지도 모르지만 그 힘이 무슨 소용이 있을까. 썰매를 다시 되돌아오게 하는 것은 자기 자신을 쫓아버리는 거나 마찬가지였다. 그래서 그는 이 자리를 고수하는 단 하나의 인간으로서 잠자코 머물러 있었다. 다만 기쁨이 따르지 않는 승리였다. 그는 젊은이와 마부 쪽을 번갈아 바라보았다. 젊은이는 벌써 K가 맨처음에 안뜰로 나왔던 문에 이르렀는데, 거기서 또 한 번 이쪽을 돌아다보았다. K는 자기가 너무나 완고해서 그가 고개를 살살 내두르고 있는 모습이 보이는 듯했다. 그러고 나서 젊은이는 이제 마지막이라는 듯이 결단성 있게 선뜻 몸을 돌리더니 현관에 발을 들여놓았고, 곧 자취를 감춰버렸다. 마부는 더 오랫동안 안뜰에 남아 있었다. 썰매를 치우는 게 상당히 힘들어 보였다. 육중한 마구간 문을 열고 썰매를 뒷걸음질쳐서 제자리에 갖다놓고, 말을 썰매에서 떼어 여물통 있는 곳으로 끌고 가야 했다. 그는 그 모든 일을 진실하게 한눈도 팔지 않고 했으나, 곧 다시 출발할 희망은 접은 듯 싶었다. K 쪽을 흘긋 곁눈질해서 쳐다보지도 않고 잠자코 일을 처리하는 이 마부의 태도는, K의 눈으로 보면 그 젊은이의 행동보다도 훨씬 엄격한 비난처럼 느껴졌다. 마부는 마구간 일을 끝마치자 그의 특색 있는 태연한 걸음걸이로 몸을 좌우로 흔들면서 안뜰을 비스듬히 횡단하더니 큰 문을 열고 다시 돌아왔는데, 이 모든

거동을 눈 속에 남는 자기 발자국만 똑바로 바라보면서 천천히 그리고 꼼꼼히 했다. 그런 다음 마구간 속으로 들어가 버리고는 전등을 모조리 꺼버렸다—누구를 위하여 전등을 켜두겠는가? —다만 위에 있는 목조 회랑의 틈에서만은 여전히 밝은 빛이 새어 나와 허공을 헤매는 시선을 좀 잡아둘 수 있었다. K는 이제 다른 사람과의 관계가 모조리 끊어졌으며 과거의 어느 때보다도 자신이 자유롭다고 느꼈다. 보통 때 같으면 그에게 출입이 금지되어 있는 이 장소에서 얼마든지 기다릴 수 있을 것 같았다. 이 자유란 그가 쟁취한 것이고, 다른 사람은 흉내도 낼 수 없다. 아무도 그에게 손을 대거나 그를 쫓아내는 것이 허락되지 않을뿐더러, 그에게 말을 붙이는 것조차도 용납되지 않는다고 생각했다. 그러나—다음과 같은 확신도 그에 못지않게 강했는데—동시에 이렇게 자유로운 것, 이렇게 기다리고 있는 것, 이렇게 다른 사람에게 아무런 침해도 받지 않는 것, 이런 것보다도 더 무의미하고 절망적인 일은 없다고도 생각했다.

9장 심문에 대한 투쟁

  그래서 그는 날쌔게 안뜰을 떠나 여관 앞으로 되돌아왔는데, 이번에는 담장을 따라간 것이 아니라 정원 한복판 눈 속을 걸어갔다. 복도에서 주인을 만났으나 주인이 잠자코 인사만 하고는 술집 문 쪽을 가리키기에 그의 지시에 따랐다. 추워서 견딜 수 없었으며, 사람의 그림자가 그리웠기 때문이다. 그러나 일부러 갖다 놓았다고 생각되는 작은 탁자―여기서는 언제나 술통을 식탁 대용으로 쓰고 있었기 때문에―옆에 아까 만났던 젊은이가 앉아 있었으며, 이 젊은이의 맞은편에―K를 낙담시키는 광경이었지만―브뤼켄호프 여관의 여주인이 서 있는 꼴을 보았을 때에는 자못 실망하지 않을 수 없었다. 페피는 거만한 태도로 고개를 뒤로 젖히고 언제나 변함없는 미소를 띠며 자기의 위신을 또렷이 의식했고, 몸의 방향을 돌릴 때마다 땋아 내린 머리칼을 흔들며 여기저기 바쁘게 돌아다녔으며, 우선 맥주를 그다음에 잉크와 펜을 가져왔다. 왜냐하면 그 젊은이가 서류를 앞에 펴놓고, 그 서류의 날짜와 탁자의 다른 쪽 가장자리에 있는 서류의 날짜를 비교한 다음 무언가를 기입하고 있었기 때문이다. 여주인은 잠자코 입술을 약간 위로 말아올리고 쉬고 있는 것처럼 보였다. 그녀는 자기가 서 있는 위치에서 젊은이와 서류를 내려다보고 있었는데, 이미 필요한 말은 다 했으며 전부 자기 뜻대로 받아들여졌다는 표정이었다. "드디어 측량사 양반이 오셨구먼!"

젊은이는 K가 들어오는 걸 힐끔 쳐다보고 말했는데, 곧 다시 자기의 서류에 열중했다. 여주인도 전혀 놀란 기색 없이 지극히 무관심한 태도로 슬쩍 K에게 시선을 던졌을 뿐이다. 페피는 K가 주점 앞으로 가까이 가서 술 한 잔을 주문했을 때에 비로소 K가 왔다는 사실을 깨달은 모양이었다.

K는 주점 카운터에 기댄 채 양쪽 눈 위를 손으로 누르면서 아무것도 신경 쓰지 않았다. 그러고는 코냑을 마셨으나 맛이 없다는 듯 잔을 밀어놓아 버렸다. "다른 분들은 이걸 마시는데요." 페피는 무뚝뚝하게 말하고, 잔 속에 남은 술을 비우고 씻어서 선반에다 놓았다. "여기 양반들은 더 나은 것도 가지고 있더군." K는 말했다. "그럴는지 몰라요. 그러나 내게는 없어요." 페피가 말했다. 그녀는 더 이상 K를 상대하지 않고, 또다시 젊은이를 도우러 갔다. 그런데 그녀는 급히 필요한 게 아무것도 없는 젊은이의 뒤를 반원을 그리며 끊임없이 왔다 갔다 하면서, 수줍게 어깨너머로 서류를 들여다보려고 하는 것이었다. 물론 이것은 다만 걷잡을 수 없는 호기심인 동시에 거만한 허영심에 지나지 않았기에, 여주인은 눈살을 찌푸리고 불만의 뜻을 나타냈다.

갑자기 여주인은 온몸의 신경을 쏟아 귀를 기울이며 허공을 뚫어지게 바라보았다. K는 돌아다보았으나 특별한 소리는 전혀 들리지 않았다. 다른 사람들 역시 아무 소리도 못 들은 듯했다. 여주인은 발꿈치를 든 채 큰 보폭으로 안뜰로 통하는 뒤쪽 문으로 걸어가더니 열쇠 구멍 안을 들여다보았다. 그리고 눈을 크게 뜨고 얼굴을 붉히면서 모두들 모인 쪽을 돌아다보고는 손가락질하면서 부르니, 모두들 그곳으로 가서는 번갈아 가며 들여다보았다. 여주인은 최후까지 가장 열심이었으며 페피도 무엇인가 하고 궁금해했는데, 그 젊은이만은 비교적 냉담한 태도였다. 페피와 젊은이는 곧 되돌아왔지만 여주인은 긴장한 채 몸을 깊숙이 구부리고, 거의 무릎을 꿇을 듯한 자세로 들여다보고 있었다. 이 광경을 본 사람들은 마치 그녀가 자기 몸을 통과시켜 달라고 열쇠 구멍에 하소연하고 있는 것 같다는 인상까지 받았다. 그때는 벌써 볼 만한 것이라곤 없어졌기 때문이다. 그러고 나서 겨우 몸을 일으킨 그녀는 양손으로 얼굴과 머리칼을 매만지고 심호흡을 한 다음에, 자기 눈이 이 방과 사람들에게 익숙해져야 한다는 듯, 마음 내키지 않는 듯한 태도를 보였다. 그때 K는 다 아는 사실을 확인하기 위해서가 아니라 마음속으로 두려워하고 있었던 여주인의 공격에 대해 선수를 치려고 "그러면 클람은 벌써 떠났나요?" 하고 말했는데, 그만큼 그는 아주 예민해진 상태였다. 여주인은 대답도 하지 않고 그의 옆을 지나갔지만, 젊은이는 조그마한 탁자에서 이쪽을 향해 말했다. "그래요. 당신이 감시를 그만두었기 때문에 클람이 떠날 수 있었어요. 그렇다고 하더라도 클람의 신경과민에는 놀라지 않을 수 없어요. 주인아주머니, 클람이 얼마나 불안스럽게 주의를 돌아봤는지 보셨지요?" 여주인은 그 모습을 보지도 못한 모양이었으나 젊은이는 구애받지 않고 계속 말했다. "그러면 다행히 아무것도 눈에 띄지 않았던 것 같군. 마부가 눈 위의 발자국까지도 쓸어서 매끄럽게 만들었으니." "주인아주머니는 아무것도 알아채지 못했군요." 하고 K가 말했는데, 무슨 기대를 가지고 한 말이 아니라 젊은이의 주장이 너무나 독단적이고 고압적이었기 때문에, 거기에 자극을 받아 약간 흥분했던 까닭이다. "아마 내가 열쇠 구멍으로 들여다보고 있지 않았을 땐가 보지요." 여주인은 이렇게 말하고는 우선 젊은이를 변호했다. 그러나 곧 클람이 한 일이 옳다고 주장하려는 듯이 덧붙였다. "물론 클람이 그렇게 신경과민이라고는 생각지 않아요. 우리는 물론 클람을 염려하고 그의 신변을 보호해 주려고 하지요. 그래서 우선 클람이 대단히 신경이 날카롭다고 가정한 다음 거기서부터 일을 해요. 그게 나아요. 클람도 확실히 그러기를 바라죠. 그러나 사실 사정이 어떤지 우리는 알 수 없어요. 물론 클람은 자기가 이야기하고 싶지 않은 사람과는 결코 면회하지 않을 거예요. 아무리 애쓰고, 악착같이 수를 쓰고, 참을 수 없을 정도로 뻔뻔한 태도로 나오더라도 안 될 거예요. 클람은 만나기 싫은 사람과는 결코 이야기하지도 않고, 자기 면전에 나서지도 못하게 한다는 사실만으로 충분해요. 그러나 클람이 어떤 사람을 꼴 보기도 싫어한다는 일이 어째서 가능할까요? 그런 건 증명할 수도 없어요. 결코 시험해 볼 수도 없지요." 젊은이는 정말 그렇다는 듯이 열심히 고개를 끄덕거렸다. "저는 측량사 양반이 알아듣기 쉽게 약간 다르게 표현했을 뿐입니다. 그러나 클람이 아까 밖에 나갔을 때, 여러 차례나 좌우를 돌아봤다는 것은 사실이지요." "확실히 그는 나를 찾고 있었을 겁니다." 하고 K가 말했다. "그럴듯한데요. 거기까지는 내 생각도 미치지 못했군요." 젊은이가 대꾸했다. 모두들 한꺼번에 웃었다. 페피는 거의 무슨 영문인지도 모르면서 가장 큰 목소리로 웃어댔다.

"지금 우리는 한데 모여서 이렇게 즐거운 기분에 젖어 있으니까, 측량사 양반, 당신이 두서너 마디 진술하셔서 서류의 미비한 점을 보충해 주셨으면 하는데요." 젊은이가 말했다. "뭐가 굉장히 많이 쓰여 있는데요." 이렇게 말한 K가 멀리서 서류를 바라보았다. "네, 나쁜 습관이지요. 그런데 당신은 내가 누군지 모르실 거예요. 클람의 마을 비서 모무스라고 합니다." 이 한마디로 방 안 전체에는 무거운 공기가 떠돌았다. 여주인과 페피는 이 젊은이를 물론 알고 있었으나 그 이름과 위엄 있는 직함이 소개되는 소리를 듣고 자못 놀란 시늉을 했다. 거기다가 이 젊은이 자신이 마치 분에 넘치는 말을 입 밖에 냈다는 듯이, 또 자기 말 속에 포함되어 있는 엄숙한 음향이 뒤에 남는 것만은 제발 피하고 싶다는 듯이 서류 속에 얼굴을 처박고 글씨를 쓰기 시작했으므로 방 안에는 그 소리밖에 들리지 않았다. "대체 마을 비서란 무엇인가요?" K는 잠시 후에 그렇게 물어보았다. 모무스는 자기소개를 해버린 마당에 스스로 이런 설명을 하는 것은 이미 적당치 않다고 생각했으므로, 여주인이 대신 나서서 대답했다. "모무스 씨께서는 클람의 다른 비서분들과 마찬가지로 클람의 비서이지요. 그러나 이 양반의 근무지와—내가 잘못 생각한 것이 아니라면—직무상의 권한을 보면⋯⋯." 그때 모무스는 쓰던 손을 멈추고 맹렬히 고개를 내둘렀다. 그래서 여주인은 할 수 없이 말을 고쳤다. "권한 문제가 아니고 단지 근무지에 한해선데, 그것은 이 마을에 국한되어 있어요. 모무스 씨는 이 마을에서 필요한 경우 클람의 문서 업무를 처리하거나 집행하시지요. 또 마을에서 클람에게로 보내는 청원서는 모조리 이분이 접수하세요." 이런 여러 가지 설명을 들어도 K가 거의 감동하는 기색도 보이지 않을뿐더러 공허한 눈빛으로 여주인을 쳐다보고 있자, 그녀는 약간 당황한 듯이 이렇게 덧붙였다. "그렇게 조직되어 있지요. 성 양반들은 모두 마을 비서를 두고 있답니다." 모무스는 K보다도 훨씬 주의 깊게 그 말에 귀를 기울이고 있었는데, 그녀의 말을 보충하려는 듯이 여주인을 향해서 이렇게 말했다. "마을 비서는 대개 단 한 분을 위해서 일하는 거지만, 나는 클람과 발라베네, 두 분의 일을 맡아보고 있어요." "그렇지요." 하고 자기도 마침 생각났다는 듯 말한 여주인이 K를 향해 덧붙였다. "모무스 씨는 클람과 발라베네 두 분의 일을 맡아보고 계세요. 따라서 겸임

의 마을 비서라고 할 수 있지요." "더군다나 겸임이라고요!" 하고
K는 말하고, 사람들 앞에서 칭찬받는 어린애에게 하듯이 모무스
를 보며 고개를 끄덕거렸다. 모무스는 이제 아주 몸을 앞으로 내
밀다시피 하면서 K를 정면으로 쳐다보고 있었다. 이때 K의 태
도에는 일종의 멸시하는 빛이 보였는데, 두 사람이 그걸 눈치채
지 못했거나 눈치챘다 하더라도 멸시받아 마땅한 일이었다. 하
필이면 클람이 우연이라도 한 번 만나줄 만한 자격도 없는 K 앞
에서 클람의 가장 가까운 측근의 공로를 상세하게 나열했으며,
더군다나 억지로라도 K에게 감탄과 칭찬을 받으려는 듯 노골적
인 의도를 가지고 있었기 때문이다. 공교롭게도 K는 그런 의도
를 제대로 알아챌 만한 감각이 없었다. 있는 힘을 다하여 클람을
순간적으로라도 만나보려고 노력하고 있었으나, 예를 들면 모무
스 같은 사람의 지위를—설사 그가 클람의 측근에서 생활하도
록 허락받았다 하더라도—높이 평가하지도 않았으며, 감탄하거
나 질투심을 느낄 이유는 더구나 거의 없었다. 왜냐하면 K가 애
쓸 만큼 가치가 있는 일은 클람과 가까워지는 것 자체가 아니라
다른 누구도 아닌 이 K가, 다른 사람도 아닌 K 자기 자신의 소
원을 가지고 클람에게 접근하는 것이되 그것은 클람 곁에서 편
히 쉬기 위해서가 아니라 그의 옆을 지나가기 위해서, 더욱 한
걸음 나아가 성 안으로 들어가기 위해서였다.

그래서 K는 시계를 쳐다보면서 말했다. "이젠 천천히 집으로
돌아가야 되겠군." 그 순간 사정이 모무스에게 유리해졌다. "네,
물론이지요. 학교 관리인 일 때문에 학교로 가봐야 할 거예요.
그러나 아직 잠깐 내게 시간을 내주셔야 하겠는데요. 몇 가지 간
단한 질문이 있어요." 모무스가 밀했다. "나는 흥미가 없어서 그
만두겠어요." K는 그렇게 말하고 문 쪽으로 나가려고 했다. 모무

스는 문서 하나를 손에 들고 탁자를 치며 일어섰다. "클람의 이름으로 내 질문에 대답하기를 당신에게 요구합니다!" "클람의 이름으로라고요?" K는 그 말을 그대로 되풀이했다. "대체 그분은 나의 일을 염두에나 두고 있나요?" "그것은 판단을 내릴 수 없지요. 당신은 더더욱 그렇고요. 그러니 우리는 모두 안심하고 그 문제를 그분에게 맡겨두기로 합시다. 그러나 나는 클람에게 위임받은 직책상의 권한으로써, 당신에게 여기에 남아서 대답할 것을 요구하겠어요." 모무스는 말했다. "측량사 양반." 여주인이 참견을 했다. "나는 더 이상 당신에게 충고하는 것을 삼가겠어요. 나는 지금까지 여러 가지 충고를, 그것도 비길 데 없는 친절한 충고를 했는데, 당신한테 여지없이 거절당하고야 말았지요. 그래서 내가 지금 여기 비서님에게—내가 숨겨야만 될 일은 하나도 없어요—온 것도 단지 관청에 당신의 거동과 의도를 제대로 보고해 당신이 또다시 내 집에 묵는 일이 앞으로는 절대 없도록 하려는 것이에요. 우리는 이런 사이고, 앞으로도 변치 않을 거예요. 따라서 이제부터 내 의견을 말씀드리는 이유는 당신을 도우려는 것은 아니고 비서님의 어려운 직무를—당신 같은 사람을 상대하는 것 말이죠—조금이라도 덜어드리려는 것이지요. 그러나 나는 아주 공평하고 솔직한 사람이니까—내 뜻은 아니지만 나는 당신을 솔직하게 대할 수밖에 없어요—마음이 내키신다면 내 말을 당신 자신에게 유리하게 이용할 수도 있어요. 지금 내가 당신에게 주의를 환기시키려고 하는 것은, 당신이 클람에게 도달할 수 있는 단 하나의 길은 이 비서님의 조서를 통해서만 가능하다는 사실이지요. 표현이 과장될까 봐 두려워서 말씀드리는 거지만, 아마 그 길은 클람에게까지 이르지 않을 수도, 그 훨씬 앞에서 끊어져 있을지도 모르겠어요. 그것은 비서님의 생각 하나로 결정돼요. 좌우간 당신에겐, 클람에게로 통하는 길은 적어도 이것 하나밖에 없어요. 그런데 당신은 그저 반항하기 위해서, 단 하나밖에 없는 이 길을 단념해 버리려고 하시나요?"

"아, 주인아주머니, 그것은 클람에게 통하는 단 하나의 길도 아니며 다른 것보다 더 나은 길도 아니지요. 그리고 비서 양반, 당신은 내가 여기서 한 말을 클람에게 문서로 올릴지 말지 판단한다는 겁니까?" K가 말했다. "물론이지요." 모무스는 거만하게 눈을 아래로 뜨고 눈초리를 좌우로 돌리며 주위를 살펴보았으나 아무것도 눈에 띄지 않았다. "그렇지 않으면 대체 내가 무엇 때문에 비서 노릇을 하고 있겠습니까?" "그런데 주인아주머니, 클람에게로 가는 길보다는 우선 비서 양반에게로 통하는 길이 필요했던 것 같군요." K가 말했다. "그 비서님에게로 통하는 길을 열어드리려고 했어요. 당신의 청을 클람에게 말씀드리겠다고 오전 중에 말하지 않았나요? 당신의 청은 비서님의 손을 거치도록 되어 있었지만 당신은 그 제의를 거절해 버렸지요. 그러나 역시 지금도 당신에게는 이 길밖에는 없는 것 같아요. 물론 오늘 행동한 것처럼 클람의 약점을 찌르려고 노렸다가 성공하리라는 희망도 희미해지고 말았지요. 그러나 사라져 버리려고 하는 마지막 가냘픈 희망, 본래 같으면 전혀 존재하지도 않는 이 희망이 당신이 그래도 의지할 수 있는 일말의 희망이지요." 여주인이 말했다. "주인아주머니, 그런데 어떻게 된 거죠? 당신은 처음에는 내가 클람에게 다가가려는 것을 그렇게도 맹렬히 만류하려고 하더니 이제 와서는 내 청을 대단히 진지하게 생각하고, 내 계획이 실패로 돌아가기라도 하면 나를 타락한 인간이라고 생각할 것 같군요. 클람과 만나려는 노력은 헛되다고 내게 솔직한 마음으로 충고해 줄 수 있었던 분이, 지금에 와서는 똑같이 솔직한 마음으로 마치 클람에게 이르는 길을 내달리라고 선동하는 태도로 나오다니—설령 그 길이 절대로 클람에게 통하는 길이 아니라도 말예요—대체 그런 일이 있을 수 있을까요?" K의 말이었다.

"당신의 시도에 희망이 없다고 말한다고 해서 그것이 선동이란 말인가요? 만일 당신이 그렇게 자기 책임을 내게 돌리려고 한다면 정말 뻔뻔스럽기 짝이 없는 거예요. 당신이 이런 마음을 먹은 건 분명히 비서님이 눈앞에 계시기 때문이지요? 그러나 아니에요. 측량사 양반, 나는 결코 당신에게 무얼 하라고 선동하지는 않아요. 단지 한 가지 고백할 것이 있다면, 그것은 내가 처음으로 당신을 만났을 때, 당신을 약간 높이 평가했다는 사실이에요. 당신이 재빠르게 프리다를 정복해 버렸기 때문에 깜짝 놀랐고, 당신이 이 이상 무슨 짓을 할 수 있을지 미지수였어요. 그래서 그 이상 불행이 일어나는 것을 막기 위해 애걸하기도 하고 또 협박하기도 해서 당신의 마음을 움직여 보는 수밖에 달리 도리가 없었던 거예요. 그러는 동안 나는 이 상황을 더 전체적으로 바라보게 되었지요. 하여간 좋을 대로 하세요. 아마 당신이 할 수 있는 짓이란 바깥뜰의 눈 위에다 깊은 발자국이나 남기는 일뿐일 거고 그 이상은 불가능할 거예요." 여주인이 말했다. "내 입장에선 모순이 전부 해명된 것 같진 않군요." K는 말을 이었다. "그러나 모순을 지적한 것만으로 만족하기로 하지요. 그런데 비서 양반, 부탁 말씀이 있어요. 주인아주머니의 의견으로는 당신이 작성하시려고 하는 내 조서가 완성되고 시간이 지나면 클람과 면회하는 일이 실현될 수도 있다는데, 그 말이 옳은지 아닌지 말씀해 주세요. 만일 그 말이 옳다면 지금 당장이라도 기꺼이 모든 질문에 대답할 용의가 있어요. 클람과 만나기 위해서라면 무슨 짓이라도 하겠어요." 모무스는 이렇게 말했다. "아니, 조서는 면담과 아무런 상관이 없어요. 단지 클람의 사무 기록 장부 때문에 오늘 오후에 마을에서 일어난 사건을 정확하게 기록해 두지 않으면 안 돼요. 기록은 다 되어 있으니, 정리하기 위해서 단지 두서너 개 공란을 메워 주시면 돼요. 다른 목적이란 있을 수도 없고, 설사 있다고 하더라도 달성될 리도 없어요." K는 입을 다 물고 여주인을 쳐다보았다.

"왜 당신은 내 얼굴만 쳐다보시지요?" 여주인이 물었다. "내가 무슨 틀린 소리라도 했나요? 이분은 언제나 그래요, 비서님. 언제나 그렇다니까요. 다른 사람에게서 들은 소문을 제멋대로 뜯어고쳐서, 그릇된 소문을 들었다고 주장해요. 이분을 클람이 만나줄 희망이라곤 손톱만큼도 없다는 사실을 나는 오래전부터, 그리고 지금까지 말하고 있지요. 좌우간 희망이라곤 전혀 없으니까, 이 조서를 가지고도 그런 희망을 얻지는 못할 거예요. 이보다도 더 명백한 일이 있을까요? 더 자세히 말씀드리자면, 이 조서를 통해서만이 이분은 클람과 참다운 공무상의 관계를 맺을 수 있어요. 그것은 아주 분명하고 의심할 여지도 없는 일이에요. 그러나 이분이 내 말을 믿지 않고 한결같이 ─ 도대체 왜, 또 무슨 목적으로 그렇게 하려고 하는지 알 수 없지만 ─ 클람의 눈앞에 나타나기를 희망한다면, 이분의 사고방식을 따라 이분에게 도움이 될 수 있는 것이라곤 클람과 단 하나의 공무상의 관련성, 즉 이 조서뿐이지요. 나는 이 말씀을 드렸을 뿐이에요. 다른 무엇을 주장하는 사람이 있다면 내 말을 악의로 비꼬아서 말하는 거지요." "주인아주머니, 사정이 그러시다면 용서해 주십사고 빌겠습니다. 내가 오해했어요. 지금은 그게 잘못됐다는 사실이 드러났지만, 먼젓번에 하신 말씀을 듣고서 내게는 그래도 일말의 희망이 있다고 생각했었습니다." K는 말했다. "그래요. 물론 내 생각도 그래요." 여주인은 말을 이었다. "당신은 또 내 말을 곡해하고 계셔요. 그것도 이번에는 반대쪽으로 곡해하시는 거지요. 당신에게는 그런 희망이 있다고 생각해요. 물론 그 희망의 근거는 이 조서에 있지만요. 그러나 '당신의 질문에 대답하면, 클람과 만나는 것이 허락되는가.' 하는 질문을 던짐으로써 비서님에게 날을 세워도 된다는 뜻은 아니지요. 어린애가 그런 말을 물으면 사람들이 웃을는지 몰라도, 어른이 묻는 경우에는 관청을 모욕하는 결과가 되니까요. 다행히도 비서님이 교묘하게 대답해서 당신의 실례를 덮어주셨어요. 내가 여기서 말하는 희망이란 건, 즉 당신이 조서를 통해서 클람과 관련성을, 그러니까 어떤 식으로든 일종의 관련성을 갖는다는 거지요. 이것은 훌륭한 희망이 아닐까요? 이런 희망의 선물을 받을 만한 공적이 당신 쪽에 있느냐고 물으면, 당신은 사소한 공적이라도 댈 수 있겠어요? 이 희망에 대해서 상세하게 설명할 수도 없을 것이며, 특히 비서님은 직무의 성질상 이것에 대해서 조금의 암시도 주실 수 없을 거예요. 그분이 직접 말씀한 대로, 비서님에게는 형식상 오늘 오후에 일어난 사건을 기술하는 것만이 중요하지요. 가령 당신이 지금 당장 내 말과 관련해서 비서님에게 물어보시더라도 그 이상 더 언급하시지 않을 거예요." "비서님, 클람이 이 조서를 읽기는 합니까?" 하고 K가 물었다. "아니요. 클람이라고 할지라도 조서를 전부 한 번씩 훑어볼 수야 없어요. 거기다가 클람은 읽지 않는 편이지요. '조서 같은 건 지긋지긋하게 싫어.' 하고 늘 말하고 있는 형편이니까요." "측량사 양반," 여주인이 자못 난처하다는 듯이 말했다. "당신은 언제까지나 그런 어리석은 질문으로 나를 괴롭혀요. 대체 클람이 이 조서를 읽고 당신의 생활과 관련해서 쓸데없는 내용까지 알아야 할 필요가, 아니 필요까진 없더라도 바람직하기나 할까요? 그보다 차라리 클람에게 조서를 보여 드리지 말라고 부탁할 마음은 없으신가요? 이것도 결국 똑같이 미련한 소원이겠지만—왜냐하면 아무도 클람 앞에서 무엇을 감출 수는 없을 테니까요—전보다는 동정을 얻을 여지가 있을 테니까요. 그런데 대체 그것이 당신의 이른바 희망을 위해서 필요한 일일까요? 클람이 당신을 보든 말든, 또 당신 말씀에 귀를 기울이든 말든, 그분 앞에서 이야기를 할 기회를 얻기만 하면 만족이라고 말씀하시지 않았어요? 그런데 당신은 이 조서에 의해서 적어도 그 정도는, 오히려 확실히 그 정도 이상으로 성공할수 있지 않아요?" "그 정도 이상이라고요? 어떤 방법으로지요?" K가 물었다. "당신이란 양반은 언제나—" 하고 여주인이 소리쳤다. "어린애처럼 무엇이든 당장 먹을 수 있게끔 내놓지 않으면 납득하지 못하는군요! 대체 누가 당신의 그런 질문에 대답할 수 있겠어요? 이 조서는 클람의 사무 장부에 올리도록 되어 있는데, 그 말씀은 벌써 들으셨지요. 그것을 그 이상 더 분명히 말씀드릴 수는 없어요. 그러나 당신은 조서나 비서님이나 또는 사무 장부가 지닌 뜻을 죄다 아시나요? 비서님에게 심문당한다는 것이 무엇을 의미하는지 아세요? 아마도 비서님 자신도 이것은 모르실 거예요. 아니, 십중팔구 모르실 거예요. 단지 여기 가만히 앉아서 직접 말씀하셨듯 일을 정리하기 위해 맡은 직무를 수행하실 따름이지요. 그러나 생각 좀 해보세요. 클람이 이분을 임명했고 이분은 클람을 대신해서 사무를 집행하고 있어요. 따라서 이분이 하시는 일은—그것이 한 번도 클람에게 상달되지 않는다고 하더라도—처음부터 그의 동의를 얻고 계셔요. 여하튼 클람이 동의하고 있는 이상 클람의 성신이 배어 있지 않을 리가 있겠어요? 이런 말씀을 드린다고 해서 제가 서투르고 어색하게나마 비서님의 비위를 맞출 생각은 손톱만큼도 없어요. 이분 자신도 그런 일은 거절해 버릴 거예요. 그러나 나는 이분의 독립된 정신에 대해서 말씀드리는 것이 아니라, 지금처럼 클람의 동의를 얻고 있는 이분의 존재 자체에 대해 말씀드리는 거예요. 그러니 이분은 말하자면 클람의 손이나 도구처럼 움직이는 집행 기관이니까, 이분의 말씀을 듣지 않으면 누구나 화를 입지요."

K는 여주인의 협박 공갈 같은 건 무서워하지도 않았고, 그의 환심을 사려고 희망을 강조하는 그녀의 말에도 싫증이 나버렸다. 클람은 저 먼 곳에 있었다. 언젠가 여주인이 클람을 독수리에 비유할 때는 어리석어 보였는데, 지금은 그렇지 않았다. 클람과의 먼 거리, 침해할 수 없는 그의 거처, 아직도 K가 귀로 들은 적도 없는 울부짖음에 의해서만 중단시킬 수 있는 그의 침묵, 위에서 내려다보는 듯한 날카로운 눈초리―이것은 절대로 증명할 수도 없고 부정할 수도 없었다―그가 위에 있는 성에서 정체를 파악할 수 없는 율법에 따라 그어놓은 세력권―이것은 K처럼 낮은 곳에 있는 사람에게는 깨뜨릴 수 없는 것이며, 단지 순간적으로 눈에 띌 뿐이었다―이런 것들을 K는 생각해 보았다. 이것들은 모두 클람과 독수리의 공통점이었다. 그러나 이 조서는 그런 것과는 확실히 아무런 관계도 없다. 마침 모무스가 맥주 안주로 먹으려고 소금 뿌린 비스킷을 쪼개면서 떨어진 소금과 과자 가루가 탁자 위에 잔뜩 흩어져 있었다.

"편안히 주무시지요. 심문이란 건 지긋지긋하게 싫어서요." K는 이렇게 말하고 이번에는 정말 문 쪽으로 갔다.

"저 사람 역시 가겠다는 것이군요." 모무스는 자못 불안한 기색으로 여주인에게 말했다. "설마 돌아가려고요." K에게는 여주인의 대답이 더 들리지도 않았다. 벌써 현관으로 나와 있자니 춥고 거센 바람도 불고 있었다. 맞은편 문에서 주인이 걸어나왔다. 그는 문에 달린 엿보는 구멍 쪽에서 현관을 감시하고 있었던 모양이다. 여기 현관 안에서도 바람 때문에 윗도리 자락이 뒤집혔으므로 주인은 그 옷자락을 누르고 있지 않으면 안 되었다. "측량사 양반, 벌써 돌아가십니까?" 그는 말했다. "지금 가는 게 이상한 일인가요?" K가 물었다. "네, 이상합니다. 아니 대체 심문은 왜 받지 않으십니까?" "네, 심문 같은 건 받지 않고 왔어요." "왜 그러십니까?" 주인의 물음에 K가 답했다. "왜 심문을 받아야 하는지 모르겠어요. 거기다가 농담인지 관청의 기분인지 또는 변덕인지 분간할 수 없는 일에 왜 따라가야만 하는지 도무지 이해할 수 없어요. 어쩌면 이다음에는 나도 농담, 기분 또는 변덕으로 심문을 받을는지 몰라도 오늘만은 절대로 안 돼요."

"네, 맞는 말씀이군요." 주인의 대답은 단순히 예의상의 동의고 결코 그의 확신에서 나온 것은 아니었다. 그는 이어서 이렇게 말했다. "자, 그러면 하인들을 술집 안으로 들여보내야겠습니다. 벌써 그래야 할 시간이에요. 나는 단지 심문을 방해하고 싶지 않았을 뿐입니다." "당신은 심문이 그렇게 중대한 일이라고 생각하고 있나요?" K가 물었다.

"네, 물론입니다." 주인이 말했다. "그러면 거절해서는 안 되었군요." K가 말했다. "네, 거절하는 것은 좋지 못합니다." K가 잠자고 있었더니, K를 위로하려는 건지 아니면 될 수 있으면 빨리 이곳을 떠나려고 하는 건지 주인은 다음과 같이 덧붙였다. "그러나 그렇다고 해서 당장 하늘에서 유황불이 비처럼 쏟아질 일은 없을 겁니다." "네, 그렇습니다. 그런 날씨처럼 보이지도 않아요." K가 말했다. 두 사람은 웃으면서 헤어졌다.

10장 거리에서

바람이 거세게 부는 바깥 계단으로 나와서 K는 어둠 속을 쳐다보았다. 형편없이 나쁜 날씨였다. 아무튼 그 일과 관련하여 고분고분하게 조서에 따르게 하려고 여주인이 상당히 애쓴 것과, 그럼에도 자기가 그녀의 권고를 듣지 않고 고집을 부렸던 일이 그의 머리에 떠올랐다. 그녀의 그런 노력은 물론 솔직한 마음에서 나온 것이 아니라 사실은 그런 구실로써 몰래 그를 조서에서 떼어버리려는 속셈이었다. 결국 자신이 저항한 건지, 아니면 복종을 한 건지 K는 분간할 수 없었다. 여주인은 상당히 음흉한 인간으로, 마치 바람과도 같이 아주 태연하고 무심한 듯 보이지만 실은 아주 먼 곳에서 정체도 파악할 수 없는 사명을 띠고 온 것이었다.

큰 길을 몇 발자국 걸어가지도 못했는데 먼 곳에서 흔들리는 등불 두 개가 눈에 띄었다. 이 삶의 표지를 보고 반가워서 등불 쪽으로 걸음을 재촉했는데, 그 등불 쪽에서도 이쪽으로 흔들거리며 접근해 왔다. 그것이 두 사람의 조수인 것을 깨달았을 때 정녕 환멸의 비애를 느꼈지만, 왜 그랬는지는 스스로도 알 수 없었다. 아마도 프리다가 마중을 보낸 것 같았다. 주위에서 무언가가 시끄럽게 울부짖으며 덤벼드는 것 같던 이 어둠을 물리쳐준 두 개의 등불은 아마도 그 자신의 물건이었으므로 K는 실망했다. 그는 낯선 사람을 기대했던 것이지 이처럼 괴롭게도 무거운 짐이 되는, 이미 낯익은 지인을 기대하고 있었던 것은 아니다. 그러나 마중 나온 것은 두 사람의 조수뿐만이 아니었다. 두 사람 사이의 어둠 속에서 바르나바스의 모습이 나타났다. "바르나바스!" 하고 외친 K가 그쪽으로 손을 뻗치며 물었다. "나를 찾아왔나?" 전에 바르나바스 때문에 화를 냈는데, 느닷없이 다시 만났다는 놀라움이 우선 모든 분노심을 씻어주었다. "네, 선생님께 가던 길입니다." 바르나바스는 전과 조금도 다름없이 정답게 말했다. "클람에게서 편지를 한 장 가져왔어요." "클람 씨가 보낸 편지라고?" K는 고개를 뒤로 젖히고, 바르나바스의 손에서 날쌔게 편지를 낚아챘다. "비춰주게!" 하고 그가 조수들에게 말하니 두 사람은 좌우에서 바짝 가까이 다가와 등불을 높이 쳐들었다. 바람의 방해를 받지 않고 읽기 위해 큰 편지지를 아주 작게 접어야만 했다. 그가 편지를 읽어보니 내용은 다음과 같았다.

브뤼켄호프에 묵고 계시는 측량사 귀하! 귀하가 지금까지 이루신 측량의 업적에 대하여 본관은 만족하고 경의를 표하는 바입니다. 조수들의 근무 상태 또한 칭찬할 만합니다. 귀하는 그들을 채찍질하여 일에 매진하도록 하는 요령을 알고 계십니다. 열심히, 그리고 꾸준히 일하는 그들의 열의가 식지 않도록 각별히 주의해 주시기 바랍니다. 일을 끝까지 완수하고 좋은 성과를 거두도록 유의해 주십시오. 일을 중단한다면 본관은 분노를 금하지 못할 것입니다. 좌우간 안심하시기 바랍니다. 해고할 때에 지급하는 임금 문제는 곧 결정되리라고 믿습니다. 본관은 항시 귀하를 주시하고 있습니다.

K보다도 훨씬 읽는 속도가 느린 조수들이 반가운 소식을 듣

고 기쁜 나머지 만세를 부르고 등불을 흔들었을 때에야 겨우 K
는 편지에서 눈을 떼고 위를 쳐다보았다. "조용히 해." 이렇게 말
한 K는 바르나바스를 향해서도 말했다. "이건 오해야." 바르나바
스는 그의 말을 이해하지 못했다. 오후의 피로감이 또다시 밀려
왔다. 학교까지의 거리는 아직도 상당히 먼 것 같았다. 바르나바
스의 등 뒤로 그의 온 집안 식구들의 모습이 떠올랐다. 조수들은
여전히 몸을 비벼대며 달려들었다. K는 할 수 없이 팔꿈치로 떠
밀었다. 조수들에게 프리다 곁에 붙어 있으라고 명령했는데, 어
째서 그녀는 그들을 여기로 보냈단 말인가? K는 혼자서도 돌아
가는 길을 찾을 수 있었고, 그들과 함께 가느니 혼자 가는 편이
훨씬 마음이 편했다. 게다가 한 놈은 머플러를 목에 두르고 있
었는데, 그 머플러 끝이 바람에 나부끼며 두서너 번 K의 얼굴
을 쳤다. 물론 다른 조수 한 놈은 그럴 때마다 곧 한결같이 간들
간들 움직이는 기다랗고 뾰족한 손가락으로 K의 얼굴에서 머플
러를 치웠지만, 그렇다고 해서 사태가 더 나아지는 건 아니었다.
두 사람은 바람과 밤의 불안에 은근히 흥분한 것 같더니, 이번에
는 그 근처를 여기저기 왔다 갔다 하는 데에 흥미를 느끼기 시
작한 모양이었다. "이 자식들아, 꺼져버려." K는 소리를 질렀다.
"너희는 일부러 마중을 나오면서 왜 내 지팡이를 가지고 오지 않
았지? 대체 뭘 휘둘러야 너희를 쫓아낼 수 있을까!" 두 사람은
바르나바스의 뒤에 살짝 숨어버렸는데, 그다지 걱정하는 기색도
없이 방패가 된 바르나바스의 좌우 어깨 위에 등불을 올려놓았
다. 물론 바르나바스는 곧 그것을 떨어뜨려 버렸다.

"바르나바스." K가 말했다. 바르나바스가 분명 자신을 이해하
지 못한 것 같아 K의 마음이 무거웠다. 또 보통 때면 그렇게 아
름답게 빛나던 그의 윗도리가, 아주 중요할 때에는 도무지 아무

소용도 없고 단지 잠자코 방해만 되는 듯한 것도 우울한 일이었다. 그것도 소극적인 반항이라 덤벼들어 따질 수도 없는 노릇이다. 단지 그의 미소만이 번쩍이고 있었는데, 그것조차 하늘에 반짝이는 별이 지상의 폭풍을 어찌 할 수 없듯이 아무런 도움도 되지 않았다. "이봐! 클람이 내게 써보낸 편지를 좀 봐." K는 편지를 그의 눈앞에 갖다 대었다. "그 사람은 잘못 알고 있어. 나는 측량 일은 하나도 하지 않았을뿐더러 조수들도 얼마나 신통치 못한지는 자네도 눈으로 봐서 알 거야. 하지도 않는 일에 중단이란 있을 수도 없고, 클람을 자극하여 분노를 일으킨다는 일도 불가능하지. 대체 내가 이 사람에게 인정받을 만하다고 생각하는가! 이러니 내가 어찌 마음을 놓을 수 있겠나?" "제가 클람에게 그 말씀을 드리도록 하지요." 바르나바스가 말했다. 그는 K가 이야기하고 있는 동안 쭉 편지를 훑어보았는데, 너무 얼굴 가까이 갖다 대서 거의 읽을 수가 없었다. "아아, 자네는 꼭 이행하겠다고 장담하지만, 자네가 하는 소리를 정말 곧이들어도 좋을까? 나는 믿을 만한 심부름꾼이 필요해. 지금은 더욱이 그렇단 말이야." K는 초조한 빛을 띠며 입술을 깨물었다. "측량사 나리." 바르나바스는 고개를 한쪽으로 가볍게 갸우뚱하면서 말했다—그런 바르나바스의 제스처에 유혹당하여, K는 하마터면 바르나바스를 밀어버릴 뻔했다—"그 말씀은 제가 책임지고 클람에게 전해드리지요. 선생님이 먼젓번 부탁하신 말씀도 꼭 전하겠습니다." "뭐라고!" K는 외쳤다. "자네는 아직 그 말을 전하지도 않았단 말인가? 그다음 날 성으로 가지도 않았단 말인가?" "네, 못 갔습니다. 나리도 보셨다시피 부친께선 노인이십니다. 게다가 일이 잔뜩 밀려서 부친을 도와드리지 않으면 안 되었어요. 하지만 가까운 장래에 다시 성으로 가려고 합니다." "대체 자네는 무얼 하고 있는 거지? 이상한 놈이군!" 이렇게 말한 K가 자기 이마를 쳤다. "다른 일보다도 클람의 용건이 더 중요하지 않은가? 자네는 심부름꾼이라는 중요한 역할을 맡아보면서, 그렇게 형편없이 임무를 수행하고서도 부끄럽지 않단 말인가? 자네 부친의 일 같은 건 알 게 뭐야! 클람은 보고를 기다리고 있는 거야. 자네는 달리다가 넘어지는 대신 마구간에서 말똥이나 긁어내는 게 더 좋단 말인가!" "제 부친은 구둣방을 합니다." 바르나바스는 서슴지 않고 말했다. "부친은 브룬스비크의 주문을 받고 있어요. 그리고 저는 부친 밑에서 일하는 직공입니다." "구둣방―주문―브룬스비크." K는 마치 말 한 마디 한 마디를 없애버리려는 듯이 심술궂게 말했다. "그런데 이곳 한길은 언제나 사람 그림자도 하나 보이지 않는데, 대체 누가 신발이 필요하단 말이야? 그와 같은 구둣방 영업이 대관절 나와 무슨 상관이 있지? 내가 자네에게 심부름을 부탁한 것은 구둣방에 가느라 심부름을 잊어버리거나 형편없이 망쳐버려도 좋다는 것이 아니라, 곧 성의 그 양반에게 전해달라는 거였어." 여기서 K는 클람이 계속해서 헤렌호프에 묵고 있었으니 성에는 없었을 것이라는 생각이 머리에 떠오르자 약간 마음이 가라앉았다. 그런데 바르나바스가 자신이 K의 첫 지시를 아직도 잘 기억하고 있다는 사실을 증명하기 위하여 암송을 시작했을 때 K는 성을 냈다. "됐어, 나는 더 알고 싶지 않아." "제 잘못이 아니에요, 나리!" 그는 그렇게 말하고 무의식중에 K에게 벌이라도 주려는 듯이 시선을 돌리더니 눈을 아래로 떨어뜨렸다. K가 큰 소리를 질렀기 때문에 틀림없이 당황했던 모양이다. "자네에게 화가 난 건 아니야." 이렇게 말했지만 K의 마음속에는 불안한 동요가 은연중에 퍼졌다. "자네 때문에 화를 낸 것은 아니라고. 중대한 용건을 전하는 데에 자네 같은 심부름꾼밖에 없다는 것이 안타까워서 그래." "그것 보세요." 바르나바스는 심부름꾼으로서의 명예를 지키려는 듯 지나칠 정도로 말이 많았다. "클람이 보고를 기다리고 있는 것은 아닙니다. 제가 가면 화까지 냅니다. 그분은 언젠가 '또 새 보고란 말인가?' 하고 말씀하신 적이 있었습니다. 제가 멀리서 오는 것을 보시면 대개 일어서서 옆방으로 가버리고 만나려고도 하시지 않습니다. 게다가 제가 보고를 전할 일이 있다고 해서 그걸 곧장 전해야 된다는 법도 없지요. 차라리 그렇게 결정되어 있다면 곧장 전하러 갈 겁니다. 그러나 그런 것에 대해서는 무엇 하나 결정되어 있는 것이 없으니 제가 보고를 하러 가지 않는다고 해서 재촉할 명분은 없는 겁니다. 보고를 하러 가는 건 제가 자발적으로 하는 일입니다." "그렇군." K는 일부러 조수들에게서 시선을 돌려 바르나바스를 쳐다보며 말했다. 두 사람이 이야기하고 있는 동안 조수들은 바르나바스의 어깨 뒤에 숨어서 마치 참호 속에서 고개를 내미는 것처럼 번갈아 얼굴을 들어올리곤 했는데, K를 보면 깜짝 놀랐다는 듯이 바람 소리와 같은 가벼운 휘파람을 불면서 곧 다시 번개처럼 고개를 움츠리는 것이었다.

이런 장난을 하면서 그들은 오랫동안 재밌어했다. "클람의 사정을 나는 모르지만 자네가 그걸 자세히 알고 있다는 사실 자체가 좀 이상해. 설사 자네가 잘 알고 있다 할지라도 지금 이 문제를 조금도 호전시킬 수는 없을 거야. 그러나 심부름을 하는 것만은 자네도 할 수 있는 일이니 그것을 자네에게 부탁하는 거라고. 아주 간단한 심부름이지. 내일 바로 심부름을 가서 당일로 속히 내게 회답을 전해주거나 혹은 적어도 클람이 어떻게 자네를 맞이했는지 알려줄 수 없겠나? 그렇게 할 수 있는지, 또 그렇게 할 의향이 있느냐 말이야. 그렇게만 해준다면 참, 내게는 굉장히 도움이 될 거야. 자네에게는 상당한 사례를 꼭 하겠어. 아니 지금 당장 이 자리에서, 내가 들어줄 수 있는 무슨 소원이라도 있으면 말해봐!""꼭 말씀대로 이행하겠습니다." 바르나바스가 말했다. "그러면 내 부탁이 이루어지도록 노력해 주겠다는 거지? 내 부탁을 직접 클람에게 전하고 클람 자신에게서 회답을 받아오겠다는 거지? 지금 당장 빨리 서둘러서 내일, 되도록 내일 오전까지 그렇게 해주겠나?""최선을 다해보겠습니다. 물론 언제나 그렇게 하고 있습니다만." "자, 이제 우리 말다툼은 그만두기로 하지! 전해달라고 부탁하는 말은 이거야. 즉 측량사 K가 상관님을 직접 면회하는 기회를 달라고 청원하고 있다고, 그리고 이것이 허락되는 경우에 그와 관련해서 발생할 수 있는 모든 조건을 K는 미리 승낙하고 있다고, 이런 청원을 제출할 수밖에 없는 이유는 지금까지 중간에 선 사람들이 모두 무위 무능하기 짝이 없었기 때문이라고, 그 증거로는 K가 오늘까지 조금도 측량 일도 하고 있지 않을뿐더러 촌장의 통지에 의하면 앞으로도 결코 측량 일을 하지 않을 것이라는 점을 들 수 있다고, 따라서 최근에 받은 상관님의 서한을 절망적인 수치의 감정을 품고서 읽었는데, 사태가 이쯤 되니 상관님을 직접 방문하는 것 이외에는 달리 해결할 방도가 없다고 생각된다고, 측량사는 이 청원이 얼마나 불손한지 잘 알고 있으나 상관님에게는 될 수 있는 한 폐를 끼치지 않도록 할뿐더러 모든 시간의 제한에도 따를 것이며, 또 회담할 때 사용할 말의 분량 같은 것도 상관님의 결정에 따를 것이라고, 고작 열 마디면 충분하리라 생각한다고, 존경하는 마음으로 상관님의 결정을 고대하고 있다고." 마치 클람의 문전에서 문지기와 지껄이는 것처럼 K는 자기 자신도 잊고 떠벌렸다. "생각했던 것보다도 길어졌군." K는 말을 이었다. "그러나 이 말을 자네 입으로 전해드려야만 해. 좌우간 편지는 쓰고 싶지 않아. 왜냐하면 편지로 쓰면 소속 불명이 되어 이리저리 한없이 헤매고 돌아다닐 테니까." 그래서 K는 단지 바르나바스를 위하여 종이 한 장을 조수의 등에다 대고 지금 한 말을 끄적거리면서 썼는데, 그동안 다른 조수 한 사람은 등불을 비추고 있었다. 그런데 바르나바스는 하나하나 문구를 다 잊지 않고 기억하고 있어서 조수가 옆에서 틀린 소리를 끄집어내도 거기에는 조금도 구애받지 않고 초등학교 아이처럼 정확하게 암송했다. 따라서 K는 바르나바스의 구술에 따라 그대로 종이에 받아쓸 수 있었다. "자네의 기억력은 아주 굉장한데." K는 이렇게 말하고 바르나바스에게 종이를 내주었다. "그러나 다른 면에서도 비상한 모습을 보여달란 말이야. 그런데 대체 소원은 뭔가? 아무것도 없나? 솔직한 이야기지만, 자네가 무슨 소원을 말하면 이 심부름의 전망에 대해서도 좀 안심을 할 수 있겠어." 처음엔 바르나바스도 잠자코 있었지만 드디어 입을 열었다. "제 누이들이 선생님께 안부를 전해달라고 하더군요." "누이라고, 그 키 크고 튼튼한 아가씨들 말이지?" 하고 K는 말했다. "둘 다 선생님께 안부를 전해달라고, 그중에서도 특히 아말리아가 부탁했습니다. 아말리아는 오늘도 선생님을 위해서 이 편지를 성에서 제게로 가지고 왔습니다." K는 무엇보다 이 소식에 관심을 보이며 물었다. "아말리아도 내 부탁을 가지고 성까지 가줄 수 있을까? 혹은 너희 둘이 가서 각자 운이 통하는지 시험해 볼 수는 없을까?" "아말리아는 사무국에 들어갈 수 있는 자격이 없습니다. 그렇지 않으면 아주 기쁜 마음으로 해드릴 것입니다." 바르나바스가 말했다. "내일쯤 자네 집을 찾아가겠어. 우선 자네가 먼저 회답을 가지고 와, 나는 학교에서 기다리고 있을 테니까. 자네의 누이한테 내가 안부를 전하더라고 해주고." K

의 약속의 말은 바르나바스를 대단히 기쁘게 한 것 같았다. 작별의 악수를 교환한 다음에 바르나바스는 또 한 번 K의 어깨에 살짝 손을 댔다. 이로써 바르나바스가 으리으리한 옷차림으로 처음 식당의 농부들 사이에 나타났던 때의 모습이 그대로 재현된 듯 싶었다. K는 물론 미소를 띠면서, 바르나바스가 자기 어깨에 손을 댄 그 행동을 자신을 향한 일종의 찬양이라고 느꼈다. 제법 기분이 부드러워졌으므로 K는 돌아가는 길에 조수들이 하는 대로 내버려두었다.

11장   학교에서

그는 추위에 온몸이 언 채 학교에 도착했다. 등불의 초는 벌써 다 타버렸다. 주위는 완전히 어둠의 장막 속에 가려져 지척을 분간할 수도 없었다. 조수들은 벌써 학교의 구조를 샅샅이 알고 있었기 때문에 이 두 사람의 안내로 그리고 손으로 더듬어가면서 교실로 올라왔다. "처음으로 자네들은 칭찬받을 만한 일을 했어." 그는 클람의 편지를 생각하면서 말했다. 교실 한구석에서는 꿈속에서 헤매듯 프리다가 외쳤다. "K를 자게 내버려두세요! 그를 방해하지 마세요!" 잠에 못 이겨 K가 돌아오는 것을 기다릴 수는 없었으나, 그녀의 머리는 K의 일로 가득 차 있었다. 이제 불이 켜졌는데, 석유가 얼마 남지 않아서 물론 램프의 불꽃을 크게 키울 수 없었다. 사실은 이사 온 지 얼마 되지 않아서 살림살이에는 아직도 부족한 점이 한두 가지가 아니었다. 물론 불은 땠지만, 체육 교실로도 사용하고 있던 큰 방이었기 때문에—체조 기구가 주위에 놓여 있거나 천장에 매달려 있기도 했는데—저장해 놓았던 장작을 전부 다 써버렸다. K가 듣기로 아끼는 대단히 기분 좋게 방이 훈훈했는데 유감스럽게도 다시 차디차게 식어버렸다는 것이다. 창고 안에는 장작이 잔뜩 쌓여 있었지만 이 창고는 자물쇠로 잠겨 있고 열쇠는 선생이 보관하고 있어 수업 시간에 한해서만 장작을 꺼내는 것이 허락되었다. 숨어 들어갈 침대라도 있다면 그나마 참을 수 있었을 것이다. 그러나 침구라고는 짚을 넣은 요가 하나 있을 뿐이었다. 털로 짠 프리다의 숄로 제법 깨끗하게 씌워져 있었다. 그러나 새털로 만든 이불은 없었고 단지 엉성하고 빳빳한 이불이 둘 있을 뿐이라 그것으로 몸을 덮힐 수는 없었다. 이 형편없이 빈약한 요마저 조수들은 욕심을 내면서 바라보고 있었지만 그 위에 드러누울 가망성은 물론 없었다. 프리다는 불안스럽게 K를 쳐다보았다. 브뤼켄호프에서는 굉장히 비참한 방이라도 사람이 살 수 있는 방으로 뜯어고치는 솜씨를 보여주었으나, 여기서는 돈이 없어서 아무것도 할 수 없었다. "이 방의 단 하나뿐인 장식품은 체조 기구예요." 그녀는 눈물 어린 얼굴에 억지로 쓰디쓴 미소를 띠면서 말했다. 그러나 가장 곤란한 일, 즉 만족스러운 잠자리와 충분한 장작이 없는 점에 대해서는 그녀도 똑똑한 어조로 내일이라도 꼭 어떤 방법을 강구하겠다고 약속하고, 따라서 제발 그때까지 참아달라고 K에게 부탁했다. 그녀를 헤렌호프에서, 또 브뤼켄호프에서 억지로 끌고 나온 것은 K 자신임이 명백했으나 그녀의 말이나 암시, 얼굴의 표정을 미루어 보아 그녀는 마음 한구석에서라도 K를 향한 조금의 불평도 가지고 있지 않았다. 따라서 K는 이 모든 것을 참을 수 있다고 생각하려 했다. 그다지 어려운 일도 아니었다. 그가 머릿속으로 바르나바스와 함께 걸어가면서 클람에게 전하는 말을 한 마디 한 마디씩 되풀이하는 장면을 그려보았기 때문이다. 다만 그 말만은 바르나바스에게 구술해 주었던 대로가 아니라 바르나바스가 클람 앞에서 보고할 때에는 이와 같이 할 것이라고 상상되는 말투로 되풀이했다. 동시에 프리다가 풍로 위에서 커피를 끓이는 것을 보면서도 물론 진심으로 기뻐했다. 점점 식어가는 난로에 기댄 채 그는 그녀가 민첩하고 익숙한 동작으로 일하는 모습을 일일이 눈으로 뒤쫓았다. 그녀는 식탁보를 교탁 위에 펴고 꽃무늬가 그려진 커피잔을 늘어놓은 다음, 빵과 베이컨, 그리고 정어리 통조림까지도 끄집어냈다. 이제 만반의 준비가 다 되었다. 프리다도 아직 식사를 하지 않고 K가 오기를 기다리고 있었던 것이다. 의자가 두 개 있어서 K와 프리다는 의자 위에 걸터앉고, 조수 두 사람은 그들의 발치에 있는 교단 위에 앉았다. 그들은 조금도 가만히 있지를 않았다. 식사 중에도 수선스럽게 방해만 놓고 있었다. 음식도 미리 이것저것 잔뜩 받아놓고, 다 먹으려면 아직도 멀었는데 가끔 일어서서 식탁 위에 먹을 것이 많이 남아 있는지, 자기네들 몫을 더 받을 수 있는지 확인해 보곤 했다. K는 이 두 사람을 신경 쓰지 않고 있었다. 프리다가 웃어서 비로소 눈치를 챘다. 그는 식탁 위에 놓인 그녀의 손 위에 비위를 맞추려는 듯 자기 손을 얹고 가느다란 목소리로, 왜 저들의 행동을 관대하게 봐주고 버릇없을 정도로 실례가 되는 일까지 너그럽게 받아들이는지를 물었다. 이런 방법으로는 도저히 저들을 떼어버릴 수 없으며 말하자면 어느 정도 강경한 취급, 사실 저들의 행동에 알맞은 취급을 하면 자제시킬 수 있을지도 모르고 또는—이 편이 더 가능성이 있고 훨씬 좋을는지도 모르겠으나—저들이 직업에 싫증이 나서 나중에는 도망쳐 버리든가, 이 둘 중의 하나는 목적을 이룰 수 있을 거라고도 했다. 아무래도 학교에서 산다는 것은 기분 좋은 일은 아니니 좌우간 여기서 오래 살게 되지도 않겠지만, 조수들이 나가 버리고 자기네들 두 사람만이 조용한 교사에서 살게 되면 여러 가지 구속받는 일도 그다지 마음에 걸리지 않을 텐데 프리다 당신은 저들이 나날이 뻔뻔스러워지는 꼴이 눈에 띄지 않는지, 또 저들이 원기왕성하게 날뛰는 것도 당신이 함께 있을 내뿐인데, 당신 앞에서는 K도 다른 때와는 달리 먹살 잡고 혼을 내주는 짓은 하지 않는다고 생각하고 있는 모양이고, 그 밖에도 그들을 손쉽게 쫓아버릴 간단한 방법이 있을는지 모르는데 아마 그 방법은 당신도 반드시 알고 있을 것이니―그녀가 이곳 사정에 익숙하므로―어떻게 해서든지 조수들을 쫓아버리면 저들에게 어쩌면 한 가지 친절을 베풀어 주는 셈이 된다고도 말했다. 여기서 보내는 생활이 그렇게 안락하지 않으니 그들은 적어도 일을 해야 하는 처지이므로 자신들이 지금껏 즐겨온 대로 태만하게 생활할 수 없을 테고, 더구나 프리다 당신은 며칠 동안 흥분한 상태였으므로 쉬어야 하며 K 자신은 자신대로 곤경에서 빠져나갈 수 있는 활로를 찾기 위해 최선을 다해 노력해야 했다. 여하튼 조수들이 나가기만 하면 마음도 대단히 편해져서, 관리인 일이나 다른 일이나 모조리 손쉽게 할 수 있을 것이라고 했다.

K의 말을 주의 깊게 귀 기울여 듣고 있던 프리다는 살그머니 K의 팔을 어루만지면서 다음과 같이 말했다. 지금 K의 이야기는 모두 자기도 똑같이 생각했던 바이며 K는 조수들의 좋지 못한 품행에 대해 너무나 신경을 쓰니 걱정이다. 저들은 성격이 쾌활한 데다가 약간 어리석은 젊은이들이고 성의 엄격한 규율을 견디지 못해 쫓겨나서 처음으로 낯선 사람 밑에서 일하게 된 거라 약간 흥분한 나머지 상기된 탓에 더욱 놀란 토끼처럼 보이는 거라고 말했다. 그래서 저들은 자연히 가지가지로 어색한 짓을 하고 우둔한 일을 저지르니 화를 내는 것도 무리가 아니지만 웃고 넘기는 것이 더 현명하다. 자기는 가끔 웃음을 참지 못할 때가 있긴 하나 저들을 쫓아내고 단둘이서 지내는 것이 가장 좋다고 생각하는 점에서는 K와 완전히 의견이 일치한다고 그녀는 말하더니, K에게 바짝 다가와서 그의 어깨에 얼굴을 파묻었다. 그녀는 그 상태로 이야기를 계속했으나 도무지 알아들을 수가 없어

서 K는 프리다 쪽으로 상반신을 구부리지 않을 수 없었다. 프리다는, 자기로서는 조수들을 쫓아내는 방법을 모르겠으나 K가 제안한 일은 가능성이 희박해 보여서 두렵다, 자기가 알고 있기로는 그 두 사람을 요청한 것은 K 자신이니까, 따라서 지금은 물론 나중까지도 옆에 두고 데리고 있게 될 것이다, 가장 좋은 방법으로는 저들을 무조건 그저 있는 그대로 경솔한 인간으로서 취급하는 것이다, 그게 우리도 자연스레 저들을 가장 잘 참아낼 수 있는 방법이라고 말했다.

K는 이 대답에 만족할 수 없어서 반은 농담으로, 반은 진담으로 이렇게 말했다. 프리다는 저들과 결탁하고 있거나 적어도 저들에게 굉장한 애착을 느끼고 있는 것 같다, 물론 저들이 젊은 미남자들이라고 해도 약간 호의를 가졌다는 이유로 내쫓지 못한다는 법도 없으니, 이 조수들을 내쫓을 수 있다는 것을 K는 프리다에게 보여주겠노라 말했다.

프리다는 말하기를, 만일 그 일이 성공한다면 K에게 감사하겠다, 좌우간 앞으로는 절대로 저들과 웃거나 쓸데없는 이야기를 지껄이는 일도 없을 것이며 이제부터는 저들을 보고 웃을 일도 없고, 끊임없이 저들의 시선이 집중되는 것도 사실 사소한 일은 아니니 이제는 저들을 K와 같은 시선으로 볼 수 있게 되었다고 했다. 이때 조수들이 일어서서 먹을 것이 아직도 남아 있나 살펴보기도 하고 동시에 두 사람이 오랫동안 속삭이고 있는 이유를 알아보려고 하자 그녀는 몸을 움츠렸다.

K는 될 수 있으면 이 기회를 이용하여 프리다가 조수들에게 싫증이 나도록 하려고 했다. K는 프리다를 옆으로 바짝 끌어당겨서 함께 식사를 끝마쳤다. 그러나 자야 할 시간이라 모두들 굉장히 피곤해했다. 조수 한 사람은 식사하다가 그대로 잠이 들어

버렸다. 또 다른 조수 한 사람은 이 꼴이 아주 우스웠는지 K와 프리다가 여기 잠자고 있는 사람의 넋 빠진 얼굴을 좀 보게 하려고 애썼지만 잘 되지 않았다. 두 사람은 조수의 그런 짓은 모르는 체하면서 높은 곳에 앉아 있었다. 견딜 수 없을 정도로 추워졌기 때문에 두 사람은 잠자리에 들기를 주저했다. K는 견디다 못해 "불을 좀 피우지 않으면 안 되겠어. 그러지 않으면 자지도 못하겠는걸." 하고 말했다. K는 도끼를 찾아보았다. 도끼 둔 곳을 아는 조수들이 도끼를 가져와서 모두들 장작 창고로 달려갔다. 잠시 후에 그 가벼운 문은 부서졌다. 조수들은 이런 근사한 일은 처음이라는 듯이 기뻐하고, 서로 닿고 부딪치고 하면서 장작을 교실로 나르기 시작했다. 순식간에 교실에는 장작이 산더미처럼 쌓였다. 드디어 불을 피우고 모두들 난로를 둘러싸고 드러누웠다. 조수들은 이불을 하나 갖다가 그것으로 몸을 감쌌다. 이불은 하나만으로도 충분했다. 언제나 두 사람 중에 한 사람은 자지 않고 앉아서 불이 꺼지지 않게 보살피도록 약속했기 때문이었다. 그러는 동안에 난로 옆은 대단히 따뜻해져서 이제는 이불 같은 건 필요도 없게 되었다. 램프도 꺼졌다. K와 프리다는 따뜻하고 조용한 분위기에 만족하여 자려고 드러누웠다.

K가 밤중에 무슨 소리를 듣고 잠이 깬 채 선잠 속에서 우선 프리다 쪽을 어렴풋이 더듬어 보니 프리다 대신에 조수 한 사람이 자기와 나란히 누워 있는 것을 알아챘다. 잠에서 막 깬 신경이 곤두선 탓인지, 이 마을에서 이토록 깜짝 놀란 건 처음이었다. 고함을 지르면서 반쯤 몸을 일으킨 K는 무의식중에 조수를 주먹으로 한 대 갈겼다. 얻어맞은 조수는 울기 시작했다. 좌우간 사정은 곧 밝혀졌다. 그보다 먼저 프리다는—적어도 그녀는 그렇게 느꼈는데—어떤 큰 동물이, 아마도 고양이 같았는데, 그

녀의 가슴 위로 뛰어올랐다가 곧 다시 뛰쳐가는 바람에 잠이 깼
던 것이다. 그녀는 일어나서 양초에 불을 켜고 큰 방 안을 구석
구석까지 돌아다니며 그 동물을 찾았다. 조수 한 사람이 그 기회
를 이용하여 짚을 넣은 요 속으로 들어가 잠시 동안이나마 재미
를 보려고 했으나 그 행동의 죗값을 비싸게 치렀다. 한편 프리다
는 아무것도 발견하지 못하고―틀림없이 착각한 모양이었다―
K에게로 되돌아왔다. 프리다는 돌아오는 도중 저녁 때 K와 약
속한 일을 잊어버린 것처럼, 쭈그리고 앉아서 신음하고 있는 그
조수의 머리를 가엾다는 듯이 쓰다듬어 주었다. K는 거기에 대
해서는 아무 소리도 하지 않았다. 다만 조수들에게 불을 그만 때
라고 명령했다. 산더미처럼 쌓였던 장작을 거의 전부 다 때어버
렸기 때문에 이젠 더워서 견딜 수가 없었던 것이다.

　아침이 되어 모두들 눈을 떴을 때에는, 일찍이 등교한 아이들
이 벌써 이 교실에 들어와 호기심을 가지고 잠자리를 둘러싸고
있었다. 기분 나쁜 일이었다. 그도 그럴 것이, 물론 새벽녘이 되
자 냉랭한 공기가 방 안에 떠돌았지만 어젯밤은 너무나 방에 불
을 뜨겁게 땠기 때문에 모두들 셔츠까지 벗어버렸기 때문이다.
그런데 마침 옷을 입기 시작했을 때 여선생 기자가 문에 나타났
다. 금발 머리에다가 키가 크고 아름다웠는데 다만 좀 뻣뻣한 인
상을 주는 아가씨였다. 새로 들어온 관리인을 만나리라 짐작한
듯했고, 남선생에게서 어떻게 행동해야 할지 지시도 받은 것 같
았다. 그 증거로 그녀는 문턱으로 들어서자마자 다짜고짜 이렇
게 말했다. "도저히 참을 수 없군요. 이게 무슨 꼴이죠? 당신네들
은 교실에서 잠자는 것을 허락받았을 뿐이고, 내가 당신네들의
침실에서 수업해야 할 의무는 없어요. 관리인의 가족이라는 사
람들이 아침 늦게까지 잠자리 속에서 우물쭈물하고 있다니, 이

런 일이 어디 있겠어요. 별꼴 다 봤네!" 그 말에 대해서는 한두 가지 덧붙일 말이, 더구나 가족과 침대에 관해서는 대꾸할 필요가 있다고 K는 생각했다. 그러나 K는 그동안에도 프리다와 힘을 합하여—조수들은 쓸모가 없었다. 그들은 마룻바닥 위에 누운 채 깜짝 놀라서 여선생과 아이들을 물끄러미 쳐다보고 있었다—재빨리 평행봉과 목마를 밀고 와 이불을 덮어 씌우고 작은 방을 마련하여, 아이들의 눈에 띄지 않도록 가리고서 옷만은 입을 수가 있었다. 물론 잠시도 마음이 놓이지 않았다. 여선생이 세숫대야에 깨끗한 물이 없다고 야단법석이었다. K는 마침 자기 자신과 프리다를 위해 세숫대야를 가져오려고 생각하고 있었으나 여선생의 감정을 심하게 자극하지 않기 위해서 우선 그 생각을 버렸다. 그래도 아무 소용이 없었다. 곧 이어서 '쾅' 하고 울리는 요란한 소리가 들렸는데 불행히도 어제저녁 교탁 위에서 식사하고 남겨둔 것을 여선생이 자로 후려갈긴 모양이었다. 음식물이 모조리 바닥으로 날아가면서 정어리 기름과 커피 찌꺼기가 쏟아지고, 커피 주전자가 산산이 부서졌다. 그래도 여선생은 하등 걱정할 필요가 없었다. 관리인이 곧 치울 터였다. 아직도 옷을 다 못 입은 K와 프리다는 평행봉에 기댄 채 자기네들의 보잘것없는 소유물이 망가지는 광경을 쳐다보고 있었다. 조수들은 옷을 주워 입으려는 눈치는 조금도 보이지 않고 이불 틈으로 내다보고만 있어서 아이들의 좋은 웃음거리가 되었다. 커피 주전자가 부서져서 가장 가슴 아픈 사람은 물론 프리다였다. 그녀의 마음을 위로하기 위해 곧 촌장에게 가서 배상을 요구하고 다른 주전자를 가져오겠다는 K의 말을 듣고서야 그녀는 겨우 마음이 가라앉았다. 식탁보라도 더 더럽혀지지 않도록 그녀는 셔츠와 속치마 바람으로 작은 방을 뛰어나갔다. 여선생이 놀래주려는 듯이 자로 끊임없이 교탁을 두드렸음에도 그녀는 식탁보를 벗겨 오는 데 성공했다. 옷을 비로소 다 입은 K와 프리다는 이번에는 조수들에게 명령하고 떠밀고 때리기까지 하면서 옷을 입으라고 재촉했고, 게다가 직접 옷을 입혀줄 수밖에 없었다. 조수들은 연 달아서 일어나는 사건 때문에 정신이라도 나간 것 같았다. 모두 들 옷을 입고 나자 K는 이제부터 할 일을 우선 할당했다. 조수 들은 장작을 운반해 와 불을 피울 것, 그것도 다른 교실에서부터 시작할 것―그런데 다른 교실에는 더욱 큰 위험이 닥쳐왔으니, 벌써 그곳에는 남선생이 와 있을지도 몰랐기 때문이다―프리다 는 마룻바닥을 청소할 것, K는 물을 길어와서 그 밖의 다른 정 리 정돈을 할 것, 아침 식사에 대해서는 당장 생각할 여지도 없 었다. 여선생의 기분을 살펴보기 위해 K는 먼저 밖으로 나가려 고 했고, 다른 사람들은 K가 나오라고 부르면 따라 나오기로 했 다. K가 이런 대책을 강구한 이유는 한편으로는 조수들의 어리 석은 행동으로 처음부터 사태를 악화시키고 싶지 않기 때문이 고, 또 한편으로는 프리다를 될 수 있으면 보호하고 싶기 때문이 었다. 그도 그럴 것이 그녀는 명예욕을 가지고 있으나 자기는 그 렇지 않고, 또 그녀는 사리에 민감하지만 자기는 그렇지 않으며, 그녀는 눈앞에 닥친 사소한 불쾌한 일만을 생각하지만 자기는 바르나바스와 장래의 일을 생각하고 있기 때문이었다. 프리다 는 그 어떤 지시에도 그대로 순종했고 시선을 그에게서 거의 떼 지 않았다. K가 밖으로 나오자 여선생은 "그래, 편히 쉬셨어요?" 하고 물었다. 깔깔대고 웃는 아이들의 그 웃음소리는 줄곧 그칠 줄 몰랐다. 여선생의 말은 질문이라고 할 것도 없어서, K가 상관 도 않고 그대로 세면대 쪽으로 뛰어가려니까 또 여선생이 물었 다. "당신네들은 내 미체한테 무슨 짓을 했지요?" 한 마리의 크고 늙고 살찐 고양이가 사지를 쭉 펴고 탁자 위에 늘어지게 드러누워 있었다. 여선생은 좀 다쳤을지도 모르는 고양이의 다리를 살펴보고 있었다. 그러고 보면 프리다의 판단은 맞았다. 물론 고양이가 그녀의 몸 위로 뛰어오른 것은 아니었다—이 늙은 고양이는 이미 뛸 만한 기력도 없었기 때문이다—다만 몸 위로 기어서 넘어갔을 뿐이다. 보통 때에는 인기척조차 없었던 이 건물에 사람이 있으니 깜짝 놀라서 성급히 숨으려고 너무나 바삐 서두르느라 다쳤던 것이다. K는 자초지종을 조용히 여선생에게 설명하려고 했다. 그러나 여선생 쪽에서는 결과만을 들어 말했다. "당신들이 고양이한테 상처를 입혔지. 당신들은 처음 들어와서부터 이런 짓을 하는군요. 이걸 좀 봐요!" 그리고 K를 교단 위로 부르더니 고양이의 다리를 보여주었다. 눈 깜짝할 사이에 그녀가 고양이의 발톱으로 그의 손등을 할퀴었다. 발톱은 이미 무디어지기는 했으나 아무튼 여선생 쪽에서 고양이 같은 건 전혀 생각지도 않고 꼭 붙잡고서 사정없이 할퀴었기 때문에 그 자국을 따라 피가 길게 맺혔다. "그러면 일을 시작해요!" 못 참겠다는 듯 말한 여선생이 또 고양이 쪽으로 몸을 구부렸다. 프리다는 조수들과 함께 평행봉 뒤에서 보고 있었으나, K의 손등에서 피가 흐르는 것을 보자 소리를 질렀다. K는 그 다친 손을 아이들에게 보이면서 말했다. "이것 좀 봐! 그놈의 음흉한 고양이가 이렇게 했단다!" 물론 아이들을 위해 그런 소리를 한 것은 아니었다. 아이들의 고함 소리와 웃음 소리는 벌써 그 자체의 무리를 이루어 이제 새삼스럽게 건드릴 필요도 없었으며, 또 이 소란 속에서 그가 말하는 소리가 아이들의 귀에 들어가 그들의 마음을 좌우할 만큼 큰 영향을 준다는 것도 불가능한 일이었다. 여선생 쪽에서도 이 모욕적인 언사에 대하여 단지 힐끔 곁눈질로 대답했을 뿐 다시 고양이만을 신경 쓰고 있었다. 다시 말해 그녀의 첫 분노는 K의 손등을 피로 물들이는 것으로 일단락을 지은 셈이다. K는 프리다와 조수들을 불렀다. 드디어 일은 시작되었다.

K는 더러운 물이 든 양동이를 비우고 깨끗한 물을 길어다가 천천히 교실 안을 쓸기 시작했다. 그때 열두 살가량 되어 보이는 소년이 의자에서 일어나 나오더니 K의 손을 건드리고 무슨 말을 했는데, 이 소란 속에서는 무슨 소리인지 도무지 알아들을 수가 없었다. 그때 갑자기 소란이 멎었다. K는 뒤를 돌아다보았다. 아침 내내 두려워하고 있던 일이 일어났다. 문간에 남선생이 우뚝 서 있었으며, 몸집은 작지만 양쪽 손에 하나씩 조수의 멱살을 잡고 있었다. 조수들이 장작을 끄집어내다가 현장에서 들킨 모양이었다. 남선생이 굵고도 거센 목소리로, 한마디씩 똑똑 끊어서 소리소리 질렀다. "장작 창고의 문을 쳐부수고 들어간 놈은 어떤 작자지? 그놈 어디 있어? 당장에 두들겨 패줄 테다!" 그때 여선생의 발밑에서 열심히 마룻바닥을 닦고 있던 프리다가 몸을 일으키고 힘을 얻으려는 듯이 K를 쳐다보았다. 예전과 같은 우월감이 눈빛과 태도에 다소나마 드러났다. "제가 했어요, 선생님. 다른 도리가 없었어요." 그녀가 말을 이었다. "아침 일찍이 교실 난로에 불을 피우라고 하니, 창고 문을 열어야 했어요. 설마 아닌 밤중에 당신에게 열쇠를 가지러 갈 수도 없는 노릇이고, 내 약혼자는 헤렌호프에 가 있으니 아침까지 돌아오지 않을지도 몰라 저 혼자 결정한 거예요. 제가 잘못했다면 서툴러서 그런 것이니 용서해 주세요. 약혼자는 제가 한 짓을 보고 굉장히 나무랐어요, 게다가 이분은 아침 일찍 난로에 불을 피우는 일까지 그만두라고 했어요. 왜냐하면 선생님이 창고에 열쇠를 채워두신 것은, 선생님 자신이 여기 오시기 전에는 불을 피우지 말라는 뜻이

라고 판단하셨기 때문이지요. 따라서 불을 피우지 않은 것은 내 약혼자의 책임이지만, 창고 문을 두드려 부순 것은 제 책임이에요." "문을 두드려 부순 것은 어떤 놈이냐?" 남선생은 조수들에게 물어보았다. 조수들은 여전히 멱살 잡힌 손을 뿌리쳐 보려고 했으나 아무 소용이 없었다. "주인입니다." 이렇게 말한 조수들은 의심할 여지가 없도록 K를 가리켰다. 프리다는 웃었는데, 이 웃음소리는 그녀의 이야기보다도 더욱 진실에 가까워 보였다. 그리고 그녀는 마룻바닥을 닦은 걸레를 양동이에 대고 짜기 시작했다. 마치 자신의 설명으로 말미암아 이 돌발 사건이 끝나고, 조수들의 발언은 농담으로 덧붙인 데에 지나지 않는다고 말하려는 듯한 꼴이었다. 그녀는 일을 계속하려고 마룻바닥에 무릎을 꿇고는 비로소 다음과 같이 변명했다. "우리 조수들은 상당히 나이를 먹었다고는 하지만 아직 아이들의 의자가 어울리는 사람들이지요. 저는 어제저녁에 혼자서 창고 문을 도끼로 두드려 부쉈어요. 아주 간단했지요. 조수들의 손을 빌리지 않아도 됐어요. 저들에게 도와달라고 했더라도 틀림없이 방해가 됐을 거예요. 그리고 밤이 되어 돌아온 내 약혼자가 문이 부서진 것을 보고 될 수 있으면 고치겠다고 말하면서 나갔어요. 그때 조수들도 뒤따라 나갔어요. 아마 여기에 단둘이 남는 것이 무서웠던 모양이죠. 뒤따라간 조수들은 약혼자가 부서진 문을 만지고 있는 모습을 보았어요. 그래서 지금 저런 소리를 한 것이지요. 참 어린애들이라니까요." 조수들은 프리다가 설명하고 있는 동안 끊임없이 고개를 흔들면서 부정하고, K를 또다시 가리키면서 말도 하지 않고 얼굴 표정만으로 프리다의 의견을 뒤바꾸어 놓으려고 애썼다. 그러나 잘 되지 않자 나중에는 얌전해져서 프리다의 말을 명령으로 생각하고 남선생이 새로 물어온 질문에도 대답하지 않았다.

"그래, 그렇다면 너희는 거짓말을 했구나? 어쨌든 경솔하게 관리인에게 죄를 씌우려고 했지?" 그들은 여전히 잠자코 있었다. 그러나 겁에 질려 몸부림치는 시선을 보아하니 마치 죄를 의식하고 있는 것 같았다. "자, 이제 너희를 혼 좀 내주어야겠다!" 남선생은 한 아이를 다른 교실로 보내서 등나무 회초리를 가져오게 했다. 그가 회초리를 쳐들자 프리다가 외쳤다. "조수들은 진실을 말했어요!" 어찌할 바를 모르는 그녀가 양동이 속에 걸레를 던지자 물이 높이 튀었다. 그녀는 평행봉 뒤로 달려가서 숨어버렸다. "거짓말쟁이들!" 여선생이 외쳤다. 여선생은 그때 마침 고양이 다리에 붕대를 감은 다음 무릎 위에 올려놓았다. 고양이가 너무나 커서 그녀의 무릎에는 벅찰 지경이었다.

"그렇다면 관리인 양반이 남았군그래." 이렇게 말한 남선생이 조수들을 떠밀고 K 쪽으로 몸을 돌렸다. K는 아까부터 빗자루에 몸을 의지하고 이야기를 엿듣고 있었다.

"이 관리사 양반은 자기가 더러운 행동을 저질러놓고 다른 사람에게 그 죄를 전가하고는 가만히 보고만 있군." "그렇지만." 하고 K는 말했으나 도중에 프리다가 끼어든 덕에 남선생이 처음화를 냈던 때보다 감정이 다소 가라앉았다는 사실을 눈치챘다.

"조수들이 약간 언어맞았다고 하더라도 나는 아무 생각도 안했을 겁니다. 언어맞아야 마땅한 일을 열 번씩이나 관대하게 봐주었으니까, 지금 억울하게 언어맞아서 과거의 잘못을 한꺼번에 속죄할 수도 있겠지요. 만일 그렇지 않다고 하더라도 선생님과 나의 정면충돌을 피할 수 있었으니까 내게는 기쁜 일이었을 겁니다. 아마 당신 쪽에서도 그게 나았을 겁니다. 좌우간 프리다가 조수들을 위해서 나를 희생시켰군요." 여기서 K는 잠시 쉬었다.

사방이 고요한 와중에 평행봉에 걸친 이불 뒤에서 프리다가 흐느껴 우는 소리가 들렸다. "이제 사건의 진상을 가릴 수밖에 없게 됐어요." K가 말했다. "원, 별소리 다 듣겠네." 여선생이 말했다. "나도 선생과 같은 의견이에요, 기자 양!" 남선생이 말을 이었다. "관리인 양반! 당신은 맡은 업무를 창피할 만큼 게을리 했으니 당장 해고입니다. 여기에 따른 벌은 보류하기로 하겠어요. 자, 이제 당신의 짐을 모조리 가지고 학교에서 곧 나가주시지요. 그래야 우리도 한숨 돌리고 그동안 밀렸던 수업도 제대로 시작할 수 있을 테니 우물쭈물하지 말란 말입니다." "꿈쩍도 하지 않겠어요." K가 말했다. "당신이 나의 상관임에는 틀림없지만, 내게 이 일자리를 마련해 준 분은 아닙니다. 이 직무를 수여해 주신 분은 촌장님입니다. 따라서 나는 그분의 해고 통지밖에는 받아들일 수 없습니다. 그러나 촌장님이라고 할지라도 설마 내가 여기서 약혼자나 조수들과 함께 얼어죽으라고 이 직무를 주신 것은 아니겠죠. 당신이 말씀하신 대로 내가 자포자기해 지각 없는 행동을 하지 않도록 이 일을 주신 것 아닙니까? 그러니까 지금 당장에 나를 파면하면 전적으로 촌장님의 뜻에 어긋나는 일이 되겠지요. 내가 직접 촌장님 입에서 취소한다는 말씀을 듣지 않는 한 믿지 않겠어요. 게다가 내가 당신의 경솔한 해고 명령을 따르지 않는 것은 틀림없이 당신에게도 유리한 일일 것입니다."

"그렇다면 당신은 내 말을 따르지 못하겠다는 겁니까?" 남선생이 물었다. K가 고개를 살살 내젓자 남선생이 말했다. "잘 생각해 보란 말예요. 당신의 결심이 언제나 최선이라고는 할 수 없어요. 예를 들면 어제 오후, 당신이 심문당하는 것을 거부했을 때의 일을 생각해 봐요." "왜 지금 그런 말씀을 하십니까?" K가 물었다.

"말하고 싶으니까 하는 거지. 자, 이제 마지막으로 또 한 번 되풀이하겠는데, 어서 나가란 말이야!" 그러나 이것도 아무 효과가 없자 남선생은 교단 옆으로 가서 여선생과 나지막한 목소리로 상의했다. 그녀는 경찰의 힘을 빌리면 어떠냐는 의견을 입에 올렸으나 남선생 쪽에서는 거부했다. 나중에는 두 사람의 의견이 일치했다. 남선생은 아이들에게 저쪽 자기 교실로 옮겨서 다른 아이들과 함께 합반 수업을 받으라고 명령했다. 아이들은 교실을 바꾸게 되어 모두 기뻐했다. 웃고 소리소리 지르며 떠들썩하게 곧 그 교실에서 나갔다. 남선생과 여선생이 맨 끝으로 따라 나갔다. 여선생은 출석부 위에 살찐 고양이를 앉혀서 데려갔다. 고양이는 아주 무관심한 표정을 짓고 있었다. 남선생은 고양이를 이 방에 두고 가고 싶어서 슬쩍 그 의사를 비쳤으나, K에게 잔인한 면모가 있다는 이유로 여선생은 단연코 거부해 버렸다. 그래서 K는 무척 짜증스러운 일들에 더해 귀찮은 짐인 그 문젯거리 고양이까지 남선생에게 넘겨버린 셈이었다. 남선생은 나갈 때 K를 향해 마지막으로 다음과 같이 말했다. "기자 양은 할 수 없이 아이들과 함께 이 교실을 나가기로 결심했어요. 그 원인으로는 첫째, 당신이 강경하게 내 해고 명령에 복종하지 않은 탓이고, 둘째로는 아무도 이 젊은 기자 양에게 당신의 더러운 집안살림 한가운데서 수업을 하라고는 권할 수 없기 때문이지요. 그러면 당신네들만 여기 남아요. 예의 바른 구경꾼들에게 방해받지 않을 테니 마음대로 여기서 판쳐 보란 말입니다. 그러나 오래 계속되지는 못할 거예요, 그 점은 내가 장담하지." 이렇게 말하면서 그는 문을 닫았다.

12장 조수들

모두들 방에서 나가자마자 K는 조수들에게 외쳤다. "나가!" 그들은 느닷없이 내린 명령에 어리둥절해서 명령대로 움직였다. 그러나 나간 뒤 K가 문을 닫아버리자 두 사람은 다시 되돌아오려고 방 밖에서 울며 문을 두드렸다. "너희는 파면이야. 이제는 두 번 다시 내 조수로 쓰지 않겠다." K는 소리쳤다. 두 사람은 물론 이 말을 들으려 하지 않았다. 손과 발로 문을 요란하게 두드리고 찼다. "제발, 선생님께 되돌아가겠어요!" 마치 K가 마른 육지라면 그들은 금방이라도 큰물에 휩쓸려 죽게 된 익사자라도 된 듯 울부짖었다. 그러나 K는 동정하지 않았다. 시끄러운 소동이 참을 수 없이 커져 남선생이 간섭할 수밖에 없게 되기를 그는 초조하게 기다리고 있었다. 금방 예상했던 대로 일이 벌어졌다. "이 고약한 조수들을 들여보내!" 남선생이 외쳤다. "나는 그놈의 자식들을 파면해 버렸어!" K는 큰 소리로 외치면서 대꾸했다. 이 대답은 예상하지도 못했던 부작용을 일으켰으니, 단순히 해고 통보가 아니라 그 통보를 실제로 실행할 만한 권력이 있다면 어떤 결과가 나오는지를 남선생에게 보여준 셈이었다. 남선생은 친절한 말로 조수들을 타이르며 얌전히 기다리라고, 나중에는 틀림없이 K가 그들을 방 안에 들여보낼 것이라고 말했다. 그리고 그는 가버렸다. 이렇게 상황은 정리되었을지도 모르지만, K는 또 조수들을 향해서 소리치기 시작했다. K는 그들을 이제

최종적으로 해고해 버렸을뿐더러 이젠 절대로 다시 조수로 채용하는 일은 없을 것이니 단념하고 있으라고 야단친 것이다. 이 말을 듣고 조수들은 또다시 전처럼 소동을 일으켰다. 또 남선생이 나타났는데, 이번에는 협상을 하지도 않고 무서운 등나무 회초리를 쳐든 채 그들을 학교 건물 밖으로 내쫓아 버렸다.

조수들은 곧 체육 교실 창문 앞에 나타나서 유리창을 똑똑 두드리며 무어라고 소리쳤는데 무슨 소린지는 알아들을 수 없었다. 그들은 그곳에 오랫동안 머물러 있지는 않았다. 자기들의 불안한 기분을 떨치기 위하여 여기저기 뛰어다니고 싶었는데, 이 깊은 눈 속에서는 그것조차 불가능했다. 그래서 학교 마당 울타리 옆으로 달려가 돌 축대 위로 뛰어올랐다. 물론 거리는 상당히 멀었지만 이 축대 위에서라면 창문 앞에서 보는 것보다 더 잘 방 안을 들여다볼 수 있었다. 그들은 울타리를 꼭 붙들고 축대 위를 이리저리 오가고 있었다. 그러다가 또 그곳에서 걸음을 멈추고 양손을 합장한 채 K 쪽으로 뻗치며 애원하는 듯한 태도를 보였다. 무슨 짓을 해도 아무 소용 없다는 사실조차 개의치 않고 오랫동안 이런 짓만 반복했다. 마치 홀린 사람들 같았다. 그 꼴이 보기 싫어서 K가 창문의 커튼을 내려도 여전히 그 짓을 계속하고 있었다.

커튼을 내려 어둠침침한 방 안에서 K는 프리다를 보려고 평행봉 있는 쪽으로 걸어갔다. K의 시선이 집중되자 그녀는 일어나 흩어진 머리를 고치고 얼굴의 눈물을 닦더니 아무 소리도 없이 커피를 끓이기 시작했다. 그녀도 사건의 모든 경과를 잘 알고 있었으나 K는 조수들을 내쫓은 데 대해서 일단 양해를 구했는데, 그녀는 단지 고개를 끄덕거릴 뿐이었다. K는 아동용 의자에 걸터앉아서 그녀의 피곤한 듯한 동작을 응시하고 있었다. 생기와 결단력이 그녀의 보잘것없는 육체를 아름다워 보이게 했었는데, 이제 와서는 그 아름다움마저 사라져 버렸다. K와 함께 지낸 며칠간이 그녀의 아름다움을 빼앗기에 충분했다. 여관 주점 일은 결코 쉽지는 않았지만 그녀의 성격에는 확실히 맞았을 것이다. 아니면 클람과 떨어져 있게 된 탓에 이렇게 야윈 것일까? 클람과 가까이 있다는 사실이 그녀를 그처럼 한없이 매력적으로 만들었고 그 매력에 끌려 K는 그녀를 억지로 데리고 나왔는데, 이제 그녀는 그의 팔에 안겨 시들어가는 것이었다.

"프리다." K는 말했다. 그녀는 커피 가는 기계를 손에서 놓고 의자에 앉아 있는 K에게로 왔다. "저 때문에 화가 나셨지요?" "아니야, 당신으로서는 다른 방법이 없었으리라고 생각해. 당신은 헤렌호프에서 편안하게 살고 있었어. 당신을 그곳에 그대로 둘걸 그랬어." K가 말했다. "네." 이렇게 대답한 프리다는 슬픈 눈초리로 우두커니 앞을 바라보고 있었다. "당신이 나를 그곳에 그대로 내버려두었다면 좋았을걸 그랬어요. 나는 당신과 같이 살 만한 자격이 없는 사람이에요. 제게서 해방되면 당신은 소원하는 대로 되실 거예요. 저를 염려해 주시느라고 거만하기 짝이 없는 남선생에게 억울한 꼴을 당하고, 이런 형편없는 일자리를 얻게 되고, 갖은 고생을 다하면서 클람과 면회하려고 애를 쓰시는 거지요. 모두 저 때문인데 변변히 보답도 해드리지 못하고……." "아니야." K는 위로하려는 듯이 한 손으로 그녀를 껴안았다. "그건 전부 극히 사소한 일이야. 나는 조금도 슬프지 않아, 그리고 클람을 만나려는 것도 당신 때문만은 아니야. 당신은 내게 참 여러 가지로 호의를 베풀어주었어. 이 마을에 와서 당신을 알기 전까지는 어떻게 하면 좋을지 전혀 갈피를 잡지 못했었지. 아무도 나를 달갑게 맞아주지 않고, 내가 무리해서 찾아가도 곧 억지로 잡아떼는 형편이었어. 그러다 쉴 수 있을 만한 집을 찾았는데도 이번에는 내가 도망쳐야 하는 상황이었지. 예를 들면 바르나바스의 가족들과 같이……." "당신은 그분 집에서 도망쳐 왔나요? 당신이!" 흥분한 프리다가 K의 말을 가로챘다. K가 머뭇거리면서 "그래." 하고 말하자, 프리다는 풀이 죽어서 다시 축 늘어져 버렸다. 그러나 K로서도 프리다와 함께 살게 되면서 만사가 잘 풀렸다고 말할 용기는 없었다. 그는 천천히 그녀에게서 팔을 풀고, 두 사람은 잠시 동안 아무 말 없이 앉아 있었다. 드디어 프리다는 마치 K에게 안겼을 때 그의 팔에서 옮겨왔던 따뜻한 체온이 더 이상 없어서는 안 되겠다는 어조로 말했다. "여기서 이렇게 생활하는 건 더 이상 참을 수가 없어요. 만일 당신이 나를 버리지 않을 작정이라면 우리 어디로든, 남프랑스나 스페인 같은 곳으로 떠나요." "나는 떠날 수 없어. 나는 이곳에 살려고 온 거야. 나는 이 땅에서 살게 될 거야." 이렇게 말한 K는 혼자 독백처럼 덧붙였다―그 말에는 모순이 있었지만 그는 조금도 그 모순을 해명하려고 하지 않았다―"이 땅에 뿌리를 내리겠다는 희망이 없었다면 대체 무엇 때문에 내가 이 쓸쓸한 땅에 매력을 느꼈겠어?" 그리고 말을 계속했다. "그러나 여기는 당신의 고향이니까, 당신도 여기에 머물기를 원하겠지. 단지 하나, 당신에게는 오직 클람이 부족해서 절망적인 생각에 빠지는 거라고." "내게 클람이 부족하다고요? 이 땅에는 클람 같은 사람은 넘쳐흐르고 있어요. 가는 곳마다 클람 천지라 발에 걸려서 곤란할 지경이에요. 사실은 클람을 회피하기 위해서 이 땅을 떠나려고 하는 거예요. 부족한 것은 클람이 아니라 당신이지요. 당신 때문에 떠나려는 거예요. 여기서는 모두들 저를 끌어당기기만 해서 나는 당신과 행복하게 지낼 수가 없어요. 당신 곁에서 조용하게 지낼 수 있도록, 내게서 아름다운 가면이 벗겨지고 육체가 보잘것없이 초라해지면 좋겠어요."K는 그 말 가운데서 단지 한 가지만을 알아들었다. "클람은 지금도 여전히 당신과 연락하고 있어? 당신을 부르던가?" 그가 이렇게 물었다. "클람에 관해서는 아무것도 모르겠어요. 저는 지금 다른 사람들 이야기를 하는 거예요. 예를 들면 그 조수들 같은 사람들 말이에요." 프리다가 말했다. "아아, 그 조수들! 그 녀석들이 당신을 괴롭히고 있어?" K는 깜짝 놀라며 말했다. "그걸 눈치채지 못했나요?" "아니, 전혀 몰랐어." K는 하나하나 자세하게 생각해 보려고 애썼으나 아무것도 기억나지 않았다. "확실히 뻔뻔하고 여자를 좋아하는 놈들이지만, 그놈들이 당신에게 접근하려고 한다는 것은 꿈에도 생각지 못하고 있었어."

"눈치채시지 못했다고요? 브뤼켄호프의 우리 방에서 그들을 쫓아낼 수가 없었던 데다 심술궂은 질투의 눈으로 우리 관계를 감시하곤 했어요. 그들 가운데 한 사람이 어젯밤 내 잠자리에 몰래 들어오기도 했고, 지금도 그들이 당신을 쫓아버리고 신세를 망쳐버린 다음 나와 단둘이 있기 위해서 당신에게 불리한 진술을 했는데 당신은 도무지 이런 걸 눈치채지 못했단 말이에요?" 프리다가 말했다. K는 대답도 하지 않고 프리다의 얼굴을 쳐다보았다. 조수들에 대한 이런 비난은 확실히 옳았지만, 또 동시에 그것은 조수 두 사람이 지닌 아주 우습고 유치하고 변덕스러운 성질로 미루어 본다면 훨씬 악의 없는 행동으로 해석될 수도 있었다. 그들이 K와 함께 어디든 가려들고 프리다와 함께 뒤에 남지 않았다는 사실도 이런 고발을 반박하는 증거가 아닐까? K는 그런 이야기도 슬쩍 꺼냈다. "그건 눈가림이에요. 그것도 눈치 못 채신 건가요? 내가 말했던 이유가 아니라면 왜 그들을 내

쫓아 버렸어요?" 프리다가 말했다. 그녀는 창문 옆으로 가서 커튼을 약간 밀어젖히고 바깥을 내다보며 K를 창문가로 불렀다. 조수들은 여전히 학교 마당에 남아 있었고, 벌써 피곤한 것처럼 보였으나 그래도 가끔 있는 힘을 다해서 팔을 학교 건물 쪽으로 뻗치고 애원하는 시늉을 했다. 그들 중의 한 사람은 끊임없이 울타리를 붙들지 않아도 되도록 윗도리를 울타리의 살창 끝에 꿰고 있었다. "저런, 불쌍해! 불쌍해라!" 프리다는 말했다.

"내가 왜 조수들을 내쫓아 버렸냐고? 그 직접적인 동기는 당신이었어." K는 말했다. "저라고요?" 프리다는 여전히 바깥을 내다보면서 물었다. "조수들을 다루는 당신의 태도는 너무나 친절하지." K는 말을 이었다. "그들의 못된 행동을 관대하게 봐주고, 웃음으로써 용서해 주고, 그들의 머리를 쓰다듬어 주고 늘 그들을 동정해서 '저런, 불쌍해! 불쌍해라!' 하고 입버릇처럼 말하고, 게다가 오늘 당신은 조수들이 회초리로 맞지 않도록 나를 형편없이 만들어버렸지." "네, 그래요. 전부터 내가 말씀드리는 것이 바로 그 점이에요. 그것이 나를 불행하게 만들고 나를 당신에게서 멀리 떼어놓고 있어요. 저에게는 언제나 한없이 당신 곁에 있는 것보다 더 큰 행복은 없어요. 그러나 우리에게는 어쩐지 이 지상에서 서로 사랑하고 마음 놓고 지낼 수 있는 장소라고는 없는 것 같아요, 이 마을은 물론 다른 곳에 가서도요. 그래서 깊고 좁은 무덤 구멍을 상상하고 있어요. 거기서는 우리가 집게에 물린 듯 꼭 맞물려 서로 껴안고 얼굴을 파묻어도 결코 누구도 우릴 보지 못하겠죠. 그러나 여기서는—조수들 좀 보세요! 그들이 손을 모으는 이유는 당신 때문이 아니라 나 때문이에요!" 프리다는 말했다. "그리고 그들이 하는 짓을 열심히 보고 있는 것은 내가 아니라 당신이지." K가 말했다.

"물론 나지요." 프리다는 거의 화를 내면서 말했다. "그래서 아까부터 말씀을 드리지 않았어요? 그게 아니라면 조수들이 저를 괴롭히는 게 무슨 문제겠어요? 가령 그들이 클람이 보내서 왔다고 하더라도 말이에요……." "클람이 보냈다고?" K가 말했다. 그들에게 이런 딱지를 붙이는 게 아주 당연한 일처럼 느껴졌으나 K는 그 말을 듣자마자 아주 깜짝 놀랐다. "틀림없이 클람이 보낸 거예요." 프리다는 말을 이었다. "두 사람이 클람 지시로 왔다고 하더라도 역시 어리석은 아이들이라는 점에서는 변함이 없고, 그들을 교육하는 데에는 아직도 회초리를 내두를 필요가 있어요. 얼마나 밉살스러운지, 얼굴을 보면 어른이나 대학생처럼 보이는데 하는 짓이라곤 마치 어린애들처럼 어리석은 짓만 하고 있어요. 참 지긋지긋해요! 당신은 내가 그런 것도 모른다고 생각하시나요? 내가 그들 때문에 얼마나 부끄러웠는지 모르겠어요. 그들이 나를 역겹게 하는 게 아니라 내가 그들을 부끄러워한다고요. 그래서 늘 쳐다보게 돼요. 모두들 그들에게 골을 낼 때에 나는 웃고 있지 않으면 안 되고, 모두들 그들을 때리려고 할 때는 그들의 머리를 쓰다듬어주지 않으면 안 되었지요. 그뿐 아니라 밤에 당신 옆에 드러누울 때에도 잠을 이루지 못하고, 당신 너머로 두 사람이 무얼 하고 있는지 살펴보지 않을 수 없었어요. 한 사람은 이불에다 몸을 똘똘 말다시피 하고는 잠을 자고 있고, 또 한 사람은 난로 아궁이를 열고 그 옆에 무릎을 꿇고 앉아서 불을 피우고 있는데, 나는 그런 꼴을 지켜보려고 자연히 당신 위에 몸을 구부리느라 당신의 잠을 깨울 뻔하게 되는걸요. 그리고 어젯밤 고양이 사건만 하더라도 고양이가 나를 깜짝 놀라게 한 것이 아니라—아, 나는 고양이에 익숙해요. 주점에서 졸다가 깜짝 놀라서 깨는 불안한 잠에도 익숙하고요—그러니까, 고양이가 나를 깜짝 놀라게 한 것이 아니라 내가 제풀에 놀란 거예요. 하여튼 고양이 같은 괴물은커녕 작은 소리만 들어도 깜짝 놀라서 움츠리고 몸부림치곤 해요. 한편으로는 당신의 잠을 깨워서 만사가 다 수포로 돌아가게 하면 안 된다고 생각하면서, 그래도 일어나서 촛불을 켜고 당신이 빨리 눈을 뜨고 나를 보호해 주시기를 은근히 바라고 있지요." "나는 그런 일은 꿈에도 생각하지 못했어. 그런 예감만으로 그들을 쫓아버린 거야. 이제는 그들이 나가버렸으니까 모든 일은 다 잘될 거야." K가 말했다. "네, 끝내 두 사람은 가고야 말았어요." 프리다의 얼굴에는 여전히 고민의 그림자가 비치고 기쁜 기색은 엿보이지 않았다. "그렇지만 우린 그들이 어떤 인간인지 몰라요. 내가 머릿속에서 장난으로 클람이 보낸 자들이라고 불렀지만 정말 그럴지도 몰라요. 그들의 눈, 소박하지만 반짝이는 눈, 정말 그 눈은 웬일인지 클람의 눈을 연상시키더군요. 가끔 내 몸을 뚫어지게 쳐다보는 그들의 눈빛은 바로 클람의 눈초리예요. 그러니까 내가 그들을 부끄러워한다고 말하는 것은 사실은 옳지 못해요. 그랬으면 하고 원하고는 있지요. 하여간 다른 장소에서, 또는 다른 사람들이 했다면 불쾌하고 비위에 거슬리는 어리석은 행동이, 같은 일인데도 그들이 할 때는 그렇게 느껴지질 않거든요. 나는 존경과 감탄의 마음으로 그들의 어리석은 행동을 보고 있지요. 클람이 보낸 자들이라면, 누가 우리를 그 두 사람에게서 해방시켜 줄까요? 또 그들에게서 해방된다는 것이 대체 좋은 일일까요? 차라리 그들을 곧 불러들이는 것이 낫지 않을까요? 그래서 만일에 그들이 돌아와 준다면 그래도 다행한 일로 여겨야 되지 않을까요?" "내가 그 두 사람을 다시 받아들이기를 당신은 바라는 거지?" K는 물었다. "아니에요. 아니에요. 나는 그런 건 조금도 바라지 않아요. 물결처럼 밀려오는 그들의 모습, 나와 다시 만나는 그들의 기쁨, 어린애처럼 날뛰고, 의젓한 남자처럼 팔을 뻗치는 그 동작, 나는 아마 참아낼 수 없을 거예요. 다만 당신이 그들에게 여전히 쌀쌀한 태도를 취한다면, 클람이 당신에게로 가까이 오는 것까지도 거부해버리는 결과가 되지 않을까 염려되기 때문에 갖은 수단과 방법을 다해 그것만은 막고 싶어요. 그러니까 당신이 그들을 이곳으로 들어오게 하시면 좋겠어요. 될 수 있는 대로 빨리요. 저에 관해서는 조금도 염려하지 마세요. 내가 무슨 상관이에요! 나는 될 수 있는 한 내 몸을 보호하겠어요. 그래도 언젠가 내 몸을 망쳐야만 하는 때가 온다면 그렇게 되겠지만, 그때도 당신을 위해서라고 생각할 거예요." 프리다는 말했다. "당신 이야기를 듣고, 조수들에 관한 내 판단이 옳다는 확신을 얻었을 뿐이야. 그들을 다시 들여보내자는 의견에 난 결코 동의하지 못하겠어. 그러나 내가 그들을 추방했다는 것은 우리가 경우에 따라서 그들을 마음대로 할 수 있다는 뜻이고, 곧 그들이 클람과 전혀 본질적인 연관이 없다는 증거 아니겠어? 어제저녁에 비로소 클람한테서 한 통의 편지를 받았는데, 그 편지 내용으로 추측해 보면 클람은 조수들에 대해 아주 잘못된 소문을 듣고 있어. 다시 말해 조수들이 클람에게는 대수롭지 않은 존재라는 뜻이지. 만일 그렇지 않다면 클람은 조수들에 대해서 정확한 보고를 입수했을 테니까. 당신이 그들 속에서 클람의 그림자를 본다는 것도 아무 의미 없는데, 왜냐하면 당신은 지금껏 여주인의 영향을 받아 가는 곳마다 클람의 그림자를 보고 있기 때문이지. 여전히 당신은 클람의 애인이지, 내 아내라고 하기는 어려워. 가끔 나는 그런 생각만 해도 마음이 슬퍼져. 그럴 때면 모조리 다 잃어버린 것처럼, 겨우 마을에 도착했을 때처럼 느껴져. 그때 내 가슴은 희망으로 부풀어 올라 있었던 게 아니라, 오로지 환멸의 비애만이 나를 기다리고 있다는 생각을 하고 있었어. 그 비애를 차례차례 맛보고 나중에는 가라앉은 찌꺼기까지도 들이켜야 한다고 말이야." K의 말을 듣고 쓰러지듯 주저앉은 프리다를 보며 K는 "그러나 가끔 그랬을 뿐이야." 하고 빙그레 웃으면서 덧붙였다. "그건 어떤 의미로는 내게 암시를 줬어, 당신이 나에게 어떤 의미인지 말이야. 당신이 지금 당신이나 조수들 둘 중에서 하나를 선택하라고 요구한다면, 말할 것도 없이 조수들의 참패로 돌아가는 거야. 당신과 조수들 중에서 고르라는 것 자체가 우스운 일 아니겠어? 그들과는 이제 인연을 끊어버리기로 하자. 그 이야기를 두 번 다시입 밖에 내지도 말고 생각도 하지 말아야 해. 우리 두 사람 모두 마음이 약해진 건 아무래도 아직 아침 식사를 못 해서인 것 같은데, 그렇지 않을까?" "그럴 수도 있지요." 프리다는 이렇게 말하고 고단한 미소를 띠며 일을 시작했다. K도 빗자루를 손에 잡았다.

13장   한스

얼마 후에 문을 가볍게 노크하는 소리가 들렸다. "바르나바스!" 하고 K는 외치더니 빗자루를 내동댕이치고 한 번 펄쩍 뛰어 문 옆으로 갔다. 무엇보다도 이름에 깜짝 놀라서 프리다는 K를 쳐다보았다. K가 서투른 솜씨로 자물쇠를 열려고 했지만 그 낡은 자물쇠는 금방 열리지 않았다. "곧 열겠어!" 그는 줄곧 그 말만 되풀이하고, 노크를 하고 있는 사람이 대체 누구인지 물어보지도 않았다. 문을 활짝 열어젖히자 들어온 사람은 바르나바스가 아니라 좀 전에 잠깐 K에게 말을 걸려고 한 적이 있던 작은 사내아이였다. 그런데 K는 이 아이를 떠올려 보려고도 하지 않았다. "대체 여기에 무슨 용건이지? 수업은 옆방에서 하고 있는데." 그가 말했다. "바로 그 옆방에서 왔습니다." 갈색 눈을 치켜뜬 사내아이는 그렇게 말하고는 침착하게 K를 쳐다보면서, 양쪽 팔을 바짝 옆구리에 붙이고 단정하게 서 있었다. "그래, 무슨 용건인데? 빨리 말해봐!" 아이가 나지막한 목소리로 말했기 때문에 K는 이렇게 말하고는 그 아이 쪽으로 약간 몸을 구부렸다. "도와드릴 일은 없나요?" 남자아이가 물었다. "이 아이가 우리를 도와준대." 하고 K는 프리다 쪽을 향해서 말하더니 "이름이 뭐지?" 하고 물어보았다. "한스 브룬스비크라고 합니다. 4학년이고, 마델라이네 거리에서 구둣방을 하고 있는 오트 브룬스비크의 아들이에요." "그래, 브룬스비크 말이지!" 하고 K는 말하며, 더 정다운 태도로 대했다. 한스의 이야기를 들어보니, 여선생이 고양이 발톱으로 K의 손등을 할퀴어 그의 손등에 핏줄기가 배어 부풀어 올라온 것을 보고 너무나 딱하고 불쌍해서 그때부터 K의 편을 들려고 결심했다고 했다. 그는 지금 굉장한 처벌을 받을 수 있는 위험을 무릅쓰고 자진해서 탈주병처럼 옆 교실에서 몰래 빠져나왔던 것이다. 그의 머리를 지배하고 있는 것은 무엇보다도 이런 사내아이다운 상상인 듯했는데, 그의 행동에서 엿보이는 진지한 성격도 역시 그의 상상에 어울리는 것이었다. 처음에는 수줍어서 우물쭈물하고 있었으나 곧 K와 프리다에게 정이 들어서, 따뜻하고 맛있는 커피를 대접받았을 때에는 친근하고 정다운 태도로 바뀌었다. 그리고 두 사람을 향해서 열심히 꼬치꼬치 질문했는데, 마치 될 수 있는 대로 중요한 일을 알아둔 다음 K와 프리다를 위하여 힘을 쓸 일이 생기면 그에 따른 결정을 내리겠다는 눈치였다. 아이의 태도에는 명령하는 듯한 면도 있었지만 어린애다운 천진난만한 동심이 섞여 있었으므로, 반은 진심으로 또 반은 장난삼아서 그의 말을 들어주었다. 좌우간 아이는 두 사람의 주목을 한 몸에 받았다. K와 프리다는 일하던 손을 멈추고, 아침 식사를 기약 없이 질질 끌었다. 이어 아이는 아동용 의자에 걸터앉고 K는 교탁에, 프리다는 그 옆의 안락의자에 앉아 있었는데 한스가 선생이 되어 생도들을 시험하고 그 대답을 평가하는 듯한 꼴이었다. 어린아이의 부드러운 입언저리에 약간 떠도는 미소로 미루어 보면, 지금 문제 되는 일이 단지 장난에 불과하다는 것을 자기 스스로 의식하고 있는 것 같았다. 장난인 만큼 더욱 진지하게 이 문제와 씨름했으며, 아마 그의 입가에 떠도는 것은 미소라기보다는 어린 시절의 행복 그 자체였을 것이다. 아이는 굉장히 시간이 경과한 다음에 비로소, 사실은

K가 라제만에게 들렀을 때부터 K를 알고 있었다고 말했다. 그 말을 듣고 K는 아주 기뻐했다. "그때 너는 부인의 발치에서 놀고 있었지?" K는 물었다. "네, 그분은 제 어머니예요." 한스가 대답했다. 그래서 아이는 어머니 이야기를 할 수밖에 없게 되었는데, 머뭇거리다가 몇 번이나 재촉한 뒤에야 비로소 이야기를 꺼냈다. 그의 말투를 들으면 그가 아직도 어린애에 지나지 않는다는 사실을 알 수 있었다. 가끔, 특히 아이가 질문할 때면—물론 미래에 대한 예감이었을지도 모르겠으나, 그리고 또 불안한 마음으로 긴장해서 듣고 있던 사람의 착각이었는지는 모르겠으나—정력적이고 현명하고 장래를 내다보는 성인 남자가 이야기하고 있는 듯 느껴졌다. 그런가 하면 그 직후에는 바로 별수 없는 초등학교 아이로 변해버려서, 여러 가지 질문의 뜻을 전혀 모르기도 하고, 또는 그릇된 뜻으로 오해하기도 했다. 또 어린애답게 상대방을 도무지 고려하지 않기 때문에 소리가 너무나 작다고 몇 번씩이나 주의했는데도 불구하고 들리지 않을 정도로 나지막한 소리로 이야기하기도 하고, 나중에 꼬치꼬치 물어보는 질문에 대해서는 고집을 세워서 반항적으로 입을 꼭 다물어버렸다. 그러면서도 조금도 당황하는 빛을 띠지 않는 점도 어른과는 다르다고 할 수 있었다. 대체로 한스의 태도를 보면, 질문은 자기에게만 허락되고, 다른 사람이 자기에게 질문하는 것은 규칙 위반이며 말하자면 귀중한 시간을 낭비하는 거라고 생각하는 듯했다. 다른 사람이 질문할 때면 그는 상체를 꼿꼿이 가눈 뒤 머리는 수그리고 아랫입술을 내민 채 오랫동안 그대로 앉아 있었다. 그 모습이 마음에 든 프리다가 종종 아이에게 질문을 했는데, 자기의 질문으로써 아이의 말문을 막았으면 하고 은근히 바랐다. 그게 몇 번 성공하자 K는 기분이 나빴다. 대체로 이 소년에게서

들은 이야기는 아주 빈약했다. 그의 어머니는 좀 병약했지만 어떤 병인지는 확실치 않았다. K가 찾아갔을 때 그의 어머니가 무릎 위에 안고 있었던 어린아이는 한스의 누이동생으로 이름은 프리다였다(한스는 자기 누이동생과 귀찮게 꼬치꼬치 캐묻는 여인의 이름이 똑같은 것을 알고는 불쾌한 표정이었다). 그들은 모두 마을에 살았지만 라제만의 집에서 사는 건 아니었다. K가 들렀을 때엔 목욕하기 위해서 그 집에 와 있었을 뿐이었다. 라제만의 집에는 큰 대야가 있었고, 어린아이들은—한스는 그중에 한몫 끼지도 못했다—그 속에서 목욕하기도 하고 또 쫓고 쫓기는 장난을 치는 것을 특별히 즐겼다. 한스는 자기 아버지에 대해 이야기할 때 그를 존경하면서도 두려워하는 듯 보였는데 단지 어머니가 화제에 오르지 않을 때에만 그랬고, 어머니에 비하면 아버지의 가치는 별로 중요하지 않은 듯했다. 이 밖에 가정생활에 관한 질문에는 K와 프리다가 아무리 화제를 돌리려고 해도 일체 대답하지 않았다. 아버지의 직업에 대해서 그 애는, 아버지가 그 마을에서 가장 큰 구둣방을 경영하고 아무도 그를 따를 사람이 없으며—전혀 다른 질문을 받았을 때에도 한스는 이 말을 가끔 되풀이했다—더군다나 다른 구둣방에, 예를 들면 바르나바스의 아버지에게 일거리를 제공하고 있다고 이야기했다. 그런데 바르나바스의 아버지에게 일거리를 주는 것은, 적어도 한스가 자랑스럽게 고개를 끄덕인 태도에서 알 수 있는바 오로지 특별한 호의에서 나온 것임이 틀림없는 모양이었다. 그 모습을 보고 프리다는 참다 참다 못해 교단에서 뛰어내려가 어린아이에게 입을 맞췄다. 지금까지 성에 가본 적이 있느냐는 질문에 대해서는 몇 번이고 질문을 되풀이한 다음에야 겨우 대답했는데, 그것도 "없습니다." 하는 한마디였다. 어머니에 대한 질문에는 전혀 대답조차 없었다. 드디어 K는 싫증이 났다. K의 생각에도 이런 질문은 쓸데없는 일 같았으며, 이 점에 대해서는 소년의 태도가 옳은 것처럼 느껴졌다. 순진한 어린애를 통해 간접적으로 가정의 비밀을 끄집어내려는 건 부끄러운 일일뿐더러 캐물어 보아도 알아내지 못한다는 것은 더욱 수치스러운 일이었다. 이 이야기를 끝맺기 위해 K는 대체 한스가 무슨 일을 도와주려고 하는지 물었다. 그 질문에 대해서 한스는 자기가 여기서 일을 도와주려고 한 이유는 오로지 남선생과 여선생 두 사람이 더 이상 K에게 잔소리를 못 하게 하기 위해서라고 대답했는데, K는 그 대답을 들어도 놀라지 않았다. K는 한스에게 다음과 같이 설명했다. 우선 그와 같은 도움은 필요치 않다. 잔소리하는 것은 학교 선생의 본성이니까, 아무리 시키는 대로 면밀하게 일한다고 하더라도 잔소리는 막지 못할 것이다. 일 자체는 까다롭지 않으나, 오늘은 단지 우연한 사정 때문에 일이 밀렸을 뿐이다. 그리고 잔소리를 듣는다 해도 자기는 학생들이 그렇듯 심각하게 느끼지는 않는다. 설사 좀 잔소리를 듣는다고 하더라도 상대하지 않고 넘겨버리니까 사실 문제 삼을 필요조차 없다. 첫째로 K는 가까운 장래에 그 선생의 눈에 띄지 않는 곳으로 사라져 버릴 생각을 하고 있다. K가 선생에게 책망 듣지 않도록 도와주려 한 건 우선 고맙게 생각하지만, 한스도 제자리로 돌아가면 좋겠고 아마 지금쯤 돌아가면 벌을 받는 일도 없을 것이라고 K는 말했다. K는 자기가 선생에게 대항하는 데 어떤 사람의 도움도 필요치 않다는 사실을 의식적으로 강조하지는 않고 다만 넌지시 암시를 주기만 했다. 한편 그는 다른 사람의 도움에 대해서는 보류해 두었다. 그런데 한스는 그 말을 똑똑히 알아듣고, 혹시 K가 다른 사람의 도움이 필요한 것은 아니냐고 물었다. 한스는 기꺼이 K를 도와주겠다고 말하면서, 만일 자기가 불가능한 경우에는 어머니에게 부탁해 보겠는데 그것은 틀림없이 성공할 것이라고 했다. 간혹 아버지도 곤란한 일이 있을 때 어머니에게 힘을 빌려달라고 부탁한다고 했다. 더구나 어머니는 언젠가 K에 대해 물어본 적도 있었으며, 거의 집을 떠나지 않고 그때 라제만 씨 댁에 방문한 건 아주 예외라는 것이었다. 한스는 가끔 라제만 씨 댁에 가서 아이들과 노는데, 어머니가 그 후 라제만 씨 댁에 또 측량사가 찾아오지 않느냐고 한스에게 물어본 적이 있었다고 했다. 몸이 몹시 쇠약한 어머니를 쓸데없이 자극하지 않기 위해 한스는 그저 측량사를 본 적이 없다고 대답하고 더는 이야기하지 않았으나, 학교에서 K를 본 이상 말을 걸지 않을 수 없었다. 그러지 않으면 어머니에게 K에 관한 이야기를 전할 수 없으니까. 어머니는 뚜렷하게 명령을 내리시진 않지만 소원을 이루어드리면 무척 기뻐하신다는 것이었다. 그 말을 듣고 잠깐 생각한 후 K는 말했다. 도움은 필요치 않으며 필요한 것은 모두 가지고 있지만 한스가 K를 도와주려고 하니 놀랍고, 그 마음씨가 고맙다고, 다만 나중에 언젠가 힘을 빌려야 할지도 모르는데 주소를 알고 있으니 그때는 한스에게 부탁하게 될 것이라고, 그 대신 지금은 그가, 즉 K가 한스를 약간 도와줄 수 있다고 생각한다고, 한스의 어머니는 아프고 이 땅에는 그 병을 고치는 의술이 없는 것 같아서 정말 안타깝다고, 치료도 하지 않고 이런 상태로 내버려두면 본래 가벼운 병이 더 악화될 수 있다고, 그런데 K는 의학 지식을 약간 가지고 있을뿐더러 환자를 치료해 본 귀중한 경험도 있다고, 의사들이 고치지 못한 병을 고친 적도 몇 번이나 있었다고, 고향에서는 병을 고치는 신비로운 힘을 가지고 있다고 해서 모두들 K를 '쓰디쓴 약초'라고 불렀다고, 좌우간 K는 한스의 어머니를 만나서 이야기해 보고 싶다, 아마 대단히 도움이 되는 충고를 해줄 수 있을 것이다, 한스를 생각해서도 꼭 그렇게 해드리고 싶다고 말했다. K의 제의를 듣고 비로소 한스의 눈이 빛났다. 여기에 힘을 얻어 K는 더욱 열을 올려 기를 쓰고 다시 제의를 해봤으나 결과는 신통치 못했다. 한스는 여러 가지 질문을 받아도 그다지 슬픈 표정도 보이지 않고, 병든 어머니를 잘 간호해 드려야 하니까 얼굴을 잘 아는 사이가 아니면 아무도 어머니에게 문병 와서는 안 된다, 그 당시 어머니는 K와 거의 이야기하지 않았는데도 그 후 며칠 동안 침대에 누워버렸는데 그런 일도 드물지는 않다, 아버지가 그때 K한테 화를 내셨으니 K가 어머니를 문병하는 일은 결코 허락되지 않을 것이다, 아버지는 그 당시 K의 행동을 추궁하고 비난하기 위해 K를 찾아내려고 했는데, 어머니가 제발 그러지 말라고 아버지를 말렸다, 그러나 무엇보다도 어머니 스스로가 대체로 아무와도 이야기하려고 하지 않는다, 그래서 어머니가 K에 대해 물었다고 해서 예외라고 할 수는 없다, 천만의 말씀이다, 기왕 K를 입에 올렸으니 만약 어머니가 K를 만나고 싶으면 분명히 의사 표시를 할 수도 있었을 것이다, 그러나 어머니가 말을 꺼내지 않은 걸 보면 그것으로써 어머니의 뜻을 똑똑히 짐작할 수 있다, 어머니는 K의 소식을 듣고 싶을 뿐 K와 만나고 싶은 것은 아니다, 거기다가 어머니께서 앓고 계신 그 병은 결코 진짜 병이 아니다, 어머니 자신이 자기 병의 원인을 썩 잘 알고 있어서 가끔 말을 하기도 하는데 그에 따르면 어머니는 대체로 이 마을의 공기를 견딜 수 없는 모양이다, 그러나 어머니는 전보다 병세가 나았을뿐더러 남편과 어린애들을 생각해 이 땅을 떠나려고 하지 않는다. K가 한스에게서 들은 이야기는 대체로 이랬다.

한스는 자기가 K를 도와주겠다고 입 밖에 내면서도 자기 어머니를 K로부터 지켜야 할 때엔 사고력이 뚜렷하게 향상되는 것이었다. 한스는 K가 어머니를 만나지 못하게 하겠다는 선의의 목적을 달성하기 위해 자기가 먼저 말한 것과는 모순된 발언을 했다. 예를 들면 병에 관한 말이 그렇다. 그럼에도 K는 한스가 지금도 여전히 자기에게 호의를 가지고 있다는 것을 인정했다. 다만 한스는 어머니 일 때문에 다른 모든 일을 잊어버리곤 했다. 누구를 막론하고 한스 어머니의 상대자가 되면 나쁜 사람 취급을 받고 마는 것이다. 지금은 공교롭게도 K가 그 역할을 맡았으나, 예를 들면 그것이 아버지라도 마찬가지였다. 이를 시험해 보려고 K는 다음과 같이 말하며 한스의 마음을 떠보았다. 한스의 아버지가 어머니를 어떤 일로도 괴롭히지 않으려고 조심하고 계신 것은 정말 갸륵한 일이다, K도 그 당시에 조금이라도 눈치를 챘었더라면 분명 어머니에게 말을 걸지 않았을 것이다, 이제 와서 좀 늦었지만 집에 돌아가거든 K가 어머니에게 죄송하게 됐다고 사과하더라고 전해주렴, 그러나 도저히 납득이 안 되는 일은 한스가 말하는 것처럼 병의 원인이 그렇게 확실하다면 왜 아버지께서는 어머니가 전지요양하겠다는 것을 말리시는지 모르겠다, 어린아이들과 아버지를 생각해 어머니가 집을 떠나지 못하고 있으니 아무래도 아버지가 어머니를 만류하고 있다고밖에는 달리 생각할 수 없다, 그러나 어린아이들은 함께 데리고 갈수도 있고 먼 곳까지 갈 필요도 없으니 바로 위에 있는 성의 산만 하더라도 공기는 아주 다르다, 이런 전지요양쯤의 비용은 아버지도 염려할 필요가 없을 것이다, 이 마을에서 제일가는 구둣방이고 성에서 어머니를 기꺼이 맞이해 줄 친척이나 아는 이가 아버지 쪽에든 어머니 쪽에 있을 것이 아닌가, 왜 아버지는 어머니를 보내지 않는 것일까? 아버지가 이런 병환을 경시하고 있지는 않을 것이다, K는 어머니를 언뜻 보았을 뿐이지만 안색이 나쁘고 몸이 너무 쇠약한 꼴을 보고 깜짝 놀라서 말을 걸어보고 싶은 충동을 느꼈다, 그때 벌써 K는 아버지가 그 목욕탕 겸 세탁장의 더러운 공기 속에 병든 어머니를 내버려두고, 자기는 높은 소리로 떠드는 것을 서슴지 않는 데에 깜짝 놀라지 않을 수 없었다, 아버지는 무엇이 중요한지 문제의 초점을 놓친 모양이다, 아마도 최근에 병세가 좋아졌다 하더라도 이런 병은 변덕스러워서 안심하고 있으면 나중에는 걷잡을 수 없어지니 그때는 이미 시기를 놓쳐버린 것이다, 가령 K가 어머니와 만날 수 없다고 하더라도 아버지와 만나서 충고해 드리면 좋지 않을까 생각한다고 말했다.

한스는 K의 말에 긴장하고 귀를 기울이고 있었는데, 대충은 알아들었다. 이해할 수 없는 부분에서는 강렬한 압박감을 느꼈다. 그럼에도 아이는 말했다. K는 아버지와 이야기할 수 없는데, 왜냐하면 아버지는 K를 싫어하고 있기 때문이며 대개 남선생이 하듯 K를 취급할 것이다. 한스는 K 이야기를 입에 올릴 때에는 미소를 띠고 수줍어했으며, 아버지 이야기를 입에 올릴 때에는 못마땅해서 쓰디쓰고 불쾌한 동시에 슬픈 표정이 되는 것이었다. 그런데 한스는 이렇게 덧붙였다. K가 혹시 어머니와 이야기를 할 수 있을지 모르겠는데, 아버지에겐 비밀에 붙여야 된다고 말이다. 그리고 한스는 마치 벌을 받지 않고 금지된 일을 해볼 방법을 궁리하는 여인처럼 잠깐 눈을 부릅뜨고 멍하니 생각에 잠겨 있다가 드디어 입을 열었다. 아마 모레면 가능할지도 모르겠다, 아버지는 그날 저녁에 헤렌호프에 가서 의논할 일이 있다, 그러니까 한스가 저녁 때 와서 K를 어머니에게로 안내하겠다는 것이다. 물론 어머니가 이 일에 동의한다는 것을 전제로 해서 하는 말이지만 상당히 어려울 것으로 생각된다. 그런데 무엇보다도 어머니는 아버지의 뜻을 거스르는 일은 절대로 하지 않고 만사 아버지 말씀에 따르고 있다. 한스 자신도 도무지 이치에 맞지 않는다고 생각하는 일이라도 그렇다. 아닌 게 아니라 한스는 K가 아버지에 대해 대책을 강구해 주기를 바랐다. 한스는 자기가 K를 도와준다고 생각했으나 사실은 전부터 알고 있던 주변 사람들을 아무도 믿을 수 없기 때문에 할 수 없이 이렇게 느닷없이 나타난 데다 어머니의 입에까지 오른 이 낯선 사내에게 혹시 의지할 수 있지 않을까 알아보려는 것이었다. 그러니 말하자면 그는 자기 자신을 속이고 있는 거나 마찬가지였다. 이 아이는 거의 무의식중에 본심을 감추고 있었고 능글맞기 짝이 없었다. 이런 점은 지금까지 아이의 태도나 말씨에서는 거의 엿볼 수 없었으나, 지금 와서 약간 늦긴 했어도 절반은 우연인 듯 또 절반은 의식적으로 아이에게 고백하도록 함으로써 비로소 알아챌 수 있었다. 아이는 K와 오래 이야기하는 동안 어떤 어려움을 극복해야 하는지를 생각해 보았으나 아무리 따져봐도 거의 극복하기 힘든 어려움이었다. 완전히 생각에 잠겨, 그러면서도 도와달라고 애원하는 꼴로 한스는 불안하게 눈을 깜빡거리면서 K의 얼굴을 뚫어지게 응시했다. 아버지가 집을 나가기 전에는 어머니에게 아무 말도 할 수 없다. 만일 말하면 아버지가 그 사실을 알고 만사가 수포로 돌아가 버린다. 그러니까 나중이 아니면 그 일을 입 밖에 낼 수 없다. 그러나 어머니의 건강을 생각하면 갑자기 성급하게 말할 수는 없고 적당한 기회를 봐서 천천히 이야기하지 않으면 안 된다. 그래야 비로소 어머니의 동의를 얻게 되고 그다음에야 겨우 K를 데리러 올 수 있다. 그러나 그때면 너무 늦

지 않을까? 곧 아버지가 돌아오시지 않을까? 아니다, 역시 불가
능하다. K는 한스의 비관적 태도를 보고 절망적인 상황은 아니
라고 다짐했다. 시간이 부족하다고 걱정할 필요는 없다, 잠깐 동
안만 만나서 이야기하면 충분하다, 그뿐 아니라 K를 부르러 올
필요도 없다, K는 어느 곳이든 한스의 집 근처에 숨어서 대기하
고 있다가 한스가 신호를 보내면 곧 가겠다고 말했다. "안 돼요."
한스는 말했다. 집 근처에서 K가 기다리면 안 된다—또다시 한
스는 어머니 때문에 신경이 과민해졌다—어머니가 모르는데 K
가 와서는 안 된다, 한스는 어머니의 양해도 없이 K와 비밀 협정
을 맺을 수는 없다, 자신이 K를 학교에서 불러와야 하며 그것도
어머니에게 그 사유를 말하고 동의를 얻은 후가 아니면 안 된다.
K는 좋다고 말했다. 그렇게 되면 사실 위험성이 많고, 집에서 아
버지에게 들켜 붙들리지 않으리라 장담할 수는 없다, 그렇게 되
지 않는다 하더라도 어머니는 그것이 두려워서 절대로 K를 가
까이하지 않을 것이다, 그러면 아버지 때문에 만사가 수포로 돌
아가고 말 것이다. 여기에 대해서 이번에는 한스가 반박하고 옥
신각신 입씨름을 그칠 줄 몰랐다.

벌써 한참 전부터 K는 한스를 아동용 의자에서부터 교단 자기
옆으로 불러 무릎 사이로 끌어다 앉히고 가끔 달래려는 듯 쓰다
듬어주었다. 이렇게 두 사람이 가까이 몸을 맞댄 덕분으로, 한스
가 때로는 반대했지만 결국 두 사람은 그럭저럭 의견의 일치를
보게 되었다. 합의 내용은 다음과 같았다. 즉 한스는 우선 어머
니에게 진실을 전부 고백한다, 그러나 어머니가 쉽게 동의해 주
도록 K는 또 브룬스비크와도 이야기하겠다, 물론 그것은 어머니
때문이 아니라 자기의 용건 때문이라고 덧붙였다. 사실 옳은 말
이었다. 말하고 있는 동안 K의 머리에 언뜻 어떤 생각이 떠올랐

는데, 브룬스비크는 평상시에는 위험하고 좋지 않은 사람일지도 모르지만, 이젠 아무리 생각해도 자기 원수는 아니라는 것이었다. 아무튼 적어도 촌장이 알려준 바에 의하면, 브룬스비크는 정치적인 이유 때문이라고는 하지만 측량사 초빙을 요구한 사람들의 우두머리였다. 따라서 K가 마을에 도착한 것은 브룬스비크에게는 확실히 환영할 일이었다. 그렇다면 첫날 K에게 인사를 했을 때의 불쾌한 태도와 한스가 말한 싫어하는 기색은 아무래도 이유를 알 수 없는 일이다. 혹시 브룬스비크는 K가 맨 먼저 자기에게 도움을 청해 오지 않은 것을 노엽게 생각했거나, 또는 다른 오해를 품고 있는지도 모르겠다. 그런데 그런 오해는 두서너 마디 이야기로도 풀릴 것이다. 사태가 이쯤 됐으니 브룬스비크는 K가 남선생이나 촌장과 맞설 때 의지할 수 있는 지주의 역할을 해줄 것이다. 좌우간 관청에서 일삼고 있는 기만과—대체 그것이 기만이 아니고 무엇일까?—촌장과 남선생이 방해를 해서 백작의 관청에도 보내지 않고 억지로 관리인 자리를 맡겨 버린 사기 행위를 전부 폭로할 수도 있을 것이다. 브룬스비크와 촌장 사이에 K를 둘러싸고 새삼스럽게 싸움이 벌어지면, 틀림없이 브룬스비크는 K를 자기 편으로 끌어넣을 테고 K는 브룬스비크 집의 손님이 될 것이다. 브룬스비크는 촌장에게 맞서고 K에게 자기의 세력을 자유롭게 이용하도록 맡겨줄 것이다. 그렇게 되면 K에게는 얼마나 일이 유리하게 전개될지 모른다. 좌우간 브룬스비크의 아내에게 가까이 갈 수 있을 것이다—이렇게 K는 꿈을 희롱하고, 꿈은 K를 희롱했다. 그동안 한스는 어머니만 생각하면서 입을 다물고 있는 K를 심란하게 쳐다보고 있었다. 마치 어려운 상황에 맞닥뜨린 의사가 비상수단을 써서라도 난관을 극복하려고 궁리하는 듯한 모습이었다. 측량사 자리 때문에 아버지인 브룬스비크와 면담하겠다는 K의 제안에는 한스도 동의했는데 물론 그렇게 하기만 하면 아버지로부터 어머니를 보호해 주는 셈일 뿐 아니라 곤란한 경우가 발생해도 자기가 변명해야 하는 상황은 거의 일어나지 않으리라고 생각했기 때문이다. 한스는 또 K가 늦은 시간에 방문하는 것을 어떻게 아버지에게 설명할 것인가 하는 점을 질문했는데, 관리인의 직무는 견딜 수가 없을뿐더러 사람을 멸시하는 선생의 대우 때문에 갑자기 절망감에 사로잡혀 모든 분별조차 잊어버렸다고 변명하겠다는 K의 말을 듣고 약간 우울한 표정이긴 했으나 납득했다.

이와 같이 예측할 수 있는 일을 미리 따져 보니 성공할 가능성이 아주 없는 것도 아니라는 가망성이 보였기 때문에 한스는 심란하게 생각하던 고통에서 해방되어 자못 즐거운 모양이었다. 그래서 그는 처음에는 K를 상대로, 그다음에는 프리다를 상대로 잠시 동안 어린애다운 순진한 태도로 지껄였다. 프리다는 오랫동안 전혀 다른 일을 생각하는 듯 그 자리에 앉아 있다가 비로소 이야기에 한몫 끼었다. 다른 말끝에 검사검사해서 그녀는 한스에게 무엇이 되고 싶으냐고 물었다. 한스는 그다지 깊이 생각해 보지도 않고 K와 같은 인물이 되겠다고 대답했다. 이유를 물었으나 한스는 물론 대답하지 못했다. 학교 관리인 같은 것이 되겠느냐고 물었더니 그렇지 않다고 똑똑히 부정했다. 더 질문을 계속해 나간 후에야 비로소 그 아이가 어떤 경로를 밟아서 그런 희망을 품게 되었는지 진상이 밝혀졌다. 현재 K의 신분이란 결코 부러워할 만한 것이 못 되며 슬프고도 멸시당하는 존재라는 사실을 한스도 잘 알고 있었기 때문에, 그걸 알기 위하여 다른 사람들을 관찰할 필요는 조금도 없었다. 한스 자신은 될 수 있으면 K가 어머니를 쳐다보거나 어머니에게 말을 걸지 못하도록 말리고 싶은 생각이 간절했다. 그럼에도 한스는 K를 찾아와서 도움을 청하고, K가 그 청을 응낙했을 때에는 기뻐했다. 한스 처지에서는 K가 딱히 타인과 다르다고 생각되지는 않으나 무엇보다도 어머니 자신이 K의 이야기를 입 밖에 냈다는 사실은 무시할 수 없었다. 한스는 이런 모순에서, 지금 K는 물론 비천하고 형편없는 신분이지만 상상하기도 어려운 먼 장래에는 다른 모든 사람을 능가할 거라고 확신하게 되었다. 그리하여 마침내 어리석기 짝이 없는 머나먼 장래와 그 장래에 이루어지게 될 자랑스러운 발전에 대하여 한스는 무한히 마음이 끌렸다. 다시 말해 한스는 현재의 K를 장래의 값으로 생각했다. 한스가 이렇게 K를 후배처럼 내려다보고 그의 장래를 자기 자신의 장래, 즉 어린아이의 장래보다도 훨씬 유망하다고 생각한다는 점에서, 그의 소원에는 어린아이답게 깜찍하고도 조숙한 성격이 깃들어 있었다. 따라서 한스는 잇따른 프리다의 질문에 대답하는 것을 곤란해하며 아주 무겁고 심란한 기분으로 그런 이야기를 했다. K가 입을 열고 이야기를 시작하자 비로소 아이의 얼굴에는 다시 명랑한 빛이 떠돌았다. K는 한스가 왜 자기를 부러워하는지 알고 있다고, 그건 K가 가지고 있는 옹이 박인 아름다운 지팡이 때문이라고 말했다. 그 지팡이는 탁자 위에 놓여 있었고, 한스는 이야기하면서 무심코 그것을 만지고 있었다. 이런 지팡이를 만드는 것은 어렵지 않다, 그들의 계획이 성공하기만 하면 한스에게 더 훌륭한 지팡이를 만들어주겠다고 K가 말했다. 이제 한스는 자기가 사실 지팡이에만 마음을 두고 있었다고 생각하게 되었다. 한스는 K의 약속을 듣고 아주 반색하며 기쁜 마음으로 작별했는데, 작별할 때에 K의 손을 꼭 붙들고 "그러면 모레예요." 하고 말했다.

14장   프리다의 비난

한스는 아슬아슬한 시간에 교실을 나섰다. 왜냐하면 그가 나가자마자 남선생이 문을 갑자기 열고는 K와 프리다가 둘이서 한가하게 앉아 있는 것을 보고 소리쳤기 때문이다.

"방해해서 미안하지만, 대체 언제 이 교실을 치워줄 거죠? 우리는 저쪽에서 콩나물처럼 총총히 앉아 있어야 할뿐더러 너무 비좁아서 수업도 잘 하지 못하겠군요. 그런데 당신들은 이 넓은 체조 교실에서 발 뻗고 있으니. 그것도 부족해서 조수들까지도 내쫓았지! 자, 일어서 봐! 움직이기라도 해보란 말이야!" 그다음엔 K에게만 다음과 같이 말했다. "자네는 지금 당장 브뤼켄호프에 가서 점심 식사를 가져와!" 남선생은 펄펄 뛰면서 화를 내며 외쳤는데, 말씨는 비교적 부드러워 그 자체로 거친 단어인 '자네'란 말까지도 그렇게 들렸다. K는 곧 명령에 복종하려고 했으나, 남선생의 마음을 떠보려고 이렇게 말했다. "나는 해고당했을 텐데." "해고당했건 안 당했건 좌우간 점심 식사를 가져오란 말이야!" 남선생이 말했다. "해고당했는지 안 당했는지 나는 그 점을 알고 싶어요." "무슨 소리를 지저분하게 떠벌리는 거야? 자네는 해고 통지를 거부하지 않았느냐 말이야!" "해고 통지를 무효로 하는 데는 그것만으로 충분합니까?" K가 물었다. "충분하다고 생각지 않아. 내가 그렇게 생각하지 않는 것은 확실한데, 촌장님에겐 충분한 모양이야. 도무지 알 수가 없어. 자, 빨리 뛰어가. 아니면 정말 여기서 없어지란 말이야!" 남선생은 그렇게 말했다. K는 만족했다. 그러면 남선생은 어느새 촌장과 만나서 이야기한 모양이었고, 아니면 촌장과 전혀 면회도 하지 않고 다만 촌장의 의견을 추측했을 뿐인지도 모르겠다. 그 의견은 확실히 K의 귀에는 솔깃하게 들렸다. 그래서 K는 곧 점심 식사를 가지러 가려고 바삐 서둘렀으나 다시 복도에서 남선생이 그를 불러 세웠다. 점심 식사를 가져오라는 특수한 명령을 내려서 K의 근무 태도가 얼마나 열심인지, 그리고 그것을 토대로 앞으로 어떻게 할지 시험해 보려는 것인가? 혹은 다시 새로운 명령을 내리고 싶어졌거나 K에게 바쁜 심부름을 시켜서 달음박질을 시켜놓고 곧다시 명령을 내려서 사환처럼 날쌔게 방향을 바꾸는 꼴을 보고 즐기고 있는 것일까? 둘 중에 어느 쪽인지 알 수 없으나, 좌우간 남선생은 그를 다시 불렀다. K는 자기가 하라는 대로 너무 복종하면 남선생의 노예나 바꿔치기 소년[1]이 되고 만다는 사실을 알고 있었지만, 이제 어느 한도까지는 남선생의 변덕을 받아들일 생각이었다. 왜냐하면 지금까지 알려진 바와 같이, 남선생은 합법적으로 K를 해고할 수는 없어도 K의 지위를 견딜 수 없을 만큼 괴롭힐 수는 있었기 때문이다. 이 지위는 지금 K에게 있어서 전보다 더 중요했다. 한스와의 대화에서 K는 사실인지 아닌지 알 수 없고 실현 가능성이 없다고 하더라도 결코 잊을 수 없는 희망을 새로이 품었다. 이 희망 때문에 바르나바스의 그림자까지도 거의 가려질 지경이었다. K는 이 희망만을 추구하고, 달리 어떻게 할 수도 없었기 때문에 자연히 모든 힘을 여기에 집중시키고, 다른 일은 모조리, 즉 식사, 주거, 촌사무소, 심지어는 프리

1 궁중에서 귀족의 자제가 맞을 매를 대신 맞는 소년.

다의 일까지도 신경 쓰지 않았다. 그러나 사실을 고백하면 문제는 프리다의 일뿐이었다. 그 밖의 다른 모든 일은 프리다와의 관계만 아니면 하등 상관이 없었다. 그래서 K는 지금의 신분을—그것은 프리다의 생활에 약간의 안정감을 주고 있는데—유지하려고 노력하지 않을 수 없었다. 이 목적 때문에 남선생의 무례를 다른 때 같으면 도저히 불가능하다고 생각될 만큼 참고 견뎌냈다. 그렇다고 해서 K가 후회한다는 건 당치도 않았다. 그 모든 것이 지나치게 고통스럽다고 말할 정도는 아니었다. 이런 일은 일상생활에서 끊임없이 일어나는 사소한 고뇌의 일부분이며, K가 지금 추구하고 있는 것에 비교하면 아무것도 아니었다. 게다가 K가 이곳으로 온 것은 영예롭고 평화로운 생활을 하기 위해서가 아니었다.

그리하여 K는 여관에 심부름을 가려고 했지만 남선생이 명령을 변경했기 때문에, 우선 교실을 치우고 여선생이 아이들과 함께 건너올 수 있게 하려고 작정했다. 교실을 굉장히 빨리 치워야 했다. 바로 점심 식사를 가져와야 했기 때문이다. 남선생은 벌써 무척 배가 고프고 목이 말랐다. K는 말씀대로 다 하겠다고 장담했다. 잠시 동안 남선생은 K가 빨리 침대를 치우고 체조 기구를 제자리에다 밀어놓고 날래고 재빠르게 방을 쓸어내고, 한편 프리다는 프리다대로 교단을 씻고 닦고 문지르는 광경을 쳐다보고 있었다. 두 사람이 열심히 일하고 있는 모습을 보고 남선생은 자못 만족을 느끼는 것 같았다. 남선생은 또 문 앞에 불을 때울 장작이 한 무더기 준비되어 있다고 주의를 주고는—그는 K를 창고로 보내고 싶지 않았다—곧 다시 돌아와서 현장을 살피겠다고 위협하며 아이들이 있는 쪽으로 가버렸다.

잠시 동안 두 사람은 잠자코 일하고 있다가, 마침내 프리다는 대체 왜 남선생에게 그렇게 고분고분하게 복종하느냐고 K에게 물었다. 확실히 동정과 걱정이 담긴 질문이었으나, K는 처음에 프리다가 K 자신을 남선생의 명령이나 난폭한 행동에서 지켜주겠다고 약속했는데도 그 약속이 거의 지켜지지 않았음을 떠올리며 간단하게 답하기를, 일단 관리인이 된 이상 직무를 이행하지 않을 수 없다고 말했다. 그리고 두 사람은 입을 다물어버렸다. 나중에 K는—그때까지 상당히 오랫동안 프리다가 깊은 근심에 잠겨 있는 듯했다는 점, 특히 한스와 자기가 이야기하고 있는 동안 거의 쭉 그랬다는 점이 이 잠깐의 대화에서 생각났다—장작을 나르면서, 대체 무슨 생각을 하고 있느냐고 그녀에게 터놓고 물었다. 그녀는 천천히 얼굴을 들고 그를 쳐다보면서, 어떤 확실한 일을 생각하고 있는 것이 아니라 단지 여주인 일과 여주인이 말한 여러 가지가 진짜였다는 사실, 그저 그런 일을 두서없이 생각하고 있을 따름이라고 대답했다. K에게 재촉을 받고 비로소, 그것도 몇 번이나 거절한 후에 그녀는 전보다 좀 더 자세히 대답했다. 동시에 그녀는 일하는 손을 쉬지 않았는데, 그것은 일에 열중하고 있기 때문이 아니라—그 증거로서 그동안 일은 조금도 진척되지 않았으니—그러고 있으면 K의 얼굴을 보지 않아도 되었기 때문이다. 프리다가 이야기한 내용은 다음과 같았다. 그녀는 K와 한스의 대화를 처음에는 침착하게 듣고 있었다. 그리고 K의 몇 마디 말을 듣고 깜짝 놀라서 그 말의 뜻을 명백히 파악하려고 노력하기 시작했다. 그 후 계속 K의 말 속에서 여주인이 프리다에게 해준 경고를 증명해 줄 만한 부분을 듣지 않을 수 없었는데, 그 경고를 프리다는 지금까지 결코 정당하다고 믿지 않고 있었다. K는 프리다의 애매한 표현에 기분이 상했고, 눈물겹도록 호소하는 듯한 말을 듣고 감동했다기보다도 초조해져서—무엇보다도 이제 여주인이, 적어도 기억을 통해서는 그의 생활과 다시 관계를 맺게 되었기 때문이다. 여주인은 사실 지금까지 직접적으로 K의 생활에 간섭하는 데는 성공한 적이 거의 없었다—K는 팔에 안고 온 장작을 내동댕이치더니 마룻바닥에 털썩 주저앉으며 정색을 하고 똑똑히 해명해 달라고 그녀에게 요청했다. 그래서 프리다는 다시 말을 시작했다. "벌써 여러 번, 처음부터 주인아주머니는 내가 당신을 의심하도록 만들려고 애써 왔어요. 그러나 당신이 거짓말쟁이라고 주장하신 건 아니에요. 절대로 그렇지는 않아요. 주인아주머니 말은 이래요. 당신은 어린애처럼 솔직한 사람이라고, 그러나 당신은 우리와는 아주 다른 사람이니까 설사 당신이 솔직하게 말한다고 하더라도 도저히 당신의 말을 믿을 수가 없고, 따라서 좋은 친구라도 있어서 일찌감치 우리를 구해주지 않는 한 우리가 어떻게 해서든지 당신의 말을 믿게 되기까지 쓰라린 경험을 해야만 할 거라고, 자기는 그래도 사람을 보는 날카로운 눈을 가지고 있지만 별수 없었다고요. 그러나 브뤼켄호프에서 당신과 마지막으로 이야기를 한 다음에 주인아주머니는, 그분 말을 그대로 되풀이한다면—당신의 '모략을 알았다'는 거지요. '이제는 K 씨에게 속아 넘어가지 않아. K 씨가 아무리 모르는 체해도 소용없어.' 하고 말했어요. 그러면서도 당신은 뒤에 무얼 감추지 않는 사람이라고 늘 되풀이해서 말했어요. 그리고 이런 말도 하더군요. 언제든지 기회가 있으면, 당신의 말을 잘 들어보라고. 그것도 그냥 건성으로 듣지 말고 귀를 기울이고 잘 들어보라고. 주인아주머니는 그 이상은 말을 못 했지만, 나에 대한 이야기를 덧붙였어요. 당신이 제게 접근한 것은—주인아주머니는 이런 수치스러운 언사를 썼어요—단지 내가 우연히 당신의 눈에 띄었는데 싫지 않았던 것뿐이라고요. 게다가 당신은 아주 그릇된 생각을 하고 있어서, 주점 아가씨는 손님이 손을 내밀기만 하면 누구에게나 끌려가기 마련이라고 여긴다는 거예요. 주인아주머니가 헤렌호프 주인에게서 들은 바에 의하면, 당신은 그 당시 어떤 이유로 헤렌호프에 숙박하려고 했으나 그러자면 아무래도 나를 이용하지 않을 수 없었다는 거지요. 이것만으로도 그날 저녁 당신이 저를 애인으로 삼을 만한 동기는 충분하다고 생각해요. 그러나 우리 사이가 그 이상 발전하는 데에는 어떤 다른 이유가 더 필요했는데, 그 이유가 '클람'이라는 거예요. 주인아주머니는 당신이 클람에게 무엇을 요구하는지 알고 있다고는 주장하지 않았어요. 단지 당신이 나와 알기 전에도 알게 된 후와 마찬가지로 기를 쓰고 클람을 만나고 싶어 했다고 했어요. 그러나 주인아주머니의 견해에 따르면, 당신은 나를 알기 전에는 클람을 만날 가능성이 전혀 없었지만 나를 알게 된 후로는 나를 통해서 머지않은 장래에 아주 떳떳하게 클람 앞에 나타날 수 있는 수단을 손아귀에 넣었다고 생각하는데, 그게 나를 만나기 전과 다른 점이라는 거지요. 당신이 나를 알기 전에는 여기서 갈피를 못 잡고 헤맸다고 말했을 때— 물론 그 이야기는 별로 깊은 근거 없이 단지 지나가는 말로 슬쩍 입에서 새어나온 데에 지나지 않았지만—나는 깜짝 놀랐어요. 아마도 그와 똑같은 이야기를 주인아주머니도 했던 것 같아요. 또 주인아주머니는 이렇게 말했어요. K 씨는 프리다를 알게된 후 비로소 목적을 의식하게 되었다고. K 씨가 그렇게 된 이유는 그가 클람의 애인인 프리다를 손아귀에 넣었으니까, 최고 가격이 아니면 함부로 내놓지 않는 담보를 확보하고 있는 거나 마찬가지라고 K 씨 자신이 생각하고 있기 때문이라고요. 이 최고 가격, 즉 그 금액을 두고 클람과 교섭하는 것이 K 씨의 단 하나의 과제라는 거예요. K 씨는 프리다는 전혀 신경 쓰지 않고 다만 그 금액에 모든 게 걸려 있으므로 프리다에 대한 일이라면 서슴지 않고 다른 사람의 비위를 맞추는데, 다만 그 금액에 관해서는 아주 고집을 부린다고, 주인아주머니는 대충 이런 요지의 이야기를 했어요. 그래서 당신은 내가 헤렌호프에서 실직한 것이라든지 브뤼켄호프를 나와야만 했던 일, 그리고 어려운 관리인 일을 해야만 했던 일에도 전부 무관심한 태도를 취하시는 거지요. 당신은 조금도 애정이라곤 없을뿐더러 나를 위해서 시간도 내주시지 않고, 조수 두 사람에게 맡긴 채 질투하지도 않았어요. 당신에게 나의 가치는, 단지 내가 클람의 애인이라는 것뿐이지요. 당신은 무슨 영문인지도 모르고 내가 클람을 잊지 못하게 하는데, 그건 나중에 결정적인 시기가 닥쳐왔을 때 내가 너무나 맹렬히 반항하지 못하게 하기 위함이지요. 그처럼 냉정하신 당신이 주인아주머니와는 곧잘 다투는데, 나를 당신에게서 빼앗을 수 있는 이는 오로지 주인아주머니뿐이라고 믿기 때문이에요. 그래서 주인아주머니와 맹렬히 다툰 다음 나를 데리고 여관에서 나오신 거지요. 그러면서도 당신은 어떤 일이 있더라도 내가 당신의 소유물이고, 내가 책임을 지고 내 마음대로 할 수 있는 한 마음이 변할 염려도 없을 거라고 굉장히 자신하는 것 같군요. 당신은 클람과의 면담을 현금 거래하는 식으로, 장삿속으로 생각하고 있으며 여러 가지 가능한 경우를 계산에 넣고 있어요. 기대하는 가격을 얻을 여지가 있을 때에는 무슨 짓이라도 할 작정이잖아요. 클람이 원한다면 서슴지 않고 나를 내주고, 그가 당신더러 내 옆에 가 있으라고 하면 내 곁에서 떠나지 않을 것이고, 또 그가 나를 버리라고 요청하면 당신은 그대로 나를 버릴 거예요. 그뿐 아니라 당신은 필요하다고 생각하면 연극을 꾸미고도 남을 거예요. 당신에게 유리하다면 나를 사랑하는 체도 하실 거예요. 그때 클람이 만일 무심한 태도를 취하면 그에게 싸움을 걸겠지만 그 방법으로는 당신이 하찮은 사람이라는 것을 구태여 드러내고, 그런 하찮은 사람에게 애인을 빼앗겼다는 사실을 상기시켜서 클람이 부끄러워하게 하려는 거지요. 또 다른 방법으로는 내가 클람에게 했던 사랑 고백을 그에게 전하면서, 물론 당신이 희망하는 금액을 받는다는 조건으로 저를 다시 받아들여 달라고 부탁하는 것이지요. 그래도 어쩔 수 없게 되면 K 부부의 이름으로 그 앞에서 거지와 같이 매달릴 거예요. 만일 그렇게 되면—주인아주머니도 그런 결론을 내렸지만—당신의 지금까지의 추측, 희망, 클람에 대한 공상, 그리고 클람과 나와의 관계에 대한 상상, 그런 것이 죄다 착각이었다고 깨닫게 되면 그때는 내 지옥이 시작되는 거지요. 그러면 나는 정말 당신의 단 하나의 소유물이 될 테니까 말이에요. 당신은 그 소유물에게 의지하지만 그 소유물이 가치가 없다는 사실은 이미 증명된 바 있으며, 당신은 그 소유물을 그에 걸맞게 취급하시겠지요. 당신은 나에 대해서 소유자로서의 감정 이외에 아무것도 가지고 있지 않으니까요."

귀를 기울인 채 입을 일자로 꼭 다물고 자못 긴장하여 K는 듣고 있었다. 깔고 앉았던 통나무 장작이 떼굴떼굴 굴러나가 그는 하마터면 마룻바닥에 미끄러질 뻔했는데도 조금도 신경 쓰지 않았다. 간신히 일어선 그는 교단 위에 걸터앉아 프리다의 손을 잡았다. 그녀는 살며시 손을 빼려고 했다. 그는 말했다. "당신의 이야기를 듣고 있자니, 당신과 주인아주머니의 의견을 똑똑히 분간할 수 없는 대목이 있군." "이건 전부 주인아주머니 의견이에요." 프리다는 말을 이었다. "저는 주인아수머니를 존경하고 있기 때문에 아주머니 말씀이면 무엇이든 귀를 기울였어요. 내가 그분의 의견을 전적으로 거부한 것은 그때가 생전 처음이에요. 그분의 말은 너무나 한심스러웠으며, 우리 두 사람을 전혀 이해하지 못하고 있는 것 같았지요. 오히려 그분이 말한 것과 정반대의 일이 옳은 것처럼 느껴졌어요. 난 우리가 첫날밤을 지낸 다음 날의 우울한 아침을 떠올렸어요. 당신이 내 옆에 무릎 꿇고 앉아서 이제 모조리 다 수포로 돌아가 버렸다는 눈빛을 보였던 그 장면 말이에요. 그리고 사실, 내가 열심히 노력했어도 당신에게 도움이 되기는커녕 방해만 하는 처지라는 것을 절실히 느꼈어요. 나 때문에 주인아주머니는 당신의 원수가, 그것도 아주 강력한 원수가 되어버렸어요. 당신은 그분을 여전히 업신여기고 있지만요. 나를 여러모로 걱정해 준 당신은 나 때문에 일자리를 얻기 위해 싸워야 했을뿐더러 촌장 앞에서 불리한 입장에 서게 되었고 또 학교 선생에게 복종해야만 했지요. 조수들에게까지도 꼬리를 잡혀서 완전히 그들의 손아귀에 들어가 버렸어요. 그런데 가장 나쁜 일은, 당신이 나 때문에 혹 무례한 짓을 했을지도 모른다는 점이에요. 당신은 클람에게로 가려고 애썼지만, 그것은 어떻게 해서든지 그를 달래보려는 맥 없는 노력에 불과해요. 주인아주머니는 이런 사정을 틀림없이 나보다도 잘 알고 있으니까, 내게 귀띔해서 내가 심하게 후회하지 않도록 염려해 주신 거라고, 생각했지요. 좋은 뜻이었지만 헛수고였어요! 당신에 대한 나의 애정은 내가 모든 난관을 견뎌내게 해주었을 테고, 마침내 그 애정의 힘으로 당신도 전진할 수 있었을 거예요. 이 마을이 아니라면 어디 다른 곳에서라도 말예요. 이 애정의 힘은 벌써 스스로를 증명했어요. 이 힘으로 당신을 바르나바스의 가족에게서 구해냈으니까요." "그러면 그것이 그때 당신의 반대 의견이었던 건가? 그런데 그 생각이 그 후 어떻게 변했지?" K가 물었다. "나도 모르겠어요." 프리다는 말하고, 자기의 손을 잡고 있는 K의 손을 쳐다보았다. "아마 아무것도 변하지 않았을 거예요. 당신이 이처럼 제 옆에 계시고, 이렇게 침착하게 물으시면 나는 조금도 변하지 않았다는 생각이 들어요." 그러나 K의 손을 뿌리친 그녀는 그와 마주 보고 앉아 얼굴을 가리지도 않고 울었으며 눈물이 흐르는 얼굴을 K에게 똑똑히 보여주었는데, 그 모습은 마치 그녀가 그녀 자신 때문에 울고 있는 것이 아니니까 아무것도 감출 것은 없으며, 단지 K에게 배신당한 것이 슬퍼서 울고 있다, 따라서 K에게 우는 꼴을 보여주는 것은 당연하다고 말하려는 듯했다. 그녀는 말을 이었다. "그러나 사실은 당신이 한스와 이야기하는 것을 들은 다음부터 모든 사정이 달라졌어요. 당신은 아주 순진한 체 시치미를 떼고, 가정 사정과 그 밖의 여러 가지 일을 이것저것 물으셨지요. 마치 당신이 아주 다정한 태도로 주점에 들어오셔서 천진난만하고 열렬하게 내 시선을 끌던 그때의 모습 같다는 생각이 들었어요. 그때와 조금도 다름없었어요. 그래서 나는 단지 주인아주머니가 여기 동석해서 당신의 말을 듣고 자기의 의견을 고집하려고 든다면 참 재미있으리라고 생각했어요. 그러나 그다음 갑자기 왜 그랬는지는 모르겠으나 당신이 무슨 목적으로 한스와 이야기하셨는지를 깨닫게 됐어요. 당신은 동정 어린 말로써 얻기 어려운 그 아이의 신뢰를 얻었는데, 그건 당신이 방해받지 않고 목표를 향해 돌진하기 위함이었어요. 당신의 목표란 말씀을 듣고 있는 동안 점점 뚜렷해졌지만, 바로 브룬스비크 부인이었지요. 당신은 겉으로는 부인을 염려하고 계신 듯 말씀하셨지만, 이야기를 들어보니까 당신은 자기 자신의 일 외에는 염두에도 두지 않는다는 사실을 알게 됐어요. 당신은 부인을 손에 넣기도 전에 벌써 부인을 기만하신 거예요. 당신의 말씀을 듣고, 나의 과거뿐만 아니라 미래가 어떠리라는 것까지도 알 수 있었어요. 마치 주인아주머니가 내 옆에 앉아서 내게 모든 사정을 설명하고 있다고 느껴졌지요. 나는 있는 힘을 다해 주인아주머니를 뿌리치려고 하지만, 이런 노력조차 아무런 희망이 없다는 사실을 분명히 깨닫게 되는 거예요. 그런데 사기를 당한 것은 실은 나와는 전혀 다른 사람이며—나는 결코 사기를 당하지는 않았지요—알지도 못하는 부인이었지요. 그래도 나는 다시 용기를 내서 한스에게 무엇이 되고 싶은지 물어보았더니, 한스는 당신과 같은 사람이 되겠다고 대답했어요. 즉, 그때 한스는 벌써 완전히 당신의 소유가 되어버린 거예요. 이쯤 되면, 좋지 못한 일에 이용당한 이 착한 한스와 그 당시 주점에 있었던 나와는 대체 얼마나 차이가 있을까요?"

"당신의 말은 모두······." 하고 K는 말했는데, 비난받는 데에 익숙해지면서 점차 침착한 태도를 갖게 되었다. "당신이 한 말은 어떤 의미에서는 옳아. 확실히 틀린 말은 아니지만 단지 적개심이 깃들어 있어. 당신이 아무리 자기 생각이라고 믿고 있어도 그것은 나의 원수인 주인아주머니의 생각이야. 그래서 나는 안심했어. 그 생각에는 교훈적인 점도 많을뿐더러 또 그 외에 주인아주머니한테서도 여러모로 배울 점이 있을 것 같기도 해. 주인아주머니는 다른 측면을 보더라도 나를 소중하게 생각하진 않지만, 나한테 직접 그런 말은 전혀 하진 않았단 말이야. 그녀가 당신에게 그런 무기를 내맡긴 것은 확실히 당신이 이 무기를 내가 특별히 곤란하고 아슬아슬한 순간에 사용하기를 바라고 한 짓이야. 만일에 내가 함부로 당신을 학대했다면 주인아주머니도 똑같이 당신을 학대한 셈이라고. 그런데 프리다, 생각 좀 해보란 말이야. 만사가 꼭 주인아주머니가 말하는 그대로라고 하더라도 단 한 가지 경우만 아니라면 대단히 나쁘다고 볼 순 없을 거야. 즉 당신이 나를 사랑하지 않는 경우 말이야. 그렇게 되면, 또 그 경우에 있어서만은 내가 당신을 미끼 삼아 폭리를 보아서 수지를 맞추려고 지독한 타산과 모략으로 당신을 소유했다고 할 수 있을 거야. 그렇게 보면, 내가 당신의 동정심을 자아내기 위해서 그 당시 올가와 팔을 끼고 당신 앞에 나타났던 것도 아마 내 모략의 하나라고 할 수 있지 않겠어? 다만 주인아주머니가 내 죄과를 열거할 때에 이걸 빼먹었을 뿐이야. 그러나 이렇게 극단의 경우가 아니라, 즉 교활한 맹수가 당신을 빼앗아 버린 것이 아니라 나와 당신이 동시에 마주 다가와 두 사람 다 무아지경에서 상대방을 발견했다고 한다면, 프리다, 그때엔 대체 어떻게 될까? 그렇게 되었을 때에 나는 나 자신의 일과 당신의 일을 함께 해결해야 하는 입장에 서게 되는 것이니 나의 일과 당신의 일은 조금도 구분할 수 없고, 단지 적개심을 품고 있는 주인아주머니만이 그것을 구분할 수 있을 뿐이지. 이 원칙은 모든 것에 해당할 뿐 아니라 심지어는 한스의 경우에도 마찬가지야. 여하튼 당신은 나와 한스의 이야기를 판단하는 데에 있어서, 당신이 여린 마음씨를 가졌기 때문에 일을 과장해서 생각하고 있어. 왜냐하면 한스의 의도와 나의 의도가 완전히 일치하지 않는다고 하더라도, 둘 사이에 대립 비슷한 상태까지는 가지 않았으니 말이야. 게다가 우리 부부 사이의 의견 대립과 불화를 한스가 눈치채지 못하고 있을 리 없잖아. 만일 한스가 눈치채지 못했다고 생각한다면, 그 조심성 많은 어린아이의 가치를 대단히 얕게 평가하는 거지. 그리고 가령 한스가 모든 일을 눈치채지 못했다고 하더라도 손해를 본 사람은 아무도 없을 것이며, 또 그렇기를 나는 바라고 있어."

"올바른 쪽이 누구인지 이해하기가 참 어려워요." 프리다는 말하고 한숨을 쉬었다. "나는 아마 당신에 대해서 의심을 품은 적이 없는지도 몰라요. 그리고 만일 의심 같은 감정이 주인아주머니에게서 제게로 전염되었다면, 나는 그것을 기꺼이 떨쳐버리겠어요. 그리고 무릎 꿇고 당신의 용서를 빌겠어요. 내가 아무리 비난을 퍼부었다 하더라도 사실 쭉 용서를 빌어왔던 거예요. 그러나 당신이 많은 비밀을 감추고 있다는 점에는 변함이 없어요. 당신은 오시고 가시는데, 어디서 오셔서 어디로 가시는지 나는 모르고 있어요. 아까 한스가 문을 노크했을 때 당신은 바르나바스의 이름을 부르셨지요. 그 이유를 알 수 없었으나, 당신이 그 지긋지긋한 이름을 아주 정답게 부르신 것처럼 단 한 번만이라도 내 이름을 그렇게 정답게 불러주셨으면 좋겠어요. 당신이 나를 조금도 믿어주시지 않는데, 어째서 나는 당신에게 의심을 품어선 안 될까요? 나를 믿지 않는다는 것은 나를 전적으로 주인아주머니에게 맡겼다는 증거예요. 당신의 태도는 주인아주머니의 말을 뒷받침하고 있는 것 같아요. 모든 게 그렇다고 말하는 것은 아니에요. 당신이 하나에서 열까지 아주머니의 말을 뒷받침하고 있다고는 생각하지 않아요. 좌우간 당신은 나 때문에 조수들을 내쫓은 거잖아요? 아, 당신의 모든 행동이나 말 중에, 설령 그것이 나를 괴롭히는 것일지라도, 나에게 좋은 핵심을 발견하려고 내가 얼마나 애쓰고 있는지 알아주시기만 한다면 얼마나 좋을까요!" "무엇보다도, 프리다, 나는 당신에게 조금도 감추지 않고 있어. 주인아주머니는 나를 무척 미워하고, 내게서 당신을 빼앗으려고 노리고 있어! 그뿐만 아니라 얼마나 비겁한 수단을 쓰는지 몰라! 프리다, 당신이 주인아주머니에게 얼마나 휘둘리고 있는지! 내가 당신에게 무얼 감추고 있단 말이지? 내가 클람을 만나고 싶어 한다는 것은 당신도 알고 있지. 당신이 나를 도와 클람과 만나게 해주지 못하니 나 혼자의 힘으로라도 나서야 한다는 걸 당신은 잘 알고 있을 텐데. 지금까지 내가 그 일에 성공하지 못한 것도 알고 있잖아. 이렇게 쓸데없는 시도를 했다는 것만으로도 벌써 나는 자존심을 잃었는데, 이중으로 내 자존심을 상하게 할 작정이야? 클람의 썰매 문 옆에서 벌벌 떨며 오후의 기나긴 시간을 흘려보내 가면서 클람을 기다렸는데, 기다리다 맥이 빠진 이야기라도 자랑삼아서 하란 말이야? 그런 건 더 이상 생각할 필요가 없다고 기뻐하면서 나는 당신에게로 빨리 돌아온 거야. 그런데 당신은 이제 와서 이런 힘든 일을 위협 삼아 다시 끄집어내려는 거지. 그리고 바르나바스라고? 그래. 나는 바르나바스가 오기를 기다리고 있었어. 그는 클람의 심부름꾼이야. 내가 그를 심부름꾼으로 쓴 적은 한 번도 없어." K는 말했다. "또 바르나바스예요!" 프리다가 외쳤다. "난 그가 훌륭한 심부름꾼이라고 믿지 않아요." "아마 당신의 말이 옳을지도 몰라. 그러나 그는 내게 파견된 단 한 사람의 심부름꾼인걸." K가 말했다. "그렇다면 더욱 나빠요. 그러니까 한층 더 그를 조심하지 않으면 안 돼요." "유감스럽게도 그는 지금까지 한 번도 그럴 만한 기회를 주지 않았어." K는 미소를 지으면서 말했다. "그가 오는 것은 드문 일인 데다 가지고 오는 소식도 신통치가 못해. 다만 그것이 직접 클람에게서 나왔기 때문에 가치가 있는 거야." "그렇지만 클람이 아니시죠, 당신의 목표는? 아마 그 점이 내게는 가장 불안한지도 모르겠어요. 당신은 언제나 저를 제쳐놓고 억지로 클람과 면회하시려고 했는데, 그건 잘못된 처사였어요. 그렇지만 지금 당신이 클람한테서 멀어지는 듯하는 게 훨씬 잘못됐지요. 그것은 주인아주머니가 전혀 예상도 하지 못했던 일이에요.

주인아주머니의 말에 의하면, 저의 행복은—의심스럽기는 하지만, 그러나 분명히 느끼고 있는 이 행복은—당신이 클람에 대한 희망이 수포로 돌아갔다고 결정적으로 깨닫는 날 끝난다는 거예요. 그런데 당신은 그날이 닥쳐오는 것을 기다리지도 않는군요. 갑자기 어린아이가 들어오니, 당신은 그 아이의 어머니를 손아귀에 넣으려고 아이와 다투기 시작했지요. 마치 살기 위해 필요한 공기를 얻으려고 하는 것처럼." 프리다가 말했다. "당신은 내가 한스와 이야기한 내용을 제대로 알아들었군. 사실 그래, 그러나 당신의 과거 모든 생활이 송두리째 가라앉은 탓에—물론 주인아주머니는 제외하고 말이야. 주인아주머니는 떠밀려서 함께 나락 속에 가라앉을 여자가 아니니까—전진하기 위해서는 어떻게든 투쟁해야 한다는 것을, 특히 훨씬 밑바닥부터 올라온 경우에는 그렇다는 것을 당신은 모르고 있단 말이야? 조금이라도 희망이 보이는 것은 모조리 될 수 있는 대로 이용해 봐야 하지 않겠어? 내가 이곳에 도착한 날 헤매던 끝에 라제만에게 잘못 찾아갔더니 그 아내는 자신이 성에서 왔다고 말했어. 그렇게 말하는 사람에게 충고나 도움을 구하는 것보다도 더 절실한 일이 있겠어? 주인아주머니가 클람과 만나지 못하게 하는 모든 장애물을 잘 알고 있다면, 그 아내는 아마 그곳에 이르는 길도 알고 있을 거야. 그녀 자신도 그 길로 성에서 내려왔으니까." K는 말했다. "클람에게로 가는 길 말인가요?" 프리다가 물었다. "물론 클람에게로 가는 길이지. 그 밖에 대체 어느 길을 말하겠어?" 이렇게 말한 K가 벌떡 뛰어 일어나더니 "자, 1분 1초도 우물쭈물할 수는 없어. 점심 식사를 가지러 갈 시간이 되었으니까!" 하고 외쳤다. 프리다는 K에게 여기 있어달라고 지나칠 정도로 간청했다. 마치 그가 그곳에 남아 있어야만 비로소 그가 지금 건넨 위로들이 증명된다는 눈치였다. 그러나 K는 프리다에게 남선생을 상기시키고, 지금 당장이라도 천둥처럼 요란한 소리로 활짝 열릴지도 모르는 문을 가리켰다. 그리고 곧 돌아오겠다고 약속하고, 난로에 불을 지피는 일은 돌아와서 자신이 하겠으니 당신은 염려하지 말라고 말했다. 드디어 프리다는 잠자코 그 말에 따랐다. K가 밖으로 나와서 눈 위를 터벅터벅 걸어갔을 때—벌써 훨씬 전에 길 위에 쌓인 눈을 치웠어야 했는데, 여태껏 그대로인 꼴을 보고 깜짝 놀랐다—K는 울타리 옆에 조수 하나가 죽은 사람처럼 녹초가 되어 축 늘어진 채로 달라붙어 있는 꼴을 보았다. 한 사람밖에 안 보이는데, 또 하나는 어디로 갔을까? 그렇다면 한 사람만은 K의 압력에 못 이겨 내빼 버린 건가? 물론 남아 있는 조수는 아직 상당히 열성을 보이며, K의 모습을 보자마자 숫기 좋게 팔을 쑥 내밀고 반색하면서 갈망하는 눈동자를 부릅뜨기 시작했는데, 그 모습만 보아도 그 열성은 짐작할 수 있었다.

"저자의 고집만은 찬양할 만하군." K는 혼잣말로 중얼거렸으나, 물론 이렇게 덧붙이지 않을 수 없었다. "그렇게 고집을 부리다가는 울타리에서 얼어 죽는다니까!" 그러나 K는 단지 노골적으로 이 조수에게 주먹을 쑥 내밀고는 가까이 오지 말라고 위협하는 태도를 보였을 뿐이었다. 그러자 조수는 겁을 집어먹고 뒤로 슬슬 물러갔다. 그때 마침 프리다가 창문을 열었는데, 그것은—이미 K와 상의한 일이었지만—불을 피우기 전에 방 안을 환기하려던 것이었다. 조수는 곧 K를 단념하고 은근히 매혹되었다는 듯 가만히 창 옆으로 다가섰다. 프리다는 조수를 향해서는 정다운 표정으로, 그리고 K를 향해서는 어쩔 줄 모르는 난처한 표정으로 얼굴을 찌푸리더니 창밖으로 손을 흔들었다. 쫓으려고 하는 행동인지, 혹은 인사하려는 행동인지 알 수가 없었다. 조수는 그 행동을 보고도 조금도 개의치 않았다. 그때 프리다는 성급히 덧창문을 닫아버렸다. 그러나 창문 뒤에서 문고리를 잡은 채 고개를 갸우뚱 기울이고 눈은 크게 부릅뜬 채 멍하니 미소를 띠고 있었다. 그녀는 자기가 그런 태도를 취하면 조수를 무섭게 하기는커녕 오히려 유혹하게 된다는 걸 알고 있을까? 그러나 K는 더 이상 뒤돌아보지 않았다. 그보다는 차라리 될 수 있는 대로 빨리 갔다가 빨리 돌아오리라 생각했다.

15장 　아말리아의 집에서

마침내—어둑해진 늦은 오후였다—K는 교정에 쌓인 눈을 치워 길 양쪽에 높이 쌓아 올리고 단단하게 두드렸다. 이것으로써 오늘 일은 끝난 셈이다. 그는 교정 입구 옆에 서서 주위를 둘러 보았으나 사람은 하나도 보이지 않았다. 벌써 몇 시간 전에 상당히 멀리까지 쫓아버렸다. 조수는 그때 정원과 오막살이집 사이의 어딘가에 숨어버렸는데 찾아낼 수 없었으며 그 후 완전히 자취를 감추고야 말았다. 프리다는 교실 안에 있었다. 세탁을 하고 있거나, 아마 여전히 기자의 고양이를 씻기고 있는 것 같았다. 기자가 프리다한테 이 일을 맡기는 것을 보면 그녀가 프리다를 대단히 신뢰하고 있다는 증거였지만 전혀 내키지 않고 온당치도 않은 일이었다. 여러 가지로 일을 게을리해 버린 뒤였기에 기자를 위해 일해줄 수 있는 모든 기회를 이용하는 것이 좋겠다고 K가 생각하지 않았더라면, 그는 프리다가 이런 일을 맡는 것을 잠자코 두고 보지는 않았을 것이다. K가 다락방에서 어린이용 목욕통을 가져와 물을 데우고, 나중에는 고양이를 조심스럽게 목욕통 속에 넣는 모습을 기자는 만족스럽게 쳐다보았다. 그리고 그녀는 고양이를 완전히 프리다의 손에 맡겨버렸다. 왜냐하면 K가 이 마을에 도착한 첫날 저녁에 만난 적 있었던 슈바르처가 찾아와, 그날 밤의 일 때문에 생긴 불편한 감정과 관리인을 향한 멸시가 섞인 표정으로 K한테 인사한 다음 기자와 함께 다른 교실로 가버렸기 때문이다. 지금도 두 사람은 여전히 그 교실에 있었다. 브뤼켄호프에서 K가 들었던 소문에 의하면, 슈바르처는 집사의 아들인데도 기자에게 반해서 벌써 오랫동안 마을에 살고 있으며, 여러 가지 연고를 이용해 마을에서 '조교원'이라는 자리를 얻었다. 그러나 어떻게 그 직책을 완수하고 있느냐 하니, 기자의 수업 시간에 절대로 결석하지 않고 학생들 사이에 섞여 아이용 의자에 앉아 있거나 그렇지 않으면 기자의 발치에, 혹은 교단에 앉아 있거나 한다는 것이다. 아이들은 이미 한참 전부터 그의 행동에 익숙해져서 조금도 수업에 방해가 되지는 않았다. 슈바르처가 아이들에 대해서 애정도 이해도 없으며 그들과 거의 말도 하지 않고, 단지 기자의 체조 시간만 맡았으며 그 외에는 기자의 근처에 머무르며 그녀와 같은 공기를 마시고 그녀의 체온을 느끼면서 생활한다는 것으로 만족하고 있었기 때문에 더욱 쉬웠는지도 모르겠다. 그 친구의 가장 큰 기쁨은 기자 옆에 앉아서 아이들의 연습장을 고쳐주는 일이었다. 오늘도 두 사람은 이 일을 하고 있었다. 슈바르처는 공책을 산더미처럼 가져왔으며, 남선생은 언제나 자기 업무까지도 이 두 사람에게 시켰다. 그래서 아직 밝을 때에는 두 사람이 창가의 작은 책상 옆에 앉아서 머리를 맞대고 함께 일하는 광경이 보였으나, 이젠 그곳에서 촛불 두 개만 아롱거리고 있는 것이 눈에 띌 뿐이었다. 두 사람을 맺어주는 것은 진지하고도 말없는 사랑이었다. 이 사랑에서 주도권을 잡고 이끌어 나가는 것은 바로 기자 쪽이었다. 그녀의 둔하고도 답답한 성격은 간혹 난폭해져서 한계선을 넘는 일이 많았지만, 다른 누군가가 다른 경우에 비슷한 짓을 했다면 그녀는 결코 참지 못했을 것이다. 그래서 활발한 슈바르처도 거기에 보조를 맞추어서 천천히 걷고, 느리게 말하고, 많이 침묵해야 했다. 그러나 그에게는 단지 기자가 잠자코 자기 눈앞에 있다는 사실만으로도 모든 보상이 ―누가 보아도 분명한 일이었지만― 충분히 되고도 남았다. 그런데 기자는 그를 조금도 사랑하지 않는지도 모르겠다. 좌우간 둥글고 회색빛의, 마치 한 번도 깜박거리지 않는 듯하고 오히려 동공 속에서 회전하고 있는 것처럼 보이는 그녀의 눈은 그런 의문점에 대해서는 아무런 해답도 주지 않았다. 단지 알 수 있는 것은 그녀가 별 의도 없이 슈바르처를 달게 받아들이고 있다는 것뿐이었다. 그러나 그녀는 집사의 아들한테 사랑을 받는다는 것이 얼마나 영광스러운 일인지 분명히 이해하지 못하고 있는 듯했다. 슈바르처의 눈초리가 그녀의 뒷모습을 쫓거나 말거나 언제나 다름없이 침착하고 원기왕성하게 풍만한 몸매를 과시하며 걸어 다녔다. 그와는 반대로 슈바르처는 마을에 남아 있어야 한다는 한결같은 희생을 그녀에게 바쳤던 것이다. 그를 데려려고 늘 찾아오는 아버지의 심부름꾼을 그는 대단히 분개하며 쫓아보냈다. 마치 그런 심부름꾼들로 인해 성의 일이라든지 자식 된 의무를 순간적이나마 상기하는 것이 자기의 행복을 지독하게 그리고 치명적으로 방해한다고 여기는 듯했다. 그러나 그에게는 사실 자유로운 시간이 얼마든지 있었다. 기자가 그 앞에 나타나는 건 보통 수업 시간이나 연습장을 함께 볼 때뿐이었기 때문이다. 이것은 물론 그녀의 계산에서 나온 것이 아니라, 그녀가 안락한 생활을, 다시 말해 단지 자기 혼자 있는 것을 무엇보다도 좋아했으며 집에서 아주 편안한 기분으로 기다란 의자 위에 ―고양이가 있었지만 거의 움직일 수 없으니 조금도 귀찮을 게 없었다―드러누울 때를 아마도 가장 행복해했기 때문이다. 그리하여 슈바르처는 하루의 대부분을 일도하지 않고 시간을 보냈는데 그로서는 좋은 일이었다. 왜냐하면 그럴 때면 언제나 기자가 살고 있는 뢰벤 거리로 찾아갈 수 있는 가능성이 있기 때문이며, 사실 그는 그런 기회를 썩 잘 이용하고 있었다. 그는 기자가 살고 있는 지붕 밑 방으로 올라가 언제나 잠겨 있는 문 앞에서 귀를 기울이고 형편을 살펴보곤 했는데, 방 안이 예외없이 알 수 없고 완전히 조용한 것을 확인하면 성급히 그곳을 떠나버리는 것이다. 하여튼 이런 생활의 결과로 그도 가끔—기자와 함께 있을 때에는 결코 그런 적이 없지만—순간적으로 다시 고개를 쳐드는 관료적인 거만함을 우습게도 폭발시켰다. 그런데 그 관료적인 거만함이라는 것은 현재의 그의 위치로는 당치도 않은 것이었다. 그럴 때면 물론 대개는 그다지 좋은 결과를 맺지 못했다. K도 경험한 바였다.

K가 놀라지 않을 수 없었던 점은, 적어도 브뤼켄호프에서는 존경할 만한 일이 아니라 오히려 우스꽝스러운 일일 때에도 모두들 슈바르처에 대한 이야기를 하면서는 일종의 존경심을 보였다는 것이었다. 그리하여 기자까지도 그 존경을 받는 대상에 한 몫 끼게 되었다. 그렇지만 조교원인 슈바르처가 K에 비해 굉장히 뛰어나다고 생각한다면 옳지 못한 일이다. 그런 우월성은 존재하지도 않는다. 학교 관리인이라는 존재는 교사에겐, 더군다나 슈바르처와 같은 교사에겐 대단히 중요한 인물이며, 그를 멸시하면 처벌을 피할 수 없었다. 만일에 직권에 따라 도무지 멸시하는 태도를 보이지 않을 수 없는 때라도, 적어도 그 사람한테 멸시에 대한 상당한 보상을 줌으로써 참고 넘어가게 해주어야 한다는 것이다. K는 때로 이런 생각을 해보았다. 그뿐 아니라 슈바르처는 그 첫날 밤 이래 K에게 빚을 지고 있는 셈이었다. 그다음 날 이후의 경과를 보면 슈바르처의 이런 대접은 사실 정당한 것이었지만 그렇다고 이 빚이 줄어든 것은 아니다. 왜냐하면 슈

바르처의 그 대접이 거기에 따르는 모든 상황이나 나아갈 방향을 결정했을지도 모른다는 사실을 잊어서는 안 되기 때문이다. 아주 어리석기 짝이 없는 일이지만, 슈바르처 덕분에 이곳에 도착한 처음부터 벌써 관청의 이목이 전적으로 K에게 쏠리고 말았다. 그 당시 K는 아직도 전혀 이 마을의 사정을 모르고 아는 사람조차 없는 데다가 도망하려야 도망할 곳도 없을뿐더러 머나먼 길을 걸어왔기 때문에 몸은 피곤했고 의지할 데 없는 몸을 저 짚으로 만든 요 위에 뉘였을 때, 관청의 손이 K에게로 뻗어왔다 해도 전혀 막을 길이 없었을 것이다. K가 하룻밤이라도 늦게 도착했더라면 만사가 다른 꼴, 다시 말해 아주 조용히, 어느 정도는 비밀리에 진행되었을지도 모르겠다. 좌우간 아무도 K에 대해서 아무것도 몰랐을 것이며 의심도 품지 않았을지 모른다. 적어도 그를 방랑하는 일꾼으로 여기고 하룻밤쯤 자기 집에 재우는 데에도 까다롭게 굴지는 않았을 것이다. 쓸모 있고 믿을 만한 청년이라는 평을 받았을 것이며, 자연히 그 소문이 이웃간에 퍼져서 틀림없이 어느 곳에서든 하인으로 일할 수 있었을 것이다. 물론 그 상황을 관청에서 모를 리 없을 것이다. 그러나 K 때문에 중앙사무국, 또는 전화통 옆에 있었던 누군가가 한밤중에 억지로 잠에서 깨어나 겉으로는 겸손한 말투였지만 사실은 귀찮고 앞뒤 없는 요구를, 더군다나 성 사람들 모두가 싫어하는 슈바르처에게 그런 요구를 받는 것과, 그런 모든 짓 대신에 K가 그다음 날 업무 시간에 촌장을 찾아가 자신은 사실 이곳에 처음으로 온 나그네인데 어떤 마을 사람의 집에서 묵었고, 그다음 날이면 다시 떠날 것이라고 그럴듯하게 신고하는 것에는 아주 굉장한 차이점이 있었다. 다만 후자의 경우에는 전혀 있을 수 없는 사태가 벌어져 K가 여기서 일자리를 얻는 일은 없으리라는 점, 그리고 만일 일자리를 얻더라도 다만 며칠일 뿐이라는 조건이 붙었을 테고, K 자신도 더 오랫동안 여기 머무를 생각은 없었을 것이다. 슈바르처만 없었더라면 그렇게 되었을 것이다. 그럼에도 관청은 계속해서 이 안건을 취급했을 테지만 상대방의 초조함—관청으로서는 가장 참을 수 없는 것인데—에 조금도 방해를 받지 않고 조용히 관례에 따라서 일을 처리할 수 있었을 것이다. 그렇게 따지고 보면 사실 K에게는 어떤 일에 있어서도 전혀 죄가 없고 다만 슈바르처에게 있다고 할 수밖에 없다. 그러나 슈바르처는 집사의 아들이며 적어도 표면상으로는 정당하게 행동했으므로 K 만이 그 죄를 뒤집어쓰게 된 것이다. 그리고 이 모든 어리석은 일에 대한 원인을 살펴볼 때, 그것은 아마 그날 애인 기자의 기분이 나빴기 때문이었는지도 모르겠다. 그래서 그날 밤 슈바르처는 잠을 이루지 못하고 여기저기 쏘다니던 끝에 K에게 화풀이를 했는지도 모른다. 물론 다른 관점에서 본다면 K는 슈바르처의 이런 행동 때문에 퍽 덕을 봤다고도 할 수 있다. 오로지 그덕분으로 K가 혼자서는 도저히 달성할 수 없고 또 감히 달성하려고 마음먹지도 못했던 일, 그리고 관청에서도 거의 인정하지 않았을지도 모를 일—물론 대체로 이런 일은 관청에서도 받아들일 수 있는 한계 내에서 이루어지겠지만—K가 처음부터 꾀를 부리지 않고 드러내놓고 당당하게 관청과 맞서는 일이 가능해졌던 것이다. 그러나 그것은 좋지 못한 선물이었다. 물론 그 때문에 K는 여러 가지로 거짓말을 하거나 남모르게 감출 필요가 없어졌지만, 역시 한편으로 K는 거의 무방비 상태가 되어 전투에서는 좌우간 불리한 입장에 서고 말았다. 그런 관점에서 볼 때, 만일 K가 관청과 자기 사이의 힘 차이가 유감스럽게도 굉장히 커서 자기가 아무리 거짓말하고 모략을 꾸민다 하더라도 이 어마아마한 차이를 진정 자기에게 유리할 만큼 좁힐 수는 없다고 스스로 타이르지 않았던들 K는 절망했을 것이다. 그러나 이것도 K가 자신을 위안하려는 단순한 생각에 지나지 않았다. 슈바르처는 여전히 빚을 지고 있었다. 그 당시 그는 K에게 손해를 입혔으니 아마도 가까운 장래에 K를 도와줄 수도 있을 것이다. K는 앞으로도 아주 사소한 일, 즉 모든 일의 기본 조건을 만족시키기 위해서는 도움이 필요할 것이다. 이런 경우 예를 들면 바르나바스도 아무 소용 없을 듯 보였다.

　K는 상황을 살피러 바르나바스의 집으로 가고 싶었지만 프리다 때문에 하루 종일 머뭇거리고 있었다. 프리다의 면전에서 바르나바스가 찾아오는 상황을 피하려고 지금까지 바깥에서만 일을 하고 있었으며 일이 끝난 다음에도 바르나바스를 기다렸으나 바르나바스는 나타나지 않았다. 이젠 바르나바스의 누이동생들한테로 가보는 수밖에 다른 도리가 없었다. 단지 잠깐 동안 문 앞에서 바르나바스의 안부를 묻고 곧 다시 돌아올 생각이었다. 그는 눈 속에 삽을 꽂아놓고 달려갔다. 숨 가쁘게 바르나바스의 집에 도착하자 잠깐 노크한 다음에 곧 문을 열어젖힌 채 방 안의 상황도 살피지 않고 물었다. "바르나바스는 아직도 돌아오지 않았나요?" 그때 비로소 깨달았지만, 올가는 없고 노부부가 먼젓번과 마찬가지로 문에서 훨씬 떨어진 어슴푸레한 어둠 속에 앉아 있었는데, 문가에서 무슨 일이 일어났는지 전혀 모르는 채 얼굴들을 천천히 K에게로 돌렸다. 마지막으로 눈에 띈 것은 아말리아가 난로 옆의 기다란 벤치 위에 이불을 덮고 드러누워 있다가 K의 모습을 보고 깜짝 놀라서 일어난 뒤 마음을 가라앉히려고 이마에다 손을 갖다 대는 모습이었다. 올가가 있었더라면 곧 회답을 받고 돌아올 수 있었는데, K는 어쩔 수 없이 적어도 두

서너 걸음은 아말리아에게로 다가서서 손을 내밀고—그녀는 아무 말 없이 그 손을 잡고 악수했다—안에 있는 양친이 걸어나오는 일이 없게 해달라고 부탁해야 했다. 그녀는 몇 마디 말로 K의 부탁에 따랐다. 아말리아의 말을 듣고 알았지만, 올가는 마당에서 장작을 패고 있었고 아말리아는 아주 몸이 피곤해서—그 이유는 거의 말하지 않고—조금 전에 드러누워 쉬지 않을 수 없었다. 바르나바스는 아직 돌아오지 않았지만 성에서 묵는 일은 절대로 없으니까 곧 돌아올 것이라고 했다. K는 알려줘서 고맙다고 인사했다. 이젠 돌아가도 상관이 없었다. 그런데 아말리아가 그래도 올가가 돌아올 때까지 기다려보지 않겠느냐고 묻기에, 유감스럽지만 시간 여유가 없다고 대답했다. 그러자 아말리아는 오늘 벌써 올가와 이야기를 했느냐고 물었다. 그는 의아해하면서 아니라고 대답하고는 올가가 자기에게 무슨 특별한 일이라도 전할 것이 있느냐고 물어보았다. 아말리아는 약간 기분 나쁜 듯이 입을 일그러뜨린 채 잠자코 고개를 끄덕이고는—그것은 확실히 작별의 표시였다—또다시 드러누워 버렸다. 그리고 드러누운 채 그가 아직 거기 있는 것이 자못 이상한 듯이 살펴보았다. 그녀의 눈초리는 여느 때와 다름없이 차고 맑고 흔들리지 않았다. 그 눈초리는 쳐다보는 대상에 곧장 집중되는 것이 아니라—그 때문에 사람의 마음을 어지럽게 만들었다—약간, 거의 식별할 수 없을 정도였지만 의심할 여지없이 그 대상을 스쳐지나갔다. 이것은 무기력하기 때문도 아니고 동시에 당황하거나 성실치 못하기 때문이라고도 할 수 없으며, 다른 모든 감정을 능가하는 끊임없는 고독에 대한 갈망 때문인 것 같았다. 이 고독에 대한 갈망은, 이렇게라도 하지 않으면 아마 그녀 자신도 의식하지 못했을지도 모른다. K는 자기가 이곳에 처음 찾아왔던 그날

저녁에도 그의 마음이 이 눈초리에 쏠렸던 사실이라든지, 그뿐
아니라 이 가정이 당장에 준 불쾌하기 짝이 없었던 인상의 전부
는 틀림없이 눈초리―그 자체는 불쾌하지 않았으며 거만함과
침묵 속에서도 진실성이 깃들어 있었지만―때문이었다는 사실
이 생각났다. "아가씨는 언제나 슬픈 것같이 보이는군요, 아말리
아. 무슨 고민이라도 있나요? 그것을 말할 수는 없나요? 나는 아
직도 당신과 같은 시골 아가씨를 본 적이 없어요. 그걸 오늘 확
실히 깨달았지요. 바로 지금 말이에요. 아가씨는 이 마을 출신인
가요? 이 마을에서 태어나셨나요?" K가 그렇게 말했다. 아말리
아는 K가 단지 마지막 질문만을 한 것처럼 그렇다고 대답했는
데, 그러고 나서 "선생님은 올가를 기다리시는 거죠?" 하고 덧붙
였다.

　"왜 자꾸 똑같은 질문을 몇 번씩이나 되풀이하시나요? 나는
오랫동안 여기 있을 수 없어요. 집에서 약혼자가 기다리고 있으
니까." K는 말했다. 아말리아는 세운 팔꿈치에 몸을 기대며 약혼
자에 대해 아무것도 모른다고 답했다. K가 프리다의 이름을 댔
으나, 아말리아는 프리다를 알지 못했다. 그녀는 올가가 그 혼인
에 대해서 아느냐고 물었다. 알고 있다고 생각하며, 올가는 K가
프리다와 함께 있는 것을 목격했을뿐더러 이런 소문은 곧 마을
에 퍼지기 마련이라고 K는 대답했다. 그런데 아말리아는, 올가
는 그 사실을 모를 것이며 아마 알게 되면 대단히 슬퍼할 거라
고, 그건 올가가 K를 사랑하는 듯하기 때문이라고 확언했다. 올
가는 대단히 수줍어서 솔직하게 이야기하지는 않았지만, 애정이
란 건 무의식중에 은근히 드러나는 법이라고 했다. K는 아말리
아가 잘못 생각하고 있다고 단언했다. 아말리아는 미소를 지었
다. 그 미소에는 슬픔이 깃들어 있었으나 심란하게 찌푸린 얼굴

에 명랑한 기색을 덧씌우고는 침묵을 깨뜨려 말을 꺼내더니, 서먹서먹한 태도를 다정한 태도로 바꾸었다. 이것은 또한 지금까지 소중히 지켜오던 소유물—물론 다시 찾지 못하진 않겠지만, 전부는 다시 찾을 수 없는 소유물—을 포기하는 것이었다. 아말리아는 자기가 잘못 생각한 것이 아니라고 말했다. 이어서 자기는 여러 가지 일을 알고 있으며, K가 올가에게 호의를 품고 여기로 찾아오면서도 바르나바스의 편지만을 구실로 삼고 있지만 사실은 단지 올가 때문일 것이라고, 아말리아 자신은 모조리 알고 있으니까 그렇게 거북하게 생각하지 말고 종종 놀러와도 좋을 것이라고, 이게 K에게 하려던 이야기라고 아말리아는 말했다. K는 고개를 흔들면서 자기가 약혼했다는 사실을 알렸다. 아말리아는 이 약혼에 대해서는 그다지 중요하게 생각하지도 않는 듯 보였다. 약혼했다 하더라도 지금 그녀 앞에 오로지 혼자 서 있는 K의 직접적인 인상이 그녀에게 있어서는 결정적이었다. 다만 그녀는, K가 겨우 며칠 전에 이 마을에 도착했는데 대체 언제 그 아가씨와 사귀게 되었느냐고 물었다. K는 헤렌호프에서 보낸 그날 저녁 이야기를 했다. 그 말을 들은 아말리아는 다만 자기는 K를 헤렌호프로 데리고 가는 데에는 절대 반대했다고 간단히 말했다. 그녀는 올가를 증인으로 불렀다. 올가는 한쪽 팔에 장작을 잔뜩 안고 들어왔다. 찬바람을 쐬어 뺨은 붉어지고, 활발하고 원기왕성한 모습이었다. 일전에 방 안에서 우울한 듯 서 있었던 모습과 비교하면 일을 했기 때문인지 아주 달라보였다. 그녀는 장작을 내동댕이치고 순진하게 K에게 인사하더니, 곧 프리다의 이야기를 물었다. K는 아말리아에게 눈짓을 했는데, 그녀 쪽에서는 K가 자기 말을 반박하고 있다고 생각하지는 않는 모양이었다. 그 모습을 보고 약간 기분이 상했는지, K는 프리다에 관해서 보통 때보다도 더 자세하게 이야기하고, 그녀가 학교에서 곤란한 환경에 놓여 있으면서도 그 어려운 조건을 극복하면서 그럭저럭 살림을 해나가고 있다는 이야기를 했는데—곧 집으로 돌아가려고 성급히 말하다 보니—작별의 인사를 한다는 것이 그만 이 자매들에게 한번 꼭 놀러 오라고 초대하는 결과가 되고 말았다. 물론 그 순간 깜짝 놀라서 말문이 막혔지만, 아말리아는 K가 말할 틈을 전혀 주지 않고 찾아가겠다고 대답했다. 동조하지 않을 수 없게 된 올가는 자기도 찾아가겠다고 말했다. 한편 K는 빨리 작별해야겠다는 생각에 마음이 조마조마한 데다가 아말리아의 시선을 받으니 불안한 기분에 사로잡혀 그 이상 꾸며댈 생각도 하지 않고 바로 고백해 버렸다. 사실 지금 초대하긴 했지만 잘 생각해 보지도 않고 K의 개인적인 감정에서 순 충동적으로 말이 튀어나왔을 뿐이며, 유감스럽지만 이 초대를 꼭 실행할 생각은 아니라고 했다. 왜냐하면 도무지 알 수 없는 일이지만, 아말리아와 프리다 사이에 큰 적의가 있는 것 같기 때문이라고 말했다. "적의가 아니에요." 하고 아말리아는 말하고 벤치에서 일어나 담요를 뒤로 던졌다. "그렇게 큰 일은 아니에요, 마을 사람들이 하는 말을 그대로 되풀이한 것뿐이지요. 자, 빨리 가세요! 선생님의 약혼자가 있는 곳으로 가시라니까요! 대단히 바쁘시겠지요. 우리가 방문할까 봐 걱정하실 것 없어요. 처음부터 농담으로 장난삼아 말했을 뿐이에요. 그렇지만 선생님은 종종 놀러오세요. 그런다고 잘못되는 일은 없을 거예요. 언제나 바르나바스에게 볼일이 있어서 간다고 핑계를 대면 되잖아요. 선생님이 거리낌 없이 기분 좋게 오실 수 있도록 이런 말씀도 드리는 거예요. 바르나바스가 선생님을 위해서 성에서 소식을 가지고 온다고 하더라도, 그것을 선생님에게 알리기 위해서 학교에까지

갈 수는 없는 노릇이에요. 그는 도저히 그렇게 쏘다니지는 못해요. 말하자면 불쌍한 청년이지요. 그는 심부름하느라고 기진맥진해 있으니까 선생님이 직접 통지를 받으러 오셔야 할 거예요."

K는 지금까지 아말리아가 이처럼 요령 있게 조리를 따져서 오랫동안 이야기하는 모습을 본 적이 없었다. 이야기하는 투도 보통 때와는 달랐다. 일종의 거만한 태도가 엿보였는데, K만이 아니라 아말리아를 샅샅이 잘 알고 있는 올가까지도 그것을 분명히 느낀 모양이었다. 올가는 조금 떨어진 곳에서 양쪽 손을 무릎 위로 내려뜨리고, 또 언제나 하는 버릇대로 발을 약간 벌리고 몸은 약간 앞으로 기울인 자세로 서 있었다. 눈초리는 아말리아에게 돌리고 있었으나, 아말리아는 단지 K의 얼굴만을 쳐다보고 있었다. "내가 진심으로 바르나바스를 기다리고 있는 것이 아니라고 생각한다면 큰 착각이지요. 관청과의 사이에 여러 가지 문제를 해결하는 것이 나의 최대의 소원, 본래 나의 유일한 소원이라 할 수 있어요. 바르나바스가 나를 도와주리라고 큰 희망을 걸고 있어요. 물론 언젠가 내가 그에게 굉장히 실망한 적이 있기는 하지만, 그것은 그의 탓이라기보다는 오히려 내 잘못으로 돌려야 할 여지도 많거든요. 더군다나 그 일은 내가 처음 여기에 도착했을 당시 어수선한 상황 속에서 일어났으니까요. 그때 나는 저녁 때 잠깐 산책하면서 손쉽게 무엇이든 해치울 수 있다고 생각했지요. 불가능한 일이 불가능하다고 밝혀졌을 때에도 그의 잘못이라고 원망할 지경이었으니까요. 아가씨네 집안이라든지, 아가씨들 두 분에 대한 내 인상에도 그때 일이 영향을 미쳤지요. 하지만 이건 벌써 지나간 일이고, 지금은 아가씨들을 전보다도 더 잘 이해하고 있다고 생각해요. 아가씨들은 그뿐만이 아니라—K는 여기서 적당한 표현을 찾으려고 애썼으나 당장 머리에

떠오르지 않아 임시로나마 이렇게 말하는 데 만족했는데—아가씨들은 내가 지금까지 알고 있는 범위 내에서는 아마 마을의 누구보다도 마음씨가 고와요. 그러나 아말리아 아가씬 바르나바스의 일을 경시하는 건 아닐지라도 그 일이 내게 지니는 중대한 뜻을 경시함으로써 은근히 내 머릿속을 어지럽히고 있어요. 아마 당신은 바르나바스가 무슨 일을 하는지 자세히 모를 테고, 그렇다면 그대로라도 좋으니 이 이상 캐묻지는 말기로 합시다. 그러나 아마도 잘 알고 있을 텐데—오히려 나는 그런 인상을 받아요—그렇다면 그것은 좋지 못해요. 아가씨의 오빠가 나를 속이고 있다는 뜻으로 해석할 수도 있으니까 말예요." "진정해 주세요. 저는 잘 몰라요. 그 일에 간섭해서 사정을 알아내게끔 내 마음을 움직이는 것은 아무것도 없어요. 선생님을 여러 가지로 돌봐드린다고는 했지만, 그 배려하는 마음으로도 그렇게 할 수는 없어요. 선생님 말씀대로 우리는 마음씨가 고우니까요. 오빠의 일은 오빠에게 맡겨두는 게 좋아요. 제가 오빠 일에 대해서 알고 있는 것이라곤, 듣기 싫지만 가끔 우연히 귀에 들려오는 소문뿐이에요. 그와 반대로 올가는 선생님에게 무엇이든 알려드릴 수 있어요. 올가는 오빠와 통할 수 있는 사이니까요." 아말리아는 이렇게 말하고 나서, 우선 양친에게 가서 무슨 소리를 속삭이더니 부엌으로 사라져 버렸다. 그녀는 K에게 작별의 인사도 하지 않고 가버렸다. 마치 K가 여기에 쭉 머무를 테니 작별 인사 같은 건 필요 없다고 생각하는 것 같았다.

16장

K는 약간 놀란 표정으로 뒤에 남아 있었는데, 올가가 그 모습을 우스워하면서 난로 옆의 벤치로 끌고 갔다. 이제 비로소 K와 단둘이 앉게 되어 진정 행복한 모양이었다. 질투의 감정으로 말미암아 흐려지지 않은, 확실히 평화로운 행복이었다. 질투의 감정과는 거리가 멀다는 것, 따라서 그녀가 자신을 거북해하거나 가혹하게 대하지 않는다는 것이 K로서는 기분이 좋았다. 그는 올가의 푸른 눈을—유혹하거나 위협하지 않고—수줍어하며 조용히 견뎌내고 있는 눈을 바라보는 것이 좋았다. 프리다와 여주인의 경고 때문에 K는 이 모든 일을 너그럽게 바라보지는 않았지만, 그런 경고로 말미암아 그는 더 주의 깊고 더 예민해진 듯했다. 올가는 K가 왜 하필 아말리아더러 마음씨가 곱다고 했는지, 그녀에게는 여러 특성이 있지만 마음씨가 곱다고는 도저히 말할 수 없다고 의아해하자 그는 올가와 함께 웃었다. 이 일에 대해서 K는 이렇게 설명했다. 마음씨가 곱다는 찬사는 물론 그녀, 즉 올가에게 어울리는 말이라고, 아말리아는 지배하는 성향이 강해서 자기 앞에서 하는 이야기를 모조리 제 것으로 만들어버릴 뿐만 아니라 모두들 자발적으로 무엇이든 그녀에게 말해버리게 된다고 했다. "정말 그래요." 올가는 약간 정색을 하면서 말했다. "선생님이 생각하는 것보다도 더욱 그래요. 아말리아는 나보다도 어리고 바르나바스보다도 아래지만 좋은 일이건 나쁜 일

이건 집안 살림을 도맡아서 결정권을 행사하는 것은 그 애예요. 물론 그 애는 장점이건 단점이건 다른 사람보다 더 많이 가지고 있지요." K는 이 말이 지나친 과장이라고 생각했다. 뭐니 뭐니 해도 아말리아 본인이 이를테면 자기는 오빠 일에 조금도 간섭하지 않지만 올가는 그와 달리 오빠 일을 무엇이든 알고 있다고 말하지 않았던가. "그것을 어떻게 설명하면 좋을까요?" 올가는 말을 이었다. "아말리아는 바르나바스에 관한 일이나 저에 관한 일에는 전혀 신경 쓰지 않아요. 원래 그 애는 아버지, 어머니 일 이외에는 아무것도 걱정하지 않아요. 두 분 일만은 낮에나 밤에나 돌봐드리고 있어요. 지금도 두 분이 좋아하시는 음식을 준비하러 부엌으로 갔어요. 두 분을 위해서는 무리해서라도 일어나요. 그러나 그 애는 낮부터 몸이 불편해서 이 벤치 위에 드러누워 있었지요. 나와 바르나바스는 조금도 신경 쓰지 않지만, 그래도 우리는 그 애가 마치 가장 나이 먹은 언니나 누나라도 되는 듯 의지하고 있어요. 만일 그 애가 무슨 조언이라도 하면, 우리 남매는 그 조언을 따를 거예요. 그러나 그 애는 조언을 하지 않아요. 그 애 눈으로 보면 우리는 전혀 남과 마찬가지인 모양이죠. 선생님은 인간 사회에 대해 경험도 많으시고 타향에서 오셨지요. 그 애가 뛰어나게 똑똑해 보이지 않아요?" "아말리아는," K가 말했다. "유난히 불행한 사람으로 제게는 보여요. 그러나 두 사람이 그녀를 존경한다는 것과, 예를 들면 바르나바스가 이런 심부름꾼 일을 ─ 아말리아는 그것을 마뜩잖게 생각하고, 아니 아마 멸시하기까지 하지만 ─ 한다는 것이 어떻게 같이 갈 수 있을까요?" "어떤 다른 일을 하면 좋을지 알기만 하면, 바르나바스도 심부름꾼 일을 곧 집어치울 거예요. 조금도 만족하고 있지 않으니까요." "바르나바스는 기술을 다 배운 구둣방 직공이라면서요?" K가 물어보았다. "그래요. 바르나바스는 부업으로 브룬스비크의 일도 돕고 있어요. 뜻만 있다면 밤낮으로 일할 수 있지요. 수입도 넉넉하고요." 올가가 말했다. "그렇다면 심부름꾼 일과 바꿀 만도 하지 않아요?" "심부름꾼과 바꿀 수도 있다고요? 돈 때문에 그 일을 맡았다고 생각하시나요?" 올가는 깜짝 놀라서 물었다. "그럴 수도 있지요. 아까 바르나바스는 심부름꾼 일에 만족하지 않는다고 말했잖아요." "네, 그래요. 그런데 여러 가지 이유가 있어요. 그것도 성에 대한 일이거든요. 성에 대한 봉사의 일종이라고 할 수 있어요. 적어도 그렇게 생각해야 해요." "뭐라고요? 그런 것까지도 당신들은 확신할 수 없는 건가요?" K가 물었다. "아니에요, 사실은 그렇지 않아요. 바르나바스는 사무국에 가서 하인들과 대등하게 어울리고 있어요. 또 멀리서나마 관리 몇 명쯤 볼 때도 있을뿐더러 상당히 중요한 편지도 접수하고, 말로 전하지 않으면 안 되는 일까지도 맡고 있어요. 아무리 생각해도 대단한 일이죠. 그런 젊은 나이에 그만큼 출세했으니까 우린 그 사실을 자랑스럽게 생각해요." 올가의 말이었다. K는 고개를 끄덕거렸다. 집으로 돌아갈 생각은 하지도 않았다. "자기 제복까지 가지고 있나요?" K는 물었다. "그 윗도리 말인가요? 아니에요. 그것은 채 심부름꾼이 되기 전에 아말리아가 만들어주었어요. 그러나 선생님은 아픈 점을 아주 따끔하게 찌르시는군요. 그는 벌써 옛날에, 제복이 아니라—성에는 제복 같은 건 없으니까—당당한 관복을 정식으로 받았어야 해요. 그런 확약까지 있었어요. 그런데 이 점에 있어서 성 양반들은 아주 느리게 움직여요. 그러나 불행히도, 그들이 느리게 움직인다는 게 대체 무슨 뜻인지 알아낸 사람은 아무도 없지요. 아마도 일이 관청식으로 처리되고 있음을 뜻하는 걸지도 모르고, 혹은 관청 일이 전혀 시작도 안 됐다는 사실, 따라서 예를 들면 바르나바스를 지금이라도 시험해 보려는 의도가 있음을 뜻하는지도 모르겠어요. 그리고 마지막으로, 그 관청 일은 이미 끝났고 무슨 이유인지 모르지만 확약이 취소되어 바르나바스는 벌써 관복을 지급받을 수 없게 되었다는 것을 의미하는지도 모르고요. 그 이상 더 자세한 일은 알 수도 없고 안다고 하더라도 훨씬 나중에나 가능할 거예요. 이런 속담이 있는데, 아마 선생님도 아시겠지요, 관청의 결정은 처녀처럼 수줍어한다고요." 올가는 말했다. "그것 참 멋진 관찰인데요." K는 올가의 말을 올가보다도 더 진지하게 받아들였다. "멋진 관찰이야. 관청의 결정은 다른 점에 있어서도 처녀와 같은 성질을 가지고 있을지도 모르지요." "아마 그럴지도 몰라요. 선생님이 어떤 뜻으로 말씀하시는지 물론 알 수는 없어요. 아마 대단히 칭찬하는 뜻으로 말씀하시는 것이겠지요. 그런데 관복은 그야말로 바르나바스의 걱정거리 중의 하나예요. 그런데 우리 남매는 걱정을 나누는 사이니까 동시에 제 걱정도 되지요. 왜 관복을 얻을 수 없느냐고 서로 물어보지만 아무 소용이 없어요. 그런데 모든 일이 그리 간단한 것은 아니에요. 예를 들면 관리는 관복을 가지고 있지 않은 듯해요. 이 마을에서 우리가 아는 범위 내에서는, 그리고 바르나바스가 이야기하는 것을 들어보면 관리들은 물론 멋진 옷이기는 하지만 그래도 평상시 입는 옷을 입고 돌아다닐 뿐이라고 해요. 게다가 선생님은 클람을 보셨지요. 바르나바스는 물론 관리 가장 아래 계급에도 속하지 못할뿐더러 스스로 관리가 되겠다는 분에 넘치는 생각은 하지 않아요. 그러나 바르나바스가 하는 소리를 들어보면, 비교적 높은 직위에 속하는 하인도—물론 이 마을에서는 결코 그들의 모습을 볼 수가 없지만—관복을 가지고 있지 않대요. 그렇다면 마음이 놓이지 않느냐고 사람들은 생각할지도 몰라요. 하지만 그건 눈가림이에요. 여하튼 바르나바스가 비교적 높은 지위의 하인일까요? 아니에요, 아무리 그를 좋아하고 편을 든다고 하더라도 그렇게 말할 순 없어요. 그는 지위 낮은 하인이에요. 그가 마을에 온다는 사실, 아니 여기에 살고 있다는 사실이 벌써 그 증거가 되지요. 지위 높은 하인은 관리자보다도 더 소극적이고 보수적인 태도를 취하고 있는데, 당연한 일일지도 모르죠. 아마 그들은 많은 관리자들보다도 윗자리를 차지하고 있을 거예요. 두세 가지, 그것을 증명할 만한 일이 있어요. 그들은 그다지 많은 일을 하지 않아요. 그리고 바르나바스의 말을 들어보면, 이처럼 특별히 몸집이 크고 건장한 사람들이 천천히 회랑을 걸어가는 광경은 정말 장관이라고 해요. 바르나바스는 언제나 그들 곁을 사뿐사뿐 걸어다닌다는 거예요. 요컨대 바르나바스가 지위 높은 하인인지 아닌지는 문제 삼을 것이 못 돼요. 그렇다면 그는 하급 하인 중 한 사람이라는 뜻인데, 바로 이들이 관복을 입거든요. 적어도 마을로 내려올 때는 그래요. 사실 제복이라기엔 서로 가지각색으로 다르긴 하지만, 그래도 그 복장으로 곧 성의 하인이라는 것을 알아볼 수는 있어요. 선생님은 그런 사람들을 헤렌호프에서 보신 적이 있지요. 대개 몸에 착 들러붙는다는 게 특징이지요. 농부나 직공 같으면 그런 옷은 소용이 없을 거예요. 그런데 바르나바스는 이 옷을 가지고 있지 않아요. 이것은 단지 부끄럽다든지 불명예스럽다는 것이 아니라, 그렇다면 차라리 참을 수도 있겠지만, 더구나 슬플 때면―우리, 즉 바르나바스와 나는 가끔 슬퍼할 때가 있는데―모든 일에 대해서 의심을 품게 돼요. 바르나바스가 하고 있는 일은 과연 성에 대한 봉사라고 할 수 있을까 하고 말이에요. 그럴 때면 우리에게 이런 의문이 생겨요. 바르나바스가 사무국으로 가는 건 확실한데, 그 사무국이 본래의 성일까요? 그리고 설사 사무국이 성에 속해 있다고 하더라도, 바르나바스가 들어가도 되는 곳이 진정 사무국일까요? 그는 사무국으로 들어가지요. 그러나 그것은 전체 사무국의 단지 일부분에 지나지 않아서 그 앞에는 울타리가 있고, 울타리 뒤에는 또 다른 많은 사무국들이 있어요. 그가 더 앞으로 가지 못하도록 굳이 금지하지는 않지만, 그가 자기 상관들을 발견하고 상관들도 그에게 심부름을 시켜 내보낸 후로는 더 앞으로 갈 수 없거든요. 그뿐 아니라 거기서는 누구나 끊임없이 감시당하고 있고, 적어도 모두들 그렇게 믿고 있어요. 그리고 가령 그가 앞으로 더 나간다고 하더라도, 그곳에 아무런 공적인 용건도 없는 일개의 침입자에 지나지 않는다면 과연 무슨 소용이 있겠어요? 그런데 이 울타리를 어떤 일정한 경계선처럼 생각하시면 안 돼요. 바르나바스도 이 점을 언제나 되풀이해서 나에게 주의시켜요. 울타리는 그가 가는 사무국 속에도 있어요. 따라서 그가 통과하는 울타리도 있는 셈이며, 그 울타리는 아직도 그가 넘지 못한 울타리와 다를 것이 없어요. 그러니까 바르나바스가 이미 들어가 본 사무국이 있는데, 그 사무국과는 본질적으로 다른 사무국이 그 마지막 울타리 뒤에 있다고 미리 전제해서는 안 돼요. 아까 말씀드린 바와 같이, 단지 마음이 심란할 때면 그렇다고 믿게 되거든요. 그럴 때면 의심이 자꾸 생겨서 도저히 막아낼 도리가 없어요. 바르나바스는 관리들과 이야기하고, 전갈을 받아와요. 그런데 그것은 어떤 관리들이고 또 어떤 심부름일까요? 바르나바스의 말에 따르면 그는 지금 클람에게 배치되어 직접 명령을 받아요. 그건 굉장한 일이거든요. 지위 높은 하인이라도 이런 일을 맡진 못하니 거의 과분한 특전이라 할 수 있지요. 그래서 은근히 걱정도 돼요.

클람에게 배속되어서 직접 그와 대면한 상태로 이야기한다고 생각 좀 해보세요. 그러나 그게 사실일까요? 네, 사실이에요. 그러나 그렇다면 왜 바르나바스는 거기서 클람이라고 불리는 관리가 정말 클람인지 의심하는 걸까요?" 올가는 말했다. "올가, 농담을 하면 안 돼요. 클람의 외모에 대해서는 의심할 여지가 없지 않습니까? 그의 외모는 누구나 다 알고 있어요. 저도 직접 그를 본 적이 있지요." K가 말했다. "글쎄, 그렇지 않아요, K 씨. 농담은커녕 이것이 저의 가장 진지하고도 심각한 걱정거리예요. 그렇다고 해서 제 마음을 가볍게 하고 그 반면 선생님의 마음을 무겁게 하려고 이런 이야기를 하는 것은 절대로 아니에요. 선생님이 바르나바스에 대해서 물어보셨을 뿐만 아니라 저는 아말리아에게서 그 이야기를 하라고 부탁을 받았으며, 게다가 더 자세한 일을 아시는 것이 선생님께 큰 도움이 되겠다고 생각했기 때문에 이야기하는 거예요. 또 저는 바르나바스를 위해서 이야기하는 것이기도 해요. 왜냐하면 선생님이 너무나 큰 기대를 그에게 걸지 않도록, 그가 선생님을 실망시키지 않도록, 또 선생님을 실망시킴으로써 그가 스스로 괴로워하는 일이 없도록 하기 위해서 이야기하는 거니까요. 그는 아주 신경이 예민해요. 예를 들면 그는 간밤에 잠을 이루지 못했는데, 어제 저녁때 선생님이 그를 탐탁지 않아 했기 때문이에요. 이렇게 말씀하셨다지요, 바르나바스 같은 심부름꾼밖에 없는 게 얼마나 불행한 일이냐고요. 그 말을 듣고 그는 잠을 이루지 못했어요. 물론 선생님 자신은 그가 흥분한 것을 깨닫지도 못하셨겠지만, 성 심부름꾼은 자기 자신을 상당히 억눌러야만 해요. 그런데 그 억누르는 일이란 결코 쉬운 일은 아니며, 특히 선생님과의 관계에서 그렇지요. 물론 선생님은 과분한 일을 그에게 요구하고 있다고 생각하시지는 않을 거예요. 선생님은 심부름꾼의 사명에 대해 뚜렷한 기준을 가지고 계시고, 그 기준에 따라서 요구 사항을 측량하시죠. 그러나 성에서는 다들 심부름꾼의 사명을 다르게 생각하고 있어요. 선생님이 생각하시는 것과는 다르죠. 설사 바르나바스가 자기의 사명에 완전히 몸을 바치고 있다고 하더라도 그래요. 불쌍하게도 그는 그 사명에 대해서 때로는 모든 것을 바칠 용의가 있는 것처럼 보여요. 그가 하고 있는 일이 정말 사자의 사명이라는 것이 확실하기만 하다면 무조건 따라야 하고 절대 거역해서는 안 될 거예요. 물론 그는 그 일이 의심스럽다는 말을 입에 담아서는 안 되지요. 만일 그런 짓을 한다면 그것은 그에게 있어서 자기 자신의 존재를 매장해 버리는 거나 마찬가지일 뿐 아니라 자기 자신이 그 지배하에 있다고 믿는 율법을 유린하는 결과가 되지요. 그는 제게도 솔직히 이야기를 해주지 않아요. 저는 그에게 키스를 해주고 비위를 맞추고 해서 간신히 그가 의심하고 있다는 사실을 알게 되었는데, 그런 이야기를 한 다음에도 경계심 탓에 의심을 의심이라고 인정하지 않으려고 기를 쓰며 아니라고 하거든요. 그의 핏속엔 아말리아와 통하는 무언가가 있어요. 그가 온전히 신뢰하는 건 저뿐이지만, 그렇다고 제게도 전부 털어놓고 이야기하지는 않거든요. 그러나 클람에 대해서 우리는 가끔 상의해요. 저는 아직 한 번도 클람을 본 적이 없어요, 알고 계시죠. 프리다가 저를 좋아하지 않기 때문에 클람의 모습을 들여다보는 영광을 한 번도 베풀어주지 않았어요. 물론 클람의 외모는 마을 사람들이 잘 알고 있어요. 몇 사람은 그의 모습을 본 적도 있어요. 마을 사람들은 한 사람도 빠짐없이 그의 이야기를 소문으로 들어 알고 있지요. 눈으로 목격하고 귀로 듣고, 또 터무니없는 다른 의도까지도 겹쳐서 클람의 상이 하나로 만들어졌어요. 다만 큰 틀에서는 본인과 일치할지 몰라도, 딱 거기까지일 뿐이에요. 그 밖의 다른 점에 있어서는 변하기 쉽지요. 그렇다 하더라도 아마 클람의 실제 외모가 변하는 것만큼 쉽게 변하진 않을 거예요. 그가 마을에 올 때와 마을을 떠날 때 전혀 다른 사람처럼 보인대요. 맥주를 마시기 전과 마신 후가 다르고, 눈을 뜨고 있을 때와 자고 있을 때가 다르고, 혼자 있을 때와 사람과 이야기할 때가 다르다는 거예요. 그러고 보면 그가 성에서는 아주 딴판이라는 것도 이해할 수 있지요. 마을 내부에서도 서로 아주 다른 이야기들이 돌고 있어요. 말하자면 그의 신장, 자세, 몸집, 수염 등의 차이라고 할 수 있는데, 단지 복장에 관해서만은 다행히도 보고가 일치하고 있어요. 그는 언제나 똑같은 옷, 기장이 긴 검은 윗도리를 입고 있어요. 물론 이 모든 차이점은 무슨 요술에서 나온 것이 아니라, 목격자가—그것도 대개는 순간적으로밖에는 클람을 볼 수 없을 뿐이기 때문에—그 속에 깃든 순간적인 기분, 그 흥분의 정도, 희망과 절망의 무수한 단계, 그런 것들에 휩싸여서 생기는 거라고 쉽게 이해할 수 있지요. 저는 이 모든 것을 바르나바스가 가끔 제게 설명해 준 그대로 선생님께 이야기한 거예요. 그러니까 만일 이런 일에 개인적으로 직접 관련된 사람이 아니라면 이 정도 이야기로 대개 안심할 수 있으리라고 생각해요. 하지만 우리에게는 그게 불가능해요. 자기가 사실 클람과 이야기하고 있는지 그렇지 않은지는 바르나바스로서는 죽느냐 사느냐의 중대 문제니까요." "나도 같은 입장이지요." K가 말했다. 그리하여 그들 두 사람은 난로 옆 벤치에서 서로 가까이 다가앉았다.

올가의 이야기는 K에게는 전부 이롭지 못한 소식이라 그는 적잖이 당황했지만, 그래도 다음과 같은 점에서 대충 그 손해를 메울 수 있으리라고 생각하게 되었다. 적어도 외적으로는 자기 사정과 비슷한 사람, 따라서 벗 삼을 수 있는 사람을 발견했다는 점, 그리고 프리다와는 서로 조금만 이해할 수 있었던 데 반해 참으로 많은 점에서 서로를 이해할 수 있는 사람이라는 점이었다. K로서는 바르나바스가 심부름꾼으로서 성공하리라는 희망이 엷어진 것은 분명하지만 그래도 성 안에서 바르나바스의 사정이 나빠질수록 그의 마음은 K에게 기울 것이었다. 바르나바스와 그의 누이들이 하는 그런 불행한 노력을 이 마을에서 보게 되리라고는 K는 한 번도 생각해 본 적 없었다. 물론 올가의 설명은 아직 충분하지 않고, 나중에는 상황이 전혀 반대 방향으로 쏠릴지도 모른다. 올가의 그 순진한 성격에 정신이 팔려서 다짜고짜 바르나바스의 성실성까지도 믿어버리는 과오를 범해서는 안 된다. 올가는 말을 계속했다. "클람의 외모에 대한 여러 가지 보고를 바르나바스는 아주 잘 알고 있어요. 전부터 이 보고를 많이, 지나치게 많이 수집하기도 하고 비교해 보기도 했어요. 언젠가 자기가 마을에서 마차 창 너머로 클람을 보았대요. 아니, 보았다고 믿고 있어요. 그래서 클람을 분간할 수 있는 준비는 충분히 되어 있었어요. 그런데 언젠가─선생님은 이것을 어떻게 설명할 수 있을까요?─바르나바스는 성의 어느 사무국에 들어갔어요. 그리고 어떤 사람이 많은 관리 중에서 한 사람을 가리키며 이 사람이 클람이라고 말했는데, 그때 그는 클람을 알아보지 못했을 뿐 아니라 그 후 오랜 시간이 지나도 그가 클람이라는 생각이 들지를 않더래요. 따라서 만일 선생님이 지금 바르나바스에게, 세상 사람들이 보통 클람이라고 생각하고 있는 인간과 진짜 클람은 과연 어떤 점이 다르냐고 물어보아도 그는 대답하지 못할 거예요. 그는 대답한답시고 성에서 본 관리의 모습을 묘사하려고 하겠지요. 그러면 그가 그려보이는 클람의 모습이 우리가 알고 있는 모습과 일치하는 거예요. '그렇다면 바르나바스, 왜 너는 의심하고 고민하는 거니?' 하고 나는 말할 거예요. 그러면 그 애는 분명히 난처한 기색으로, 그 성에서 본 관리의 특징을 상세하게 열거하기 시작하겠지요. 그러나 보고하고 있다기보다는 자기 머릿속에서 지어내고 있는 것처럼 보일 거예요. 더구나 별로 의미 없는 특징뿐일 테지요—예를 들어 특이하게 끄덕거리는 고갯짓이라든지, 기껏해야 단추를 빼놓고 있는 조끼라든지, 그런 시시한 특징 말이에요—그래서 누구도 도저히 진실하게 받아들일 수 없는 거예요. 나는 클람이 바르나바스를 대하는 방식이 더 중요하다고 생각해요. 바르나바스는 자주 그 이야기를 해주고, 그림을 그려서 설명해 줄 때도 있어요. 보통 바르나바스는 큰 방으로 안내를 받는데, 거기가 클람의 사무실은 아니래요. 대체로 관리 한 사람 한 사람의 사무실이라는 것은 없으니까요. 이 방은 세로로 한쪽 벽에서 맞은편 벽까지 닿는 기다란 책상으로 인해 두 부분으로 나누어져 있대요. 그중에서 좁은 쪽은 두 사람이 겨우 지나갈 정도인데, 거기가 관리가 쓰는 방이래요. 넓은 쪽은 진정인, 방청객, 하인, 심부름꾼 들의 방이고요. 책상 위에는 큰 책들이 펼쳐진 채 여러 권 놓여 있고, 대부분의 책 옆에 관리가 붙어서 읽고 있대요. 그러나 언제나 똑같은 책 옆에 있는 것은 아니래요. 책을 바꾸는 것이 아니라 자리만 바꾼대요. 이것도 장소가 좁기 때문인데, 그렇게 자리를 바꿀 때면 관리들이 저렇게 부딪치면서 어떻게 지나다닐까 질겁할 지경이라고 하더군요. 앞쪽으로는 서기가 앉는 낮고 작은 책상을 잇대었는데, 그 서기들은 관리들의 명령을 받아쓰는 일을 하고 있어요. 바르나바스는 언제나 이 받아쓰기를 놀라워해요. 관리가 뚜렷하게 명령하는 것도 아니고 목소리가 큰 것도 아니어서, 받아쓰고 있다고 거의 느끼지도 못할 정도이며 오히려 관리는 전과 같이 책을 읽고 있다고밖에는 보이지 않는데, 다만 그러면서 관리는 끊임없이 뭔가를 속삭이고 있으며 동시에 서기는 그걸 듣고 있다는 거예요. 서기가 앉은 채로는 전혀 알아들을 수 없을 만큼 작게 말할 때도 있는데, 그럴 때면 서기는 늘 뛰어 일어나서 그 말에 귀를 기울이고 다시 재빨리 걸터앉아서 그것을 기록하는가 하면, 또다시 뛰어 일어서서 같은 동작을 반복해야만 한대요. 너무나 이상한 모습이라 바르나바스는 뭐가 뭔지 모르겠대요. 바르나바스는 물론 이런 광경을 관찰하는 여유를 얼마든지 가지고 있지요. 그가 방청석에서 몇 시간이건, 경우에 따라서는 며칠이건 서 있어야 비로소 클람의 시선이 그에게 내려오기 때문이지요. 설사 그의 모습이 클람의 눈에 띄어서 바르나바스가 부동자세를 취한다고 하더라도 어떤 결론이 난 건 아니에요. 클람이 다시 그에게서 시선을 돌려 책을 들여다보거나 그를 잊어버리곤 하니까요. 그런 일도 자주 있대요. 심부름꾼의 일이 이렇게 하찮을 수 있을까요? 그래서 바르나바스가 아침 일찍 성으로 간다는 소리를 들으면 내 마음은 우울해져요. 아무리 생각해도 전혀 소용도 없고 보람도 없는 길, 아무리 보아도 헛수고만 하고 허탕만 치는 하루, 아무리 살펴도 허무하기 짝이 없고 공전만 거듭하는 희망, 이런 것이 대체 다 뭘까요? 그러나 한편 집에는 구두를 만드는 일이 산더미처럼 쌓여서 브룬스비크는 자꾸 재촉하는데, 바르나바스밖에는 일할 사람도 없거든요." "그러면 좋아요, 명령을 받을 때까지 바르나바스는 오랫동안 기다려야 한다는 거죠. 이 마을에는 관청 임시 직원들이 넘치는 모양인데, 그렇다면 누구나 매일같이 명령을 받을 수는 없는 노릇이죠. 이 점에 대해서는 한탄할 필요가 없다고 생각해요. 누구나 다 그러니까 말 예요. 그러나 결국에는 바르나바스도 명령을 받게 될 거 아니에 요. 내게도 벌써 편지를 두 장이나 전해주었으니까요." K가 말했 다. "우리가 한탄하는 것은 잘못이었는지도 모르겠어요. 특히 저 로 말하면 단지 소문을 들어 알고 있을 뿐이며, 아무래도 여자 니까 바르나바스처럼 잘 이해하지 못하는지도 모르겠어요. 게다 가 그가 아직도 우리에게 말하지 않은 이야기가 많아요. 그러나 편지, 선생님께 보낸 편지에 대해서 말해드릴게요. 그는 이 편지 를 클람의 손에서 직접 받지 않고 서기에게서 받았대요. 어느 날 어느 시간에 기약 없이 ─그러니까 성에서의 근무는 아무리 편 안한 듯 보여도 늘 긴장해야 하기 때문에 대단히 피곤한 일이 지요─바르나바스를 떠올린 서기가 그를 부른대요. 클람이 시 켜서 그렇게 한 것 같지는 않아요. 클람은 조용히 자기 책을 읽 고 있었대요. 흔히 ─평소에도 그렇지만─ 그는 바르나바스가 올 때면 마침 코걸이 안경을 닦곤 했고, 그때마다 으레 바르나바스 를 쳐다봤대요. 이것은 클람이 코걸이 안경을 끼지 않고도 볼 수 있다는 것을 전제로 하고 있지만, 바르나바스는 그 점을 의심하 고 있어요. 그러나 클람은 그럴 때면 거의 양쪽 눈을 감고 잠자 는 것처럼, 단지 꿈속에서 안경을 닦고 있는 것처럼 보인다는 거 예요. 그러는 동안 서기는 책상 밑에 있는 많은 문서나 전갈 중 에서 선생님에게 보내는 편지 한 장을 찾아낸대요. 따라서 그것 은 서기가 그때 막 쓴 편지는 아니겠지요. 봉투의 모양으로 미 루어 보아 벌써 오랫동안 그 속에 끼어 있었던 오래 묵은 편지 인데, 그렇게 오래 묵은 편지라면 왜 바르나바스를 그다지도 오 랫동안 기다리게 했을까요? 그리고 선생님을? 그리고 마지막으 로 그 편지를? 그 편지는 이젠 케케묵은 것이 되어버렸으니까요.

그리고 바르나바스도 그 때문에 형편없는 느림보 심부름꾼이라는 안 좋은 평을 듣게 되지요. 서기로서의 일은 지극히 간단해서, 바르나바스에게 편지를 주고 '클람이 K에게'라고 말한 뒤 바르나바스를 보내면 끝이죠. 그길로 바르나바스는 집으로 돌아와요. 숨 가쁘게 허덕거리면서 간신히 얻어낸 편지를 알몸 위에 붙인 채 달려오고, 우리는 지금처럼 이 벤치 위에 걸터앉아서 그의 이야기를 일일이 음미하고, 그가 해낸 일을 평가해 봐요. 그리고 결국에 가서는 그것이 대단치 않다는 것을, 또 그 대단치 않은 일에도 의심할 여지가 있다는 사실을 알게 되지요. 바르나바스는 편지를 내동댕이쳐 버리고 그것을 전달할 용기도 없이, 그렇다고 자러 갈 생각도 없이 구두 일을 시작하고 하룻밤 내내 낮은 의자에 앉아 밤을 새워요. 사정이 그래요, K 씨. 이게 내 비밀이에요. 선생님은 이제 아말리아가 왜 신경 쓰지 않는지 아시겠지요." 올가가 말했다. "편지는?" K는 물었다. "편지요? 얼마 후에 내가 바르나바스를 부지런히 재촉하면—그러는 동안에 며칠이고 몇 주일이고 지나가기도 하지만—그래도 좌우간 편지를 들고 전달하러 나가 보는 거죠. 그는 이런 대수롭지 않은 일에는 내 말을 잘 들어요. 저는 그가 하는 이야기의 첫인상을 극복하고 나면 다시 마음을 가라앉히고 정신을 차릴 수가 있어요. 그러나 그는 아마 많이 알고 있는 탓인지 그러지 못해요. 그럴 때면 저는 몇 번이고 되풀이하는 거죠. '바르나바스, 대체 네 소원이 뭐야? 어떤 생애를, 어떤 목표를 꿈꾸는 거니? 너는 우리를, 아니 나를 완전히 버리려고 하는 거야? 그것이 너의 목적이지? 나는 그렇게 생각할 수밖에 없어. 그렇지 않으면 네가 지금까지 성취한 일에 대해서 왜 그렇게 불만을 가지는 거야? 도무지 알 수 없는 노릇이야. 우리 주변에 너 같은 사람이 있는지 둘러보란 말이야! 그렇지, 그들의 사정은 우리와는 다르지. 우리처럼 잘살려고 노력할 이유가 전혀 없으니까. 하지만 그렇게 비교하지 않아도 누구나 너를 보면 만사가 썩 잘 풀리고 있다고 생각할 거야. 여러 가지 장애, 가지가지 회의와 환멸도 있지. 그렇지만 그것은 우리가 옛날부터 알고 있었던 사실에 지나지 않아. 네가 다른 사람한테서 무엇 하나 공짜로 얻을 수 없다는 것, 아무리 작은 일이라도 하나하나 제 힘으로 쟁취하지 않으면 안 된다는 것을 의미할 뿐이야. 그것을 자랑삼지 못할망정 풀 죽어 있으면 안 돼. 그리고 너는 우리를 위해서도 투쟁하는 거 아니니? 그 사실이 네게는 아무 소용도 없는 거니? 새로운 힘을 주지 않는 거야? 그리고 내가 그런 동생을 두었다는 행복을 느끼고 거의 오만스러울 정도로 자랑으로 삼고 있다는 것, 그것이 네게는 아무런 확신도 주지 못하는 거야? 나는 네가 성에서 한 일 때문이 아니라 내가 너에게 얻어낸 것 때문에 슬퍼해. 너는 성 안에 들어갈 수 있는 허가를 받은 몸이고 언제든지 사무국에 가 하루 종일 클람과 같은 장소에서 지내며, 공인받은 심부름꾼이므로 관복도 청구할 수 있고, 중요한 편지를 받아 전달할 수도 있지. 그 모든 일을 너는 할 수 있고, 또 그래도 되는 허가를 받았어. 네가 성에서 이 마을로 내려오면 사실은 우리는 행복에 겨워 울면서 서로 껴안아야 하는데, 나를 보자마자 네 몸에서 용기는 날아가고 기운이 빠져버리는 모양이야. 너는 모든 것에 대해서 의심을 품고, 단지 구두 짓는 일만이 네 마음을 끄는 것 같아. 우리의 장래를 보장해 주는 편지는 제쳐두고 말이야.' 나는 이렇게 동생을 타이르지요. 그리고 내가 며칠이고 이런 말을 되풀이한 다음에야 비로소 동생은 한숨을 쉬면서 편지를 들고 나가는 거예요. 그러나 아마 제 말은 아무 효과도 없을 거예요. 그가 움직이는 이유는 또다시 성으로 가고 싶다는 생각이 북받쳐 올라왔기 때문이며, 명령을 다 이행하지 않고서는 감히 성에 올라갈 생각도 못 할테니까요." 올가는 말했다. "그러나 당신이 바르나바스에게 한 이야기는 모두 옳아요. 당신은 놀랄 만큼 정확하게 그 일을 간추려서 말했어요. 굉장히 명석하군요!" K가 말했다. "아니에요. 선생님은 잘못 생각하고 있어요. 그리고 저는 아마 동생도 속이고 있는지도 몰라요. 대체 그가 무슨 일을 성취했다는 거죠? 물론 그는 사무국에 들어가는 것을 허락받고 있어요. 그러나 그것은 사무국이 아니라 말하자면 사무국의 옆방이라고 할까, 아니 그것도 아닐 거예요. 진짜 사무국에 들어갈 수 있는 허가를 받지 못한 사람들을 모조리 집합시키는 방일지도 모르겠어요. 그는 클람과 이야기해요. 그러나 그것이 클람일까요? 클람을 약간 닮은 사람이 아닐까요? 기껏해야 틀림없이 비서 같은 사람일 거고, 클람을 약간 닮았고, 더 닮으려고 노력하고 있는 사람, 클람이 흔히 하듯이 꿈꾸는 듯 흐리멍덩하고 잠이 덜 깬 모습이면서도 자못 점잖을 빼고 젠체하는 그런 사람일 거예요. 이런 점은 클람의 성격 중 가장 흉내 내기 쉽지요. 물론 흉내를 낸다고 해도 클람의 그 밖의 특징은 조심해서 건드리지도 않지만, 그것을 시험해 보는 사람은 많이 있지요. 그리고 클람처럼 모두가 열렬히 동경하고 있지만 거의 만나지 못하는 사람, 이런 사람은 사람들이 머릿속에서 여러 가지 모습으로 그리기 쉬워요. 예를 들면 클람은 여기 모무스라는 이름의 마을 비서를 쓰고 있어요, 그렇죠? 선생님도 아시지요? 그 사람도 숨어서 소극적으로 생활하지만 나는 그를 두세 번 본 적이 있어요. 젊고 튼튼한 사람이죠, 그렇지 않아요? 클람과는 조금도 닮아 보이지 않아요. 그래도 마을 사람들 가운데는 모무스가 바로 클람이라고, 클람 이외의 누구도 아니라고 장담하는 사람까지 있어요. 이렇게 사람들은 스스로 혼란과 말썽에 박차를 가하는 거예요. 성 안도 이와 비슷한 상태일 거예요. 어떤 사람이 바르나바스에게 저 관리가 클람이라고 말했고, 사실 두 사람 사이에는 어느 정도 닮은 점이 있어요. 그러나 이 유사점에 대해서 바르나바스는 늘 의심을 품고 있어요. 그리고 모든 사실이 그의 의심에 근거가 있다고 증명해 주거든요. 클람이 그런 속된 장소에서 다른 관리들 틈에 낀 채 연필을 귀에다 끼우고 함께 서성거릴 필요가 있을까요? 전혀 있을 수 없는 일이에요. 바르나바스는 좀 순진한 태도로—보통 낙관적인 기분일 때인데—가끔 이렇게 말하곤 해요. '그 관리는 클람과 꼭 닮았어. 만일 그가 자기 전용 사무실에, 전용 책상머리에 앉아 있고 문에 클람이라는 이름만 붙어 있다면—나는 아무런 의심도 품지 않을 거야.' 순진한 말이지만 그래도 이치에 맞아요. 물론 성에 갔을 때 그 자리에 있는 몇몇 사람들에게 대체 무엇이 사실인지 물어본다면 더 이치에 맞겠죠. 그의 말에 따르면 방 안에 굉장히 많은 사람들이 여기저기 서 있대요. 그렇다면 가령 그들의 주장에서, 묻지도 않았는데 저 사람이 클람이라고 가리킨 사람의 주장보다도 훨씬 더 믿음직하다고 할 수 없을지는 모르지만, 적어도 그들의 여러 가지 대답에서 어느 지점, 즉 비교할 만한 지점이 생길 수 있지 않을까요? 하지만 이건 바르나바스의 머릿속에 떠오른 생각이고 제 생각은 아니에요. 하지만 그는 그런 생각을 대담하게 실행해 볼 용기가 없어요. 자기는 모르는 규칙을 자칫 잘못해서 뜻하지 않게 범하는 바람에 지위를 잃어버리지 않을까 하는 공포 때문에 아무에게도 감히 말을 걸어볼 생각을 못 하고 있어요. 그만큼 자신이 불안정하다고 느끼는 거예요. 그리고 뭐니 뭐니 해도 원래 한심하기 짝이 없는 이 불안정이라는 것이,

어떤 표현보다도 그의 처지를 여실히 나타내고 있는 있지요. 그가 이 천진난만한 질문조차도 감히 입 밖에 내지 못하는 걸 보면, 그의 눈에 비친 사무국이 얼마나 모두 의심스럽고 무서운지 알 수 있어요. 그런 생각을 하면 저도 모르는 장소에 그를 혼자 내버려두는 데 가책을 느껴요. 겁쟁이라기보다는 대담무쌍하다고 할 수 있는 그조차 공포에 떨고 있는 것만은 틀림없는 사실이에요."

"여기서 당신은 결정적인 점에 다다른 것 같군요." K는 말을 이었다. "그거지요. 당신의 이야기 덕분에 나는 겨우 눈을 뜬 것 같아요. 바르나바스는 그런 임무를 맡기엔 너무나 어려워요. 그가 말한 것 중에서 무엇 하나 곧이들을 필요 없어요. 위에 있는 성에서 그는 공포에 떨고 몸이 오므라들어 아무것도 관찰할 수가 없지요. 그럼에도 여기 와서는, 억지로 얘기하라고 시키니 어수선하고 어지러운 이야기밖에는 할 수 없는 거예요. 나는 이것을 조금도 이상하게 생각하지는 않아요. 관청에 대한 외경의 마음은 이 마을의 당신네들에게는 타고난 것이고, 앞으로 여러분은 평생을 두고 가지각색으로 영향을 받게 될 것이며, 당신네들도 가능한 한 그 일을 돕고 있는 셈이에요. 그러나 나도 근본적으로는 그 일에 대해서 이러쿵저러쿵 반대하진 않아요. 만일 관청이 좋다면 외경의 마음을 갖지 않을 이유가 없지요. 단지 그렇다 하더라도 바르나바스와 같은, 마을 밖으로 나가 본 경험도 없는 젊은이를 갑자기 성으로 보내 사실 그대로 보고하라고 요구하거나, 그의 말 한 마디 한 마디가 계시라도 되는 듯 꼬치꼬치 캐내서 음미해 보고, 결국에는 그 말을 해석하는 데에 그의 삶 전체의 행복이 좌우되도록 해서는 안 되지요. 그보다 더한 잘못은 없을 겁니다. 물론 나도 당신과 조금도 다름없이 그 때문에 착각을 일으켜 기대를 걸고 있었던 만큼 환멸의 비애도 느끼게 되었는데, 그 기대나 환멸이 둘 다 그의 말을 근거로 삼고 있으니까 따지고 보면 아무런 근거도 없는 거나 마찬가지예요." 올가는 잠자코 있었다. 그래서 K는 말을 계속했다. "당신이 동생을 믿는 게 잘못이라고 하기는 나로서는 쉬운 일이 아니에요. 당신이 얼마나 그를 사랑하고 있는지, 또 그에게 얼마나 기대를 걸고 있는지를 알고 있기 때문이지요. 그러나 당신의 사랑과 기대를 제쳐두고 나는 이렇게 말할 수밖에 없어요. 오히려 당신이 사랑과 기대를 가지고 있는 만큼 더더욱 그래야 해요. 왜냐하면, 생각해 보세요. 늘 무언가가 당신을 방해하고 있어서—그것이 무엇인지 나는 알 수가 없지만—당신은 바르나바스가 얻어낸 게 아니라 단지 받았을 뿐인 것이 무엇인지 완전히 모르고 있잖아요. 그는 사무국으로—당신이 원한다면 대합실이라고 해도 좋겠지만—들어가는 것이 허락되어 있지요. 일단 대합실이라고 해보자고요. 그곳에는 앞으로 통하는 문이 있고, 재주를 부리면 넘어갈 수도 있는 울타리도 있지요. 그런데 나 자신을 예로 들면 그 대합실에조차 적어도 당분간은 들어갈 수 없어요. 바르나바스가 그곳에서 누구와 이야기하는지는 모르겠어요. 아마 그 서기는 가장 하급 하인일 테지요. 만일 그렇더라도 그 서기는 자기 바로 위 상관한테는 바르나바스를 데리고 갈 수가 있겠지요. 데리고 갈 수 없다고 하더라도 적어도 상관의 이름을 알려줄 수는 있어요. 만일 알려줄 수가 없다고 하더라도, 누구건 이름을 대줄 수 있는 사람을 말해주고 그곳으로 가보라고 지시할 수는 있지요. 소위 클람이라고 자칭하는 그 사람은 진짜 클람과는 조금도 비슷하지 않을지도 모르고, 비슷해 보였던 것은 다만 바르나바스가 흥분한 나머지 눈이 어두워져서 그렇게 비쳤을지도 모르고요. 그는 관리들 중에서 가장 하급일지도 혹은 전혀 관리가 아닐지도 몰라요. 그러나 그도 책상 옆에 자리 잡고 앉아서 무슨 임무를 띠고 있는 것만은 사실이고, 큰 책을 펴놓고 무언가를 읽고 있으며, 서기에게 뭐라고 속삭이기도 하고, 오랜 시간이 지나는 사이에 그의 시선이 잠깐 바르나바스 위에 떨어지면 그가 뭔가를 생각하고 있는 것 같기도 할 테지요. 그리고 그것이 전부 진실이 아니고 그와 그의 행위가 아무런 뜻도 없다고 하더라도 좌우간 누군가가 그 사람을 그 자리에 배치했을 것이고, 거기에는 어떤 뜻이 있었을 거예요. 따라서 나는 이렇게 생각해 볼 때, 무언가 그곳에 있으며 그 무언가가 바르나바스에게 주어져 있다고 적어도 말하고 싶어요. 그런데 그걸 가지고도 바르나바스가 회의, 불안, 절망 이외에는 아무것도 얻을 수가 없다면, 그것은 오로지 바르나바스의 책임이라고 주장하고 싶어요. 다만 나는 가능성이 아주 희박하고 가장 불리한 경우를 전제로 말한 거예요. 왜냐하면 우리는 편지를 손아귀에 넣었으니까요. 나는 이 편지를 그다지 신뢰하지는 않지만, 그래도 바르나바스의 말보다는 훨씬 믿고 있어요. 가령 그것이 산더미 속에서 아무렇게나 빼낸 가치 없는 낡은 편지이고, 해마다 열리는 큰 시장에서 운명을 점치기 위해 카나리아에게 무더기로 쌓인 제비에서 점괘를 쪼아오게 하는 식으로 편지를 뽑아냈다고 하더라도 이 편지는 내 일과 적어도 어떤 관련이 있어요. 아마 내게 유리한 도움이 되지 않는다고 하더라도 좌우간 내게 보내온 것만은 확실하지요. 그뿐 아니라 이 편지는 촌장 내외가 증명한 바에 의하면 클람 자신이 손수 쓴 것이고, 이것도 촌장에게 들은 것이지만, 단순히 사적이며 대단히 불분명한 내용이 담긴 편지라고 해도 중대한 뜻을 가지고 있어요." "촌장님이 그렇게 말씀하셨나요?" 올가가 물었다.

"네, 촌장의 말이에요." K가 대답했다. "제가 그 이야기를 바르나바스에게 해주겠어요. 동생이 그 이야기를 들으면 대단히 기운을 낼 거예요." 올가는 재빠르게 말했다. "기운을 북돋아 주는 일은 바르나바스에게는 필요치 않아요. 그를 고무하는 것은 말하자면 '네가 옳다, 지금까지의 태도를 지니고 계속 나아가야 된다'고 그를 타이르는 거나 마찬가지예요. 그러나 그런 방법으로는 결코 무엇이건 성취하지 못할 거예요. 이를테면 양쪽 눈이 다쳐서 붕대로 감은 사람에게 붕대를 관통해 응시하라고 아무리 용기를 북돋아 주어도 그 사람에게는 아무것도 보이지 않을 테니까요. 붕대를 떼어주어야만 비로소 볼 수 있게 되지요. 바르나바스에게 필요한 것은 말하자면 그런 도움이지, 격려는 아니에요. 좀 생각해 보세요. 저 산 위에는 얽히고설켜 풀 수 없는 복잡하고 큰 관청이 있어요 — 내가 이곳에 오기 전까지는 그 관청이 어떤 것인지 대충은 알고 있다고 믿었는데, 아주 어리석기 짝이 없었어요 — 좌우간 거기 관청이 있으니 바르나바스는 그곳을 향해서 전진하려는데 가엾고 안타깝게도 그 사람 혼자뿐이지요. 만일 그가 평생 그 사무국의 어두침침한 한구석에 쪼그리고 앉아 존재를 무시당하지만 않는다면 그 자체로서는 그에게 더할 나위 없는 영광이라 할 수 있지요." "K 씨, 우리가 바르나바스가 맡은 임무의 중대성을 과소평가하고 있다고 생각하시면 안 돼요. 우리는 관청에 대한 외경의 마음을 무한히 가지고 있어요. 선생님 자신이 그런 말씀을 하셨잖아요?" 올가가 말했다. "그러나 그것은 그릇된 외경의 마음이에요. 번지수가 틀린 외경의 마음이죠. 그런 마음은 그 대상이 된 것의 품위를 떨어뜨릴 뿐이에요. 바르나바스에게 주어진 입장 허가라는 은혜를 다만 거기서 무위도식하는 데에 남용하더라도 그것을 외경의 마음이라고 할 수 있을까요? 또는 마을로 내려와 방금까지 자기를 무서워 떨게 한 이들을 의심하고 비난해도 그것을 외경의 마음이라고 말할 수 있을까요? 또는 그가 절망해서인지 피로해서인지는 몰라도 편지를 곧 전달하지 않고 맡은 사명을 수행하지 않아도 그것을 외경의 마음이라고 할 수 있을까요? 아니, 이쯤 되면 벌써 외경의 마음이라고는 할 수 없어요. 그런데 올가 양, 이 비난은 한 걸음 더 나아가서 당신 자신에게까지 미친다는 사실을 알아야 해요. 나는 당신까지도 비난하지 않을 수 없어요. 당신은 관청에 대해서 외경의 마음을 품고 있다고 믿으면서도, 그렇게 어리고 연약한 바르나바스를 홀로 성으로 보냈으니까 말이에요. 적어도 못 가게 말리지는 않았지요." K는 말했다.

"선생님이 내게 하시는 비난을 저도 벌써 오래전부터 스스로에게 하고 있어요. 그러나 내가 바르나바스를 성으로 보냈다는 비난은 당치도 않아요. 내가 그를 성으로 보낸 것이 아니라 그가 제 발로 걸어갔어요. 하지만 내가 갖은 수단을 쓰거나 강제로 모략을 써서라도 혹은 설득을 해서라도 그를 만류해야만 했다고 말씀하시겠지요. 맞아요, 내가 그를 못 가게 붙들었어야만 했는지도 모르겠어요. 그러나 만일 오늘이 그날, 그 결정적인 날이라고 치고 내가 바르나바스의 곤란, 우리 가족의 곤궁을 그때와 다름없이 오늘도 느끼고 있을 뿐만 아니라 바르나바스가 모든 책임과 위협을 명백히 의식하면서도 다시 미소를 띠고 조용히 나와 헤어져 떠나간다면, 나는 지금까지의 경험에도 불구하고 오늘도 역시 그를 붙들지는 않을 거예요. 선생님도 역시 내 입장에 계시다면 그 밖에 다른 도리가 없다고 생각할 거예요. 선생님은 우리의 곤란을 모르고 계세요. 그러니까 우리를, 유독 바르나바스를 부당하게 취급하시는 거죠. 그 당시 우리는 지금보다 더 희

망을 품고 있었지만 그때도 희망이 크지는 않았고, 큰 건 우리의
곤란뿐이었으며 그건 지금도 마찬가지예요. 프리다가 우리에 관
해서 아무런 이야기도 하지 않던가요?" 올가가 말했다. "단지 암
시를 주었을 따름이지요. 결정적인 이야기는 없었어요. 여하튼
당신들의 이름만 들어도 흥분하니까요." K가 말했다. "주인아주
머니도 아무 말 없었나요?" "네, 아무 말도 없었어요." "그러면 그
밖에 다른 사람들도 아무 말 없었나요?" "네, 아무도 말하는 이
가 없었어요." "물론 그럴 거예요. 아무도 이야기하지 못할 거예
요. 누구건 우리에 관해서 조금씩은 알고 있어요. 그것이 진실일
수도 있고—그 진실마저도 사람들이 접근할 수 있는 한에서지
만—아니면 적어도 누구한테서 들은 소문, 대부분은 자기가 제
멋대로 꾸며낸 소문들일 거예요. 누구나 필요 이상으로 우리에
대해서 생각하고 있으나 그것을 솔직하게 다른 사람에게 이야
기하는 사람은 하나도 없을 거예요. 입에 담기를 모두 꺼리는 거
예요. 그들이 그러는 것도 당연하죠. 이런 이야기를 끄집어내는
것은, K 씨, 아무리 당신이라 하더라도 어려운 일이에요. 그리고
아무리 선생님과는 관련 없는 듯 보여도 이 이야기를 들은 다음
에는 떠나가 버리고, 우리 일은 그 이상 알려고 하지 않을 수도
있으니까 말이에요. 그러면 우리는 선생님을 잃어버리는 셈이
죠. 고백할게요, 선생님은 벌써 이제 저에게는 바르나바스가 지
금까지 성에서 한 근무보다도 더 소중해요. 그러나—이 모순으
로 나는 하룻밤 내내 쭉 고민했어요—그 사실을 아셔야만 해요.
그렇지 않으면 우리가 어떤 처지에 놓여 있는지 도무지 예측하
기 힘들고, 언제까지나 바르나바스를 부당하게 취급할 텐데 그
건 참 가슴 아픈 일이 아닐 수 없어요. 더군다나 우리는 서로 마
음을 모을 수 없을뿐더러 당신은 우리를 도와주지 못하실 테고,

또 반대로 우리의 조력을—아주 이상한 조력일지는 몰라도—받으실 수도 없게 될 거예요. 그러나 또 한 가지 질문이 있어요. 당신은 그 이야기를 정말 알고 싶나요?" "왜 그런 걸 묻지요? 꼭 필요하다면 당연히 알고 싶죠. 왜 묻는 거예요?" K가 물었다. "미신 때문이죠. 선생님은 아무런 죄도 없고 바르나바스와 그다지 다름없이 순진하신데, 우리의 사건 속으로 휩쓸려 들고 말 거예요." 올가의 말에 K는 대답했다. "어서 이야기해 봐요. 겁날 것은 없어요. 게다가 당신은 쉽게 불안해하는 여자들 특유의 마음 때문에 일을 훨씬 나쁘게 만들고 있어요."

17장 아말리아의 비밀

"스스로 판단해 주세요. 이 이야기가 아주 간단한 것처럼 들리겠지만 반대로 아주 중대한 뜻을 지닐 수도 있으리라고는 아무도 당장에는 모르겠지요. 성에는 소르티니라는 이름의 퍽 직급이 높은 관리가 계세요." 올가가 말했다. "그분에 대해서는 나도 들은 적이 있어요. 나를 초청하는 문제에도 관여해서 큰 역할을 한 분이지요." K가 말했다. "아니, 그렇지 않을 거예요. 그분은 사람들 앞에 잘 나타나지 않으니까요. 이름 철자에 D자를 쓰는 이탈리아인 소르디니와 혼동하신 거 아닌가요?" 올가가 물었다. "그렇군요. 소르디니였어요." K가 말했다. "그래요, 모두들 소르디니는 잘 알고 있어요. 그분은 가장 부지런한 관리라고 소문이 자자해요. 그와 반대로 소르티니는 대단히 소극적이며 틀어박혀 지내는 사람이어서 사람들은 대개 그를 잘 몰라요. 3년도 전에 나는 그의 모습을 보았는데, 그것이 처음이자 마지막이었어요. 7월 3일, 소방단의 축하식이 거행되었는데 그곳에 성 양반들이 참석하고, 새 소방 펌프 한 대를 기증했어요. 소르티니는 소방대 문제를 취급하고 있다고 하는데—아마 그분도 다만 대리로서 그 자리에 참석했는지도 몰라요. 대개 관리들은 서로를 대리해 주기 때문에 그분들의 관할을 분간하기는 참으로 어려워요—그때 소방 펌프 양도식에 참석했어요. 그 밖에도 성에서 여러 양반들, 그러니까 관리와 하인 들이 참석했지요. 그 사람다운 일이지만 소르티니는 아주 뒷전에 물러서 있었어요. 키가 작고 약해 보였는데 무슨 생각에 잠긴 듯 보였어요. 소르티니의 모습을 본 사람들이 모두들 기묘하게 여긴 점은, 그의 이마에 주름살이 잡힌 모습이었죠. 주름살이─분명 마흔을 넘지 않았을 텐데도 주름살이 굉장히 잡혔어요─말하자면 부채 모양으로, 이마 전체와 콧잔등에까지 퍼져 있었어요. 그렇게 주름살이 많은 사람은 지금까지 한 번도 본 적이 없어요. 그런데 그 축하식으로 말하자면, 아말리아와 나는 벌써 몇 주일 전부터 이 축하식을 즐거운 기분으로 고대하고 있었어요. 아름다운 나들이옷도 조금은 새로 다듬어 놓았고요. 특히 아말리아의 옷은 아름다웠고, 흰 블라우스는 몇 겹의 레이스가 포개어져 앞으로 볼록하게 나와 있었지요. 어머니가 가지고 있던 레이스를 전부 빌려주신 거예요. 나는 그때 샘이 단단히 나서 축하식 전날 밤은 한밤중까지 거의 울면서 지새다시피 했어요. 아침이 되어 브뤼켄호프 아주머니가 우리 모습을 구경하러 와서 비로소……." "브뤼켄호프 아주머니가?" K가 물었다. "네, 그분은 우리와 아주 친한 사이였어요. 하여튼 그분이 보시기에 아말리아 쪽이 더 나으니, 내 마음을 누그러지게 하기 위해서 자기가 지니고 있던 보헤미아 석류석 목걸이를 빌려주셨어요. 드디어 출발할 준비가 되어서 아말리아가 제 앞에 서자, 우리 모두 그 애의 모습을 감탄하고 쳐다보고 있었지요. 그러자 아버지는 '모두들 내 말을 잘 기억해 두렴. 오늘 아말리아는 신랑을 얻는다.' 하고 말씀했어요. 그때 나는 왜 그런지 모르겠으나, 내가 자랑으로 삼고 있던 목걸이를 벗어서 아말리아의 목에다 걸어주었지요. 샘 같은 것은 이미 없어졌어요. 그 애의 승리 앞에 나는 고개를 수그릴 수밖에 없었고, 아마 누구라도 그럴 거라고 생각했어요. 그때 아말리아가 보통 때와는 전혀 달라 보였기 때문에 우리가 놀랐을 거예요. 그 애가 원래 아름다운 건 아니었거든요. 하지만 그 애의 어두운 눈초리가—그때부터 쭉 그런 눈초리를 가지고 있었어요—우리 위를 높이 스치고 지나갈 때면 그 애 앞에서 자기도 모르게 머리를 수그리게 되는 것이었지요. 모두들 그것을 깨달았어요. 우리를 데리러 온 라제만 부부도 그런 말을 했어요." 올가가 말했다. "라제만?" K는 물었다. "네, 라제만 말이에요. 우리 집안은 인기가 많았어요. 예를 들면, 우리가 없으면 축하 연회가 멋있게 시작되지도 못했을 거예요. 아버지가 소방대의 세 번째 지휘관이었으니까요." "그때는 아버지가 그렇게 정정하셨나요?" K가 물었다. "아버지가요?" 하고 올가는 전혀 모르겠다는 듯이 반문했다. "3년 전까지는 아버지도 젊은이라고 해도 좋을 정도로 원기가 왕성했어요. 예를 들면 헤렌호프에 불이 났을 때만 하더라도, 갈라터라는 몸이 육중한 관리 한 사람을 업고 달려서 구출해 냈어요. 저도 그 자리에 있었지만, 사실 화재의 위험은 없었어요. 난로 옆에 놓았던 마른 나무가 그슬려서 불붙기 시작했을 뿐이에요. 그러나 갈라터는 겁을 집어먹고 창문으로 사람 살리라고 소리를 쳤어요. 그래서 소방대가 쫓아오고, 우리 아버지는 그를 구출해 내야 했죠. 벌써 그때 불은 꺼져 있었어요. 좌우간 갈라터는 뚱뚱해서 잘 움직이지도 못하니까 이런 경우에는 조심할 수밖에 없었죠. 나는 오로지 아버지를 위해서 이 이야기를 하는 거예요. 그때부터 고작 3년 남짓하게 세월이 흘렀건만, 저기 앉아 계신 아버지의 모습을 좀 보세요." 그때야 비로소 K는 아말리아가 다시 방으로 돌아와 있다는 것을 알게 되었다. 그러나 그녀는 멀리 떨어져 있는 양친의 식탁 옆에 앉아서, 신경통 때문에 팔이 움직이지 않는 어머니에게 음식을 떠드리고 있었다. 어머니한테 식사를 떠드리면서도 아버지에게 말을 걸고, 잠깐만 더 참아주시면 아버지한테도 음식을 드리겠다고 말했다. 그러나 그녀의 타이름은 아무 소용이 없었다. 아버지는 수프를 먹고 싶은 생각이 간절해서 자기 몸이 약한 것도 괘념치 않고 억지로 기운을 내어 수프를 스푼으로 떠먹으려고 하는가 하면, 이번에는 직접 수프 접시에다 입을 대고 마시려고 했다. 그러나 전부 뜻대로 되지 않으니 투덜거리며 불평했다. 사실 스푼이 입에 닿기도 전에 벌써 수프는 조금도 남아 있지 않았다. 게다가 입에까지 닿지도 않고, 축 늘어진 수염만을 계속 수프 속에 적실 뿐 국물은 여기저기 뚝뚝 떨어지고 튀기만 해서 거의 입에 들어가는 것이 없었다. "3년 만에 저렇게 되어버리셨나요?" K가 물었다. 그러나 그는 여전히 그 노인들과 식탁 한모퉁이에서 벌어지는 광경에 아무런 동정심 없이 다만 싫증을 느꼈을 뿐이었다. "네, 3년 만이지요." 하고 올가는 천천히 말을 이었다. "아니, 더 정확하게 말하면 잔치가 열린 지 두세 시간 사이에 저렇게 되신 거예요. 잔치는 마을 입구에 있는 작은 시냇가 목장에서 열렸어요. 우리가 도착했을 때엔 벌써 야단법석이었어요. 이웃 마을에서도 많은 사람들이 모여든 탓에 어수선하고 웅성거리는 시끄러운 소리가 머리를 어지럽혔지요. 우리는 물론 아버지에게 끌려서 먼저 소방 펌프 있는 곳으로 갔어요. 펌프를 보자 아버지는 기쁨에 넘쳐서 껄껄대고 웃었어요. 새 펌프를 보고 기뻐서 견딜 수가 없었던 모양이죠. 아버지는 펌프에 손을 대보면서 일일이 설명하기 시작했어요. 아버지는 다른 사람들이 아무리 말려도 말을 들으시지 않았어요. 펌프 밑을 봐야 했을 때에는 우리도 모두 쪼그리고 펌프 밑으로 기어들어 가다시피 해야 했지요. 바르나바스는 그때 싫다고 하다가 매를 맞았어요. 단지 아말리아만은 펌프 같은 것은 염두에도 없었고, 아름다운 옷을 입은 채 그곳에 서 있었지요. 그러나 아무도 그 애한테 한마디 말도 하지 못했어요. 나는 가끔 그 애한테로 뛰어가서 팔을 붙들었으나 그 애는 잠자코 있었어요. 지금도 왜 그렇게 되었는지 알 수가 없지만, 좌우간 우리는 상당히 오랫동안 펌프 앞에 서 있었어요. 아버지가 펌프 옆을 떠났을 때 비로소 소르티니가 와 있다는 사실을 깨닫게 되었지요. 소르티니는 분명히 그때까지 쭉 펌프 뒤에 숨어서 펌프 손잡이에 기대고 있었던 것 같아요. 주변은 무서울 만큼 시끄러운 소리로 가득했는데, 보통 때보다 심했지요. 성은 소방대에 몇 개의 나팔도 기증했는데, 조금 힘을 주어서 불기만 하면—아마 어린이도 할 수 있을 거예요—굉장히 요란한 소리가 나는 악기였지요. 그 소리를 들으면 꼭 튀르키예 사람들이 눈앞에 쳐들어왔다고 생각할 정도였어요. 아무도 이런 소리에는 익숙해질 수 없었어요. 나팔을 새로 불 때마다 몸을 움츠리곤 했어요. 그리고 새 나팔이었으니까 누구나 불어보려고 했고, 뭐니 뭐니 해도 백성들의 잔치였으니 그런 짓을 해도 묵인해 주었지요. 마침 우리 주변에는—아마 아말리아 때문에 모여든 것 같은데—그런 나팔 부는 사람이 두세 사람 있었어요. 이런 상태에서 침착하게 마음을 가다듬고 있는 것은 어려운 일이었어요. 더군다나 아버지의 명령에 따라서 펌프에 주의를 집중해야 했기 때문에 우리로서는 인간의 한계에 다다른 극도의 긴장 상태에 있었지요. 그래서 이상하게도 오랫동안 소르티니가 있다는 사실을 깨닫지도 못하고 있었어요. 물론 그때까지 소르티니를 만난 적이 한 번도 없었지만요. '저기 소르티니가 있습니다.' 하고 라제만이 아버지에게 속삭였지요—나는 두 분 옆에 서 있었어요—아버지는 아주 공손하게 인사하고, 좀 흥분한 빛을 띠며 우리에게도 인사를 하라고 눈짓했어요. 아버지는 전에 소르티니를 만난 적이 없었지만 쭉 그를 소방대 문제의 전문가로서 존경해 왔고, 집에서도 그의 이야기를 해왔으니 지금 소르티니의 모습을 실제로 눈앞에서 본다는 것은 대단히 뜻밖의 일이며 또 뜻깊은 일이기도 했어요. 그러나 소르티니는 우리를 신경 쓰지도 않았어요—소르티니만의 특징이라고 말할 순 없고, 다만 관리들은 대개 백성들 사이에서는 아주 무관심해 보이지요—그뿐 아니라 그는 피곤해했어요. 단지 직무를 수행하기 위해서 이 마을에 내려온 데에 불과했지요. 이처럼 성의 대표로 나서야 하는 의무를 거북해한다고 해서 가장 나쁜 관리라고 할 수도 없어요. 다른 관리나 하인들은 좌우간 오기는 왔으니 백성들 사이에 끼어들었지요. 그러나 소르티니는 펌프 옆을 떠나지 않았어요. 청을 올리거나 비위를 맞추기 위해 아부하고자 그에게 접근하려는 사람들을 침묵으로써 얼씬 못 하게 했지요. 그래서 자연히 그는 우리가 그를 눈치챈 것보다 나중에 우리를 알아보고, 피곤한 눈초리로 한 사람씩 찬찬히 쳐다보았어요. 그러면서 한숨까지 쉬는 것 같았는데 나중에 가서는 그 눈초리가 아말리아에게 떨어졌어요. 그 애가 그보다 훨씬 키가 컸기 때문에 눈을 위로 치켜뜨지 않을 수 없었어요. 그는 그 순간 자못 놀란 듯이 우뚝 서더니, 아말리아에게 가려고 손잡이를 뛰어넘었어요. 처음에 오해한 우리는 아버지를 앞세워 그에게 가까이 가려고 했지요. 그런데 그가 손을 처들고 우리를 제지하더니, 그다음엔 가라고 손짓을 했어요. 그것뿐이었지요. 그리고 우리는 정말 신랑감을 구했다고 아말리아를 놀렸지요. 어리석게도 그날 오후 줄곧 지나칠 정도로 기뻐서 날뛰었어요. 단지 아말리아만은 저보다도 말이 적었어요. '아말리아가 소르티니에게 완전히 반했군.' 하고 원래 성격이 좀 거칠뿐 아니라 아말리아 같은 사람을 잘 이해하지 못하는 브룬스비크가 말했어요. 그때만큼은 우리도 그의 말이 맞다고 생각했지요. 그날 우리는 정신도 빼놓고 즐거워하다가 자정이 지나 집에 돌아왔을 때에는 모두들─아말리아를 제외하고─성의 달콤한 술에 취해버렸어요." "그러면 소르티니는?" K가 물었다. "네, 나는 소르티니를 잔치 도중에 지나가면서 몇 번이고 봤어요. 그는 손잡이 위에 걸터앉아서 가슴 위에 팔짱을 끼고, 성에서 마차로 데리러 올 때까지 쭉 앉아 있었어요. 그는 소방 연습에는 한 번도 가보지 않았어요. 그때 아버지는 연습하는 도중에 소르티니가 보고 있으리라 기대하시고는 같은 연배의 남자들 가운데에서도 눈부신 활약을 했어요." "그러면 당신들은 그 사람에 대해서 더 이상 아무런 소식도 듣지 못했나요?" K는 말을 이었다. "당신은 소르티니를 대단히 존경하고 있는 듯 보이는데요." "존경하고말고요." 올가가 대답했다. "그에 대한 이야기가 더 있어요. 다음 날 아침에 취한 채 자고 있던 우리는 아말리아가 소리를 지르는 바람에 깨어버렸어요. 다른 사람들은 곧 침대 속으로 움츠리고 기어들어 갔지만 완전히 잠이 깬 나는 아말리아에게 달려갔지요. 그 애는 창 옆에 서서 편지 한 장을 손에 들고 있었어요. 그 편지는 방금 한 남자가 창 너머로 내준 것이었고, 그 남자는 회답을 기다리고 있었어요. 아말리아는 그 편지를─사실은 짧은 편지였는데─다 읽은 뒤에 축 늘어진 손으로 쥐고 있었어요. 그 애가 그렇게 지쳐서 녹초가 된 꼴을 보면 나는 언제나 강렬한 애정을 느껴요. 나는 그 옆에 무릎을 꿇고 앉은 채 그 편지를 읽었어요. 내가 다 읽기가 무섭게 아말리아는 힐끔 내 얼굴을 쳐다보더니 다시 편지를 가져갔지요. 그러나 다시 읽어볼 생각도 못 하고 다짜고짜 찢어버리더니, 그 찢어진 종잇조각으로 바깥에 기다리고 서 있는 남자의 얼굴을 때리고는 곧 창문을 닫아버렸어요. 이것이 그 결정적인 아침의 일이었어요. 결정적인 아침이라고 제가 말했지만 그 전날 오후의 모든 순간들도 그다음 날 아침과 마찬가지로 결정적이었어요." "그런데 그 편지에는 뭐라고 쓰여 있었어요?" K가 물었다. "아, 아직도 그 이야기는 하지 않았군요. 편지는 소르티니에게서 온 것이었고, 수취인의 이름은 '석류석의 목걸이를 건 소녀에게'라고 적혀 있었어요. 내용을 그대로는 되풀이할 수가 없어요. 자기는 헤렌호프에 있으니 찾아오라는 요구였어요. 그것도 자기가 30분 이내에 출발할 테니 빨리 오라고도 했지요. 편지는 그때까지 제가 한 번도 본 적이 없을 만큼 상스러운 투로 쓰여 있어서 전체적으로 종합한 맥락에서 절반쯤만 그 뜻을 추측할 수 있었어요. 아말리아를 잘 알지 못하고 이 편지만을 읽는 사람은, 남자에게서 이런 형편없는 편지를 받은 타락한 아가씨라고 분명 생각했을 거예요. 가령 그 아가씨가 아주 순결한 처녀라고 하더라도 말이에요. 그리고 그것은 연애 편지가 아니었어요. 여자 마음에 들게 비위를 맞추려는 말은 한 마디도 없었어요. 오히려 자기의 마음이 아말리아의 그림자에 사로잡힌 바람에 일에 방해가 되었다고 분명히 화를 내고 있었어요. 나중에 우리는 이렇게 생각했어요. 틀림없이 소르티니는 저녁에 곧바로 성으로 돌아가려고 했으나 오로지 아말리아를 위해 마을에 남아 있었다고, 그리고 밤에도 아말리아가 잊히지 않은 탓에 새벽녘에 격분해서 이 편지를 썼다고요. 이런 편지를 받으면 가령 아무리 감정이 없고 냉정한 사람일지라도 처음에는 화가 날 거예요. 그런데 만약 아말리아 이외의 다른 사람이었다면, 다음 순간에는 그런 간악한 협박 문구 때문에 격분하는 감정보다도 불안한 마음에 더 사로잡혔을 거예요. 그러나 아말리아의 경우는 격분하는 감정뿐이었지요.

그 애는 자기 자신을 위해서나 다른 사람을 위해서나 겁을 낼 줄 몰라요. 그 후 저는 곧 제 침대 속으로 기어들어 가면서 토막 토막 끊어진 마지막 말을 되풀이했지요. '그러니까 네가 빨리 와야 한다고! 그렇지 않으면……' 그동안에 아말리아는 창턱에 앉아 밖을 내다보고 있었어요. 그 꼴은 꼭 심부름꾼들이 찾아오기를 기다리다가, 오기만 하면 처음 온 심부름꾼처럼 혼을 내주겠다고 벼르고 있는 것 같았어요." 올가가 말했다. "그래, 관리들이란 그렇지요." 하고 머뭇거린 K는 말을 이었다. "그런 수단을 쓰는 자들은 그들 사이에서 흔히 볼 수 있어요. 당신의 아버지는 어떻게 했지요? 직접 헤렌호프에 가서 더 확실하고 빠른 수단을 쓰지 않을 거라면, 당국에다 소르티니에 대해 강경하게 항의하는 게 좋았을 텐데요. 이 사건에서 가장 증오스러운 점은 아말리아에 대한 모욕 같은 것이 아니에요. 그런 모욕은 간단히 풀어주고 보상을 해줄 수도 있어요. 바로 그런 점을 왜 당신이 그렇게 중시하는지 도무지 알 수 없군요. 당신 말을 들으면 마치 소르티니가 기껏해야 그런 편지 한 통으로 아말리아를 영원히 비웃을 수 있다고 생각하는 것 같지만, 그런 일은 있을 수 없지요. 아말리아는 아주 쉽게 명예를 회복할 수도 있었으며, 2~3일만 지나면 이런 사건은 잊어버렸을 테니까요. 소르티니는 아말리아의 신세를 위태롭게 한 것이 아니라 사실은 자기 자신을 위험에 빠뜨린 거예요. 내가 소르티니를 무서워하는 건 바로 그렇게 권력을 남용할 수 있는 가능성 때문이지요. 이 경우에 있어서는 실패로 돌아갔지만, 그 이유는 말을 너무 까놓고 했다는 것, 그래서 속이 아주 훤히 들여다보였다는 것, 또한 아말리아 같은 아주 뛰어난 적수를 만났다는 것이지요. 하지만 다른 많은 경우에는— 아말리아보다도 약간 불리한 경우에는—완전히 성공할 수 있을

뿐더러 누구의 눈도 피할 수 있으며, 심지어는 유혹당한 본인의 눈까지도 벗어날 수가 있는 법이지요." "조용히, 아말리아가 이쪽을 보고 있어요." 올가가 말했다. 아말리아는 벌써 양친에게 식사 드리는 일을 끝마치고 이번에는 어머니의 옷을 벗겨드리려고 했다. 어머니의 치마끈을 풀고, 어머니의 양쪽 팔을 자기 목에다 감게 한 다음 그대로 어머니의 몸을 약간 쳐들어서 치마를 벗긴 뒤 가만히 의자에 앉혔다. 아버지는 아말리아가 어머니의 시중을 먼저 들어드리는 것이 언제나 불만이고—사실 어머니가 아버지보다 더 쇠약하다는 점이 확실했지만—딸의 동작이 느리다고 자기 멋대로 생각하며 그것을 나무라려는 듯이 혼자서 옷을 벗으려고 했다. 그런데 먼저 가장 불필요하고 가장 쉬운 일, 즉 헐거워서 자꾸 벗겨지려는 슬리퍼를 벗는 일부터 시작했는데도 불구하고 도저히 벗을 수가 없었다. 곧 목구멍에서 골골 가래가 끓자 단념하지 않을 수 없게 되어 다시 자기 의자에 빳빳이 기대어버렸다. "가장 중요한 점을 모르시는군요." 올가가 말을 이었다. "말씀이 전부 옳을지도 몰라요. 그러나 가장 중요한 점은 아말리아가 헤렌호프에 가지 않았다는 거예요. 그 애가 심부름꾼을 어떻게 취급했는지는 그리 대단치 않은 일이었어요. 감쪽같이 모른 척하려면 그럴 수도 있었지요. 그러나 그 애가 가지 않았다는 사실로 말미암아 저주가 우리 집안 식구에게로 돌아왔어요. 일이 그쯤 되니 물론 심부름꾼을 그렇게 취급한 것까지도 용서받을 수 없었지요. 그뿐 아니라 이 일은 온 세상에 확 퍼져버렸어요." "뭐라고요!" K는 소리쳤으나 올가가 애원하듯 손을 쳐들었기 때문에 소리를 죽이면서 "당신은 언니로서, 아말리아가 소르티니의 말을 듣고 헤렌호프로 달려갔어야 했다고 말하는 건 아니겠지요?" 하고 말했다. "아니에요. 제발 그런 오해는 말아주세요. 왜 그렇게 생각하시지요? 나는 아말리아처럼 모든 행동이 올바른 사람은 아무도 보지 못했어요. 만일 그 애가 헤렌호프에 갔더라도 저는 그 애가 여전히 옳다고 인정했을 거예요. 그 애가 가지 않은 것은 영웅적인 행동이었어요. 저에 관해서 말하면—숨기지 않고 고백하겠어요—만일에 제가 그런 편지를 받았더라면 아마 갔을지도 몰라요. 저 같으면 그 후에 닥쳐올 사태가 무서워서 견디지 못했을 거예요. 아말리아니까 그것을 해낼 수가 있었지요. 물론 빠져나갈 구멍은 얼마든지 있었어요. 다른 여자 같으면 정말 화려하게 치장을 하며 얼마간 시간을 보냈을지도 모르지요. 그리고 헤렌호프로 갔겠지만, 소르티니가 벌써 출발했다는 사실, 그것도 아마 그가 심부름꾼을 보낸 다음 바로 출발했다는 사실을 알게 됐을지도요. 성 양반들의 기분은 시시각각으로 변하니까 그런 일도 충분히 있을 수 있어요. 그러나 아말리아는 그런 짓도 또 그와 비슷한 행동도 하지 않았어요. 그 애가 받은 모욕이 너무나 큰 탓에 대담하게 결정해 버린 거예요. 겉모양만이라도 따라가는 체했더라면, 그때 헤렌호프의 현관에 한 발짝이라도 들여놓을 수 있었더라면 이런 액운은 면할 수 있었을 거예요. 이 마을에는 아주 똑똑하고 유능한 변호사들이 있어요. 그들은 사람이 원하는 건 무엇이든 무無에서부터도 만들어 낼 수 있지만 이번 경우만은 그 유리한 '무'조차 없었어요. 있는 것이라곤 소르티니의 편지를 모욕했다는 사실, 그리고 심부름꾼을 모욕했다는 사실뿐이었지요." 올가가 말했다. "도대체 어떤 액운을 말하는 거예요? 또 변호사라니 무슨 변호사지요? 여하간 소르티니의 범죄자 같은 못된 행동 때문에 아말리아를 고소하거나 심지어는 처벌하는 일 따위는 아무도 할 수 없는 것 아니겠어요?" K는 말했다. "그런데 가능한 일이었어요. 물론 합법적인 소송에 의해서도 아니고 누군가 나서 직접 처벌한 것도 아니지만, 다른 방법으로 그 애를 처벌했어요. 그 애와 우리 가족을 모조리 처벌했어요. 이 벌이 얼마나 가혹한 것이었는지 깨닫기 시작하셨으리라 생각해요. 이 처벌이 대단히 부당하다고 생각하시는 모양이지만, 마을에서 그런 의견을 가진 사람이라곤 선생님 이외에는 하나도 없어요. 우리에게 참 호의적인 선생님의 의견으로 우리가 마음의 위안을 얻을 수도 있겠죠. 그게 분명 잘못된 생각에서 비롯된 게 아니라면요. 전 그 점을 선생님에게 증명해 보일 수 있어요. 그러나 도중에 프리다에 대한 이야기가 나오더라도 양해해 주세요. 프리다와 클람 사이에는—마지막 결과를 제외하고는—아말리아와 소르티니 사이와 똑같은 관계가 생겼어요. 그 일에 처음에는 깜짝 놀라셨겠지만 이제는 옳다고 생각하고 계실 거예요. 습관이 된 거라고는 볼 수 없죠. 단순한 판단이 문제가 될 때에는 습관이 됐다고 해서 그렇게 무감각해질 수는 없으니까요. 오류에서 벗어났을 따름이죠." 올가가 말했다.
"올가, 그렇지 않아요. 이 일에 왜 프리다를 끌어넣는지 나는 모르겠군요. 사건의 성질이 전혀 다르니까, 그렇게 근본적으로 다른 사건을 서로 뒤섞지 말고 차근차근하게 계속 이야기해 봐요." K가 말했다. "제발, 제가 또 비교하겠다고 주장해도 오해하지 마세요. 만일 선생님이 그녀가 비교 대상이 되는 걸 그만두게 해야겠다고 생각하신다면, 프리다에 관해서는 아직도 잘못 생각하시는 게 있는 셈이에요. 그녀를 변호하실 필요는 전혀 없어요, 단지 칭찬해 주시면 그만이지요. 제가 두 가지 경우를 비교한다고 하더라도 그 두 가지가 모든 면에서 똑같다고 주장하는 것은 아니에요. 두 여자는 마치 흑백의 대조 관계 같아요. 백이 프리다였어요. 프리다는 최악의 경우라고 해봐야 비웃음을 당할 뿐이에요. 제가 예의를 잃고—나중에 얼마나 후회했는지 몰라요—주점에서 그런 행동을 했던 것처럼요. 하지만 비웃는다는 건 악의가 있거나 질투하고 있거나 둘 중에 하나예요. 여하튼 웃을 수는 있는 것이지요. 한편 아말리아의 경우, 만일 그 애와 혈연관계가 아니라면 단지 경멸할 뿐이에요. 그러니까 이것은 말씀하신 대로 근본적으로 서로 다른 두 가지 경우임에는 틀림없지만 그래도 비슷하단 말이에요." 올가가 말했다. "비슷하지도 않군요." K가 못마땅해서 고개를 살살 내둘렀다. "좌우간 프리다의 이야기는 그만두세요. 아말리아가 소르티니에게서 받은 것 같은 그런 추잡한 편지를 프리다는 한 번도 받아본 적이 없지요. 프리다는 정말 클람을 사랑하고 있었어요. 의심스러우면, 그녀에게 물어봐도 좋아요. 지금도 여전히 클람을 사랑하고 있으니까요." "그러나 그것이 그렇게도 큰 차이라고 할 수 있을까요?" 올가가 말을 이었다. "클람은 프리다한테 소르티니와 똑같은 편지를 써 보내지 않았으리라고 생각하시나요? 성 양반들은 사무용 책상에서 일어나기만 하면, 세상에서 어떻게 행동해야 할지 몰라요. 그런 어수선한 상태에서 아주 난폭한 언사를 일삼지요. 물론 모두가 그렇다고는 할 수 없어도 그런 분이 많아요. 아말리아에게 보내온 편지도, 실제로 종이에 쓰이는 내용은 조금도 개의치 않고 그저 생각나는 대로 써버렸는지도 모르지요. 성 양반들이 무슨 생각을 하시는지 우리는 도무지 알 수가 없어요. 클람이 어떤 방식으로 프리다와 교제했는지 직접 들으시거나 또는 다른 사람이 하는 이야기를 들으신 적은 있나요? 클람이 몹시 난폭하다는 것은 누구나 다 알고 있는 사실이에요. 몇 시간이고 입을 다물고 있다가 갑자기 듣는 사람을 깜짝 놀라게 하는 말을 꺼내거든요. 소르티니가 난폭한지 어떤지는 아무도 아는 사람이 없어요. 애

초에 소르티니가 어떤 사람인지 아는 사람이 거의 없어요. 원래
소르티니에 대해서 사람들이 알고 있는 것은, 소르디니와 이름
이 비슷하다는 것뿐이에요. 이렇게 이름이 닮지 않았더라면 누
구나 그 사람에 대해서 아는 것이 없었을 거예요. 소방대 전문가
라는 것도 확실히 소르디니와 명백하게 혼동되고 있어요. 사실
은 소르디니가 진짜 전문가인데, 자기와 소르티니의 이름이 비
슷하다는 점을 이용해 대표로서의 의무를 소르티니에게 전가해
버리고 소르디니 자신은 마음 편안히 자기 일에 열중하는 것이
그의 크나큰 목적이지요. 따라서 소르티니처럼 세상 물정도 모
르는 미숙한 사나이가 갑자기 시골 아가씨에게 애정을 느끼게
되면, 그것은 마을 근방의 목수가 반했을 때와는 전혀 다른 형태
를 취하게 되지요. 더군다나 관리와 구둣방 집 딸 사이에는 어떤
다리를 놓아주지 않으면 안 될 만큼 머나먼 간극이 있다는 점도
생각하셔야 해요. 다른 사람이면 어떻게 할는지 몰라도, 여하튼
소르티니는 그런 방식으로 다리를 놓으려고 했지요. 물론 우리
모두 성에 속하며 상호 간에 아무런 간극도 없으니 다리를 놓아
줄 필요는 없다고 말하는 사람도 있지요. 그게 아마 일반적인 경
우에는 해당할는지 몰라도, 유감스럽게도 막상 아주 중요한 때
에 가서는 그 의견이 전혀 맞지 않는다는 사실이 드러나는 기회
가 많아요. 좌우간 제 말씀을 끝까지 들으시면 소르티니의 수단
이 상투적이라는 것, 또 생각하시는 것처럼 그렇게 무시무시하
지는 않다는 것을 알게 되실 거예요. 아닌 게 아니라 그의 수단
을 클람과 비교해 보면 훨씬 이해하기가 쉽지요. 설사 아주 가까
운 관계에 놓여 있다고 하더라도, 클람의 경우보다는 훨씬 견디
기가 쉬워요. 클람이 연애편지를 쓴다면 소르티니의 가장 난폭
한 편지보다도 상대방의 마음을 괴롭힐 거예요. 이렇게 말한다

고 해서 저를 오해하지는 마세요. 저는 클람을 비판하려는 것이 아니에요. 다만 선생님이 두 사람의 비교를 반대하고 계시기 때문에 비교해 보았을 뿐이에요. 아무튼 클람은 여자들을 호령하는 사령관과 같아서, 때로는 이 여자에게 오라고 명령하는가 하면 때로는 저 여자에게 오라고 명령하지요. 또 어느 여자에게든 곧 싫증을 내요. 그래서 그는 오라고 명령도 하지만 가라고 명령도 하지요. 클람은 미리 편지를 써보내는 따위의 귀찮은 짓은 하지 않을 거예요! 이런 점을 보더라도 숨어서 소극적인 생활을 하고 있는 소르티니가, 적어도 여성 관계에 있어서만은 미지수인 소르티니가 마침 의자에 앉아 아름다운 관료식 필체로, 물론 끔찍한 내용이긴 하지만 여하간 편지를 썼다는 사실은 역시 그렇게 나쁘게 볼 수만은 없지요. 이렇듯 두 사람의 차이가 클람에게 유리하지 않다면, 그 차이는 프리다의 사랑 때문이라고 할 수 있을까요? 관리들의 여자 관계를 판단하는 일은 제가 보기에 대단히 어렵든가 아니면 대단히 쉽든가 둘 중 하나예요. 관계에 애정이 없는 경우는 없어요. 관리가 짝사랑하거나 실연하는 경우도 없지요. 따라서 이 점으로 미루어 본다면, 한 소녀가 다만 사랑하기 때문에 관리에게 몸을 맡겼다―그렇다고 프리다의 이야기를 하고 있는 건 아니에요―는 말은 칭찬이 아니에요. 그녀가 관리를 사랑해서 그에게 몸을 허락했을 뿐 자랑삼을 것은 하나도 없어요. 그러나 아말리아는 소르티니를 사랑한 게 아니지 않느냐고 선생님은 항의하시겠지요. 네, 그 애는 그를 사랑하지 않았어요. 그러나 혹은 사랑하고 있었을지도 모르겠어요. 그 점은 확실히 말할 수가 없어요. 누가 감히 판단을 내릴 수 있겠어요? 그 애 자신도 알 수 없을 거예요. 아말리아는 관리가 그런 거절은 당해본 적이 없을 정도로 아주 대담하게 차버렸지만 그렇다고 해서 자기가 상대방을 사랑하지 않았다고 단언할 수 있을까요? 아말리아는 지금도 종종 자기가 3년 전에 창문을 탁 닫아버렸을 때의 마음의 동요 때문에 떨곤 한다고 바르나바스가 말해주더군요. 정말이에요. 그래서 그 애에게 물어볼 수도 없어요. 그 애는 소르티니와 관계를 끊어버렸지만, 그 일 말고는 아무것도 몰라요. 지금 자기가 그를 사랑하고 있는지 어떤지 그 애 자신도 모를 거예요. 그러나 우리는 잘 알고 있어요. 여자는 의젓한 관리들이 자기를 돌아보기만 해도 그들을 사랑하지 않을 수 없게 돼요. 여자들은 아니라고 하지만 벌써부터 관리들을 사랑하고 있어요. 그리고 소르티니는 단순히 아말리아한테 시선을 돌렸을 뿐 아니라 아말리아를 보았을 때 소방차의 손잡이를 뛰어넘었어요. 그것도 책상에 앉아서 일하느라고 빳빳이 굳은 다리를 가지고 말이에요. 하지만 아말리아는 예외라고 선생님은 말씀하실지 몰라요. 네, 그 애는 예외지요. 그 애가 소르티니에게로 가는 것을 거부했을 때, 그것은 증명이 됐어요. 훌륭한 예외지요. 그런데 아말리아가 소르티니를 사랑한 적이 없었다고 주장한다면 그건 너무도 지나친 예외가 될 테고, 도무지 이해할 수 없는 일이 되어버려요. 우리는 그날 오후 아주 장님이 된 거나 마찬가지였는데, 그래도 그때 자욱하게 끼었던 안개의 장막을 통해서 흐릿하게나마 아말리아의 사모하는 심정을 볼 수 있는 듯했어요. 그 정도의 판단력은 가지고 있었지요. 그런데 이런 점을 모두 종합해서 비교해 본다면, 대체 프리다와 아말리아 사이에는 어떤 차이점이 있을까요! 아말리아가 거부한 일을 프리다는 했다는 차이점뿐이지요." "그럴지도 모르지요." K가 말을 이었다, "그러나 내게 있어서 큰 차이점이란 다음과 같은 점이죠. 즉 프리다는 내 약혼자이지만 아말리아는 성의 심부름꾼인 바르나바스의 누이

동생이며, 그녀의 운명이 바르나바스의 직책에 얽혀 있다는 것 말고는 나와 아무 관련이 없지요. 만일 정말 관리 한 사람이 아말리아에게 그런 지독히 못된 짓을 했다면―하시는 말씀을 듣고 당장 그렇게 생각했지만요―저도 그 일에 관심을 가졌을지도 모르지요. 그러나 그때도 아말리아의 개인적인 고뇌보다도 공적인 문제에 대한 관심일 거예요. 그런데 당신의 이야기를 듣고 나니 사정이 달라졌어요. 어떤 식으로 변했는지는 나로서도 잘 모르겠지만, 당신이 한 말이니까 그래도 믿을 수 있겠어요. 그래서 나는 이 일에 완전히 신경 끌 생각이에요. 내가 소방수도 아닌데 소르티니와 무슨 상관이 있을까요? 사실 프리다는 상관이 있지요. 그런데 내가 이상하게 느끼는 건, 나는 당신을 완전히 믿고 될 수 있으면 언제까지든 믿으려고 하는데 정작 당신은 빙 돌려서, 다시 말해 아말리아를 거쳐서 끊임없이 프리다를 공격하려 들어 결국 내가 프리다를 혐오하게 만들려고 한다는 거예요. 나는 당신이 그것을 의식해서 혹은 악의가 있어서 하는 짓이라고는 생각지 않아요. 만일 그렇게 생각했다면, 나는 벌써 여기서 나가버렸겠지요. 당신은 고의가 아니라 사정에 의해 할 수 없이 그러는 거예요. 아말리아를 향한 애정에 못 이겨 그녀를 솔직히 모든 여자들보다 위에 올려놓으려고 애쓰고 있어요. 그런데 아말리아한테서 그런 목적에 맞는 장점을 찾아낼 수가 없으니까, 할 수 없이 다른 여자들의 트집을 잡고 분풀이를 하려고 드는 거죠. 아말리아의 행동은 눈에 띄긴 하지만, 당신한테 그녀의 행동에 관한 이야기를 들으면 들을수록 그것이 위대한 일이었는지 그저 그런 일이었는지, 현명했는지 어리석었는지, 용감했는지 비겁했는지 도무지 분간할 수가 없어요. 아말리아가 자기 행동의 동기를 가슴속에 숨겨 두니까 아무도 그걸 알아낼 수 없을 거예요. 이와 반대로 프리다는 눈에 띌 만한 행동을 한 적 없으며 단지 자기 마음을 따라갔을 뿐이지요. 프리다에게 호의를 품고 있는 사람에게는 명백한 일이에요. 누구라도 확인해 줄수 있어요. 이러쿵저러쿵 떠벌릴 여지도 없어요. 그러나 나는 아말리아를 깎아내리려는 것도 아니고 프리다의 편을 들려는 것도 아니에요. 단지 내가 프리다와 어떤 관계에 있는지를, 그리고 프리다에 대한 모든 공격은 곧 나라는 인간에 대한 공격이라는 것을 당신에게 밝히려고 했을 뿐이지요. 나는 내 의사로 이곳에 왔으며 내 의사로 이곳에 묵고 있지만, 이곳에 도착한 이래 일어난 모든 사건, 그리고 무엇보다도 장래의 내 희망—아무리 희미하더라도 좌우간 희망은 있지요—이 전부 프리다 덕분이니 이 사실을 무시할 수는 없어요. 물론 사람들은 나를 여기서 측량사로 받아들였지만 그것은 표면상 그럴 뿐이고, 나는 모든 사람들한테 희롱을 당하고 어느 집에서나 추방당했어요. 그리고 지금도 희롱당하고 있지만, 전보다는 더 복잡해졌지요. 말하자면 내 영향력이 커졌다는 뜻이며 그건 확실히 의미 있는 일이에요. 이래 봬도 나는 미력하나마 벌써 가정을 갖고, 보잘것없지만 직업을, 사실상의 직업을 가지고 있지요. 내게는 약혼자가 있어서 내가 다른 일로 바쁠 때면 그녀가 직무상의 일을 대신해 주지요. 나는 그녀와 결혼하여 선량한 공동체의 일원이 될 거예요. 나는 또 클람에 대한 공적인 관계 이외에, 물론 지금까지는 이용할 수가 없었지만 여하간 사적인 관계를 가지고 있지요. 그것이 대단치 않다고는 말하지 못하겠지요? 내가 이 집을 찾아오면 당신들은 누구한테 인사하지요? 당신은 누구한테 당신들의 집안 이야기를 터놓고 하겠어요? 당신은 누구한테 어떤 도움의 가능성을—아무리 그것이 미미하고 시시한 것일지라도—기대해 보겠어요?

설마 고작 한 주 전에 라제만과 브룬스비크에게서 강제로 내쫓긴 측량사한테는 아니겠지요. 당신은 그 도움을, 어떤 권력의 배경을 가진 남자한테서 기대하고 있을 거예요. 그런데 내가 이런 권력의 배경을 얻은 것은 프리다 덕분이란 말이에요. 프리다는 겸손한 여자니까, 만일 당신이 그런 질문을 하려고 들면 자기는 조금도 사정을 알지 못한다고 할지도 모르겠어요. 그리고 모든 사정을 고려해 볼 때, 순진한 프리다 쪽이 거만한 아말리아보다도 더 많은 성취를 이룬 것 같고요. 이거 봐요. 지금 당신은 아말리아 때문에 도움을 구하고 있는 것 같은데, 그러면 누구에게 도움을 구하는 거지요? 결국 프리다의 도움을 원하고 있는 것 아니겠어요?" "내가 정말 프리다에 대해 그렇게 나쁘게 말했던가요?" 올가가 말했다. "저는 그럴 생각이 조금도 없었고 실제로 그랬다고도 생각지 않지만, 어쩌면 그랬을지도 모르지요. 우리는 그야말로 온 세상 사람들과 어긋나버린 상태예요. 그래서 일단 불평을 털어놓기 시작하면 견딜 수가 없어져서, 저 자신도 무슨 소리를 할지 모르겠어요. 말씀하신 대로 지금 우리와 프리다 사이에는 큰 차이가 있어요. 그러니 그 차이를 한번 강조해 보는 것도 좋겠지요. 3년 전에 우리는 당당한 시민의 딸이었고, 고아인 프리다는 브뤼켄호프의 하녀였어요. 우리는 그녀를 거들떠보지도 않고 옆을 지나쳤지요. 너무 거만했는지도 모르지만, 우린 그런 교육을 받아왔으니까요. 그러나 선생님은 그날 저녁 헤렌호프에서 지내셨으니 현재의 상황을 잘 알게 되셨을 거예요. 프리다는 손에 회초리를 들고 있었고, 나는 하인들의 무리 속에 끼어 있었어요. 더욱 좋지 않은 것은 프리다가 우리를 업신여기고 있을지도 모르겠다는 거지요. 그런 태도는 그녀의 지위에 어울리기도 하고 실제 사정이 그렇기도 해요. 우리를 업신여기지 않는 사람이 어디 있어야죠! 우리를 멸시해야겠다고 작정만 해도 벌써 아주 큰 무리에 속하게 된 셈인걸요. 프리다의 뒤를 이어서 들어온 여자를 아시나요? 페피라는 이름인데요. 나는 그저께 저녁에 비로소 그녀를 알게 되었어요. 지금까지 그녀는 객실에서 심부름을 하는 하녀였는데, 나를 멸시하는 점에서는 프리다보다 더해요. 그녀는 내가 맥주를 가지러 오는 모습이 창 너머로 보이자 달려나와 문을 닫아버렸어요. 나는 그녀가 문을 열어줄 때까지 오랫동안 애원도 하고, 머리에 단 리본을 주겠다는 약속까지 해야 했어요. 그런데 문이 열린 다음 페피한테 그것을 내주었더니, 그녀는 그것을 방구석에다 내동댕이쳐 버렸어요. 그녀가 나를 멸시하고 있는 것도 무리는 아니에요. 어느 정도 그녀가 베푸는 호의에 저는 의존하고 있고, 게다가 그녀는 헤렌호프에서 주모 노릇도 하고 있어요. 물론 그녀는 다만 임시일 뿐, 그곳에 계속 고용되기 위해 꼭 지녀야 할 자격은 가지고 있지 않지요. 헤렌호프 주인이 페피를 어떤 식으로 이야기하는지 들어보시면 좋을 거예요. 주인이 프리다와 이야기하는 태도와 비교해 보아도 좋겠지요. 그러나 페피는 그런 태도에는 조금도 구애받지 않고 이제는 아말리아까지 멸시하고 있지요. 아말리아가 한 번 쏘아보기만 해도 머리에다 리본을 단 그 꼬마 페피는 당장 방에서 뛰어나갈 거예요. 그녀는 자기의 통통한 다리를 믿고는 도저히 낼 수 없는 속도로 달아나 버리지요! 어제만 하더라도 그녀가 아말리아를 두고 약 오르는 소리를 지껄였는데, 그 소리를 들은 나는 손님들이 나를 상대해 줄 때까지―물론 벌써 보셨던 바와 같이 그런 꼴을 당했지만―듣고만 있어야 했어요." "당신은 굉장히 조마조마해하는군요." K는 말을 이었다. "나는 단지 프리다를 그녀에게 걸맞은 자리에 데려다 놓았을 뿐, 지금 당신이 생각하는 것처럼 당신들을 깎아내리려고 한 건 아니에요. 당신들 집 안은 내가 보기에도 아주 특수한 경우이고 나는 그것을 감추고 싶진 않아요. 하지만 대체 이 특수함이 어떻게 멸시의 계기가 될 수 있는지 나는 도무지 모르겠군요." "아, K 씨, 당신도 곧 그것을 이해하게 될 거라고 생각하니 두렵군요." 하고 올가가 말을 이었다. "소르티니에 대한 아말리아의 태도가 이처럼 멸시를 받게 된 최초의 동기였다는 사실을, 도저히 모르시겠어요?" "그건 너무 이상한 일 아닐까요?" K가 말했다. "그것 때문에 아말리아를 칭찬하거나 처벌할 수 있을는지 몰라도, 어떻게 멸시할 수가 있을까요? 또 사람들이, 나로서는 이해하기 어려운 감정으로 인해 정말로 아말리아를 멸시한 거라면, 왜 그 멸시를 당신들에게까지, 다시 말해 죄 없는 가족에게까지 퍼붓는 거지요? 예를 들어서 페피가 당신을 멸시하고 있다는 것은 너무한 일이지요. 내가 또 한번 헤렌호프에 갈 일이 있으면, 그녀에게 보복을 할 작정이에요." "K 씨, 만일." 올가가 말을 이었다. "나를 멸시하는 사람들의 생각을 모조리 바꿔놓을 작정이라면 그건 힘든 일이에요. 왜냐하면 모든 것이 성에서 나왔으니까요. 나는 그날 아침부터 점심때까지의 일을 지금도 잘 기억하고 있어요. 당시 우리의 허드렛일을 해주던 브룬스비크가 여느 때와 같이 나타났어요. 아버지가 그에게 일을 배당하고 집으로 돌려보낸 다음 우리는 식탁 앞에 앉아 아침을 먹으며 모두들, 아말리아와 나를 제외하고, 대단히 활기가 넘쳤어요. 아버지는 여전히 그 축제 이야기를 했어요. 그분은 소방대에 관해서 여러 가지 계획을 품고 계셨어요. 성에는 직속 소방대가 있고 축제 때면 파견단을 보내와서는 이런저런 일들을 논의했지요. 마침 그 자리에 참석했던 성 양반들이 우리 소방대의 연습을 아주 유리하게 평가했는데, 성의 소방대와 비교해 볼 때 결과적으로 우리 쪽이 낫다는 것이었어요. 그래서 성의 소방대를 새로 편성할 필요성이 화제에 올랐는데, 그러기 위해서는 마을에서 지도자가 나와야 한다는 거예요. 물론 이곳에는 대상이 되는 후보자가 두서넛 있기는 하지만, 아버지로서는 자신이 뽑혀서 그 임무를 맡게 될 희망이 보였던 모양이지요. 아버지는 바로 그 일에 대해 여러 이야기를 하셨어요. 늘 식사를 하실 때면 기분 좋게 사지를 쭉 펴시곤 했는데 그때도 양팔로 식탁을 반쯤 껴안는 시늉을 하고, 창 너머로 하늘을 쳐다보실 때에는 정말 청춘과 희망으로 빛나는 듯한 표정이었어요. 그런 아버지의 모습은 그 후 다시는 볼 수 없게 되었어요. 그때 아말리아는 잘난 체하는 투로―아말리아한테 그런 점이 있으리라고는 믿을 수가 없었는데―'성 양반들의 그런 이야기는 그다지 믿을 수 없을 뿐 아니라, 그런 경우엔 흔히 솔깃한 말을 해주고 싶어 해요. 하지만 그런 말은 거의 의미가 없거나 혹은 아무 의미도 없거나 둘 중에 하나지요. 입 밖에 내자마자 영원히 잊어버리고 말지만, 그다음에도 모두 그들에게 꼼짝 못 하고 속아 넘어가게 되어 있지요' 하고 말했어요. 어머니는 그런 말투를 나무랐어요. 아버지는 단지 그 애의 노숙하고 약빠른 모습에 웃었을 뿐이었는데, 그다음에 갑자기 몸을 움츠리고는 없어진 무언가가 이제야 생각났다는 듯 찾는 체했어요. 그러나 없어진 거라곤 아무것도 없었죠. 아버지는 브룬스비크가 심부름꾼과 찢어진 편지에 대한 이야기를 하더라고 말한 다음, 누구와 관련된 일인지, 혹시 우리가 뭘 좀 알고 있지 않은지 물었어요. 우린 잠자코 있었어요. 아직도 새끼양처럼 어렸던 바르나바스가 어리석고 건방진 소리를 하자 모두들 다른 이야기로 넘어가면서 이 일은 잊어버렸어요."

18장   아말리아의 벌

　"그러나 우리는 그 후 얼마 안 가 편지에 대한 질문으로 사방에서 집중 공격을 당했어요. 친구들과 원수, 아는 사람과 모르는 사람 들이 몰려왔어요. 그러나 아무도 오랫동안 머무르지는 않았어요. 가장 친한 친구들이 제일 조급하게 가버렸어요. 언제나 동작이 느리고 태도가 점잖던 라제만도 마치 방의 너비라도 재러 온 듯이 들어와서 방 안을 둘러보더니 그대로 나가버렸어요. 라제만이 내빼자 아버지가 갑자기 다른 손님들을 두고 나가 성급히 그의 뒤를 쫓아 문턱까지 달려갔으나 그만 쫓아가는 것을 단념하고 말았는데, 그 모습은 마치 어린애들의 무서운 장난처럼 보였어요. 브룬스비크가 와서 아버지한테 자기는 독립해서 나가겠다고 했지요. 기회를 이용할 줄 아는 약빠른 사나이에요. 손님들이 와서 아버지 창고에 들어가 수선을 맡겼던 자기네들의 신을 찾아 꺼냈어요. 아버지는 처음에는 손님들의 마음을 돌이키려고 노력했으나―우리도 미력이나마 있는 힘을 다해서 아버지를 거들었어요―끝내는 할 수 없이 단념해 버리고, 잠자코 모두들 구두 찾는 일을 도와주었어요. 주문 장부에 한 줄 한 줄 줄을 그어버렸고, 우리 집에 두었던 손님들의 가죽도 제각기 본인들에게 돌려주었지요. 빚도 갚고 모든 일을 조금의 말썸름도 없이 진행했지요. 우리와의 관계를 속히 그리고 완전히 청산할 수만 있다면 사람들은 그것으로써 만족하고, 약간 손해를 보는 것

쫌 조금도 개의치 않았어요. 그리고 드디어—그것도 예상했던 일이긴 했지만—소방대장 제만이 나타났어요. 저는 지금도 그 광경이 눈앞에 선해요. 제만은 키가 크고 억센 사나이였으나 좀 구부정하고 폐병을 앓고 있었는데, 언제나 진지한 표정에 도무지 웃는 일이 없었어요. 그가 아버지—지금까지 그렇게도 존경해 왔고 다정하게 이야기하면서 대장 대리의 자리까지 약속했던 —앞에 나타났어요. 그리고 아버지한테, 조합에서 아버지를 면직시켰다는 사실과 증서의 반환을 요구한다는 사실을 전하지 않을 수 없다고 했어요. 마침 우리 집에 와 있던 사람들은 모두 일하던 손을 멈추고, 두 사람 주위로 몰려와 빙 둘러섰지요. 제만은 아무 말도 못 하고 줄곧 아버지의 어깨만 두드리고 있을 뿐이었어요. 무슨 말을 해야 되겠는데 뭐라고 해야 좋을지 몰라서 그 말을 아버지 몸에서 두드려내는 것 같았어요. 그렇게 아버지의 어깨를 두드리면서 그는 한결같이 웃고만 있었어요. 웃는 것으로 말미암아 자기 자신과 주위 사람들을 조금이라도 안심시키려고 하는 것 같았어요. 그러나 그는 웃을 수가 없을 뿐 아니라 누구 하나 그 사람의 웃는 소리를 들어본 적이 없었던지라, 아무도 이것이 웃음이라고 생각하지 않았지요. 그러나 아버지는 벌써 이날 겪은 일로 너무나 지치고 절망해서, 다른 사람을 도와줄 형편이 아니었어요. 네, 너무나 지쳐서 무슨 일이 일어났는지 따져본다는 건 도대체 불가능해 보였어요. 우리도 절망적이기는 마찬가지였지만, 다만 아직 젊었기 때문에 그런 완전한 파멸이 정말로 있다고는 믿지 않았어요. 이렇게 방문객들이 줄을 지어서 오는 동안, 아마 나중에는 누구든 찾아와서 그만두라고 명령하고 만사를 원래대로 복귀시키도록 압력을 가해주리라고 줄곧 생각했지요. 판단력이 부족했기 때문에 우리 눈에는 제만이 그런 명령을 내리기에 안성맞춤인 듯 보였어요. 이렇게 끊임없이 계속되는 웃음 끝에 비로소 똑부러지는 말이 튀어나오지 않을까 바짝 긴장하여 고대하고 있었지요. 우리 신변에 일어난 이런 터무니없이 부당한 일에 대해 웃는 게 아니라면, 대체 웃을 일이 뭐가 있었겠어요? '대장님, 대장님, 자, 어서 사람들한테 말씀해주세요.' 우리는 그렇게 말하고 싶어 그의 곁으로 다가갔어요. 그러나 이 행동은 단지 그가 이상하게 몸을 홱 돌리게 만들 뿐이었지요. 결국 이야기는 시작했으나 그것은 우리의 남모르는 소원을 이루어주기 위한 것이 아니라 주위 사람들의 원기를 북돋우고 그들이 짜증 나서 소리치는 꼴에 호응하기 위한 것이었어요. 그래도 우리는 희망을 버리지 않았어요. 그 사람은 무턱대고 아버지를 칭찬하는 일부터 시작했어요. 아버지를 조합의 영예, 후배들이 도달하기 어려운 모범, 없어서는 안 될 조합원이라고 부르고, 아버지가 퇴직하시면 조합이 위태로워질 거라고 말했어요. 여기서 끝을 맺었더라면 모두 훌륭한 말이었지요! 그런데 그는 말을 계속했어요. 그럼에도 조합이─물론 당분간이라고는 하지만─그런 인물인 아버지에게 퇴직을 요청하도록 결정했으니까, 조합이 이럴 수밖에 없었던 그 이유의 중대성을 사람들은 깨달을 수 있을 것이라나요. 그리고 어제의 축제에서도 아마 아버지의 빛나는 업적이 없었더라면 그만한 성과는 거둘 수가 전혀 없었을 거라고, 그런데 당신의 바로 이 업적이 특히 당국의 주의를 환기시켰다고, 조합은 지금 세상 사람들의 주목을 받고 있으니까 전보다도 더욱더 자체의 결백성에 유의하지 않으면 안 되는데 갑자기 심부름꾼에 대한 모욕 사건이 발생했다고, 그래서 조합으로서는 다른 방도가 없어 그 사람, 즉 제만이 이 사실을 전달한다는 어려운 역할을 맡게 되었다고, 그러니 아버지가 더 이상 자기의 역할을 어렵게 만들지 않길 바란다고 말했지요. 제만은 이렇게 모든 것을 털어놓을 수 있어 매우 즐거운 기색이 었어요. 그는 자기의 연설에 확신을 느꼈던지 이젠 지금까지처럼 지나치게 수줍어하지도 않았어요. 그는 벽에 걸려 있는 사령장을 가리키고 떼어오라고 손가락질했어요. 아버지는 고개를 끄덕거리고 가지러 갔는데, 손이 떨려서 못에서 뺄 수 없었어요. 내가 의자 위에 올라가서 도와드렸지요. 그리고 그 순간부터 모든 것이 끝나버리고 만 거예요. 아버지는 액자에서 사령장을 빼려고도 하지 않고 그대로 제만에게 내줘 버렸어요. 그리고 한구석에 걸터앉은 채 움직이지도 않고 아무와 이야기하지도 않았어요. 그래서 우리라도 손님들과 남은 이야기를 해야만 했지요."

"그러면 당신은 이 사건의 어디에 성의 영향이 미쳤다고 생각하는 거죠?" K는 말을 이었다. "아직까지는 성이 이 사건에 간섭하고 있는 것 같지는 않은데요. 당신이 지금까지 당해온 것은 단순히 사람들의 지각없는 불안감이라든지, 이웃 사람의 손해를 고소해하는 심보라든지, 믿을 수도 없는 우정이라든지, 즉 어디서나 흔히 경험할 수 있는 일들이 아닌가요? 물론 당신의 아버지 쪽에도—모름지기 내게는 그렇게 느껴지지만—어딘지 답답한 점이 있다고 생각돼요. 대체 사령장이 다 뭐란 말이죠? 그의 능력을 증명하는 문서라고는 하지만 사실 그 능력은 스스로 몸에 지니고 있으면 그만이잖아요. 만일 그 능력이 그로 하여금 없어서는 안 되는 인물로 만들어준다면 더욱더 좋은 일이지요. 그리고 대장이 말하기도 전에 아버지가 사령장을 그 사람의 발밑에 내동댕이쳤어야만 그를 쉽사리 곤경에 빠뜨릴 수가 있었을 거예요. 하지만 무엇보다 당신이 아말리아에 대하여 일언반구도 언급하지 않은 것이 특히 인상 깊게 느껴지는군요. 모든 것이 아말리아 때문일 텐데도 그녀는 시치미를 딱 떼고 뒤에 숨어서 집안의 재난을 바라보고만 있었던 모양이네요."

"아니에요. 아무도 나무랄 수는 없어요. 누구라도 그렇게 행동하는 수밖에는 다른 도리가 없었을 거예요. 이 모든 것이 다 성의 영향 때문이지요." "성의 영향이라." 올가의 말을 아말리아가 되풀이했다. 그녀는 어느새 뜰에서 들어와 있었고 양친은 벌써 침대 위에 누워버렸다. "성 이야기를 하시나요? 여태 함께 앉아 계셨어요? K 씨, 당신은 곧 돌아간다고 하시지 않았어요? 벌써 열 시가 다 되어가는데요. 대체 그런 이야기가 선생님과 무슨 상관이 있지요? 이 마을에는 그런 이야기로 먹고살려는 사람들이 있어서 마치 두 분이 여기에 앉아 있는 것처럼 한데 모여 앉아 서로 이야기를 질질 끌곤 하지만, 당신은 그런 부류의 사람으로는 보이지 않는데요." 아말리아가 말했다. "천만의 말씀이지요. 나도 바로 그런 부류에 속해요. 반대로 그런 이야기는 모르는 체하고 다른 사람만 몸이 달게 만드는 사람에게는 그다지 큰 감명을 받지 못하지요." K가 말했다. "그럴 수도 있겠지요. 사람들의 관심은 가지각색이니까요." 아말리아가 말을 이었다. "나는 언젠가 자나 깨나 쉴 새 없이 성 일만 생각하고 있는 젊은이의 이야기를 들은 적이 있어요. 다른 일은 모두 포기해 버렸다더군요. 머리가 완전히 성 일로 가득 찰 만큼 골몰해서, 모두들 그의 정신 상태를 의심할 지경이었어요. 그러나 결국 애초부터 그가 성일이 아니라 단지 사무국에 있는 어느 하녀의 딸을 사모하고 있었다는 사실이 밝혀지고—물론 그는 그 아가씨를 손아귀에 넣었지만—그 후부터는 만사가 다시 순조로워졌다는 거예요." "어쩐지 호감이 가는 사람 같군요." K가 말했다.

"그 남자가 마음에 드실지는 의심스러운 일이지만, 아마 그 부인은 마음에 드실 거예요. 자, 이제 방해는 놓지 않겠어요. 저는 먼저 잘 테니까요. 그리고 양친 때문에 불을 끄지 않을 수 없어요. 그분들은 곧 깊이 잠드시기는 해도 한 시간만 지나면 단잠은 다 주무신 셈이고, 아주 희미한 불빛에도 깨시거든요. 그러면 안녕히 가세요." 정말 곧바로 어두워졌다. 아말리아는 양친의 침대 곁의 마룻바닥에 잠자리를 마련한 모양이었다. "아말리아가 이야기한 그 젊은이란 대체 누구지요?" K가 물었다. "알 수 없어요. 아마 브룬스비크인가 봐요. 이야기가 딱 들어맞지는 않아 어쩌면 다른 사람인지도 모르겠어요. 동생이 농담을 하는지 진담을 하는지 알 수 없을 때가 많으니까요. 동생의 말을 똑바로 이해하기란 어려워요!" 올가가 말했다. "구차한 설명은 그만둬요!" K가 말을 이었다. "대체 당신은 왜 동생에게 그렇게나 의존하는 거죠? 그 커다란 불행이 일어나기 전에도 그랬나요? 그렇지 않으면 불행 후에 비로소 그렇게 되었나요? 동생에게 의존하지 않았으면 좋겠다는 생각을 지금껏 한 번이라도 해본 적 있어요? 대체 이렇게 행동하는 데 무슨 근거라도 있는 거예요? 그녀는 막내니까, 가장 아랫사람으로서 마땅히 복종해야 하는 거 아니에요? 죄가 있든 없든 좌우간 집안에 불행을 초래한 것은 그녀잖아요. 아침이 밝을 때마다 그녀는 여러분 한 사람 한 사람에게 용서를 거듭 빌어야 될 텐데, 오히려 여러분보다도 더 거만을 피우고 그저 겨우 은혜를 베풀듯 양친을 돌보는 일 이외에는 아무 것도 걱정하는 빛이 없을뿐더러 스스로 말하는 바와 같이 무슨 일에도 함께하려고 들지 않아요. 그녀가 당신들과 이야기를 나눈다 해도 그게 설령 진심일지언정 비꼬는 듯한 말투이지요. 어쩌면 그녀는 당신이 여러 번 말씀하신 그 미모를 미끼로 집안을 지배하고 있는 것인가요? 당신들 세 남매는 서로 많이 닮았지만,

아말리아와 나머지 두 사람 사이의 차이점은 그녀에게는 아주 불리한 점이에요. 나는 처음으로 그녀를 봤을 때부터 벌써 그 무감각하고 냉혹한 눈초리에 정이 떨어져 버렸어요. 게다가 그녀가 가장 어리다고는 하지만 그 젊음의 기색을 그녀의 겉모습에서는 전혀 찾아볼 수 없더군요. 그녀는 나이를 먹지도 않고 그렇다고 정말 젊었던 적도 없는 듯, 나이를 모르는 여성의 모습을 띠고 있어요. 당신은 날마다 동생의 얼굴을 보는데도 그 딱딱한 표정을 전혀 모르고 있군요. 그러고 보면 그 소르티니의 애정도 아주 진지했다고는 말할 수 없지요. 아마 그자는 편지를 통해서 그녀를 처벌하려고 했을 뿐, 부르려던 건 아닐 겁니다." "소르티니의 이야기는 하고 싶지 않아요. 상대가 아주 아름다운 아가씨이건 아주 못난 아가씨이건 성의 양반들은 마음대로 다뤄요. 그러나 그 외의 점에서 당신은 아말리아를 잘못 생각하고 계셔요. 선생님, 저로서는 아말리아를 위해 유독 당신의 환심을 살 이유는 전혀 없어요. 그럼에도 제가 환심을 사려는 것은 순전히 선생님을 위해서라고 말할 수 있어요. 아말리아는 좌우간 우리 불행의 원인이었지요. 그건 틀림없는 사실이에요. 그러나 이 불행으로 가장 큰 타격을 받은 아버지, 말조심이라곤 모르시던—집안에서는 더더욱 그랬는데—그 아버지까지 최악의 경우에 가서도 아말리아를 향해서 한마디 비난도 하지 않으셨어요. 그렇다고 아버지가 아말리아의 행동을 인정한 건 아니에요. 소르티니의 숭배자인 아버지가 어떻게 인정할 수 있겠어요? 그분은 도무지 이해할 수가 없었던 거예요. 만일 가능했다면, 자기 자신과 가지고 있던 모든 것을 그분은 기꺼이 소르티니를 위해서 희생해 버렸을 거예요. 소르티니의 분노를 사는 바람에 실제로 하게 된 지금의 희생과는 물론 달랐겠지요. 우린 그 이후로 소르티니에 관

18장 아말리아의 벌 **307**

한 소식을 전혀 듣지 못했으니 어디까지나 추측일 뿐이지만, 아마 그는 분명 격분하고 있을 거예요. 그가 그 일 전까지는 꼭꼭 숨어서 살았다고 한다면, 이젠 없어져 버린 거나 다름없지요. 정말 그 무렵의 아말리아를 당신에게도 보여드리고 싶어요. 뚜렷한 처벌은 없으리라는 걸 우린 모두 잘 알고 있었어요. 다만 사람들이 우리 앞에서 돌아섰을 따름이지요. 마을 사람들도 성도 모두 말이에요. 물론 마을 사람들이 돌아선 것은 깨달았지만, 성에 관해서는 갈피를 잡을 수 없었어요. 사실 우리가 성으로부터 염려와 은혜를 입고 있다는 사실을 그전에도 깨닫지 못했으니, 어떻게 이제 와서 그 큰 변화를 깨달을 수가 있었겠어요. 이런 평온한 상태가 가장 나쁜 것이었어요. 그것에 비하면 마을 사람들이 돌아서는 것쯤 전혀 문제도 되지 않았어요. 사실 그들이 그런 행동을 한 건 굳은 신념 때문이라거나 우리에게 심한 적개심을 품고 있었기 때문도 아니었을 거예요. 그때까지는 아직 지금처럼 우리를 멸시하지 않았고 다만 불안한 마음에 우리를 멀리했을 뿐, 앞으로 상황이 어떻게 전개될지 주시하고 있었지요. 우리의 생활이 곤란에 빠지리라는 걱정은 그때만 해도 전혀 없었어요. 우리에게 빚진 사람들은 모두 빚을 갚았고, 우리로서는 수지에 맞는 거래였으니까요. 식료품 중에서 모자라는 것이 있으면 친척들이 남몰래 융통해 주었어요. 때마침 추수하는 철이었으니까 쉬운 일이었지요. 물론 우리에겐 밭도 없었고 일을 시켜 주는 곳도 없었어요. 말하자면 우리는 생전 처음으로 무위도식이라는 형을 선고받은 것이었지요. 그래서 우리는 7, 8월 삼복더위에 창문을 닫아건 채 모두 함께 앉아 있었어요. 소환당하는 일도, 어떤 소식이나 통지도, 방문하는 사람도 전혀 없었어요." 올가가 말했다. "아무 일도 없었고, 그 어떤 뚜렷한 벌도 받을 것 같지 않았다면 당신들은 무엇을 무서워했던 건가요? 참 이상한 사람들이로군요!" K가 말했다. "어떻게 설명해 드리면 될까요?" 올가가 계속해서 말했다. "우리가 무서워한 건 앞으로 닥쳐올 일이 아니라, 당장 우리에게 고통을 주는 당면한 일들이었어요. 우린 벌의 도가니 속에 있는 거나 마찬가지였어요. 마을 사람들은 오로지 우리가 그들을 찾아가기를, 아버지가 다시 작업장을 열기를, 아주 멋지게 옷을 지을 줄 알았던 아말리아가—하긴 지체가 높은 분들의 옷만 지었지만—다시 주문받으러 오기를, 오직 그것만을 고대하고 있었어요. 그들은 사실 자기들이 한 짓을 유감스럽게 생각하고 있었어요. 마을에서 명망 있던 한 집안이 갑자기 완전히 사라지면 누구나 조금씩은 손해를 입게 되는 법이지요. 그들은 단지 자기들의 의무를 이행하는 것만 생각해 왔기 때문에 우리와 절교한 것일 뿐, 우리도 그들과 같은 입장이었더라면 역시 같은 태도를 취했을지도 몰라요. 사실 그들은 무엇이 문제였는지를 똑똑히 몰랐던 것이지요. 심부름꾼이 손아귀에 종잇조각을 움켜쥐고 헤렌호프로 되돌아왔을 뿐이었는데, 그 모습을 목격한 프리다가 심부름꾼과 몇 마디 주고받았던 이야기가 갑자기 퍼진 거예요. 그러나 그것도 우리에 대한 적개심에서 비롯된 것은 전혀 아니고, 단순히 의무감에서 비롯되었다고 할 수 있지요. 그와 같은 경우에 부닥치면 누구라도 그렇게 하는 게 의무라고 생각했을 거예요. 그래서 아까도 말씀드렸지만 마을 사람들로서는 사건 전체가 잘 해결되는 게 가장 좋았을 거예요. 만일 우리가 언제고 느닷없이 방문해서 만사가 이미 잘 해결되었다고, 예를 들어 그동안 서로 이상한 오해가 있긴 했지만 이제 그 오해가 풀렸다고, 또는 과실이 있긴 했지만 우리가 행동을 취해 잘 해결되었다고, 혹은 우리가 성과의 연고 관계를 이용해 사건을 해결하는 데 성공했다고—이것만으로도 모두 만족했을 거예요—말하기만 했다면, 그들은 틀림없이 다시 양팔을 벌려 우리를 맞이하고 키스와 포옹을 해주며 잔치를 벌였을 거예요. 그런 경우를 두세 번 본 적이 있었거든요. 어쩌면 그런 소식조차 전혀 필요 없었을지도 몰라요. 다만 우리가 제 발로 걸어가 먼저 손을 내밀며 예전처럼 다시 교제하자고 말하고, 편지 사건에 대해서는 한마디도 입을 놀리지 않도록 주의했다면 그것으로 충분했겠지요. 그러면 누구나 그 사건에 대해서 이렇다 저렇다 말하기를 그만두었을 거예요. 사실 상황이 불안하기도 했지만 무엇보다도 사건이 까다롭기 때문에 모두들 우리와 관계를 끊어버린 것이지요. 그러니 우리와 관계를 끊고 무조건 그 사건에 대해서는 아무 소리도 듣지 않고, 아무 말도 하지 않고, 생각도 하지 않고, 절대로 그 일에 엮이지 않으려고 했던 거예요. 만일 프리다가 이 사건을 다른 사람들에게 누설했다면, 그 사건을 기뻐해서가 아니라 모두를 이 사건에서 수호하기 위해서였고, 모두들 아주 조심해서 멀리해야 할 사건이 발생했으니 마을 사람들에게 주의를 주기 위함이었겠지요. 여기서 문제는 가족으로서의 우리가 아니라 단순히 사건 자체였으며, 또 우리가 이 사건과 관련되어 있었기 때문에 간접적으로 우리가 문제가 된 것이지요. 그러니까, 우리가 다시 나타나서 지나간 일은 내버려두고 그 방법은 어떻든 간에 우리가 사건을 극복했다는 사실을 태도로써 보여주었더라면, 그리고 세상 사람들은 그 사건이—어떤 성질의 사건이었든 간에—이제 두 번 다시 화제에 오르는 일이 없으리라는 확신을 갖게 되었더라면, 그것으로써 모든 게 해결되었을 거예요. 그리고 어디서나 옛날과 변함없이 곤란한 상황에서 서로를 도와주려 한다는 사실을 알았을 테고, 설사 우리가 이 사건을 아직도 완전히는 잊지 못하고 있다고 하더라도 모두들 그것을 이해해 주고 우리가 완전히 잊어버릴 수 있도록 도와주었을 거예요. 그러나 이런 노력은 전혀 하지도 않고 우리는 단지 집 안에 앉아만 있었지요. 우리가 무엇을 기대하고 있었는지 나는 모르겠어요. 아마도 아말리아가 결심하기를 고대하고 있었을 거예요. 그 애는 그날 아침에 집안의 지배권을 장악했고 쭉 그것을 움켜잡고 있었어요. 그렇다고 두드러지게 무슨 일을 하지도, 명령이나 부탁을 하지도 않고 오로지 침묵으로만 그 지배권을 꼭 쥐고 있었지요. 물론 아말리아를 제외한 우리에게는 의논할 일이 산더미처럼 많았지요. 그래서 아침부터 저녁까지 끊임없이 속삭이기만 했어요. 갑자기 불안에 사로잡힌 아버지가 우리를 자주 부르셨고, 이럴 때면 나는 침대가에 걸터앉은 채로 거의 밤을 새우기도 했어요. 또 우리, 바르나바스와 나는 대개 함께 쭈그리고 앉아 있었지요. 바르나바스는 겨우 모든 사정을 짐작할 만한 나이였는데, 아주 몸이 달아서 줄곧 똑같은 설명을 해달라고 졸랐어요. 같은 또래의 젊은이들이 기대할 수 있는 그러한 근심 걱정 없는 세월은, 벌써 자기한테는 존재하지 않는다는 사실을 바르나바스는 잘 알고 있었어요. 그처럼 우리는 함께—K 씨, 지금 우리 두 사람처럼—해가 진 것도 날이 샌 것도 다 잊어버린 채 앉아 있었어요. 어머니는 집안 식구들 중에서 가장 허약했어요. 한 집안 전체에 공통된 고통뿐만 아니라, 가족 한 사람 한 사람의 고통까지도 모두 겪었기 때문이겠지요. 우리는 어머니에게 나타나는 여러 가지 변화를 보고 깜짝 놀랐는데, 우리도 예상한 것이지만 이 변화는 동시에 집안 식구 전체가 당면한 변화였지요. 어머니가 가장 좋아하시는 장소는 긴 의자의 한구석이었어요—이 의자는 한참 전에 없어지고 지금은 브룬스비크의 큰 방에 놓여 있지만—어머니는 그곳에 걸터앉아서, 확실하진 않지만 끄덕끄덕 졸기도 하고 아마 입술이 움직여서 그렇게 보였겠지만 오랫동안 혼자서 중얼거리기도 했어요. 우리가 줄곧 편지 사건을 논의함에 있어서 명확한 점들과 명확치 않은 점까지도 이모저모로 검토한 것은 지극히 자연스러운 일이었지요. 또 어떻게 해서든지 잘 해결할 수 있는 뾰족한 방법이라도 없을지 서로 의견을 피력하게 된 것도 자연스럽고 피치 못할 일이었다고 할 수 있지요. 그러나 좋은 일은 아니었어요. 사실 그 때문에 우리는 우리가 피하려고 생각한 구렁텅이 속으로 점점 더 깊숙이 빠져들어 가고 말았으니까요. 게다가 그런 훌륭한 의견이라도 머릿속으로만 생각하는 게 무슨 소용이 있겠어요. 아무도 아말리아 없이는 실천에 옮길 수가 없었지요. 그마저도 모든 게 사전 준비였을 뿐, 더구나 그 내용들은 아말리아의 귀에는 하나도 들어가지 않았지요. 설사 아말리아의 귀에 들어갔더라도 침묵 이외에는 아무런 반응도 없었을 테니까요. 다행히도 이제 저는 그때보다 아말리아를 더 잘 이해하고 있어요. 그 애는 우리 모두보다도 더 무거운 짐을 짊어지고 있어요. 아말리아가 어떻게 그것을 견뎌냈는지, 또 오늘도 우리 사이에 끼어서 전과 다름없는 생활을 어떻게 보낼 수 있는지 이해하기 어려워요. 어머니는 아마 우리 전부의 고통을 짊어지셨을지도 몰라요. 그러나 그 고통이 어머니를 덮쳤기 때문에 짊어지셨던 것일 뿐, 어머니는 그 고통을 오래 짊어지지는 못했어요. 어머니가 오늘날도 그 무거운 짐을 조금이라도 짊어지고 있다고는 말할 수 없어요. 왜냐하면 어머니는 그 당시 벌써 정신이 혼란하셨으니까요. 그러나 아말리아는 고통을 짊어지고 있었을 뿐만이 아니라 그 고통을 통찰하는 분별력을 가지고 있었어요. 우리는 다만 결과만을 보는데 그 애는 원인까지도 관찰하고 있었어요. 우리가 사소한 수단에 희망을 걸고 있을 때 그 애는 모든 상황이 벌써 결정되었다는 사실을 알고 있었지요. 우리는 늘 수군거리고만 있었는데, 그 애는 그저 잠자코 있을 수밖에 없었어요. 그 애는 진실과 정면으로 대결해서 꿋꿋하게 살아나왔어요. 그리고 이런 생활을 지금이나 다름없이 그때도 참고 견뎠어요. 우리가 아무리 고생한다고 하더라도 그 애에 비하면 아무것도 아니에요. 물론 우리는 우리 집을 떠나야 했는데, 브룬스비크가 우리 집으로 이사 오고 우리한테는 이 오두막집이 배당되었어요. 손수레를 한 대 빌려서 두세 번 왕복해 세간을 운반해 왔지요. 바르나바스와 내가 손수레를 끌고 아버지와 아말리아가 뒤에서 밀고 왔어요. 맨 먼저 여기 모셔다 놓았던 어머니는 궤짝 위에 걸터앉아서 손수레가 닿을 때마다 나지막한 소리로 울면서 우리를 맞이해 주었어요. 지금도 기억하고 있지만, 우리는 고생해 가면서 그 손수레를 끌면서도 ─참 부끄럽기 짝이 없는 일이었지요. 가는 길에 추수한 곡식을 실은 수레와 여러 차례 만났는데 수레 끄는 이들이 우리를 보더니 입을 다물고 시선을 돌려버렸거든요─우리, 즉 바르나바스와 나는 걱정 근심과 여러 가지 계획에 대해 쉴 새 없이 의논했어요. 그래서 자연히 이야기에 열중한 나머지 걸음을 멈추는 일이 한두 번이 아니었고 아버지께서 '얘들아!' 하고 깨우치는 말씀을 듣고 비로소 할 일을 떠올리곤 했지요. 그러나 아무리 여러 가지 의논을 했어도 이사한 후에 역시 우리의 생활은 전혀 변함이 없었어요. 단지 하나 변한 점이 있다면 그것은 우리가 차츰 가난의 고통을 느끼게 되었다는 점이지요. 친척들의 보조도 끊기도 우리 재산도 거의 바닥이 드러나게 되었어요. 그래서 바로 그때부터, 아시는 바와 같이 우리에 대한 멸시가 시작됐어요. 우리 집안에는 그 편지 사건에서 도저히 빠져나올 힘이 없다는 사실을 사람들이 깨닫게 된 것이요. 그리고 그것으로 말미암아 우리에 대한 감정이 더 안 좋아졌어요. 자세히는 알지 못했다지만 그들은 우리가 처한 운명의 중대한 시련을 낮게 평가하지는 않았어요. 자기들이 우리보다 더 훌륭하게 이 시련을 극복할 수는 없다는 것을 누구나 알고 있었거든요. 그러니 더구나 우리와 완전히 멀어져야 했을 거예요. 만일 우리가 이 시련을 극복했었더라면 그만큼 존경했을지 몰라도, 우리가 극복하는 데 실패했으니 지금까지는 단지 일시적이었던 행동을 이번에는 본격적으로 하게 된 거지요. 우리는 모든 단체나 회합에서 쫓겨나 버렸어요. 이쯤 되니 사람들은 우리 이야기를 하더라도 더 이상 우리를 인간 취급하지 않았지요. 우리의 성을 불러주는 사람도 없어졌어요. 할 수 없이 우리의 이야기를 입에 담을 때에는 집안에서 가장 천진난만한 동생 바르나바스의 이름으로 전체 가족을 대표해서 불렀어요. 이 오두막집까지도 비난의 대상이 되고 말았어요. 당신도 스스로 돌아보면 고백하지 않으실 수 없을 거예요. 한 발짝 이 오두막집 안으로 들여놓았을 때 이런 경멸의 감정을 품게 되는 것도 무리가 아니라고 말이에요. 후에 사람들이 우리 집에 찾아왔을 때 아주 사소한 일에도 코를 찌푸리고 경멸의 감정을 나타내곤 했어요. 작은 석유 램프가 저렇게 식탁 위에 매달려 있다는 둥, 그런 얘기를 하면서요. 그러면 식탁 위가 아니고 대체 어디에 램프가 매달려 있어야 속이 시원하단 말인가요? 그러나 그들은 비위가 거슬리는 모양이죠? 우리가 그 램프를 어느 다른 곳에 걸어놓았다고 하더라도 그들의 경멸은 여전히 다름없었을 거예요. 우리의 인격, 소유물, 그러니까 우리의 모든 것이 경멸의 대상이 되어버린 것이지요."

19장 탄원하러 가는 길

"그동안 우리는 대체 뭘 했을까요? 우리는 우리가 할 수 있었던 가장 나쁜 일, 우리가 실제로 멸시당한 것보다 더 멸시당해도 어쩔 수 없는 일을 했어요. 다시 말해 우리는 아말리아를 배반하고, 그 애가 침묵으로 명령하는 것을 지키지 않았어요. 그런 생활을 계속할 수는 없었어요. 전혀 희망 없이는 살아나갈 수 없었어요. 그래서 각자 제멋대로 성에 용서해 달라고 애원하기도 하고 무리하게 요청하기도 하는 등 여러 가지 방법을 시도해 보았어요. 물론 우리가 회복할 수 없는 일을 저질렀다는 사실은 알고 있었어요. 또 우리가 성과 맺고 있는 유일하고 희망에 찬 연고 관계가—그것은 아버지에게 마음을 기울이고 있었던 관리 소르티니와의 관계인데—마침 그 사건에 의하여 우리의 손을 떠나버렸다는 사실을 알고 있었으나 그래도 일에 착수했어요. 아버지가 나서서 촌장, 비서, 변호사, 서기 들에게 아무 소용도 없는 탄원을 내기 시작했지만 대개는 면회도 하지 못하고, 계략 또는 우연으로 말미암아 좌우간 면회가 되는 일이 있다손 치더라도—그런 소식을 들었을 때면 우리가 얼마나 기뻐하며 두 손을 비볐는지 몰라요— 아버지는 당장에 쫓겨나고, 두 번 다시 만나주지 않으려고 했어요. 아버지에게 대답해 주는 일은 지극히 간단했을 텐데도요. 성에게 그런 일은 언제나 간단해요. 대체 그는 뭘 어떻게 하려는 거야? 무슨 사건이 벌어졌지? 대체 무엇을 용서해 달라는 거야? 성에서 누가 그에게 손가락 하나 까닥했단 말인가? 물론 그는 빈곤해졌고 손님도 잃었지만 그런 일은 일상에서든 장사를 할 때에든 있을 수 있는데, 성에서 그 모든 일을 다 돌봐줘야 한다는 말이야? 사실 성은 하나에서 열까지 전부 돌봐주고 있지만 그렇다고 해서 무턱대고 사건의 결과에 간섭하거나 게다가 사적인 이유로 한 개인의 이해관계를 돕기 위해 무턱대고 나설 수 없는 노릇이다. 아니면 그는 성에서 관리를 마을에 파견하라는 것인가? 또 파견된 관리들로 하여금 일일이 그 손님들의 뒤를 좇아서 억지로라도 그에게 돌려달라는 말인가? 그러면 아버지는 이렇게 항의했지요―우리는 아말리아의 눈을 피하려는 듯 아버지가 이런 일을 하기 전이나 집으로 돌아오신 뒤에 상세하게 논의했지요. 아말리아도 눈치를 챘지만 아무 말도 하지 않았어요―다시 말해 나는 빈곤을 한탄하고 있는 것이 아니다, 집에서 잃은 재산은 모두 쉽사리 다시 회복할 수 있다, 지금까지의 일을 용서만 해준다면 그까짓 것은 아무래도 좋다. 여기에 대해서 상대방은 이렇게 대답했어요. 대체 무엇을 용서해 주면 되는가? 지금까지 그 어떤 보고다운 보고도 없었다, 적어도 조서에는, 변호사들끼리 통하는 조서에는 기록이 되어 있지 않다, 따라서 확인된 범위 내에서는 그를 두고 무슨 일을 꾸민 적도, 실천에 옮긴 흔적도 없다, 그럼 당신은 당신에 대한 처분을 명령했던 공문서를 정확히 지적할 수 있다는 말인가? 아버지는 지적할 수 없었지요. 그렇다면 당국에서 무슨 정치적인 간섭이라도 있었는가? 아버지는 그런 일은 모른다고 했지요. 그래, 그럼 아무것도 모르고 또 아무 일도 없었다면 대체 뭘 어쩔 작정인가? 당신의 무엇을 용서해 달라는 것인가? 기껏해야 당신이 아무 목적도 없이 관청에 폐만 끼치고 있는 사실 정도인데, 그

거야말로 도저히 용서해 줄 수 없다. 아버지는 그 말을 듣고 가만히 있지 않았지요. 아버지는 자기가 가까운 장래에 아말리아의 명예를 회복시켜 주겠다고 하루에도 몇 번씩이나 바르나바스나 나를 보고 말했어요. 그러나 아주 나지막한 소리로 말했지요. 아말리아가 그 말을 들어서는 안 되었으니까요. 그렇기는 했지만, 그 말은 오직 아말리아더러 들으라고 한 말이었지요. 아버지는 명예 회복은 꿈도 꾸지 않고 단지 용서받아야 한다는 생각만 했으니까 말이에요. 그러나 용서를 받기 위해서는 죄를 먼저 확정해야 하는데 그 죄는 관청에서 부인되고 말았어요. 그래서 아버지는 이런 생각에 골몰했어요—이쯤 되면 벌써 아버지가 정신적으로 쇠약해지시고 말았다는 사실을 짐작할 수 있지요—아버지가 돈을 시원치 않게 쓰니까 관청에서 아버지에게 그 죄를 비밀에 부치는 거라고 말이에요. 아버지는 그때까지 소정의 사례밖에는 지불하지 못했거든요. 그것조차 우리 집안 형편으로는 지극히 많은 금액이었어요. 좌우간 아버지는 돈을 더 써야 되겠다고 생각했어요. 확실히 잘못된 생각이었지요. 관청에서는 쓸데없는 이야기를 생략하기 위해서, 즉 행정의 간소화를 위해서 뇌물을 받는 관습이 있지만, 뇌물을 써도 아무 효과는 없지요. 그러나 그것이 아버지의 희망이라면 우리는 아버지를 방해하고 싶지 않았어요. 그래서 아버지가 여러 가지로 조사하고 돌아다니는 비용을 마련해 드리기 위해서 그 당시 가지고 있었던 재산을—거의 없어서는 안 될 재산들이었지만—팔아버렸어요. 그리고 오랫동안 아버지가 나가실 때면 언제나, 적어도 얼마간의 돈을 호주머니에 넣어드리는 것으로써 우리는 스스로 만족을 느끼고 있었어요. 우리는 물론 온종일 굶주리고 지냈지요. 하지만 이렇게 돈을 마련함으로써 얻은 성과라곤 단지 아버지가 그래도 앞날에 대한 일말의 희망을 안고 낙으로 삼고 계시다는 점뿐이었어요. 결국에는 그리 좋은 일이 아니었죠. 아버지는 그처럼 쏘다니시느라고 굉장히 고생하셨어요. 사실 돈이 없었더라면 금방 결말을 짓고 말았을 일이, 그렇지 않아 시간을 오래 끌었을 뿐이지요. 상대방은 지나치게 뇌물을 받아먹었지만 무엇 하나 두드러지게 생색을 낼 수가 없는 처지인지라, 어느 서기는 가끔 겉으로만 굉장히 힘쓰고 있는 것처럼 보이려고 애썼어요. 그래서 그 서기는 조사해 보겠다고 약속도 하고, 또는 희망의 징조와 성공할 수 있는 어떤 실마리를 잡았으며, 자기 책임은 아니지만 특히 아버지를 위해서 노력해 주겠다는 뜻을 내비치곤 했어요. 아버지는 의심하기는커녕 더욱 상대방을 신뢰하게 됐어요. 아버지는 그런 허무맹랑한 약속을 곧이듣고, 그런 날은 무슨 대단한 복음이라도 챙겨온 듯 기분 좋게 돌아오셨어요. 그럴 때 아버지는 언제나 아말리아의 등 뒤에서 인상을 찌푸리고 씁쓰레 웃으시며 눈을 부릅뜨고 아말리아를 가리키셨어요. 자기가 노력한 결과 아말리아가 구제되는 것도—아마도 누구보다 아말리아 자신이 가장 놀라겠지만—이제는 시간 문제다, 다만 모든 것이 아직은 비밀이니 입을 다물고 있어야 한다고 우리에게 넌지시 말씀하셨지요. 그럴 때면 아버지의 모습은 참 보기에도 딱했어요. 결국 나중에 가서는 더 이상 아버지에게 돈을 드릴 수 없다는 결론에 도달했어요. 만일 그렇지 않았더라면 지금 말씀드린 것처럼 틀림없이 더 오랫동안 시간을 끌었을지도 모르겠어요. 그러는 동안에 바르나바스는 무진 애를 써 청탁을 한 결과, 겨우 브룬스비크의 보조원으로 채용되었지요. 물론 그것은 단지 저녁 어두울 때 일거리를 받으러 가고, 또 어두울 때면 끝낸 일을 가지고 가는 방식이었어요—브룬스비크가 우리 때문에 자기 사업상 위험을 얼마간 감수했다는 점만은 인정하지만, 그 대신 그는 바르 나바스한테 아주 소액의 임금밖에는 지불하지 않았어요. 바르나 바스의 근무 상태는 훌륭했는데도요—채용은 되었다고 하지만, 바르나바스의 임금으로는 간신히 목구멍에 풀칠이나 할 정도였 지요. 그래서 우리는 미리 잘 의논하여 될 수 있는 대로 아버지 를 자극하지 않도록 조심하면서 더는 돈을 보조해 드릴 수 없는 사유를 말씀드렸어요. 아버지는 그저 조용히 받아들이셨어요. 아버지의 이성은 이미, 이제 자기가 나서는 여러 가지 일이 비관 적이라는 사실을 통찰할 만한 능력을 잃었는데, 그건 실망에 실 망을 거듭하는 동안 지칠 대로 지쳐서 완전히 판단력을 상실했 기 때문이었죠. 다만 이렇게 말씀하시더군요—아버지는 예전에 는 지나칠 정도로 또렷하게 말씀하셨지만, 그때는 이미 그렇게 말씀하실 수 없게 되었어요—아주 적은 금액이라도 좋으니 돈 이 필요하다고, 그러면 그다음 날, 아니 그날 중에 일을 전부 끝 낼 수 있다고, 그러나 이젠 다 틀려버렸고 오로지 돈 때문에 모 든 것이 수포로 돌아가 버렸다고요. 그러나 아버지의 말투를 들 으니 아버지도 자기가 하는 말을 믿지 않는 눈치임을 알 수 있 었어요. 그런가 하면 아버지는 또 난데없이 새로운 계획을 피력 하시기도 했어요. 그 계획에 의하면 아버지는 죄를 입증하는 데 에 실패했으니 공적인 방법으로는 더 이상 성공할 가망성이 보 이지 않으므로 탄원에 의해 개인적으로 관리들과 접촉할 수밖에 없다는 것이었어요. 관리들 중에 사실은 친절하고 동정심을 가 진 사람이 있을지도 모르고, 물론 그들이라고 해서 관청 안에서 는 인정에 치우치면 안 되겠지만 관청 밖에서라면, 적당한 시기 에 그들을 찾아가 어떻게든 사적으로 다가간다면······."

그때까지 아주 풀이 죽어 고개를 숙인 채 올가의 이야기에 귀를 기울이고 있던 K가 말을 가로채고 이렇게 물었다. "당신은 그게 옳지 않은 방법이라고 생각한 거예요?" 물론 이야기가 계속되면 곧 해답이 나올 거라고 생각했지만, 그는 즉시 알고 싶었다. "네." 이렇게 대답한 올가가 말을 이었다. "친절이나 동정 같은 건 전혀 말도 안 돼요. 우리가 아무리 어리고 경험이 없다고 하더라도 그것쯤은 알고 있었고, 물론 아버지도 잘 알고 계셨어요. 단지 아버지는 다른 사실과 마찬가지로 이 사실도 완전히 잊고 계셨을 뿐이지요. 그분은 성에서 가까운 넓은 한길에—그 길을 관리들의 차가 통과했는데—우뚝 서 있다가, 차가 지나가기만 하면 붙들고 죄를 용서해 달라고 탄원할 계획을 세우고 있었어요. 솔직하게 말해서 아주 말도 안 되는 계획이었죠. 설사 불가능한 일이 가능해지고 탄원이 실제 관리의 귀에 들어간다고 하더라도요. 대체 관리가 단독으로 죄를 용서할 수 있을까요? 그런 일은 전체 관청의 이름으로나 비로소 가능할 일이지요. 더구나 전체 관청의 이름으로서도 십중팔구는 죄를 용서할 수가 없고, 단지 일의 흑백을 가리는 게 고작이지요. 가령 관리가 차에서 내려 탄원을 들어보자고 하더라도, 가난하고 지치고 늙고 초라한 아버지가 입안에서 중얼거리는 소리를 듣고 어떻게 그가 탄원하는 사건의 전모를 파악할 수가 있겠어요? 관리들은 모두 교양이 많지만 한쪽으로 치우친 교양이라, 누구나 자기 전문 분야라면 한마디만 들어도 상황 전체를 일목요연하게 통찰할 수 있지만 만약 다른 부문의 소관이라면 몇 시간 동안 설명해 주어도, 설사 그 설명을 알아듣고 고개를 끄덕이더라도 실은 한마디도 알아들은 게 아니지요. 네, 그래요. 정말 당연한 일이지요. 당신에게 관련 있는 관청 일 중 그다지 중요치 않은 일, 관리가 어깨를 움츠리는 몸짓만으로 해결할 수 있는 그런 하찮은 일을 한

번 생각해 보세요. 그리고 그것을 철저하게 이해하려고 노력해 보세요. 평생 걸려도 이해하지 못하실걸요. 그러나 만일 아버지가 운 좋게 담당 관리를 만났다고 하더라도, 관리는 서류도 없이 더군다나 길거리에서는 사무 처리를 할 수 없어요. 그 관리는 아무래도 사람의 죄를 용서해 줄 수는 없고 다만 공적으로 처리해 줄 따름이지요. 그러면 이를 위해 그가 할 수 있는 일이라곤 기껏해야 또다시 공적인 수속을 알려주는 것뿐이에요. 그런데 이런 정규 수속을 밟고 목적을 달성하는 일에는, 이미 아버지는 완전히 실패하셨어요. 대체 무슨 바람이 불어서 아버지는 또 이런 새로운 계획을 관철하려는 변덕을 부리셨던 걸까요! 만일 그런 가능성이 손톱만큼이라도 있다면 틀림없이 저 큰길에는 탄원하는 사람들이 웅성거리게 될 거예요. 그러나 그것이 불가능하다는 것은 철부지 어린아이에게도 명백한 사실이므로, 그곳에는 사람의 그림자 하나 눈에 띄지 않는 거지요. 그러나 아마 사람의 그림자가 하나도 없다는 것이 또 아버지의 희망을 굳힌 모양이에요. 아버지는 이런저런 모든 일에 힘입어 자기 희망을 키우려 했고, 그렇게 하는 것이 그때엔 대단히 필요하기도 했어요. 정상적인 머리를 가진 사람이면 그렇게 대담한 일을 진지하게 생각하지는 않을 것이며, 또 생각할 여지도 없이 그것이 불가능하다는 것을 똑똑히 알게 될 거예요. 관리들이 마을과 성 사이를 왕래하는 것은 놀러다니는 것이 결코 아니며, 마을에서나 성에서나 일이 기다리고 있어요. 그래서 그렇게 빨리 마차를 달리는 것이지요. 게다가 또 그들은 결코 창밖을 내다보거나, 마차 밖에 청원자가 있나 살펴볼 생각은 하지 않아요. 마차 안에는 관리들이 보아야 할 서류가 가득 차 있으니까요." "하지만 내가 관리가 타는 마차의 내부를 본 적이 있는데, 그 안에 서류 같은 것은 전혀 없더군요." K가 말했다. 올가의 이야기는 K에게 너무나도 크고 믿기 힘든 세계를 보여주었기 때문에 K는 자기의 얼마 안 되는 체험으로 그 세계를 건드리고, 그 존재에 의하여 자기 자신의 존재를 더욱 똑똑하게 확인해 보자는 충동을 억제할 수가 없었다. "있을 수 있는 일이죠." 올가가 말을 이었다. "그렇다면 더욱 좋지 않아요. 서류가 굉장히 소중하거나 부피가 커서 마차에 싣고 다닐 수 없을 정도로 중요한 용건이라는 뜻이지요. 그런 관리들은 마차를 최대한 빠르게 달리도록 해요. 어쨌든 아버지를 위해 시간을 내주는 사람은 한 사람도 없을 거예요. 그뿐 아니라 성으로 올라가는 길은 아주 많아요. 어느 때는 이 길이 유행해서 다들 그 길로 마차를 몰고, 또 어느 때는 다른 길이 유행해서 이번에는 다들 그 길로 몰려들지요. 무슨 규칙에 따라서 바뀌는지는 아무도 알아내지 못했어요. 예를 들면 아침 여덟 시에는 다들 어떤 길로 달리다가 반 시간 후에는 또 다른 길로, 그 십 분 후에는 세 번째 길로, 또 반 시간 후에는 아마 다시 첫 번째 길로 달리고, 그 후로는 온종일 그 길로만 달리지요. 하지만 어느 순간 그 길이 바뀔지 몰라요. 물론 마을 가까이 오면 어느 길이건 하나로 합쳐지지만 거기서는 이미 모든 마차가 전속력으로 달리고 있으며 단지 성 가까이 가서야 속도를 좀 떨어뜨리곤 하지요. 마차가 이용하는 길을 예측할 수 없어 마차의 출발을 볼 수 없는 것과 마찬가지로 마차가 몇 대인지도 알기 어려워요. 마차가 한 대도 보이지 않는 날이 가끔 있는가 하면, 그다음엔 또 떼를 지어 달리곤 하는 형편이지요. 우선 이런 예비 지식을 염두에 두고 우리 아버지를 한번 생각해 보세요. 매일 아침 제일 좋은 옷을 입고—그 옷 하나밖에 없지만요—안녕히 다녀오시라는 가족들의 인사를 받으면서, 아버지는 늠름한 모습으로 출근하시지요. 아버지는 원칙적으로는 가지고 있어선 안 되는 소방대의 작은 휘장을 지니고 계셔요. 마을 밖으로 나가면 옷에다 꽂으려고 하시는 거예요. 아버지는 마을 안에서는 휘장을 다른 사람에게 보이는 것을 두려워하고 계신데, 사실 아주 작은 것이어서 두 걸음만 떨어져도 벌써 보이지 않을 정도예요. 아버지 생각으로는 그것이 차를 타고 지나가는 관리의 주목을 끄는 데에 아주 효과가 있다는 거예요. 성 입구에서 그다지 멀지 않은 곳에 채소 장수네 밭이 있어요. 베르투흐라는 사람의 밭인데, 그는 성에 채소를 공급하는 지정 상인이에요. 거기 정원 울타리의 좋은 받침돌 위에다 아버지는 자리를 잡았어요. 베르투흐가 전에는 아버지와 사이가 좋았고 또 아버지의 가장 좋은 고객 중 하나였기에 그가 그것을 허락해 준 거지요. 베르투흐의 발 한쪽에는 약간 장애가 있었는데 그 발에 꼭 맞는 구두를 만들어주는 사람은 아버지밖에 없다고 그는 생각했거든요. 그런데 아버지는 날이면 날마다 거기에 앉아 있었어요. 음산하고 비가 잦은 가을이었는데, 아버지에게 날씨 같은 건 아무 상관도 없는 것 같았어요. 아침, 일정한 시간에 문고리를 손으로 잡고 우리와 작별 인사를 해요. 저녁에는—어쩐지 아버지의 허리는 나날이 굽어가는 듯 보였어요—흠뻑 젖어서 돌아와 방 한구석에 피곤한 몸을 던지셔요. 처음엔 아버지도 사소한 일들을 이야기해 주셨어요. 예를 들면 베르투흐가 동정과 옛정으로 울타리 너머로 이불을 던져주었다든가, 지나가는 마차 안으로 관리가 슬쩍 보였다든가, 또는 어떤 마부가 가끔 저쪽에서 아버지를 쳐다보고는 장난치려고 말채찍으로 건드리고 간다든가 하는 경험담이었어요. 그러나 나중에는 이런 이야기를 하는 것도 그만둬 버렸어요. 분명히 아버지는 이미 그곳에서 무엇을 얻을 수 있으리라는 희망을 잃어버리신 거예요.

아버지는 그곳에 나가 하루를 보내는 것을 자기의 의무, 싱거운 직업이라고밖에는 생각하지 않았어요. 그 무렵부터 아버지는 신경통을 앓기 시작했어요. 겨울이 가까워지고 예년보다도 눈이 빨리 내렸어요. 이곳에서는 금방 겨울이 되어버려요. 그래서 아버지는 그때까지 비에 젖은 돌 위에 앉은 것처럼, 이번에는 눈 속에 앉아 있었어요. 밤에는 고통에 못 이겨 신음했어요. 아침에는 갈까 말까 망설이다가, 결국 자기 자신을 이겨내고 나갔어요. 어머니가 매달려서 가지 못하게 말리려고 하면, 아버지는 사지가 뜻대로 움직이지 않고 마음이 약해져서 그런지 어머니가 동행하는 것을 허락하셨어요. 그래서 결국 어머니도 역시 병과 고통에 사로잡히고야 말았지요. 우리는 종종 두 분이 계신 곳을 찾아갔어요. 식사를 가지고 가기도 하고, 그냥 찾아가기도 하고, 두 분을 설득해서 집으로 돌아오시도록 하려고 한 적도 있었어요. 두 분이 그 좁은 장소에 쓰러져 서로 기대고 있는 광경을 몇 번이나 보았는지! 두 분은 얇은 이불을 잘 두르지도 못한 채 쭈그리고 있고, 주위에는 회색 눈과 안개 이외에는 아무것도 보이지 않고 며칠 내내 사방 어느 곳을 내다보아도 사람이나 마차의 그림자 하나 없으니, 대체 그게 무슨 꼴이겠어요, K 씨. 얼마나 을씨년스러워요! 드디어 어느 날 아침, 아버지는 그 빳빳이 굳은 다리를 침대 밖으로 내밀 수가 없었어요. 아주 절망적이어서 보기에도 안타까웠어요. 아버지는 고열 때문에 환각 증세를 보였는데, 저 위 베르투흐 집 옆에 마차가 한 대 서고 관리가 내린 다음 울타리 옆에 아버지가 없는지 찾아보지만, 곧 고개를 흔들고 화를 내면서 다시 마차 안으로 들어가 버리는 광경이 눈앞에 선하게 보이는 듯하셨어요. 그럴 때 아버지는 마치 위에 있는 관리에게까지 들리도록 자기가 지금 어디에 있는지, 왜 어쩔 수 없이 자리를 비울 수밖에 없는지를 설명하려고 아주 크게 소리치셨지요. 아버지는 아주 오랫동안 자리를 비워야 하셨죠. 다시는 그곳으로 돌아가시지 못했으니까요. 몇 주일이나 침대에 드러누워 있어야 하셨어요. 아말리아는 시중을 들고, 간호하고, 치료하는 일 전부를 도맡았어요. 물론 중간에 쉬기도 하지만 그런 생활을 오늘날까지 계속해 왔어요. 그 애는 고통을 가라앉히는 여러 가지 약초를 알고 있으며 거의 잠을 자지 않고 지낼 수도 있을뿐더러 무엇에 대해서도 결코 놀라거나 두려워하는 일도 없고 조급해한 적도 없어요. 양친을 위해 무슨 일이든 다 했어요. 우리는 별로 도와드리지도 못하고 그 근처를 허둥지둥 돌아다니기만 했는데, 아말리아는 어떤 일이 있더라도 침착한 태도를 잃지 않았어요. 그러나 병환도 고비를 넘기고 아버지께서 조심스럽게 좌우로 부축을 받아 침대에서 일어나시게 되자 아말리아는 곧 물러나고, 아버지를 우리에게 맡겼어요." 여기서 올가는 일단 긴 이야기를 끝마쳤다.

20장   올가의 계획들

"이번에도 또 한 번 아버지를 위해서 그분이 할 수 있는 일을 찾아드려야만 했어요. 적어도 아버지께서 가족들의 죄를 씻는 데에 도움이 된다고 믿으실 만한 그런 일 말예요. 그런 종류의 일을 찾는 건 그다지 어려운 일은 아니었어요. 어떤 일이라도 베르투흐의 밭 앞에 앉아 있는 것보다는 나았으니까요. 그리고 실제로 찾아낸 일은 제게도 약간의 희망을 주었어요. 왜냐하면 관청에서, 서기들 있는 데서, 또는 어디든 다른 곳에서도 우리의 죄가 화제에 오를 때에는 언제나 소르티니의 심부름꾼을 모욕했다는 것이 문제가 될 뿐이고 감히 그 이상은 더 간섭하려고 하지 못했어요. 그래서 저는 혼잣말을 했지요. 비록 겉으로만이라도 일반 사람들이 문제 삼는 것이 심부름꾼을 모욕한 문제뿐이며 만일 그 심부름꾼을 달랠 수만 있다면, 설사 이것 역시 겉으로만 그럴 뿐이라도 만사를 다시 한번 처음으로 되돌릴 수 있지 않을까? 사실 모든 사람들이 말하는 바에 의하면 아직 아무런 보고도 도착하지 않았을뿐더러, 따라서 사건은 아직도 관청으로 넘어가지 않았으니 용서한다는 것은 심부름꾼이 혼자 자유롭게 결정할 문제일 뿐 까다로울 게 없지요. 물론 이 모든 일은 결정적으로는 하나도 중요치 않고 다만 겉보기에만 그럴 뿐이지 그 외 다른 소득은 없어요. 그래도 아버지 마음을 기쁘게 해드릴 것이며, 아버지가 기뻐하시면 여러 가지 소식을 전하면서 아버지를 괴롭히던 사람들도 난처한 입장에 빠지게 되고, 아마도 아버지도 숨을 돌릴 수 있을 거라고 생각했어요. 물론 우선 심부름꾼을 찾아내야 했어요. 이 계획을 아버지에게 말씀드렸더니 처음에는 퍽 화를 내셨어요. 아버지는 굉장한 고집쟁이가 되어버렸어요. 한편으로 아버지는 우리가 처음에는 돈을 더 이상 주지 않는 것으로, 이번에는 침대에 억지로 눕혀두는 것으로 늘 아버지가 성공하려는 순간마다 방해했다고 생각하고 계셨지요. 이 오해는 특히 병중에 더욱 심해졌어요. 한편으로는 사실 이젠 다른 사람의 의견을 완전히 받아들일 수 없었기 때문이기도 했어요. 제가 끝까지 이야기해 버리기도 전에 계획은 거부당하고야 말았어요. 아버지 의견으로는 앞으로도 베르투흐의 밭 앞에서 기다려야 하는데 이젠 자기 힘으로는 매일같이 그곳에 갈 수가 없으니 우리가 리어카로 당신을 모셔다 드려야 된다는 거예요. 그러나 저도 순종하지 않았기 때문에 아버지도 점점 제 의견에 타협하게 되었는데, 단지 곤란해하셨던 점은 이 일에 있어서 아버지가 완전히 제게 의지하셔야 한다는 사실이었어요. 그때 심부름꾼을 본 사람은 저뿐이고 아버지는 보지 못하셨으니까요. 물론 저만 하더라도 하인들은 비슷비슷하니까, 또다시 그를 만났을 때에 꼭 알아볼 수 있다는 자신이 있었던 것은 아니에요. 좌우간 그러고 나서 우리는 헤렌호프로 간 다음 그곳 하인들을 살펴보기 시작했어요. 물론 그는 소르티니의 하인이고 소르티니는 두 번 다시 마을로는 돌아오지 않았지만, 성 양반들은 늘 하인을 바꾸니까 그는 아마도 다른 주인을 모시고 있을지도 모르겠고, 가령 본인이 없다고 하더라도 적어도 다른 하인들로부터 그에 관한 소문을 들을 수 있다고 생각했어요. 물론 그러기 위해선 매일 저녁 헤렌호프에 가야만 했는데 어딜 가나 우리는 환영받지 못했고 더구나 그런 장소에서는 더 말할 것도 없었어요. 사실 떳떳하게 돈을 내는 손님으로서 들어가는 것도 꺼리는 형편이었어요. 그러나 자연스레 우리를 필요로 하는 일도 있다는 사실을 알게 되었어요. 그도 그럴 것이, 선생님도 잘 아시겠지만, 프리다에게 있어 하인들이 얼마나 두통거리였나요? 쉬운 일만 하다 보니 그게 습관이 되어 굼떠졌지만 대개는 온순한 사람들이라고 할 수 있어요. 관리들이 축사를 내릴 때 흔히 '하인 같은 팔자이길 바라네!' 하고 말하듯, 사실 생활의 안락이라는 점만 따진다면 하인이 성의 주인공이라고 해도 좋지요. 그들 역시 그 가치를 잘 알고 있어서 율법으로 움직이는 성 안에서는 조용하고 얌전하게 품위를 지키는데, 그것은 여러 가지 소식을 통해서 장담할 수 있어요. 이 마을의 하인들 사이에도 그런 습성이 남아 있어요. 하긴 그것도 찌꺼기에 지나지 않지만요. 보통 성의 율법은 그들이 마을에 있을 때엔 조금도 구속하지 않기 때문에 그들은 완전히 딴사람으로 변한 듯 보이지요. 율법 대신 걷잡을 수 없는 충동의 지배를 받아 난폭하고 반항적인 족속이 되어버려요. 염치도 모르고 한없이 뻔뻔해지는 거죠. 그래도 마을을 위해서 다행한 일은 그들이 명령 없이는 헤렌호프를 떠날 수가 없다는 것인데, 헤렌호프 안에 있는 동안은 그들과 잘 지내도록 노력해야 되지요. 프리다로서는 대단히 고통스러운 일이었기에 그녀가 하인들을 달래는 데 저를 이용할 수 있다는 건 그녀로서는 잘된 일이었어요. 그로부터 2년 이상 한 주일에 두 번씩 저는 마구간에서 하인들과 함께 밤을 지내고 있어요. 그 전까지만 해도 아버지도 함께 헤렌호프에 가실 수 있었는데, 아버지는 주점 어느 구석에서 주무시다가 제가 아침에 보고를 드리러 갈 때까지 기다리시곤 했어요. 보고랄 건 딱히 없었어요. 우리는 오늘날까지도 찾아내려고 애썼던 그 심부름꾼을 발견하지 못했어요. 그 심부름꾼은 여전히 자기를 높이 평가해 주는 소르티니에게 봉사하고 있으며, 소르티니가 더 먼 곳에 있는 관청으로 물러가게 되자 그 역시 소르티니를 따라갔다는 소문이 있었어요. 하인들 역시 우리가 그를 보지 못하게 된 이후로는 그를 보지 못했다는 거예요. 어떤 사람은 그를 본 적이 있다고 주장하지만 착각일 거예요. 그러니 제 계획은 사실 실패했다고 할 수 있겠지만, 그렇다고 완전한 실패는 아니지요. 물론 우리는 그 심부름꾼을 찾아내지 못했고, 또 유감스러운 일이지만 헤렌호프에 드나든 일이라든지 거기서 잔일, 그리고 아마 저를 가엾어하는 마음 따위가―그것도 아버지께서 그만한 능력이 있는 동안의 일이긴 했지만―아버지에겐 치명적이어서 결국 거의 2년 동안이나 선생님이 보시는 바와 같은 상태에 놓여 계세요. 하루하루가 마지막인 것처럼 보이는 어머니보다는 그래도 아버지가 훨씬 나아요. 정말 아말리아의 초인적인 노력 때문에 어머니의 목숨은 연장된 셈이에요. 그래도 제가 헤렌호프에서 얻은 건 성과의 일종의 연줄을 만들어냈다는 거예요. 제가 헤렌호프에서 한 일을 후회하지 않는다고 해도 제발 저를 멸시하지 마세요. 그게 무슨 그리 대단한 연줄이냐고 생각하실지도 모르지요. 그것도 옳은 말씀이긴 해요. 물론 대단한 연줄이라고는 할 수 없지요. 그러나 저는 지금 많은 하인들을, 수년 동안 마을로 찾아온 거의 모든 양반의 하인들을 알고 있으니 앞으로 성에 가는 일이 있으면 그곳이 생소하진 않을 거예요. 물론 그들은 마을 안의 하인일 뿐 성에 가면 전혀 딴판이 되어 아마 성에서는 아무도 분간하지 못할 거예요. 따라서 마을에서 사귄 사람은 더 말할 나위도 없고 가령 성에서 다시 만나기를 기약하자고 마구간에서 천 번 만 번 맹세한 사이라도 아무런 소용이 없을 거예요. 사실 저는 그런 약속이 그들 모두에게 얼마나 무의미한 것인지 직접 경험해 봤어요. 그러나 가장 중요한 것은 그런 일이 아니에요. 제가 단순히 하인만을 통해서 성과 관계 맺고 있는 것은 아니에요. 혹시 누군가 저 위에서 저와 제가 하는 일을 봐주고 있고—물론 그 많은 하인들을 관리하는 일은 관청의 일 중에서도 아주 중요하고 힘깨나 드는 일이므로—그 누군가는 저를 다른 사람보다 더 너그럽게 봐줄지도 모르니까요. 그렇게 되기를 간절히 빌고 싶은 심정이에요. 제가 집안을 위해 분투하며 아버지가 애쓰시던 과업을 계승하고 있다는 사실을—물론 제 수단과 방법이 형편없다고는 하더라도—인정해 줄지도 모르고요. 저는 이런 식으로 성과 관계 맺고 있는 거예요. 이런 사실을 알게 되시면 아마 제가 하인들한테서 걷은 돈을 우리 집안을 위해 쓰고 있는 것도 용서하실 거예요. 그 밖에도 제가 성취한 일이 있지만 물론 선생님은 제 잘못이라고 생각하시겠지요. 나는 무척이나 어렵고 몇 해나 걸리는 공적 채용 절차를 밟지 않고도 손쉽게 성에 채용될 수 있는 우회로가 있다는 이야기를 하인들에게 많이 들었어요. 그런 경우엔 물론 정식 근무자는 못 되고 남몰래 그리고 반쯤 승인을 받은 사람에 지나지 않아 권리도 의무도 없는데, 의무가 없다는 건 그다지 좋은 점은 아니지만 무슨 일에든 가까이 있을 수 있으니 한 가지 좋은 점은 있는 셈이에요. 즉 좋은 기회를 노려서 그것을 이용할 수 있다는 뜻이지요. 정식 근무자는 아니지만 만약 무슨 일이 생겼는데 옆에 정식 근무자가 없을 경우에 얼른 불려가면 그는 조금 전까지는 생각지도 못했던 인물, 그러니까 그 자리에서 정식 근무자가 되는 거예요. 물론 언제 그런 기회가 오느냐가 문제지요. 대개는 당장에 들어가자마자 주위를 살펴볼 여유도 없이 곧 기회가 와요. 새로 들어온 사람이면 당장에 그런 기회를 휘어잡을 만큼 침착하기 어려운 경우가 많지요. 처음에 그런 기회를 못 잡으면 공적인 채용 수속을 밟는 것보다도 세월이 오히려 더 오래 걸려요. 반쯤만 인정받은 근무자는 그 이후로는 공적으로, 그리고 정식으로 채용될 기회가 없어요. 그러니 누구나 이런 사실을 깊이 고민해 봐야 하죠. 하지만 공적으로 채용되려면 엄격한 시험을 거쳐야 하며, 조금이라도 평판이 좋지 않은 집안 출신은 처음부터 거부당한다는 사실에 대해서는 누구도 말해주지 않아요. 만약 그런 집안 출신이 이런 공식 절차를 밟게 되면 몇 해 동안 그 결과를 기다리며 몸부림을 칠 테고, 세상 사람들은 기가 차서는 어떻게 그런 가망도 없는 일을 하겠다고 감히 생각했느냐고 첫날부터 질문의 화살을 쏘아대겠지요. 하지만 당사자는 달리 살아갈 도리가 없으니까 희망을 가져보는 거예요. 그러나 몇 해가 지나고 이미 백발 노인이 된 후에야 자기가 거부되었다는 사실을, 자기는 모든 것을 잃었고 인생이 수포로 돌아갔다는 사실을 알게 되겠지요. 물론 여기에도 예외는 있고, 그렇기 때문에 누구나 걸려들기 쉬운 거예요. 그렇게 평판이 안 좋은 사람들이 결국 채용되는 경우가 있긴 하거든요. 관리 중에는 그런 야수의 냄새를 본의는 아니지만 아주 좋아하는 사람들이 있어서 채용 시험 때 씰룩거리며 냄새를 맡기도 하고 입을 일그러뜨리기도 하고 눈을 부릅뜨고 쳐다보기도 해요. 그들에게는 그런 인간이 아마 굉장히 구미를 돋우는 모양이죠. 그래서 거기에 휘말리지 않기 위해서는 법전에 꼭 매달려야 하는데, 물론 대개의 경우 그 사람이 채용되는 데에는 하등의 도움도 되지 않고 다만 채용 수속이 한없이 연장되는 데에 도움이 될 뿐이에요. 그 절차는 결코 끝나지 않고 그가 죽은 후에나 비로소 중단될 뿐이지요. 따라서 채용은 합법적이건 비합법적이건 간에 다 마찬가지고, 여러 가지 드러난 곤란과 숨겨진 곤란으로 가득 차 있어요. 따라서 그런 일에 손을 대려면 미리 모든 일을 면밀히 검토하는 것이 상책이에요. 우리, 즉 바르나바스와 저는 결코 그런 점을 소홀히 하지 않았어요. 언제나 헤렌호프에서 돌아오면 저는 최근의 경험을 이야기했고, 그렇게 우리는 며칠이고 시간 가는 줄도 모르고 이야기만 했어요. 그래서 일감이 바르나바스의 손에서 필요 이상으로 지체되는 경우가 많았지요. 그러니 이런 점에서 저는 당신이 말씀하신 대로 책임이 있는지도 모르겠어요. 저는 물론 하인들의 이야기를 그다지 믿을 수 없다는 것도 잘 알고 있었어요. 하인들은 제게 성에 대한 이야기를 하고 싶어 하지 않았고 언제나 다른 데로 화제를 돌려버리고 제가 일일이 재촉하지 않으면 중요한 얘기는 해주지도 않았어요. 또 그들이 마음이 내켜서 이야기를 시작해도 서로 다투기가 일쑤고, 쓸데없는 말을 지껄이고 뽐내고 호언장담하거나 과장해서 허무맹랑하게 꾸며댔지요. 그래서 그 어두운 마구간 속에서 끝없이 들려오는 부르짖음 속에 설사 진실을 암시하는 말이 있다고 해도 기껏해야 한두 가지에 지나지 않았고, 그것도 빈약하기 짝이 없는 암시처럼 느껴졌어요. 그러나 저는 기억이 나는 대로 바르나바스한테 모든 것을 다시 이야기해 줬어요. 그는 아직 진실과 허위를 구별할 능력이 전혀 없었고, 또 가족들이 처해 있는 상태 때문에 목말라하며 그런 이야기들을 갈망하는 처지였기에 전부 들이켜 버리고, 계속 열렬하게 불타듯이 다른 이야기도 열망하곤 했어요. 그리고 사실 저의 새로운 계획이 잘 될지 안 될지는 바르나바스한테 달려 있었어요. 하인들한테서 그 이상의 것은 얻어낼 수가 없었거든요. 소르티니의 심부름꾼을 찾아낼 길이 없었고 또 절대로 찾아낼 수도 없을 거예요. 소르티니와 심부름꾼의 그림자는 점점 희미해져 갈 뿐만이 아니라 종종 그의 외모나 이름까지도 완전히 잊어버리곤 했어요. 저는 때때로 그들의 용모를 말해주었지만 사람들은 그저 어렴풋이 기억을 더듬어볼 뿐 그 외에는 아무런 효과도 없었어요. 그리고 저와 하인들과의 생활에 대해서 말하자면, 사람들이 그걸 어떻게 판단할지에 대해서 제가 할 수 있는 게 없었지요. 다만 일어났던 그대로 받아들여지도록 또 그것으로 우리 집안의 죄가 조금이라도 가시도록 바랄 뿐이지요. 그러나 사실 저는 그 희망이 이루어졌다고 생각되는 외적 증거는 하나도 얻을 수 없었어요. 그래도 저는 계속했지요. 그 외에 제가 성에서 뭔가를 실현시킬 수 있는 다른 가능성은 하나도 없었으니까요. 그러나 바르나바스를 위해서는 그런 가능성이 한 가지 보였어요. 하인들의 얘기에서 저는 성에 채용된 자는 자기의 가족을 위해 굉장히 많은 일을 해낼 수 있다는 사실을 알아냈어요. 저도 그러고 싶은 마음이야 굴뚝같았지만, 물론 하인들의 이야기를 어디까지 믿을 수 있는지 따져보는 건 어려운 일이에요. 그다지 믿을 수 없다는 것만은 확실하지요. 그도 그럴 것이 예를 들어, 하인 하나가—아마 그를 두 번 다시 만나는 일도 없을 것이고 또 만난다 해도 이미 그 사람이라는 것을 분간할 수도 없을 그런 하인이—제 동생이 성 안에서 자리를 얻도록 도와주겠다, 아니면 적어도 바르나바스가 어떻게든 성에만 들어오면 그를 돌봐주겠다, 즉 그의 기운을 북돋아 주겠다고 엄숙하게 확약해 준 적이 있는데, 하인들의 이야기에 따르면 자리를 얻으려고 기다리는 사람들은 그 시간이 너무 기니까 돌봐주는 사람도 없으면 그동안에 졸도를 해버리거나 갈피를 잡지 못하고 신세를 망쳐버리게 된다는 거예요. 이런 이야기를 비롯해 또 다른 여러 이야기를 해주었더라도, 그건 아마 경고로서는 그럴듯했어도 약속으로서는 완전히 공허할 뿐이었지요. 하지만 바르나바스에겐 그렇지가 않았어요. 물론 저는 동생한테 섣불리 그런 약속을 믿지 말라고 주의했으나, 제가 그 약속에 관해서 얘기를 하자마자 동생은 제 계획에 완전히 끌려들어 왔어요. 제가 그 계획을 위해 스스로 생각해 낸 것들은 별로 동생의 주목을 끌지 못했고, 주로 하인들의 얘기가 그에게 강한 인상을 남겼어요. 그래서 저는 그 당시 의지할 사람이라고는 저 자신밖에 없었어요. 부모님과 의논할 수 있는 사람은 아말리아뿐이었고, 그 아말리아마저도 제가 아버지의 옛날 계획을 실현해 보려고 애를 쓰면 쓸수록 제게서 멀어져 갔어요. 아말리아는 선생님이나 다른 사람들 앞에서는 저와 말을 나누지만, 그 외에 다른 때에는 한 번도 입을 열지 않았어요. 헤렌호프의 하인들에게 저는 노리개에 지나지 않았고, 그들은 그 노리개를 부숴버리려고 악착같이 애를 썼어요. 저는 2년 동안 그들 중의 누구와도 한마디의 정다운 얘기를 해본 적이 없어요. 다만 있다면 음흉하고 속임수가 있거나 혹은 정신 나간 얘기뿐이었어요. 그래서 제게는 바르나바스 한 사람만이 남게 되었는데, 바르나바스는 아직도 대단히 어렸거든요. 동생의 두 눈에서 언제나 광채가—그것은 그 후 녀석이 쭉 간직한 광채였는데—띠는 것을 보고 저는 놀랐지만, 그렇다고 계획을 포기하진 않았지요. 다만 저는 너무나도 큰 것을 걸고 있다고 느껴졌어요. 아버지처럼 허무하긴 하지만 거창한 계획도 없었고, 남자들에게서 볼 수 있는 그런 결단성도 제게는 없었지요. 저는 여전히 심부름꾼에 대한 모욕을 보상하고 회복하려는 일에 뜻을 두고 있었을 뿐이며 이런 검손한 태도를 보고 저를 좋게 생각해 주기를 바라고 있었어요. 그러나 이제는 저 혼자로서는 이루지 못한 일을 바르나바스를 통해 다른 방법을 써서 더욱 확실하게 이루어낼 생각이었지요. 자, 그 심부름꾼은 우리에게 모욕을 당하고 원래의 사무국에서 내쫓겼어요. 그렇다면 우선 바르나바스라는 새로운 심부름꾼을 제공하는 것보다 더 이치에 맞는 일이 있을까요? 모욕당한 심부름꾼의 일을 바르나바스에게 시키고, 그래서 그 심부름꾼이 모욕당한 감정을 잊기 위해 내키는 대로 필요한 기간만큼 조용히 먼 곳에 있도록 해주는 것이지요. 물론 저는 이 계획이 아무리 겸손하다고 해도 어느 정도 불손한 점도 있다는 것을 알고 있었어요. 우리가 관청을 상대로 관청이 의당 개인적인 문제까지도 해결해야 한다고 독촉하는 듯한 인상을 줄 수도 있고 혹은 관청이 자발적으로 최선이라고 생각하는 방식으로 처리했을 수도 있는데 우리가 대책을 강구할 생각을 하기도 전에 벌써 처리나 조치가 끝나 버린다는 사실을 마치 의심하고 있는 듯한 인상을 줄 수도 있으니까요. 하지만 또 이렇게도 생각했었지요. 관청이 나를 그렇게 오해할 리는 없다, 여하튼 내가 하는 일을 조사도 하지 않고 처음부터 함부로 거부하는 일은 없을 거라고요. 그래서 저는 계획을 중단하지 않았으며 한편 바르나바스의 명예욕도 자기 할 일을 했지요. 이런 준비 단계에서 바르나바스는 오만해져서 구둣방 일 따위는 장차 관청 직원이 될 인간에게는 너무나도 지저분한 일이라 생각했어요. 네, 그뿐이 아니라 그는 아말리아가 아주 드문 일이긴 하지만 한마디의 말을 건네기라도 하면 아주 철저하게 반대하고 나섰어요. 그렇지만 저는 그런 순간적인 기쁨을 관대하게 용인해 주었지요. 미리 예측했던 일이긴 하지만 이런 순간적인 기쁨과 거만한 태도는 그가 성으로 나가게 된 첫날에 산산이 부서지고 말았어요. 이렇게 해서 이미 말씀드린 것처럼 외관상으로는 근무가 시작됐어요. 다만

적이 놀란 일은 바르나바스가 처음임에도 불구하고 성으로, 좀
더 정확하게 말해서 그 후 소위 그의 일터가 된 그 사무실로 아
무런 거리낌도 없이 그리고 서슴지 않고 들어갔다는 점이에요.
이런 성과를 얻게 된 데 저는 그 당시 거의 미칠 듯 날뛰었지요.
바르나바스가 집으로 돌아와서 그런 말을 속삭였을 때 저는 당
장에 아말리아한테로 달려가서 그 애를 붙잡고 구석에다 밀어붙
여 입술과 이로 맹렬한 키스를 퍼부었어요. 그 애는 놀라고 아파
서 울기 시작할 정도였고, 저는 흥분한 나머지 말도 제대로 못
했어요. 하긴 우리는 오랫동안 서로 얘기한 적이 없었으니까요.
그래서 저는 며칠 후에야 다시 이야기를 하기로 했지요. 그러나
며칠 후가 되니 이야깃거리는 이미 없어지고 말았어요. 사태는
그 후 조금도 진전을 보지 못했고 첫날 그렇게 빨리 도달했던
그 자리에 그대로 정지하고 말았어요. 바르나바스는 그리하여
이미 2년 동안이나 그런 단조롭고 가슴을 억누르는 숨가쁜 생활
을 해왔어요. 하인들은 아무런 소용이 없었어요. 저는 바르나바
스를 시켜서 하인들한테 짤막한 편지를 보내 바르나바스를 보살
펴 달라고 부탁도 하고 동시에 하인들에게 그들이 한 약속을 환
기시켰어요. 바르나바스는 하인을 볼 때마다 곧장 그 편지를 끄
집어내서 보여주었는데, 웬일인지 바르나바스가 만난 하인들은
아마 저를 모르는 사람들이었던 것 같고 또 저를 아는 사람들도
그 편지를 잠자코 내미는 바르나바스의 태도가―성에서 그는
감히 말도 못 하는 처지니까요―성미에 거슬렸는지 아무도 그
를 도와주지 않았다니 정말 창피한 노릇이었지요. 그래서 하인
하나가―아마 바르나바스가 벌써 몇 번이나 그 편지를 읽어달
라고 졸랐던―꾸깃꾸깃 뭉쳐서 휴지통 속으로 편지를 던져버렸
을 때는 오히려 구원을 받은 듯한 느낌이었어요. 하긴 그런 구원

은 우리 스스로도 이미 한참 전에 마련할 수 있었던 것이지만요. 저는 그 하인이 편지를 버리면서 이렇게 말할 수도 있었겠다는 생각을 했어요. 너희도 이와 비슷하게 편지를 취급하잖아, 하고 말예요. 그 2년이라는 세월이 다른 점에서 아무런 소득도 없었다고 해도 바르나바스에겐 유리한 영향을 주었지요. 일찍 늙었고 일찍 어른이 되었으니까요. 사실 여러 가지 점에서 동생은 보통 남자 이상으로 진지하고 현명해졌어요. 그 애를 쳐다보면 2년 전의 소년다운 모습이 떠올라서 저는 자주 슬픈 생각에 빠져요. 그런데도 어른이 된 동생이 제게 줄 수도 있을 만한 위안이나 든든함을 저는 조금도 받지 못하고 있어요. 제가 없었으면 성으로 들어가지도 못했을 텐데, 그 애는 그곳에 간 이후로 저에게 의존하지 않아요. 저는 그 애가 유일하게 믿을 만한 인간인데도 그는 자기 마음속에 간직한 것을 그저 일부분밖에는 얘기해 주질 않지요. 성에 대한 얘기를 제게 많이 들려주지만, 그 얘기를 듣고 또 그 애가 전해주는 사소한 사실들을 가지고는 그것이 어떻게 그 애를 그다지도 변화시켰는지 전혀 알 길이 없어요. 특히 이해가 되지 않는 것은 소년 시절에는 우리 모두를 절망에 빠뜨릴 만큼 기운이 좋던 아이가 어른이 된 오늘에 와서는 성에서 그토록 기운을 잃었다는 점이에요. 물론 저렇게 우두커니 서서 하고 많은 날을 기다리지만 늘 되풀이해서 새삼 그 어떤 변화도 기대할 수 없다는 것, 그것이 인간의 맥을 풀리게 하고 결국에는 그저 절망적으로 서 있는 것 외에 다른 일에는 무능력하게 만들어버리고 말겠지요. 하지만 그 애는 왜 처음에 전혀 저항을 하지 않았을까요? 특히 그 애는 제 말이 옳았다는 것, 즉 성에서 아마 우리 집안의 처지를 개선시켜 줄 수 있을 만한 것은 찾을지 몰라도 자신의 명예욕을 만족시켜 주는 것은 찾아낼 수 없다는 사실을 곧 깨달았을 텐데 말이에요. 그도 그럴 것이 그곳에서는 만사가―하인들의 변덕을 제외하고는―아주 겸손하게 이루어지니까요. 명예욕은 그곳에서의 일에서 이미 만족되므로 일 자체가 중요해지고, 명예욕은 완전히 자취를 감추며, 어린애 같은 소원을 받아줄 여유는 전혀 없어지지요. 그러나 그 애가 제게 얘기해 준 바에 의하면, 자기가 들어갈 수 있는 방에 있는 지극히 수상쩍은 관리자들이라도 그 권력과 지식이 얼마나 대단한지를 역력히 알 수 있다더군요. 관리들이 반쯤 눈을 감고 슬쩍 손을 움직이면서 빠른 속도로 구술을 하는 꼴이라든지, 검지 하나만 가지고 말 한마디 하지 않고 불평을 늘어놓고 있는 하인을 쫓아내는 꼴이라든지. 그럴 때 하인들은 숨 가쁘게 허덕이면서 자못 즐거운 듯 미소를 띤다고 하더군요. 아니면 관리들이 책 속에서 중요한 대목을 발견하고는 그 부분을 마구 두드리면 다른 하인들이 그 좁은 곳에서도 가능한 한 모여들어서 그 대목을 보겠다고 목을 길게 빼곤 한대요. 이런 꼴을 보고 바르나바스는 관리들이 대단한 존재라고 생각하게 되었다는 거예요. 그래서 바르나바스는 만일 그들한테 인정을 받고 그들과 몇 마디 말이라도―생판 모르는 사람으로서가 아니라 한 관청의 동료로서, 물론 훨씬 지위가 낮은 동료이긴 하지만 어쨌든 동료로서―할 수만 있게 된다면 우리 집안을 위해서 뜻하지 않았던 일을 이룰 수 있지 않을까 하는 인상을 받게 되었지요. 그러나 아직도 일은 거기까지 나아가질 못하고 있어요. 거기에 접근할 수 있는 일은 감히 하지 못하고 있지요. 아직 어리기는 하지만 집안의 불행한 처지로 인해 자기가 가장 무거운 책임을 지는 가장이 지위에 올랐다는 사실을 잘 알고 있으면서 말이에요. 그런데 이쯤 해서 마지막으로 더 고백할 것이 있어요. 일주일 전에 선생님이 오셨지요. 저는 헤렌호프에서 누군가가 그런 얘기를 하는 것을 듣기는 했지만 그것 때문에 마음을 쓰지는 않았어요. 측량사가 왔다고 했지만 저는 그것이 도대체 무엇인지 알지도 못했으니까요. 그런데 그 다음 날 저녁에 바르나바스가—저는 보통 일정한 시간에 그 애를 도중까지 마중 나가는 습관이 있는데—여느 때보다도 일찌감치 집으로 돌아왔고, 방 안에 있는 아말리아를 보고 저를 길로 끌고 나가서는 제 어깨에다 얼굴을 묻고 몇 분 동안이나 우는 거예요. 그 애는 다시 옛날의 어린애가 된 거예요. 뭔지 몰라도 자기로서는 감당하기 어려운 일을 당한 것 같았어요. 갑자기 그 애의 눈앞에 새로운 세계가 펼쳐진 듯 보였지요. 그래서 그런 아주 새로운 행복과 근심 걱정을 견딜 수가 없었던 것 같아요. 사실은 별다른 일이 아니고 선생님한테 보내는 편지를 한 장 맡아온 것에 불과했거든요. 그러나 말할 것도 없이 그것은 그 애가 처음으로 손에 쥐어본 첫 번째 편지이자 첫 번째 일이었지요."

올가는 거기서 얘기를 중단했다. 사방은 조용했다. 다만 가끔 양친이 골골거리는 가쁜 숨소리만 들려올 뿐이었다. K는 단지 가볍게 올가의 이야기를 보충하려는 듯이 이렇게 말했다. "그렇다면 당신들은 내게 거짓말을 했군요. 바르나바스는 마치 오래 근무했고 바쁜 심부름꾼이나 되는 듯이 그 편지를 내게 전달했고, 또 당신이나 이번에는 당신과 한통속이 된 아말리아까지도 그런 심부름꾼의 임무나 편지 따위는 단지 곁다리 일에 지나지 않는다는 태도를 취했으니 말이에요." "우리 하나하나를 구별해야 돼요." 올가가 말을 이었다. "바르나바스는 그 두 통의 편지로 다시 행복한 어린애가 되어버렸지요. 그 애가 자기의 직무에 대해서 지닌 그 모든 회의에도 불구하고 말이에요. 하긴 그런 회의는 그 애와 저에게만 해당되는 것이고 선생님에 대해서는 진정한 심부름꾼으로서, 즉 자기가 상상하는 진정한 심부름꾼으로서 행동하며 자기의 명예를 찾으려고 한 것이지요. 그래서 저는 예를 들어, 두 시간 내에 동생의 바지를 적어도 몸에 꼭 끼는 관복 바지와 비슷해 보이도록—정식 관복을 입고 싶다는 동생의 희망이 커져가는 중이지만—고쳐주지 않을 수 없었어요. 그 옷을 입고 선생님 앞에 나서서 부끄럽지 않게 해주려고 했지요. 바르나바스의 생각에는 선생님이 그런 점에서 아직은 쉽게 속으실 테니까요. 그러나 아말리아는 심부름꾼의 소임을 경시하고 있어요. 그리고 바르나바스가 약간의 성공을 거둔 듯도 보이는 지금에 와서는—바르나바스나 저를 보고, 또 우리가 함께 앉아서 숙덕거리는 꼴만 보아도 쉽사리 알아차릴 수 있었겠지만—전보다도 더욱 경시하고 있어요. 그러니까 아말리아는 진실을 말하고 있는 셈이에요. 그러니 그것을 의심하시고 오해를 하면 안 돼요. 그러나 K 씨, 설사 제가 종종 심부름꾼의 소임을 모독했다고 하더라도 그것은 선생님을 속이려고 한 짓이 아니라 불안한 나머지 그런 것이에요. 바르나바스의 손을 거쳐서 전달된 그 두 통의 편지는 3년 이래 우리 가족이 손에 넣은 최초의 은총의 표지였어요. 이 표지가 결코 착각이 아니라 정말 전환점이라면—전환점이 아니라 착각인 경우가 많으니까요—그 전환은 선생님이 이곳에 도착하신 것과 관련이 있는 거예요. 우리의 운명이 어느 정도는 선생님의 손에 달려 있다고 해도 과언이 아닌 거죠. 그 두 통의 편지는 단지 발단에 지나지 않을 뿐, 바르나바스의 활동이 선생님의 심부름꾼 일뿐만 아니라 더 확대될지도 모르니까요—우리에게 허용되는 한에서는 그렇게 되기를 희망하고 있어요—그러나 우선은 이 모든 게 선생님하고만 관련된 일이에요. 하긴 저 위 성에 따르면 우리는 우리에게 주어진 것에 만족하고 복종해야 하지만, 이 아래에서는 우리 스스로 무엇이든 할 수 있어요. 다시 말해 우리가 선생님께 호의를 얻어 적어도 우리를 싫어하시지 않도록 조심하는 일, 또는 가장 중요한 일로서 선생님과 성의 관계가 끊어지지 않도록—그 관계 덕분에 우리도 살아나갈 수 있으므로—저희의 경험과 힘이 닿는 대로 선생님을 보호하는 일이지요. 그런데 이 모든 일을 어디서부터 시작해야 좋을까요? 우리가 선생님께 접근해도 의심하시지 않게 하려면요. 선생님께는 이 마을이 낯설 테니 틀림없이 모든 일을 의심하실 테고 그건 당연한 일이지요. 더군다나 우리는 세상에서 멸시를 당하고 있고 선생님도 그런 일반적인 견해에 영향을 받고 계시며, 특히 선생님의 약혼자 때문에 그렇게 되셨으니까요. 어떻게 해야 우리는—그럴 생각은 추호도 없긴 하지만—선생님의 약혼자와 대립하지 않고 또 선생님을 다치게 하지도 않고 선생님을 향해서 앞으로 나갈 수가 있을까요? 그리고 그 편지, 선생님이 받으시기 전 제가 자세히 읽어본 그 편지—바르나바스는 읽지 않았어요, 심부름꾼으로서 그런 짓은 할 수 없으니까요—는 첫눈엔 별로 중요해 보이지 않았고 시효도 늦은 듯 보였지만, 선생님더러 촌장에게 가라는 내용이니 그 자체로서 중요성을 갖게 되었어요. 그러면 이제 우리는 이 일에 대해 선생님께 어떤 태도를 취해야 할까요? 만일 우리가 그 편지의 중요성만 강조했다면, 분명히 별로 중요하지도 않은 일을 과대평가하고 그런 중요한 편지를 전달하는 사람으로서 우리를 내세우며 우리 자신만의 목적을 추구하고 선생님의 목적은 경시한다는 의심을 샀을 거예요. 그뿐이 아니라 그렇게 해서 그 편지 자체를 선생님이 보시기에 형편없이 깎아내리고, 본의는 아니겠지만 선생님을 속이는 결과가 되었을지도 모르겠어요. 그러나 우리가 설사 그 편지를

대수롭게 여기지 않았다고 해도 역시 의심은 받았을 거예요. 그
도 그럴 것이, 그렇다면 어째서 우리는 그런 대수롭지도 않은 편
지를 전달하는 데 그토록 열을 올렸는지, 어째서 우리의 말과 행
동이 서로 모순되는지, 왜 우리는 편지를 받는 선생님뿐 아니라
우리에게 편지를 부탁한 사람까지도 속이려 하는지 등이 문제가
될 테니까요. 우리에게 편지를 부탁한 분은 분명히 편지를 받을
분에게 쓸데없는 설명을 해서 그 편지의 가치를 떨어뜨리길 바
라진 않을 테니까 말이에요. 그래서 이 양극단의 중간에 선다는
일, 그러니까 그 편지를 올바르게 이해한다는 일은 사실 불가능
한 일이지요. 편지의 가치 자체가 줄곧 변해가고 있거든요. 편지
때문에 생기는 여러 가지 궁리는 끝이 없고, 그런 궁리를 어디서
딱 그만둬야 할지는 그저 우연에 의해서 정해질 뿐이지요. 그러
니까 그 의견이란 것도 우연한 것일 따름이에요. 게다가 선생님
에 대한 불안감과 걱정이 중간에 끼어들게 되니 모든 게 혼란에
빠지기 마련이지요. 이런 저의 얘기를 너무 엄격하게 판단하시
면 안 돼요. 예를 들어서 지난번에 그런 일이 있었지만, 바르나
바스가 다음과 같은 소식을 가지고 왔다고 해보세요. 즉 선생님
이 그 애가 맡은 심부름꾼의 소임에 불만을 품고 있고 바르나
스가 그것을 눈치채서 깜짝 놀란 탓에 유감스럽게도 심부름꾼으
로서의 독특한 신경과민까지 일으켜 그런 일에서 물러나겠다고
했다면, 저는 그런 실패를 만회하기 위해서 속일 수도 있고, 거
짓말도 할 수 있고, 도움만 된다면 온갖 나쁜 짓도 할 수 있을 거
예요. 하지만 적어도 선생님을 위해서, 또 우리를 위해서라고 저
스스로 믿을 수 있어야만 그런 행동을 할 테지요.”

　문을 두드리는 소리가 났다. 올가가 문으로 뛰어가서 열어주
었다. 어둠 속에 켠 등불에서 한 줄기 빛이 흘러들어 왔다. 그 밤

늦게 찾아온 방문객이 수군거리듯 물었고 대답하는 쪽에서도 수군거리는 목소리였다. 그러나 방문객은 그 대답에 불만을 느꼈는지 방 안으로 들어오려고 했다. 올가는 혼자서 그 사람을 막아낼 수가 없는 듯 아말리아를 소리쳐 불렀다. 올가는 양친이 잠을 깨지 않도록 아말리아가 모든 수단을 다해서 그 사람을 물리쳐주기를 바라는 듯했다. 실제로 아말리아는 재빨리 달려나왔고, 올가를 옆으로 밀어제치고는 길로 나가서 등 뒤로 문을 닫아버렸다. 아주 순간적으로 벌어진 일이었고 그녀는 곧 되돌아왔으며, 올가가 해내지 못한 일을 너무나도 재빨리 처리해 버렸다.

K는 올가로부터 그 손님이 자기를 찾아온 사람이라는 사실을 알게 되었다. 조수 한 사람이 프리다의 부탁으로 찾아왔던 것인데, 올가는 K가 그 조수를 만나지 못하게 방해를 했던 것이다. 조수가 자기를 찾아왔었다고 K 자신이 프리다한테 나중에 고백할 생각이라면 그래도 좋기는 하지만, 조수한테 들켜서는 안 된다는 것이었다. K는 그 말에 동의했다. 그러나 그곳에서 밤을 지내면서 바르나바스를 기다리는 게 어떻겠느냐는 올가의 제의는 거절했다. 제의 그 자체는 K가 수락해도 괜찮을 법했는데, 그도 그럴 것이 밤도 이미 깊었고 게다가 그가 이제 와서 원하건 원치 않건 간에 이 가족과 밀접한 관계를 맺게 되었다고 K에게는 느껴졌기 때문이었다. 또 다른 이유가 있다면, 그곳에서 묵는 일이 곤혹스러울 순 있지만 그런 밀접한 관계로 미루어 보아서 이 마을 안에서는 그래도 여기에 묵는 것이 가장 자연스러운 일이라고 할 수 있었다. 그럼에도 K는 거절했다. 조수가 찾아온 것에 깜짝 놀랐기 때문이었다. 그의 의향을 알고 있던 프리다와, K가 두려운 인물이라는 것을 알고 있던 조수들이 어떻게 그런 식으로 다시 만나 프리다가 감히 K를 부르러 조수를 보냈는지—

그것도 한 놈만 온 걸 보면 다른 한 놈은 아마 프리다 곁에 머물고 있는 듯싶었는데—그로서는 도무지 이해가 가지 않았던 것이다. 그는 올가한테 채찍을 가지고 있는지 물었다. 그녀는 채찍을 갖고 있지 않았지만 훌륭한 버드나무 회초리를 가지고 있어 그것을 그의 손에다 쥐여주었다. 그리고 그는 이 집에 또 다른 문이 있느냐고 물었는데, 안뜰로 통하는 문이 있기는 하지만 그리로 나가려면 거리에 나서기에 앞서 우선 이웃집 뜰의 울타리를 기어 넘어야 하며 그 뜰도 지나야 한다는 것이었다. K는 그 길을 택하려고 했다. 올가가 안뜰을 지나서 그를 울타리께로 데려가는 동안에 K는 걱정하는 그녀를 재빨리 안심시키려고, 그녀가 이야기를 하면서 약간 술책을 쓴 것에 대해 조금도 화가 나지 않았으며 오히려 그녀를 잘 이해할 수 있다고 말하고는 자기한테 가져준 신뢰감, 그리고 이야기로써 증명해 준 그 신뢰감에 대해서 감사하다고 했다. 그리고 바르나바스가 돌아오는 즉시 밤중이라도 좋으니 학교로 보내달라고 부탁했다. 하긴 바르나바스가 전해줄 소식이 자기의 유일한 희망은 아니지만—만일 그렇다면 그는 정말 한심한 형편이라고 해야 되겠지만—그렇다고 그 소식을 아예 단념하고 있는 것은 아니며 그 소식에 매달리고 싶다고 했다. 그러나 동시에 올가도 잊지 않겠다고, 그도 그럴 것이 올가가 자기로서는 그런 소식보다도 훨씬 소중하며 그녀의 용감함, 그녀의 신중한 태도, 그녀의 가정에 대한 희생적인 정신이 훨씬 더 소중하기 때문이라고 했다. 만일 자기가 올가와 아말리아 중에서 한 사람을 택해야 되는 경우가 생긴다면 그로서는 별로 길게 생각할 필요도 없을 것이라고도 말했다. 그렇게 말하고 그는 다시 한번 그녀의 손을 꼭 쥐고 나서 어느 틈에 이웃집 뜰의 울타리 너머로 몸을 훌쩍 날렸다.

이윽고 길에 나선 그가 흐린 밤이긴 했으나 자세히 보니 조수는 여전히 위쪽 바르나바스의 집 앞에서 오락가락하고 있었다. 그리고 가끔 걸음을 멈추고는 문장을 내린 창문 너머로 등불을 비춰 방 안을 보려고 애썼다. K는 그 녀석을 불렀다. 분명 놀라는 기색도 없이 그는 집 안을 염탐하는 짓을 중단하고 K에게로 왔다. "누구를 찾고 있지?" K는 물었다. 그리고 자기의 넓적다리에다 대고 버드나무 회초리의 탄력성을 시험해 보았다. "선생님을 찾았어요." 그 녀석이 가까이 오면서 말했다. "대체 네 놈이 누구지?" K는 느닷없이 물었다. 그자가 조수처럼 보이지 않았기 때문이었다. 더 늙고 피곤한 기색이었고 주름살이 더 심한 듯한데 얼굴은 오히려 통통해 보였다. 그리고 그 걸음걸이도 관절에 전기라도 오른 듯 민첩하게 걷는 조수와는 다르게 더 느리고 약간은 저는 듯도 했으며 약골로 보였다. "선생님은 저를 몰라보세요?" 그 작자가 말했다. "예레미아스예요. 선생님의 오랜 조수잖아요." "그래." K는 말했다. 그리고 등 뒤에 미리 감추고 있던 버드나무 회초리를 다시 앞으로 끄집어냈다. "하지만 자넨 전혀 딴판으로 보이는데." "그건 제가 혼자니까 그렇지요." 예레미아스가 말을 이었다. "저 혼자 있으면 명랑한 젊은 기운 역시 사라지거든요." "아르투어는 어디 있지?" 하고 K는 물었다. "아르투어요?" 예레미아스가 계속 대답했다. "그 귀여운 놈 말씀인가요? 그 애는 일을 그만뒀습니다. 하지만 선생님도 저희한테 사납고 가혹하게 대하셨지요. 그 여린 애가 그것을 못 참은 거죠. 그 녀석은 성으로 돌아가서 선생님에 대한 불평을 하고 다닌답니다." "그런데 자네는?" K는 물었다. "저는 남아 있을 수 있었습니다." 예레미아스가 말을 이었다. "아르투어는 저를 대신해서도 불평을 하고 있거든요." "네놈들은 도대체 무엇을 불평한다는 거지?" K는 물었다. "바로," 예레미아스는 말했다. "당신이 농담을 전혀 이해하지 못한다는 점에 대해서죠. 도대체 우리가 무슨 짓을 했다는 거죠? 그저 좀 장난을 치고, 좀 웃었고, 당신의 약혼자를 놀렸을 뿐 아닙니까. 그 나머지의 모든 일은 분부대로 했지요. 갈라터가 우리를 당신한테 보냈을 때……" "갈라터라니?" K는 물었다. "네, 갈라터 말이에요." 예레미아스가 말했다. "그때 마침 그가 클람의 대리를 맡고 있었지요. 그 갈라터가 우리를 당신한테로 보냈을 때 이런 말을 했어요—저는 뚜렷하게 기억하고 있지요. 우린 그 말을 근거로 삼으니까요—'자네들은 측량사의 조수로 가게'라고 말이에요. 그래서 우리는 '하지만 저희는 그런 일에 대해서는 하나도 모르는데요'라고 말했죠. 그랬더니 그는 '그런 것은 중요하지 않다. 만일 필요하게 되면 그 친구가 너희들한테 가르쳐줄 것이다. 그러나 가장 중요한 일은 그자를 좀 명랑하게 만들어주는 일이다. 내게 온 보고서에 의하면, 그자는 만사를 대단히 까다롭게 생각하고 있는 것 같다. 그자가 이 마을에 왔다는 것 자체가 대단히 중요한 일이다. 사실은 별것 아니긴 하지만 말이다. 너희들은 그자한테 그 점을 가르쳐줘야 된다.' 하고 말했지요." "그래, 그럼 갈라터의 말이 옳다고 생각해서 자네들이 그런 소임을 정말 실행했다는 거야?" K는 물었다. "그런 건 알 수 없습니다. 게다가 이렇게 기한이 짧아서야 불가능했을 거예요. 제가 알고 있는 것은 단지 당신이 난폭했다는 점이며, 우리가 고발한 것도 바로 그 점이었습니다. 그런데 선생님도 단지 고용인에 불과하고 그것도 성의 직원도 결코 아닌 처지에, 그런 일이 힘들다는 것과 당신이 그랬듯 일하는 사람을 괴롭히는 것은 정말 유치하기 짝이 없는 짓이라는 걸 당신이 어째서 모르는지 알 수가 없군요. 당신이 우리를 울타리 곁에서 추위에 떨게 만들고, 한마

346   성

디 좋지 않은 말만 들어도 온종일 괴로워하는 인간인 아르투어를 매트리스 위에 때려눕히다시피 하고, 그렇지 않으면 오늘 오후처럼 눈 속으로 나를 여기저기 몰고 다니느라 내가 그 쫓겨다니는 기분에서 풀리는 데 한 시간이나 걸리게 만들어놓았으니, 이런 무자비한 일이 어디 있습니까? 이제 저도 어린애가 아니란 말이에요!" "이봐……." K는 말했다. "자네가 한 말은 모두 옳아. 다만 그런 말은 갈라터한테 하라고. 자네를 나한테 보낸 건 그자 생각이지, 내가 보내달라고 한 게 아니니까. 그러니 나는 자네들을 다시 돌려보낼 수도 있는 거야. 나로서는 될 수 있으면 힘으로써가 아니라 평화롭게 하고 싶었지만, 아마 자네들은 내가 그러지 않기를 바라고 있는 것 같단 말이야. 그건 그렇다 치고, 왜 자네들은 내게로 왔을 때 바로 지금처럼 그렇게 솔직하게 말하지 않았지?" "근무 중이었기 때문이죠." 예레미아스가 말을 이었다. "그야 당연한 일이 아닙니까?" "그럼, 이젠 자네는 근무 중이 아니란 말인가?" "이젠 아니지요." 예레미아스가 말했다. "아르투어가 성에 가서 일을 그만두겠다고 통고했거든요. 아니면 적어도 우리를 그 소임에서 해방시켜 줄 절차를 밟고 있지요." "하지만 자네는 마치 근무를 하고 있는 듯 나를 찾아다니고 있지 않나?" K가 말했다. "아닙니다. 저는 다만 프리다의 마음을 진정시키기 위해서 선생님을 찾고 있었던 거예요. 바르나바스네 아가씨 때문에 선생님이 프리다를 버리셨을 때 그녀는 대단히 불행해했어요. 하지만 그것은 당신을 잃었기 때문보다 배신을 당했기 때문이었죠. 물론 그녀는 벌써부터 일이 그렇게 되리라고 예상하고 있었고, 그 때문에 굉장히 괴로워했었습니다. 저는 그때 마침 아직도 학교 건물의 창가에 있었고 당신이 혹시 좀 더 철이 든 태도로 돌아왔을지 보러 갔었지요. 그런데 당신은 그곳에 없었고 프리다만이 아이들이 쓰는 긴 의자에 앉아서 울고 있었습니다. 그래서 저는 그녀에게 가서 서로 마음을 모았어요. 이젠 모든 일이 해결됐지요. 저는 헤렌호프에서 객실의 시중을 드는 하인이 될 겁니다. 성에서 문제가 처리되기 전까지는요. 그리고 프리다는 다시 여관 주점에 가 있는데, 그게 프리다를 위해 훨씬 낫지요. 그녀가 당신의 아내가 된다는 것은 철없는 생각이었어요. 당신조차도 그녀가 당신에게 바치는 희생을 제대로 평가하지 못했으니까 말이에요. 그런데 그 마음씨 고운 여자는 지금도 가끔 당신이 무슨 옳지 않은 일이나 당하지 않을까, 당신이 혹시 바르나바스의 집에 가지 않았을까 하는 걱정을 하고 있지요. 물론 당신이 어디 있었는지에 대해서는 의심할 여지가 전혀 없지만, 이번만은 확인하기 위해서 제가 온 것입니다. 그도 그럴 것이 여러 일로 흥분한 뒤라 프리다도 이젠 안정을 취하고 자야 할 테니까요. 하긴 저도 마찬가지지요. 그래서 찾아온 겁니다. 당신을 발견했을 뿐만이 아니라, 덤으로 그녀들이 마치 끈으로 조종이라도 당하듯 당신의 말대로 움직이는 것을 볼 수가 있었지요. 더구나 얼굴이 검고 꼭 살쾡이 같은 여자는 특히 당신을 위해 마음을 쓰고 있더군요. 하긴 누구나 자기 나름의 취향을 가지고 있는 법이니까요. 어쨌든 당신이 이웃집 정원을 지나서 길을 돌아 나올 필요는 전혀 없었어요. 저는 그 길을 알고 있으니까 말이죠."

21장

　이제 예상할 수 있었던 일, 그러나 막을 수는 없었던 일이 결국 일어나고야 말았다. 프리다는 그를 버렸던 것이다. 아직 모든 게 결정난 건 아니다. 그렇게 사태가 나쁜 건 아닐 것이다. 프리다를 다시 차지할 수 있을 것이다. 그녀는 낯모르는 사나이한테서도, 그리고 이런 조수 녀석들한테서도 쉽사리 영향을 받는 것이다. 이놈들은 프리다의 입장이 자기들이 놓인 입장과 비슷하다고 생각하고는, 자기들이 일을 집어치우겠다고 나선 것처럼 이제 프리다에게도 그렇게 하도록 부추겼던 것이다. 하지만 K가 그저 그녀의 앞에 나서서 자기한테 유리한 모든 일을 상기시켜 주기만 하면, 특히 그 여자들을 방문했던 일에서 얻은 성과를 통해 이번 일을 정당화시킬 수만 있다면 더더욱, 프리다는 후회하고 다시 돌아올 것이다. 그러나 그런 생각을 하면서도 프리다의 일에 대한 그의 마음은 진정되지 않았다. 좀전에도 그는 올가에게 프리다를 자랑했고 그녀를 자기의 유일한 후원자라고 불렀는데, 이젠 그 후원자도 그다지 확고하지 않았다. K에게서 프리다를 뺏기 위해서는 구태여 억센 남자가 간섭할 필요 따위도 없고, 이렇듯 별로 식욕도 돋우지 않는 친구, 가끔은 전혀 싱싱해 보이지 않는 고깃덩이 같은 녀석이면 충분했던 것이다.

　예레미아스는 이미 멀어져 가기 시작했다. K는 그를 불러 세웠다. "예레미아스." K는 말을 이었다. "난 자네한테 아주 솔직하겠다고 생각하고 있으니 자네도 정직하게 대답해 줘. 사실 나하고 자네는 이제 주종의 관계가 아니고, 자네만 그 사실을 좋아하는 게 아니라 나 역시 그 사실을 좋아하고 있어. 우리가 서로 거짓말을 할 이유는 하나도 없는 셈이지. 자네의 눈앞인 이 자리에서 자네한테 휘두르려던 이 회초리를 꺾어버릴 거야. 그도 그럴 것이 나는 자네 때문에 불안해서가 아니라 자네를 놀라게 한 뒤 몇 번 회초리로 후려치기 위해 그 길로 나왔던 거니까. 하지만 그 일로 나를 나쁘게 생각지 말아줘. 이젠 만사가 다 끝장이 났으니 말이야. 만일 자네가 관청에서 강제로 동원된 직원이 아니라 오직 한 사람의 지인에 지나지 않았다면 우리는 진정 절친한 사이가 되었을 거야. 하긴 자네의 외모는 가끔 내 맘에 들지 않았을지도 모르지만 말이야. 그러니 이런 점에서 우리가 놓쳐버렸던 것을 이제라도 뒤늦게나마 되찾을 수 있겠지." "그렇게 생각하나요?" 이렇게 말한 조수는 피곤한 두 눈을 눌렀다. "저는 당신에게 사정을 더 자세하게 설명할 수도 있지만 시간의 여유가 없군요. 전 프리다한테 가봐야 됩니다. 그녀는 저를 기다리고 있어요. 아직 일을 시작하진 않았는데, 여관 주인을 제가 설득해서—아마 모든 것을 잊고 싶기 때문인지 그녀는 곧장 일하겠다고 했지만—그녀에게 휴양 기간을 주었어요. 그 기간만은 적어도 함께 지내고 싶단 말입니다. 당신이 제안한 데 대해서 말씀드리자면, 전 당신을 속일 이유가 하나도 없고 그렇다고 당신을 믿을 이유도 없습니다. 즉 저와 당신은 사정이 다르단 말씀이지요. 제가 당신한테 봉사를 하는 관계에 있었을 때 당신은 저에게는 물론 지극히 중요한 인물이었지만, 그렇다고 당신이 지닌 성격 때문이 아니라 근무 명령을 받았기 때문이었지요. 그때는 당신이 원하는 것이면 무엇이든 했겠지만, 이젠 당신은 저로서는 아무래도 좋은 사람입니다. 회초리를 꺾은 것도 저의 마음을 동하게 하지 않아요. 그렇게 해서 생각나는 것이 있다면 내가 얼마나 난폭한 주인을 모셨던가 하는 것 정도지요. 그런 짓은 저의 마음을 사로잡기에는 부족해요." "자네는 나를," K가 말을 이었다. "마치 이젠 겁낼 필요가 없다고 확신하고 있는 것 같군. 하지만 그렇게는 안 될걸. 자네는 아직도 나한테서 그렇게 자유로운 몸이 아니야. 이 마을에서 일의 결말은 그리 빨리 나오는 게 아니거든……." "때로는 더 빨리 결말이 나오기도 하지요." 예레미아스가 되받아쳤다. "때로는 그럴 테지." K가 말했다. "그러나 이번 경우에 그렇게 되리라는 징조는 하나도 없지 않나. 여태껏 자네도 일이 해결되었다는 문서를 가지고 있지 않으니까 말이야. 다시 말해서 일은 지금 막 시작되었을 뿐이고, 나는 내 여러 연줄을 통해서 그 일에 아직 손도 대지 않았지만 이제부터는 그렇게 할 거야. 만일 그 결과가 자네한테 불리하게 나온다면 자네는 자네 주인한테 사랑받을 만한 준비가 별로 안 되어 있다는 뜻 아니겠어? 그렇다면 버드나무 회초리를 꺾어버릴 필요는 없었겠지. 그리고 자네는 프리다를 끌어낸 게 의기양양한 모양인데, 내가 자네라는 인간에 대해서 아무리 경의를 품고 있다고 해도—나도 경의는 가지고 있어. 자네에게 이제 나에 대한 경의 따위는 없는 모양이지만—내가 프리다한테 한두 마디만 하면 자네가 프리다를 낚느라고 늘어놓은 거짓말쯤 금세 속이 드러날걸. 프리다가 나에게서 멀어진 건 틀림없이 자네의 거짓말 때문이지." "그런 공갈쯤으론 꿈쩍도 안 합니다." 예레미아스가 말했다. "당신은 저를 조수로 데리고 있으려는 생각이 없어요. 조수인 저를 겁내고 있지요. 오직 겁이 나서 그 착한 아르투어를 매질한 거라고요." "아마 그럴지도 모르지." K는 말을 이었다. "어쩌면 그래서 덜 아프지 않았겠어? 아마 나는 지금부터도 종종 그런 식으로 자네에 대한 공포심을 표현할지도 모르지. 자네가 조수의 직책을 좋아하지 않는다는 것은 나도 알고 있지만 그래서 더더욱 자네를 억지로라도 조수로 붙잡아 두는 일이 나로서는 온갖 공포를 차치하고라도 제일 즐거운 일인걸. 더구나 이번에 내가 할 일은 아르투어는 집어치우고 자네만을 손아귀에 넣는 거야. 그렇게 되면 내가 자네에게 좀 더 신경을 쓸 수 있겠지." "당신은," 예레미아스가 말을 이었다. "그런 모든 것을 눈곱만큼이라도 제가 겁낼 줄 알아요?" "그렇게 생각하고말고." K는 말했다. "자네는 틀림없이 좀 겁이 나 있어. 만일 자네가 좀 더 현명했다면 굉장히 겁을 내겠지. 그렇지 않다면 자네는 벌써 프리다한테 가 있어야 하는 거 아니야? 안 그래? 자네는 그녀를 좋아하고 있나?" "좋아하냐고요?" 예레미아스는 말했다. "그녀는 영리하고 착한 아가씨이며 클람의 옛 애인이에요. 그러니까 어쨌든 존경해야 하지요. 그리고 그녀가 당신한테서 빠져나올 수 있게 해달라고 저한테 줄곧 부탁하는데 어떻게 제가 그녀에게 친절을 베풀지 않을 수 있지요? 더구나 제가 그렇게 한다고 해서 당신을 괴롭게 하는 것도 아닌데요. 당신은 그 저주받은 바르나바스의 집안 여자들과 재미를 보셨으니까 말이에요." "그 말로써 자네의 불안을 짐작할 수 있겠군." K는 말했다. "정말 비참한 불안이야. 자네는 거짓말을 해서 나를 골릴 작정이군그래. 프리다는 단 한 가지밖에는 부탁하지 않았어. 암내를 맡은 개처럼 사나워진 조수들한테서 자기를 빼내 달라고 했단 말이야. 유감스럽게도 난 그녀의 부탁을 제대로 들어줄 틈이 없었어. 내가 게을렀던 결과가 이제 여러 가지로 나타나는 셈이지." "측량사님! 측량사님!" 하고 누군가 길 위쪽에서 소리치며 달려왔다. 바르나바스였다. 그는 숨을 몰아쉬며 K가 있는 데까지 왔는데도 그를 보고 허리를 굽히는 것을 잊지 않았다. "잘됐습니다." 그는 말했다. "뭐가 잘됐다는 거지?" K가 물었다. "자네는 내 청원서를 클람한테 가져갔겠지?" "그건 안됐어요." 바르나바스가 말을 이었다. "굉장히 애를 썼지만 그건 제가 할 수 없었어요. 저는 명령이 없는데도 나대면서 책상 바로 가까운 곳에 하루 종일 서 있었습니다. 그래서 제 뒤에 가려진 사람이 저를 밀어낼 정도였지요. 클람이 눈을 쳐들자, 그런 일은 금지되어 있긴 하지만, 저는 손을 들어서 제가 있다는 것을 알리기까지 했습니다. 될 수 있는 한 하인들만 남은 사무실에도 남아 있다가 다시 한번 클람이 돌아오는 것을 보고 기뻐했는데, 저 때문에 온 것이 아니라 단지 급하게 어떤 책을 들춰보기 위해서였지요. 그리고 곧 다시 가버렸습니다. 제가 여전히 움직이려고 하지 않으니까 거의 반쯤 쓸어내다시피 하면서 하인이 문에서 밀어냈습니다. 제가 모든 것을 털어놓고 말씀드리는 것은 선생님이 이제는 제 일에 불만을 품지 않도록 하기 위해서입니다." "자네가 아무리 부지런해도 그게 내게 무슨 도움이 되겠나, 바르나바스?" K가 말했다. "성과가 전혀 없다면 말이야." "하지만 성과가 있었어요." 바르나바스는 말했다. "제가 저의 사무실에서 나왔을 때—저는 그 방을 저의 사무실이라고 부르고 있어요—안쪽 복도에서 신사 한 분이 천천히 나오시더군요. 그분 외에는 인적이 없었습니다. 이미 여간 늦은 시간이 아니었으니까요. 저는 그분을 기다리기로 작정했는데, 그곳에 남을 수 있기 위한 좋은 기회였거든요. 선생님께 나쁜 보고를 가지고 가지 않기 위해 그곳에 남아 있고 싶었던 것이지요. 그러나 그 밖에도 그 신사를 기다렸던 보람은 있었습니다. 그분은 에어랑어였어요. 그분을 모르시나요? 그분은 클람의 수석 비서예요. 몸이 약한 듯 보이는 자그마한 분이며 발을 좀 절지요. 그분은 곧 저를 알아보았습니다. 기억력이 좋다는 것과 사람을 잘 알아보는 것으로 유명한 분이며 한번 눈썹을 모으면 어떤 사람이든 다 분간하시지요. 가끔 한 번도 만나본 적이 없고 다만 어디서 읽었거나 누구한테 들은 적이 있는 사람도 분간을 해내곤 합니다. 가령 저도 그분은 한 번도 본 적이 없을 거예요. 그런데 그분은 그렇게 잘 분간하시면서도 확신이 없는 듯 우선 물어보곤 하지요. '자네는 바르나바스가 아닌가?' 하고 그분이 저한테 말을 걸었습니다. 그리고 이렇게 물으시더군요. '자네는 토지 측량사를 알고 있지?' 그리고 계속해서 '그거 잘됐군. 난 지금부터 헤렌호프로 가는데 측량사더러 그곳으로 나를 찾아오라고 전해. 나는 15호실에 묵고 있어. 어쨌든 그 친구가 곧 와야 해. 나는 그곳에서 잠깐만 얘기할 수 있을 뿐이고, 아침 다섯 시에는 다시 성으로 돌아와야 해. 그 친구하고 얘기할 내용은 나로서는 아주 중요한 것이라고 전해.' 하고 말씀하셨어요."

갑자기 예레미아스가 뛰기 시작했다. 흥분하고 있던 나머지 그때까지 전혀 그를 알아차리지 못한 바르나바스가 K한테 물었다. "대체 예레미아스가 어떻게 할 작정이지요?" "나보다도 먼저 에어랑어에게 가려는 거지." K는 이렇게 말한 뒤 예레미아스의 뒤를 쫓아가서 그를 붙잡고 그의 팔에 매달리면서 말했다. "프리다를 연모하는 정에 갑자기 사로잡힌 건가? 나도 그런 마음만은 자네에게 뒤떨어지지 않거든. 그러니 발을 똑같이 맞춰서 가자고."

어두운 헤레호프 앞에는 사람들이 옹기종기 모여 있었다. 두서넛은 등잔을 들고 있었기 때문에 몇 사람인가의 얼굴을 알아볼 수 있었다. K는 그중 아는 얼굴을 딱 한 사람 발견했다. 마부 게어슈테커였다. 게어슈테커는 다음과 같이 물으면서 인사를 했다. "당신은 아직도 마을에 계셨군요?" "그래요." K는 말을 이었다. "나는 여기 쭉 있으려고 온 거예요." "그야 저하곤 아무 상관도 없지요." 게어슈테커는 이렇게 말하고는 심한 기침을 한 뒤다른 사람들 쪽을 쳐다보았다.

모두가 에어랑어를 기다리고 있는 것이 분명했다. 에어랑어는 이미 도착해 있었지만 진정인들을 맞이하기 전에 아직도 모무스와 얘기를 하고 있었다. 사람들이 왈가왈부하고 있는 이야기는, 건물 안에서 기다리는 것은 용납되지 않으며 건물 밖의 눈 속에서 있어야 한다는 것이었다. 하긴 대단한 추위는 아니었다. 하지만 진정인들을 이렇게 몇 시간 동안이나 밤중에 건물 앞에 내버려둔다는 것은 너무한 일이었는데, 에어랑어의 죄는 아닌 것이그는 오히려 사람들을 기꺼이 맞아주는 편이었다. 그러니 그는이런 꼴을 거의 모르고 있었을 것이고, 만약 그에게 사정이 알려졌다면 굉장히 화를 냈을 것이 틀림없었다. 그것은 헤렌호프 여주인의 잘못이었고, 병적이라 할 만큼 젠체하는 그녀가 그 많은진정인들이 한꺼번에 헤렌호프로 들어오는 것을 참을 수가 없었던 것이다. "만일 어쩔 수가 없다면, 그리고 그 사람들이 꼭 들어와야 한다면," 하고 여주인은 늘 말하곤 했다. "제발 좀 차례차례 들어오도록 해요." 그리고 그녀의 의사가 관철되어 진정인들은—처음에는 그저 복도에서, 나중에는 계단 위에서, 다음에는 현관에서, 마지막에는 주점에서 기다렸지만—결국에는 길로 쫓겨나고 말았다. 그러나 그렇게 됐어도 여주인은 만족할 수가 없었다. 그녀가 말하다시피 자기 여관이 줄곧 '포위당하고' 있다는 것을 참을 수 없었던 것이다. 진정인들이 대체 무엇 때문에 이곳을 들락거리는지 그녀는 알 수가 없었다. "안쪽의 큰 계단을 더

럽히기 위해서지." 하고 관리가 그녀한테 말한 적이 있지만, 아마 그런 소리는 화가 치민 나머지 내뱉은 것일 텐데도 여주인은 그 말이 타당하다고 생각했는지 언제나 그 말을 즐겨 인용하는 것이었다. 그녀는 헤렌호프 건너쪽에다 진정인들이 기다리고 있을 수 있는 건물을 한 채 지어보려고 애를 썼는데, 진정인들의 희망과도 잘 부합하는 일이었다. 진정인들이 주고받는 이야기나 사정을 들어주는 일도 헤렌호프 밖에서 행해진다면 여주인으로서는 제일 좋았겠지만 그건 관리들이 반대했다. 여주인은 부수적인 문제에 있어서는 자기의 굽힐 줄 모르는, 더구나 여자 특유의 집요한 열성을 기울여 일종의 자그마한 독재 정치를 펼치지만, 관리들이 진지하게 반대하고 나설 때도 제 주장을 관철시킬 수는 없었다. 그런데 여주인은 앞으로도 헤렌호프에서 상담과 심문이 이루어지는 것을 참아내야 할 것이다. 그도 그럴 것이, 성 관리들은 마을의 공무를 헤렌호프에서 집행하고 싶은 나머지 헤렌호프를 떠나는 것을 거부하고 있었던 것이다. 관리들은 언제나 성급했고, 다만 오기 싫은 걸 억지로 오는 것이기 때문에 필요한 이상으로 이곳에 체류할 생각은 조금도 없었다. 따라서 다만 헤렌호프의 평화만을 생각하여 관리들에게 잠시 동안만이라도 모든 서류를 길 건너편 다른 건물로 옮기라고 하며 시간을 뺏는다는 것은 아무래도 요구할 수 없는 일이었다. 사실 관리들에게 제일 바람직한 방식은 공무를 주점이나 자기 방에서, 할 수만 있다면 식사 중에 아니면 침대 속에 누워서 자기 직전에 혹은 아침, 너무나 피곤해서 일어나지 못하고 좀 더 침대 속에 누워 있고 싶을 때 처리해 버리는 것이었다. 그러니 관리더러 옮겨달라고 하는 것은 불가능한 일이었다. 반면 대합실 건물을 짓는 문제는 잘 풀리는 것 같았지만 여주인에게는 끔찍한 벌이었으니, 바로 그 대합실 건축 문제에는 많은 타협이 필요했고 따라서—사람들은 이 점을 우스워했는데—여관의 복도든 어디든 빌 틈이 없었기 때문이었다.

사람들은 기다리면서 이런 모든 이야기를 분분하게 나눴다. 다들 불만이 많았는데도 진정인을 한밤중이 되어서야 불러들인 데 대해서는 아무도 이의가 없는 게 K로서는 이상했다. 그가 그 일에 대해 묻자 오히려 에어랑어에게 감사라도 드려야 할 일이라는 대답을 듣게 되었다. 에어랑어를 원래 마을까지 오게 하는 동기는 오로지 그의 착한 마음씨와 그가 자기의 직책에 대해서 갖고 있는 고매한 견해에서 비롯된 것이다. 만일 생각만 있다면—오히려 그 편이 규정에는 더욱 맞는 처사겠지만—누구든 하급 비서라도 보내서 그 사람으로 하여금 조서를 받게 할 수도 있는 것이다. 그런데도 에어랑어는 그런 방식을 거절하고 자기 스스로 모든 일을 보고 듣고자 한다. 그렇게 되면 그 목적을 위해 자기 자신의 밤을 희생하지 않을 수가 없는데, 그도 그럴 것이 그의 근무 계획 속에 마을로 가는 시간 따위는 예정에도 없기 때문이라는 것이었다. K는 그러나 클람도 대낮에 마을에 내려와서 며칠씩 묵고 있지 않느냐고 이의를 제기했다. 도대체 일개 비서에 지나지 않는 에어랑어가 위의 성에서는 클람보다도 없어서는 안 될 인물이란 말인가? 그러자 몇몇은 사람 좋게 웃었지만 몇몇은 곤란하다는 듯 입을 다물고 있었다. 이렇게 잠자코 있는 사람들 쪽이 우세하여 K는 거의 대답을 들어볼 수가 없게 되었다. 그중 딱 한 사람만이 주저하며 말하길, 물론 클람은 성에서도 마을에서도 없어서는 안 될 인물이라고 했다. 그때 건물 정면의 문이 열렸다. 모무스가 등잔을 치켜든 두 하인들 사이로 모습을 나타냈다. "에어랑어 비서관님과 면회가 먼저 허락된 사람은," 하고 그는 말했다. "게어슈테커와 K입니다. 두 사람 다 여기 있어요?" 두 사람은 앞으로 나왔는데, 그들보다도 앞서서 예레미아스가 "저는 여기 객실을 돌보는 시중입니다." 하고 말하며 미소 짓는 모무스에게 인사차 어깨를 한번 탁 하고 언어맞고는 건물 안으로 홀쩍 들어가 버렸다. "지금부터 예레미아스를 좀 더 조심해야겠어." K가 혼잣말을 했지만, 예레미아스는 성에서 자기를 두고 여러 가지 음모를 꾸미고 있는 아르투어보다는 훨씬 위험하지 않다는 점을 분명히 의식하고 있었다. 어쩌면 조수인 그들한테 괴로움을 당하는 편이, 그 두 녀석을 붙잡아 두지 않고 여기저기 돌아다니게 하며 어쩐지 두 놈이 특별히 재주를 보이는 듯한 음모를 마음대로 꾸미게 하는 것보다는 현명한 처사일 것 같았다.

K가 모무스의 곁을 지나치자 모무스는 마치 지금에야 비로소 그가 토지 측량사라는 것을 알아보기라도 한 듯 말했다. "아아, 토지 측량사군요." 그는 말을 이었다. "그렇게도 심문받기를 싫어하던 분이 심문에 응하려고 달려왔군요. 그때 저한테 받으시는 편이 훨씬 간단했을걸. 하지만 물론 딱 맞는 심문을 선택하는 게 어렵기는 하지요." 그렇게 말을 붙여 오기에 K가 걸음을 멈추려고 하자 모무스는 이렇게 말했다. "가야 돼요! 자, 들어가요. 그때 같으면 저도 당신의 대답이 필요했지만 이젠 필요가 없습니다." 그럼에도 K는 모무스의 태도에 흥분해서 이렇게 말했다. "당신들은 오로지 자기 자신에 대해서만 생각하는군요. 단지 관청을 위해서라면 나는 답변하지 않을 겁니다, 그때도 그렇고 오늘도 그렇고." 모무스는 말했다. "도대체 우리가 누구를 생각해야 된다는 거죠? 우리 말고 여기 누가 있다고요? 자, 들어가세요!" 현관에서 하인 하나가 두 사람을 맞았고, K가 기존에 알

고 있던 길을 따라 안뜰을 지나도록 안내한 다음 출입구를 지나 천장이 낮고 좀 경사진 복도로 데려갔다. 위층에는 상급 관리만이 묵고 있는 듯했고, 그와 반대로 비서들은 그 복도에 붙은 방에 묵고 있었다. 에어랑어도 수석 비서이긴 했지만 역시 그곳에 있었다. 하인이 등잔불을 껐는데, 복도에 이미 밝은 전기 조명이 있기 때문이었다. 그곳의 모든 것이 규모는 작았지만 깨끗하게 꾸며져 있었다. 공간은 최대한 효율적으로 이용되고 있었다. 복도는 겨우 똑바로 서서 다닐 정도였고, 양쪽에는 문이 나란히 나 있었다. 양쪽 벽이 천장까지 닿지 않는 이유는 아마 환기를 고려했기 때문인 듯했다. 그도 그럴 것이 이 깊숙한 지하실 같은 복도의 작은 방들에는 창문이 하나도 없었다. 벽이 완전히 막혀 있지 않으니 그 결점으로 복도가 시끄럽고 또 필연적으로 방 안도 시끄러울 것이었다. 대부분의 방에 손님이 들어 있는 듯했고 아직도 사람들이 깨어 있어 말소리와 함께 망치 소리와 잔을 부딪치는 소리가 들려왔다. 그렇다고 특별히 신나보이는 분위기도 아니었다. 목소리는 모두 짓눌린 듯한 투였고 가끔 간신히 한마디쯤 들릴까 말까 했다. 그마저 얘기를 주고받는 게 아니라 아마 누군가 구술을 하고 있거나 뭔가를 낭독하고 있거나 둘 중 하나인 것 같았다. 잔과 접시 소리가 나고 있는 방에서는 한마디의 말소리도 들리지 않고, 망치 소리는 어디선가 들었던 다음과 같은 얘기를 K에게 상기시켰다. 즉, 많은 관리가 끊임없는 정신적 긴장을 풀기 위해 잠시 목수 일이나 정밀 공학 업무 따위에 몰두한다는 얘기였다. 복도 그 자체에는 인기척도 없고 오직 한 군데 문 앞에 잠옷이 들여다보이게끔 모피 외투로 몸을 감싼, 얼굴빛이 창백하고 몸집이 호리호리한 신사가 앉아 있었다. 아마 방 안이 그에게 너무도 더워 복도에 나와 별로 집중하지도 않은 채 신문을 읽고 있는 듯했다. 그는 줄곧 하품을 하면서 읽는 것을 중단하고 복도 안을 두리번거렸는데, 아마도 진정인을 불렀는데 아직도 오지 않아서 기다리고 있는 듯한 모습이었다. 세 사람이 그 신사의 곁을 지나갈 때 하인은 게어슈테커에게 신사를 두고 이렇게 말했다. "저 분이 핀츠가우어야!" 게어슈테커가 고개를 끄덕이며 말했다. "저분은 오랜 동안 이 아랫마을에는 안 오셨지 않나." "퍽 오랫동안 안 오셨지." 하고 하인은 다짐하듯 말했다.

이윽고 그들은 어떤 문 앞에 다다랐다. 그 문은 다른 문과 조금도 다른 점이 없었는데, 하인이 일러주는 말로는 그 안에 에어랑어가 있다는 것이었다. 하인은 K더러 어깨 위에 올라가게 해달라고 하더니 위의 뚫려 있는 틈새로 방 안을 들여다보았다. "누워 계신데!" 하인이 K의 어깨에서 내려오면서 말했다. "침대 위에 말이야, 물론 옷을 입고 계신 채로. 하지만 내가 보기엔 선잠이 드신 것 같군그래. 이곳 마을에서는 생활 방식이 다르기 때문에 저분은 가끔 저런 식으로 급격한 피로를 느끼시거든. 기다려야겠어. 잠을 깨시면 초인종을 누르실 거야. 그렇지만 저분이 마을에 계신 동안 쭉 주무시느라 깨시자마자 곧바로 성으로 돌아가야만 했던 적도 있긴 했지. 저분이 여기서 하시는 일은 자유의사로 하시는 거니까 말이야." "이렇게 된 마당에 끝까지 주무시는 게 낫겠어." 하고 게어슈테커가 말했다. "그도 그럴 것이 저분이 깨어난 후에 일을 할 시간이 조금 남아 있다면 자기가 잠든 데 대해서 못마땅하게 생각하고 모든 일을 급하게 처리해 버리실 테니까. 그렇게 되면 이쪽에서는 거의 얘기를 끝낼 수 없게 되거든." "건축용 짐수레를 내주는 문제로 온 거지?" 하인의 질문에 게어슈테커가 고개를 끄덕이고는 그에게 무언가 나지막한 소리로 이야기했다. 그런데 하인은 거의 귀담아듣지 않고 자기의

어깨까지밖에 오지 않는 게어슈테커의 머리 너머를 바라보면서
진지한 표정으로 천천히 자신의 머리를 쓰다듬었다.

22장

　그때 K는 무심코 사방을 둘러보고 있었는데 훨씬 안쪽의 복도 모퉁이에서 프리다의 모습이 보였다. 그녀는 마치 K를 분간하지 못하는 듯했으며 다만 뚫어지게 쳐다보고만 있었다. 손에는 빈 그릇 따위가 놓인 쟁반을 들고 있었다. K는 하인에게 곧 돌아오겠다고 말하고 프리다가 있는 데로 달려갔다. 그런데 하인은 K에게는 전혀 주의를 기울이지 않았다—이 하인은 얘기를 걸면 걸수록 점점 더 넋을 잃어가는 듯 보였다—그녀가 있는 데까지 오자마자 그녀를 다시 소유하겠다는 듯 K는 그녀의 양어깨를 붙잡고 두세 마디의 의미도 없는 질문을 던지면서 동시에 그녀의 속을 들여다봤다. 그러나 그녀의 굳어버린 태도는 전혀 풀리지 않았다. 그녀는 멍하니 쟁반 위에 놓인 그릇의 위치를 서너 번 바꿔놓으려고 하면서 이렇게 말했다. "대체 제게 무슨 볼일이 있으시지요? 그 사람들한테로 가시지 그래요—그래요, 그들이 누군지 당신은 알고 있잖아요. 그들한테서 왔으니까요. 당신을 보면 금방 알 수 있어요." K는 재빨리 화제를 바꾸었다. 얘기를 갑자기 이런 식으로 꺼내면, 그러니까 가장 나쁜 일부터, 자신에게 가장 불리한 일부터 꺼내서는 곤란했다.

　"당신이 주점에 있다고 생각했어!" K는 말했다. 놀란 프리다가 K를 쳐다보고 비어 있는 한쪽 손으로 그의 이마와 볼을 상냥하게 쓰다듬었다. 마치 그의 얼굴을 잊어버려서 다시 생각해 내려는 듯했다. 그녀의 베일에 싸여 있는 듯한 두 눈도 애써 생각해 내려는 것 같았다. "전 다시 주점에서 일하게 됐어요." 하고 그녀는 잠시 후 천천히 말했다. 마치 자기가 말하는 내용은 대수롭지 않지만 그 말이 계기가 되어 계속 K와 얘기를 나누는 게 중요하다는 듯한 모습이었다. "이런 객실을 돌보는 일은 저에게 어울리지 않아요. 이런 일은 다른 여자라도 할 수 있어요. 침대를 정돈하고 상냥한 얼굴을 할 수 있는 아이면 누구든지요. 그리고 손님이 귀찮게 구는 것을 마다하지 않고 오히려 그런 짓을 부추기는 아이라면 누구나 손님방을 돌볼 수 있어요. 하지만 주점은 좀 사정이 달라요. 저는 이번에 금방 다시 주점에 채용됐어요. 그때 별로 떳떳하지 못한 태도로 뛰쳐나왔는데도 말이에요. 물론 이번에는 저를 돌봐주는 분이 있었지만요. 주인은 저에게 돌봐주는 사람이 생기고, 그래서 저를 다시 쓸 수 있었다고 아주 좋아해요. 그뿐 아니라 모두들 제게 그 일을 맡아달라고 매달릴 정도였지요. 제가 왜 당장 일자리를 받아들이지 않았는지는, 그 주점이 제게 무슨 기억을 떠오르게 하는지 생각해 보시면 아시겠죠. 결국 저는 그 일을 맡기로 했어요. 지금 여기서 일하고 있는 것은 임시로 도와주고 있는 거예요. 페피가 당장에 주점을 그만둬야 하는 그런 지독한 꼴은 당하지 않게 해달라고 부탁했거든요. 저희로서는 그녀가 어쨌든 일을 열심히 해왔고 만사를 힘닿는 한 해냈기에 24시간의 유예를 준 것이지요." "모든 일을 지극히 잘 처리했군그래. 하지만 당신은 나를 위해 주점에서 나왔는데, 우리의 결혼식을 목전에 둔 지금 다시 주점으로 돌아간단 말이야?" "결혼식이 있을 수 있겠어요?" 프리다가 대답했다. "내가 당신에게 충실하지 못했다는 이유로?" K가 묻자 프리다는 고개를 끄덕였다. "알겠어, 프리다." K가 말을 이었다. "그 충실하지 않은 문제에 대해서는 벌써 여러 번이나 얘기를 나눴잖아. 그리고 언제든지 당신은 마지막에 가서 그것이 옳지 않은 의심이었다는 것을 인정해야만 했지. 그런데 그 이후로 나는 아무것도 변하지 않았어. 모든 일에서 결백하다고. 여태까지도 그랬고 앞으로도 그럴 수밖에 없어. 그러니 딴 인간이 남몰래 내 욕을 해서 당신이 변한 게 틀림없어. 어쨌든 당신은 나한테 옳지 않은 행동을 하고 있는 거야. 그도 그럴 것이 도대체 그 두 여자가 어떻다는 거야? 얼굴이 시커먼 아이는—이런 식으로 하나하나 변명을 해야 하다니 나로서는 창피할 지경이지만 당신이 이걸 바라니 할 수 없지—그 얼굴이 검은 아이는 나한테, 아마 당신한테와 똑같이 귀찮은 여자야. 어떻게든 그 애한테서 떨어져 있을 수 있다면 나는 그렇게 할 거고, 그러면 그 애 역시 마음이 편해질 거야. 그 애 인품을 보면 그만큼 겸손한 사람은 없을 테니 말이야."

"그렇지요." 하고 프리다는 소리쳤으나 마치 그녀의 뜻과는 반대로 터져나온 듯했다. K는 그녀의 마음이 달라진 것 같아 기뻤다. 그녀는 자신이 되고자 했던 상태와는 다른 상태가 되어 있었다. "당신은 그녀가 겸손하다고 생각하고 있군요. 누구보다도 가장 창피를 모르는 여자를 두고 말이에요. 그리고 도무지 믿을 수가 없지만 진심으로 그런 말을 하고 있어요. 당신이 거짓말을 하고 있지 않다는 것은 저도 알아요. 브뤼켄호프의 주인아주머니는 당신을 보고 이렇게 말하더군요. '난 그 사람을 참을 수가 없어. 하지만 내버려둘 수는 없지. 아직 제대로 걷지도 못하는 주제에 먼 곳까지 걸어가려는 어린애를 보면 역시 나는 마음을 진정시킬 수 없으니 말이야. 손을 내밀지 않을 수가 없지.'" "이번에는 여주인의 충고를 받아들이는 게 어때." K는 미소를 지으며 말을 이었다. "하지만 그 아가씨가 겸손한 건지 창피를 모르는 건지는 이제 별개의 문제로 두자고. 이제 그녀의 일 따위는 전혀 알고 싶지 않으니까." "하지만 어째서 당신은 그녀가 겸손하다는 둥 말하는 거예요?" 프리다는 지지 않고 물었다. K는 프리다가 이렇게 자기 얘기에 말려드는 것을 유리한 징조로 여겼다. "당신이 직접 시험해 본 거예요, 아니면 그런 말을 해서 다른 여자들을 멸시하려는 거예요?" "어느 쪽도 아니야." K가 계속 말했다. "내가 그런 말을 한 건 그녀에게 고마워서야. 난 그녀를 간단히 무시해 버릴 수 있고, 설사 그녀가 나를 유혹한다 해도 나는 찾아갈 수가 없지. 물론 찾아갈 수 없는 건 나로서는 큰 손해야. 당신도 알고 있듯 나는 우리 공동의 장래를 위해 찾아가야만 하니까. 그리고 그 때문에 내가 다른 여자와도 이야기할 수밖에 없는 거야. 나는 그녀의 재간과 신중함, 사심 없는 태도를 높이 평가하지만, 그녀가 남자를 유혹한다고는 아무도 주장할 수 없을 거야." "하인들은 당신과는 의견이 달라요." 프리다는 말했다. "그 점에서도 그렇고 다른 많은 점에서도 그렇겠지." K는 말을 이었다. "당신은 하인들의 욕정을 근거로 내가 충실하지 않다는 결론을 내리겠다는 거야?" 프리다는 잠자코 있었다. 그리고 K가 그녀의 손에서 쟁반을 빼앗아 마룻바닥에 놓고 자기의 팔을 그녀의 팔 밑에다 집어넣은 채 그 좁은 장소에서 그녀와 나란히 이리저리 걸어다녀도 그대로 내버려두고 있었다. "당신은 충실하다는 것이 어떤 것인지 모르고 계셔요." 그녀는 그의 몸이 너무 가까이 오는 것을 피하려는 듯 말했다. "당신이 그 여자들에게 어떤 태도를 보이든 그건 가장 중요한 문제가 아니에요. 원래 그 집 안으로 들어가 그들 방의 냄새를 옷에 묻혀오는 것만으로도 벌써 저로서는 참을 수 없는 모욕이에요. 그리고 당신은 아무 말도 없이 학교에서 빠져나가 한밤중까지 그 사람들 곁에 있었어요. 그리고 당신에 대해 물으러 간 사람한테 그녀들을 시켜서 없다고 했지요. 그것도 그 비할 데 없이 겸손한 여자를 시켜서 당신이 오지 않았다고 고집을 부리게 했다고요. 아마 당신이 비밀 통로를 통해 그 집에서 몰래 나온 것도 그 여자들이 소문에 휘말릴까 봐 그런 거잖아요. 무려 그 여자들이 말이에요! 아니, 이제 이런 얘기는 그만두지요." "그래, 그만두지." K는 말을 이었다. "하지만 다른 얘긴 해야겠어, 프리다. 그 일에 대해선 더 얘기해야 할 것도 없으니까. 내가 왜 가야만 하는지 당신도 알고 있을 거야. 나로서도 쉬운 일은 아니지만 내 감정을 이겨내면서 가는 거야. 당신이 그걸 사실 이상으로 과장해서 날 더 힘들게 만들면 안 돼. 오늘은 그저 잠깐만 거기 가서 바르나바스가 이미 돌아왔는지 알아보려는 생각이었어. 어쨌든 그 친구는 어떤 중대한 소식을 진작 가져왔어야 하는 처지니까. 그는 없었지. 하지만 그 집 사람들이 장담을 했고 또 나 역시 그러리라고 생각한 바 그 친구는 곧 돌아올 예정이었어. 그 친구가 나를 찾아 학교로 오는 것은 달갑지 않았어. 당신이 그 친구를 보고 괴로워하지 않았으면 했거든. 몇 시간이 지났지만 유감스럽게도 바르나바스는 돌아오질 않더군. 그런데 내가 싫어하는 다른 녀석이 찾아온 거야. 그런 녀석한테 염탐을 당하고 싶지 않았기에 이웃집 정원을 통해서 나왔지만, 그 녀석한테서 숨으려는 생각은 아니었기에 한길에 나와서 떳떳하게 그 녀석한테 가까이 갔던 거야. 정직하게 말해서 아주 부드러운 버들가지 회초리를 한 개 가지고 갔었지. 그것뿐이었어. 그러니 그 일에 대해서는 더 이상 얘기할 게 없어. 하지만 딴 일에 대해서 얘기할 게 남았지, 그 조수 녀석들에 대한 일은 대체 어떻게 된 거야? 당신이 그 집안에 대한 이야기를 입에 담기 싫어하는 것과 마찬가지로 나로서는 그놈들에 대한 이야기를 입에 담기 싫다고. 당신과 그놈들의 관계, 나와 그 집안과의 관계와 비교해 보란 말이야. 그 집안에 대한 당신의 반감은 나도 이해하고 공감할 수 있어. 단지 일이 있어서 그 사람들한테 갈 뿐이지. 가끔 내가 그 사람들한테 옳지 못한 일을 하고 있고 또 그 사람들을 이용만 하고 있다고 생각될 정도였어. 그에 반해서 당신과 그 조수 녀석들은 뭐지? 당신은 놈들이 당신을 졸졸 따라다니고 있다는 것을 하나도 부정하지 않았고 당신도 그놈들한테 끌리고 있다는 것을 고백했지. 나는 그 때문에 화를 내거나 하지는 않았어. 여기에는 당신이 어쩔 수 없는 힘이 작용하고 있다는 것을 간파했을 뿐이지. 당신이 적어도 자기 몸을 지키려고 한 것만으로도 나는 여간 기뻐하지 않았다고. 그리고 당신이 스스로 지키는 것을 도와줬던 거야. 그런데 오직 내가 당신의 충실한 마음을 믿고 불과 한두 시간 당신을 지키는 일에 소홀했다고 해서, 또 학교 건물이 단단히 잠겨 있고 조수들은 결국 도망치고 말았다는 생각에―어쩐지 그놈들을 너무 얕잡아 본 모양이지만―기대였다고 해서, 그리고 자세히 보면 별로 건강치도 않고 이미 나이도 먹을 만큼 먹은 예레미아스가 창가 가까이 다가갈 수 있는 뻔뻔스러운 태도를 보였다고 해서, 단지 그 이유들만으로 나는 프리다, 당신을 잃고 '결혼식이 있을 수 있겠어요?' 따위의 말을 들어야 된단 말이야. 진정 비난해야 할 사람은 나인데 그러지 않고 있어, 아직도 말이야." 그리고 프리다의 마음을 딴 데로 돌리는 것이 좋겠다고 생각한 K는 프리다에게 무엇이건 먹을 것을 갖다주지 않겠느냐고, 점심때부터 아무것도 먹지 못했다고 부탁했다. 프리다는 자기로서도 그런 부탁으로 마음이 가벼워진 듯 고개를 끄덕이고 무언가를 가지러 갔는데, K가 부엌이 있다고 생각되는 쪽 복도를 달려가지 않고 곁에 있는 계단을 한두 개 내려갔다. 그녀는 잠시 후에 고기 조각이 담긴 접시 한 개와 포도주 한 병을 들고 돌아왔는데 아무리 보아도 먹다 남은 찌꺼기에 불과했다. 찌꺼기라는 사실을 감추기 위해 고기를 한 조각 한 조각 다시 펴놓았지만 소시지 껍질도 그대로 놓여 있었고, 포도주 병의 4분의 3은 마신 후였다. 그러나 K는 그 일에 대해서는 아무 말도 하지 않고 굉장한 식욕으로 먹기 시작했다. "부엌에 갔다 온 거야?" 그는 물었다. "아녜요, 제 방에요." 그녀가 말을 이었다. "이 밑에 제 방이 있어요." "나를 그리로 데리고 가면 좋을 텐데." K는 말했다. "그곳에 가서 잠깐 앉아서 먹기로 할까." "의자를 가져오지요." 이렇게 말한 프리다가 발을 내디디려 했다. "고맙지만," 하고 말하며 K는 그녀를 붙잡았다. "난 아래층으로 내려가지 않을 거고 의자도 이젠 필요 없어." 프리다는 심사가 뒤틀린 듯한 얼굴로 그의 행동을 참아 넘기며 머리를 깊숙이 숙인 채 입술을 깨물었다. "그래요. 그 사람이 아래에 와 있어서 그래요." 그녀는 계속 말했다. "안 그럴 거라고 생각하셨어요? 그는 제 침대에 누워 있어요. 밖에서 완전히 몸이 얼어서 떨고 있었어요. 거의 아무것도 먹지 못했대요. 따지고 보면 모두 당신의 죄예요. 만일 당신이 조수들을 쫓아버리지 않았다면, 그리고 그런 사람들한테로 달려가지 않았다면, 우리는 지금쯤 무사하게 학교에 앉아 있을 수 있었을 거예요. 오직 당신이 우리의 행복을 부숴버린 거예요. 예레미아스는 조수로 일하고 있는 한 저를 유혹할 생각은 하지 못했을 거예요. 설마 당신은 그럴 거라고 생각했어요? 그렇다면 당신은 이 마을의 질서를 완전히 오해하고 있는 거예요. 그 사람은 나한테 오기를 원했어요. 괴로워했어요. 나를 노리고 있었어요. 하지만 그것은 단순한 장난이었고, 마치 허기진 개가 장난을 하면서도 책상 위로는 뛰어오르지 않으려고 하는 것과 같지요. 저도 마찬가지였어요. 그와 저는 어릴 적 소꿉친구였어요—성의 뒷산 언덕에서 함께 놀았어요. 즐거웠던 시절이었지요. 당신은 한 번도 저의 과거를 물은 적 없지요—하지만 그런 일은 예레미아스가 근무에 매여 있는 한은 결정적이지 않았어요. 다시 말해서 저는 정말 당신의 장래의 아내로서 해야 할 일을 잘 알고 있었어요. 그런데 그후 당신이 조수들을 쫓아내고 마치 나를 위해 마치 무슨 일을 해낸 듯 자랑했지요. 그래요. 어떻게 보면 저를 위해 무슨 일을한 것은 사실이에요. 아르투어의 경우에는 일시적으로나마 당신뜻대로 되긴 했지요. 아르투어는 섬세한 사람이라 예레미아스처럼 어떤 곤란도 겁내지 않는 정열을 가지고 있지 않으니까요. 그런데도 당신은 그날 밤 주먹으로 그를 때리고—그 일격은 우리의 행복에도 가해졌지요—거의 엉망진창으로 만들어놓았어요. 곧 돌아올지도 모르지만 하여튼 그는 당신을 고소하려고 성으로 도망갔어요. 어쨌든 여기엔 없지요. 하지만 예레미아스는 남았어요. 근무 중에는 주인의 눈 하나 깜짝하는 것에도 겁을 내지만, 근무에서 벗어나면 그는 어떤 것에든 겁내지 않아요. 그가찾아와 날 붙잡았어요. 당신한테는 버림을 받고 옛 친구에게 마음을 사로잡힌 저는 스스로를 지탱할 수 없었어요. 제가 학교의현관문을 연 것이 아니라 그가 주먹으로 창문을 때려 부수고 저를 데리고 나온 거예요. 그리고 이곳으로 도망쳐 왔어요. 주인은그를 높이 평가했고, 손님들을 위해서도 그만 한 시중을 갖게 된것만큼 환영할 일은 없으니 우리에게 일자리를 준 거예요. 그가제 방에서 살고 있는 것이 아니라 우리가 같은 방을 쓰고 있는거지요." "그런 이유가 있었다고 하더라도," K가 말을 이었다. "나는 조수들이 일을 그만두게 하고 쫓아버린 것을 후회하지 않아.

만일 모든 사정이 당신이 얘기한 대로였다면, 즉 당신의 충실한 태도가 오직 조수들이 일에 매여 있는지 여부에 달려 있던 거라면 모든 일이 끝장난 것은 차라리 잘된 일이야. 단지 가죽채찍의 위협 아래서만 얌전히 구는 두 마리의 맹수 사이에서 누리는 결혼의 행복이란 그리 대단치도 않았을 테니. 그렇다면 나도 그 집안에 감사해도 되겠어. 우리가 헤어지는 데 우연하게도 한몫을 했으니 말이야."

두 사람은 입을 다물고 다시 이리저리 걷기 시작했다. 이번에는 누가 먼저 시작했는지 구별이 되지 않았다. 프리다는 K한테 몸을 바싹 기대고 그가 이젠 껴안아 주지 않는 데에 화를 내고 있는 듯도 보였다. "그럼 이제 만사가 해결된 거겠지." K는 말을 이었다. "그러니 우리는 이제 헤어질 수 있어. 당신은 당신의 주인인 예레미아스에게 가. 아마 예레미아스는 교정에서 몸이 얼어서 돌아왔을 테고, 그렇다면 그 친구를 너무 오래 내버려둔 셈이지. 나는 학교로 가든지, 당신이 없으면 그곳에서 아무것도 할 일이 없으니 나를 맞아주는 어느 다른 곳으로 가든지 하겠어. 하지만 그렇다고 해도 내가 주저하는 이유는 당신이 한 이야기를 지금도 충분히 의심할 여지가 있기 때문이야. 나는 예레미아스에게서 정반대의 인상을 받았었거든. 그 친구가 근무를 하고 있던 동안 당신의 뒤꽁무니를 쫓아다녔지. 난 그놈이 근무를 하고 있다는 이유로 언제건 한번 진심으로 당신에게 덤벼들고 싶은 마음을 줄곧 참고 있었다고는 생각하지 않아. 그런데 그놈이 자기 일이 끝났다고 생각하는 지금에 와서는 사정이 다르지. 내가 이렇게 해명하는 걸 용서해 줘, 사실은 이런 거야. 당신이 그 녀석의 주인인 나의 약혼자가 아니게 된 후로 당신은 이제 그 녀석에게는 전과 같은 유혹의 대상이 아니란 말이야. 어릴 적 소꿉

친구였을지 몰라도 그 녀석은—사실은 오늘 밤의 짧막한 대화로만 그 녀석을 알고 있을 뿐이지만—내가 생각하는 바로는 그런 감정적인 문제에 대해서 별로 중대하게 생각하지 않아. 어째서 그 녀석이 당신한테는 정열적인 성격으로 보이는지 나로서는 알 수가 없군. 내가 보기엔 오히려 유별나게 냉정해 보이던데 말이야. 그 녀석은 나에 관해서 필경 내게는 별로 유리하지 않은 어떤 명령을 갈라터한테 받고 있고, 그것을 실행하려고 노력하고 있음에 틀림없어. 그건 나도 인정하겠어, 그것 또한 일에 충실하려는 정열의 일종이지—이 마을에서는 그런 정열이 그다지 희귀한 것도 아니니까! 그 녀석이 우리의 관계를 끊어놓는 것도 그 명령 속에 포함되어 있었을 거야. 그 녀석은 아마 여러 가지 방법으로 그 명령을 실행하려고 해봤겠지. 그 한 가지가 자기의 욕정을 드러내서 당신을 유혹하려고 했던 일이고, 또 한 가지는—이 점에서는 여주인도 그 녀석을 도와준 셈인데—내가 충실하지 못하다고 꾸며낸 일이지. 그의 음모는 성공했어. 아마 그 녀석을 둘러싸고 있는 클람을 연상시키는 분위기도 도움이 되었겠지. 그 녀석이 조수 자리를 잃기는 했지만 그것도 아마 바로 그런 자리가 더 이상 필요 없게 된 순간에 잃어버린 걸 거야. 지금 그 녀석은 자기 일의 성과를 거두고 당신도 학교 창문 밖으로 꾀어냈지. 그것으로 그 녀석의 일은 끝난 셈이고, 이젠 일에 대한 정열에서 해방되어 지쳐 있지. 지금은 전혀 불평 없이 사람들에게 칭찬이나 들으며 새로운 명령을 받아오고 있는 아르투어와 입장이 바뀌기를 바라고 있어. 하지만 누군가가 남아서 앞으로의 사태가 어떻게 진전되는지 주시해야지. 당신을 돌보는 일 따위는 그 녀석으로서는 그저 좀 귀찮은 의무 이외에는 아무것도 아니란 말이야. 당신에 대한 사랑 따위는 전혀 흔적도 없다고. 그 녀석은 당신이 클람의 옛 애인이었으니 존경을 보여야 한다고 내게 확실히 고백했었어. 그러니 당신의 방에 자리 잡고는 '작은 클람'이 된 것처럼 느끼는 건 그 녀석에게는 틀림없이 굉장히 흐뭇한 일일 거야. 하지만 그뿐이지. 당신 자신은 이젠 그 녀석한테는 아무것도 아니라고. 당신을 이곳에 오게 한 일은 그 녀석의 본래 할 일의 부수적인 것에 지나지 않아. 당신을 불안하게 만들지 않으려고 자기도 여기서 묵고 있긴 하지만 그것도 그저 일시적일 뿐이고 성에서 새로운 통지를 받을 때까지, 그리고 꽁꽁 얼어붙은 자기 몸을 당신이 녹여줄 때까지만이라고." "당신은 정말 지독하게 그를 헐뜯는군요!" 이렇게 말한 프리다는 자그마한 주먹을 서로 부딪쳤다. "헐뜯는다고?" K가 말을 이었다. "아니, 난 그 녀석을 헐뜯을 생각은 없어. 하지만 아마 그 녀석에게 옳지 않은 일을 하는 건지도 모르지. 물론 그럴 수도 있어. 내가 그 녀석에 대해 말한 건 솔직히 얘기하면 겉으로 드러나는 점이 아니니, 다른 해석을 할 수도 있겠지. 하지만 헐뜯는다니? 헐뜯을 생각이었다면 그건 오로지 그 녀석을 향한 당신의 사랑과 싸우기 위해서일 뿐이겠지. 만일 그게 필요하고 또 적절한 수단이라면 나는 서슴지 않고 그 녀석을 헐뜯을 거야. 내가 헐뜯었다고 해서 아무도 나한테 죄를 뒤집어씌울 수는 없을걸. 여하간 그는 자신에게 명령을 내리는 사람의 권위를 빌리고 있으니 나에 비하면 지극히 유리한 입장에 서 있으니까, 나 혼자만 의지해야 하는 나로서는 그를 좀 헐뜯는 게 무슨 상관이겠어? 헐뜯는다는 건 비교적 죄가 되지 않는, 결국은 무력하기 짝이 없는 방어 수단에 불과하니까. 그러니 당신의 주먹은 잘 간수해 둬." 그리고 K는 프리다의 손을 제 손으로 잡았다. 프리다는 그 손을 뿌리치려고 했지만 미소를 흘렸고, 힘을 주어 정말 빼려고 하는 것 같지도 않았다. "하지만 나는 헐뜯는 짓 따위를 해서는 안 되겠지." K는 말했다. "왜냐하면 당신은 그 녀석을 사랑하고 있지 않으니까. 다만 사랑하고 있다고 생각할 뿐이며, 내가 당신을 그런 망상에서 해방시켜 주기만 하면 당신은 틀림없이 내게 고마워할 거야. 생각해 봐, 누가 만일 당신을 내게서 강제로가 아니라 교묘하게 꾀어내 가려면 조수들의 손을 빌려야만 할 거야. 겉보기에는 선량하고 어린아이 같고 명랑하고 책임감이 없고, 저 높은 곳, 다시 말해 성에서 내려보낸 데다 약간의 어린 시절 추억도 뒤섞여 있으니 모든 조건이 갖춰진 꼴이고 이미 만사가 유리하게 결정된 셈이지. 특히 나로 말하면 그런 모든 것과는 상반된 인간이고 그런 일 대신에 여러 다른 일만을 쫓아다니고 있는 꼴이니, 게다가 내가 뒤쫓고 있는 여러 일들은 당신으로선 전혀 이해할 수 없는 데다 당신의 화만 돋우고, 더구나 당신이 증오하는 사람들과 만나서 해결해야 하는 일이니 더더욱 그럴 거야. 이 모든 일은 오직 우리 두 사람 관계의 결함을 악의를 가지고, 하지만 아주 현명하게 이용했을 뿐이야. 어떤 관계든 간에 결함은 있는 법이어서 우리 두 사람의 관계도 그렇거든. 정말 우리 두 사람은 각각 완전히 다른 세계에서 살다가 만났잖아. 그리고 서로 알게 된 뒤에 우리는 저마다 완전히 새로운 길로 접어들었기 때문에 아직도 불안을 느끼는 거지. 어쨌든 우리 두 사람의 관계는 아직도 너무 새롭기만 하단 말이야. 나는 내 얘기는 안 하겠어. 그다지 중요하지 않으니까 말이야. 당신이 눈을 처음으로 내게 돌린 이래 나는 따지고 보면 줄곧 당신한테서 호의를 받고만 있는 셈이야. 딴 사람이 주는 호의에 익숙해지는 건 어려운 일이 아니지. 하지만 다른 모든 것을 제쳐놓고라도 당신은 클람에게서 떨어져 나왔어. 그것이 어떤 의미를 갖는지는 나로서는 헤아리기 어렵지만 그래도 이제 점점 알게 되었어. 인간은 흔들리기도 하고 어떻게 해야 좋을지 모르게 되기가 일쑤지. 그리고 내가 언제든지 당신을 맞을 준비가 되어 있다고 해도 늘 그 자리에 있었던 것은 아니고, 사실 내가 자리에 있었을 때에도 당신은 몽상을 하거나 그 여주인처럼 몽상 따위보다도 더욱 생생한 것에 사로잡혀 헤어나오지 못했어. 요컨대 당신은 나를 두고 한눈을 팔았고, 무엇인지 확실치도 않은 것을 동경했던 때가 있었단 말이야. 그리고 그럴 때 당신의 시선이 향하는 곳에 마침 딱 맞는 녀석들이 들어와 있던 게 틀림없지. 그래서 당신은 그들에게 마음을 송두리째 빼앗기고 다만 순간적인 것, 망령, 옛날에 대한 추억, 사실 이젠 지나가 버린 것, 점점 사라져 가는 옛날의 생활, 불과 그런 것들이 지금 당신의 진정한 생활이라는 착각에 빠지고 만 거야. 프리다, 그건 잘못된 생각이야. 우리 두 사람의 궁극적인 결합을 방해하고 있는 최후의, 그리고 바르게 보면 사실은 떨쳐버려야 할 곤란임에 틀림없어. 한번 정신을 차려봐. 그리고 마음을 가라앉혀 보라고. 당신은 클람이 조수들을 보냈다고 생각했을지 몰라도─그건 전혀 진실이 아니야. 그 두 놈은 갈라터가 보낸 자들이야─당신의 그런 착각의 힘을 빌려 그 두 녀석이 당신의 마음을 완전히 사로잡은 탓에, 당신은 그놈들의 지저분하고 음탕한 태도 속에서 클람의 모습을 발견했다고 생각한 거야. 마치 누군가가 퇴비 속에서 언젠가 잃어버렸던 보석을 찾을 수 있다고 여기는 것과 똑같지. 설사 그 보석이 퇴비 안에 정말 있다 하더라도 찾아내지는 못할 텐데 말이야. 그 두 놈은 마구간의 마부 따위에 지나지 않는다고. 물론 그놈들은 마부 같은 건강한 몸을 갖지 못했고, 잠깐 차가운 바람만 쐬어도 당장에 병이나고 침대에 누워버린다는 차이가 있을 뿐이지. 그렇기는 하지만 그놈들은 하인답게 교활해서 발 뻗어도 되는 자리를 찾아내고 말거든." 프리다는 K의 어깨에 머리를 기댔다. 두 사람은 팔짱을 끼고서 말없이 이리저리 거닐었다. "만일 우리가," 하고 프리다는 천천히 온화하게, 꼭 기분 좋은 듯 말했다. 마치 K의 어깨에서 쉴 시간이 아주 조금만 주어져 있고, 그러니 그 짤막한 시간이라도 마지막까지 즐기려는 것 같았다. "만일 우리가 그날밤 당장 마을을 떠나버렸다면 우리는 어디서건 안전했을 거예요. 언제나 함께 있고 당신의 손은 언제건 제 손을 잡을 수 있는 가까운 곳에 있었겠지요. 당신이 가까이 있어주기를 내가 얼마나 바랐는지, 당신을 알게 된 이후론 당신이 가까이에 없으면 얼마나 버림받은 듯한 기분이 되는지 몰라요. 나의 유일한 꿈은 당신이 가까이에 있어주는 거예요. 다른 꿈은 꾸지도 않아요." 그때 옆 복도에서 부르는 소리가 들렸다. 예레미아스였다. 그는 계단의 맨 아래에 있었다. 속옷만 입은 채 프리다의 숄을 걸치고 있었다. 머리는 뒤죽박죽으로 흐트러졌고 숱이 없는 수염은 마치 비에 젖은 듯했으며, 두 눈은 애원하듯 책망하듯 간신히 뜨고 있었다. 검은 두 볼이 시뻘게진 채 축 늘어진 살덩어리처럼 보였고, 추위 때문에 맨 다리를 떨어대느라 숄의 기다란 술이 함께 떨릴 정도였다. 그런 꼴로 서 있으니 마치 병원에서 빠져나온 병자와도 같았다. 그런 병자와 마주하면 당장에 다시 침대로 데려가야 한다는 생각밖에 들지 않을 것이다. 프리다도 그렇게 생각하고 K에게서 떨어져 곧 아래에 있는 예레미아스한테로 갔다. 그녀가 자기 가까이에 있어주는 것, 숄을 단단히 몸에다 걸쳐주는 조심스런 태도, 그녀가 자기를 당장 방으로 데려가려고 서두르는 모습, 그런 것이 예레미아스의 기운을 북돋아 준 모양인지 그는 그제야 겨우 K를 알아본 것 같았다. "아아, 측량사시군요."

이렇게 말한 그는, 이야기를 나누지 못하게 하려는 프리다의 볼을 달래듯이 쓰다듬었다. "이렇게 방해를 해서 미안하군요. 어쩐지 몸이 굉장히 좋지 않아서, 용서해 주시지요. 열이 있는 것 같으니 차라도 한잔 들고 땀을 내야겠어요. 학교의 그 빌어먹을 울타리, 그건 앞으로도 틀림없이 생각나게 될 거예요. 그리고 완전히 얼어붙은 몸으로 이런 밤중에 뛰어다녔거든요. 사람들은 할 가치도 없는 일 때문에 건강까지 희생하면서도 그 사실을 모른다니까요. 하지만 측량사님, 저 같은 놈 때문에 방해를 받지는 마시지요. 저희 방으로 들어와요. 병자를 위로해 주시고 기왕이면 프리다에게 할 말을 마저 하세요. 서로 정든 두 사람이 헤어지면 물론 최후의 순간에 가서 할 말이 너무도 많은 법이니까요. 차를 가져다준다는 약속을 기다리며 침대에 누워 있는 제삼자는 이해하지 못할 정도로 많을 겁니다. 하지만 제발 들어오세요. 저는 아주 조용히 있을 테니까요." "이제 그만, 그만해요." 이렇게 말한 프리다가 그의 팔을 잡아끌었다. "이 사람은 열이 있고 자기가 뭐라고 떠드는지도 몰라요. 하지만 K, 당신은 함께 오지 마세요, 제발. 그곳은 저희 방이고, 예레미아스의 방이에요. 아니, 오히려 저의 방이라고 할 수 있어요. 그러니까 당신이 함께 들어오는 것을 막겠어요. 당신은 제 뒤를 쫓아오는군요. 아아, K, 왜 제 뒤를 쫓아오지요? 절대로, 절대로 저는 당신한테로 돌아가지 않을 거예요. 그런 가능성만 생각해도 소름이 끼쳐요. 당신의 그 아가씨들한테로 가세요. 제가 들은 바에 의하면 그 애들은 난로 곁의 긴 의자에 속옷만 입은 꼴로 앉아 있다고 하더군요. 그리고 당신을 만나러 누가 가면 으르렁거린다고 하던데요. 그렇게도 그곳에 끌리면 당신이 아마 그곳을 자기 집처럼 여기는 거겠지요. 저는 당신을 늘 그 집에서 떨어뜨리려고 했지만 이제 모두 지나간 얘기예요. 당신은 자유예요. 즐거운 생활이 당신 눈앞에 있는 거예요. 그중의 한 여자 때문에 당신은 아마 하인들과 좀 싸워야겠지만, 다른 한 여자로 말하자면 당신에게 그녀를 주지 않으려는 인간은 하늘에도 땅에도 없을 거예요. 당신들의 인연은 처음부터 축복받고 있는 거예요. 불평은 하지 말아주었으면 좋겠어요. 그래요, 당신은 모든 이야기에 반박할 수 있지만 결국에는 아무것도 반박되지 않을 거예요. 안 그래요? 예레미아스, 저이는 모든 이야기에 반박했어요!" 두 사람은 고개를 끄덕이기도 하면서 서로 마음을 주고받았다. "하지만," 하고 프리다는 말을 이었다. "설사 저이가 모든 이야기에 반박했다고 해서 얻은 게 무엇이죠? 그것이 저와 무슨 상관이 있지요? 그들 집에서 어떻게 되든 그건 그들의 문제이자 저이의 일이지, 저와는 아무런 상관도 없어요. 제가 할 일은 당신을 간호하는 거지요. 당신이 다시 병에서 나을 때까지, K가 나 때문에 당신을 괴롭히기 전처럼 건강해질 때까지 말이에요." "그럼 정말 함께 오시지 않겠다는 것인가요, 측량사님?" 예레미아스는 물었지만, 이젠 전혀 K 쪽은 볼 생각도 않는 프리다에 의해서 완전히 끌려가 버렸다. 아래쪽에 자그마한 문이 하나 보였다. 이 복도에 있는 문보다도 낮고—예레미아스뿐 아니라 프리다까지도 들어가면서 허리를 구부리지 않을 수 없었다—방 안은 밝고 훈훈해 보였다. 잠시 동안 더 속삭이는 소리가 들렸다. 아마 예레미아스를 침대로 데려가기 위해서 이리저리 설득하고 있는 듯했다. 그리고 문이 닫혔다.

23장

　그때서야 비로소 K는 복도가 얼마나 조용해졌는지 알게 되었다. 그가 프리다와 함께 있었던 이쪽 복도는 여관 사무실에 딸린 듯했는데, 여기뿐 아니라 좀 전에는 그렇게도 시끄러웠던 각 방들의 저쪽 복도 역시 마찬가지로 조용했다. 성에서 온 사람들도 벌써 잠이 든 것이었다. K도 여간 피로하지 않았다. 아마 그런 피로 때문에 마땅히 해야 할 만큼 예레미아스에 맞서지 못했는지도 모른다. 어쩌면 예레미아스를 모범으로 삼는 편이 훨씬 현명할 수도 있겠다. 그 녀석은 제 몸이 얼어붙었다는 사실을 분명 과장하고 있으며—그 비참한 행색은 몸이 얼어서가 아니라 타고난 것이며, 건강에 좋은 차를 마시는 것쯤으로는 쫓아버릴 수 없는 것이다—그게 어쩌면 더 현명한 행동이었을 것이다. 예레미아스를 본떠서 정말 굉장히 피곤한 모습을 겉으로 드러내고 복도에 쓰러져서는—그것만으로도 기분이 굉장히 좋을 텐데—잠깐 잠이 들고 어쩌면 간호도 좀 받는 편이 훨씬 현명한 짓이었을 것이다. 다만 예레미아스처럼 유리한 결과는 가져오지 못했을 테다. 그 녀석은 동정을 얻는 경쟁에서는 틀림없이, 그리고 아마 당연한 일이겠지만 다른 어떤 싸움에서도 승리를 거두었을 것이다. K는 굉장히 피로했기 때문에 대부분이 빈 방인 듯 보이는 그 방들 중 하나에 들어가서 훌륭한 침대에 누워 맘껏 잘 수는 없을까 하고 생각했다. 어쩌면 그가 겪어온 많은 일들에 보상이 될지도 몰랐다. 잠자리에서 마실 술도 준비가 되어 있었다. 프리다가 마룻바닥에 놓고 가버린 쟁반에는 작은 병에 든 럼주가 있었다. K는 다시 돌아갈 때의 수고는 걱정하지 않고 그 작은 병에 든 술을 마셔버렸다.

그러자 K는 적어도 에어랑어의 앞에 설 만큼 기운이 나는 것 같았다. 에어랑어의 방문을 찾아보았지만 하인과 게어슈테커는 이제 보이지 않았고 문도 모두 똑같았기 때문에 찾아낼 수가 없었다. 그렇지만 복도의 어느 쪽에 그 문이 있었는지 생각이 나는 듯해, 자신이 찾는 문이 맞다고 생각하는 문을 열어보려고 결심했다. 열어보겠다는 그 시도가 그렇게 위험할 리는 없었다. 만일 에어랑어의 방이라면 그가 맞아줄 것이고, 다른 사람의 방이라면 사과를 하고 나오면 된다. 손님이 자고 있으면—이 편이 가장 가능성이 있지만—누가 방문했는지 전혀 알아차리지 못할 것이다. 다만 곤혹스러운 경우는 방이 비었을 때인데, 그도 그럴 것이 빈 방이라면 그는 침대에 누워 끝없이 자고 싶은 유혹을 이겨내지 못할 것 같았기 때문이다. 그는 다시 한번 복도를 따라 좌우를 살펴보았다. 누군가가 나타나 자기가 이런 모험을 하지 않을 수 있도록 조언을 해주기를 바랐지만, 복도는 조용하고 인기척이 없었다. 그래서 K는 문 너머로 인기척이 들리는지 귀를 기울였는데, 그곳에도 손님이 없는 것 같았다. 자고 있는 사람이 있을까 봐 그를 깨우지 않으려고 가만히 노크를 했지만 그래도 아무런 반응이 없기에 아주 조심해서 문을 열었다. 그러자 이번에는 가벼운 고함 소리가 그에게 들려왔다. 자그마한 방이었고 폭이 넓은 침대가 방의 반은 차지하고 있었으며 나이트 테이블 위에는 전등이 켜진 채였고, 그 곁에는 여행용 트렁크가 놓여 있었다. 침대 속에는 이불을 뒤집어써 몸을 감춘 사람이 바스락거리며 움직였고, 이불과 시트 사이에서 속삭이듯 물었다. "누구시죠?" 그래서 K는 이젠 그대로 나올 수도 없게 되었다. 그는 푹신푹신해 보이지만 비어 있지 않은 침대를 불만스럽게 바라보다가 상대의 질문이 떠올라 자기 이름을 댔는데, 그게 효과가 있었는지 침대 속 사나이가 이불을 얼굴에서 약간 밀어냈으나 침대 밖에서 무슨 일이라도 일어나면 당장 다시 꼭꼭 숨어버리려고 불안해하는 모습이었다. 그러다 그는 주저하지 않고 이불을 내던진 다음 몸을 꼿꼿이 일으켰다. 에어랑어는 분명 아니었다. 몸집이 작고 건강해 보이는 신사였는데 그 얼굴은 어떤 모순적인 인상을 드러냈다. 볼은 어린애처럼 동글동글하고 눈도 어린애처럼 활기차 보였지만 불쑥 솟은 이마, 뾰족한 코, 입술이 거의 맞닿지 않는 가느스름한 입, 거의 사라질 것 같은 턱은 전혀 어린애답지 않았으며 오히려 훌륭한 사고력을 암시하고 있었다. 어린애 같은 건강한 얼굴이 남아 있는 것은 그 사고력에 대한 만족감, 스스로에 대한 만족감 때문인 것 같았다. "프리드리히를 아십니까?" 그가 물었다. K는 모른다고 했다. "하지만 그 사람은 당신을 알고 있던데요." 그는 미소를 지으면서 말했다. K가 고개를 끄덕였다. 그를 아는 사람은 한둘이 아니었으며, 바로 그 점이 K의 앞길에 커다란 장애였다. "저는 그 프리드리히의 비서지요." 그 신사는 말했다. "이름은 뷔르겔이라고 합니다." "실례했습니다." 이렇게 말한 K는 문의 손잡이 쪽으로 손을 뻗쳤다. "미안하게 됐습니다만, 다른 사람의 방인 줄 착각했습니다. 저는 비서인 에어랑어의 소환을 받고 왔습니다." "그거 유감이군요." 뷔르겔이 말을 이었다. "당신이 다른 사람의 소환을 받았다는 것이 아니라 당신이 방문을 착각한 일이 말입니다. 다시 말해서 저는 한번 잠을 깨면 다시는 잠들지 못합니다. 하지만 당신이 유감을 느낄 필요는 없지요. 그것은 저의 개인적인 불행이니까요. 왜 이곳 문들은 잠글 수 없을까요? 물론 이유가 있습니다. 어떤 옛날 속담에 의하면 비서들의 문은 늘 열려 있어야 한다고 했으니까요. 하긴 그 말도 문자 그대로 받아들여질 필요는 없겠지만요." 뷔르겔은 묻고 싶은 듯 그리고 즐거운 듯 K를 쳐다보았다. 그는 '불행'이라는 말과는 반대로 완전히 휴식을 취하고 있는 듯 보였다. 지금의 K만큼 피로해 본 적은 없었을 것처럼 보였다. "대체 당신은 어디로 가실 작정이신가요?" 뷔르겔은 물었다. "벌써 네 시예요. 당신이 만나보시려는 분을 깨워야 될 텐데, 누구나 나처럼 방해받는 것에 습관이 되어 있는 것도 아니며 누구나 나처럼 참을성 있게 방해를 견뎌내지도 않을걸요. 비서들이란 신경질적인 사람들이니까요. 그러니 잠시 이곳에 있도록 해요. 여기서는 다들 다섯 시경에 일어나기 시작하니까 그때 소환에 응하는 게 좋을 거예요. 그러니 문손잡이에서 손을 떼시고 거기 앉도록 해요. 물론 이 방은 비좁아서 여기 침대 끝에라도 앉아 계시는 게 좋겠군요. 방에 의자도 테이블도 없어서 깜짝 놀라셨나요? 그래요, 저는 폭 좁은 호텔 침대와 가구가 완전히 갖춰진 방, 혹은 이런 커다란 침대와 세면대 이외에는 아무것도 없는 방, 둘 중에 하나를 선택해야 했어요. 그래서 저는 커다란 침대 쪽을 택했지요. 뭐니 뭐니 해도 침실에서는 침대가 가장 중요하니까요! 아아, 이렇게 쭉 팔다리를 펴고 잠을 잘 수 있는 사람이면 얼마나 좋을까요. 이 침대는 잘 자는 사람에게는 정말 귀중한 물건이었을 거예요. 하지만 잠을 자지 못하고 늘 피곤해하는 저 같은 사람에게도 이 침대는 좋습니다. 이 속에서 하루의 대부분을 지내며 온갖 편지를 주고받고, 여기서 진정인들도 심문하니 아주 편하지요. 진정인들이 앉을 자리는 없지만 그들은 그런 것쯤 참을 수 있고, 게다가 그들 입장에서도 자기들이 서 있고 조서 작성인이 기분 좋게 앉아 있는 편이, 편히 앉은 채로 호령을 듣는 것보다는 좋을 테니까요. 내가 내줄 수 있는 자리라곤 침대 끝의 이 자리밖에는 없는데, 여긴 사무를 보는 장소가 아니라 밤에 얘기를 나눌 때만 사용하고 있지요. 그런데 측량사 양반, 당신은 굉장히 침묵을 지키고 계시군요." "몹시 피로해서 그럽니다." K는 말했다. 그는 상대편의 권유를 사양하지 않고 곧장 거친 몸짓으로 털썩 침대에 걸터앉았고, 침대 기둥에 기댔다. "물론 그러시겠지요." 뷔르겔은 웃으면서 말했다. "여기서는 누구나 피로해합니다. 예를 들어, 내가 어제와 오늘 해치운 일은 결코 적지 않지요. 내가 지금 잠든다는 건 절대 있을 수 없는 일이긴 하지만 그래도 그런 있을 수 없는 일이 생겨서 당신이 여기 있는 동안에 제가 잠이 들거든 제발 조용히 해주시고 문도 열지 말아줘요. 하지만 걱정할 필요는 없어요. 난 절대 잠들지는 않을 것이며, 다행히 잔다고 해도 1, 2분 동안의 일일 것입니다. 내 사정을 말해드리자면 아마 진정인과의 교섭에 완전히 익숙해졌기 때문이겠지만 손님이 있어주면 어쨌든 잠이 들기 쉽거든요." "어서 주무세요. 제발, 비서님." 상대의 말을 듣고 기뻐진 K가 말했다. "용서만 해주신다면 당신이 잠에 드실 때 저도 좀 자겠습니다." "아닙니다, 아네요." 뷔르겔은 다시 웃었다. "유감이지만 나는 누가 단순히 권한다고 해서 잠들 수는 없습니다. 다만 사람들과 얘기하고 있는 동안에 그런 기회가 찾아들곤 합니다. 제일 빨리 잠들 수 있는 게 그때이지요. 정말이지 우리의 일은 신경을 피곤하게 만들어요. 예를 들어서 나는 연락 비서지요. 그게 뭔지 모르세요? 가르쳐드리자면 나는 가장 중요한 연락을 취하는 사람입니다." 그렇게 말하면서 그는 자기도 모르는 사이에 기쁜 표정을 짓고서 성급하게 두 손을 비벼대는 것이었다. "프리드리히와 마을 사이를 말이죠. 나는 성에 있는 그분의 비서와 마을에 주재하고 있는 비서 사이의 연락을 맡고 있어서 대개는 마을에 있지만 늘 그렇다고는 할 수 없습니다. 줄곧 성으로 달려갈 준비를 하고 있어야 하지요. 여행 트렁크를 보세요. 불안정한 생활이라 누구한테나 적합한 직업이라고는 할 수 없습니다. 그러나 한편 나는 이젠 이런 종류의 일이 없으면 견딜 수 없고, 다른 일은 지루하게만 보입니다. 당신의 토지 측량 일은 어떤가요?" "저는 그 일을 하고 있지 않습니다. 토지 측량사로서 일하지 못하고 있어요." K는 이렇게 대답했지만 별로 깊게 생각하지 않았다. 사실은 다만 뷔르겔이 잠들기만을 간절히 바라고 있었다. 그러나 그 바람조차도 단지 자기 자신에 대한 일종의 의무감 때문에 든 것이었고, 마음속 깊은 곳에서는 뷔르겔이 잠들기까지 아직 예상도 할 수 없이 아득하게 멀었다는 사실을 알고 있는 듯했다. "그건 놀랄 만한 일이군요." 뷔르겔은 머리를 흔들면서 뭔가를 메모해 두겠다는 듯 이불 밑에서 수첩을 끄집어냈다. "당신은 측량사이면서도 측량 일은 하고 있지 않다는 말씀이지요?" K는 기계적으로 고개를 끄덕였다. 그는 위쪽 침대의 기둥에다 왼쪽 팔을 뻗치더니 그 팔에다 머리를 올려놓았다. 벌써 여러 자세로 몸을 편안히 하려고 해보았지만 그 자세가 제일 편했다. 그래서 이번에는 뷔르겔의 말에 약간은 주의를 기울일 수 있었다. "나는," 뷔르겔은 계속해서 말했다. "이 문제를 좀 더 따져볼 생각입니다. 여기 우리가 있는 곳에서 어떤 전문 능력이 방치된 채 버려지는 일은 결코 없어요. 게다가 당신 입장에서도 모욕적인 일 아니겠어요? 이 문제 때문에 괴롭지 않나요?" "그야 괴롭습니다." K는 느릿느릿 말하면서 혼자 미소를 지었다. 그도 그럴 것이 이제는 조금도 괴롭게 느껴지지 않았다.

그리고 뷔르겔의 선심도 거의 아무런 인상도 주지 않았다. 그것
은 완전히 제삼자의 어설픈 태도였다. K가 초빙을 받은 경위에
대해서, 또한 그 초빙이 마을과 성에서 부닥치게 된 여러 가지
곤란에 대해서, K가 이 마을에 체류하는 동안에 일어났던, 혹은
일어날 뻔했던 여러 가지 갈등에 대해서 아무것도 모르고, 그러
니까 하나도 모르면서, 아니 그뿐 아니라 비서라면 응당 알고 있
어야 하는 문제건만, 아니 적어도 그런 문제가 있다는 예감쯤은
머릿속에 떠오를 만한데 그런 낌새도 보이지 않고, 뷔르겔은 느
닷없이 자그마한 수첩의 도움을 받아 이 문제를 저 위의 성에서
해결해 주겠다고 나서는 것이었다. "당신은 벌써 몇 번 실망을
맛보신 것 같군요." 뷔르겔은 이렇게 말했는데, 그 말로써 어느
정도는 사람을 볼 줄 아는 자신의 능력을 드러냈다. K는 이 방에
발을 들여놓았을 때부터 뷔르겔을 얕보면 안 된다고 스스로 타
이르던 터였다. 그러나 이러한 상태라면 자기 자신의 피로 이외
에 다른 어떤 일에 대해서 올바른 판단을 내리기 어려웠다. "안
돼요." 뷔르겔은 마치 K의 생각에 답변을 하려는 듯, 그리고 그
를 생각해서 그런 얘기를 끄집어내는 고초를 없애 주겠다는 듯
이렇게 말했다. "실망 따위로 기가 죽으면 안 됩니다. 사실 이 마
을은 여러 가지로 사람을 기죽이도록 되어 있으며, 이곳에 새로
오면 그 장애물들을 전혀 제거할 수 없다고 생각하게 되지요. 나
는 그 사정을 하나하나 조사할 생각은 없습니다. 어쩌면 겉모습
이 현실과 맞을지도 모르지만, 나의 경우 그것을 확인하기 위한
적당한 거리를 둘 수가 없지요. 그러나 주의하실 점은, 그렇다
해도 가끔은 전체 상황과 거의 맞지 않는 기회가 생기곤 한다는
겁니다. 그런 기회가 오면 불과 한마디 말로, 그저 한 번 쳐다보
는 것으로, 한 번의 신뢰 표시만으로 평생에 걸쳐 심신을 소모시

키는 노력보다 더욱 많은 것을 얻게 되곤 하지요. 그건 확실해요. 물론 그런 기회는 충분히 이용되지 않는 한 역시 전체의 상황에 맞아들어갑니다. 어째서 그런 기회를 이용하지 않는지 나는 늘 자문하곤 하지요." K로서는 알 수 없었다. 뷔르겔의 이야기가 자신과 깊은 관련이 있다고는 생각했지만, 지금은 자기와 관련이 있는 모든 일에 커다란 혐오감을 느꼈다. 그는 머리를 조금 옆으로 돌렸다. 마치 그렇게 함으로써 뷔르겔한테 질문의 길을 터주고, 자기는 그 질문에 닿지 않을 수 있다고 생각한 모양이었다. "마을에서 대개 밤중에만 심문을 할 수밖에 없는 것은," 하고 뷔르겔은 말을 이으면서 두 팔을 뻗고 하품했는데, 그런 동작은 그의 말이 풍기는 진지한 느낌과는 모순되어 K는 얼떨떨했다. "비서들이 항상 불평을 하는 바입니다. 하지만 그들은 왜 불평하는 걸까요? 너무 힘이 들기 때문일까요? 밤은 차라리 자는 데 쓰고 싶기 때문일까요? 아닙니다. 틀림없이 그런 것을 불평하고 있는 게 아니에요. 물론 비서들 중에도 근면한 자와 그다지 근면치 않은 자가 있습니다. 다른 어느 곳과도 마찬가지지요. 그러나 그들 중에 어느 누구도 힘이 너무 든다고 불평하는 비서는 없어요. 더구나 공공연하게 불평을 하는 자는 하나도 없지요. 그건 우리 방식이 아니거든요. 그 점에서 우리는 평상시와 일하는 시간을 구별하지 않아요. 그런 구별은 우리와는 거리가 멀죠. 그렇다면 비서들은 무엇 때문에 밤중에 심문하는 일을 좋아하지 않는 것일까요? 진정인들에 대한 동정 때문일까요? 아니지요, 그것도 아닙니다. 진정인들에 대해서 비서들은 동정심이 없습니다. 그렇다고는 하지만 결코 자기 자신에 대한 동정심보다 적지는 않으며, 다만 자신과 그들을 똑같은 수준의 냉정함으로 대한다는 뜻이지요. 사실 냉정하다는 것은 자기 일을 엄격하게 고수하고 수행한다는 의미일 뿐이며, 이것이야말로 진정인들이 바랄 수 있는 최대의 동정심인 겁니다. 이것은 또한―표면만을 관찰하는 자는 물론 눈치채지 못하지요―모든 사람이 완전히 인정하는 사실입니다. 밤 심문이야말로 진정인들에게는 분명 환영해야 마땅한 일이며, 이에 대해 근본적인 불평이 일어난 적은 없어요. 그렇다면 어째서 비서들이 싫어하는 것일까요?" 그것도 K는 알 수 없었다. 그로서는 전혀 알 수 없었고 뷔르겔이 진정으로 답변을 요구하고 있는지 혹은 겉으로만 요구하는 체하고 있는지도 구별되지 않았다. '만일 나를 당신 침대에 재워준다면,' 하고 그는 생각했다. '내일 낮에, 혹은 저녁때가 더 좋겠지만 무슨 질문이든 대답해 주지.' 그러나 뷔르겔은 그의 문제 따위는 안중에도 없는 듯 자기가 제기한 질문에 완전히 몰두해 있었다. "내가 알고 있는 한, 그리고 나 자신이 경험한 바에 의하면 비서들은 밤 심문에 대해서 대강 다음과 같은 생각을 갖고 있습니다. 밤에는 심리의 공적인 성격을 충분히 유지하기가 곤란하고, 아니 불가능한 탓으로, 밤 시간은 진정인들을 심리하는 데에 부적합하다는 것입니다. 외적인 문제 때문이 아니에요, 여러 가지 형식이야 원한다면 밤에도 낮과 똑같이 엄격하게 지킬 수 있으니까요. 그 뜻이 아니라 공적인 판단이 밤에는 잘못되기 쉽다는 것입니다. 인간은 부지불식간에 밤에 사물을 더욱 개인적인 관점에서 판단하는 경향이 있습니다. 진정인의 진술은 실제의 중요도 이상으로 중대하게 판단되며, 그 판단 속에는 진정인들의 그 외 여러 사정, 그들의 괴로움이나 걱정 등이 함께 섞여들지요. 진정인과 관리 사이의 울타리는, 설시 겉으로는 반박할 여지없이 견고해 보일지 몰라도 실은 흔들립니다. 그리고 당연히 질문과 답변만 오가야 하는데, 밤에는 마치 직책이 뒤바뀐 듯 가끔 이상하고 전혀 적합하지 않는 이야기를 주고받는 듯 보인다는 겁니다. 적어도 비서들은 이렇게 말하고 있어요. 직업상 그런 일에 대해서는 보통 이상의 날카로운 감각을 가진 사람들인데도 불구하고, 그 비서들조차도—우리 사이에서는 이 문제를 벌써 여러 번 얘기했는데—다만 밤에 심문을 하는 동안에는 그런 불리한 영향을 거의 알아차리지 못하지요. 반대로 그들은 불리한 영향을 방지하려고 처음부터 노력한 덕에 마지막에는 결국 유난히 좋은 성과를 거둘 수 있었다고 생각하게 되는 겁니다. 그러나 나중에 조서를 다시 읽어보면 확실한 결점들이 자주 드러나 놀라게 되는 거죠. 우리의 실수로 진정인들이 절반은 부당한 이득을 얻은 셈인데, 적어도 우리의 규칙에 의하면 보통의 간단한 절차만으로는 수정할 수 없습니다. 이런 실수들은 틀림없이 감독청에 의해 수정되긴 하겠지만, 다만 법적으로 필요한 조치일 뿐 그 이상 진정인에게 손해를 주지는 못하지요. 이러한 상황에서는 비서들이 불평하는 것도 당연한 일이 아니겠습니까?" K는 그때까지 잠깐 동안이긴 하지만 꾸벅꾸벅 졸았는데 이젠 다시 눈을 뜨지 않을 수 없었다. '이게 다 어떻게 된 일이지? 어떻게 된 거지?' 그는 이렇게 자문하고는, 무거워진 눈꺼풀 아래로 보이는 뷔르겔을 자신과 까다로운 문제를 두고 논의하는 관리가 아니라 오직 자신의 잠을 방해할 뿐 그 밖에 다른 의미는 전혀 없는 인간으로 바라보았다. 하지만 뷔르겔은 완전히 자신의 생각에 몰두하고 있었으며, K를 약간 어리둥절하게 만드는 데 지금 막 성공했다는 듯 미소를 지어보였다. 그는 K를 다시 올바른 방향으로 이끌고자 했다. "그런데," 하고 뷔르겔은 말했다. "비서들이 그런 불평을 하는 게 옳다고만은 말할 수 없지요. 밤에 심문을 하는 것은 하긴 어디에도 분명하게 규정되어 있지는 않습니다. 그래서 밤 심문을 피한다고 해서 규칙을 범하는 것은 결코 아닙니다. 그러나 여러 가지 사정, 일의 과잉 상태, 성 관리들의 집무 태도, 일을 회피할 수 없는 상황, 그리고 진정인들의 심문은 그 외의 모든 조사가 완전히 끝난 후에야 비로소 할 수 있으며 그것도 즉시 끝내야만 된다는 규칙, 그런 안팎의 모든 사정으로 인해 밤 심문을 부득이하게 하게 된 것이지요. 그런데 그런 부득이한 조치가 이상 되었다면—저는 이렇게 말합니다만—이것은 적어도 간접적으로는 여러 규칙에 의해 생긴 결과이며, 따라서 밤 심문을 두고 왈가왈부하는 것은 다시 말해—나는 다소 과장하는 편이니 물론 이 얘기도 과장할 수 있겠지요—규칙을 두고 왈가왈부하는 것이라고 볼 수 있다는 겁니다.

그와 반대로 비서들이 규칙의 범위 내에서 밤 심문과 어쩌면 그로 인해 겉으로나마 발생할 수 있는 손해를 막기 위해 그들 스스로 방어하는 것도 허용되어 있지요. 사실 그들은 그렇게 하고 있으며, 더구나 할 수 있는 한 최대로 하고 있어요. 즉 그들은 될 수 있는 한 걱정을 적게 끼칠 것 같은 심리만 맡고, 심리에 앞서서 자기 자신을 신중히 검토하며 그 결과 필요하다면 마지막 순간에라도 심리를 취소하고, 진정인을 심문하기 전에 자주, 열 번이라도 미리 소환해서 준비함으로써 자신의 힘을 강화하고, 해당 사건의 관계자가 아니기에 좀 더 쉽사리 사건을 처리할 수 있는 동료들을 곧잘 대리로 내세우기도 하지요. 또한 적어도 심문 시간을 밤이 시작할 무렵이나 끝날 무렵으로 정하며 그 중간 시간은 피하는 겁니다. 이런 류의 조치는 그 밖에도 많습니다. 그들은 쉽게 굽힐 수 있는 자들이 아니에요. 상처를 잘 입기도 하지만 동시에 저항도 강하지요." K는 자고 있었다. 하지만 정말 자는 것은 아니었다. 어쩌면 앞서 피로한 채로 눈을 떴을 때보다

지금 뷔르겔의 말을 더욱 잘 듣고 있었다. 그의 한마디 한마디가 귀를 때렸지만 귀찮다는 생각은 들지 않았다. 그는 자유를 느꼈다. 뷔르겔은 이제 자신을 붙잡아 두고 있지 않으며, 단지 그가 가끔씩 손을 뻗어 뷔르겔을 더듬어 볼 뿐이었다. 그는 아직 잠 속으로 깊이 빠져들지는 않았지만 잠에 잠겨 있었다. 이젠 아무도 그에게서 잠을 뺏어갈 수 없었으며, 이로 인해 K는 마치 커다란 승리를 거둔 것 같았다. 이미 그의 승리를 축하하기 위해 한 떼의 사람들이 모여 있으며, 자기가 아니면 다른 어떤 사람이 그 승리를 축하하기 위해 샴페인 잔을 높이 쳐들 것이다. 그리고 문제가 무엇이었는지를 모든 사람한테 알리기 위해 다시 한번 투쟁과 승리가 되풀이될 것이다. 혹은 어쩌면 되풀이되는 것이 아니라 지금 비로소 시작된 것이며, 미리 축하를 하고 있는 것인지도 모른다. 이 축하는 중단되지 않는데, 다행히도 그 결말이 확실하기 때문이다. 그리스의 신상과 아주 닮은 나체의 비서가 K와 싸우는 중에 궁지에 몰렸다. 정말 우스꽝스러워서 K는 그 꼴을 보자 잠 속에서 온화하게 미소를 지었다. 돌진해 오는 K 때문에 비서는 오만한 자세를 그대로 유지하지 못한 채 위협을 당했으며, 높이 치켜든 팔과 불끈 쥔 주먹으로 자기의 나체를 가려야 하는데도 동작이 너무 느렸다. 싸움은 오래 계속되지 않았다. 한 걸음 한 걸음, 그리고 굉장히 큰 폭의 걸음으로 K는 앞으로 나섰던 것이다. 이게 도대체 싸움이 맞단 말인가? 심각한 방해도 없고 다만 가끔 비서가 훌쩍훌쩍 울 뿐이다. 이 그리스 신은 간지럼을 타는 어린 소녀처럼 훌쩍일 뿐이었다. 그러자 끝내 비서는 가버렸다. K는 혼자서 넓은 방 안에 있었다. 싸우려는 자세로 사방을 둘러보며 적을 찾았지만 이미 아무도 없었으며, 아까까지 있었던 사람들도 도망쳐 버려 오직 샴페인 잔만이 산산조각 난 채 바닥에 깔려 있었다. K는 그것을 완전히 밟아 깨버렸다. 그런데 그 파편에 찔려서 깜짝 놀라 잠을 깼다. 선잠을 깬 어린애처럼 기분이 좋지 않았다. 그럼에도 뷔르겔의 벌거숭이 가슴팍을 보자 꿈에서 계속되었던 이런 생각이 그의 머리를 스쳤다. '여기 너의 그리스 신이 있다! 이놈을 깃털 이불에서 끌어내라!' "그런데," 뷔르겔은 기억 속에서 실례를 찾고 있지만 잘 안 된다는 듯 생각에 잠겨 얼굴을 천장으로 돌린 채 말을 이었다. "그런데 신중을 기하기 위한 온갖 조치에도 불구하고 진정인들이 비서들의 그런 밤중의 약점을—역시 그것이 약점이라고 가정하고 말입니다—자기들을 위해서 이용할 가능성이 있습니다. 물론 극히 드물고, 좀 더 올바르게 말해서 가능성이 거의 없는 일이긴 하지만요. 그런데 그런 가능성은 진정인이 밤중에 예고 없이 찾아오는 데 있습니다. 당신은 아마 그런 일이야 있을 법한데 내가 극히 드물게 일어난다고 하니 의아하게 생각하시겠지요. 맞아요, 당신은 우리 사정을 모르고 있으니까요. 그러나 그런 당신도 이제는 관청 조직이 얼마나 빈틈없는지 알고 놀랐을 겁니다. 그러나 그 빈틈 없음에서 이런 일이 일어나는 거죠. 다시 말해 관청에 무슨 청원을 하려는 사람이라든가 그 밖의 이유에서 어떤 일에 대해서 심문을 받아야 되는 사람은 누구라도 당장, 지체하지 않고 대개는 아직 자기도 그 일에 대해서 모르고 있는 사이에 호출을 당하곤 합니다. 그러나 그때는 아직 심문을 받지 않아요. 대개 그래요, 일이 아직 그 단계까지 오지 않은 거죠. 그런데 소환장을 받았다고 해서 예고 없이 올 수는 없으며, 단지 소환장의 날짜와 시간을 지키라는 주의를 받을 뿐이에요. 그러디기 올바른 시일에 찾아오면 보통 쫓겨나게 되지요. 쫓아내는 것은 이젠 어려운 일이 아니니까요. 진정인이 손에 들고 있는 소환장과 서류 속에 기입되어 있는 문구, 그것은 비서들에게 늘 충분하다고는 할 수 없지만 그대로 쫓아내기 위한 강력한 무기가 되거든요. 그렇기는 하지만 쫓아버리는 일은 다만 바로 그 사건을 담당하고 있는 비서한테만 유효하며, 다른 비서들을 밤중에 갑자기 찾아가는 건 누구에게든 가능한 일이죠. 그러나 그런 짓은 아무도 하지 않을 테니 거의 무의미한데, 우선 첫째로 그런 짓을 하면 담당 비서의 기분을 굉장히 상하게 할 테니까요. 우리 비서들은 일에 관한 한 결코 서로를 질투하지 않으며, 누구나 너무 많은 일을 할당받아 무서운 부담을 걸머지고 있어요. 그러나 진정인들이 일의 관할을 혼란시키는 것만은 절대 참지 못하지요. 담당 부서에서 일이 잘 진행되지 않는다고 생각하고 다른 부서에 가서 쉽게 빠져나가려다가 여러 사람들이 실패했어요. 그런 시도는 다음과 같은 이유로 실패하는데, 담당 비서가 아닌 비서가 설사 밤중에 방문을 받아 도와줘야겠다고 진심으로 생각했다 하더라도 자기가 담당 비서가 아니기 때문에 어떤 임의의 변호사 이상으론 그 일에 손을 댈 수 없으며, 아니, 따지고 보면 그런 변호사보다도 훨씬 손을 댈 수가 없을 정도예요. 그도 그럴 것이 그 비서는—법의 맹점을 어떤 변호사보다도 잘 알고 있기 때문에 무슨 일이든 할 수 있다고는 하지만—자기의 담당이 아닌 일에 시간을 쓸 여유가 없거든요. 한순간도요. 그러니 실패하리라는 것을 알고 있으면서 자기 담당도 아닌 비서를 찾겠다고 밤 시간을 내지는 않겠지요. 또한 진정인들도 자기 생업을 하면서 담당 부서의 소환과 지시에 응하려면 무척 바쁘거든요. 물론 진정인들의 '무척 바쁘다'라는 말과 비서들의 '무척 바쁘다'라는 말은 절대 같지 않지만요." K는 고개를 끄덕이면서 미소 지었다. 이번에는 모든 것이 잘 이해되는 것 같았다. 뷔르겔의 말이 그의 마음을 사로잡았기 때문이 아니라, 다음 순간이면 완전히 잠들어 버리거나 더구나 이번에는 꿈을 꾸거나 방해도 받지 않고 잘 수 있으리라는 확신 때문이었다. 한편에는 담당 비서들, 다른 한편에는 담당이 아닌 비서들 사이에서, 그리고 정신없이 바쁜 진정인들을 눈앞에 둔 채 깊은 잠에 빠져서 모든 것으로부터 도망칠 수 있을 것이다. K는 이제 뷔르겔 자신이 잠드는 데에는 별로 소용 없을 듯한 그의 나지막하고 스스로 만족해하는 목소리에 익숙해져서, 그 목소리가 자는 데 방해가 되기보다는 오히려 잠을 부르는 듯했다. '덜컹덜컹 돌아라, 물방아야, 덜컹덜컹 돌아라.' 그는 생각했다. '그대는 다만 나를 위해서 돌고 있는 것이다.' "그러면 이제 어디에," 뷔르겔은 두 손가락으로 아랫입술을 만지작거리면서, 마치 애태우면서 방황한 끝에 매혹적인 경관이 드리워진 장소를 찾은 듯 눈을 크게 뜨고 목을 빼며 말했다. "그렇다면 어디에, 앞서 말한 그 희귀하고도 거의 절대로 찾아오지 않는 가능성이 있는 걸까요? 그 비밀은 관할에 대한 근무 규정 속에 감추어져 있지요. 다시 말해, 어떤 일에도 오직 한 사람의 특정 비서만 담당이 된다는 규정은 없다는 겁니다. 규모가 크고 살아 움직이는 조직에서는 그렇게 되지도 않습니다. 다만 한 사람이 주요한 담당자이며, 다른 많은 사람들이 그에 비해 역할은 작지만 어느 정도의 권한은 가지고 있지요. 설사 그 사람이 최고의 일꾼이라고 해도 아주 작은 일에서조차 도대체 어떻게 그 모든 관계 사항을 자기 책상 위에 모아둘 수 있겠어요? 내가 주요한 담당자라고 표현한 것도 좀 지나친 셈입니다. 담당자로서 극히 작은 역할을 하고 있더라도 이미 그것이 전체를 덤벙한다는 뜻 아닐까요? 이런 경우에는 사건과 맞설 때의 정열만이 만사를 결정하는 것 아니겠어요? 그리고 그 정열은 언제나 변함없으며,

언제나 최대한으로 강하게 표출되는 것 아닐까요? 여러 가지 점에서 비서들 사이에 차이가 있는지도 모르지요. 그리고 그런 차이점은 무수하게 많습니다. 그러나 정열에 있어서는 차이는 없습니다. 그들은 누구나 그저 담당자로서 조금만 역할해도 되는 사건을 맡아달라는 요청을 받아도 이미 스스로를 억제하지 못할 겁니다. 그렇기는 해도 외부에 나설 때는 심문이 질서 있게 진행되도록 해야 합니다. 따라서 진정인들의 관점에서는 특정한 비서가 전면에 나서고, 공적인 사안에 대해서 그 비서에게 매달려야 하는 거지요. 그러나 그 비서가 해당 사건의 주요한 담당자일 필요는 조금도 없습니다. 그 점에 대해서 조직이 그때그때 특수한 결정을 내리지요. 여기 사정이 이렇습니다. 그러니 측량사 양반, 진정인이 나름의 사정으로 인해 내가 앞서 말한 대로 얼마든지 있을 수 있는 일반적인 장애에도 불구하고 해당 사건에 어느 정도로든 권한을 가지고 있는 비서를 한밤중에 찾아갈 가능성을 한번 생각해 보시지요. 당신은 그런 가능성에 대해 생각해 본 적 없으시죠? 어쩐지 그런 생각이 드는군요. 사실 생각할 필요도 없습니다, 그런 일은 거의 절대로 일어나지 않으니까요. 더없이 정밀하게 만들어진 체를 통과하려면, 독특한 모양의 작고 교묘한 곡식 알갱이가 되어야 하지 않겠어요? 그럴 수 없다고 생각하시죠? 당신 생각이 맞아요. 그런 일은 절대로 일어나지 않거든요. 그런데 어느 날 밤—누가 그 모든 것을 보증할 수가 있을까요—그런 일이 일어나곤 합니다. 내가 아는 사람들 중에 그런 일을 겪었다는 사람은 본 적이 없습니다만, 그게 유의미한 사실을 증명해 주진 않습니다. 내가 아는 사람의 수는 여기서 고려해야 할 사람의 수에 비해 제한적이고, 게다가 그런 일을 당한 비서가 과연 털어놓으려고 할지도 분명치 않으니까요. 어쨌든 그것은 완전히 개인적인 일이며 어떤 의미에서는 관청의 치부를 심각하게 건드리는 것이기도 하거든요. 아니면 어쨌든 내 경험은 아마지금 문제되는 사안이 지극히 희귀하게 발생하며 단지 소문으로만 존재할 뿐, 소문 이외의 어떤 방식으로도 증명할 수 없는 사안이며, 따라서 그것을 두려워하는 건 지나치다는 사실을 증명하는 셈이지요. 설사 그런 일이 실제로 일어난다고 해도 그런 일은 일어날 여지가 없다고 증명해 줌으로써 그것을 명백히 무해하게 만들어줄 수 있습니다. 증명해 주는 건—이렇게 믿어야 해요—지극히 쉬운 일이지요. 어쨌든 그런 일이 일어날지도 모른다는 불안감 때문에 이불 속에 숨어 감히 밖을 내다보지도 못한다면 그건 병적입니다. 그리고 가령 절대 일어날 여지가 없던 일이 갑자기 어떤 형태로 일어났다고 해서 만사가 끝장났다고 할수 있을까요? 정반대지요. 만사가 끝장나는 일 따위는 절대 일어날 여지가 없는 일보다 더욱 일어날 여지가 없어요. 물론 진정인이 방에 들어오면 이미 일은 지극히 복잡해집니다. 마음을 옥죄는 듯합니다. '너는 과연 얼마나 저항할 수 있을까?' 하고 자문하게 되지만, 저항 따위는 전혀 할 수 없다는 것은 알고 있지요. 한번 이런 사정을 제대로 생각해 보세요. 한 번도 본 적이 없던, 늘기다리고 있던, 정말 목마르게 기다리던, 늘 제정신으로는 도달할 수 없으리라고 생각했던 진정인이 그곳에 앉아 있는 거예요. 그 사람이 말없이 그곳에 있는 것만으로도 이미 진정인 자신의비참한 생활 속으로 들어와 주세요, 그 인생을 당신 자신의 것으로 생각하고 그 안에서 돌아다니며 자기의 헛된 요구 속에서 함께 괴로워해 주세요, 하고 유혹하는 것과 같아요. 고요한 밤중에 이러한 유혹은 정말 매혹적이지요. 그런데 그 유혹을 따라간다면 그건 관리 노릇을 그만둔 것이나 다름없습니다. 그때는 이미 청원을 거절할 수 없는 상태가 되어버린 거니까요. 정확하게 말해서 어찌할 바를 모르는 거지요. 좀 더 정확하게 말하면 굉장히 행복한 것입니다. 어찌할 바를 모른다고 하는 이유는, 우리가 여기 앉아 진정인의 탄원을 기다리고 그가 탄원을 한 번 입 밖에 내기만 해도, 설사 그것이 관청 조직을 파괴할 것이 분명해 보이는데도 불구하고 들어주지 않을 수 없다는 사실을 알고 있을 때 우리가 놓이는 무방비 상태 때문이에요. 이런 상황은 직무를 수행하면서 일어날 수 있는 최악의 상황이지요. 그 이유는 우선— 다른 것은 모두 제쳐두고—그 순간 우리는 미처 생각할 수도 없는 굉장한 지위 상승을 강력하게 요구받기 때문이지요. 우리의 지위로 말하자면 지금 여기서 문제가 되고 있는 그런 탄원을 들어줄 자격 따위는 전혀 없거든요. 그러나 이런 밤중에 진정인이 가까이 있다는 것만으로도 우리로서는 어느 정도 직책상의 권한도 커지는 것입니다. 즉 우리는 우리의 영역 이외에 있는 권한까지 인수하게 되며, 그뿐 아니라 그것을 실행하기까지 하는 거예요. 진정인은 마치 밤에 숲속에 있는 강도처럼, 우리가 여느 때라면 결코 할 수 없는 희생을 강요하는 거지요. 그것도 좋다고 해둡시다. 어쨌든 지금은 진정인이 아직도 그 자리에 남아서 우리를 격려하고 강요하고 고무하고 있고, 모든 일은 아직 반쯤 무의식 속에서 진행되고 있으니까요. 하지만 그다음은 어떻게 될까요? 모든 일이 지나가 버린 뒤 진정인은 만족해하며 흐뭇하게 우리 곁을 떠나고, 혼자가 된 우리는 직무상 월권과 맞서서 무방비 상태로 그 자리에 남게 되는 겁니다. 이게 대체 무엇을 의미하는지 전혀 상상할 수 없을 정도예요. 그럼에도 우리는 행복합니다. 그 행복이 얼마나 자멸적인 것일까요! 우리는 분명 진정인들에게 진짜 사정을 감추려고 노력할 수도 있어요. 진정인 혼자만으로는 거의 아무것도 눈치채지 못하니까요. 진정인 자신의 생각으로는 아마 아무래도 좋은 우연한 이유에서—피로하고 낙담하고, 또 과로와 실망 때문에 아무런 생각도 없이, 아무래도 상관없다는 마음으로—가려고 생각한 방과는 다른 방으로 들어온 것이지요. 그리고 아무 생각도 없이 거기에 앉아 있는데, 무슨 생각이 있다면 그건 자기의 잘못과 피로에 대해서겠죠. 그런 인간을 그대로 내버려둘 수는 없는 것일까요? 그럴 수가 없어요. 우리는 행복을 누리는 자들 특유의 수다스런 성격으로 모든 것을 설명하지 않고는 못 배기거든요. 우리는 자기 자신을 조금도 돌보지 않고 무슨 일이 일어났는지, 어떤 이유에서 그런 일이 일어났는지, 또 그런 기회가 얼마나 희귀하며 비할 데 없이 큰지를 자세하게 가르쳐주지 않을 수 없는 것입니다. 진정인으로서는 하긴 다른 어떤 인간도 만들지 못한 고립무원의 상태에 있다가 그런 기회를 얻은 것이긴 하지만, 측량사 양반, 이제 그는 마음만 먹으면 생각한 대로 할 수 있고 더구나 자신의 부탁을 말하기만 하면 된다는 것, 그 부탁이 이루어질 준비는 이미 마련되어 있다는 것, 그뿐 아니라 부탁이 이루어지는 방향으로 이미 스스로 발돋움하고 있다는 것을 전부 가르쳐주지 않고는 못 배긴다는 말입니다. 관리에게는 어려운 순간입니다. 그러나 설사 우리가 이렇게 했다고 해도, 측량사 양반, 다만 어쩔 수 없이 일어날 일이 일어난 것뿐이에요. 우리는 겸허한 태도로 기다려야 하지요."

K는 일어나는 모든 일과 상관없이 자고 있었다. 처음에 침대 기둥에 왼팔을 올려 놓고 있던 그의 머리는 그가 잠드는 사이 미끄러져서 천천히 아래로 처졌다. 왼팔로는 더 이상 지탱할 수 없어서 부지불식간에 K는 오른손을 이불 위에 뻗쳐 지탱하려고

했으나 그때 우연하게도 이불 밑에서 나온 뷔르겔의 발을 붙잡았다. 그쪽을 쳐다본 뷔르겔은 심기가 불편하긴 했지만 K에게 자기 발을 내맡겼다.

그때 옆의 벽을 강하게 두드리는 소리가 났다. K는 깜짝 놀라서 눈을 뜨고 벽을 쳐다보았다. "측량사, 그곳에 없습니까?" 누군가 물었다. "네, 있어요." 이렇게 대꾸한 뷔르겔은 자기 발을 K에게서 빼낸 뒤 갑자기 어린애처럼 사납고 난폭하게 벌렁 자빠졌다. "그렇다면 이젠 이리 와주었으면 하는데." 그 목소리가 말했다. 뷔르겔에 대해서도, 뷔르겔이 아직 K를 필요로 할지 모른다는 점에 대해서도 전혀 고려하지 않는 듯한 투였다. "에어랑어입니다." 이렇게 말한 뷔르겔은 옆방에 에어랑어가 있다는 사실에 조금도 놀라지 않은 것 같았다. "당장 저분에게 가보세요. 벌써 화를 내고 있으니 달래주고요. 저분은 잠을 잘 자는데 우리가 너무 큰 소리로 이야기했군요. 사람은 어떤 얘기를 할 때면 자기 자신도, 자신의 목소리도 억제할 수 없지요. 자, 저쪽으로 가보시죠. 당신은 아직도 잠에서 전혀 빠져나오지 못한 것 같군요. 자, 가봐요. 도대체 무슨 용건이 더 남아 있는 거죠? 아니, 잠들었다고 미안해할 필요는 없어요. 그럴 필요가 왜 있겠어요? 육체의 힘은 어느 한계까지만 닿을 수 있을 뿐, 그 한계가 다른 때에도 의미심장하다는 점에 대해 우리가 뭘 어쩔 수 있겠어요? 아니, 아무도 어쩔 수 없죠. 이 세계가 스스로 그런 식으로 돌아가면서 균형을 잡고 있으니까요. 다른 면에서는 위로가 되지 않지만 훌륭한, 아무리 생각해도 상상조차 할 수 없는 훌륭한 구조이지요. 자, 어서 가요. 왜 당신이 나를 그렇게 쳐다보는지 모르겠군요. 만약 당신이 더 주저한다면 에어랑어가 나에게 화를 낼 겁니다. 그건 피하고 싶어요. 자, 어서 가주시죠. 저쪽에서 무엇이 당신을 기다리고 있는지는 모르겠습니다. 여긴 기회가 넘치는 곳이니까요. 다만 물론, 어떤 기회는 너무 커서 이용할 수 없기도 하고, 다름 아닌 자기 자신 때문에 좌절되는 기회도 있지요. 맞아요, 정말 놀라운 일이지요. 그런데 이제는 좀 자고 싶군요. 물론 벌써 다섯 시가 되었고 곧 시끄러워지겠지만요. 이제는 제발 당신이라도 저쪽으로 가주었으면 좋겠습니다!"

깊은 잠에서 느닷없이 깨어나 머리가 멍하고 아직도 끝없이 졸린 데다 불편한 자세를 하고 있어서인지 몸뚱이의 마디마디가 아픈 탓에, K는 오랫동안 일어설 결심을 하지 못한 채 이마를 짚고 자기 무릎을 바라보고 있었다. 뷔르겔이 계속 작별을 고하며 그를 쫓아내려고 했더라도 K는 가지 않았을 것이다. 다만 더 이상 그 방에 있어봐야 아무런 소용도 없다는 느낌만이 점점 빙에서 나가야겠다는 생각을 불러일으켰다. K는 왠지 그 방이 황량해 보였다. 그렇게 변한 건지 아니면 예전부터 그랬던 건지는 알 수 없었다. 이 방에서는 다시 잠들 수 없을 거라는 확신만이 결정적이었다. 그는 희미한 미소를 지으며 일어섰다. 지탱할 수 있으면 무엇에든, 침대에든 문에든 몸을 의지하며 그는 마치 오래전에 뷔르겔에게 작별 인사를 했다는 듯 아무 말 없이 방을 나섰다.

24장

만약 에어랑어가 열린 문가에 서서 K에게 손짓을 하지 않았더라면, 그는 아마도 뷔르겔의 방을 나섰을 때와 마찬가지로 에어랑어의 방 앞을 무관심하게 지나가 버렸을 것이다. 에어랑어는 집게손가락을 딱 한 번 까딱했을 뿐이었다. 그는 출발 준비를 모두 끝낸 상태였으며 목까지 단추를 채워 칼라가 목에 꼭 끼는 검은 모피 외투를 입고 있었다. 하인 하나가 막 그에게 장갑을 내주고 있었고, 모피 모자는 아직 하인의 손에 들려 있었다. "당신은 진작 왔어야 했지요." 에어랑어가 말했다. K는 사과를 하려고 했다. 피로한 듯 두 눈을 감은 에어랑어는 그런 짓은 그만두라는 시늉을 했다. "문제는 다음과 같은 일입니다." 에어랑어는 말했다. "예전에 여관 주점에 프리다라는 여자가 일을 했지요. 난 이름만 알 뿐 직접 알지는 못하며, 사실 그녀의 일은 아무래도 상관이 없지요. 그 프리다가 가끔 클람한테 맥주를 가져다주었는데, 지금은 그곳에 다른 여자가 있는 것 같더군요. 하지만 그런 변화야 물론 하찮은 것이며, 누구에게든 마찬가지일 겁니다. 하물며 클람에겐 말할 나위도 없지요. 하지만 맡은 일이 크면 클수록—클람의 일이 가장 크지요—스스로를 외부 세계로부터 지킬 힘이 부족해집니다. 그로 인해 지극히 하찮은 변화라도 그 하나하나가 심각한 방해가 될 수 있는 것입니다. 책상 위의 지극히 작은 변화, 그곳에 전부터 있었던 얼룩이 제거된 것조차도 이미 방해가 되지요. 시중드는 아가씨가 바뀐 것도 마찬가지입니다. 물론 그런 모든 일이 누군가 다른 사람들에게는, 그리고 다른 어떤 일을 하는 데에는 방해가 될지 모르지만 클람에게는 방해가 되지 않습니다. 그런 건 전혀 문제가 되지 않지요. 그럼에도 우리는 클람이 편하게 지낼 수 있도록 가능한 한 마음을 쓸 의무가 있습니다. 그러기 위해서 그에게 방해가 되지 않을 듯한 일이라도─아마 클람에게 방해되는 일은 전혀 없다고 생각되지만─적어도 우리 생각으로는 방해가 될지도 모르는 것이 눈에 들어오면 그것을 제거해야 합니다. 제거하는 이유는 클람을 위해서, 클람의 일을 위해서가 아니라 우리를 위해서, 우리의 양심과 안정을 위해서예요. 따라서 프리다라는 여자는 당장 주점으로 돌아와야 해요. 아마 그 여자가 돌아온다는 사실만으로도 방해가 될지 모르는데, 그렇게 되면 우리는 그녀를 다시 내쫓을 겁니다. 그러나 지금으로서는 돌아와야 해요. 내가 들은 바에 따르면 당신이 그녀와 함께 지내고 있다고 하더군요. 그렇다면 당장 그녀가 돌아오도록 해주세요. 여기서 개인적인 감정 따위는 조금도 끼어들 여지가 없습니다. 더없이 자명한 일이에요. 그런즉 나는 이 일에 대해서 더 이상 언급하는 것은 허용치 않겠습니다. 당신이 이 작은 일에서 인정을 받아야 당신의 장래에 도움이 될 수도 있다는 점을 내가 말한다면 필요 이상의 잔소리겠지요. 내가 당신한테 해야 할 얘기는 이것뿐입니다." 에어랑어는 작별 인사로 K한테 고개를 끄덕이고는 하인이 건네준 모피 모자를 쓴 다음 하인을 데리고 빠른 걸음으로, 그러나 좀 절름거리면서 복도 저쪽으로 가버렸다.

이 마을에서는 가끔 아주 따르기 쉬운 명령이 내려지곤 하는데, 그 쉽다는 것이 K는 기쁘지 않았다. 그 이유는 명령이 프리다에 관한 것이며, 더구나 명령으로 내려졌다는 점, 그것도 K의 귀에는 조소처럼 들리기 때문만이 아니었다. 우선 그 명령으로 보았을 때 K로서는 자기의 모든 노력이 헛된 것임을 분명히 알게 되었기 때문이다. 갖가지 명령은 유리한 것이건 불리한 것이건 그의 머리 위로 지나가고, 설사 유리한 명령이라고 할지라도 궁극에 가서는 불리한 핵심을 지니고 있을 터였다. 그리고 그는 너무나도 낮은 위치에 있기 때문에 그런 명령에 간섭하거나 혹은 그것을 무시하고 자기의 목소리에 귀를 기울일 수 없었다. 에어랑어가 거부하면 나는 무엇을 할 수 있는가, 만일 에어랑어가 거부하지 않더라도 내가 그에게 무슨 말을 할 수 있는가? 오늘 자신의 피로가 모든 사정의 불리함보다도 손해가 되고 있다는 것을 K는 잘 알고 있었다. 그러나 자기의 육체는 의지할 만하다고 믿고 있던 그가, 그리고 그런 확신이 없다면 결코 이런 곳까지 오겠다고는 생각지 않았을 그가, 어째서 몇 번의 힘든 밤과 잠을 자지 못한 하룻밤을 견뎌낼 수 없었던 걸까? 어째서 바로 여기서 이렇게, 어쩔 수도 없이 피곤에 지쳐버린 것일까? 여기서는 누구나 피로하고, 아니 누구나 피로하긴 하지만 그것이 조금도 일을 방해하지 않을 뿐 아니라 오히려 일을 촉진시키는 것으로 보이는 이곳에서, K는 왜 이토록 피로했던 걸까? 생각해 보면 그들의 피로는 K의 피로와는 전혀 달랐다. 여기서는 행복한 일 안에도 피로가 깃들어 있는 듯했으며, 외부에서 볼 땐 피로처럼 보이지만 사실은 깨부술 수 없는 안정이자 깨부술 수 없는 평화였다. 대낮에 약간의 피로를 느끼는 건 그날 하루가 자연스럽게 잘 흘러가고 있다는 뜻이다. "이 마을의 높으신 분들에게는 늘 대낮만 있다." K는 혼자 중얼거렸다.

그리고 그런 생각은 지금 아직도 다섯 신데 벌써부터 복도 양쪽이 시끄러워진 것과 꼭 들어맞았다. 방마다 그런 시끄러운 목소리는 뭔가 지극히 즐거운 분위기를 지니고 있었다. 어쩌면 소풍 준비를 하고 있는 아이들의 환성처럼 들리기도 하고, 닭장의 닭들이 둥우리에서 활개를 치며 날아 나오는 듯, 잠에서 깨어나는 하루와 완전히 조화를 이루는 기쁨의 소리처럼도 들렸다. 어디선지 신사 한 사람이 닭 우는 소리를 흉내 내기까지 했다. 복도에는 아직 인기척이 없었지만 문은 벌써 움직이기 시작했다. 자꾸만 문 하나가 잠깐 열렸다가 닫히곤 하면서, 그런 문을 여닫는 소리로 복도는 웅성대고 있었다. 가끔 K는 또 천장까지 닿지 않는 벽 위의 틈새로 아침답게 봉두난발한 머리가 불쑥 나타나는가 하면 곧 사라지는 것도 보았다. 멀리서 하인 한 명이 서류를 실은 자그마한 수레를 끌고 천천히 다가왔다. 또 다른 하인이 한 장의 목록을 손에 들고 수레와 나란히 걸어왔는데, 그 목록으로 문 번호와 서류 번호를 비교하는 듯했다. 수레는 대부분의 문 앞에 섰으며, 그때마다 문이 열리고 관련 서류를 방 안으로 들이밀었다. 때로는 단지 한 장의 종이쪽지일 때도 있었다─그런 때면 방에서 복도를 향해 잠깐씩 대화를 했는데, 아마 어떤 이유로 하인을 책망하고 있는 듯했다. 문이 닫혀 있으면 서류를 조심스럽게 문간에 쌓아놓았다. 그럴 때는 주위의 다른 방문들이 이미 서류를 전달받았는데도 조용해지지 않고 오히려 더욱 강하게 움직이는 듯했다. 아마 다른 자들이, 왜 그런지는 알 수 없으나 문간에 아직 쌓여 있는 서류를 탐욕스럽게 노리고 있는 듯했다. 그들은 그 방 사람이 문을 열기만 하면 서류를 손에 넣을 수 있을 텐데, 왜 그러지 않는지 이해할 수 없는 것 같았다. 처리되지 않고 남은 서류는, 지금도 여전히 가끔 내다보면서 아직도 서류가 문간에 놓여 있는지, 아직도 자기들에게 그 서류가 주어질 희망이 있는지 확인하려는 다른 신사들에게 분배될 가능성도 있었다. 그런데 그렇게 내버려둔 서류는 대개는 아주 커다란 다발이었다. K는 서류를 그렇게 일시적으로 내버려두는 건 어떤 자만심이나 악의 때문에, 아니면 동료들을 자극하려는 자부심 때문이라고 생각했다. 가끔, 꼭 그가 보고 있지 않는 동안에 그렇게도 오랫동안 구경거리가 되고 있던 서류 다발이 갑자기 재빠르게 방 안으로 끌려들어 가서는 방문이 다시 전과 마찬가지로 움직이지 않는 모습을 보고 나서 그는 자신의 생각에 더욱 확신을 가졌다. 그러자 주위 방문들 역시 끊임없이 매혹하던 물건이 결국 사라졌다는 데 실망을 해서인지 아니면 만족해서인지 어쨌든 조용해졌으나, 이윽고 다시 차차 움직이기 시작하는 것이었다.

K는 이런 모든 것을 단순한 호기심에서만이 아니라 깊은 관심을 갖고 바라보았다. 그는 마치 자신이 그런 왁자지껄한 움직임 한가운데 놓인 듯한 기분으로 여기저기를 바라보고—적당한 거리를 두고 있긴 했지만—하인들의 뒤를 따라다니면서 그들이 분배하는 것을 바라보았다. 하인들은 물론 가끔 엄격한 눈초리로 머리를 숙이고 입술을 삐죽 내밀며 그를 돌아다보곤 했다. 분배하는 일은 가면 갈수록 점점 더 힘겨워졌는데, 목록이 완전히 들어맞지 않거나 혹은 서류가 하인으로서는 잘 구별이 되지 않거나 혹은 방 안의 사람들이 다른 이유로 불평을 하곤 했다. 어쨌든 분배된 서류를 다시 돌려받아야 하는 일도 종종 생겼는데, 그러면 수레는 되돌아와서 서류의 반환 문제를 가지고 문틈으로 담판을 했다. 그런 담판도 벌써 귀찮은 일이었다. 만일 반환이라는 문제가 생기면 아까까지도 지극히 활발하게 움직이던 문이 마치 이제는 아무것도 듣고 싶지 않다는 듯 가차 없이 덜컥 닫혀버리는 일이 줄곧 벌어졌다. 그때부터는 일이 정말 까다롭게

흘러갔다. 서류를 요구할 권리가 있다고 생각하는 사람은 자기 방 안에서 떠들썩하게 손뼉을 치고 발을 구르거나 문틈으로 자꾸만 특정한 서류 번호를 복도를 향해 소리치는 것이다. 하인 한 사람은 흥분한 자들을 달래는 데에 전념하고 또 다른 하인은 닫힌 문 앞에서 반환해 주기를 바라며 싸우고 있었다. 두 사람 모두 힘겨워했다. 참을성 없는 신사는 하인이 달래면 달랠수록 더욱 참지 못하고 하인의 의미 없는 말들에 전혀 귀 기울일 수 없었다. 달래는 것은 소용없고 다만 서류가 필요하다는 식이었다. 그중 한 신사는 세숫대야에 가득 담은 물을 문 위 틈새로 하인에게 들이부었다. 둘 중 좀 더 지위가 높아 보이는 하인은 더 큰 어려움을 겪었다. 해당 신사가 담판에 나설 경우에만 구체적인 타협이 이루어질 수 있었는데, 그럴 때엔 하인은 목록을, 그리고 신사는 여러 가지 메모와 바로 그 서류를 끌어오는 것이었다. 신사는 그 서류를 돌려줘야 하는데도 불구하고 아직도 손에 단단히 쥐고 있기 때문에 하인은 서류의 한구석조차 볼 수 없는 지경이었다. 그렇게 되면 하인도 새로운 증거를 가져오기 위해 살짝 경사진 복도에서 자꾸만 혼자 굴러가는 수레로 달려가야 하고, 서류를 달라고 하는 신사한테도 가서 지금까지 서류를 붙들고 있는 신사의 항의와는 또 다른 정반대의 항의를 들어야 했다. 이런 담판은 시간을 오래 끌기 마련이었지만 가끔 타협이 잘되어서 단지 서류가 뒤바뀌었을 뿐이므로 방 안의 신사가 서류의 일부를 내주거나 다른 서류를 대신 받기도 했다. 그러나 하인이 내민 증거에 의해 궁지에 몰리거나 혹은 계속되는 교섭에 지친 경우에는 반환을 요구받은 서류를 단념하지 않을 수 없게 되기도 했다. 그런데 그럴 때면 신사는 하인에게 서류를 넘겨주지 않고 갑자기 결심한 듯 복도 저 멀리로 내던지곤 하는 것이었다.

그러다 서류를 묶은 끈이 풀려 종이가 날아가고, 하인들은 전부 다시 정리하기 위해 굉장히 애를 써야 했다. 그러나 이런 고생들도 하인이 반환을 요구하는데도 전혀 대답하지 않는 것과 비교하면 그나마 간단한 편이었다. 대답도 듣지 못하는 경우에는 닫혀 있는 문 앞에 서서 애원하고, 맹세하고, 자기의 목록을 증거로 내밀고, 규정을 읽어주곤 하지만 전혀 소용없고 방 안에서 아무 소리도 들려오지 않는 것이다. 허가 없이는 하인이 방 안으로 들어갈 수 없었다. 그 우수한 하인도 가끔 자제심을 잃고 수레가 있는 데로 가서 서류 위에 앉아 이마의 땀을 닦고 잠시 동안은 어찌할 바를 모르는 채 발을 건들거릴 뿐이었다. 주변에서는 이 사태에 관심이 지대해서 사방에서 속삭이는 소리가 들리고 조용한 문은 거의 하나도 없었다. 벽의 위쪽 난간에서는 이상하게도 천으로 완전히 가린 얼굴들이 잠시도 진정하지 못한 채 사태가 어떻게 진행되는지를 전부 뒤쫓고 있었다. 그런 북새통에 K는, 뷔르겔의 방은 쭉 닫힌 채로 있었으며 두 하인이 그 문이 있는 복도를 이미 지나쳤는데도 그에게는 서류를 하나도 분배하지 않았다는 사실을 깨달았다. 아아, 뷔르겔은 아직도 자고 있을 것이다. 하지만 이런 북새통에서 그렇게 자고 있다니 지극히 건강한 잠이 마땅할 테지만, 그는 어째서 서류를 받지 않는 것일까? 불과 몇 개의 방만이, 그것도 아마 사람이 없는 방만이 그런 식으로 서류를 받지 못했다. 그와는 반대로 에어랑어가 있던 방에는 이미 새로운, 유난히 시끄러운 손님이 들어가 있었다. 에어랑어는 분명 그 손님 때문에 밤중에 쫓겨난 듯했다. 냉철하고 현명한 에어랑어와는 어울리지 않는 일이었지만, 그가 문간에 서서 K를 기다리고 있었던 점은 사실 그런 상황이 있었음을 암시했다.

그런 부수적인 것들을 이리저리 관찰한 뒤에 K는 다시 하인에게로 주의를 기울였다. 이 하인에 대해서는 K가 지금껏 하인에 대해 들었던 일반적인 이야기, 즉 그들이 무위도식하며 오만불손하다는 이야기가 도무지 들어맞지 않았다. 하인들 중에 틀림없이 예외가 있거나 그 안에서도 여러 무리들이 있는지도 모른다. K가 눈치챈 바로 여기에는 그가 지금껏 듣거나 보지 못했던 수많은 차이가 있었기 때문이다. K는 특히 이 하인들의 양보 없는 태도가 마음에 들었다. 그 작고 완고한 방들과 투쟁하면서 —K는 가끔 방들과의 투쟁이라는 생각이 들었는데, 방 안에 있는 사람들은 거의 보이지 않았기 때문이다—그 하인들은 조금도 물러서질 않았다. 하인도 지쳐 있었지만—어느 누가 그런 짓을 하고도 지치지 않을 수 있을까—다시 곧 기운을 회복하고 수레에서 미끄러지듯 내려와 몸을 꼿꼿이 세우고 이를 악물고는 정복해야 할 문을 향해서 다시 돌진하는 것이었다. 그는 두세 번, 그것도 지극히 간단하게, 단지 답답한 침묵에 의해 격퇴당하고 말았지만 그래도 완전히 실패하지는 않았다. 공공연한 공격으로는 아무것도 성취할 수 없음을 깨달은 그는 다른 방법을 시도했다. 예컨대 K가 잘못 본 것이 아니라면 그는 계략을 꾸몄다. 이 경우 하인은 겉으로 보기에는 문을 떠나버리고, 말하자면 문의 침묵에 지쳐버린 듯 다른 문 쪽으로 갔다가 잠시 후에 다시 문제의 그 문으로 돌아와 다른 하인을 일부러 큰 소리로 부르는 것이었다. 그러고는 닫혀 있는 문간 앞에 서류를 쌓아올리기 시작했다. 마치 자기가 생각을 고쳐먹기로 했다는 듯, 이 신사한테서는 아무것도 빼앗지 않고 오히려 더 분배하는 게 옳다는 듯한 행동이었다. 그렇게 하인은 앞으로 걸어가지만 이윽고 대개 그러듯 그 신사가 서류를 방 안으로 들이려고 조심스럽게 문을 열면, 하인은 문 앞까지 한두 번 껑충 뛰어 달려온 다음 문과 문설주 사이에 발을 집어넣고 방 안에 있는 신사가 적어도 자기와 얼굴을 맞대고 담판을 지을 수밖에 없게끔 만들었다. 이런 방식은 절반 정도는 만족스러운 결과를 가져왔다. 만일 성공하지 않거나 혹은 어떤 문에서는 이 계략이 통하지 않을 것 같으면 다른 방법을 시도했다. 예컨대 하인은 서류를 요구하는 신사를 상대로 다음과 같은 방식을 썼다. 그때 그는 완전히 기계적으로 일하고 있는 또 다른 하인을 옆으로 제쳐놓고, 방 안으로 머리를 깊숙이 들이민 다음 직접 신사를 설득하기 시작했다. 아마 그 신사에게 여러 가지 약속을 해주면서 다음 분배 때는 다른 신사에게 응분의 벌을 주겠다고 장담하는 듯했다. 하인은 상대편 신사의 문을 자주 가리키며, 피로가 허용하는 한 웃어보이기도 했다. 그러다가도 하인은 한두 번은 모든 시도를 그만둬 버리기도 했다. 그러나 그런 경우에도 K는 다만 외관상으로 그만두는 것이거나 아니면 적어도 정당한 이유로 그만두는 것이라고 생각했다. 그도 그럴 것이 하인은 침착하게 계속 앞으로 걸어갔으며, 그 신사가 옆에서 소란을 피워도 돌아보지 않았으니 말이다. 다만 한 번씩 눈을 오랫동안 감고 있는 모습만이 그가 소란을 괴로워하고 있음을 드러냈다. 그러나 신사도 점점 얌전해졌는데, 계속 악을 쓰던 어린아이의 울음소리가 점점 간헐적인 흐느낌으로 변하는 것과 같았다. 완전히 조용해진 뒤에도 간혹 악 쓰는 소리가 나거나 문이 일순간 열렸다가 쾅 닫히기도 했다. 어쨌든 이런 경우에도 하인이 올바른 조치를 취했다는 것은 명백했다. 마지막엔 얌전히 굴지 않으려는 한 신사만이 남았다. 그 신사는 오랫동안 침묵을 지키고 있었는데, 그 이유는 다만 기운을 회복하기 위함이었으며 이 다음에는 아까보다도 더욱 심하게 폭발하는 것이었다. 어째서 그렇게 악을 쓰고 불평을 하는지는 분명치 않았으나, 아마 서류의 분배 때문은 전혀 아닌 것 같았다. 그동안 하인은 일을 모두 끝마쳤던 것이다. 다만 한 가지 서류, 사실은 한 장의 종이쪽지에 지나지 않는 메모에 불과했지만, 그것만이 조수 역할을 하는 하인의 잘못으로 수레에 남아 있었다. 이젠 그것을 누구한테 분배해야 할지 알 수 없었다. '저건 아마 내 서류일지도 몰라.' 이런 생각이 K의 머리를 스쳤다. 촌장도 줄곧 이렇게 지극히 하찮은 경우에 대해 이야기했었다. K는 이런 자신의 가정이 사실 제멋대로인 데다 우스꽝스럽다고 생각하면서도, 고심하는 듯 그 쪽지를 조사하고 있는 하인에게로 가까이 가려 했다. 하지만 그리 쉬운 일은 아니었다. 그 하인이 K의 호의를 맘에 들어하지 않았기 때문이다. 하인은 아주 어려운 일을 하던 외중에도 줄곧 틈을 내서, 악의 때문인지 혹은 조바심 때문인지 신경질적으로 머리를 들고 K 쪽을 돌아보곤 했다. 분배가 끝난 지금이 되어 비로소 그는 K를 좀 잊고 있었던 것 같다. 그는 다른 일도 그냥 내버려두었는데, 그의 심한 피로를 감안하면 이해할 수 있는 일이었다. 그는 쪽지 역시도 전혀 읽고 있던 게 아니며 다만 읽는 척하고 있던 것에 불과한 것 같았다. 여기 복도에서 그 쪽지를 분배해 주면 아마 어떤 방의 신사들이든 좋아할 테지만 그는 다른 결심을 한 듯했다. 그는 분배하는 일에는 진력이 난 듯했다. 집게손가락을 입술에 대고는 함께 있는 하인에게 잠자코 있으라는 눈짓을 보내더니―K는 아직도 그에게서 상당히 먼 곳에 있었는데―그 쪽지를 발기발기 찢어서 호주머니에다 집어넣어 버렸다. 그것은 분명 K가 이곳 업무 상황에서 발견한 최초의 규칙 위반이었다. 하긴 K가 규칙 위반을 잘못 이해하고 있을 수도 있으며, 설사 규칙 위반이라 하더라도 용서받을 수 있는 일이었다. 다시 말해 이곳을 지배하고 있는 상황 아래에서는 그 하인이 과실을 범하지 않고 일할 수는 없는 것이었다. 쌓이고 쌓인 불만이 한 번은 폭발하지 않을 수 없었는데, 그게 단지 한 장의 쪽지를 찢어버리는 것으로 표출되었다면 그걸 죄라고 할 수 없었다. 복도에는 그 무엇으로도 진정시킬 수 없는 그 신사의 목소리가 아직도 날카롭게 울리고 있었다. 다른 일에서는 서로 별로 친하지 않은 동료들도 이 소동에 대해서는 완전히 같은 생각인 듯했다. 상황은 점차 그 신사가 다른 동료를 대신해 소란을 피우는 일을 맡은 것처럼 돌아갔으며, 다른 신사들은 고개를 끄덕이며 소리치고 격려를 보내주었다. 그러나 하인은 그런 것들에 이젠 아무 관심이 없는 듯했다. 그는 자신의 일을 끝낸 다음 또 다른 하인에게 수레 손잡이를 잡으라고 눈짓하고는, 두 사람은 들어왔을 때와 마찬가지로 나가버렸다. 다만 아까보다는 좀 더 만족한 듯, 그리고 수레가 그들 앞에서 뛸 정도로 재빠른 걸음으로 가버리는 것이었다. 그들은 딱 한 번 움찔하고 뒤를 돌아보았는데, 줄곧 소리를 지르고 있는 그 신사가—K는 그 신사가 바라는 게 무엇인지 알고 싶어 마침 그의 문 앞을 서성거리고 있었다—소리 지르는 것만으로는 더 이상 안 되겠다는 듯 이번에는 대신 초인종을 끊임없이 누르기 시작했다. 마치 초인종 단추를 발견해 이런 방식으로 수고를 덜게 된 것을 무척 기뻐하는 듯했다. 그러자 다른 방에서 시끌시끌하며 야단법석이 일어났는데, 아마 찬성을 의미하는 듯했다. 그 신사는 다른 모든 신사들이 한참 전부터 하고 싶었지만 어째선지 하지 못했던 일을 대신하고 있는 것 같았다. 신사가 초인종을 눌러 부르려는 사람은 시중들, 어쩌면 프리다인지도 모른다. 그렇다면 아주 오래 눌러야 할 것이다. 프리다는 예레미아스의 머리를 식히기 위해 수건을 얹어주는 일에 몰두하고 있었고, 설사 예레미아스가 이

제 다 나았다고 하더라도 프리다에겐 여유가 없을 텐데, 이미 그
녀는 예레미아스의 품 안에 있을 테니 말이다. 그런데 초인종은
즉각 효과가 있었다. 벌써 헤렌호프의 주인이 검은 옷을 입고 언
제나 그렇듯 단추를 단정하게 끼운 채 멀리서부터 뛰어왔다. 두
팔을 반쯤 벌리고는 마치 커다란 사고가 나서 자기가 불려오는
듯, 그 사고를 자기 품에 꼭 껴안아 숨통을 끊어놓으려는 듯한
꼴로 달려오는 모습을 보니 아마 자기 체면도 잊고 있는 모양이
었다. 그리고 초인종이 조금이라도 불규칙하게 울리면 펄쩍 뛰
어올라 더욱 서둘렀다. 곧이어 그보다 훨씬 멀리서 여주인도 나
타났다. 그녀도 팔을 벌리고 뛰어왔는데, 폭 좁은 걸음으로 부자
연스럽게 뛰는 터라 K는 그녀가 너무 늦게 올 것이며 그동안 주
인이 필요한 모든 일을 끝내리라는 생각이 들었다. K는 주인이
뛰어갈 수 있게 비켜주려고 벽에 찰싹 붙어섰으나 주인은 마치
K가 자기가 찾던 상대라는 듯 그의 앞에서 걸음을 멈췄으며, 곧
여주인도 쫓아오더니 두 사람 모두 K에게 비난을 퍼붓는 것이
었다. 당황하고 놀란 K는 왜 그런 비난을 받는지 알아들을 수 없
었다. 더구나 그 신사의 초인종 소리와 뒤섞이면서 덤으로 다른
초인종들의 소리까지 껴들기 시작하여 더욱 알아들을 수 없었
다. 그 초인종들은 이제 필요에 의해서가 아니라 그저 넘쳐흐르
는 기쁨을 위해 재미로 울리고 있는 듯했다. K로서는 자기가 비
난받는 이유를 이해하는 일이 더욱 중요했으므로, 주인이 그를
팔로 꼭 껴안고 이 북새통에서 데리고 나가려는 데 흔쾌히 동의
했다. 소란은 점점 심해질 뿐이었는데, 그도 그럴 것이 그들의
뒤에서는—주인뿐 아니라 여주인까지 끊임없이 말을 걸어오는
터라 K는 전혀 뒤돌아보지 못했는데—이제 문이란 문이 모조리
열려 복도는 활기를 띠고 마치 시끄러운 골목길에서처럼 사람들

이 빈번하게 왕래했다. 앞쪽에 있는 문에서는 안에 있는 신사들이 나갈 수 있도록 K가 빨리 지나가기를 조바심 내며 기다리고 있었다. 그리고 이런 상태 속에서 마치 승리를 축하하려는 듯 초인종 소리가 점점 요란스레 울려 퍼졌다. K는 결국—K 일행은 이미 몇 대의 썰매가 기다리고 있는 조용하고 눈이 하얗게 쌓인 안마당으로 나와 있었다—문제가 무엇인지 차차 알게 되었다. 주인 내외는 어떻게 K가 그런 짓을 했는지 알 수 없다고 말했다. "하지만 내가 도대체 무슨 짓을 했다는 거지요?" K는 거듭 물었지만 오랫동안 그 대답을 들을 수가 없었다. 주인 내외에게는 K의 죄가 너무나 자명해서 그가 진지하게 묻고 있다고는 조금도 생각되지 않았기 때문이다. 굉장히 애쓴 끝에 K는 간신히 모든 것을 납득할 수 있었다. 그의 죄는 복도에 있었다는 것이었다. 그는 기껏해야 주점에 들어갈 수 있을 뿐이며 그것조차 동정심에 의해 허락해 준 것이다. 만일 그가 성의 어떤 인물로부터 호출을 받는다면 물론 그 장소에 출두해야겠지만, 늘 다음과 같은 점을 의식해야 하는데—틀림없이 K에게도 보통의 상식쯤은 있지 않겠는가?—그가 사실은 있어서는 안 될 장소에 있는 것이며, 그곳으로 자기가 호출된 것은 오로지 공적인 용건으로 허락받았기 때문이라는 점이다. 그러니 그는 심문을 받기 위해 신속하게 출두해야 하며, 또 될 수 있는 대로 신속하게 돌아가야 한다. 그는 복도에 있으면서도 여기는 전혀 자기가 있을 곳이 아니라는 것을 느끼지 못했단 말인가? 만약 그렇게 느꼈다면 어째서 목장의 가축이라도 된 듯 거기서 헤매고 있을 수 있는가? 그는 밤 심문에 소환된 것인데, 그런데도 왜 밤 심문을 하는지 모른단 말인가? 밤 심문의 목적은—K는 다시 한번 그 의미에 대한 설명을 들었다—다만 성의 신사들이 대낮에는 보기 역겨운 진정인들을 대신 재빨리 밤에 인공조명 아래에서 심문하고, 더구나 심문 직후에 모든 추잡한 것들을 잠 속에서 잊어버릴 수 있다는 가능성에 있다. 그런데 K가 보여준 태도는 그러한 온갖 신중한 조치를 조롱하는 셈이었다. 망령도 아침이 되면 없어진다고 하는데 K는 그곳에서 서성대며 두 손을 주머니에 꽂은 채 자기는 나가지 않으면서 방 안의 신사들과 복도 전체가 나가기만을 기다리고 있는 듯한 태도가 아니었던가. 그리고 그런 일도—K도 확신할 수 있겠지만—어쩌면 틀림없이 일어났을지도 모른다. 어쨌든 그분들의 고운 마음씨에는 끝이 없으므로 누구든 K를 내쫓거나 혹은 그가 결국은 나가야 한다는 식의 자명한 얘기는 하지 않을 것이며, K가 있는 동안 아마 흥분한 나머지 몸을 떨며 그들이 가장 좋아하는 아침 시간을 헛되이 보내더라도 결코 그러지 않을 것이다. K에게 단호한 조치를 취하는 대신 괴로워하는 편을 택할 것이다. 그렇기는 하지만 신사들이 분명히 기대했던 바는 K가 마침내 이런 명백한 사실을 틀림없이 차차 알게 될 것이며, 신사들이 느끼는 괴로움만큼 새벽부터 이 복도에 서서 굉장히 어색하게 수많은 사람들로부터 시선을 받으며 괴로워할 것이 틀림없다. 하지만 헛된 기대인 것이다. 그들은 어떤 외경심으로도 억누를 수 없는 무감각하고 외골수인 마음이 있다는 것을 모르며, 또 친절하고 겸손한 그들로서는 그것을 알고 싶어 하지도 않는다. 불쌍한 미물인 밤나방조차 아침이 되면 조용한 구석을 찾아 움츠러들며 사라지고 싶어 하지만 그럴 수 없어 불행해하지 않는가. 그에 반해서 K는 가장 주목을 받는 자리에 서 있었으며, 아마 그럴 수만 있다면 아침이 오는 것을 방해했을 것이다. 그는 아침이 오는 것을 방해할 수는 없지만 유감스럽게도 그것을 지체시키고 곤란하게 만들 수는 있다. 서류를 분배하는 모

습을 보지 않았는가? 그것은 가장 가까운 관계자 이외에는 누구
도 보아서는 안 되는 일이다. 주인 내외도 가령 오늘 하인한테서
단지 암시적인 이야기로만 들었을 뿐이다. 그 서류 분배가 얼마
나 곤란한 상황에서 이루어졌는지 눈치를 못 챘단 말인가? 그
자체로는 이해하기 어려울 수도 있다. 그러나 신사들은 누구나
업무에만 헌신하며 결코 자기 자신의 이익 따위는 생각지 않는
다. 따라서 전력을 다해서 서류 분배라는 중요하고 기본적인 일
이 신속하고 용의주도하고 틀림없이 행해지도록 협력하지 않을
수 없다. 그리고 K는 진정 다음과 같은 것을 희미하게나마 예감
하지 못했단 말인가. 온갖 곤란의 중요한 원인은, 그들 사이에
직접적인 교섭을 할 가능성 없이 닫혀버린 문간 앞에서만 교섭
해야 한다는 데 있다는 걸 말이다. 만약 그들이 직접적으로 교섭
한다면 물론 당장 서로를 이해할 수 있겠지만, 하인들의 중개를
통해 교섭하자니 거의 몇 시간이 걸리며 예외 없이 불평이 따라
오는 것이다. 그러니 신사들과 하인 양쪽은 끝없는 괴로움을 느
끼고 있으며 더구나 후일의 업무에도 유해한 영향을 미칠 것이
다. 그런데 어째서 그들이 직접 교섭하지 않느냐고? K는 그걸
아직도 모르겠단 말인가? 여주인으로서는 여태까지 다루기 힘
든 사람들과 관계를 맺어왔지만 이런 사람은 처음 봤다―주인
역시 이를 뒷받침해 주었다―여느 때라면 절대 입 밖에 내지도
않을 이야기를 K에게는 하나하나 말해줘야만 한다. 그러지 않으
면 그는 가장 필수적인 것조차 이해하지 못하니 말이다. 어쨌든
잘됐다, 어차피 얘기해 주지 않을 수 없으니까. 당신이 있었기
때문에, 단지 당신이 그곳에 있었다는 이유만으로 신사들은 방
에서 나올 수가 없었던 것이다. 왜냐하면 신사들은 아침에 눈을
뜬 직후에 지나치게 부끄럼을 타며 또 너무나도 상처 입기 쉬운

상태여서 다른 사람의 눈에 자기 모습을 내보일 수 없는 것이다. 설사 몸치장을 완벽하게 했더라도 자기 모습을 보여주기에는 여전히 너무 벌거벗었다고 느낀다. 무엇 때문에 그들이 그렇게 부끄럼을 타는지는 말하기 어렵지만, 아마 영원한 일꾼인 그들은 오직 자기들이 잠들었다는 사실만으로도 부끄러워하는 것일 테다. 하지만 그들은 자기의 모습을 사람들한테 보이는 것 이상으로 낯선 사람을 만나는 것을 부끄러워하는지도 모르겠다. 심문을 밤에 함으로써 다행히도 그런 상황, 즉 그토록 견디기 어려워하는 진정인들을 보는 일에서 빠져나올 수 있었는데, 이제 아침이 되어서 갑자기, 있는 그대로의 벌거벗은 모습으로 진정인들을 다시 한번 마주하고 싶지 않은 것이다. 이런 사정도 생각하지 못하는 인간, 그래, K 같은 인간이 있는 것이다. 그런 인간은 법적인 사안이든 지극히 당연한 인간적 배려든 그렇게 둔감하고 냉정하게, 그리고 잠에 취한 눈빛으로 넘겨볼 뿐, 서류 분배를 거의 불가능하게 만들고 이 여관의 명성을 해치며 여태까지 한 번도 일어나지 않았던 일을 벌이는 것이다. 그렇게 절망한 신사들이 스스로를 지키려 들며 보통 인간들로는 생각할 수도 없는 그런 자제심을 발휘한 뒤에 결국 초인종에 손을 대고 다른 수단으로는 조금도 움직이지 않는 K를 쫓아내기 위해 도움을 청한 일은 정말 여태까지 한 번도 없던 일이었다. 그분들이 도움을 청하다니! 주인 내외도 그리고 이 여관의 모든 고용인들도 훨씬 전에 달려왔더라면, 그럴 엄두조차 내지 못했지만, 만약 부르지 않으셨더라도 단지 아침에 잠깐 심부름만 하고 곧 사라졌더라면 얼마나 좋았을 것인가. K에 대한 노여움에 몸을 떨면서, 그리고 자기들이 무력한 데에 절망하면서 그들은 그 복도의 입구에서 기다렸던 것이며, 사실은 절대 기대하지 않았던 초인종 소리가 일종의 구원이 되었던 것이다. 하지만 이제 그 끔찍한 순간은 지나가 버렸다! 당신, 즉 K가 결국 당신으로부터 해방된 그분들이 즐겁게 일하는 모습을 한번 볼 수 있다면 좋을 텐데! 물론 K에게는 모든 일이 끝나지 않았으며, 그가 저지른 일에 대해서 반드시 책임을 져야만 할 것이다.

그러는 사이 세 사람은 여관 주점에 다다랐다. 주인이 굉장히 화가 났음에도 불구하고 왜 K를 여기까지 데려 왔는지 분명치 않았는데, 아마 그는 K가 지극히 피곤해하는 탓에 당분간은 이 여관에서 나갈 수 없다고 생각했는지도 몰랐다. 앉으라는 권유도 기다리지 않고 K는 곧 술통 하나에 가서 문자 그대로 쓰러져 버렸다. 실내가 어둑어둑하니 기분이 좋았다. 이 커다란 공간에 마침 약한 전등 하나만이 맥주 따르는 꼭지 위에서 빛나고 있었다. 바깥도 역시 아직 깊은 어둠에 싸여 있었고 눈보라가 치는 듯했다. 여기서 이렇게 따뜻하게 머물 수 있는 것에 감사하며 쫓겨나지 않도록 조심해야 했다. 주인 내외는 여전히 그 앞에 서 있었다. K라는 인간이 마치 지금도 어떤 위험을 의미하고 있는 듯, 절대 믿을 수 없는 이 사내가 느닷없이 일어나 다시 복도로 침입해 들어갈지도 모른다는 듯한 모습이었다. 그들 자신도 밤중에 놀라 일찍 일어났기에 피로했으며, 특히 여주인이 그랬다. 그녀는 비단처럼 사각거리고, 치마 폭이 넓고, 갈색이며, 리본 달린 드레스를 입었고 약간 단정치 못하게 단추를 채웠는데—북새통에 언제 그런 옷을 꺼내 입었는지 모르겠지만—풀어헤친 머리를 남편의 어깨에 기댄 채 고운 손수건으로 두 눈을 두드리며 간간이 어린애처럼 악의가 깃든 눈초리로 K를 쳐다보았다. 그 부부를 달래기 위해서 K는, 두 분이 자기한테 얘기한 것은 모두 처음 듣는 사실이며, 모르기는 했지만 그 복도에 그렇게 오래 있었던 것은 아니다, 사실 볼일이 있었던 것도 아니며 절대 누군가를 괴롭히려던 것도 아니고, 그 모든 일은 과도하게 피로했기 때문에 일어난 일이라며, 그 부부가 불쾌하기 짝이 없는 상황을 끝장내 준 것에 감사하고, 만일 자기한테 책임을 지라고 한다면 기꺼이 환영하겠다, 그도 그럴 것이 책임을 져야만 자기 행동에 대한 사람들의 오해를 막을 수 있기 때문이라고 말했다. 다만 피로해서 그랬을 뿐 다른 이유는 없었다, 그런데 이 피로는 자기가 심문의 긴장에 익숙하지 않아서 생긴 것이다, 사실 이 마을에 온 지 며칠 안 됐으며 앞으로 이런 일을 좀 더 겪고 나면 오늘 같은 일은 두 번 다시 일어나지 않을 것이다, 어쩌면 자기는 심문을 너무 진지하게 생각하고 있었는지도 모르는데 그렇다고 그게 결코 결점이 될 수는 없을 것이다, 자기는 두 번이나 연속으로 심문을 받아야 했는데, 한 번은 뷔르겔한테서, 그다음은 에어랑어한테서였다, 특히 첫 번째 심문에서 완전히 녹초가 되어버렸는데 하긴 두 번째 심문은 별로 오래 걸리지 않았으니 에어랑어는 자기한테 자그마한 일을 부탁했을 뿐이다, 그러나 심문을 동시에 두 번 받는다는 것은 견디기 힘든 일이며 아마 그건 다른 누구도, 예컨대 여관 주인도 견디지 못할 것이다, 두 번째 심문은 거의 정신이 오락가락하는 사이에 간신히 끝마쳤으며 일종의 취한 상태였는데, 사실 자기는 그 두 사람을 처음 본 데다 그들의 목소리도 처음 들었는데 대답까지 해야 했기 때문이다, 그가 아는 한 만사는 아주 잘 끝났으나 그 후에 그런 사고가 일어났던 것이다, 다만 앞서 일어났던 일을 생각해 준다면 누구라도 자기에게 죄를 돌릴 수는 없을 텐데, 유감스럽게도 그 일을 알고 있는 건 오직 에어랑어와 뷔르겔뿐이었다, 그 두 사람이라면 자기의 이런 상태를 고려해 이후에 일어난 모든 일을 막아주었을 테지만 에어랑어는 금방 성으로 가야 했기 때문인지 심문이 끝난 뒤 곧 떠나버렸고, 뷔르겔은 아마 그 심문 때문에 지쳤는지 ─ 하물며 K 자신이 어찌 녹초가 되지 않고 견딜 수 있었겠는가 ─ 잠이 들어버려 서류를 분배하는 중에도 쭉 잘 정도였다, 만약 자기도 그처럼 잘 수만 있었다면 그런 기회를 달갑게 받아들였을 것이며, 금지된 염탐은 모조리 단념했을 것이다, 단념하는 것쯤이야 그가 진정 잠에 취했다면 아무것도 볼 수 없었을 테니 무척 쉬웠을 것이다, 따라서 그 신경이 날카로운 신사들도 아무 거리낌 없이 자기 앞에 모습을 드러낼 수 있었을 것이다.

두 번의 심문, 특히 에어랑어의 심문까지 이야기한 점, 그리고 K가 그들에게 존경심을 보인 점이 주인의 호감을 불러일으켰다. 주인은 이제 K의 부탁, 다시 말해 술통 위에 널빤지를 깔고 그 위에서 늦어도 새벽까지 자고 싶다는 부탁을 들어줄 생각인 듯했다. 그러나 여주인은 단호하게 반대하며, 이제서야 겨우 자기의 옷과 그 단정치 못한 차림이 눈에 띄어 이곳 저곳을 쓸어내렸지만 소용이 없는지 자꾸 머리만 흔들었다. 이 여관에 대한 청결과 옛날부터 이어져온 문제를 두고 다시 싸우는 듯했다. 녹초가 되어버린 K에게는 이 부부의 대화가 굉장히 중요한 의미를 가졌다. 여관에서 쫓겨나는 일은 여태까지 그가 겪은 모든 일보다도 더욱 큰 불행이라는 생각이 들었다. 주인 내외가 마음을 모아 반대하더라도 그런 일이 벌어져서는 안 되었다. K는 술통 위에 쪼그리고 앉아 눈치를 보듯 두 사람을 쳐다보았다. 이윽고 여주인은 K가 훨씬 전부터 짐작했던 그 유별난 신경질을 부리며 갑자기 옆으로 물러서서는 ─ 아마 그녀는 남편과는 이미 다른 얘기를 하고 있었던 듯한데 ─ 이렇게 소리쳤다. "저 사람이 나를 쳐다보는 꼴을 보세요! 이젠 제발 쫓아버려요!" 그러나 K는 기회를 포착했으니 자기가 여기 남게 되리라고 완전히 확신하고 거의 무심해 보일 정도로 이렇게 말했다. "당신을 보고 있는 것이 아니라 당신의 옷을 보고 있는 거예요." "왜 제 옷을 보고 있지요?" 여주인은 흥분해서 물었다. K는 어깨를 추슬러 보였다. "갑시다!" 여주인이 남편을 향해 말했다. "이 사람은 취해 있어요. 부랑자 같은 인간, 취기가 깰 때까지 여기서 자게 내버려두자고요." 그렇게 말하고 페피에게 무엇이든 베개로 쓸 만한 것을 K한테 던져주라고 명령했다. 페피는 어둠 속에서 모습을 나타냈는데, 머리는 마구 헝클어진 채 피곤해 보였으며 손에 빗자루를 들고 있는 모습이 전부 단정치 않아 보였다.

25장

눈을 뜨고 나서 K는 잠을 거의 못 잤다고 생각했다. 방은 아까처럼 인기척이 없고 훈훈했다. 벽은 모두 어둠에 잠겨 있었고 맥주 꼭지통 위에 달린 전등이 꺼져 있었다. 창밖도 밤이었다. 그가 몸을 쭉 펴다가 베개를 떨어뜨리고 침상과 술통이 덜거덕거리자 곧 페피가 나타났다. 이미 밤이 되었으며 그가 열두 시간 이상 잤다는 사실을 들었다. 여주인이 낮에 두세 번 그의 상태를 물었고, 게어슈테커도 그사이에 한 번 그의 용태를 보러 왔었다는 것이다. 게어슈테커는 K가 여주인과 얘기하고 있을 때 그곳 어둠 속에서 맥주를 마시면서 기다리고 있었는데, 이미 K가 잠들어 방해할 생각이 없었다고 했다. 마지막에는 프리다까지도 왔는데, 그녀는 잠깐 곁에 있었으며 사실 그를 위해 온 것이 전혀 아니라 오늘 밤부터 다시 전처럼 일하기 위해 여러 가지 준비를 해야 하기 때문이라고 했다. "그 여자는 이제 당신을 좋아하지 않나요?" 페피는 과자와 커피를 갖다주면서 물었다. 그 전처럼 악의가 깃든 태도가 아니라 슬퍼하는 듯한 투였는데, 마치 그 이후 이 세상의 악의를 알게 되었고 거기에 비하면 자신의 악의는 아무 소용도 의미도 없다는 듯했다. 그녀는 괴로움을 함께 나누는 사람에게 말을 걸듯 K에게 말했다. K가 커피 맛을 보고 설탕이 모자란 듯한 표정을 지으니까 곧 달려가서 설탕 항아리를 갖고 왔다. 그러나 슬픈 기분이 그녀가 예전보다 더 몸치장에 신경쓰는 것을 방해하지는 않은 것 같았다. 그녀는 머리를 땋은 채 리본을 잔뜩 달았으며, 이마와 귀밑머리, 관자놀이 근처의 머리칼은 공들여서 곱슬곱슬하게 지졌고, 자그마한 목걸이를 가슴 깊게 파인 블라우스 위로 드리웠다. 이젠 충분히 잠도 잤고 좋은 커피도 마실 수 있다는 만족감에서 K가 가만히 땋은 머리 쪽으로 손을 뻗어 리본을 풀려고 하니 페피는 피로한 목소리로 말했다. "가만두세요!" 그러고는 K와 나란히 술통 위에 앉았다. K가 그녀의 고민에 대해서 물어볼 필요는 없었다. 그녀 자신이 곧 얘기를 시작했기 때문이다. 시선을 줄곧 커피 주전자에다 돌린 채 얘기하는 동안에도 마음을 딴 데로 돌려야 한다는 듯, 자기가 고민에 사로잡혀 있기는 하지만 그건 자기의 힘을 초월한 일이기 때문에 완전히 몰두할 수는 없다는 듯한 모습이었다. 사실 K는 페피의 불행에 책임이 있었지만, 그녀는 그것을 원망하지 않는다고 했다. K가 반대하지 못하도록 얘기하는 동안에도 열심히 고개를 끄덕였다. 우선 그가 프리다를 주점에서 끌어냈기 때문에 페피가 출세할 수 있었으며, 그 외에는 프리다의 마음을 움직여 그녀가 지위를 버리게 할 수 있는 방법은 전혀 없었으리라는 것이었다. 프리다는 이 주점에 마치 집을 지은 거미처럼 들어앉아 할 수 있는 한 수많은 거미줄을 쳐놓았으니, 그녀의 뜻을 거슬러 그녀를 주점에서 빼낸다는 건 불가능했을 것이다. 다만 지위 낮은 자를 향한 사랑만이, 즉 그녀의 지위와 어울리지 않는 사람만이 그녀를 쫓아낼 수 있었다. 그렇다면 페피는 어떤가? 도대체 페피는 그런 지위를 손에 넣겠다는 생각을 한 번이라도 한 적이 있었는가? 그녀는 객실 소속의 하녀였고, 중요하지도 않고 거의 장래의 희망도 없는 지위에 있었다. 다른 아가씨와 똑같이 찬란한 미래를 꿈꾸고는 있었으며 누구도 그런 꿈을 꾸지 말라고 할 수는 없었으나, 그 이상 나아가는 일은 진지하게 생각해 본 적 없었다. 그녀는 이미 손아귀에 쥔 것만으로 만족하고 있었던 것이다. 그런데 프리다가 갑자기 주점에서 사라지고, 더구나 너무나 갑작스럽게 사라졌기 때문에 주인은 당장 적당한 인물을 구해야 했던즉, 마침 적당히 나서서 주인에 눈에 띄었던 페피를 발견했다. 그 무렵 페피는 지금껏 한 번도 사랑을 해본 적이 없었기에 그만큼 K를 깊이 사랑하게 되었다. 그녀는 몇 달 동안 아래층의 자그맣고 어두운 방에 앉아 거기서 몇 년 동안이라도, 운이 나쁘면 일생 동안이라도 눈에 띄지 않고 살아갈 심산이었다. 그때 K가 나타났다. K는 마치 그녀를 해방시켜 줄 수 있는 영웅과 같았으니, 실제로 그녀를 위해 출세의 길을 열어준 것이다. K로서는 페피를 대수롭지 않게 생각했으며 그녀를 위해 그런 일을 한 것도 아니었지만, 그렇다고 그녀의 감사해하는 마음을 막지는 못했다. 페피가 그 직책을 갖기 전날 밤에—확실히 결정된 것은 아니지만 가능성이 아주 높았을 때—그녀는 마음속에서 몇 시간이고 그와 얘기를 나누며 감사한 마음을 그의 귀에 속삭였다. 그리고 K가 스스로 떠맡은 무거운 짐이 다름 아닌 프리다라는 사실이 페피의 눈에는 그의 행위를 더욱 대단해 보이게 했다. 그가 페피를 끌어올리기 위해 프리다를 애인으로 삼은 일에는 어딘지 이해할 수 없는 자기희생적 면모가 깃들어 있었던 것이다. 프리다라는 여자는 예쁘지도 않은 데다 숱 없는 짧은 머리를 하고 있고, 게다가 속셈을 알 수 없는 여자여서 언제나 어떤 비밀을 간직하고 있었다. 그녀의 용모를 봐도 알 수 있는 바, 그녀의 얼굴과 몸에는 비참한 기운이 여지 없이 드러나 있지만 적어도 그녀가 클람과의 관계처럼 누구도 확인해 줄 수 없는 비밀을 더 가지고 있는 게 틀림없었다. 그리고 페피에겐 그

때 이런 생각까지도 들었다. 진정으로 K가 프리다를 사랑한다는 일이 가능할까, 혹은 그가 착각하고 있거나 프리다를 속이고 있는 것이 아닐까? 이 모든 일로 얻을 수 있는 결과는 페피의 출세가 아닌가? 그렇다면 K는 착각을 깨닫거나 더 이상 감추려 하지 않을 테고, 프리다는 거들떠보지도 않고 페피만을 보게 되지 않을까? 이것은 결코 페피의 정신 나간 공상이 아닌데, 그도 그럴 것이 페피는 프리다와 여자 대 여자로서 충분히 겨뤄볼 수 있기 때문이다. 누구도 그 사실을 부정하지 않을 것이다. K는 먼저 프리다의 지위에, 그리고 프리다가 그 지위에 부여해 줄 수 있었던 광휘에 눈이 멀었던 것이다. 그래서 페피는 이런 꿈을 꾸었으니, 자신이 그 지위를 손아귀에 넣게 되면 K는 애원하다시피 그녀에게 올 것이며, 그러면 그녀는 K의 청을 들어 자신의 지위를 잃거나 아니면 그를 거부하고 계속 출세를 하거나 둘 중 하나를 선택해야 할 것이었다. 그리고 그녀는 모든 것을 단념하고 물러나 그에게로 가서, 그가 프리다에게서는 결코 알 수 없었던, 이 세상의 어떤 명예로운 지위에도 흔들리지 않는 진실한 사랑을 그에게 가르쳐줄 각오를 하고 있었던 것이다. 하지만 이후 상황은 다르게 흘러갔다. 무엇 때문이었을까? 무엇보다도 K의 탓이었고, 다음은 물론 프리다가 교활한 탓이었다. 무엇보다 K의 탓인 이유는 그가 바라는 게 도대체 뭔지 알 수 없기 때문이다. 그는 얼마나 이상한 사람인가? 무엇을 얻고자 하는지, 그의 마음을 사로잡아 그에게 가장 가까이 있는 것, 가장 좋은 것, 가장 아름다운 것을 잊게 만드는 중요한 일이 대체 무엇인가? 페피야말로 그 희생자이니, 만사가 어리석었고 전부 망쳐버렸다. 이제는 누구든 이 헤렌호프 전체에 불을 질러 태워버리고, 그것도 흔적도 없이 완전히, 마치 난로에다 종이를 태우듯 태워버릴 사람이 있다면, 그 사람이야말로 지금으로선 페피의 연인이 될 자격이 있다. 그렇다, 그렇게 페피는 나흘 전 점심시간 조금 전부터 이곳 주점에 나오게 되었다. 이곳의 일은 결코 쉽지 않고 거의 살인적인 수준이지만, 이를 통해 손에 넣을 수 있는 것도 결코 적지 않다. 이전에도 페피는 하루를 헛되이 보내지 않았다. 이 자리를 차지하려고 그 어떤 대담한 생각도 하지 않았지만 그녀는 이 자리가 어떤 의미를 지니는지 충분히 관찰하고 있었다. 결코 아무런 준비도 없이 이 자리를 맡은 것은 아니었다. 그랬다면 이 자리를 맡고 몇 시간도 되지 않아 잃고 말았을 것이다. 여기서 객실 소속의 하녀가 일하는 방식으로 하면 당장에 목이 달아날 것이다. 객실 소속의 하녀 노릇을 하고 있으면 시간이 갈수록 자기 자신을 완전히 잃어간다는 생각이 드는데, 적어도 비서들이 묵는 그 복도에서는 마치 광산에서 일하는 느낌이다. 거기서는 며칠간이나 성급하게 여기저기를 돌아다녀야 하고, 감히 눈도 들지 못하는 대낮의 진정인들 몇몇을 제외하고는 객실 소속 하녀 두세 명밖에는 한 사람의 인간도 볼 수 없고, 그 하녀들은 하나같이 부루퉁한 표정이다. 아침에는 절대 방 밖으로 나갈 수 없는데, 비서들이 안심한 상태로 자기들끼리 있고 싶어 하기 때문이다. 식사는 보통 남자 하인들이 부엌에서 날라오므로 식사 시간에도 그녀들은 복도에 나타나서는 안 된다. 다만 성에서 온 신사들이 일을 하는 동안에만 객실 소속 하녀들이 청소할 수 있는데, 물론 사람이 있는 방이 아니라 마침 사람이 없는 방만 허용되었다. 더구나 그분들이 일하는 데 방해가 되지 않도록 조용하게 청소해야만 했다. 그러나 그런 방을 어떻게 조용하게 청소할 수 있단 말인가. 성의 양반들이 며칠씩이나 묵고 난 뒤고, 게다가 그 더러운 하인들이 그 안에서 걸어다녔으므로 하녀들에게 내맡겨질 때는 아무리 노아의 홍수로도 결코 깨끗이 씻어낼 수 없는 상태이니 말이다. 분명 그분들은 지체가 높은 분들이긴 하지만 그 방을 치우려면 혐오감을 굉장히 세게 억눌러야만 한다. 객실 소속 하녀들이 결코 많은 일을 맡고 있는 건 아니지만 상당히 힘든 일들이다. 칭찬 따위는 절대 들을 수 없고 언제나 그저 책망만 들을 뿐이었으며, 특히 괴롭고 자주 듣는 말은 청소 때 서류가 없어졌다는 책망이다. 그러나 사실은 아무것도 없어지지 않았으니, 종잇조각이라도 있으면 모두 여관 주인에게 넘겨주기 때문이다. 그래도 물론 서류가 없어지는 일은 생기는데, 그건 결코 하녀들의 책임이 아니다. 서류가 없어지면 위원회에서 사람들이 찾아와 하녀들을 그들의 방에서 쫓아낸 다음 침대를 뒤지며 찾는다. 하녀들은 가진 것이라고는 없으니 그녀들의 얼마 되지 않는 물건은 겨우 등에 지는 바구니 하나가 찰 정도인데도 위원들은 몇 시간이고 찾곤 하는 것이다. 물론 그분들은 아무것도 찾아내지 못한다. 어떻게 이런 곳에 서류가 끼어들어 온단 말인가? 더구나 하녀들이 그 서류를 가지고 무얼 한단 말인가? 하지만 하녀들은 결국 실망한 위원들의 입에서 나오는 욕지거리와 위협을 주인의 입을 통해 전해듣는다. 그리고 낮이고 밤이고 조용할 때가 없으며, 밤에는 늦게까지 시끄럽고 아침에는 새벽부터 시끄럽다. 적어도 거기서 살지만 않는다면 정말 좋겠지만 불가능한 일이다. 간간이 주문을 받아 부엌에서 간단한 주전부리를 나르는 일도 객실 소속 하녀들의 일이며, 더구나 밤에 그런 일이 많다. 언제나 느닷없이 객실 소속 하녀의 방문을 두드린다. 하녀는 주문을 적어 놓는다. 부엌으로 뛰어 내려간다. 젊은 조리사들을 흔들어 깨운다. 주문한 물건을 쟁반에 담아 하녀의 방문 앞에 갖다놓으면, 거기서부터 신사들의 하인이 가져가는 것이다. 이 모든 것이 얼마나 슬픈 일인지 모른다. 그러나 가장 나쁜 건 따로 있다. 가장 나쁜 것은 오히려 주문이 전혀 없을 때, 즉 이미 모두 잠들었어야 하고 실제로도 대부분 잠든 한밤중에, 가끔 객실 소속 하녀들의 방문 앞을 살금살금 걸어다니는 소리가 난다는 것이다. 그런 때면 하녀들은 침대에서 내려와서—침대는 층층이 겹쳐 있어 굉장히 비좁고, 하녀의 방 전체가 실은 칸막이가 세 개 달린 커다란 장롱에 불과하다—문에다 귀를 대고 무릎을 꿇은 채 불안한 나머지 서로 껴안는다. 문 앞에서 줄곧 살금살금 걷는 소리가 들려온다. 그 사람이 결국 들어와 주면 누구든 고마워할 텐데 아무 일도 일어나지 않고 아무도 들어오지 않는 것이다. 그렇다고 곧 위험이 닥친다고는 할 수 없다. 다만 누군가가 문 앞을 이리저리 오가며 주문을 할까 말까 고민하면서도 결정을 내리지 못하고 있다고 스스로를 타이를 수밖에 없다. 어쩌면 정말 그뿐일지도 모르고, 아니면 그것과는 전혀 다른 일일지도 모른다. 사실을 말하자면, 하녀들은 신사들에 관해서는 전혀 알지 못하며 본 적도 없다. 어쨌든 하녀들은 방 안에서 불안한 나머지 죽을 지경이며, 방 밖이 이윽고 조용해지면 그녀들은 벽에 기대어 서서 이제 다시 침대 위로 기어오를 기력조차 없는 것이다. 그런 생활이 다시 페피를 기다리고 있으며, 오늘 밤중에라도 그녀는 다시 하녀 방의 자기 자리로 옮겨가야만 한다. 어쩌다 이렇게 되었을까? 바로 K와 프리다 때문이다. 그녀는 간신히 빠져나온 그 생활로 다시 돌아가야 한다. 하긴 K의 도움을 받긴 했지만 그녀 역시 있는 힘을 다해 간신히 도망칠 수 있었던 것이다. 그런 데서 일하다 보면 원래는 꼼꼼한 하녀라도 몸치장에 소홀해진다. 도대체 누구를 위해서 몸치장을 한단 말인가. 어느 누구도 그녀들을 쳐다보지 않는다. 기껏해야 부엌에서 일하는 고용인 정도인 것이다. 그것쯤으로 만족하는 여자면 몸 치장을 할지도 모르지만, 그 외에는 늘 자기들의 작은 방에서 지 내거나 신사분들의 방에 가 있는데, 그분들의 방에 깨끗한 옷을 입고 들어가는 것만으로도 경솔한 낭비다. 그리고 늘 인공조명 을 받으며 덥고 답답한 공기 속에서—항상 불을 때니 말이다— 지내다 보니 사실 언제나 피곤에 지쳐 있는 것이다. 매주 한 번 있는 휴일의 오후에도 기껏해야 부엌 어딘가의 칸막이 방에서 조용하게, 불안도 없이 잠들어 있는 게 고작이다. 그러니 뭣 때 문에 몸치장을 하겠는가 말이다. 아니, 몸치장은커녕 옷도 제대 로 입지 않는다. 그런데 페피가 갑자기 주점으로 옮겨갔던 것이 다. 그곳에서는 아래층에서와는 정반대로 자기 자신을 뽐내야 했다. 언제나 사람들의 시선을 받고, 그중에는 굉장히 까다롭고 주의 깊은 신사들도 있기 때문에 늘 될 수 있는 대로 훌륭하고 명랑해 보여야 했다. 그러니 그것은 하나의 전환점이었다. 그리 고 페피는 그 무엇도 놓치지 않았다고 당당히 말할 수 있었다. 상황이 나중에 어떻게 흘러갈지는 생각지도 않았다. 자신이 그 지위에 필요한 갖가지 능력을 갖추고 있다는 사실을 알았고, 그 것을 완전히 확신했다. 지금도 그런 확신은 갖고 있고, 어느 누 구도 그런 확신을 그녀로부터 뺏을 수는 없다. 지금도, 즉 그녀 의 패배의 날인 오늘도 뺏을 수 없을 것이다. 다만 맨 첫날에 그 능력을 어떻게 증명해야 할지는 어려운 문제였으니, 페피는 입 을 옷도 치장할 장신구도 없는 가난한 객실 소속 하녀였기 때문 이다. 신사들은 그녀가 어떤 식으로 더 나아지는지 참고 지켜볼 인내심 따위는 가시고 있지 않고 다만 그런 변화의 시간 없이 당장 주점에 어울리는 아가씨가 되기를 바랐다. 그러지 못한다 면 그분들은 등을 돌릴 터였다. 프리다마저 그런 요구를 충족시켜 주었으니 신사들이 그리 대단한 요구를 하는 건 아니라고 사람들이 생각할지 모르겠다. 그러나 그렇지 않다. 페피도 그 점을 자주 생각해 보았다. 또 프리다와도 줄곧 만났고 잠시 동안이나마 그녀와 함께 잠도 잤던 것이다. 그러나 프리다의 방식을 파악하기란 쉬운 일이 아니며, 여간 주의하지 않으면—과연 어떤 신사들이 그렇게 주의를 하겠는가—그녀에게 속아 넘어가고 만다. 프리다가 얼마나 초라하게 생겼는지를 자기 자신보다 더 잘아는 사람은 없을 것이다. 예컨대 그녀가 머리 푸는 모습을 처음 보면 동정한 나머지 손을 마주치고는, 저런 여자는 일이 잘 풀려봤자 객실 소속 하녀조차 되지 못할 거라고 생각하게 된다. 그녀역시 그걸 잘 알고 있어서, 며칠 밤을 페피에게 몸을 기댄 채 페피의 머리칼을 자기 머리에 갖다대며 울기도 했다. 그런데 근무를 시작하자 모든 의심은 사라지고, 그녀는 스스로를 가장 아름다운 여자로 여기며 약삭빠른 방법으로 그런 생각을 누구에게나 불어넣는 것이었다. 그녀는 사람의 마음을 잘 알고 있는데 그것이야말로 그녀의 진정한 솜씨라고 할 수 있다. 그리고 사람들이 자신을 자세히 볼 틈도 주지 않고 재빠르게 거짓말을 해서 속인다. 물론 그 정도로는 시간이 부족하다. 사람들도 보는 눈이 있고 결국은 그 눈이 승리할 테니 말이다. 그러나 그런 위험한 순간에 그녀는 이미 다른 수단을 준비해 두었다. 최근에 있던 일을 얘기하면, 예컨대 클람과의 관계가 그렇다. 아아, 그녀와 클람과의 관계! 만약 K가 못 믿겠다면 지금부터라도 조사해 볼 수 있다. 클람에게 가서 물어봐도 좋다. 그녀가 얼마나 교활한지, 정말이지 얼마나 교활한지 모른다. K가 그런 걸 물어보기 위해 감히 클람에게 갈 수 없다고 해도, 그보다 훨씬 더 중요한 것을 묻기 위함이라도 클람을 만날 수 없을뿐더러 K의 접근이 완전히 폐쇄되어 있다손 치더라도—당신이나 당신 같은 유의 인간에게만 폐쇄되어 있을 뿐, 예컨대 프리다는 원할 때 언제든 그에게 뛰어들 수 있지만—K는 충분히 확인할 수 있다. 그저 기다리고 있으면 된다. 그도 그럴 것이 클람은 그런 잘못된 소문을 그렇게 오래 참지 못하니 말이다. 어쨌든 클람은 주점과 객실에서 자신을 두고 어떤 이야기를 하는지 분명 굉장히 신경 쓰고 있을 것이다. 그에게는 모두 중요한 이야기이며, 만약 잘못된 내용이 있다면 그는 시정할 것이다. 그러나 클람이 시정하지 않는다면 곧 시정할 게 없다는 뜻이니 모두가 사실로 믿게 된다. 사람들은 단지 프리다가 클람의 방으로 맥주를 가져간 다음 계산서를 들고 나오는 모습만 볼 뿐이고, 사람들이 보지 못한 것은 프리다의 이야기대로 믿을 수밖에 없다. 그녀는 사실 그런 얘기는 절대 하지 않으며 그런 비밀을 퍼뜨리지도 않는다. 그래, 그러는 대신 주변에서 자연스럽게 여러 비밀들이 퍼지게 할 뿐이다. 그리고 그런 비밀이 이왕 쏟아져 나온 뒤에는 그녀도 더 이상 그 비밀을 감추려 하지 않는데, 다만 얌전한 태도로 무언가를 주장하려 하지 않고 이미 알려져 있는 이야기에 대해서만 말할 뿐이다. 그렇다고 그녀가 모든 걸 다 말하지는 않는다. 예컨대 그녀가 주점에서 일하게 된 이후에 클람이 전보다는 맥주를 덜 마시게 되었다, 양이 훨씬 줄었다고는 할 수 없지만 어쨌든 분명히 줄었다는 등의 이야기는 하지 않는다. 거기에는 여러 이유가 있을 수 있는데, 맥주가 지금은 클람에게 맛없게 느껴지는 시기라거나 혹은 프리다로 인해 맥주 마시는 일을 완전히 잊어버렸을 수 있다. 그러니 어쨌든 무척 놀라운 일이라 해도 프리다가 클람의 애인인 것은 확실하다. 클람을 만족시키는 사람이라면 어찌 다른 사람도 그녀에게 만족하지 않을 수 있겠는가. 그래서 프리다는 갑자기 굉장한 미인이 되어버렸으니, 주점에서 필요로 하는 모든 자질을 갖춘 셈이었다. 아니, 그뿐 아니라 너무 아름답고 영향력이 커서 주점 따위에 어울리지 않아 보일 정도라 사람들도 프리다가 계속 주점에서 일한다는 사실을 이상하게 생각했다. 주점 아가씨는 분명 대단한 자리이며, 그것만으로도 그녀와 클람의 관계는 상당히 믿을 만했다. 그러나 주점 아가씨가 정말 클람의 애인이라면, 어째서 클람은 그녀를, 더구나 그토록 오랫동안 주점에 내버려두는 것일까? 왜 그녀를 좀 더 높은 자리로 끌어올리지 않는 걸까? 그 점에 대해서는 하등의 모순도 없다든가, 클람이 그렇게 하는 데에는 특별한 이유가 있다든가, 혹은 갑자기 프리다는 가까운 장래에 출세할 거라든가 따위의 이야기는 사람들에게 몇천 번이라도 해줄 수 있지만, 별로 효과 없는 일이다. 사람들이 한번 특정한 관념에 사로잡히면 무슨 수를 써도 아주 오랫동안 그 관념에서 떼어놓을 수 없는 것이다. 프리다가 클람의 애인이라는 사실을 의심하는 사람은 분명 아무도 없었으며, 다른 사람들보다도 사정을 잘 아는 듯한 이들까지도 이젠 피곤해서 더 이상 의심하지 않고 이렇게 생각했다. '제길, 클람의 애인이라고 하라지. 네가 이미 그의 애인이라면 출세하는 모습으로 증명해줘야 하지 않겠어?' 하지만 사람들은 아무런 변화도 보지 못했다. 프리다는 지금까지와 마찬가지로 주점에 머물렀으며 그렇게 그대로 있을 수 있다는 사실을 남몰래 기뻐하기도 했다. 하지만 그녀는 사람들 사이에서 인기를 잃었고, 그녀가 그 사실을 눈치 못 챌 리 없다. 그녀는 무슨 일이든 미처 일어나기 전부터 벌써 눈치채곤 하니까 말이다. 정말 아름답고 귀여운 아가씨라면 한번 주점에 익숙해진 이상 더 이상 구태여 솜씨를 부릴 필요가 없으며, 아름다움을 간직하고만 있다면 어떤 특별한 일이 우연

히 벌어지지 않는 한 주점 아가씨로 남을 수 있다. 그런데 프리
다와 같은 아가씨는 늘 자기 자리를 걱정해야만 했다. 물론 그녀
는 현명하게도 그 사실을 사람들이 알게끔 내색하지 않고, 오히
려 늘 불평하며 자기의 지위를 저주하곤 했다. 그러나 그녀는 사
람들을 마음속으로 줄곧 관찰하며, 사람들이 자신에게 냉정해졌
음을 알아차렸다. 프리다가 나타나도 이제 대수롭지 않게 여기
며 단지 눈을 들어 잠깐 쳐다볼 정도의 가치밖에는 없는 존재가
되어버린 것이다. 하인들 역시 그녀에게 신경 쓰지 않았으며, 대
신 그들은 눈치 빠르게 올가나 올가와 비슷한 아가씨들에게 매
달렸다. 또 그녀는 주인의 태도에서도 그녀 자신이 없어서는 안
될 인간으로서 역할하지 못한다는 사실을 눈치챘다. 클람에 대
해서도 더는 새로운 이야깃거리를 지어낼 수 없었으니, 모든 일
에는 한도라는 게 있는 법이니까 말이다. 그래서 프리다는 무엇
이든 새로운 일을 하겠다고 결심한 것이다. 누가 그 사실을 당장
눈치챌 수 있었겠는가! 페피 자신은 짐작은 했지만 유감스럽게
도 꿰뚫어 보지는 못했다. 스캔들을 일으키려고 결심한 프리다
는, 클람의 애인인 그녀 자신의 몸을 누구에게든 아무 남자에게,
될 수 있는 한 가장 보잘것없는 남자에게 내던지기로 한 것이다.
그 모습은 사람들의 주목을 끌고 오랫동안 입에 오르내릴 테니,
사람들은 결국 클람의 애인이란 어떤 존재인지, 그리고 그런 명
예를 새로운 사랑에 도취하여 내던져 버린다는 게 무엇을 의미
하는지 다시 생각하게 될 것이었다. 하지만 그런 교묘한 연극을
함께해 줄 수 있는 적당한 사내를 찾기가 어려웠다. 프리다가 이
미 알고 있는 사내는 곤란하고 하인들 중 한 명을 쓰는 것도 곤
란했다. 그들은 아마 눈을 까뒤집고는 그녀를 바라볼 뿐 그냥 지
나가 버릴 것이었다. 무엇보다 그런 사내는 충분히 진지하게 감

정을 유지할 수 없다. 또 아무리 말재주가 좋아도, 그런 사내에게 은밀히 기습당하는 바람에 스스로 지킬 수 없었으며 그렇게 분별력을 잃은 순간에 그 사내에게 당하고 말았다는 소문을 낼 수는 없었다. 그리고 그 사내가 아무리 보잘것없다고 하더라도, 아무리 그의 태도가 둔하고 천하다고 하더라도, 그가 프리다만을 동경하고 있으며 그녀와 결혼하는 것을—오, 맙소사!—그 무엇보다 희망한다고 사람들이 믿게 할 수 있는 사내여야 했다. 하지만 아무리 천하고 가능한 한 지위가 아주 낮은, 하다못해 하인보다도 낮은 사내일지라도, 그 사내 때문에 다른 여자들이 프리다를 조롱할 수는 없는 사내, 판단력이 밝은 여자라면 언젠가는 웬지 마음을 끌 수도 있는 사내여야 한다. 그러나 그런 사내를 어디서 찾아낼 수 있을까? 다른 여자라면 평생을 찾아도 못 찾았을 텐데, 프리다의 행운이 그녀를 위해 토지 측량사를 주점으로 인도해 주었다. 그것도 이 계획이 그녀의 마음속에 처음 떠오른 바로 그날에 말이다. 토지 측량사! 아, 도대체 K는 무슨 생각을 하고 있었을까? 머릿속으로 무슨 특별한 생각을 했던 걸까? 혹은 어떤 특별한 것을 손아귀에 넣으려던 걸까? 높은 지위와 특별한 대우를? 그는 정말 그런 것들을 탐내던 것인가? 그렇다면 그는 애초부터 다른 조치를 취했어야 했다. 여하간 그는 아무것도 아닌 존재, 그 상태를 가만히 보고 있자면 굉장히 불쌍한 마음이 드는 존재다. 그는 토지 측량사이긴 하다. 아마 높은 직책일지도 모르고, 그렇다면 뭔가를 배운 사람일 것이다. 그런데 그것으로 무엇을 해야 될지 모른다면 역시 그는 아무것도 아니라고 할 수밖에 없다. 그런데 그는 조금도 망설이지 않고 여러 가지를 요구하고 있다. 얼굴을 맞대고 분명하게 요구하는 건 아니지만 어쨌든 그가 무언가를 요구한다는 것만은 누구나 알 수 있으며, 그것이 사람을 화나게 만든다. 객실 소속 하녀라도 그와 오랫동안 얘기를 나누면 품위가 떨어진다는 것을 그는 정말 모르는가? 그리고 그는 이상한 요구들을 내세우다가 첫날 밤부터 당장 지독한 함정에 빠져버리고 말았다. 도대체 그는 창피하지 않은가? 프리다의 어디가 그를 매혹했단 말인가? 이제 와서는 그도 고백할 수 있을 것이다. 그 말라빠지고 누렇게 뜬 여자가 정말 그의 마음에 들었단 말인가? 아니다, 그는 프리다를 제대로 본 적이 없으며, 그녀는 다만 자기가 클람의 애인이라고 말했을 뿐인데 그게 그에게는 새로운 사실로 다가와 깊은 감명을 주었던 것이다. 그리고 그는 망해버렸다! 그리고 프리다는 이제 주점을 나가야 했는데, 당연히 여기 헤렌호프에서 더 이상 그녀가 있을 곳이 없기 때문이었다. 프리다가 나가는 날 아침, 페피는 그녀를 보았다. 고용인들이 전부 달려와서는 누구나 그 광경을 보려고 조바심을 내던 터였다. 프리다의 영향력이 아직은 컸기 때문에 사람들은, 그녀의 원수까지도 포함해 모두 그녀를 안타까워했다. 즉 그녀의 계산이 옳았다는 게 처음부터 증명된 셈이다. 그런 사내에게 몸을 내던졌다는 사실은 모두에게 불가사의한 일이자 하나의 비운이었다. 주점 아가씨만 보면 지극히 감탄하는 부엌 하녀들까지도 그녀를 안타까워했다. 페피까지도 마음이 동할 정도였는데, 그녀는 사실 다른 데 주의를 기울이고 있었지만 그래도 도무지 동정심을 억누를 수 없었다. 그런데 프리다가 진심을 다해 슬퍼하지는 않는 것 같다는 점이 페피의 눈에 띄었다. 프리다가 당한 일은 몹시 무서운 불행이었으며, 프리다 역시 자기가 몹시 불행하다는 듯 행동했지만 페피를 속이기에는 부족한 연기였다. 그렇다면 프리다는 어떻게 그토록 굳건할 수 있을까? 새로운 사랑의 행복 때문일까? 그런 추정은 가당치도 않았다. 그렇다면 그 밖에 무엇 때문일까? 당시 이미 프리다의 후계자로 여겨지던 페피에게도 언제나처럼 냉정하고 친절하게 대할 수 있던 힘을 어디서 얻은 걸까? 페피로서는 그때는 그런 것을 생각해 볼 충분한 여유가 없었다. 그녀는 새로운 자리를 위해 준비할 일이 너무나도 많았다. 아마 한두 시간 내로 그 자리에 가게 될 텐데 아직 머리조차 곱게 손질하지 못했고, 우아한 드레스나 좀더 품위가 있는 속옷도, 신을 만한 신발도 없었던 것이다. 이 모든 것을 몇 시간 안에 장만해야 했으며, 제대로 갖출 수 없다면 애초에 그 자리를 포기하는 편이 나았다. 그도 그럴 것이, 이 경우 페피는 반 시간도 지나지 않아 자리를 잃을 게 분명했기 때문이다. 우선 그중 일부는 준비할 수 있었다. 그녀는 머리 손질에 특별한 재주가 있었고, 언젠가는 여주인이 머리 손질을 맡긴 적도 있었다. 훌륭한 손재주를 타고난 덕분으로, 물론 숱 많은 여주인의 머리도 그녀가 원하는 대로 곧잘 손질해 주었다. 드레스에 대해서도 도움을 받았다. 그녀의 두 동료가 그녀한테 전과 다름없는 친절한 태도를 보여줬는데, 친구 중 한 명이 주점 아가씨가 된다는 것은 그녀들로서도 명예로운 일이었던 것이다. 또 페피가 나중에 영향력을 가지게 되면 그들에게도 여러 가지 이득이 생길 수 있었다. 두 사람 중 한 명에게는 오래전부터 보물처럼 간직해 온 값비싼 천이 있었다. 가끔 다른 하녀들에게 자랑하고는 언젠가 그 천으로 옷을 멋지게 지어 입겠다는 꿈을 꾸었던 것이다. 그런데—정말 아름답게도—이제 페피가 그 천이 필요하게 되자 기꺼이 희생했던 것이다. 그리고 두 사람은 옷을 짓는 일까지 도와주었다. 그들이 자기들 옷을 짓는다 하더라도 그렇게까지 열심일 수는 없을 정도였다. 굉장히 즐겁고 행복한 일이기도 해서, 그들은 층층이 나뉜 침대에 앉아 옷을 지으며 노래를 부르고, 각자 완성된 부분과 부속품들을 위아래로 건네주었다. 그 일을 떠올리면 페피는, 모든 일이 끝장나 버리고 다시 빈손으로 친구들한테 돌아갈 생각에 점점 마음이 짓눌리곤 했다. 얼마나 불행한 일인가, 얼마나 경솔한 죄를 지은 것인가! 누구보다도 K의 탓이다. 그때 모두들 그 드레스를 보고 얼마나 기뻐했던가. 마치 성공을 보장해 주는 드레스 같았으며, 나중에서야 자그마한 리본을 달 자리를 발견했을 때는 마지막 의구심조차 사라졌던 것이다. 진정 아름다운 드레스 아니겠는가. 지금은 이미 주름이 잡히고 얼룩도 생겨 그리 깨끗하진 않지만, 갈아입을 드레스가 없으니 낮이고 밤이고 이 옷만 입어야 했다. 하지만 지금도 이 드레스가 얼마나 고운지는 보기만 해도 알 수 있다. 그 고약한 바르나바스 집안의 여자들이라 할지라도 이것보다 아름답게 짓지 못할 것이다. 그리고 비록 단벌 드레스지만 맘대로 위아래를 잠갔다 풀 수 있다는 점, 즉 여러 가지 변화를 줄 수 있다는 점이 특별한 장점이자 페피가 생각해 낸 아이디어였다. 물론 옷을 짓는 일은 페피에게는 어려운 일이 아니었고 그걸 자랑 삼지도 않았다. 사실 젊고 건강한 아가씨에게는 무슨 옷이든 어울리는 법이니까 말이다. 하지만 속옷과 신발을 마련하는 일은 그보다 훨씬 어려웠다. 실제로 여기서부터 실패가 시작되었던 것이다. 그 문제에 있어서도 친구들은 가능한 한 도와주었으나 그들도 별수 없었다. 속옷은 여기저기서 모은 조각들을 꿰매어 만든 거라 보잘것없었고, 보이기보단 오히려 감춰두고 싶은 실내화로 하이힐을 대신해야 했다. 사람들이 페피를 위로해 주었다. 프리다도 그리 곱게 차려입지는 않았으며, 때로는 단정치 못한 꼴로 돌아다닌 탓에 손님들이 프리다에게 접대를 받느니 차라리 어린 급사들에게 접대받고 싶어 할 정도였다는 것이다. 그것도 사실이었지만 프리다니까 그럴 수 있었던 것이다. 프리다는 이미 사람들로부터 애정과 인기를 얻고 있었으니 말이다. 귀부인이 어쩌다 우연히 더럽고 단정치 못한 옷을 입고 나타나면 오히려 더욱 매력적으로 보이겠지만, 페피 같은 신출내기라면 말이 달라진다. 그리고 프리다는 전혀 옷을 잘 입지 못했으며 그런 감각과는 동떨어진 존재였다. 원래 피부가 누렇다면 어쩔 수 없는 일이지만, 프리다처럼 그 위에다 가슴이 깊이 파인 크림색 블라우스를 입어 온통 누런색 일색으로 만들어서는 안 되는 것이다. 그와는 별개로 프리다는 너무도 인색해서 몸치장에 신경을 쓰지 않았다. 버는 돈을 모조리 보관해 두었는데 무엇 때문인지는 아무도 몰랐다. 일하는 데는 전혀 돈이 들지 않는데, 거짓말과 잔꾀로 충분했기 때문이다. 그런 선례를 페피는 흉내 낼 생각이 없었으며 그럴 수도 없었다. 그러니 페피가 처음부터 자신이 돋보이기 위해 몸을 치장하는 건 옳은 일이었다. 다만 돈을 좀 더 쓸수 있었더라면, 아무리 프리다가 교활하고 K가 어리석다 하더라도 자신이 승리자로 남을 수 있었을 것이다. 출발부터 아주 훌륭하지 않았던가. 일을 하면서 필요한 몇 가지 접대 방식과 지식들은 이미 전부터 알고 있었다. 그래서 주점에 몸을 붙이자마자 곧 그곳에 익숙해졌다. 일에 관한 한, 아무도 프리다의 부재를 아쉬워하지 않았다. 이틀째가 되어서야 몇몇 손님이 대체 프리다는 어딜 갔느냐고 물었다. 잘못을 저지른 적도 없어서 여관 주인도 만족스러워했다. 그는 첫날에는 걱정이 되어서 자주 주점을 찾았으나 나중에는 얼굴만 보일 뿐, 그마저도 계산이 틀리지 않자 ─오히려 평균 수입은 프리다가 있었을 때보다 많았다─마지막에는 페피에게 모든 일을 위임해 버렸다. 그녀는 여러 개혁에 나섰다. 프리다는 부지런한 탓이 아니라 욕심과 지배욕이 많아

서, 자기의 권리 중의 얼마간을 누구에게 양보라도 하게 될까 봐
불안해하며, 특히 누가 지켜볼 때면 일부이긴 하지만 하인들을
감시했었다. 하지만 페피는 그녀와 달리 이 일과 더 잘 어울리는
급사들에게 전적으로 맡겨버렸다. 그렇게 함으로써 페피는 신사
분들의 방에 더 많은 시간을 낼 수 있었고 손님들 시중을 재빠
르게 들 수 있었다. 그러면서도 페피는, 자기 몸은 오로지 클람
에게 맡겨뒀다는 듯 그 이외의 누가 말을 걸거나 가까이 오면
클람에 대한 모욕으로 받아들였던 프리다와 달리 손님들과 한두
마디씩 이야기를 나누었다. 그런 프리다의 방식은 물론 현명한
점도 있었다. 만약 누군가 접근하게 놔둔다면 터무니없이 굉장
한 호의가 될 것이기 때문이었다. 그러나 페피는 그런 잔꾀를 싫
어했고 처음에는 쓰려야 쓸 수도 없었다. 페피는 누구에게나 친
절했으며 또 누구든 친절로써 보답했다. 모든 사람이 주점의 변
화를 기뻐했다. 일에 지친 신사들이 잠시 맥주를 앞에 놓고 앉아
있을 때면 그녀는 단 한 마디, 단 한 번의 눈짓과 단 한 번의 어
깻짓만으로도 그들을 완전히 바꿔놓을 수 있었다. 모두들 하도
페피의 곱슬머리를 쓰다듬는 바람에 그녀는 하루에도 열 번은
더 머리를 다듬어야 했다. 그 곱슬머리와 나비 리본의 유혹은 아
무도 거부하지 못했으며, 여느 때는 멍한 K조차도 절대 불가능
하다. 그런 식으로 시끄럽고 일이 많은, 그러나 성공적인 하루하
루가 지나갔던 것이다. 그런 나날이 이렇게 재빨리 지나가 버리
지 않았다면, 며칠만 더 계속되었더라면 얼마나 좋았을까! 설사
나가떨어질 지경으로 노력한다 해도 나흘 동안은 너무 짧있다.
닷새만 되었어도 아마 충분했을 텐데, 나흘은 너무 짧다. 페피는
그 나흘간 이미 후원자와 친구들을 얻었는데, 그녀를 바라보는
모든 사람의 눈빛을 믿을 수만 있다면 그녀가 맥주잔을 들고 사

람들 사이를 지나갈 때마다 마치 우정의 바닷속을 헤엄치고 있는 듯했다. 브라트마이어라는 서기는 그녀에게 완전히 반해버려서 목걸이와 자기 사진을 넣은 장신구를 선물로 주었을 정도다. 하긴 좀 뻔뻔한 짓이긴 했다. 어쨌든 이런 일을 비롯해 안팎으로 여러 가지 일이 있었는데, 모두 나흘 동안 일어난 일이었다. 페피가 나흘 동안 엄청난 공을 들였다면 사람들이 프리다를 완전히는 아니더라도 대부분은 잊게 할 수 있었을 것이다. 만약 프리다가 교묘하고 거대한 스캔들을 일으켜 사람들의 입에 오르내리지만 않았던들 벌써 오래전에 잊혔을 것이었다. 프리다는 단지 그 스캔들에 의해 사람들에게 신선한 존재가 되었고, 모두들 단순히 호기심에서 프리다를 다시 보고 싶어 했다. 넌더리가 날 정도로 흥미를 잃었던 대상이, 다른 일이었다면 아무도 신경 쓰지 않았을 K라는 사내의 덕택으로 다시 매력적인 대상이 되었던 것이다. 그러나 페피가 그곳에서 사람들에게 자신의 존재를 일깨우고 있는 한 손님들은 그녀를 프리다의 매력과 뒤바꾸는 짓은 하지 않았을 것이다. 그러나 대부분 나이가 지긋한 양반들이라 새로운 주점 아가씨에게 정이 들기까지는 여태까지 쌓여온 습관 속에 둔하게 파묻혀 있는 탓에 시간이 좀 걸린다. 주점 아가씨가 바뀌길 잘했다고 생각하더라도 며칠은 더 걸리므로 닷새만 더 있었다면 좋았을 텐데, 나흘로는 부족했다. 어쨌든 페피는 여전히 임시로 고용된 것에 불과했던 것이다. 그리고 가장 큰 불행은 그 나흘 중 처음 이틀 동안은 클람이 마을에 있었는데도 객실로 내려오지 않았다는 점이다. 만약 클람이 왔더라면 페피에게는 결정적인 시련이 되었겠지만 그녀로서는 조금도 겁나지 않고 오히려 기쁜 일이었는데, 그녀가—이런 얘기는 물론 입 밖에 내지 않는 편이 제일 좋겠지만—클람의 애인이 되는 일은 없었을 것이며 또 그 자리를 위해 계략을 꾸미지도 않았을 것이다. 다만 적어도 프리다만큼 얌전하게 맥주잔을 식탁 위에 갖다놓을 줄은 알았을 테고, 프리다처럼 추근대지 않고 귀엽게 인사하며 귀엽게 물러났을 테다. 만약 클람이 아가씨의 눈 속에서 무언가를 찾아내려 한다면, 그는 페피의 눈 속에서 그것을 진력나도록 찾을 수 있을 것이다. 그러나 클람은 왜 오지 않았을까? 우연한 일일까? 페피는 그때는 그렇게 생각했다. 이틀 동안 그녀는 클람을 줄곧 기다렸다. 밤중에도 기다렸다. '이제 클람이 올 거야.' 하고 그녀는 줄곧 생각하고, 다른 이유는 없었지만 단지 막연하게 기대를 품고 불안해하며, 그가 들어올 때 맨 먼저 맞이하려고 이리저리 뛰어다니고 있었다. 그런 끊임없는 실망이 그녀를 굉장히 피로하게 했고, 아마 그 때문에 원래는 할 수 있는 일도 다하지 못했던 것이다. 조금이라도 틈만 나면 종업원의 출입이 엄금되어 있는 복도에 남몰래 숨어 들어가 벽에 찰싹 몸을 붙이고 기다리고 있었다. '지금 클람이 나온다면.' 하고 그녀는 생각했다. '방에서 나오는 그분을 영접하고 내 두 팔에다 안다시피 해서 아래 주점 객실까지 모시고 갔으면! 아무리 무거워도 그 무게에 쓰러지지 않을 거야.' 그런데 클람은 찾아오지 않았다. 위층 복도는 고요하기만 했는데, 그 고요는 거기 가보지 않은 사람이라면 상상도 못 할, 너무나 조용해서 오래는 결코 참을 수 없을 지경이었다. 사람을 쫓아버릴 정도의 고요였다. 그러나 페피는 열 번 쫓겨나면 열 번 다시 올라가는 식으로 그곳에 올라왔다. 완전히 무의미한 짓이었다. 클람은 올 생각이 있으면 올 것이며, 올 생각이 없으면 페피가 아무리 벽 구석에 들어가서 심장의 고동 때문에 반쯤 질식한다 해도 클람을 유혹해 내지는 못할 것이다. 다시 말해 무의미한 짓이었다. 하지만 만약 그가 오지 않는다면, 모든 것이 무의미하다. 그리고 클람은 오지 않았다. 지금은 클람이 왜 오지 않았는지 페피는 알고 있다. 페피가 벽감 속에 숨어서 두 손을 가슴에 대고 있는 꼴을 만약 프리다가 봤더라면 굉장히 재밌어했을 것이다. 클람이 내려오지 않은 것은 프리다가 그것을 허락하지 않았기 때문이다. 그녀가 청을 해서 그렇게 된 것은 아니다. 그녀의 청은 클람의 귀에까지는 도달하지 않는다. 하지만 프리다라는 그 거미 같은 여자는 아무도 모르는 갖가지 연줄을 가지고 있다. 페피가 손님한테 무슨 말을 할 때에는 이웃 식탁에 있는 사람들도 들을 수 있을 정도로 터놓고 말하지만, 프리다는 아무 말 없이 다만 식탁에 맥주를 놓고 가버린다. 다만 그녀가 돈을 내서 사는 유일한 물건인 비단 스커트만이 사락사락 소리를 낼 뿐이다. 그런데 꼭 말을 해야 될 경우에는 떳떳하게 말하지 않고 손님의 귀에다 대고 속삭일 뿐, 이웃 식탁의 사람들이 귀를 솔깃할 정도로 허리를 구부리곤 한다. 그녀의 얘기는 아마 하찮겠지만 늘 그렇다고 할 수는 없다. 그녀는 갖가지 연줄을 갖고 있어서 한 가지 연줄을 다른 여러 가지 연줄로 뒷받침해 주고 있는 것이다. 대부분의 연줄은 실패로 돌아가도—어느 누가 언제까지고 프리다 따위를 도와주겠는가?—가끔 하나쯤은 단단히 남아 있다. 이런 여러 가지 연줄을 그녀는 이제 이용하기 시작했다. K가 그녀에게 그런 가능성을 주었던 것이다. 그녀의 곁에 앉아 그녀를 지켜보는 대신에 거의 집에 붙어 있지 않고 쏘다니면서 이런저런 얘기를 하고 온갖 일에 주의를 기울이지만 다만 프리다에게만은 주의를 기울이지 않았고, 마지막에는 브뤼켄호프에서 사람 하나 없는 학교로 이사하여 그녀에게 더욱 많은 자유를 주게 되었다. 이 모든 것으로 더없이 달콤한 신혼 생활을 시작했던 것이다. 그렇다고 페피는 K가 프리다 곁에서 참고 견디지 않았다고 그를 비난할 여자가 아니다. 누구건 그녀 곁에서 참아낼 수 없다. 하지만 어째서 그는 그녀를 완전히 버리지 않았던가. 어째서 되풀이해서 그녀의 곁으로 돌아갔는가. 왜 여기저기 쏘다니는 것이 프리다를 위한 싸움이라는 인상을 주었는가. 그는 마치 프리다와 관계를 맺음으로써 자신이 사실상 보잘것없는 존재임을 깨닫고 프리다에게 어울리는 사람이 되고자 어떻게든 출세하려고 발버둥치는 것처럼 보였으며, 이를 위해 함께 있지 못하는 고통은 나중에 보상받겠다는 생각으로 지금 그녀 곁에 있는 것을 단념한 것 같았다. 그동안에도 프리다는 시간을 허투루 보내지 않고, 틀림없이 그녀가 K를 끌고 갔을 그 학교에 앉아 헤렌호프와 K를 쭉 지켜보고 있었던 것이다. 그녀는 또한 기막힌 심부름꾼들을 가지고 있었는데, 바로 K의 조수들—이해할 수 없는, K를 잘 아는 사람에게도 도무지 이해할 수 없는 일—이었다. 그녀는 두 녀석을 자신의 옛날 친구들에게 보내 그녀의 일을 떠올리게 하고 그녀가 K 같은 인간에게 사로잡힌 몸이라는 사실을 한탄하며, 페피에게 적의를 갖도록 선동하고, 자신은 곧 주점으로 돌아갈 테니 도와달라고 부탁하고, 클람에게는 아무것도 말하지 말라고 애원했는데 마치 클람을 보호해야 하니 무슨 일이 있어도 주점에 내려가게 해서는 안 된다는 식이었다. 다른 사람에게는 클람을 보호하기 위해서라고 했지만, 여관 주인에게는 클람이 이제 내려가지 않는다는 점을 들어 자기의 성과를 내세웠다. 자기가 없으면 클람은 오지 않는다는 것이다. 주점에 페피 같은 아가씨밖에 없으니 말이다. 하긴 주인에겐 책임이 없으니, 페피는 그가 찾아낼 수 있는 최상의 대용품이었다. 하지만 충분치 않았다. 불과 하루이틀만이라고 해도 절대 만족스럽지 않았다. 프리다의 이런 암략에 대해 K는 하나도 모르고 있다. 주변을 쏘다니지 않을 때면 한가한 표정으로 그녀의 발치에 누워 있기만 한다. 그런데 프리다는 그 동안에도 자기가 주점에서 떠나 있는 시간을 정확하게 계산하고 있었다. 또 조수들은 K의 질투심을 유발해 그를 흥분시키는 역할도 했다. 프리다와 두 조수들은 어릴 적부터 알고 지냈으니 서로 비밀 같은 게 있을 리 없지만, K를 의식하여 서로를 원하기 시작했고 K에게는 그것이 뜨거운 사랑이 될지도 모른다는 위험으로 느껴지는 것이다. 그리고 K는 무엇이든, 지극히 모순적인 일까지도 프리다의 마음에 들 만한 일을 하며, 조수들에게 질투를 느끼면서도 자기가 혼자 쏘다니는 사이 세 사람이 오붓하게 있는 꼴을 참아내고 있다. K가 프리다의 제3의 조수 노릇을 하는 셈 아닌가? 이쯤 되니 프리다는 마침내 지금껏 관찰해 온 대로 커다란 일격을 가하기로 결심했다. 다시 말해 주점으로 돌아갈 결심을 한 것이다. 정말 적당한 찰나였으니 프리다라는 그 교활한 여자가 그것을 잘 알고 이용한 건 아주 감탄할 일이다. 이러한 관찰과 결심의 능력이야말로 아무도 흉내 낼 수 없는 프리다의 솜씨다. 만약 페피가 그런 능력을 가지고 있었다면 그녀의 생활은 얼마나 달라졌을까. 프리다가 하루이틀만 더 학교에 머물렀다면 페피는 결코 쫓겨나지 않고 모두에게 사랑과 지지를 받아 끝내 떳떳한 주점 아가씨가 되고, 보잘것없는 혼숫감을 눈부실 만큼 화려하게 바꿀 수 있을 정도로 큰돈을 벌었을 것이다. 그저 하루이틀만 더 있으면 된다. 그러면 클람은 무슨 모략을 쓴다 해도 그렇게 주점을 멀리할 수 없었을 테며, 그가 찾아와 술을 마시고 아늑한 기분이 되어 프리다가 없다는 것을 눈치챘다 해도 오히려 그런 변화에 대단히 만족했을 것이다. 그저 하루이틀만 더 있다면, 프리다는 그녀의 추문, 갖가지 연줄, 조수들, 그런 모든 것과 더불어 완전히 잊힌 채 결코 다시는 나타나지 못할 텐데. 그렇게 되면 아마 그녀는 그만큼 K에게 더 단단히 매달리고, 만약 그녀에게 그런 능력이 있다면 K를 진정으로 사랑하게 되었을지도 모른다. 아니, 그것도 불가능했을 것이다. K도 그녀에게 싫증을 내며, 그녀가 얼마나 지독하게 자신을 속이고 있었는지, 그녀의 자칭 아름다움이라든지 정절이라든지, 특히 무엇보다도 그녀가 그렇게 자랑하던 클람의 사랑 따위로 자신을 속였다는 것을 알아차리기에는 하루도 더 걸리지 않았을 것이다. 하루만 더 지났더라면, 그 이상은 필요도 없겠지만, 그 더러운 조수들과 함께 그녀를 집에서 쫓아냈을 것이다. 그래, K라 해도 절대 그 이상은 걸리지 않을 것이다. 그런데 그 두 가지 위험 사이에 끼어 그녀의 머리 위로 무덤이 덮이기 직전에, K가 순진하게도 그녀를 위한 마지막 협로를 터주어 그녀가 도망치고 말았다. 프리다는 갑자기—아무도 예기치 못했으며 섭리를 거스르는 짓이었다—자신을 사랑하고 늘 자신의 뒤꽁무니를 쫓아다니는 K를 쫓아내고는 친구들과 조수들의 도움을 받아 구원의 여신처럼 주인 앞에 나타났다. 추문으로 인해 전보다 더욱 매혹적이었고, 지위가 높은 사람뿐 아니라 지위가 가장 낮은 사람에게까지 똑같이 갈망받게 된 것이다. 물론 그녀는 지위 낮은 사람의 손아귀에 들어간 듯 보이다가도 금방 당연하다는 듯 그자를 떠밀어 버리고, 그자를 비롯해 다른 모든 사내들이 전처럼 가질 수 없는 여자가 된다. 다만 전과 다른 점이 있다면, 전에는 사람들이 이 모든 것을 당연히 의심했지만 이제는 확신하게 되었다는 것이나. 이렇게 해서 그녀는 돌아왔다. 주인은 슬쩍 페피를 곁눈질하며 주저하는 태도를 보였지만—자격이 있음을 증명한 페피를 희생시켜야 한단 말인가?—이윽고 설복되었고, 프리다의 편을 들어 지나칠 정도로 지껄이며 특히 프리다라면 틀림없이 클람을 다시 주점 객실로 내려오게 할 수 있으리라 생각했다. 그리고 우리는 지금, 오늘 저녁에 와 있다. 페피는 프리다가 돌아와 그 자리를 인수하고 승리의 개가를 부를 때까지 기다릴 생각이 없다. 여주인에게 이미 돈지갑을 넘겼으니 그녀는 이제 나가도 된다. 아래층에 있는 하녀 방의 칸막이 침대가 그녀를 기다리고 있으며, 마중 나온 친구들이 울어주는 그곳으로 갈 것이다. 몸에서 드레스를 벗어던지고, 머리에서 리본을 잡아떼 모조리 방 한구석에 처넣을 것이다. 그것들은 구석에 잘 숨겨진 채, 잊고 싶은 주점에서의 시간을 괜히 생각나게 하지 않을 것이다. 그러고 나서 그녀는 커다란 양동이와 빗자루를 손에 들고 이를 악문 채 일을 시작하는 것이다. 하지만 그 전에, 이 모든 것을 K에게 얘기해야 했다. 페피가 알려주지 않았더라면 지금까지도 전혀 몰랐을 K가 그녀에게 얼마나 추악한 행동을 했는지, 그녀를 얼마나 불행하게 만들었는지를 깨닫게 하기 위해서였다. 물론 K 역시 그런 일에 단지 악용되었을 뿐이지만.

페피는 얘기를 끝냈다. 그녀는 숨을 내쉬며 한두 방울의 눈물을 눈과 볼에서 씻어내고 고개를 끄덕이면서 K를 쳐다보았다. 그녀는 마치, 따지고 보면 자신의 불행은 아무 문제가 되지 않는다, 그녀는 이 불행을 견뎌낼 것이며 그러기 위해서 다른 사람의 도움이나 위로는, 더구나 K의 도움이나 위로는 전혀 필요치 않다, 아직 나이는 어리지만 인생을 잘 알고 있으며 그녀의 불행은 이런 자신의 지식을 증명해 보일 뿐이다, 문제는 사실 K인데, 그녀는 그의 진정한 모습을 그에게 보여주고 싶었으며 그녀 자신의 모든 희망이 깨진 후에도 그렇게 해줄 필요가 있다고 생각한다고 말하는 듯한 태도였다. "당신은 정말 허황된 망상을 하고 있군, 페피." K는 말했다. "당신이 이제야 알아냈다는 그 모든 것들은 분명 거짓말이에요. 저 아래의 어둡고 비좁은 하녀 방에서 꾼 꿈에 지나지 않지요. 그 꿈은 하녀 방에는 잘 어울릴지 몰라도 여기 이 널찍한 주점에서는 이상해 보인다고요. 그런 생각을 하고 있으니 당신이 여기 남아 있을 수 없던 거예요, 틀림없이. 당신이 자랑하는 드레스와 머리 모양만 해도, 그저 당신들 방의 그 어둠과 침대의 소산일 뿐이지요. 거기서는 예쁠지 몰라도 여기서는 누구나 내심, 혹은 대놓고 비웃는단 말입니다. 또 무슨 말을 했죠? 그래, 내가 악용당해 속아 넘어갔다고요? 아니에요, 페피, 나나 당신이나 악용당하고 속아 넘어간 적은 없어요. 프리다가 지금 나를 버린 것, 혹은 당신이 말한 대로 조수 한 놈과 도망친 것은 사실이에요. 당신도 진실의 한구석은 보고 있는 셈이지요. 그리고 그녀가 내 아내가 된다는 것도 사실 있을 수 없는 일이에요. 하지만 내가 그녀를 싫증 낸다거나, 다음 날이면 그녀를 당장 내쫓아 버렸을 거라든가, 흔히 아내가 남편을 속이듯 그녀가 나를 속였다는 건 전혀 옳지 않지요. 당신들 객실 소속의 하녀는 열쇠 구멍으로 염탐이나 하는 일에 습관이 들어서는, 실제로는 자그마한 것인데 전체를 잘못 판단하게끔 큼지막한 것으로 바라보고 있어요. 그 결과, 가령 내가 이 문제에 대해 당신보다 훨씬 모르고 있는 거지요. 나는 프리다가 왜 나를 버렸는지에 대해 당신처럼은 결코 설명할 수 없어요. 진실에 가장 가까워 보이는 설명은, 당신도 잠깐 언급했지만 주의를 충분히 기울이지는 않은 설명, 다시 말해 내가 그녀를 내버려두었기 때문이라는 기예요. 유감이지만 사실이에요. 거기엔 특별한 이유가 있지만 여기서 할 얘기는 아니지요. 어쨌든, 그녀가 만약 나에게 돌아온다면 행복하겠지만 나는 금방 그녀를 내버려두기 시작할 거예요. 그렇게 되기 마련이지요. 그녀가 나에게 와주었기에 나는, 당신이 비웃었던 것처럼 그렇게 쏘다닐 수 있었던 거예요. 그녀가 사라진 지금에 와서 나는 거의 할 일이 없어요. 그리고 지쳐버려서, 할 일이 점점 더 완전하게 없어지기를 바라고 있지요. 페피, 나에게 해줄 충고는 없어요?" "있어요." 페피는 갑자기 기운이 나는 듯 K의 어깨를 붙잡고 말했다. "우리 둘 다 속아 넘어간 사람들이에요. 뭉치기로 해요. 함께 아래 있는 하녀 방으로 가요!" "당신이 계속 속았다고 불평한다면……" K가 말을 이었다. "나는 당신과 계속 얘기할 수 없어요. 당신이 계속 속았다고 주장하는 건, 그래야 당신 기분이 좋아지고 감동을 받기 때문이에요. 사실대로 말하자면, 당신은 이 자리에 어울리지 않은 거예요. 당신 말마따나 가장 무지한 인간인 나조차 그것을 꿰뚫어 볼 정도니, 당신이 적임자가 아니라는 사실이 얼마나 확실하겠어요? 당신은 분명 좋은 아가씨예요, 페피. 하지만 그걸 알아보기란 그리 쉽지 않지요. 예를 들어 나도 처음에는 당신을 잔인하고 거만한 여자라고 생각했거든요. 하지만 당신은 그런 여자가 아니에요. 당신이 혼란스러운 건 단지 그 자리 때문이라고요. 당신한테 어울리지 않는 그 자리 말이에요. 이 자리가 당신에게는 너무 높다고 말하려는 게 아니에요. 사실 특별한 자리는 아니니까요. 어쩌면, 자세히 보면 당신이 전에 있던 자리보다는 좀 더 명예로운지도 모르지요. 하지만 전체로 봐서 그 차이는 크지 않고 헷갈리기 쉬울 정도로 서로 유사해요. 객실 소속 하녀로 있는 편이 주점에 있는 편보다 더 낫다고 말할 수도 있을 거예요. 그도 그럴 것이 거기서는 늘 비서들 사이에서 일하지만 그와 반대로 여기서는, 간혹 주점 객실에서 비서의 상관들을 모실 수 있다 해도 어쨌든 지위가 아주 낮은 사람들을 상대해야 하니까 말이에요. 예를 들어 나 같은 사람들이지요. 권리를 따지자면 사실 나는 이 주점 이외에는 어디에서도 머물 수 없는데, 이런 나를 상대하는 게 어디 굉장한 명예일까요? 하긴 당신한테는 그렇게 보이는 모양이고, 아마 당신으로선 그럴 만한 이유도 있겠지요. 그러나 바로 그래서 당신은 적임자가 아니란 말입니다. 이 자리는 사실 다른 자리와 비슷한데도 당신에게는 천당으로 보이는 거예요. 그래서 당신은 만사를 지나치게 열심히 대하고, 당신 생각으로는 마치 천사처럼—사실 천사는 그런 모습과는 다르지만— 몸을 꾸미지요. 자리 때문에 늘 떨고, 쫓기는 기분에 사로잡히고, 당신 생각에 당신을 도와줄 수 있는 사람들을 찾아 과도한 친절을 베풀어 그들을 손아귀에 넣으려 하지만 도리어 그들을 방해하고 밀어내고 있어요. 그도 그럴 것이, 그 사람들은 주점에 편히 쉬려고 온 것이지, 자신의 근심에다 주점 아가씨의 걱정까지 더하고 싶어 하지는 않으니까요. 프리다가 나간 후 지위 높은 손님들은 사실 그 누구도 이 사실을 눈치챈 것 같지 않은데, 지금은 모두 알고 있으며 진심으로 프리다를 그리워하고 있어요. 프리다는 확실히 모든 일을 당신과는 아주 다르게 처리했었으니까 말이에요. 그녀가 설사 다른 때에는 어땠는지, 또 자기 자리를 어떻게 생각했는지와는 별개로 그녀는 경험이 풍부했고, 냉정하고 침착했었지요. 당신도 특별히 강조하고 있지만, 당신은 그런 교훈을 얻지 못했단 말인가요? 그녀의 눈빛을 제대로 들여다본 적은 있나요? 그건 이미 주점 아가씨의 눈빛이 아니라 거의 여주인의 눈빛이었지요. 그녀는 모조리 보고 있었고, 그러면서도 한 사람 한 사람을 놓치지 않았어요. 그리고 그 각각의 눈빛은 남자를 정복할 만한 힘을 가지고 있었지요. 그녀가 좀 말랐다든가 좀 늙어 보인다든가 하는 것, 그녀의 머리 숱이 빈약하다

든가 하는 것들은 그녀가 진짜 지니고 있던 것에 비하면 보잘것
없어요. 그런 결점들이 마음에 거슬리는 인간은 스스로 더욱 위
대한 것을 보는 감각이 없음을 드러낼 뿐이지요. 클람은 결코 그
런 비난을 받을 사람이 아니에요. 당신이 프리다를 향한 클람의
사랑을 믿지 않으려는 건 단지 젊고 경험이 부족한 아가씨 특유
의 잘못된 생각이지요. 당신에게 클람은—당연한 일이지만—손
에 닿지 않는 존재로 보이고, 그래서 당신은 프리다도 마찬가지
였을 거라고 생각해 버리는 거예요. 당신의 생각은 틀렸어요. 비
록 내가 확실한 증거를 가지고 있지 않더라도 그 점에 대해서는
프리다의 말만 믿을 거예요. 당신이 믿기 힘들어한다고 해도, 세
상이나 관리들의 본질, 여성적 아름다움의 고귀함과 그 영향력
에 대한 당신의 생각과는 전혀 들어맞지 않는다고 해도, 그건 사
실이에요. 우리가 지금 여기 앉아 내 손 사이로 당신의 손을 잡
고 있는 것처럼, 아아, 클람과 프리다도 아마 세상에서 가장 당
연한 일이라는 듯 나란히 앉아 있었을 테지요. 그리고 클람은 자
기 스스로 아래층으로 내려왔는데, 그것도 서둘러서 내려왔지
요. 누구도 복도 같은 데 숨어서 엿보거나 자기 할 일을 내던져
두지는 않았단 말이에요. 클람은 스스로 힘을 발휘해 이 아래로
내려왔으며, 당신이 놀랄 정도였다는 프리다의 옷차림도 클람에
게는 전혀 문제되지 않았어요. 당신은 프리다의 말을 믿고 싶지
않은 거겠죠. 하지만 그렇게 함으로써 당신은 얼마나 비웃음을
사는지, 그리하여 당신의 부족한 경험을 스스로 폭로하고 있다
는 사실을 모르고 있어요. 클람에 대한 관계를 전혀 모르는 사람
이라도 그녀의 인품을 보면 당신과 나, 그리고 모든 마을 사람들
보다 훌륭한 누군가가 그녀와 관계를 맺었으며, 또 그 두 사람의
대화는 손님과 아가씨가 흔히 나눌 법한 농담, 어쩌면 당신 삶의

목표인 듯한 농담의 수준을 훨씬 초월했다는 사실을 알 수밖에 없겠지요. 그런데 어쩐지 내가 당신에게 부당한 말을 하고 있군요. 당신 스스로도 프리다의 장점을 잘 알고 있고, 그녀의 관찰력과 결단력, 그리고 사람들에 대한 영향력도 이해하고 있지요. 하지만 당신은 전부 잘못 해석하고 있어요. 그녀가 모든 것을 다만 이기적으로 자기의 이익만을 위해 악용한다거나, 심지어 당신을 공격하는 무기로도 사용한다고 생각하지요. 그렇지 않아요, 페피. 설사 그녀가 그런 화살을 갖고 있다고 해도 이렇게 가까운 거리에서는 쏠 수 없을 거예요. 더구나 이기적이라고요? 오히려 그녀는 자신이 가지고 있는 것, 기대해도 될 만한 것을 희생해서 우리 두 사람에게 보다 높은 지위에 오를 기회를 주었는데, 우린 그녀를 실망시켰으며 그녀로 하여금 다시 이곳으로 돌아오지 않을 수 없게 만들어버렸지요. 정말 그렇게 된 건지는, 그리고 내 잘못이 무엇인지는 나로서도 확실히 모르겠어요. 그러나 나 자신을 당신과 비교해 보면 어쩐지 이런 생각이 들어요. 프리다라면 침착하고 객관적인 태도로 아주 쉽고 눈에 띄지 않게 손에 넣을 수 있는데, 우리는 그걸 얻기 위해 눈물을 흘리고, 긁고, 잡아당기고 하면서 너무도 지독하게, 너무도 시끄럽게, 너무도 유치하게, 너무도 어리숙하게 애를 쓰는 것 같단 말이에요. 마치 어린애가 식탁보를 잡아당기지만 아무것도 손에 넣지 못하고 다만 그 위에 놓인 귀중한 물건들을 전부 떨어뜨려 영원히 갖지 못하게 되는 것과 마찬가지지요—정말 그런지는 모르겠어요, 다만 당신이 얘기한 것보다는 내 이야기가 더 맞다고 확신해요." "그야 그렇겠지요." 페피는 말했다. "당신이 프리다에게 홀딱 반한 건, 그녀가 당신에게서 도망쳤기 때문이에요. 떠난 연인에게 반하는 건 별로 놀라운 일이 아니니까요. 하지만 당신이 바로 그걸 바라는지도 모르고, 전부 당신 말이 옳을지도 몰라요. 당신이 저를 우습게 여기는 것까지 말이에요. 자, 그럼 당신은 지금부터 어떻게 할 생각이죠? 프리다는 당신을 버렸고, 제 설명으로든 당신의 설명으로든 그녀가 돌아올 가능성은 전혀 없지 않나요? 설사 돌아온다 하더라도 그동안 당신은 어디에서든 머물러야 하잖아요. 바깥은 춥고 할 일도 없고 잠자리도 없지요. 저희가 있는 곳으로 와요. 내 친구들도 당신 마음에 들 거예요. 우리가 편하게 해줄게요. 여자들끼리 하기엔 몹시 어려운 일을 도와주실 수도 있겠지요. 그럼 우린 우리끼리만 의지하지 않아도 되고, 밤중에는 더 이상 불안에 떨며 괴로워할 필요도 없을 거예요. 우리한테 와요! 내 친구들도 프리다에 대한 일을 알고 있어요. 당신이 질색할 때까지 프리다 이야기를 해드릴게요. 우리한테 프리다의 사진도 한 장 있으니 보여드리지요. 그 무렵 프리다는 지금보다 좀 더 얌전했어요. 아마 당신은 기껏해야 그때도 이미 무언가를 뚫어지게 쳐다보던 그녀의 두 눈 말고는 거의 알아보지 못할걸요. 어때요, 오지 않을래요?" "그래도 되는 겁니까? 어제도 당신들의 그 복도에서 내가 붙잡혀 큰 소동이 일어났었는데." "당신이 붙잡혔으니까 그렇지요. 하지만 우리한테 와 계시면 붙잡히지 않을 거예요. 우리 세 사람 말고는 아무도 당신에 대해 모를 테니까요. 아, 참 재미있을 거예요! 벌써 그곳에서의 생활이 조금 전 생각했던 것보다 훨씬 견디기 쉽게 느껴져요. 이제 이곳을 떠난다고 해서 그렇게 많은 것을 잃은 것 같지 않아요. 이봐요, 우린 셋이서도 지루하지 않았어요. 쓰디쓴 인생을 감미롭게 만들어야 하지요. 인생은 우리에겐 이미 어릴 적부터 쓰디쓴 것이었어요. 우리 혀는 거기 길들여졌죠. 그래서 우리 셋은 함께 살면서 그곳에서 할 수 있는 한 즐겁게 살아 왔어요.

특히 헨리에테가 당신 맘에 꼭 들 거예요. 에밀리에도 물론 그렇고요. 그 애들한테 이미 당신 이야기를 해두었지만, 아무리 말해도 믿지들 않아요. 마치 방 밖에서는 아무 일도 일어날 리 없다는 식이지요. 거긴 따뜻하고 비좁아요. 그리고 우리는 서로 꼭 붙어 지내지요. 천만에요, 서로를 의지하고 있지만 결코 넌더리를 낸 적은 없어요. 그와 반대로, 친구들을 생각하면 거기로 다시 돌아가는 게 옳다는 생각도 들어요. 무엇 때문에 제가 친구들보다 더 출세해야 하지요? 그럴 이유는 없어요. 우리 세 사람의 장래가 모두 어둡다는 사실이 우리를 한데 묶어놓았는데, 이제 저만이 그곳에서 빠져나와서 친구들과 멀어졌거든요. 물론 나는 그 애들을 잊지 않았어요. 어떻게 하면 그 애들을 위해 무엇이든 해줄 수 있을까를 가장 걱정했지요. 나 자신의 지위도 아직 불안했지만—얼마나 위태로웠는지까진 전혀 몰랐지요—이미 주엔에게 헨리에테와 에밀리에 이야기를 했어요. 헨리에테에 대해서는 주인이 절대 안 된다고 하지는 않았지만, 우리 두 사람보다 훨씬 나이가 많은 에밀리에를 두고는—거의 프리다 나이와 비슷해요—전혀 희망을 주지 않더군요. 하지만 생각해 보세요. 그 애들은 결코 그곳을 떠나고 싶어 하지 않아요. 그곳에서 보내는 생활이 비참하다는 건 잘 알지만, 이미 순응했거든요. 얼마나 착한 아이들인지. 우리가 헤어질 때 그 애들이 흘려준 눈물은 대부분 내가 함께 살던 방을 떠나야 한다는 것—거기 있으면 방 바깥이 춥게 느껴져요—낯설고 커다란 공간 속에서 낯설고 커다란 인간들과 맞서야 한다는 것, 더구나 맞서는 이유가 단지 생계를 위해서라는 것에 대한 눈물이었어요. 생계를 꾸리는 정도야 지금까지도 그 애들과 잘 해왔으니까요. 제가 지금 돌아간다 해도 그 애들은 아마 조금도 놀라지 않을 거예요. 그리고 다만 제

비위를 맞춰주기 위해서 조금은 울어주고 제 운명을 한탄해 주겠지요. 하지만 곧 당신을 보고는 제가 그곳을 떠나길 잘했다고 생각하게 될 거예요. 이제 우리 셋을 도와주고 지켜줄 한 남자를 갖게 되어 행복해하고, 또 이 모든 것을 비밀에 붙여야 하며 이 비밀을 통해 우리 셋이 지금까지보다 더 굳건해지는 데 특히 즐거워할 거예요. 오세요, 제발, 우리에게 와요! 당신한테는 아무런 책임도 생기지 않을 테고, 우리처럼 영구히 우리 방에 매인 몸이 되지도 않을 거예요. 봄이 오고 당신이 숙식할 다른 곳을 찾거나 우리와 함께 있는 게 더 이상 맘에 들지 않는다면 가도 괜찮아요. 그렇지만 비밀만은 여전히 지켜야 해요. 우리를 배신해서는 안 돼요. 만일 그렇지 않는다면 우리는 여기 헤렌호프에서 더 이상 희망이 없으니까요. 그리고 그 외에 다른 때라도 당신이 우리와 함께하는 동안은 조심하셔야 해요. 우리가 안전하지 않다고 여기는 곳에 모습을 드러내선 안 되고, 대체로 우리의 충고를 따라야 될 거예요. 당신이 지켜야 하는 건 이것인데, 우리뿐 아니라 당신에게도 똑같이 중요한 일이에요. 그거 말고는 완전히 자유예요. 우리가 당신에게 부탁할 일도 그다지 어렵지 않으니, 걱정하지 않아도 돼요. 그럼 오실 거죠?" "봄까지는 얼마나 남았지요?" K는 물었다. "봄까지요?" 페피가 되물었다. "여기선 겨울이 길어요. 아주 길고 단조롭지요. 하지만 아래층에 있는 우린 그런 걸 불평하지 않아요. 겨울에 안전하도록 미리 준비해 놨으니까요. 뭐, 언젠가는 봄도 오고 여름도 오겠죠. 계절에는 모두 때가 있으니까요. 하지만 내 기억으로는 봄과 여름이 아주 짧아서 이틀을 넘지 않았던 것 같아요. 그리고 그 짧은 이틀 동안에 아무리 제일 좋은 날씨여도 가끔 눈이 내리지요."

그때 문이 열렸다. 페피는 깜짝 놀랐다. 그녀의 머릿속으로는 이미 주점과 너무 멀리 떨어져 있었기 때문이다. 그러나 들어온 사람은 프리다가 아니라 여주인이었다. 여주인은 K가 아직도 거기 있는 것을 보고 놀란 듯했다. K는 여주인을 기다리고 있었다고 변명하며 동시에 여기서 밤을 지내게 해준 데 감사를 전했다. 여주인은 왜 K가 자신을 기다렸는지 이해하지 못했다. 그래서 K는 여주인이 그와 좀 더 얘기를 나누고 싶어 하는 듯한 인상을 받았는데 그게 착각이었다면 용서해 주기를 바란다, 그건 그렇고 그는 관리인 노릇을 하고 있는 학교를 너무 오랫동안 돌보지 않고 내버려두었으므로 이제 나가봐야겠다, 이 모든 일은 어제 그가 받은 소환장 때문에 벌어진 것인데 어쨌든 그는 이런 경험이 부족하며, 어제처럼 여주인을 불쾌하게 하는 일은 두 번 다시 일어나지 않을 것이라고 말하며 허리를 숙여 인사하고는 밖으로 나가려 했다. 여주인은 마치 꿈을 꾸고 있는 듯한 눈빛으로 K를 뚫어지게 쳐다보았다. 그 눈빛에 K도 바랐던 것 이상으로 오래 사로잡혔다. 그러다 여주인은 잠깐 미소를 짓다가 K의 놀란 얼굴을 보고는 간신히 잠에서 깬 듯했다. 마치 그녀는 자신의 미소에 대한 대답을 기다리고 있었는데, 아무 대답이 없자 지금에야 겨우 눈을 뜬 것 같았다. "어제였던가, 당신이 제 옷차림을 보고 뭐라 무례한 말을 했었지요." K는 생각이 나질 않았다. "생각이 안 나는 모양이군요? 이제는 무례를 넘어 비겁하기까지 하네요." K는 어제 자신이 피곤했노라고, 뭐라고 쓸데없는 말을 충분히 했을 수는 있지만 어쨌든 이제는 생각나지 않는다고 말했다. 그가 여주인의 옷차림을 두고 대체 무슨 말을 할 수 있었겠는가. 아마 무슨 말을 했다면 그런 옷차림은 지금껏 본 적 없을 정도로 아름답다고, 적어도 자신은 아직 그런 옷차림으로 일하는 여주인은 한 번도 본 적이 없다는 말일 거라고 덧붙였다. "그런 수

작은 집어치워요!" 여주인이 재빨리 말했다. "옷에 대한 얘기는 이제 한마디도 듣고 싶지 않아요. 당신이 내 옷을 신경 쓸 필요가 없다고요. 이제 그런 말은 영원히 금지예요." K는 다시 한번 인사하고 문 쪽으로 갔다. "도대체 무슨 의미지요?" 여주인이 그의 등 뒤에서 소리쳤다. "그런 옷차림으로 일하는 여주인은 한번도 본 적이 없다니요? 그런 무의미한 말이 무슨 소용이에요? 정말 무의미하잖아요. 도대체 어쩌려고 그런 말을 한 거지요?" K는 뒤를 돌아보고 제발 흥분하지 말아달라고 부탁했다. 물론 그런 말은 무의미하다, 게다가 자기는 옷 같은 것에 대해서는 전혀 모른다, 자기 처지에 있는 사람이라면 깁지 않은 깨끗한 옷은 무엇이든 다 훌륭해 보인다, 자기가 놀란 것은 다만 그 복도에서 밤중에 거의 옷을 입지 않은 여러 신사들 틈에 그녀가 그런 아름다운 야회복을 입고 나타났기 때문이며, 그 이상 아무것도 아니라고 말했다. "그렇다면," 여주인이 말을 이었다. "이제야 당신은 어제 자기가 한 말이 생각난 게로군요. 게다가 쓸데없는 어리석은 말까지 덧붙이고 말이에요. 당신이 옷에 대해서 아무것도 모른다는 것은 틀림없어요. 그렇다면 쓸데없는 말을 지껄이는 짓은 그만둬요—진정으로 부탁하는 바인데—훌륭한 옷이니, 어울리지 않는 야회복이니 어쩌고저쩌고 판단을 내리다니……. 도대체……." 여기서 그녀는 오한이 난 듯했다. "내 옷에 대해 조금이라도 신경 쓰지 말라고요. 알겠어요?" 그러고는 K가 잠자코 뒤를 돌리려고 하자 이렇게 물었다. "도대체 당신은 어디서 옷에 대한 지식을 얻었다는 거예요?" K는 자기는 그런 지식 따위는 없다는 듯 어깨를 으쓱해 보였다. "아무것도 모르는 거지요." 여주인이 말했다. "그런데 뻔뻔스럽게도 그런 지식을 갖고 있는 체하지 말라고요. 옆 사무실로 따라와요, 보여줄 게 있으니까. 보고 나서는 앞으로 영영 그런 뻔뻔한 짓을 하지 않기를 바라요."
여주인은 앞장서서 문을 나섰다. 페피는 K에게 계산해 주겠다는
핑계로 뛰어왔고 두 사람은 재빨리 약속을 했다. K가 안뜰 구조
를 알고 있으니 이야기는 간단했다. 안뜰의 문은 옆길로 통하고,
문 옆에 자그마한 문이 있다. 약 한 시간 후에 페피는 그 문 뒤에
서 있다가 세 번 노크를 하면 열어주기로 약속했다.

사무실은 주점 맞은편에 있어서 현관만 가로지르면 갈 수 있
었다. 여주인은 이미 전등을 켜둔 사무실에 선 채 신경질을 내며
K 쪽을 쳐다보고 있었다. 그러나 아직도 한 가지 방해물이 있었
다. 게어슈테커가 K와 이야기를 나누겠다며 현관에서 기다리고
있던 것이다. 그를 뿌리치기는 쉽지 않았다. 여주인까지 나서 게
어슈테커의 끈질긴 태도를 나무랐다. "도대체 어딜 가는 거지?
도대체 어디로 가느냐고?" 문이 닫힌 뒤에도 게어슈테커의 외치
는 소리가 들렸다. 한숨과 기침 소리가 지저분하게 뒤섞인 소리
였다.

불을 지나치게 때서 덥고 자그마한 방이었다. 좁은 벽 쪽에다
책상과 철제 의자를 놓았고, 넓은 벽 쪽에는 장롱과 장의자가 있
었다. 대부분의 공간을 차지하고 있는 것은 장롱이었다. 넓은 벽
을 가리고 있을 뿐만 아니라 깊기도 해서 방이 여간 비좁지 않
았다. 그 장롱을 전부 열기 위해서는 미닫이문이 세 짝이나 달려
있어야 했다. 여주인이 장의자를 가리키며 K에게 그곳에 앉으라
고 손짓했지만, 그녀 자신은 책상 곁의 회전의자에 앉았다. "당
신은 재단을 배운 적이 전혀 없나요?" 여주인이 물었다. "네, 한
번도 없는데요." K가 말했다. "그럼 당신 직업은 도대체 뭐예요?"
"토지 측량사이지요." "그게 대체 뭐예요?" K가 설명해 주었으나
여주인은 하품만 했다. "당신은 진실을 말하지 않지요?" "당신도

진실을 말하지 않고 있는데요." "내가요? 또 슬슬 그 뻔뻔한 태도를 보이기 시작하는군요. 그리고 설사 내가 진실을 말하지 않는다고 하더라도—내가 당신한테 변명을 해야 되나요? 그리고 어떤 점에서 내가 당신에게 진실을 말하지 않았다는 거죠?" "당신은 당신이 말한 대로 그런 단순한 여주인이기만 한 건 아니니까요." "뭐라고요! 대단한 발견이라도 하셨군요. 그럼 도대체 내가 그 밖에 뭐란 말이지요? 당신의 뻔뻔한 태도는 이제 점점 더 심해지는군요." "당신이 그 밖에 어떤 사람인지는 나도 모릅니다. 제가 아는 것은 당신이 여주인이며, 다만 여주인으로선 어울리지 않는 옷들을 입는다는 것뿐이에요. 내가 아는 한 이 마을에서 그런 옷은 아무도 입고 다니지 않지요." "그렇다면 우리는 본론에 들어간 셈이군요. 당신은 그 말을 하지 않고는 못 배기나 보네요. 당신이란 사람은 어쩌면 뻔뻔한 게 아니라 단지 무엇이든 애매모호한 것을 알고 나면 누가 뭐래도 그걸 잠자코 숨겨두지 못하는 어린애 같다고 할 수 있겠어요. 그럼 말해봐요! 이 옷이 어디가 이상하지요?" "제가 그 말을 하면 당신은 화를 내겠지요." "천만에요, 난 비웃을 거예요. 분명 어린애 같은 소릴 테니까요. 그래, 이 옷이 어떻다는 거지요?" "그것이 알고 싶단 말이지요. 그렇다면 말하지요. 그 옷은 정말 값진 천으로 만들었지만 낡았고 장식만 더덕더덕 많은 데다 여러 번 수선했으며 이젠 닳고 닳아서 당신의 나이나 몸매, 지위에도 어울리지 않아요. 그것은 제 눈에도 금방 띄었지요. 제가 당신을 처음 만났을 때 말이에요. 약 일주일 전, 여기 이 현관에서였지요." "잘 알았어요. 낡았고 장식만 더덕더덕 많고, 그리고 또 뭐라고 했지요? 그런데 대체 그런 걸 어떻게 다 알았어요?" "눈에 보인 대로 말했을 뿐이에요. 배울 필요는 하나도 없지요." "아주 쉽게 꿰뚫어 보는군

요. 누구한테 물어볼 필요도 없이 유행이 뭔지 알아차린단 말이
지요. 그렇다면 당신은 나한테 없어서는 안 될 사람이 될지도 모
르겠군요. 나는 고운 드레스만 보면 꼼짝을 못 하거든요. 이 장
롱이 드레스로 그득한 걸 보면 당신이 뭐라고 할지 궁금하네요."
그녀가 미닫이문을 열자 옷이 가로세로로 가득 차 있었다. 대부분
짙은 회색, 붉은색, 검은색 드레스였으며 모두 조심스레 펼친 채
잘 걸어놓았다. "모두 내 드레스예요. 당신 말대로 전부 장식을
더덕더덕 달았죠. 하지만 이 옷들은 위층 내 방에 둘 자리가 없
어서 여기 걸어두었을 뿐이에요. 위에는 드레스가 그득한 장롱
이 아직도 두 개 더 있지요, 두 개 말이에요. 둘 다 이것과 같은
크기지요. 어때요, 놀랐나요?" "아니요, 그럴 거라고 생각했었지
요. 제가 말하지 않았습니까. 당신은 보통 여주인이 아니라 뭔가
다른 목적을 가지고 있다고요." "내가 바라는 건 그저 고운 옷을
입는 것뿐이에요. 당신은 바보 아니면 어린애, 그것도 아니면 지
독하게 교활하고 위험한 인간일 거예요. 나가요, 이제 나가달란
말이에요." K가 현관을 나왔는데 게어슈테커가 다시 그의 소매
를 꽉 쥐었다. 그때 여주인이 K의 등 뒤에서 소리쳤다. "내일 새
로운 드레스가 생기는데, 어쩌면 당신을 불러올지도 몰라요."

　게어슈테커는 그를 방해하는 여주인의 입을 멀리서라도 다물
게 하려는 듯, 화가 나서 허공에 손을 휘둘러 대며 K에게 자기
와 함께 가자고 재촉했다. 그러면서 K에게 자세한 설명은 우선
은 하지 않으려 했다. K가 지금 학교에 가야 한다고 거부해도
그는 전혀 개의치 않았다. 오히려 K가 끌려가지 않으려고 비티
며 저항하자, 그제야 비로소 게어슈테커는 K에게 걱정하지 말라
고 말했다. 자기 집에 가면 K가 필요한 모든 것을 갖게 될 것이
며, 또 학교 관리인 자리는 그만둬도 되니 어서 그냥 오기만 하

면 된다고 덧붙였다. 그는 이미 하루 종일 K를 기다리고 있었고, 그래서인지 자기 어머니도 자기가 어디에 있는지 전혀 모르고 있다고도 했다. K는 마지못해 천천히 그의 뜻에 따르면서, 대체 무엇 때문에 자기에게 그 귀한 음식과 거처를 제공하려고 하느냐고 물었다. 게어슈테커는 그냥 지나가는 말로, 말을 돌볼 일꾼으로 K가 필요하다고 슬쩍 대답했다. 그 자신은 이제 다른 일을 해야 하니까 K를 그렇게 억지로 잡아끌지도 않을 것이고 더 이상 불필요한 어려움을 안겨주지도 않을 것이라고 말했다. 그가 보수를 원하면 보수도 지불하겠다고 했다. 하지만 K는 이제 그가 억지로 잡아당김에도 불구하고 꿈쩍하지 않고 그대로 서 있었다. 그는 말에 대해 아무것도 아는 게 없다고 했다. 게어슈테커는 아무것도 알 필요 없다고 조급하게 대꾸하며, 화가 나는지 K를 데려가기 위해서 두 손을 모았다. "당신이 왜 나를 데려가려는지 알아요." 마침내 K가 말했다. K가 무엇을 알고 있는지에 대해 게어슈테커는 아무 관심이 없었다. "내가 에어랑어에게서 당신을 위한 무엇인가를 관철시킬 수 있을 거라고 생각하는 거군요." "그렇지." 게어슈테커가 말했다. "그렇지 않다면 당신이 나에게 무슨 소용이 있겠어요?" K는 소리 내어 웃으며, 게어슈테커의 팔에 매달려 그가 이끄는 대로 어둠 속으로 끌려갔다.

게어슈테커가 사는 오두막집 방은 단지 아궁이의 불빛과 타다 남은 양초 동강의 촛불만으로 희미하게 불을 밝히고 있었다. 그 촛불 불빛으로 누군가 비스듬히 튀어나온 지붕 들보 아래 오목하게 들어간 벽 안쪽에서 몸을 굽히고서 책을 읽고 있었다. 케어슈테커의 어머니였다. 그녀는 K에게 떨리는 손을 내밀며 자기 옆에 앉으라 하고는 힘에 부치듯 말을 했는데, 그녀의 말을 알아 듣기는 힘들었다. 하지만 그녀가 한 말은……

해설
카프카 문학의 주변

강두식

 20세기 독일 문학의 위대한 소설가로는 토마스 만이나 헤르만 헤세를 떠올릴 수 있을 것이다. 그러나 가장 문제가 된 작가로는 누구나 서슴지 않고 프란츠 카프카를 떠올릴 테다. 카프카만큼 현대 소설을 논할 때 독일에서는 물론 국제적으로 문제를 일으킨 작가는 없을 것이다. 그러나 그가 활동했던 1920년대에 그는 무명이거나 영향력이 극히 미미한 존재였다. 당시에 나온 문학사를 들추어보아도 그 이름을 찾아볼 수 없을 정도였다. 그가 유명해진 것은 그의 사후 20년이 지난 제2차 세계대전 후부터였다. 카프카 생전에 그가 직접 발표한 것은 소수의 단편과 소품뿐이었고, 일체의 유고는 그의 유언에 따라 파기될 운명에 놓여 있었다. 카프카의 유언을 무시하고 그의 친구 막스 브로트Max Brod는 그 유작을 정리하여 출판했다.

 브로트의 열성이 없었더라면 오늘날의 카프카 문학은 햇빛을 보지 못하고 말았을 것이다. 이제 와서는 카프카가 제임스 조이스, 마르셀 프루스트, 윌리엄 포크너 등과 더불어 20세기의 아주 중요한 작가가 되었다는 사실을 아무도 부인하지 못할 것이다. 브로트의 전기 『프란츠 카프카』에 보면, 카프카의 사후 그의 유작을 내줄 출판사를 찾으려고 애썼으나 여의치 않아서 유명한 작가들의 관심을 환기시키려고 했다. 그 당시 게르하르트 하우프트만Gerhart Hauptmann은 "유감이지만 카프카란 이름은 아직 들어본 적이 없다"고 말하기도 했다. 이런 무명의 카프카가 오늘날처럼 유명해진 데에는 프랑스 실존주의 작가들의 힘이 컸던 것 같다. 특히 알베르 카뮈는 카프카의 작품을 부조리와 니힐리즘에 입각하여 해석하고, 현대 세계를 묘사한 가장 중요한 작가라고 추천하여 카프카 보급에 커다란 박차를 가했다.

오늘날 카프카에 대한 연구 논문은 수없이 많이 쏟아져 나와 있다. 그중에서 가장 믿을 만한 것은 막스 브로트의 카프카 해석이라고 할 수 있겠지만, 어떤 문학 작품도 다 그렇듯이 사실 작품의 의도를 알아내기란 쉽지 않으며 더구나 그것이 카프카의 작품일 때는 더욱 오류를 범하기 쉽다. 그의 작품이 카프카 자신에 의해 파기될 운명이었던 것을 생각할 때 작가 자신도 자기의 작품에 만족하지 못했으리라고 짐작할 수 있으며, 따라서 그의 작품이 현재와 같은 문제작으로 대두된 데에는 작가 자신도 미처 예기치 못했던 우연적인 요소가 현대인의 복잡한 상황을 문학적으로 표현하는 데 힘을 발휘한 것이라고 보아야 하기 때문이다. 브로트는 생전 카프카의 친구였으며 같은 유대인이었기에 그의 카프카 해석이 일견 믿을 만하다고 생각되는 반면 또한 너무 일방적인 해석이라는 평도 면치 못하고 있다.

그의 『카프카의 신앙과 사상』이라는 저서에서 따르면, 카프카를 제대로 이해하려면 카프카의 아포리즘, 즉 잠언들과 소설가로서의 카프카를 함께 연구해야 한다고 주장한다. 아포리즘에 나타난 카프카의 인간상은 인간 속에 깃든 미처 '파괴되지 않는 것'을 인식하고 세계의 형이상학적인 핵심에 대해 적극적인 신앙적 태도를 갖고 있다는 것이다. 그와 반대로 그의 소설에서는 그 '파괴되지 않는 것'을 상실한 인간, 신앙을 잃고 착란을 일으킨 인간, 고독한 인간, 그리고 아포리즘에서 보는 바와 같이 적극적인 신앙적 태도를 버리고 올바른 길에서 이탈하는 인간이 당하게 되는 무서운 벌을 그리려 했다고 말한다. 브로트는 이런 근거로 프랑스 실존주의자들의 니힐리즘적인 해석이나 가톨릭 관점에서의 해석을 공박하고 있다. 니힐리즘적인 해석은 카프카 문학에서 초월자적인 핵심을 제거해 버린 결과가 되고, 가톨릭적인 해석은 카프카 문학에 나타난 형이상학적인 요소만을 강조하며 카프카가 집착했던 현실을 도외시한다는 주장이다. 이 해석들은 카프카 해석의 두 가지 중요한 조류이다. 니힐리즘적인 해석은 문학적으로 기여한 바가 크며, 이른바 '부조리 문학'의 선구자로서 카프카는 현대 문학에 지대한 영향력을 발휘하여 그 후계자들이 속출했다. 종교적인 해석도 따지고 보면 이러한 부조리성이 지닌 우의적인 요소를 근거로 삼고 있다.

그 후 카프카 연구는 실증적인 방향을 취하여 브로트가 편집해 낸 유작들이 텍스트로서 많은 비판을 받기에 이르렀다. 사실막스 브로트는 카프카의 유작을 정리할 때 읽기 쉽게 하려고 본문은 고치지 않았더라도 문장 구조와 구두점 등을 고쳤다는 것을 스스로 시인했다. 이 문제는 여기서 깊이 언급할 필요는 없으리라 판단하고 우선 접어두기로 한다.

현재까지의 연구 중에서 가장 정평이 있고 근본적인 문제를 취급하고 있는 것은 베를린 자유대학교 교수를 지냈던 엔리히 Wilhelm Emrich의 연구이다.

카프카의 소설을 읽게 되면 우리는 곧 이상한 세계에 빨려

들어간 듯한 느낌을 받는다. 그 세계에서 일어나는 일은 시간과 공간에 의해 제한을 받는 현실 세계에서의 사건이 아니라 마치 꿈속에서 일어날 듯한 사건과 같다. 그렇다고 그것을 그대로 꿈으로만 받아들일 수도 없다. 즉, 그만큼 외계와도 직접 관련되어 있어서 의식하의 연상으로만 받아들일 수도 없다.

어쨌든 카프카의 소설에서는 시간과 공간 혹은 원인과 결과라는 경험적인 질서 따위는 찾아볼 수 없다. 18, 19세기의 문학도 현실을 초월한 이념을 표현하려는 허구의 세계이기는 했지만, 그 시대의 문학 세계는 어디까지나 경험을 토대로 한 자연스러운 정신적 질서 속에서 진행되고 있었기 때문에 우리에겐 아무런 기이한 감각도 주지 않았다.

이런 자연스러운 정신적 질서 자체가 문학에서 상징으로써 표현되었다. 그러면 카프카의 문학을 이렇게 상징적으로 바라보면 실마리가 풀릴 수 있을까? 즉, 카프카가 그린 세계 자체가 아니라 그 배후에서 어떤 의미를 찾아낼 수 있을까? 이렇게 보아도 카프카의 세계는 확연한 상을 드러내지 않는다.

그도 그럴 것이 카프카의 문학에 있어서 사건의 의미는 직접 설명되고 반성되고 분명하게 분석되고 있으므로 상징적인 요소가 있을 수 없다. 그런데 특징적인 것은 앞에서 설명되고 분석을 거쳐 얻게 된 어떤 의미도 곧 부인되고 배척되기 때문에 더구나 그 정신적인 의미를 찾아낼 수가 없다는 점이다.

따라서 과거의 문학에서처럼 상징이나 비유를 그의 문학에서 찾는다는 것은 헛된 노력처럼 보일 뿐이다. 즉, 『성』을 은총의 장소로 보거나 그 아래의 마을을 인간계로 본다든가 하는 해석은 허망해 보인다. 왜냐하면 과거의 상징 문학에서처럼 감각적으로 지각할 수 있는 작품 세계와 정신적인 의미 사이의 거리가 너무나 멀고, 연관성을 짓기에는 너무나도 엉뚱한 세계가 카프카의 작품 속에 표현되어 있기 때문이다.

괴테처럼 특수 속에 보편을 표현한 것도 아니며, 낭만파 문학에서처럼 자연이 정신으로 변하고 정신이 자연으로 변한 것도 아니다. 묘사되고 있는 것 자체의 의미가 부정되고 결국에는 현상 자체도 의심을 불러일으키는 것이 카프카의 세계이다. 이처럼 카프카에 있어서는 현실 세계와 작품의 의미를 표현하는 구조조차도 재래의 그것과는 판이하기 때문에 읽는 사람에게 곤혹과 기이한 느낌을 선사한다.

그렇다면 카프카의 문학을 어떻게 이해하면 될까? 카프카의 소설 구조 자체가 인간의 존재 자체를 나타내는 시적인 표현이라고 볼 수 있을 것 같다. 어떤 이념이 선행해서—이것이 괴테 이후의 소설 작법의 특색이지만—그 이념을 구상화시키고 시화시키는 것이 아니고, 또 그렇다고 현실을 있는 그대로 될 수 있는 한 생생하게 묘사하여 그 현실의 의미를 게시하거나 의미를 부여하려는 것도 아닌 듯하다.

오히려 카프카 문학의 세계는 희망과 절망, 진실과 허위, 죄와 무죄, 자유와 속박, 신앙과 회의, 생과 사와 같은 여러 가지 대립적인 요소 속에 놓여 있는 인간 존재 자체가 형상화되어 있다고 말할 수 있다. 현대 인간이 지닌 이러한 대립적인 요소들의 공존을 제대로 표현하려면 필경 역설적인 수법을 사용해야만 할 것이다.

그리하여 이런 상황에서는 소설은 과거의 그것과 같이 이념이나 문제를 인과율을 토대로 한 배열로는 해결할 수 없고, 표현 형식 자체가 어떤 의미를 지니게 될 수밖에 없다. 현실은 마치 우리의 눈을 속이는 장막과 같은 것이며, 비로소 그 장막 뒤에 비실존적인 리얼리티가 숨어 있기 때문에 소설도 이러한 현실을 표현하기 위해서는 특수한 수법, 즉 구성적인 면에서의 혁신이 필요하다.

'방법적으로 구성한다'는 것, 즉 인공적인 기교를 가하여 소설의 구성 자체로 무엇인가를 표현하려는 방법은 카프카에서 시작된 현대 산문의 한 가지 특징이라고 볼 수 있다. 그러므로 카프카 소설의 끝이 무한히 지연되고 결코 완결되지 않는 듯 보이는 것도 이러한 구성상의 문법으로서, 그렇게 해서 현대 인간이 처한 현실을 그린 것이라고 생각해야 될 것이다. 사실 현대 인간의 본질을 미루어 보아 결말은 애초에 있을 수 없는지도 모른다.

카프카 소설의 이러한 결말 없는 성격으로 보아 소설에 나오는 어떤 인물도, 그리고 스토리의 전개나 사상도 그 자체를 위해서 묘사된 것이 아니고 다만 다른 목적을 위한 기능의 역할을 담당한다고 할 수 있다. 그러니까 카프카의 문학은 어떤 현실적, 역사적, 혹은 심리적인 내용을 가진 것으로 보아서는 안 되며, 다만 인간 존재의 모형으로서 형식 자체로부터 이해를 하고 들어가야 한다.

이상과 같은 엠리히의 소론을 토대로 한다고 해도 그의 개개의 작품을 읽을 때 여전히 의문점은 남는다. 하지만 어쩌면 독자들이 그의 작품 속에서 어떤 의미나 이념을 찾는 것부터가 벌써 옳지 않은 태도인지 모른다. 그런 도착적이고 아이러니컬한 소설 수법 자체가 카프카가 표출하고자 한 소설의 내용인지도 모르기 때문이다.

그러나 엠리히의 해석과 전혀 반대되는 해석도 있다는 것을

잊어서는 안 된다. 빌리 하스Willy Haas는 그의 자서전적인 회상인
『문학의 세계』에서 카프카에 대한 자기 나름의 관점을 표명하고
있다. 그가 막스 브로트를 통해 카프카를 개인적으로 알고 있었
다는 점에서 그의 주장은 경청할 가치가 있다고 본다. 그에 의하
면, 카프카는 그의 작품, 특히 『성』과 『소송Der Prozess』 속에서 자기
청춘 시대의 세계를 집약했고, 그것을 재구성하고 있다는 것이
다. 빌리 하스는 그런 작품을 읽었을 때 자기가 청춘 시절에 정
들고 익숙했던 세계가 파노라마처럼 전개되고 있다는 느낌을 가
졌다고 전한다. 그 속에는 프라하라는 도시의 구석구석이 그대
로 묘사되고 암시되어 있으며, 따라서 그의 작품은 어디까지나
사실적인 수법의 소설로 실존주의적인 해석 따위는 가당치도 않
다는 것이다. 다시 말해 프라하라는 도시에서 태어나지 않은 사
람은 카프카를 이해할 수 없다. 카프카의 우화적이고 동시에 사
실적인 통찰력 속에는 그가 살던 지방적인 정경이 극도로 깊이
암시되어 있다. 소설의 무대를 현실적으로 모르는 사람은 그런
지방적인 고도 속에서 양성되고 있는 정신적인 세계도 이해할
수 없다는 것이다. 카프카는 아주 폐쇄적인 오스트리아의 유대
인적인 요소를 갖고 있는데, 같은 유대인인 자기로서는 카프카
의 문학 세계가 쉽게 이해된다고도 말했다. 1910년에 카프카가
취급한 문제, 즉 신에 접근하기 어렵다든가 혹은 원죄 등을 논제
로 매일 밤이 밝도록 토론했는데, 카프카는 그런 중심 논제를 자
기의 위대한 형상력으로 구상화시킬 수 있었다는 것이다. 만일
카프카가 그렇게 일찍 요절하지 않고 장수했더라면 브로트와 똑
같이 열성적인 시오니스트가 되었을지도 모르며, 더 나아가 실
제적인 활동가가 되었을지도 모르지만, 행인지 불행인지 자기
나름의 사상적 세계에서 순수하게 살다가 죽었기 때문에 그와

같은 작품이 나왔노라고 그는 주장한다.

이러한 하스의 소론은 상당히 독단적이기는 하지만 사실 카프카 소설의 소재 대부분이 당시의 프라하라는 고도와 그 속에서 사는 유대인들의 폐쇄적인 세계, 우리로서는 이해하기 어려운 개인적인 체험이 담겨 있다고 보는 것은 타당한 일이다. 발터 옌스Walter Jens도 그런 점을 시인하고, 카뮈의 문학이 알제리아의 토착적인 색채를 농후하게 지니는 일종의 향토 문학이듯이 카프카의 세계도 향토 문학의 범주 속에 넣을 수 있다고 주장했다. 여하간 종래의 학자들이 사상적인 문학을 카프카의 문학에서도 색출해 내려고 했던 것과는 판이하게, 그의 작품을 환경에서부터 다시 음미하려는 이러한 실증적인 비평은 주목할 만하다.

카프카가 현대 소설에 끼친 영향은 대단하다. 형식적인 면에서는 상술한 바와 같이 의식적인 소설 구성법에 의해서 독일의 현대 작가라면 거의 다 그를 선구자로 받들고 있는데, 이것은 독일에 한정된 현상이 아니다. 『베르길리우스의 죽음』의 작가인 헤르만 브로흐Hermann Broch는 이렇게 말하고 있다.

제임스 조이스의 『율리시스Ulysses』는 현대 소설의 특질인 신화를 형성하려는 의도를 실현한 것이다. 그러나 조이스의 그런 인물들은 신화적인 인간상이 될 수 없었다. 신화는 현대에는 없기 때문이다. 신화는 인간을 위협하고 파괴시키는 근원력을 그리거나 그런 근원력과 대항해서 싸우는 프로메테우스적인 영웅을 상징적으로 대치시킨다. 그런데 현대에 있어서 인간을 위협하는 것은 근원적인 자연의 힘이 아니라 문명에 의해서 길들여져 버린 자연이 있을 뿐이다. 따라서 현대에서 가능한 것은 신화가 아니라 '반독일'적인 것이라고 할 수 있다. 그러니 현대인을 위협하는 이런 문명적인 자연과 그 속에서의 인간의 절망 상태를 표현할 수 있었던 것은 조이스가 아니라 카프카였다. 과거의 작가들이 신화를 쓰려고 온갖 방법과 수단을 다 동원했지만 소용이 없었고, 오히려 카프카와 같은 진지하고 솔직한 인간만이 보다 깊이 현실을 재현할 수 있었다. 실존주의자들의 작품도 이런 면에서 보면 더 전통적인 수법에 얽매여 있다. 그러나 카프카는 재래와는 전혀 반대되는 방향, 즉 추상적인 수법—막스 폰 브뤼크Max von Brück는 '선험적인 사실주의'란 용어를 썼지만—어쨌든 비논리적인 추상적 방법으로 소설을 쓰는 데 성공한 드문 현상이라고 하겠다. 그러나 카프카의 이런 추상적인 방법이 결코 현실적인 것과 유리되어 있었던 것은 아닌 듯싶다. 그러기에 그는 "일상적인 것 그 자체가 벌써 하나의 기적이다! 나는 그것을 묘사하는 것뿐이다. 그렇게 해서 마치 어둠에 싸인 무대의 조명처럼 사물을 조금 드러낼 수 있을 것이다"라고 했듯이, 현대의 사회 구조와 인간의 정신 구조가 너무나도 다각적이어서 카프카는 재래의 소설 형식으로써 이것을 해명하기 곤란하다고 보고, 그의 새로운 소설 기술로써 이 거대한 현실의 일각이라도 들추어내려고 했다고 볼 수 있다.

여기서 번역을 시도한 카프카의 『성』은 그의 『소송』과 더불어 막스 브로트에 의해 비로소 빛을 보게 된 작품들 중 하나다. 소설 『성』은 K라는 이름을 가진 토지 측량사가 어떤 성으로 초청을 받아 그 성으로 가는, 아니 가려고 무한히 노력하는 이야기다. 그런데 초청되었다고 생각하는 것은 K 혼자뿐이며 성 밑의 마을에서는 그런 사실을 아는 사람이 하나도 없다. 아니, 알기는

커녕 거부와 의심으로써 그를 대한다. 암만 자기의 지위를 확신시키려고 해도 아무런 성과도 얻지 못하고, 마을에서는 배척을 받으며, K가 기다리는 성주의 지시도 전혀 내려올 가망이 없다.

그래서 그는 마을 외곽에서 머무르면서 권위층의 중심부까지 뚫고 들어가려고 애를 쓰지만 허사로 돌아간다. 그렇다고 성에서 해고도 당하지 않은 채 늙어간다. 이것이 이 소설의 내용이며 그 외의 이야기는 아무것도 없다. 그의 또 하나의 대표적인 소설인 『소송』도 어처구니없는 얘기다. 어느 날 아침 은행의 부장인 요제프 K는 침대 속에서 체포되는데, 그 이유도 모른 채 소송에 휘말려 들어간다. 그러나 그가 체포된 후로부터 하나의 새로운 관계 속에 놓이는 것만은 사실이다. K는 이 소설 속에서도 자기의 무죄를 해명하려고 재판소의 내부에까지 침투하지만 그것도 허사로 끝나고 어느 날 아침에 마치 "개새끼처럼" 처형을 당하고 만다.

이상의 간단한 스토리에서 보는 바와 같이 카프카는 종래의 작가들과는 판이한 주제에 관심을 지니고 있음을 알 수 있다. 그런데 이 두 가지 소설을 놓고 볼 때 유사성을 발견할 수 있다. 돌발적으로 밑도 끝도 없이 사건이 전개되어 한 인간의 존재가 위협받게 된다는 점이다. 다시 말하면 존재가 어떤 근원적이고도 인간적인 상황에 놓이게 되는 것이다.

그러면 카프카가 관계를 맺는 이런 근원적인 상황은 무엇일까. 그것은 인간 존재 속에서의 포박 상태, 즉 눈에 보이지 않는 구속력 같기도 하고, 이름 붙일 수 없고 볼 수도 없는 권력자의 손에 의해 희롱당하는 인간의 모습인 것 같기도 하다. 어쨌든 인간 존재가 어떤 필연적이고 벗어날 수 없는 구속력의 지배를 받아서 암만 노력을 해도 본래의 자기가 목적했던 것을 모두 실패하는 것처럼 보이는 것이다.

그의 소설은 그러한 인간의 노력과 구속력의 투쟁으로 시종 이어지고 있다고 해도 과언이 아니다. 카프카는 자기의 작품 속에서 "그는 이 세상에 사로잡혀 있는 것이다. 너무나도 협소하고 비애, 약점, 질환 등의 망상이 한꺼번에 일어나서 그를 위로해 줄 위안은 전혀 없는 것이다"라고 말했는데, 이 말은 그대로 『성』이나 『소송』의 K라는 인물에 해당되는 말인 것 같기도 하다. 자기를 불러낸 세계 속에서 인간은 본래의 목적을 달성하지 못하고 그저 나그네처럼 외곽에서 헤매다 마는 것이다. 무한한 노력을 거듭하면서 영원히 도달 불가능한 인간의 고향을 찾아 헤매는 인간의 모습에는 현대 인간의 불안한 모습이 역력히 드러나 있는 것 같다.

객관적인 세계에 대한 인간의 이러한 관계, 즉 세계 속에 구속되어 있으면서도 그 세계에 속하지 않으며 결코 그 세계에 의해 인정을 받지 못하는 관계는 필연적으로 우리에게 새로운 자아의 존재 방식에 대한 각성을 암시한다. 다시 말해서 카프카의 불안한 소설 속 주인공들은 인간의 본래적인, 근원적인 것을 향해 가려고 노력하고 있는데, 그런 행동으로써 인간의 영원한 고향, 즉 안심하고 안주할 수 있는 세계를 향해 가려고 노력한다는 인상을 받는다.

그러면 인간의 고향이란 어디에 있는 것일까? 그것은 인간이 상실한 유니오 미스티카Unio Mystica, 즉 '신비로운 합일'이라고 볼 수도 있을 것이다. 자아와 타아의 일치, 주관과 객관의 통일을 이룬 세계에 대한 끊임없는 현대인의 동경, 이것은 사실 현대 문학이 지향하고 있는 공통적인 목표가 아닐까? 자아는 과거와는 달리 영원한 대립 속에서, 회의 속에서 헤맨다. 그래서 카프카의 소설 속 주인공 K는 대립적인 것 속에서 사물을 끊임없이 비판하고 탐구하면서 자기에게 폐쇄된 세계로 통하는 길을 모색하는 것이다.

자기에게 폐쇄된 세계란 결국 잃어버린 인간 내면의 통일의 세계이기도 하고, 어떻게 보면 현대 인간이 처해 있는 무질서한 세계에서 벗어난 질서 있는 세계 같기도 하다. 하여간 카프카가 모순과 이율배반과 상극적인 요소로 충만한 현대 사회와 인간의 상황을 통렬하게 비판했다는 점만은 부인할 수 없는 사실이다. 이로써 그는 종래의 인과율을 바탕으로 한 시공時空적인 묘사의 소설로써는 불가능하다고 생각하여 더 의식적이며 기교적이고 인공적인 문체를 사용했고, 완결을 모르는 구성법 자체로써 현실 구조를 전형화시켰다고 할 수 있다.

그러나 재미있는 점은, 카프카가 현재에 와서 이렇게까지 문제적 작품의 작가가 되었으나 그 작품을 쓸 당시의 카프카는 작가로서의 역량에 대해서 자신이 없었고 그 작품들이 이런 반향을 일으키리라고는 예기치도 못했을 것이라는 점이다. 예술 작품이 작가를 넘어 영원히 산다는 말의 좋은 예라고 할 수 있다. 만일 그가 자신의 작품이 이렇게 세계적으로 문제가 될 것을 예상했다면, 막스 브로트에게 파기해 달라고 부탁하는 일은 없지 않았을까?

『성』은 카프카가 1921년~1922년경 구상하고 집필한 것으로 알려져 있다. 특히 그가 밀레나Milena Jesenská라는 여성과 위험한 관계를 맺고 있을 때에 쓰인 작품으로, 그녀의 모습은 소설 속 프리다라는 인물에 반영되었다고 전해진다.

작가 연보

프란츠 카프카(1883-1924)

1883   7월 3일, 프라하에서 유대계 상인인 아버지 헤르만 카프카와 어머니 율리에 뢰비 사이에서 장남으로 출생. 독일어를 쓰는 중산층 가정이었으며 카프카 밑으로 동생이 다섯 명 있었으나 둘은 일찍 사망하고 셋은 훗날 아우슈비츠 수용소에서 사망했음.

1889   프라하의 독일계 초등학교에 입학함.

1893   프라하의 독일계 김나지움에 입학함. 글을 쓰기 시작했으며 니체나 다윈에 관심을 가졌고, 그의 삶에 큰 영향을 미친 친구들을 사귐.

1896   견진성사를 받음.

1901   김나지움을 졸업한 뒤 프라하의 독일계 대학 카를-페르디난트 대학에 입학하여 법학을 전공함.

1902   미술사를 공부하고 독문학 공부를 계획하며 뮌헨을 여행함. 하지만 법학 공부를 이어가기로 했으며 10월경 막스 브로트를 사귐.

1904   3부작 단편소설 「어느 투쟁의 기록*Beschreibung eines Kampfes*」 집필을 시작함(보존된 첫 작품).

1905	막스 브로트, 오스카 바움 등과 함께 프라하의 유대계 문인 그룹인 '프라하 서클'을 형성함.
1906	법학 박사 학위 취득. 프라하 지방 법원에서 1년간 시보로 실습함.
1907	미완성 단편 「시골에서의 결혼 준비*Hochzeitsvorbereitungen auf dem Lande*」를 비롯해 여러 단편을 집필함. 첫 직장인 이탈리아계 보험 회사에 취직하여 약 9개월 근무함.
1908	문예지 『히페리온*Hyperion*』에 '관찰*Betrachtung*'이라는 제목으로 8편의 산문 소품을 발표함. 프라하의 노동자상해보험공사로 이직하여 이후 14년간 근무함.
1909	브로트 형제와 열흘간 이탈리아를 여행함. 이탈리아 브레시아에서 관람한 비행 대회를 토대로 신문에 르포르타주 「브레시아의 비행기*Die Aeroplane in Brescia*」를 기고함. 단편소설 「기도자와의 대화*Gespräch mit dem Beter*」를 비롯해 여러 작품을 집필함.
1910	노동자 정치 단체와 선거 집회에 참석함. 일기를 쓰기 시작함. 동유럽 유대인 순회 극단의 공연을 자주 관람함.
1911	브로트와 이탈리아 호수 지대 및 파리를 여행하고 홀로 취리히 인근 요양소에서 휴양함. 유대인 극단의 연극을 관람하면서 이후 극단원 이자크 뢰비*Jizchak Löwy*와 교유함. 「어느 사기꾼의 가면을 벗다*Entlarvung eines Bauernfängers*」, 「총각의 불행*Das Unglück des Junggesellen*」 등의 작품을 집필함.
1912	첫 장편소설 『실종자*Der Verschollene*』 집필을 시작함. 브로트와 라이프치히, 바이마르를 여행한 후 8월에 펠리체 바우어*Felice Bauer*와 처음 만나면서 그녀와 수많은 서신을 주고받게 됨. 9월 22일경 하루만에 단편 「선고*Das Urteil*」를 집필하고, 이후 연말에는 중편 「변신*Die Verwandlung*」을 집필함. 12월에 첫 작품집

이자 18편의 단편이 수록된 『관찰Betrachtung』을 로볼트 출판사에서 출간함.

1913 펠리체와 계속 교유하다가 부활절에 그녀의 집을 처음으로 방문함. 「화부Der Heizer」가 출간되었으며 이 작품은 후일 『실종자』의 첫 장으로 수록됨. 브로트가 발행하는 문학 연감 『아르카디아Arkadia』에 「선고」가 수록됨. 오스트리아 빈과 이탈리아를 여행함. 펠리체의 친구인 그레테 블로흐Grete Bloch를 알게 되고 서신을 주고받기 시작함.

1914 펠리체 바우어와 베를린에서 약혼하고 약 한 달 뒤 베를린 '아스카니셔 호프Askanischer Hof'에서 파혼함. 1차 세계대전이 발발하지만 카프카는 보험공사의 요청으로 징집 면제됨. 장편소설 『소송Der Process』의 집필을 시작하고 단편 「유형지에서 In der Strafkolonie」, 「법 앞에서Vor dem Gesetz」(추후 『소송』에 삽입됨)를 집필함. 펠리체와 다시 서신을 주고받음.

1915 『소송』 집필 중단 후 펠리체와 재회함. 처음으로 독립하여 프라하에서 살기 시작함. 잡지 『디 바이센 블래터Die weißen Blätter』 10월호에 「변신」을 발표하고, 12월에 '최후의 심판일' 시리즈로 출간됨. 「화부」로 폰타네 상Fontane-Literaturpreis 수상함.

1916 로베르트 무질Robert Musil이 프라하에 있는 카프카를 방문함. 펠리체와 체코 휴양지에서 휴가를 보냄. 10월에 「선고」가 '최후의 심판일' 시리즈로 출간됨. 11월 뮌헨에서 「유형지에서」 공개 낭독회를 가짐. 여동생 오틀라가 빌려준 프라하의 집에 머물면서 추후 작품집 『시골의사Ein Landarzt』에 수록될 단편들을 집필함.

1917 히브리어 공부를 시작함. 펠리체와 함께 부다페스트를 여행한 뒤 프라하에서 그녀와 두 번째로 약혼함. 하지만 이후 폐결핵 진단을 받으면서 결국 성탄절에 펠리체와 다시 파혼

함. 요양을 위해 보헤미아 북부의 취라우에서 머물며 다수의 잠언을 모은 『취라우 잠언Die Zürauer Aphorismen』을 집필함. 잡지 『유대인Der Jude』에 「학술원에 보내는 보고Ein Bericht für eine Akademie」를 게재함.

1918   5월에 다시 직장 생활을 시작하지만 가을경 스페인 독감을 앓다가 12월부터 프라하 쉘레젠에서 4개월간 요양함.

1919   쉘레젠에서 율리에 보리체크Julie Wohryzek와 만나 아버지의 반대에서 불구하고 약혼함. 「유형지에서」를 쿠르트 볼프 출판사에서 출간함. 「아버지께 드리는 편지Brief an den Vater」를 집필함.

1920   직장 동료의 아들인 구스타프 야누흐Gustav Janouch가 자주 카프카를 방문함(훗날 그는 『카프카와의 대화Gespräche mit Kafka』를 집필함). 4월부터 이탈리아 메라노에서 요양하며 카프카 작품의 체코어 번역자이자 기자인 밀레나 예젠스카Milena Jesenská와 서신을 주고받기 시작함. 5월에 단편 모음집 『시골 의사』를 쿠르트 볼프 출판사에서 출간함. 6~7월 오스트리아 빈에 머물던 밀레나를 방문함(카프카는 기혼 여성이었던 그녀와 연인 관계를 이어갈 수는 없었지만, 추후 그녀는 카프카와 주고받은 서신들을 독일 문학가 빌리 하스에게 건넸으며 이는 『밀레나에게 보내는 편지Briefe an Milena』로 카프카 사후에 출간됨). 12월 슬로바키아 산지의 마틀리아리 요양소에서 머물며 단편 「귀가Heimkehr」, 「작은 우화Kleine Fabel」 등을 집필하고, 동료 환자이자 의대생인 로베르트 클롭슈토크Robert Klopstock와 우정을 나눔.

1921   가을에 요양원을 나와 프라하의 직장으로 복귀하지만 약 두 달 후 다시 요양을 떠나게 됨. 밀레나와 계속 교류하며 그녀에게 10년간 써온 일기 12권을 건네줌. 「변호사Fürsprecher」, 「돌연한 출발Der Aufbruch」, 「어느 단식 광대Ein Hungerkünstler」, 「어느 개의 연구Forschungen eines Hundes」를 집필하기 시작함. 막스 브

로트에게 자신의 사후에 발견되는 모든 원고를 불태워 달라
고 부탁함.

1922   1월 신경쇠약 증세를 호소함. 체코 슈핀델뮐레에서 요양하
며 미완성 작품이자 그의 마지막 장편소설이 될 『성*Das Schloss*』
을 집필함. 7월 직장을 조기 퇴사하고 신경쇠약 증세가 다시
나타나자 프라하 플라나에 있는 오틀라의 여름별장에서 요
양함. 단편 「비유들에 관하여*Von den Gleichnissen*」, 「부부*Das Ehepaar*」
등을 집필함. 10월 밀레나에게 『성』 원고를 건네줌.

1923   병세가 깊어짐. 히브리어 공부에 몰두하고 팔레스타인으로
이주할 계획을 세우기도 함. 여동생 엘리의 가족과 발트해의
뮈리츠에서 휴가를 보내고, 여기서 만난 15살 연하의 폴란드
유대인이자 유아원 보조 교사였던 도라 디아만트*Dora Diamant*
와 9월부터 베를린에서 동거하기 시작함. 단편 「작은 여인
Eine kleine Frau」, 「굴*Der Bau*」을 집필함.

1924   2~3월 건강이 심하게 악화됨. 브로트가 카프카를 프라하로
데려오고, 여기서 카프카는 마지막 작품이자 『프라하 신문
Prager Presse』에 실리게 될 단편 「여가수 요제피네*Josefine, die Sängerin
oder Das Volk der Mäuse*」를 집필함. 4월 후두 결핵을 진단받음. 4월
오스트리아 빈 교외의 호프만 요양소로 떠나고, 도라와 로베
르트가 그를 간병함. 네 편의 단편소설을 모은 그의 마지막
작품집 『어느 단식 광대』를 교정함. 6월 3일 호프만 요양소
에서 41세를 일기로 사망함. 11일 프라하의 유대인 공동묘지
에서 장례를 치름.

1925   『소송』 출간됨(막스 브로트 편집).

1926   『성』 출간됨(막스 브로트 편집).

1927   『실종자』 출간됨(막스 브로트 편집).

1931 『만리장성의 축조*Beim Bau der Chinesischen Mauer*』(미발표 단편집)
출간됨(막스 브로트 편집). 카프카의 부친이 사망함.

1934 카프카의 모친이 사망함.

1935 1937년까지 첫 번째 카프카 전집이 발간됨(막스 브로트 및
독문학자 하인츠 폴리처Heinz Politzer 공동 편집).

1950 1974년까지 두 번째 카프카 전집이 발간됨(막스 브로트 편
집).

1982 비평본 카프카 전집이 발간됨(피셔S. Fischer 출판사).

성

초판 인쇄	2025. 2. 19.
초판 발행	2025. 2. 26.
저자	프란츠 카프카
역자	강두식
편집	강지수
발행인	이재희
출판사	빛소굴
출판 등록	제251002021000011호(2021. 1. 19.)
팩스	0504-011-3094
전화	070-4900-3094
ISBN	979-11-93635-38-4(04800)
	979-11-93635-25-4(세트)
이메일	bitsogul@gmail.com
주소	경기도 고양시 덕양구 꽃마을로 66 한일미디어타워 1430호
SNS	인스타그램 instagram.com/bitsogul
	X(트위터) twitter.com/bitsogul
	네이버 블로그 blog.naver.com/bitsogul

- 인쇄 · 제작 및 유통 과정에서의 파본은 구입처에서 교환해 드립니다.